W0460914

Le Trône des secrets

KERRI MANISCALCO

LE TRÔNE DES SECRETS

Traduit de l'anglais
par June Silinski

DE SAXUS

AVERTISSEMENTS DE CONTENU

ALCOOL, DESCRIPTION EXPLICITE DE BLESSURE, EMPRISONNEMENT,
LANGAGE GROSSIER, MANIPULATION MENTALE, MEURTRE, SANG, SEXE

Le Trône des secrets
par Kerri Maniscalco

Throne of Secrets

Design original de la couverture (éditions reliée et brochée) : Gregg Kulick
Illustration des dragons de la jaquette (éditions reliée et brochée) : Sasha Vinogradova
Illustrations de couverture rigide, tranches teintées et pages de garde (édition reliée) :
dragon © Al Jawad Mahi/Stock.adobe.com ; plume © Ilja/Stock.adobe.com ;
plumes © nadtytok28/Stock.adobe.com ; flocons © Honyojima/Stock.adobe.com

Design des illustrations intérieures : Taylor Navis
Illustrations intérieures : flocons © Honyojima/Stock.adobe.com
Carte : © Virginia Allyn

Conception graphique couvertures, jaquette, tranches teintées et pages de garde françaises :
Eilean Books

Ouvrage publié sous la direction de Maéva Rossi

100, avenue de Suffren – 75015 Paris – France
reglement_ue_rsgp@eileanbooks.com

Composition et mise en pages
PCA

*Le papier intérieur de cet ouvrage est composé de fibres naturelles, renouvelables, recyclables et fabriquées
à partir de bois issu de forêts plantées expressément pour la fabrication de pâte à papier.*

ISBN : 978-2-37876-841-6 (broché)
ISBN : 978-2-37876-840-9 (relié)
ISBN : 978-2-37876-842-3 (e-book)

Dépôt légal : décembre 2025

1re édition
Relié : 10 9 8 7 6 5 4 3 2 1 – Broché : 10 9 8 7 6 5 4 3 2 1

Achevé d'imprimer en République tchèque par FINIDR en novembre 2025

À mon bébé, Bella, ma petite fille. Pour toujours.

Et à mon grand Gage, qui est indubitablement subjugué par ce ruisseau magique qui chante dans le Grand Au-Delà.

Vous me manquez plus que les mots ne sauraient l'exprimer.

Si Cendrillon avait considéré son prince plus malfaisant que charmant au début, et si elle avait voulu percer ses secrets les plus sombres et le briser, cette histoire serait leur conte de fées, un peu tordu…

Les gentilshommes vicieux ne manquent pas d'affabilité
Car leurs contes obscènes regorgent de volupté.

Poèmes à un Damné, livre 2

Dans un royaume de l'Enfer connu sous le nom des Sept Cercles, sept princes immortels règnent par le péché et la débauche sur leurs cours damnées.

Chaque cercle compte sur ses habitants et d'autres créatures mythiques pour alimenter le pouvoir de son prince en cédant à son péché de prédilection : la colère, l'envie, la cupidité, la luxure, la paresse, l'orgueil ou la gourmandise.

Le pouvoir est la monnaie suprême de chaque prince, et une malédiction qui a récemment été brisée menaçait de les affaiblir. Elle les rendit vulnérables aux attaques d'autres êtres malfaisants qui peuplent l'Enfer : les sorcières, les Faës, les métamorphes, les déesses et les vampires du Sud, toujours en train de comploter. Désormais, chaque Maison du péché lutte secrètement pour retrouver toute sa puissance et sauver sa cour des conséquences de la malédiction.

Cette histoire se déroule dans le cercle venteux, au nord, et suit le Prince de la Gourmandise, dont le péché ne se limite pas à se gaver des mets et breuvages les plus raffinés, mais consiste aussi à rechercher l'aventure et les frissons, comme en chassant des dragons de glace dans les contrées hostiles ou en livrant son plus grand combat à ce jour : ne pas succomber à celle qu'il déteste…

Comme le disent les poètes et dramaturges mortels : en amour comme à la guerre, tous les coups sont permis.

Que les anciens dieux aient pitié du Prince de la Gourmandise.

Une tempête nommée Adriana approche, et elle n'a aucune pitié. Du moins, pas pour lui.

Gourmandise
Quartier nocturne
Club Seven Sins
THE SEVEN SINS
MILLINERY
Eternal Rest
Maison d'Adriana
The Wicked Daily
LE BLANC
WICKED DAILY
Allée des imprimeurs
LE TRÔNE

Frontière impitoyable
Maison Gourmandise
Roots & Remedies
OX & RAVEN
Taverne Ox & Raven
ES SECRETS

Un

Prince Gourmandise

Une rafale dévala les montagnes enneigées, hurlant à travers le col, un cri presque aussi glacial que l'air hivernal.

Tout au nord des Sept Cercles, au-delà de toutes les Maisons royales du péché, là où les cauchemars et les démons mineurs rôdent à la lisière de la forêt, même les éléments semblaient céder à la peur.

Un autre bruit, plus faible, s'éleva au-dessus des arbres. Un bruit que nous attendions.

Je m'arrêtai et levai une main en l'air, un signal silencieux ordonnant à mes chasseurs de ne plus bouger.

Le cuir claqua en même temps que la brise ; le son familier était à peine étouffé par une couche extérieure de plumes d'un blanc angélique que je connaissais bien.

Comme presque tout en Enfer, ce plumage inattendu était une belle façade qui dissimulait une intention sinistre. Ces ailes duveteuses alliées aux écailles irisées de leurs corps permettaient aux terribles bêtes de se dissimuler tandis qu'elles volaient avec lenteur dans la neige qui tombait du ciel. Elles tournaient autour de nous. Nous étions leurs proies.

J'agrippai la poignée de la dague de ma Maison, le cœur battant à tout rompre, et je levai les yeux vers les branches. Je clignai des paupières pour me débarrasser des cristaux de glace sur mes cils, guettant la Mort incarnée.

L'immortalité me maintiendrait en vie quoi qu'il advienne, mais dans notre groupe de chasse, tout le monde n'avait pas ce privilège. Comme moi, ils combattaient parce qu'ils aimaient les sensations fortes, mais c'était aussi une des plus grandes sources de mon pouvoir. La chasse nourrissait mon péché – la gourmandise – plus que toute autre chose. Hors de l'Enfer, la plupart des gens pensaient que ce péché se limitait à trop manger et trop boire. Nous le faisions aussi, et nous abusions du sexe et des combats, mais la plupart de mes pécheurs me ressemblaient et préféraient se gaver d'aventure et de danger.

Cette peur délicieuse, le risque d'échouer mêlé au désir féroce de partir à l'aventure à tout prix, poussait les chasseurs à avancer dans ce passage étroit et sans pitié, les regards rivés vers le ciel couvert, les corps tendus, prêts à livrer bataille.

Je jetai un coup d'œil par-dessus mon épaule vers la ligne de combattants d'élite qui avaient affronté la Frontière impitoyable, l'avant-poste fortifié que j'avais fait ériger un siècle plus tôt pour surveiller ces terres sauvages du nord au-delà de mon domaine, la Maison Gourmandise.

Tous, sauf un, portaient mon blason royal brodé sur leurs armures de combat en cuir, en quête de dragons et de gloire.

Je fis un signe à tout le monde de garder le silence et d'être vigilant. Nous n'aurions pas à attendre beaucoup plus longtemps.

Nous traquions ces dragons depuis des heures, un jeu du chat et de la souris dans lequel les joueurs des deux camps étaient prêts à bondir l'un sur l'autre. Les dragons savaient que nous étions proches, mais grâce à quelques conifères de chaque côté du col, leur vue n'était pas dégagée.

Certains chasseurs mordaient une lanière en cuir pour étouffer le claquement de leurs dents. Ils ne tiendraient pas une heure de plus dans ce froid, aussi courageux soient-ils.

Nous devions reprendre la marche.

Je parcourus la file du regard jusqu'à apercevoir celui que je cherchais et qui fermait la marche. Ses yeux dorés brillèrent dans un rayon de soleil qui parvint à traverser la tempête.

Mon frère Colère, le général de guerre, était le seul à avoir l'air aussi excité que moi en entendant le son en approche. Il était né pour la guerre, tout comme j'étais né pour le danger, une combinaison qui menait à de mauvaises décisions, mais à d'excellentes histoires.

Sur ces terres où ne vivaient que des monstres, les dragons de glace étaient les plus redoutables des prédateurs.

Cela en faisait les meilleurs adversaires pour nous, les princes damnés de l'Enfer.

La chasse de ce soir promettait d'être mémorable. La violence flottait dans l'air, si proche que je pouvais presque sentir le combat imminent sur ma langue. J'en avais déjà l'eau à la bouche.

Depuis des heures, nous traquions sans relâche cette meute de dragons de glace vers le nord, bien au-delà des terres hospitalières. Il y avait sept meutes connues dans la région, et celle-ci régnait sur le territoire le plus proche de ma Maison du péché.

Le terrain était plus clément que dans l'extrême nord, mais n'en était pas moins implacable. Plusieurs membres du groupe de chasse avaient dû battre en retraite, car le climat hivernal était trop mortel. Ceux qui restaient étaient soit les plus coriaces, soit les plus imprudents.

Jackson Rose, l'un des derniers initiés de la guilde royale des chasseurs, trébucha sur une racine gelée et jura en tombant la tête la première dans la neige. Félix, un vétéran aguerri, m'adressa un regard confus et grommela en soulevant le jeune chasseur par ses sangles.

Soudain, ma peau me picota.

Ce simple signe d'épuisement était l'étincelle qu'ils avaient attendue pour déclencher la violence. Si les dragons doutaient de notre position exacte, nous venions de perdre l'effet de surprise.

« Sur vos gardes ! » criai-je, ma dague levée vers le ciel.

Je quittai le sentier pour m'arrêter sous un conifère proche afin d'éviter ce qui serait certainement une attaque aérienne.

Je comptai en silence, mon pouls tambourinant follement. Le battement d'ailes cessa.

« Préparez-vous ! »

D'un seul coup, les gigantesques créatures plongèrent vers nous, telles des comètes déchirant le ciel. Leurs ailes majestueuses étaient repliées contre leurs corps écailleux, et elles fondirent sur la terre les unes après les autres. Notre groupe fut pris de court par leur nombre.

Le vent mugissait autour de leurs silhouettes colossales ; le son me donna la chair de poule.

Le plus grand d'entre eux s'abattit devant moi en rugissant. En atterrissant, il forma un cratère qui projeta plusieurs mètres de neige et de terre gelée aux alentours, manquant de peu de m'écraser. Ses écailles iridescentes brillaient comme des diamants et ses mâchoires étaient munies de crocs acérés et aussi mortels que des poignards.

Une cicatrice irrégulière zébrait son poitrail.

Je montrai les dents, affichant un sourire féroce. C'était Silvanus, un dragon avec lequel je me battais depuis près d'un siècle et que j'avais moi-même élevé depuis qu'il était sorti de l'œuf.

Mais ce lien ne comptait pas beaucoup sur le champ de bataille.

Nos affrontements étaient égaux et aucun de nous n'avait l'intention d'être vaincu facilement.

Silvanus avait le tempérament d'un chat domestique capricieux. Il ressemblait à mon frère Paresse, qui ne se battait que lorsque l'envie l'en prenait et ne daignait bouger si ce n'était pas le cas.

Je jetai un rapide coup d'œil aux chasseurs : presque tous avaient trouvé un dragon à affronter et ils arboraient le même sourire carnassier en frappant leurs adversaires.

Je reportai toute mon attention sur mon combat, laissant le frisson m'envahir et oubliant tout le reste.

« Prêt à danser, mon vieux ? » le provoquai-je, cherchant la moindre ouverture.

Celui qui verserait la première goutte de sang serait le vainqueur. Deux grands tonneaux de bière épicée m'attendaient dans mon château accueillant et je comptais bien célébrer une victoire ce soir-là, loin de ce froid maudit qui me glaçait jusqu'aux os.

Silvanus cracha un jet de flammes blanches en direction de mon pied gauche, me forçant à bondir en arrière. Ce salaud avait failli détruire mes bottes de chasse préférées.

Je pointai ma dague vers mes pieds.

« Un peu de respect pour le cuir de qualité, espèce de barbare écailleux. »

Ses dents acérées étincelèrent dans la lumière déclinante, l'équivalent d'un sourire chez le dragon.

Je laissai échapper un petit rire tandis qu'il crachait une nouvelle flamme glacée, cette fois vers ma jambe droite. Je l'avais invité à danser et ce salopard avait répondu présent.

« Bien joué. »

Mon sourire s'estompa. Le besoin de chasser, de vaincre, reprit le dessus.

Je m'avançai, les yeux plissés, et mon plan prit forme. Je feinterais sur la gauche, puis le frapperais par surprise sur la droite et le couperais sous le museau. Il était immense et l'agilité n'était pas son point fort. Je tirerais profit de cet avantage jusqu'à triompher.

Mais au lieu de charger, Silvanus resta immobile. Un grondement sourd et menaçant monta dans sa poitrine. Son regard restait fixé au-dessus de mon épaule. Je mesurais presque deux mètres, alors ce n'était pas un de mes chasseurs qu'il regardait.

Le dragon me mettait en garde contre autre chose.

Je me retournai, évitant de justesse le coup d'un deuxième dragon qui aurait pu me décapiter si j'avais été mortel.

Toute légèreté disparut instantanément. Porter un coup mortel était interdit au cours de nos petits jeux, car, même si je ne pouvais pas mourir, ce n'était pas le cas de tous mes chasseurs.

« Dois-je vous rappeler le pacte ? » grondai-je tout en gardant les deux dragons dans mon champ de vision.

Silvanus m'avait prévenu cette fois-ci, mais je ne pouvais pas être sûr qu'il recommencerait. Comme les loups, les dragons vivaient en meute. Ils finissaient toujours par obéir à leur alpha.

Silvanus inclina la tête, reconnaissant l'existence du pacte. L'autre dragon se contenta de grogner.

Autrefois, les dragons de glace parcouraient librement les Sept Cercles, chassant les démons et toutes autres créatures.

Au cours d'une des périodes les plus sombres de notre histoire, les sept alphas de chaque meute avaient orchestré une attaque coordonnée, traçant un sillon sanglant à travers le royaume et semant la terreur.

Contrairement à la plupart des créatures, les dragons de glace ne chassaient pas toujours pour se nourrir. Ils *aimaient* tuer. Et ils avaient déchaîné tous leurs désirs les plus sombres contre les Maisons du péché. Les pertes avaient été colossales.

Plus d'un siècle auparavant, j'avais donc négocié le tout premier traité de paix entre les dragons et mes frères. Avec l'aide du bon sortilège, nous avions pu communiquer clairement avec eux et nous étions parvenus à un accord unanime.

À moins que je ne les invite dans mon cercle pour un événement particulier, le pacte les confinait dans les terres du Grand

Nord, sur les étendues rudes et presque entièrement sauvages juste au-dessus de mon territoire.

Ils avaient divisé leurs terres en sept régions, chacune dirigée par un alpha différent. Ils refusaient de nous révéler l'identité de ces derniers, préférant garder les secrets de leurs meutes. Cependant, j'étais convaincu que Silvanus dirigeait celle avec laquelle nous interagissions le plus.

Les dragons mentionnaient simplement « l'alpha » quand ils évoquaient leur chef.

Nous étions convenus de ne pas nous mêler de leur politique interne, tant qu'ils ne causaient pas de dommages sérieux les uns aux autres.

Ils avaient accepté le pacte et, en échange, j'avais consenti à ce que mes chasseurs et moi organisions chaque mois des séances de chasse pour les affronter et stimuler leurs esprits. Mes frères pouvaient se joindre à nous dès lors qu'ils en faisaient la demande auprès de ma Maison.

Aucun de nous n'était autorisé à tuer.

À en juger par la teinte argent bleuté légèrement plus sombre le long de sa queue, le nouveau dragon était Aloysius. Il fit un pas menaçant dans ma direction, ses yeux irisés lançant des éclairs.

Ses serres labouraient le sol, retournant la neige. Il y avait une lueur presque sauvage dans son regard.

Je tendis l'oreille, écoutant les bruits familiers du combat. Je jetai un rapide coup d'œil autour de moi : les autres dragons se comportaient normalement, quoiqu'un peu férocement. Les montées d'adrénaline avaient coloré les joues des autres chasseurs, dont les yeux brillaient à chaque coup qu'ils portaient.

Malgré tout, une sensation désagréable me mit en garde.

« Halte ! » ordonnai-je d'une voix chargée du pouvoir magique d'un prince de l'Enfer.

Mon frère cessa de se battre et me lança un regard incrédule, sa dague à quelques centimètres de la gorge de sa cible.

Il avait été sur le point de gagner, mais je venais de l'obliger à déclarer forfait.

Et le démon de la guerre n'était pas du genre à abandonner un combat facilement.

Colère sembla prêt à protester, mais il finit par pincer les lèvres. Visiblement, il n'était pas d'accord avec moi, mais ce n'était pas à lui de décider. C'était moi qui régnais sur ces terres.

Et mon instinct me disait de battre en retraite.

J'avais appris à ne jamais ignorer ce système d'alarme inné, sachant qu'il me ferait payer cher mon arrogance et que je n'y prendrais aucun plaisir.

Après avoir suivi les dragons toute la journée dans le blizzard, j'étais tout aussi déçu que les autres de mettre un terme au jeu si tôt. Mais pour l'instant, je devais nous mener en lieu sûr avant que quelque chose ne tourne terriblement mal.

« Chasseurs, dragons. »

Je hochai la tête vers chaque camp avant de frapper deux fois mon torse du poing en signe de respect, marquant ainsi la fin de la chasse.

« Beau combat. »

J'adressai un long regard à Silvanus pour lui faire comprendre qu'il serait bientôt convoqué afin de parler de ce qui avait été sur le point de se produire. Une partie du pacte l'obligeait à répondre à mes appels royaux.

Ses pupilles fendues se dilatèrent brusquement et il secoua imperceptiblement sa tête de serpent avant de m'indiquer enfin que le message était passé.

Je n'eus pas le temps de réfléchir à l'étrange réaction de Silvanus, car un hurlement féroce déchira soudain le silence, me glaçant le sang.

Je me retournai juste à temps pour voir le dragon de glace de Colère bondir en avant, la gueule grande ouverte, et refermer ses crocs autour de sa gorge.

Mon frère était extrêmement rapide, mais même ses mains atteignirent la gueule du dragon quelques secondes trop tard. Les crocs s'enfoncèrent plus profondément et les yeux de la créature se révulsèrent, la soif de sang prenant le dessus.

L'ichor jaillit de douzaines de perforations alors que le dragon secouait mon frère, puis il lui arracha la gorge dans un mouvement d'une extrême violence.

Pendant un long moment terriblement tendu, le silence s'imposa ; Colère tomba lentement à genoux. Le sang coulait abondamment de sa blessure. Les chasseurs, pétrifiés par l'horreur, fixaient l'endroit où sa gorge aurait dû se trouver.

Tout s'était produit en un clin d'œil. Je n'avais pas eu le temps de réagir, même avec ma force et ma vitesse surnaturelles.

J'inspirai, sentant mon démon intérieur se débattre dans sa cage. Mon frère n'était pas un homme frêle, loin de là. Il n'y avait rien à faire pour arrêter l'hémorragie ; cette attaque allait bien au-delà de ce que dictait la règle du premier sang versé. Et elle ne resterait pas impunie.

Mais d'abord, je devais m'assurer que mes démons survivent à ce qui allait suivre. Les chasseurs restaient figés, l'odeur âcre d'urine imprégnant l'air. Ces hommes étaient parmi les membres les plus courageux de mon cercle, et ils étaient terrorisés. Si un prince pouvait être abattu aussi sauvagement, ils savaient qu'ils avaient peu de chances de s'en sortir.

Jusque-là, lors de nos jeux, les dragons s'étaient retenus. Les chasseurs n'avaient jamais affronté toute la puissance de ces créatures. Et, soudain, tout le monde avait compris qu'ils ne jouaient plus.

Mon frère me lança un regard furieux qui m'indiqua tout ce que j'avais besoin de savoir tandis que la lumière s'éteignait peu à peu dans ses yeux.

Je hochai la tête pour lui faire savoir que j'avais compris. J'étais prêt. Je serrai la dague dans ma main et attendis.

À la seconde où mon frère s'effondra, le chaos se déchaîna.

Comme si un lien invisible venait de se rompre, les dragons se tournèrent vers nous d'un seul mouvement. Et ils attaquèrent.

Deux
Adriana

« Vous devriez vraiment sourire plus souvent, Adriana, mon amour. »

Étant donné que les paroles de Jackson étaient à peine plus qu'un murmure pâteux et que ses pas étaient presque aussi lourds que la main qu'il faisait lentement glisser sur ma hanche, c'était presque impressionnant qu'il se souvienne encore de mon prénom.

En tant qu'initié parmi les forces d'élite de la Maison Gourmandise, connues sous le nom de guilde royale de chasse, Jackson était ma mission, ce soir. Cela signifiait que je devais me montrer aimable afin de découvrir les secrets de sa dernière expédition.

D'après la rumeur, les dragons de glace s'agitaient dans le Nord.

Si cela se révélait exact, ce serait l'histoire du siècle. Publier un article sur ce sujet en exclusivité pourrait susciter un intérêt public immense et changer radicalement la situation de ma famille.

Pas seulement parce que les dragons étaient à la fois craints et vénérés dans notre cercle, mais aussi parce que la sécurité publique serait en jeu.

Je ne pouvais pas juste laisser filer cette histoire et espérer que tout aille bien. Ma famille vivait là. Mes amis aussi. Et tous les citoyens méritaient de connaître la vérité avant qu'un drame ne survienne.

Si le traité de paix n'était plus respecté, il devait y avoir une raison.

Et j'avais bien l'intention de la découvrir.

Jackson nous faisait tournoyer dans la salle de bal, sa main continuant de descendre le long de mon corps, son ivresse devenant douloureusement évidente à chaque faux pas.

Nous attirions des regards indésirables.

Et pas seulement parce que nous dansions une valse au lieu d'un menuet.

Nous bousculâmes plusieurs seigneurs et dames, ce qui nous valut des regards noirs et des chuchotements acerbes. Quand nous percutâmes la duchesse douairière d'Oleander, je craignis qu'elle ne nous fasse expulser de la réception. Son regard glacial nous suivit alors que nous continuions à tournoyer sur la piste.

Je grimaçai en la voyant se pencher vers sa compagne, Dame Violet Gunner, l'hôtesse de la soirée, à qui elle demandait sans aucun doute justice pour ses orteils écrasés.

L'envie de faire trébucher Jackson dans la fontaine de chocolat chaud rivalisait avec mon besoin de me rapprocher de lui. Je serrai si fort les dents qu'elles en étaient douloureuses.

J'avais commis deux erreurs ce soir.

La première avait été d'écouter Miss Ryleigh Hughes. Ma meilleure amie et collègue m'avait conseillé d'utiliser le péché de prédilection de notre cercle à mon avantage et d'encourager les excès.

Les langues déliées provoquent de délicieux faux pas, c'était son credo.

Maintenant, j'avais un chasseur ivre qui faisait une scène et un mal de tête naissant au niveau des tempes, mais je ne semblais toujours pas plus près de percer ses secrets avant la date limite pour soumettre mon prochain article.

Je ne pouvais pas me permettre de ne pas envoyer de rubrique. Si je n'obtenais pas rapidement des informations sur les dragons de glace, je serais obligée d'enjoliver une autre rumeur impliquant mon ennemi juré. Mais si je rapportais la nouvelle avant tout le monde, l'article sur ces créatures propulserait ma carrière et mon salaire bien au-delà d'un simple papier à scandale. Alors, je ne voulais pas encore m'avouer vaincue.

Ma deuxième erreur avait été de tenter de jouer la carte du charme féminin pour soutirer des informations à Jackson. J'avais souvent du mal à tenir ma langue, et maintenant que l'heure tournait et que mon échéance approchait, ma patience commençait sérieusement à s'effriter.

Flirter n'était pas mon point fort, même dans les meilleures circonstances. Et celles-ci étaient loin d'être idéales.

Tout à coup, je me souvins de la poupée en porcelaine de mon enfance.

Eden, ma petite sœur, l'avait désirée plus que tout. Sa robe rose et éclatante avait brillé dans un rare après-midi ensoleillé, attirant son attention.

J'avais dix ans de plus qu'elle et, malheureusement, j'avais eu conscience de notre situation : je m'étais donc méfiée de cette poupée. L'expression vide qu'elle arborait comme un bouclier me poussait à me demander ce qu'elle pouvait bien cacher.

Peut-être que j'aurais dû envisager la possibilité que le fabricant de jouets ait mis son âme à nu et que la poupée représente la cage dans laquelle la société enfermait les jeunes filles.

Sois polie, plaisante et jolie, même si cela te vide de ton énergie vitale.

En dépit de mes mises en garde discrètes, ma belle-mère avait utilisé les pièces que nous avions économisées pour la nourriture afin d'acheter la poupée. Nous avions eu le ventre vide toute la semaine.

Eden avait pleuré chaque nuit, la poupée vite oubliée alors qu'elle devait affronter la dure réalité : la fortune que notre père avait mise de côté avant de mourir s'était envolée. Elle avait été dépensée jusqu'au dernier sou par ma belle-mère, un caprice inutile après l'autre. Non pas qu'un jouet pour un enfant soit futile. Je n'en avais jamais voulu à ma sœur d'avoir désiré un jouet ; même à l'époque, j'aurais voulu lui décrocher la lune.

Sophie Everhart, ma belle-mère, avait été la seule à refuser d'accepter notre sort, comme si ignorer le changement de notre situation l'empêcherait de se produire.

Même lorsque nous avions dû céder notre maison de ville aux créanciers et emménager dans l'immeuble délabré qui nous servait désormais de foyer, Sophie Everhart avait encore trouvé le moyen de dépenser l'argent que nous n'avions pas. Son péché était la gourmandise, et son besoin d'excès dépassait l'entendement.

À cette époque, j'avais juré de prendre soin de nous et de ne jamais céder à ces mêmes péchés. La gourmandise ne se limitait pas aux possessions matérielles.

Les pécheurs comme moi cédaient souvent à l'aventure. Et rien ne me rendait plus heureuse que de résoudre un mystère et de publier un article sur le sujet avant tout le monde.

Cela rendait cette danse avec Jackson et ses mains baladeuses supportables.

Je parvins à esquisser le même sourire fade que celui de la poupée, bien décidée à l'inciter à mener une véritable conversation au sujet des dragons.

Il m'offrit un sourire en coin et son regard glissa le long de mon corps, tout comme ses maudites mains.

D'ordinaire, je préférais que mes partenaires soient directs plutôt que de m'ennuyer avec de fausses déclarations d'amour, mais un minimum de conversation restait indispensable.

Si un homme ne tentait pas de séduire mon esprit, il ne pouvait pas entrer dans ma chambre. Cela dit, je n'avais pas eu d'amant au cours des deux dernières saisons. À mon grand désarroi.

« Les chasseurs d'élite tels que moi-même préfèrent les femmes qui minaudent. Tu sais minauder ? »

Pas mieux qu'il ne savait utiliser la grammaire.

« Non, milord. Je crains bien que non.

— Dommage. Tu es plutôt jolie quand tu ne fais pas cette tête. Ces cheveux bleu glacé… »

Je reculai juste à temps au rythme du crescendo du quatuor à cordes, évitant de peu une autre main indésirable. Ses doigts glissèrent dans le vide et non pas dans mes cheveux détachés.

Le regard de Jackson devint torride, plein de désir.

Qu'il soit simple initié ou non, il ressemblait à la plupart des membres des forces spéciales royales : il aimait le frisson de la chasse.

« Vous me parliez du Nord, milord. Des dragons de glace qui rôdent à la frontière du territoire de la Maison Gourmandise. J'ai entendu dire qu'il y avait eu une attaque.

— Oh… vraiment ? Je ne m'en souviens plus. »

Je n'arrivais pas à savoir s'il évitait habilement la question ou s'il était simplement trop occupé à tenter de me séduire pour écouter ce que je disais.

« Quelle était la nature exacte de votre mission ? demandai-je, espérant que son manque d'expérience au sein de la guilde agirait en faveur de mon enquête. J'ai du mal à imaginer qu'on puisse être posté bien longtemps là-haut. J'ai entendu dire que c'était plutôt isolé.

— Ah. La Frontière impitoyable. L'extrémité du continent civilisé, et des Sept Cercles. Plus connu comme l'avant-poste des cauchemars, parce que c'est tellement loin d'ici. Jusqu'à ce que les plus douces pécheresses s'infiltrent dans les baraquements. Après ça, plus personne ne pense à agir avec civilité. »

Je hurlais intérieurement.

« Son Altesse a-t-elle voyagé avec votre groupe de chasse ? Les rapports suggèrent qu'un autre prince du péché a été impliqué dans l'incident. »

Je devais forcément pouvoir ramener cette conversation sur un terrain plus sûr.

« Tout le monde veut toujours jaser sur les princes. Il y a pourtant des sujets plus intéressants. Vous ai-je dit comment on se tient chaud pendant ces nuits glaciales à la frontière ? »

Son regard plongea vers mon corsage et ne s'en détourna pas. Apparemment, il croyait que mes seins allaient finir par répondre à sa question comme par magie s'il les fixait assez longtemps.

« En éventrant vos ennemis et en dormant dans leurs entrailles fumantes ? » proposai-je d'une voix douce, en battant des cils.

Il leva immédiatement les yeux vers mon visage, la flamme dans ses yeux sombres s'éteignant d'un coup.

« Pardon ?

— Pas d'entrailles fumantes. »

Je poussai un profond soupir.

« J'aimais pourtant l'idée d'une sauvagerie brutale. La luxure et la violence. Un mélange tellement indécent, n'est-ce pas ? »

Il cligna lentement des yeux. De toute évidence, une partie de lui était encore intéressée, ne serait-ce que pour les ébats sauvages et indomptés qu'il imaginait, mais une autre partie commençait à se méfier.

Je ressemblais sûrement au genre de femme qui pouvait tout aussi bien le tailler en pièces que lui donner un orgasme intense ; il semblait évaluer les risques.

Par bonheur, la musique prit fin, tout comme le temps que nous devions passer ensemble. Ma mission avait échoué, mais au moins, Jackson n'aurait plus à décider lequel de ses deux cerveaux il devait écouter.

Je fis une révérence polie, puis me dirigeai vers le fond de la salle de bal. Sans surprise, Jackson ne me suivit pas. Il reporta son attention sur une noble aux cheveux coiffés avec élégance.

Ryleigh était adossée au mur. Ses yeux pétillaient d'un air amusé lorsque je la rejoignis dans la pénombre. Nous étions toutes deux des roturières, invitées uniquement pour couvrir les événements comme celui-ci, même si la plupart des nobles oubliaient vite notre condition. Il faut dire que nous faisions de notre mieux pour nous fondre dans la masse.

« Jackson a l'air à la fois amoureux et terrifié. Tu devrais vraiment travailler tes talents de séductrice, Miss Saint Lucent, me taquina Ryleigh. Un peu d'entraînement ne te ferait pas de mal.

— Soit il est trop ivre pour se concentrer sur mes questions, soit il ne parlera que si je l'emmène dans mon lit. »

Jackson et sa nouvelle cavalière venaient d'écraser un autre couple qui ne les avait pas vus venir. Il était donc complètement saoul.

« Et pourquoi mes capacités de séduction sont-elles toujours mises en cause ? »

Ryleigh me lança un regard appuyé.

« Tu lui as soutiré quelque chose d'utile ? »

Je saisis un verre de vin de baies démoniaques sur un plateau qui passait devant moi et en bus la moitié d'une seule traite. Les fruits étincelaient comme des étoiles minuscules.

« Rien qui puisse me permettre de discréditer Axton ou de prouver que les dragons de glace représentent une menace.

— Alors, c'est Axton, aujourd'hui ? releva Ryleigh, l'air amusé. Le Prince Gourmandise serait flatté que tu utilises enfin ce surnom. »

Ce satané Gabriel Axton, prince du péché.

Son alias préféré, même si ce n'était pas son véritable nom complet. Si cela avait été le cas, la sorcière que j'avais payée avec mes économies aurait réussi à le maudire depuis longtemps. *Gabriel* était connu dans tout le royaume comme le Prince de la Gourmandise, l'un des sept princes dépravés de l'Enfer.

Je savais que les mortels avaient des mythes et des légendes sur les dieux et déesses qui régnaient sur l'endroit connu comme l'Enfer. Mes contacts qui avaient eu la permission d'entrer dans notre royaume me l'avaient confirmé. Mais même eux n'avaient jamais pu aller au-delà des Îles changeantes.

En réalité, l'Enfer se divisait en sept cercles, chacun gouverné par un prince du péché différent. Il existait un huitième cercle, plus près de la frontière sud de notre royaume, mais il était interdit et souvent ignoré par les habitants de l'Enfer.

Sur une île plus grande, à l'ouest, s'étendaient les territoires des Faës. Et à l'extrémité sud de notre royaume se trouvait l'Île Malice, où vivaient les vampires. La Maison Gourmandise, où j'habitais, se trouvait tout au nord, bordée par des terres sauvages peuplées de dragons, de démons mineurs et d'autres créatures trop sombres, tordues ou solitaires pour choisir une Maison du péché.

Dans les Sept Cercles, les princes démons avaient besoin des pécheurs pour alimenter leur péché de prédilection, et donc leur pouvoir. Cela leur permettait d'être assez forts pour nous protéger des menaces extérieures. Les habitants étaient donc répartis dans les Maisons en fonction du péché qui leur correspondait le plus.

Contrairement à la plupart des gens du royaume, qui étaient tous sous le charme d'Axton, moi, je le méprisais.

Aucune règle n'exigeait que je l'apprécie personnellement parce que je me reconnaissais dans son péché. Cela signifiait qu'au moins un des anciens grands dieux était effectivement mesquin.

Peu d'autres cercles croyaient encore aux anciens dieux, qui gouvernaient principalement les saisons, mais dans le Nord, certains leur rendaient encore hommage. Il me faudrait découvrir qui soudoyer pour faire tomber ce prince.

Je refusais de l'appeler *Prince Gourmandise* en privé et *Gabriel* sonnait bien trop royal pour ce débauché. Axton était peut-être son pseudonyme préféré, mais cela ne changeait rien : ce nom me rappelait une arme. En public, le prince était beaucoup trop charmant pour être sincère et tout le monde devrait l'associer à une hache. Il avait brisé assez de cœurs au fil des ans pour le mériter.

« Il n'a pas assisté à une seule fête depuis presque une semaine, ce qui coïncide parfaitement avec la première attaque de dragon depuis plus d'un siècle, d'après les rumeurs, dis-je. Est-ce que tu l'as déjà vu rater la moindre occasion de nourrir son péché ?

— Ne me dis pas que tu as noté dans un calendrier tous les événements qu'il a manqués, Adriana. »

Je ne pris pas la peine de répondre. La musique s'arrêta et les danseurs changèrent de partenaire avant que le morceau suivant ne commence. Nous observions en silence, à l'affût du moindre signe de scandale, d'un refus ou d'un affront.

Les hommes faisaient tournoyer leurs cavalières sur le marbre poli, les jupes des femmes s'ouvraient comme de magnifiques fleurs colorées. Je pris mentalement note de qui dansait avec qui, qui disparaissait sur le balcon et qui revenait du jardin avec les cheveux décoiffés.

La duchesse douairière d'Oleander continuait à nous lancer des regards noirs. Manifestement, elle m'en voulait encore parce que je lui avais marché sur le pied. Ses cheveux étaient d'une couleur foncée qui allait bien avec son teint, mais n'arrangeait pas son tempérament aigri.

Elle était jeune pour être veuve, à peine plus âgée que Ryleigh et moi. Tout le monde savait qu'elle avait épousé le duc d'Oleander pour son titre et non pour son cœur, une pratique déprimante, mais courante parmi les nobles de notre monde et des terres des mortels.

Son regard se posa sur Ryleigh et devint encore plus glacial. Des années auparavant, des rumeurs avaient circulé sur un scandale impliquant mon amie et l'ancien duc. L'histoire aurait fait la une de toutes les chroniques mondaines si un événement encore plus choquant ne s'était pas produit peu après.

Je détournai les yeux rapidement.

J'aperçus Anderson Anders, un chroniqueur d'un journal rival qui se donnait un nom de plume hautain. Il rôdait de l'autre côté de la pièce, observant tout le monde d'un regard perçant. Il aimait à croire que ses articles étaient destinés à remporter des récompenses.

« Pourquoi est-ce que tu n'es pas inquiète à l'idée qu'il puisse y avoir eu une attaque de dragon ? » finis-je par demander.

Ryleigh poussa un profond soupir.

« Ta source n'était pas très fiable. S'il avait eu la moindre preuve, il serait déjà allé vendre son histoire au journal à scandale qui paie le plus cher. Au lieu de ça, il a disparu.

— La terreur que j'ai vue dans ses yeux était bien réelle, Ry.

— Peut-être. Mais il y a des tas d'autres raisons qui pourraient expliquer cette peur.

— Par exemple ?

— Des malédictions. Des sorts. De la magie noire. Des sortilèges d'illusion. »

Ryleigh compta ces possibilités sur ses doigts.

« Par les Enfers, quelqu'un aurait même pu utiliser la Plume maudite pour réécrire ses souvenirs. Je continue ? »

Je n'avais entendu parler de cette fameuse Plume maudite que dans les rumeurs que Ryleigh avait découvertes lors de l'une de ses toutes premières enquêtes sur le sujet, mais je savais que des objets au pouvoir insoupçonné circulaient sur les marchés noirs et dans certaines collections privées à travers le royaume.

Mon amie n'avait pas tort, mais je n'arrivais pas à me débarrasser de l'impression que cet informateur avait vu quelque chose qui l'avait terrifié. Quelque chose de plus puissant qu'un simple sortilège d'illusion.

Ryleigh n'était pas d'accord. Elle pensait qu'il ne s'agissait que d'un complot malveillant monté par un journal concurrent. Mais il était inutile de ressasser mes théories ce soir. Le bal touchait à sa fin et j'avais encore beaucoup de choses à faire avant d'aller me coucher.

Je balayai la salle du regard à nouveau. Aucun scandale imminent, hormis les deux pieds gauches et les mains trop aventureuses de Jackson.

« Tu as trouvé ce qu'il te fallait pour ton article ? » demandai-je.

Ryleigh hocha la tête.

« Merveilleux. Alors, allons-y. J'ai envie de rentrer, de me glisser sous mes draps et d'y rester pour l'éternité. »

Ryleigh soupira, mais passa son bras sous le mien et nous nous dirigeâmes vers la porte.

« Si tu continues comme ça, ton éloge funèbre dira : *Elle a passé sa vie à travailler et à dormir, ennuyant ses amis jusqu'à causer leur trépas prématuré*. Je mérite bien mieux que de mourir d'ennui. »

Je ne pus m'empêcher de rire.

« Pauvre petite chose. Ta réputation sera ruinée par mon besoin de nourrir et loger ma famille. Comment vas-tu bien pouvoir supporter une telle disgrâce ?

— Justement. Tu devrais venir au quartier nocturne avec moi. On pourrait boire un verre et parler de Jackson…

— Je préférerais encore me porter volontaire pour une lobotomie.

— Tu sais, ce ne serait pas la pire chose au monde de sortir avec moi. On pourrait aller danser. Flirter. Prendre de mauvaises décisions que nous regretterons le lendemain. Peut-être que tu rencontreras un mystérieux inconnu qui t'invitera au *Seven Sins*… »

Il était presque aussi probable que je déclare publiquement mon amour au prince, mais mon amie était toujours optimiste.

« Une autre fois, peut-être. »

Elle n'insista pas, mais je sentis sa déception.

J'avais envie de m'amuser un peu, mais je ne pouvais pas. J'avais bien vu ce qui s'était passé quand ma belle-mère avait fait passer son bien-être avant celui de notre famille. Mon devoir, c'était de travailler, de subvenir aux besoins des miens, et ce n'était… ni aventureux ni excitant, mais c'était suffisant. Parce que je n'avais pas d'autre choix.

Alors que nous approchions de la sortie, le plus grand des débauchés fit enfin son apparition à l'autre bout de la salle de bal, une maîtresse plantureuse à chaque bras.

Le Prince Gourmandise rejeta la tête en arrière, éclatant d'un rire franc et agaçant qui plissa les coins de ses yeux alors que la femme à sa droite lui murmurait quelque chose à l'oreille.

En le voyant mordiller son cou, j'espérais seulement qu'elle lui avait avoué souffrir de syphilis.

Je ne pris conscience que j'avais cessé de marcher qu'au moment où Ryleigh claqua des doigts devant mon visage.

« Tu vois ? dit-elle en désignant le prince d'un mouvement de menton. Tu trouves qu'il ressemble à un homme récemment attaqué par des dragons ? »

À vrai dire, il n'en avait pas l'air. Mais cette petite voix qu'on appelle l'intuition me disait de creuser davantage.

❄ ❄ ❄

Après une longue marche glaciale à travers la ville en relevant ma robe et mon manteau bordé de fourrure jusqu'aux genoux pour éviter d'abîmer les ourlets, je me glissai par la porte de notre modeste foyer et la refermai aussi discrètement que possible. Il me fallut un instant pour prendre mes marques dans l'obscurité.

La veille, nous avions épuisé nos réserves d'huile pour les lampes du salon.

Il me faudrait régler ce problème rapidement, mon gagne-pain en dépendait. Écrire mes articles dans le noir était difficile et le clair de lune était presque toujours obscurci par les lourdes chutes de neige en cette saison. Le *Wicked Daily* se montrait avare en fournitures et ne nous accordait qu'une seule feuille de parchemin par article. Par conséquent, si je commettais la moindre erreur qui m'obligerait à en utiliser une seconde, je devrais la payer de ma poche déjà presque vide. Rédiger dans l'obscurité me coûtait souvent les quelques pièces que j'aurais pu économiser, si ma belle-mère ou mes informateurs ne me les prenaient pas avant.

« J'ai besoin d'argent pour une nouvelle robe. »

La voix de Sophie me fit sursauter.

Je fermai la porte à clé avant de me tourner lentement vers elle. Elle était assise sur le canapé élimé que nous avions récupéré de notre ancienne vie, le dos droit, le menton relevé, me toisant de haut. Ses cheveux blond pâle étaient tressés et relevés comme si elle revenait d'un événement pompeux.

Même dans la pénombre, je reconnus l'expression de son visage : le mépris.

Comme si j'étais responsable de ses mauvaises décisions.

Je sentis son regard glisser sur moi tandis que je retirais mon plus beau manteau. La tension monta dans la petite pièce.

Elle détestait que j'assiste aux bals, même si elle savait que je n'y allais que pour écrire des articles. Sophie Everhart considérait que c'était elle qui devrait valser et boire avec ses anciens pairs.

Les démons vieillissaient bien plus lentement que les humains, alors Sophie n'avait pas l'air d'avoir beaucoup plus de trente ans. Je savais qu'elle en avait au moins le double. Et, malheureusement, elle n'en était pas plus sage pour autant.

Quand elle avait rencontré mon père, je n'avais que huit ans : ma mère était décédée un mois plus tôt et il avait été en plein deuil. Sophie avait aimé sa fortune, apprécié sa compagnie et à peine toléré ma présence, pour des raisons que je n'avais jamais vraiment comprises. Peut-être que je lui rappelais simplement qu'elle tiendrait toujours la seconde place dans le cœur de mon père, et ma belle-mère n'aimait pas perdre face à une roturière.

« Nous n'avons plus une seule pièce à dépenser, dis-je en veillant à conserver un ton aimable. Je dois payer le loyer cette semaine. Et il nous faut de l'huile. Je ne peux plus me permettre de gaspiller autant de parchemins si je veux continuer à nous nourrir. »

Je ne pris même pas la peine de préciser que, cette semaine, nous aurions déjà de la chance si nous pouvions acheter quelques pommes de terre au marché ; tout le reste était hors de question.

Mais j'imaginais bien que Sophie s'en moquait. Au fond, elle savait que je sacrifierais mes rations pour Eden et elle.

« Tu vas me donner cet argent pour la robe, ma chère. Sinon, je vais devoir vendre d'autres babioles de ton père. »

La colère brûla au fond de moi, mais je la ravalai. Les affaires de mon père étaient ce que j'avais de plus précieux.

En réalité, il ne restait qu'un petit registre dans lequel il avait noté les objets qu'il avait vendus. L'objet n'avait qu'une valeur sentimentale, parce que les pages étaient couvertes de son écriture. Il y avait aussi des boucles d'oreilles et un bracelet assorti qu'il avait offerts à ma mère lors de leurs fiançailles, puis qui m'avaient été transmis. J'avais eu la malchance de perdre le bracelet des années auparavant. Il y avait également quelques objets qui n'avaient de valeur qu'à mes yeux.

Je tentai une nouvelle approche, le seul argument qui avait une chance de fissurer son égoïsme.

« Eden a besoin de chaussures. Je croyais que nous étions convenues que, ce mois-ci, après avoir payé le loyer et nos besoins essentiels, ce serait notre seule petite folie. »

Ma belle-mère se leva lentement de son siège, l'air faussement innocent, caressant le collier de diamants à son cou. J'essayai de détourner mon regard de l'énorme pierre.

Si elle vendait ce collier, nous aurions assez d'argent pour ne plus nous inquiéter de la nourriture ou du loyer pendant toute une année. Nous aurions même assez d'argent pour acheter une petite maison afin de ne plus rien devoir à un propriétaire.

Mais cela exigerait d'elle un sacrifice.

À la place, elle portait ces diamants dans notre maison, les exhibant devant les souris et autres vermines qui rongeaient nos murs avant de détaler, déçues de ne pas trouver la moindre miette dans notre garde-manger.

Elle me surprit en train d'observer son bijou et ses lèvres imitèrent maladroitement un sourire.

« Tu m'as mal comprise, ma chère. La robe est déjà commandée. Trouve l'argent cette semaine ou c'est moi qui le ferai. Et ce ne seront pas mes bijoux que je vendrai. »

Trois
Prince Gourmandise

Un martèlement incessant à la porte de ma chambre me tira du rêve le plus indécent que j'aie jamais fait. Je roulai sur le dos, haletant, le sexe douloureusement dur, fixant le plafond recouvert de soie pour tenter de reprendre mes esprits.

Je n'arrivais pas à savoir si j'étais soulagé par cette interruption ou agacé d'avoir été réveillé au moment précis où j'attachais ma partenaire aux montants du lit et où j'écartais ses cuisses laiteuses.

Un frisson me parcourut l'échine. Qu'est-ce que je ne ferais pas à cette douce et étroite…

« Votre Altesse ? »

Val, ma seconde, frappa plus fort. Comme si j'avais pu manquer le premier séisme qu'elle avait déjà déchaîné sur la pauvre porte de ma chambre. Son ton était sec, agacé. Cela signifiait qu'elle avait dû me chercher partout et qu'elle commençait à perdre patience.

Je jetai un regard à la soie cobalt et exquise qui couvrait les murs, au nombre excessif de coussins argentés éparpillés sur le sol, aux couvertures en fourrure luxueuses. Ce n'était pas ma chambre.

Un souvenir embrouillé me revint à l'esprit : j'étais tombé dans la suite des invités que je réservais à mes conquêtes, quelque part entre la fin du bal de Dame Violet Gunner et le lever du soleil.

Mais pas avant d'avoir bu une bouteille de vin de baies démoniaques de trop, offrant à mon cercle le prince dépravé qu'ils adoraient. Après ma visite secrète dans le cercle de Colère pour prendre des nouvelles de son rétablissement, j'avais décidé qu'il valait mieux faire une apparition publique afin d'étouffer les rumeurs naissantes avant qu'elles ne se répandent. Mon meilleur espion, connu sous le simple nom de Shayde, m'avait rapporté que des chuchotements avaient réussi à franchir les murs presque infranchissables de la Frontière impitoyable.

L'un de mes chasseurs n'avait pas su tenir sa langue. Je devais régler ce problème rapidement, avant que ces rumeurs n'atteignent une certaine chroniqueuse.

Je souris en repensant à la veille. J'avais pris ma mission de distraction très à cœur. Mis à part le problème du chasseur qui parlait trop, mon frère guérissait bien. L'attaque du dragon, bien que brutale, n'avait heureusement coûté la vie à personne. Il semblait s'agir d'un événement isolé. De plus, je n'avais pas alimenté mon péché par d'autres moyens depuis longtemps. Ils n'étaient pas aussi puissants que la chasse au dragon des glaces, mais faisaient l'affaire pour l'instant.

Et la nuit passée avait rassasié mon appétit.

Une main chaude caressa mon torse nu, suivant du doigt les lignes de mon tatouage.

J'avais oublié que je n'étais pas seul.

Une chevelure écarlate s'étalait sur le corps svelte de… Callie ? Cassie ?

J'avais trop mal à la tête pour me souvenir des détails. Elle descendit lentement le long de mes abdominaux durs. Ses intentions étaient très claires.

Si je fermais les yeux, je pourrais facilement me replonger dans mon rêve.

Mon cauchemar, me corrigeai-je. De toute évidence, cela avait été un cauchemar. Il avait commencé à l'instant où j'étais entré dans la salle de bal et où je l'avais vue, son regard braqué sur moi comme si j'étais le fléau du royaume, et qu'elle voulait se débarrasser de moi.

J'avais passé presque une semaine entière et bénie sans croiser la terreur des Sept Cercles et ses articles sans pitié. Et puis, je l'avais vue. Miss Adriana Saint Lucent, dans toute sa splendeur infernale avec ses cheveux et ses yeux bleus, qui me fusillait du regard. J'avais fait exprès de me présenter au bal accompagné de deux femmes, me nourrissant de son mécontentement tandis que je me pavanais dans la pièce avec arrogance, feignant de ne pas remarquer les éclairs qu'elle me lançait depuis l'autre côté de la salle.

Je ressentais une euphorie perverse à l'idée qu'elle déteste à ce point mes démonstrations publiques.

Il n'y avait rien de plus satisfaisant que de gâcher la soirée de mon ennemie jurée.

Je saisis doucement le poignet de Cassie/Callie avant qu'elle n'atteigne sa cible, puis je me glissai hors du lit, ravi d'avoir gardé mon pantalon taille basse.

Je maudis dans un murmure mon corps, qui refusait d'oublier ce fantasme tordu, tandis que je marchais pieds nus sur le tapis pelucheux jusqu'à la source de mon agacement.

La porte manqua de sauter de ses gonds sous le nouvel assaut de Val.

Je l'ouvris d'un coup sec, lui adressant mon air le plus innocent alors que mon érection persistait. On ne pouvait pas la rater et Val était attentive à tous les détails.

C'était bien dommage pour elle, cette fois.

Val jura entre ses dents avant de plisser les yeux en direction de ma compagne encore somnolente dans le lit. Elle voulait probablement vérifier qu'elle était décente sous les couvertures. Ce qui n'était pas le cas.

Je me retournai juste à temps pour voir Callie, ou Cassie, écarter la fourrure, dévoilant le galbe généreux de son sein et la pointe dure de son téton, visiblement dans l'espoir de persuader ma seconde de la rejoindre. Je haussai les sourcils d'un air interrogateur, principalement pour l'agacer.

Val leva les yeux au ciel ; elle s'y était attendu.

« La nuit a été difficile, Altesse ? »

Ses cheveux blond platine étaient tressés en arrière, dévoilant son visage anguleux, et ses yeux brillaient du bleu caractéristique de la plupart des habitants du Nord. Elle n'avait que faire de mes mises en scène, ce qui était plutôt ironique vu qu'elle participait activement à façonner mon image avec ses fêtes exubérantes et ses événements conçus pour nourrir mon pouvoir.

« Réveiller ton prince avant le lever du soleil, ce ne sont pas de bonnes manières.

— Étant donné que le soleil est déjà *couché* depuis une heure et que tu as une affaire royale à traiter dans la tour nord, je me suis dit que tu ne serais pas dérangé par cette interruption. »

« La tour nord », c'était notre code pour les problèmes liés aux dragons de glace et à tout ce qui se passait au nord de la Frontière impitoyable, y compris mes chasseurs. Jackson était là pour son débriefing.

Toute trace de désir issu de mon cauchemar s'évapora instantanément.

J'attrapai ma chemise sur la chaise où je l'avais jetée, enfilai mes bottes, puis adressai à Cassie/Callie un sourire charmeur.

« C'est toujours un plaisir. »

Elle ne fronça les sourcils que légèrement. Je ne pensais pas que Val s'en soit aperçue.

Je sortis de la pièce avant qu'elle ne puisse révéler un de mes secrets les mieux gardés.

J'avais une réputation à entretenir, et si elle disait la vérité, tout ce que j'avais cultivé au cours des dernières années serait anéanti.

❄ ❄ ❄

Val marchait à mon rythme tandis que nous traversions l'aile est et que nous engagions dans le vaste couloir lumineux qui menait à la tour nord. Le marbre luisait sous nos bottes et le son était atténué par le tapis cobalt et argenté qui s'étirait jusqu'au bout.

Je prêtai à peine attention à la collection de tableaux colorés dans leurs cadres dorés, aux bouquets de fleurs fraîches, aux bougies parfumées ou encore aux sculptures complexes posées sur des colonnes placées à intervalles réguliers de part et d'autre du couloir. Des plateaux regorgeant de tartes, de chocolats et de pâtisseries exquises étaient présentés environ tous les mètres pour inciter quiconque à les goûter.

Presque tous les recoins de la Maison Gourmandise étaient un festin pour les sens, au cas où un invité ou un domestique s'y promènerait et souhaiterait céder à un petit plaisir.

D'ordinaire, ma seconde prenait une flûte de champagne et me parlait des rapports sur ma dernière apparition en public.

Ce jour-là, elle jouait avec les couteaux attachés à sa ceinture.

« Eh bien, vas-y. »

Je lui lançai un regard en coin.

« Quel sage conseil meurs-tu d'envie de me prodiguer ? »

Sa main s'immobilisa sur le manche d'un couteau. Connaissant Val, soit elle hésitait à me poignarder, soit elle essayait de dissimuler le fait qu'elle ruminait quelque chose.

Et elle savait que ce sujet ne me plairait pas.

« Miss Saint Lucent a publié une nouvelle chronique à ton sujet ce matin.

— A-t-elle au moins pris la peine de faire l'éloge de ma beauté ? »

Sans ralentir l'allure, Val m'adressa un regard incrédule. Nous savions tous les deux qu'il était absolument impossible qu'Adriana Saint Lucent écrive quoi que ce soit de flatteur à mon égard.

« Entre autres amabilités, elle t'a qualifié de débauché présomptueux et impitoyable. »

Mes lèvres tressaillirent.

« Enfin… elle reconnaît mes plus grandes qualités.

— Est-ce que tu savais au moins que les deux dames avec qui tu es allé au bal étaient sœurs ?

— Je n'ai pas souvenir qu'on ait beaucoup parlé. »

Val pinça les lèvres.

« Elle a aussi écrit que tu étais plus paresseux que ton frère. Avec tout le respect que je te dois, un jour, le cercle finira peut-être par écouter ses critiques cinglantes. Certains se lasseront de tes bêtises, même s'ils ont besoin de ton péché. »

Je poussai un soupir. C'était un équilibre difficile à trouver : faire des excès pour nourrir mes pécheurs, qui, à leur tour, renforçaient mon pouvoir, mais sans les faire basculer vers une autre Maison du péché, comme celle de l'Envie.

Je comprenais l'inquiétude de Val face aux reproches à peine voilés d'Adriana ; à terme, ils pourraient avoir des conséquences sur ma Maison. Mais pour le moment, j'avais d'autres préoccupations en tête.

Comme la personne qui avait raconté des histoires palpitantes sur les attaques des dragons de glace.

Au bout du couloir, nous gravîmes en silence l'escalier en colimaçon qui menait à la tour. La tension montait d'un cran à chaque marche. À mi-chemin, Val finit par dire ce qu'elle avait eu à l'esprit toute la journée, comme je l'avais soupçonné.

« Mon conseil reste le même. Bannis cette chroniqueuse de ton cercle ou oblige-la à se taire par un pacte magique. Elle représente un risque. »

C'était un débat récurrent entre nous, et l'un des rares sujets sur lesquels nous n'étions pas d'accord. Je prenais son avis en compte, mais je m'occuperais de la journaliste comme je l'entendais.

Une fois en haut des marches, Val resta dans le couloir devant la salle de commandement. Elle fit tourner ses couteaux à lancer entre ses doigts, prête à empêcher quiconque d'approcher pour nous espionner.

J'entrai dans la pièce austère sans m'annoncer. La porte claqua derrière moi avec assez de force pour faire trembler le carreau en verre plombé de la fenêtre à l'autre bout de la salle. C'était l'un des rares endroits du château qui n'était pas décoré dans le luxe : cette pièce était conçue pour établir des plans stratégiques. L'excès de fioritures n'était pas nécessaire.

Jackson manqua de tomber de sa chaise. Il avait été affalé contre le dossier, les bottes posées sur ma table en bois usée, les bras croisés derrière la tête, fredonnant une chanson de taverne populaire.

Je n'avais pas été discret en montant. Son instinct aurait dû être plus affûté. Il avait encore beaucoup à apprendre sur la vigilance s'il espérait progresser au sein de la guilde.

J'avais confié à Félix la responsabilité de tester tous les aspirants chasseurs sur le terrain lors de la deuxième phase d'initiation. Jackson avait donc encore du temps pour apprendre.

D'une manière étrange, presque attendrissante, il me faisait penser à un chiot : surexcité d'être là, les yeux grands ouverts et pleins d'espoir, mais totalement inconscient du fait qu'uriner par terre n'était pas vu d'un bon œil.

Il cligna lentement des paupières, comme s'il émergeait d'un rêve éveillé, et continua à me fixer du regard, comme si j'étais le fruit de son imagination et non son prince.

« Eh bien ? »

Je haussai un sourcil et attendis.

Les bottes de Jackson claquèrent sur le calcaire tandis qu'il se redressait, bondissant sur ses pieds pour faire une révérence.

« Redresse-toi et fais ton rapport. »

Ma voix était glaciale, autoritaire. Il obéit aussitôt.

« Elle posait beaucoup de questions sur la chasse. »

Je réprimai l'envie de pincer l'arête de mon nez.

« J'imagine que tu parles de Miss Saint Lucent. Lorsque tu fais un rapport, commence toujours par le sujet. Puis passe à la suite. Qu'a-t-elle demandé à propos de la chasse, *précisément* ?

— Elle savait qu'il y avait eu une attaque, qu'un prince était impliqué. Elle voulait que je lui dise ce que je savais, mais j'ai esquivé la question, comme on nous l'a appris.

— Miss Saint Lucent a dit textuellement qu'un prince avait été attaqué ? »

Jackson acquiesça avec enthousiasme.

« Jolie fille, mais pas très douée pour la drague. Elle s'est mise à parler de boyaux fumants quand j'ai évoqué les baraquements la nuit. Ça a failli tuer mon excitation. »

Un rictus menaça d'étirer mes lèvres. Il n'avait rien d'amical. Et Jackson sembla saisir la nuance.

Il leva les yeux vers moi, hésitant face à la tension qui montait alors que je me dressais devant lui.

Il avait commis une erreur.

« Ce qui se passe à la Frontière impitoyable doit y rester, dis-je d'une voix grave. Comment en êtes-vous arrivés à parler de ce sujet ?

— Je ne sais plus trop. »

Son visage vira au cramoisi.

« Mais je me souviens que ses fesses sont fermes. »

Peut-être n'était-il pas aussi futé que je le pensais.

« Tu l'as tripotée ? »

Il déglutit bruyamment.

« On dansait...

— Et ? Elle t'a soudainement invité à lui toucher les fesses, là, au beau milieu de la salle de bal ?

— Pas exactement, Votre Altesse. »

Je le fixai du regard jusqu'à ce qu'il baisse les yeux. La température dans la pièce chuta de plusieurs degrés. Tous les princes du péché pouvaient influencer leur environnement par leur mécontentement. Jackson aurait peut-être mal interprété l'expression de mon visage, mais personne ne se trompait sur la signification d'une pièce glaciale.

« Dois-je te rappeler que la guilde royale de chasse me représente directement ? Ne touche plus *jamais* Miss Saint Lucent ni aucune cible. En fait, ne touche plus personne sans son consentement. Sinon, c'est moi qui te parlerai d'entrailles fumantes. Et je te promets que je ferai bien plus que t'en parler. C'est compris ?

— Cela ne se reproduira plus, Votre Altesse. »

À en croire le tremblement de ses membres et l'odeur de sueur qui imprégnait la petite salle circulaire, il était sincère. Je reculai d'un pas.

« Quelles autres questions Miss Saint Lucent t'a-t-elle posées ? »

Jackson les énuméra, m'expliqua comment il les avait évitées et fit des commentaires inutiles, mais vaguement amusants, sur sa manière de se mouvoir sur la piste de danse. Puis il se lança dans un monologue sur l'absence de guimauves parfumées au brandy près de la fontaine de chocolat chaud alcoolisé.

« Si tu souhaites progresser dans la guilde, j'exige de la discrétion. Plus de récits pour impressionner tes amis. Je ne veux plus que tu parles de nos chasses en dehors des murs protégés de la Frontière impitoyable. Si jamais tu lances une autre rumeur, par accident ou pas, tu seras banni de la guilde et j'effacerai tout souvenir de son existence de ton esprit. Je ne tolérerai aucun manquement à tes obligations. »

Je le fixai jusqu'à ce qu'il semble se ratatiner sur place. J'avais la forte impression que c'était lui qui avait lancé les rumeurs.

Dès qu'il eut fini de me jurer qu'il ne parlerait plus jamais de cette chasse, je le congédiai et m'approchai de la fenêtre arquée de la tour, jetant un coup d'œil sur la ville en contrebas.

La neige tombait lourdement, recouvrant les toits en tuiles et les rues pavées.

Mon regard suivit l'avenue la plus proche au pied de la montagne où se dressait la Maison Gourmandise, passa devant ma taverne préférée, puis longea le quartier nocturne avant de s'arrêter enfin sur l'allée des imprimeurs. Tous les journaux à scandale de la ville se trouvaient dans ce secteur, à la lisière des maisons de la classe ouvrière.

L'antre de ma douce ennemie jurée.

Val avait raison. Adriana Saint Lucent était un problème. Jackson avait peut-être fait le malin devant ses amis, sa famille ou son tavernier préféré, mais il était très impressionnant qu'Adriana ait découvert les détails de la chasse et de l'attaque contre Colère aussi rapidement.

Et c'était dangereux.

Je devais planifier ce que j'allais faire avec prudence. Ma priorité consistait à l'éliminer du jeu.

« Altesse ? »

Val entrouvrit la porte et passa la tête à l'intérieur.

« Silvanus est là. »

❄ ❄ ❄

Derrière les écuries de la Maison Gourmandise, une calèche sans armoiries s'arrêta à l'abri des regards de mes courtisans. Bien que la longue allée soit pavée, les roues et les chevaux n'avaient pas fait le moindre bruit en montant la colline. Le blanc des yeux des animaux luisait tandis qu'ils frappaient le sol de leurs sabots, et leurs naseaux frémissaient ; ils étaient sans aucun doute troublés par ce silence peu naturel.

Même ma peau frissonna à cause du malaise.

J'attendis que la magie qui dissimulait le véhicule se dissipe, puis je m'écartai de la barrière contre laquelle j'étais adossé. Je ramassai la lanterne posée à mes pieds et m'avançai vers la calèche, mes bottes crissant sur la neige durcie. Le cocher tressaillit sur son siège, les muscles tendus tandis que j'émergeais de l'ombre. Il resta figé jusqu'à ce que j'allume la lanterne et la lève devant mon visage.

Avec ma capuche rabattue sur mon front et l'aura menaçante qui émanait de moi parce que j'avais patienté près d'une heure dans la tempête, je comprenais sa peur.

Mais ce n'était pas lui qui avait provoqué ma colère. Cet honneur revenait à son passager.

La lueur chaleureuse de la lanterne dissipa les dernières tensions lorsque je m'approchai de la calèche et lui montrai une bourse bien remplie.

« Pour ta discrétion continue, Niles.

— Vous pouvez toujours compter sur moi, Votre Altesse. »

Je lançai l'argent au cocher et fis un signe à Val, qui était encore dans l'ombre, attendant de récupérer notre illustre invité pour que nous puissions enfin en finir.

Avant qu'elle ne touche la poignée de la portière, Sascha descendit du véhicule, rejetant en arrière le capuchon de son manteau noir comme la nuit et balayant les environs du regard pour s'assurer que nous étions seuls. Les flocons de neige fondaient sur ses cheveux tout aussi sombres, mais elle ne semblait pas se soucier du froid mordant.

Son regard troublant glissa sur moi et un sourire en coin apparut sur ses lèvres. Ce soir, je ressemblai plus à un assassin qu'à un prince : ma couronne était absente, mais ma dague scintillait dans le clair de lune argenté qui perçait à travers les nuages noirs.

Je déposai la lanterne par terre.

« Tu n'oublierais pas quelque chose ? »

Une lueur d'agacement brilla dans les yeux de la sorcière, mais elle fit une grande révérence et ne se releva pas immédiatement.

« Votre Altesse.

— La prochaine fois que tu es en retard, je te traquerai en personne, Sascha. »

Elle déglutit visiblement.

« Mes excuses, Votre Altesse. Cela n'arrivera plus. »

Elle tendit une main gantée et ouvrit sa paume.

« La moitié d'avance, comme toujours. »

Les doigts de Val effleurèrent le manche de son couteau à lancer préféré ; elle n'avait aucune intention de tolérer l'impertinence de Sascha. Les démons et les sorcières étaient des ennemis jurés et il en fallait peu pour que les esprits s'échauffent.

Je m'interposai nonchalamment entre elles.

Je versais une somme indécente pour que Sascha oublie à quel point nos espèces se haïssaient et, pour rendre notre collaboration encore plus alléchante, je l'avais autorisée à ouvrir une boutique d'apothicaire permanente au cœur de mon cercle. La plupart des sorcières vivaient sur les Îles changeantes, mais Sascha avait été bannie de son assemblée, ou alors elle avait choisi de partir pour des raisons qu'elle n'avait jamais évoquées. Comme tous les princes du péché, je savais détecter les mensonges, et j'avais pu constater qu'elle était sincère lorsqu'elle avait demandé à rester dans mon cercle en jurant qu'elle ne préparait rien pour se venger.

Je traitais avec cette sorcière depuis des décennies et savais parfaitement comment la provoquer sans pour autant déclencher une guerre.

Je lui adressai un sourire nonchalant qui lui fit serrer les dents.

« Val ? Donne la première bourse à la dame. »

Pendant que l'échange d'argent avait lieu, je jetai un regard vers la lisière des arbres, où le dragon colossal attendait. Suivant mes instructions, Silvanus avait volé au ras du sol avant de parcourir le reste du chemin en marchant jusqu'à notre lieu de rencontre afin de ne pas être aperçu.

Puisque j'organisais parfois des chasses à cet endroit, la présence de dragons sur mes terres n'était pas tout à fait inhabituelle, mais avec les rumeurs qui circulaient actuellement dans l'ombre, je préférais que personne ne le voie si ce n'était pas nécessaire. Mes écuries étaient suffisamment éloignées du château et perchées assez haut sur la colline pour nous cacher des éventuels courtisans ivres qui auraient pu s'éclipser de la fête en cours, pour des rendez-vous clandestins dans les jardins ou sur les terrasses.

« Prêt ? » demanda la sorcière en nouant la bourse.

Je hochai la tête.

« Sil ? Tu veux bien te joindre à nous ? »

Le dragon souffla bruyamment en entendant le ton de ma voix, mais s'avança dans la clairière. L'air se refroidit à son arrivée. Val et la sorcière frissonnèrent lorsqu'il approcha.

Sascha fourra la bourse dans son corsage, puis murmura une phrase en latin tout en effectuant des gestes brusques avec les mains. Il me semblait que ce n'était que de simples jurons hauts en couleur dans sa langue maternelle.

Elle se dirigea rapidement vers Silvanus, qui l'observait de ses pupilles fendues, et répéta les gestes en se hâtant, car elle commençait à claquer des dents. Les dragons de glace étaient terrifiants, même lorsqu'ils ne faisaient aucun effort pour l'être. Leur seule présence était difficile à supporter pour ceux qui n'étaient pas immortels.

Quand Sascha eut terminé, elle brûla un fagot d'herbes et le secoua de la tête aux pieds. Une fine pellicule de sueur perla sur son front.

« C'est terminé ? » demandai-je en me curant les ongles avec ma dague.

Elle tendit une main sans âge. Je remarquai que son bras tremblait légèrement. J'ignorais si elle avait peur ou froid.

« Vous avez un quart d'heure.

— Pour ton sort et ton silence », lui rappelai-je avant de laisser tomber la deuxième bourse dans sa paume.

Val l'escorta jusqu'à sa calèche, me laissant seul avec Silvanus pour notre entretien.

Je l'observai un instant, guettant le moindre signe d'agressivité. Il renifla bruyamment, agacé.

Si tu souhaitais admirer ma splendeur, l'argent que tu as payé à cette sangsue magicienne était excessif, quoique peu surprenant, étant donné ton péché.

« C'est une sorcière. Et ne sois pas impertinent. Tu sais pourquoi tu es ici. »

L'attaque.

« Non, le bal masqué auquel je t'ai invité... Bien sûr que je parle de l'attaque ! Colère est encore en train de s'en remettre, et tu ferais bien de prier tes dieux écailleux pour qu'il n'exige pas de représailles. »

Le mauvais caractère de ton frère ne m'inquiète pas.

Un sourire carnassier étira mes lèvres, dévoilant légèrement mes dents. Les dragons n'aimaient pas trop cela. Leur montrer les dents, c'était comme brandir une épée.

« Lorsqu'il t'écorchera vif pour transformer ta peau en jolies bottes pour sa femme, tu t'inquiéteras peut-être. »

Au moins, tu penses qu'elles seront jolies.

« Tu es d'humeur taquine, à ce que je vois. »

Il renifla à nouveau et son souffle glacé projeta des fragments de glace dans l'air, mais il demeura silencieux. Quelle créature obstinée, maudite des dieux. Petit, il campait déjà sur ses positions avec la même ténacité. Un siècle plus tard, rien n'avait changé.

« Explique-moi pourquoi Hectaurus a attaqué ou je serai contraint de te livrer à la Maison Colère. »

Comme si j'allais le permettre, démon. L'alpha pense qu'il a été infecté par une autre créature qu'il avait affrontée plusieurs lunes auparavant. Une des abominations qui rôdent dans les bois du nord. Ce qui est arrivé au reste de la meute relève de l'instinct.

De nombreuses bêtes et démons mineurs osaient s'aventurer sur ces terres inhospitalières. Obtenir une description précise de la part d'un dragon sur une créature qu'il voulait combattre ou tuer était souvent une perte de temps : ils ne cherchaient qu'à abattre leur ennemi. Mais cela valait quand même la peine d'essayer.

« Quelle créature a-t-il combattue ? Un démon ? Une bête de l'enfer ? Un métamorphe ? Un Faë ? »

La queue de Silvanus balaya la neige.

Une créature dotée de griffes et de crocs.

« Voilà qui réduit considérablement les possibilités. »

Silvanus ignora mon sarcasme.

Cela n'a aucune importance. La créature a été détruite au combat.

Ce n'était pas surprenant. Peu de créatures survivaient à un véritable combat contre un dragon. Nous avions eu de la chance. Quand Colère avait été envoyé au tapis, les bêtes avaient pris leur envol. Mes chasseurs avaient été blessés, mais tous avaient survécu.

« Est-ce que ton alpha pense qu'il s'agit d'un incident isolé ou bien d'un problème à régler ? »

Je repensai au combat.

« Tes pupilles se sont dilatées d'une manière étrange. Aloysius était plutôt agressif, lui aussi. »

Le dragon battit des paupières théâtralement.

Que penses-tu de mes yeux maintenant, grand prince ? Te terrifient-ils toujours autant ?

Je lui lançai un regard neutre, dénué d'humour, et il souffla. Il était plus en forme que d'habitude.

Aloysius a mauvais caractère. Quant à Hectaurus, l'affaire est réglée.

Je plissai les yeux et scrutai la gigantesque créature.

« Il a été exilé ? »

Silvanus secoua sèchement sa tête pointue et ses écailles scintillantes en forme de diamants projetèrent des prismes de lumière sur la neige.

En violant le traité, Hectaurus a mis en péril la sécurité de toute la meute. Notre alpha lui a arraché la gorge et s'est repu de lui jusqu'à ce qu'il ne reste que des os.

Je m'efforçai de garder un air impassible tout en digérant une telle brutalité. Je me rappelai que la nature avait ses propres lois. Les prédateurs et les proies. Tuer ou être tué. Un maillon faible menaçait l'ensemble. La pitié ne faisait pas partie de leur cadre de référence ; c'était un concept qui menaçait leur survie.

« Et si l'alpha était désormais contaminé par ce qui affectait Hectaurus, ou s'il y avait été exposé ? »

Silvanus cracha un souffle glacé.

L'alpha n'a pas été touché. Il est protégé par la magie de guérison des alphas et sa décision était justifiée.

C'était un avertissement pour nous tous. Sa loi a été transgressée, le châtiment a été immédiat. Un alpha ne peut pas faire preuve de faiblesse. Ou de clémence.

Il a envoyé ceci.

Silvanus fit un pas de côté, battant une fois de ses ailes couvertes de plumes avant de révéler ce qu'il cachait.

Pour l'amour de toutes les choses corrompues et impies… pensai-je en dissimulant mon dégoût.

Un gigantesque crâne de dragon émergea de la neige. L'os argenté portait des marques de dents profondes.

Un frisson me parcourut l'échine.

C'était atroce. Hectaurus avait été l'un des jeunes dragons que j'avais aidés à socialiser. J'avais horreur qu'il s'en soit pris à mon frère, mais voir ses os ainsi…

Je me tournai brusquement vers Silvanus, qui m'observait attentivement.

« J'accepte l'offrande de paix. Mais la chasse sera repoussée à la prochaine pleine lune. J'attends de la meute qu'elle respecte dorénavant toutes les règles du pacte. »

Cela m'affaiblirait légèrement, mais ce ne serait que pour un mois. Je nourrirais mon péché ailleurs.

Je transmettrai à l'alpha que tu es satisfait. Nous avons hâte de combattre à la prochaine pleine lune.

Je congédiai le dragon des glaces et reportai mon attention sur le sinistre cadeau que son alpha m'avait envoyé tout en réfléchissant à ces informations. Tout semblait indiquer un incident isolé.

Toutefois, malgré l'explication raisonnable de l'attaque, ce n'était pas du soulagement que je ressentais. Si une créature était assez téméraire ou bête pour affronter seule des dragons et qu'elle était infectée par une sorte de démence, qui sait ce qu'elle avait pu attaquer avant de succomber ? Ce n'était pas parce qu'elle était morte que la menace avait disparu.

Je demanderais à Félix d'envoyer une patrouille dans les bois pour chercher toutes les créatures ayant l'air malades.

Un frisson me parcourut l'échine. Je décidai que c'était en partie à cause du crâne de dragon qui me fixait de ses orbites vides et mutilées. À mon retour au château, j'ordonnerais qu'il soit placé dans le mausolée royal, dans une crypte lui rendant hommage.

Mais même la décision de permettre à ses os de reposer éternellement ne calma pas mon malaise. J'avais l'impression que celui-ci était aussi dû au petit problème que je devais encore régler avec Miss Adriana Saint Lucent.

En premier lieu, pendant que Félix mènerait des recherches au nord, j'ordonnerais à un petit groupe de savants d'enquêter sur toute maladie susceptible d'affecter les dragons de glace, pour confirmer que c'était bien la cause de l'attaque. Ensuite, je m'assurerais que mon cercle reste dans l'ignorance la plus totale pour éviter un mouvement de panique inutile.

La menace immédiate était peut-être écartée, mais il suffirait d'un seul article pour semer l'hystérie et anéantir le sentiment de sécurité que j'avais eu beaucoup de mal à instaurer au sein de mon cercle.

Alors que je regagnais le château, je songeai à ce que Jackson avait dit à propos de cette journaliste indiscrète et un plan commença peu à peu à prendre forme.

Il me faudrait quelques jours pour tout mettre en place, mais je savais exactement comment empêcher Adriana de répandre des rumeurs sur les dragons ou d'approfondir son enquête.

Et le meilleur, c'était qu'elle aurait horreur de ça.

Quatre

Adriana

« Savez-vous ce que c'est, Miss Saint Lucent ? »

M. Gray, le rédacteur en chef au visage cramoisi, presque chauve et totalement dénué d'humour du *Wicked Daily*, jeta une enveloppe sur mon bureau, me tirant brusquement de la rédaction du premier jet de mon dernier article à scandale : un texte particulièrement cinglant sur mon ennemi juré préféré.

Techniquement, c'était mon seul ennemi, mais tout de même. Il allait détester chaque mot, ce qui me remplissait d'une joie chaleureuse et radieuse en cet après-midi venteux.

C'était un soulagement bienvenu après une semaine de reportages éprouvante. Les rumeurs sur les attaques de dragons des glaces s'étaient dissipées, je devais donc mettre cet article de côté pour l'instant. Je creuserais quand même l'affaire pendant mon temps libre, ne serait-ce que pour satisfaire ma propre curiosité.

Ryleigh avait probablement raison : l'informateur avait pu être victime d'un enchantement lancé par un journal concurrent qui cherchait à me discréditer. Ce ne serait pas la première fois qu'un autre canard irait aussi loin pour renforcer sa crédibilité tout en éliminant la concurrence. Dernièrement, les ventes de notre journal avaient été excellentes, en grande partie parce que je m'acharnais contre le Prince Gourmandise.

Je levai les yeux, repoussant une mèche de cheveux bleu pâle derrière mon oreille, me demandant si M. Gray s'était cogné la tête ou si sa question était rhétorique.

Malheureusement, mon rédacteur en chef n'était pas connu pour se livrer à des débats intellectuels, et il continua obstinément à hausser les sourcils tout en attendant ma réponse.

Je décidai que, si quelqu'un posait une question stupide, il devait s'attendre à une réponse qui l'était tout autant. Je posai ma plume et lui accordai toute mon attention.

« C'est une enveloppe, monsieur. »

Aussi improbable que cela puisse paraître, le teint de M. Gray prit une teinte bordeaux surnaturelle et ses narines se dilatèrent face à mon impertinence – que j'assumais.

S'il ne faisait pas attention, il allait nous faire une embolie dans la salle de rédaction. Mais, vu la nature de notre métier, l'un des journalistes donnerait une tournure sensationnelle à cette histoire, propulsant les ventes du *Wicked Daily* vers des sommets inégalés dans tout le royaume.

Rien ne se vendait aussi bien que les histoires de meurtre, de sexe ou de scandale, ou des trois en même temps. Et si un prince du péché y était mêlé ? C'était encore mieux.

La véracité des histoires n'était pas primordiale. Tout ce qui comptait, c'était la manière dont elles étaient perçues.

Les bruits des plumes griffant le parchemin neuf cessèrent aussitôt. Les cinq autres reporters marquèrent une pause derrière leurs bureaux et leurs chaises en bois grincèrent comme des arbres fouettés par le vent tandis qu'ils se penchaient en avant, toujours prêts à capter le moindre ragot.

Julian Wren était le pire d'entre eux : il semblait prêt à planter ses dents dans la tension qui montait et à s'en repaître. Je m'attendais presque à voir un filet de bave couler de son menton pointu. Je lui fis discrètement un geste obscène de la main, ce qui poussa Ryleigh à ricaner discrètement et fit pouffer les autres journalistes.

Notre bureau se composait de trois petites pièces que nous louions au rez-de-chaussée d'une maison mitoyenne à deux étages.

Nous avions accès à un sous-sol qui, j'en étais persuadée, servait de repaire aux goules. Je refusais d'y mettre les pieds, de peur d'attirer les morts-vivants et de les inviter chez moi.

J'avais déjà suffisamment de bouches à nourrir sans y ajouter des intrus invisibles. L'étage supérieur était loué par un journal concurrent, ce qui donnait lieu à des rencontres aussi intéressantes qu'hostiles dans l'escalier commun. Notre pièce principale comptait six bureaux, qui étaient tous abîmés, anciens et dépareillés et que nous avions récupérés quand d'autres les avaient jetés à la poubelle.

L'arrière-salle abritait le bureau de M. Gray et la dernière pièce était un minuscule cabinet de toilette dont l'odeur nauséabonde imprégnait constamment l'air ambiant. La puanteur empirait de manière suspecte quand M. Gray s'y enfermait avec son journal pendant une heure interminable après son déjeuner riche en produits laitiers.

Personne n'avait encore eu les tripes de lui révéler que les siennes se révoltaient contre le fromage, mais j'étais de plus en plus tentée de lui révéler ce secret de polichinelle.

Mais, vu la vapeur qui semblait s'échapper de chacun de ses orifices, ce n'était pas le bon jour.

« C'est bien plus qu'une simple enveloppe, Miss Saint Lucent, gronda M. Gray. Jusqu'à nouvel ordre, je vous retire des rubriques à scandale. »

Un bourdonnement résonna dans mes oreilles. Je ne pouvais quand même pas être renvoyée. Pas d'une revue à scandale.

J'avais beau être effrontée d'ordinaire, je ne *pouvais pas* perdre ce travail. Ma sœur et ma belle-mère comptaient sur mon maigre salaire pour garder un toit au-dessus de nos têtes.

Si je manquais un seul paiement, notre propriétaire n'hésiterait pas une seconde à nous mettre dehors. Non par méchanceté, mais par nécessité. Les choses étaient encore difficiles pour beaucoup de gens, pas seulement pour ma famille. Dans notre cercle, les pécheurs que nous étions s'adonnaient sans retenue à de nombreux vices, ce qui nous poussait à dépenser plus que nous n'épargnions. Personne ne regrettait ses choix, mais cela rendait la vie quotidienne bien plus compliquée pour la majorité d'entre nous.

« Pour quelle raison suis-je licenciée ?

— Pourquoi, à votre avis ? À cause de votre rivalité avec le prince.

— Ce ne sont que quelques chroniques à potins peu flatteuses, elles ne sont pas suffisamment sérieuses pour entraîner une rivalité, monsieur.

— Peut-être pas pour vous, mais Son Altesse menace de nous réduire en cendres. »

M. Gray ouvrit brusquement l'enveloppe et pointa un doigt boudiné vers le sceau de la Maison Gourmandise. Je foudroyai du regard le dragon qui s'enroulait autour du pied d'une coupe débordante de raisins. Ses yeux sertis de joyaux étaient mi-clos, car il avait cédé au plaisir jusqu'à l'excès.

« Son Altesse prétend que vos articles outrageusement mensongers ternissent non seulement sa réputation, mais aussi celle de sa Maison du péché. Il exige des mesures immédiates, sans quoi il tiendra notre journal pour responsable. Nous ne pourrons pas nous permettre de rester ouverts si le prince met sa menace à exécution. Je vous avais prévenue d'arrêter de le provoquer. »

J'étais surprise qu'Axton connaisse le mot « outrageusement ». Dommage que ce maudit prince soit une fois de plus en train de me gâcher la vie.

C'était peut-être *moi* qui étais avide de punitions, ce qui m'irritait au plus haut point.

Je ne voulais rien avoir à faire avec ce prince gâté et imbu de lui-même, à part observer, ou mieux encore, provoquer *sa* chute dans les Sept Cercles.

Un exploit qui s'avérait bien plus difficile que prévu.

Apparemment, tout le royaume adorait ses facéties et ses fêtes extravagantes, le trouvant incroyablement charmant et désinvolte.

Le Prince Gourmandise était considéré comme le « parfait célibataire inaccessible ». Un homme qui ne se souciait guère de dilapider des richesses dont d'autres rêvaient, tout ça pour alimenter son péché.

Il était l'incarnation même de la décadence, de la frivolité et de l'excès. Et je méprisais tout ce qu'il représentait.

Une seule de ses fêtes aurait suffi à nourrir mon quartier pendant un mois.

Et pourtant, ses invités ne prêtaient même pas attention aux mets fins qui leur étaient servis.

Tous les habitants des Sept Cercles n'étaient pas riches, mais la plupart des habitants de mon quartier croyaient à des contes de fées impossibles. Des histoires qui donnaient de l'espoir.

Des histoires où les haillons se transformaient en richesses, avec cette idée tenace que le véritable amour pouvait transcender les classes, les statuts, les rangs et autres barrières sociales. Comme si ces obstacles n'étaient que de simples haies à enjamber et non des murs gigantesques érigés pour maintenir les riches ensemble dans leur propre petit monde.

Autrefois, je m'étais laissée emporter par ce rêve aussi. Une erreur que je n'étais plus assez sotte pour répéter.

Ma sœur me traitait de cynique, mais d'après moi, je faisais preuve de logique et je n'étais pas du genre à me faire des illusions.

Le Prince Gourmandise m'avait privée de mes derniers rêves éveillés presque dix ans plus tôt, quand je n'avais que dix-neuf ans et que je n'étais qu'à moitié cynique.

Non pas qu'il le sache ou s'en soucie. Ses perspectives étaient infinies, sa vie immortelle était bienheureuse.

Par tous les saints, Ryleigh m'avait informée ce matin même, ainsi que deux autres reporters, qu'il y avait actuellement huit nouvelles pétitions qui circulaient pour pousser le prince à organiser une compétition afin de choisir une épouse. Même le Prince Luxure, le prince du plaisir en personne, n'avait jamais suscité un tel engouement parmi les mères entremetteuses des Sept Cercles. Tout le monde ne parlait que du Prince Gourmandise.

Comme s'il était le prix du siècle.

Tout le royaume semblait sous son emprise ; même les familles nobles des autres cercles espéraient que leurs héritières feraient un mariage avantageux avec lui, que leurs péchés concordent ou pas.

Gabriel Axton n'avait même pas la décence de se rappeler le rôle qu'il avait joué dans ma disgrâce, si longtemps auparavant. Mais moi, je ne l'oublierais jamais.

« Depuis quand est-ce qu'on est punis pour rapporter la vérité ? » lançai-je à mon rédacteur en chef.

M. Gray me lança un regard glacial avant de citer avec une impressionnante précision :

« "Il n'est pas surprenant que le prince joue au timide et échoue de manière spectaculaire. De tous ses frères, Gourmandise est le moins intelligent." Ça vous dit quelque chose ? »

De tout ce que j'avais pu écrire, c'était ça, *le plus offensant ?* Et mon dernier article, celui où j'affirmais qu'il était plus fainéant que le Prince de la Paresse lui-même ? C'était pourtant la meilleure insulte que je pouvais proférer, car je suggérais que le péché d'Axton ressemblait plus à celui de son frère qu'au sien.

Derrière nous, la vieille porte s'ouvrit dans un grand fracas, laissant entrer une bourrasque glaciale qui fit voler les papiers sur mon bureau, mais je ne détournai pas mon attention de mon chef.

J'attendis que M. Gray esquisse un sourire ou qu'il éclate de rire face à cette absurdité, qu'il me dise que ce n'était qu'une plaisanterie et que je pouvais continuer à rédiger mon dernier article. Mes chroniques n'étaient peut-être pas dignes de récompenses, mais elles étaient divertissantes et contribuaient souvent à vendre notre journal pour nous maintenir à flot.

Voyant qu'il ne souriait pas, je me redressai pour être presque à hauteur de ses yeux.

« Il n'y a aucun mensonge là-dedans. Il n'a effectivement pas réussi à jouer au timide et, à mon avis, Gourmandise est bel et bien le moins intelligent des sept princes. »

Ryleigh toussota dans son poing, mais j'étais trop agacée pour lui jeter un regard.

« Gourmandise n'a ni l'esprit pour la guerre et la stratégie de Colère, ni l'ingéniosité d'Envie pour les jeux, ni la concentration exceptionnelle d'Orgueil. Tout ce qu'il fait, c'est s'adonner à son péché de débauche en prenant son pied. Ce ne sont pas exactement des qualités dont on peut se vanter.

— Personne n'est parfait, très chère, intervint une voix grave derrière moi. Mais votre opinion reste personnelle, pas factuelle. »

C'était un timbre profond, à la fois taquin et séduisant, qui suscitait toutes sortes de fantasmes sombres.

Je le savais bien : il alimentait souvent mes rêves de meurtre et de démembrement.

Je me figeai une fraction de seconde avant que ma mauvaise humeur ne s'embrase. Mon regard croisa celui de Ryleigh de l'autre côté de l'allée. *Un toussotement ?* pensai-je, sachant qu'elle pourrait déchiffrer mon expression incrédule.

Mon amie eut la décence de détourner le regard, trouvant soudainement son propre article passionnant, tandis qu'elle jouait avec son encrier pour éviter mon regard accusateur.

Je lançai un autre regard assassin autour de la pièce. Aucun de mes misérables collègues ne m'avait prévenue que le fléau de mon existence venait d'entrer dans notre petit bureau. Non pas que je me sois attendue à autre chose de leur part. Dans une certaine mesure, nous rivalisions tous pour faire gagner le plus d'argent possible au journal, ce qui créait un environnement de travail plutôt hostile. Cependant, Ryleigh et moi n'étions jamais en compétition.

Mes collègues baissèrent tous la tête en signe de respect, y compris mon rédacteur en chef.

Je pris une profonde inspiration, résignée à faire ce que les convenances exigeaient.

Je me retournai lentement pour faire face au prince damné par les saints en question. Je détestai aussitôt le sourire triomphant sur ses lèvres alors que je l'observais de bas en haut d'un air glacial.

Tout son mètre quatre-vingt-dix et des poussières était négligemment appuyé contre l'encadrement de la porte, ses bras musclés croisés sur son costume élégant, une lueur victorieuse brillant dans ses yeux noisette. Ses horribles cheveux brun doré étaient ébouriffés d'une manière qui laissait entendre qu'il venait tout juste de sortir du lit de quelqu'un.

L'image parfaite de la débauche et de l'indulgence royales. Un amant légendaire, du moins dans sa propre imagination.

S'il pensait avoir gagné, il se trompait lourdement. Notre petite guerre ne faisait que commencer.

Suivant le protocole lié à son rang, je lui offris une légère révérence, me redressant avant même qu'il ne m'en fasse signe.

Un amusement narquois étira les commissures de ses lèvres.

« Nous rapportons des rumeurs et des potins, Votre Altesse. Avec tout le respect qui vous est dû, ce ne sont *que* des ouï-dire et des opinions.

— Et pourtant, les *vôtres* sont presque exclusivement de la fiction, ces temps-ci, Miss Saint Lucent.

— Insinuez-vous que les autres chroniqueurs n'embellissent pas leurs histoires ?

— Nous ne parlons pas des autres chroniqueurs. Juste de vous.

— C'est précisément ce que je veux dire, Votre Altesse. Je suis la seule à être poursuivie et punie parce que je fais mon travail.

— Vous admettez donc que votre travail consiste désormais à écrire de la fiction et non pas des faits.

— Mon travail, c'est de prendre la vérité et de la rendre divertissante. Et, oui, j'estime que mon opinion est parfaitement légitime pour y parvenir.

— Sauf lorsqu'elle est imprimée pour le monde entier et qu'elle est présentée comme un fait alors que ce n'est pas le cas. Ça, Miss Saint Lucent, c'est plonger dans le domaine de la diffamation. »

Cet imbécile suffisant semblait bien trop satisfait de son argument. En revanche, mes collègues et mon rédacteur en chef avaient l'air prêts à s'écarter de la ligne de tir.

À l'exception, bien sûr, de Julian, qui était presque en train de lui baver dessus. Cette sangsue pleine de salive griffonnait frénétiquement dans son carnet. Je pris mentalement note de le lui arracher et de le brûler avant la fermeture du bureau.

Je me reconcentrai sur le sujet le plus pressant, comptant silencieusement jusqu'à ce que l'envie d'étrangler le Prince Gourmandise passe.

« Si je puis parler franchement… »

Il s'esclaffa.

« Comme si vous étiez du genre à tenir votre langue. Ne commencez pas maintenant, très chère. »

Je pris une profonde inspiration, ignorant son terme affectueux qui visait à me provoquer.

« Comme je le disais, vous ne m'avez toujours pas prouvé que j'avais tort dans mes suppositions. Je ne pense pas que vous avez réussi à rester évasif. Veuillez donc m'éclairer en m'indiquant dans quelle mesure c'est de la fiction. »

Je croisai les bras et attendis.

Un muscle tressaillit dans la mâchoire du prince, mais il resta silencieux.

La victoire n'avait jamais été aussi délicieuse. J'aurais dû m'arrêter là, alors que j'avais l'avantage, mais je ne pus m'empêcher d'enfoncer un peu plus le couteau dans la plaie.

« Apparemment, le véritable problème, c'est que j'ai touché un point sensible, Votre Altesse. Cela dit, je ne suis pas surprise. L'ego masculin est l'une des choses les plus fragiles de l'univers. Un tout petit coup de rien du tout est suffisant pour qu'il se brise comme du verre. Peut-être que ce n'est pas ma fiction que vous abhorrez, mais la vérité. Je doute que quiconque vous dise réellement ce qu'il pense. Que ce soit dans votre vie publique… ou privée. »

Son sourire désinvolte ne vacilla pas, mais la lueur s'assombrit dans son regard. Elle devint menaçante. Il avait sans aucun doute compris l'allusion subtile à ses ébats.

Gabriel Axton, Prince Gourmandise, était à présent bel et bien agacé. Au moins, c'était une émotion que nous partagions à contrecœur.

Et dire qu'on prétendait souvent que les ennemis n'avaient rien en commun. Le coin de mes lèvres se releva légèrement, et il plissa les yeux. Axton était au moins assez sage pour comprendre que sa bataille était loin d'être gagnée.

J'aurais bien voulu continuer à le provoquer pour ma satisfaction personnelle, mais il était temps de me taire. Trop de facteurs importants étaient en jeu, et mon orgueil n'en faisait pas partie : je me promis donc de tourner ma langue dans ma bouche avant de reprendre la parole. Pour le moment.

Sans doute devrions-nous pouvoir nous tenir dans une même pièce pendant cinq minutes sans nous entretuer.

Le prince ne semblait pas d'accord. Il se redressa. Son corps était tendu comme celui d'un prédateur prêt à bondir. Le semblant d'indifférence avait disparu.

Il s'était embrasé, et la glace avait fondu.

« En réalité, je me fiche éperdument de vos articles d'opinion ennuyeux, Miss Saint Lucent. La diffamation, en revanche, est une tout autre affaire. Je ne tolérerai pas qu'on imprime des mensonges éhontés, surtout lorsqu'ils nuisent à ma Maison du péché.

— Je…

— Votre opinion sur ce que vous pensez que j'ai fait n'est rien d'autre qu'une opinion, poursuivit-il sans attendre ma réponse. À moins que vous ne m'ayez interviewé ou que vous ayez assisté à chaque action en personne et que j'aie tout expliqué à voix haute, vous ne savez strictement rien de la vérité. Et vous vous trompez en prétendant le contraire. Cela n'aurait pas été de la diffamation si vous aviez écrit : "Je pense qu'il est le moins intelligent des princes." Cela aurait averti les lecteurs que vous exprimiez une opinion. Mais vous l'avez présenté comme un fait. Et c'est ce qui me pose problème. »

Je voulais répondre, mais ne le pouvais pas. Ce maudit démon avait raison. Pour une fois.

Son regard glacial me balaya de haut en bas, s'attardant sur ma robe de laine terne, glissant sur mes bottines noires éraflées avant de revenir sur mon visage. Son expression était désormais indéchiffrable.

Le prince ne m'avait jamais sollicitée en dehors des réceptions royales auxquelles j'avais assisté pour le travail et il n'était manifestement pas habitué à me voir habillée comme la roturière que j'étais réellement.

Au fil des ans, j'avais entendu des rumeurs à mon sujet : certains murmuraient que je venais des Îles changeantes ou que j'avais un lien de parenté avec les sorcières. Cette accusation était particulièrement nuisible à ma réputation et à ma carrière, car les sorcières et les démons étaient ennemis jurés. Les nobles me feraient encore moins confiance pour divulguer leurs ragots s'ils entendaient parler de cette histoire. Je m'étais donc efforcée de me présenter comme un membre de la noblesse, trompant souvent les gens jusqu'à leur faire croire que j'avais grandi avec les mêmes privilèges qu'eux.

C'était nécessaire pour pénétrer dans leur monde et percer leurs secrets.

Mais les moments comme celui-ci révélaient ce que j'étais vraiment. Et Axton semblait loin d'être impressionné. Encore un foutu sentiment que nous avions en commun.

Je serrai la mâchoire, me rappelant ce qui était en jeu : la sécurité de ma famille.

Cela valait bien plus que l'envie de me lancer dans un nouveau différend.

« Peut-être devriez-vous envisager de rejoindre la Maison Envie », dit-il, d'un ton bien trop désinvolte.

Il me tendait un piège. Je le savais.

Tous les reporters curieux du bureau qui venaient de retenir leur souffle le savaient aussi. Et pourtant…

« Pourquoi ferais-je une chose pareille ? » demandai-je.

Comme si ma question lui donnait la permission de traverser la pièce, le prince se retrouva soudain juste devant moi, ses lèvres frôlant presque mon oreille alors qu'il se penchait et murmurait :

« Vous êtes clairement jalouse, Miss Saint Lucent. Si vous souhaitez passer dans mon lit, vous n'avez qu'à le dire. Je ne voudrais pas vous laisser dans un tel état de détresse alors que je peux satisfaire votre désir évident. »

Une nouvelle vague d'agacement me submergea. Chaque fois qu'il ouvrait la bouche, le prince ne faisait que confirmer mon opinion sur lui : c'était un abruti égocentrique.

Il recula, reportant son attention sur M. Gray avant que je ne fasse quelque chose d'insensé, comme lui écraser le pied. Ou le faire tomber à genoux.

« Gardez Miss Saint Lucent dans vos effectifs. J'imagine qu'elle ferait du bon travail sur n'importe quel sujet autre que les potins. Peut-être une rubrique de conseils, puisqu'elle a tant d'opinions à partager. »

Il marqua une pause, me mettant immédiatement sur mes gardes.

« L'amour, ça pourrait être son point fort. »

Je cachai rapidement l'horreur qui venait de s'inscrire sur mon visage. Mon pouls accéléra tandis que mon rédacteur en chef me décochait un regard plein d'intérêt tout en haussant ses sourcils épais d'un air pensif.

Écrire les courriers du cœur chaque semaine, c'était la pire chose que je pouvais imaginer.

Je sentis un regard posé sur moi, une sensation de chaleur facilement reconnaissable, et me tournai vers Axton. Le maudit prince m'observait attentivement ; son sourire devenait de plus en plus malicieux.

Tout devint clair en un instant.

Axton savait que j'aurais horreur de ce travail ; il avait choisi sa riposte avec soin. Il n'était pas venu ici dans l'espoir de me prendre mon emploi, mais avec un plan beaucoup plus rusé pour m'anéantir. Et il avait prouvé qu'il était plus doué pour la stratégie que je ne l'avais imaginé. Qu'il soit maudit par tous les saints.

J'aurais préféré qu'on me brûle sur un bûcher plutôt que de reconnaître qu'il avait agi intelligemment.

Je m'étais demandé pourquoi il s'était rendu jusqu'à l'allée des imprimeurs pour livrer son message en personne, car d'après ce que je savais, il n'avait jamais mis un pied plus bas que le quartier nocturne.

À présent, je comprenais parfaitement. Il voulait voir son plan se dérouler en temps réel. Il se caresserait sans doute plus tard en repensant à son grand moment d'ingéniosité.

Je repoussai immédiatement l'image qui me vint à l'esprit. Une lueur amusée brilla dans ses yeux lorsqu'il me vit m'énerver.

« En fait, monsieur Gray, ajouta-t-il, l'idée que des citoyens de mon cercle écrivent à Miss Match me plaît beaucoup. Ou à Dame Amourette. Je vous laisse vous occuper des détails. Vous et Miss Saint Lucent, bien entendu. C'est elle, le génie créateur, après tout.

— Votre Altesse, je peux vous assurer que mon imagination n'a rien de remarquable.

— Ne soyez pas modeste, Miss Saint Lucent. La semaine dernière, Jackson Rose me disait justement que vous aviez passé du temps ensemble et que vous lui aviez fait très bonne impression au bal de Dame Gunner. »

Mon visage s'embrasa. Il faudrait que j'emprunte une pelle pour enterrer Jackson dans un grand trou sombre et profond.

« Bon, je crois que nous avons fini. »

Il me décocha un autre sourire victorieux.

« Je vous souhaite une *merveilleuse* soirée, Miss Saint Lucent. J'ai hâte de lire vos conseils sentimentaux. Ils pourraient m'être utiles. Étant donné que je m'adonne à la débauche en prenant mon pied. »

Le Prince Gourmandise m'adressa un clin d'œil, puis sortit de notre bureau aussi vite qu'il était venu, me laissant fulminer en silence.

Je fusillai du regard le dernier endroit où il s'était trouvé ; mon esprit tournait à pleine vitesse. De tous les abominables plans qu'il pouvait élaborer, le démon avait choisi mon enfer personnel avec une précision perfide.

J'ignorais si je devais être impressionnée ou m'enfuir en courant et en hurlant dans les abîmes.

À moins que je puisse envisager une meilleure option, j'étais bel et bien piégée.

« Alors, c'est décidé, dit M. Gray en se dirigeant à grands pas vers son bureau, au fond de la pièce. Nous allons rapidement rassembler quelques questions du personnel et nous imprimerons le premier article de Miss Match dans deux jours. »

Je me précipitai derrière mon rédacteur en chef.

« Avec tout le respect que je vous dois, je ne suis pas du tout douée pour donner des conseils amoureux, monsieur. »

M. Gray s'arrêta devant sa porte et me jeta un coup d'œil par-dessus son épaule.

« Alors, je vous suggère de régler ce problème avant qu'on imprime le journal. Vous vouliez devenir romancière, pas vrai ? demanda-t-il. Ça pourrait vous être utile. Faites comme s'il s'agissait de personnages. »

Un jour, j'avais envisagé d'écrire des romans policiers palpitants dans lesquels m'échapper et de les partager avec le monde entier. À présent, je consacrais tout mon temps à m'assurer que ma famille ait un toit et de quoi manger, pas à me laisser emporter par des rêves fantaisistes qui pourraient ne jamais se réaliser.

Voyant que je ne répondais pas, mon rédacteur en chef secoua la tête. Son visage trahissait sa déception.

« J'attends votre premier brouillon sur mon bureau demain après-midi, Miss Saint Lucent. Si vous ratez l'échéance, pas la peine de revenir travailler. »

Cinq
Prince Gourmandise

« Soit tu t'apprêtes à avoir la partie de jambes en l'air la plus furieuse de toute l'histoire du royaume, dit le prince de la Luxure d'une voix traînante, assis en face de moi. Soit…

— Elle va le castrer », dit le Prince Envie.

Il fit tournoyer son cocktail préféré, une Sombre Corruption, l'air faussement pensif, tandis qu'il sirotait les mûres et le bourbon.

« Je parie sur la castration. »

Une lueur d'amusement brilla dans les yeux gris anthracite de Luxure.

« Surtout après aujourd'hui. »

Ma bonne humeur ne pouvait être ternie par les piques de mes frères.

Nous étions dans mon pub préféré, *Ox & Raven, Le Bœuf et le Corbeau*, un endroit ancien et sombre avec des poutres rustiques, des tables abîmées, des clients bourrus et un large plancher en bois qui n'avait pas été lavé depuis une éternité. Mais ils avaient les meilleurs plats de tout le royaume.

Personne ne me traitait comme un prince au *Ox & Raven*. J'étais juste Gabriel Axton, Axton pour la plupart des gens, et non le Prince Gourmandise. Et je préférais ça quand je n'étais pas en train de remplir mes devoirs envers ma cour.

Le pub était assez proche du château pour que je puisse m'éclipser et me prélasser dans cet espace bondé. J'écoutais généralement les conversations des autres clients pour savoir comment ma cour s'en sortait vraiment ces temps-ci.

Pendant de longues années, il avait été presque impossible de trouver des provisions à cause d'une malédiction qui s'était étendue à tout le royaume et qui n'avait été brisée que récemment. Les Sept Cercles du péché en avaient subi les conséquences, mais avec le temps et alors que tout n'avait pas été restauré, nous semblions tous avoir des sorts différents à briser.

Envie avait récemment participé à un jeu mortel pour mettre fin à la malédiction de son cercle, mais je n'avais reçu que des détails de la part de mes espions sur ce qu'il avait accompli.

Mes frères et moi cachions certaines choses de nos Maisons aux autres, ce qui signifiait que je devais résoudre seul le problème de mon territoire.

Et, pour être franc, je ne savais pas vraiment par où commencer.

À présent que la malédiction principale qui menaçait notre monde avait été brisée, la situation s'était légèrement améliorée. Cependant, mon cercle ne fonctionnait pas aussi bien qu'il l'aurait dû : je me gavais donc de mon péché et utilisais le surplus de pouvoir pour aider ceux qui avaient particulièrement souffert dans le but d'atténuer certains effets nocifs.

Mais je n'admettrai jamais avoir fait preuve d'altruisme.

J'étais l'un des Damnés, les grands méchants monstres des légendes des mortels. Des princes sombres qui aimaient le péché, la débauche et les jeux indécents, qui tentaient et aguichaient les mortels pour les emmener au lit jusqu'à ce qu'ils nous vendent leurs âmes.

Du moins, c'était ce que prétendaient les histoires.

Mais ces contes devraient attendre. Ce jour-là, je voulais profiter.

Quand j'étais arrivé au *Ox & Raven*, Envie et Luxure étaient déjà en train de m'attendre.

J'aurais pu déclarer la guerre à leurs cercles, car ils s'étaient présentés sur mon territoire sans prévenir et, techniquement, il s'agissait d'un acte de guerre, mais je ne les avais pas vus depuis le bal de fiançailles d'Envie le mois dernier et leurs plaisanteries m'amusaient.

C'étaient d'adorables enflures.

« Vous auriez dû voir sa tête. »

Je souris à mes frères, assis en face de moi sur les banquettes en cuir. Ma coupe était remplie à ras bord de vin de baies démoniaques.

« C'était *brillant*. Si seulement Camilla avait été là pour immortaliser ma victoire sur une toile.

— Ta victoire, ricana Envie. Ton idiotie est stupéfiante, mais amusante.

— Tu sais ce qui va être amusant ? Regarder cette épouvantable journaliste essayer de donner des conseils en amour. Elle ne sait rien du tout sur les idylles ou la manière de tisser des liens sincères.

— Et toi, oui ? »

Le sourire de Luxure s'élargit.

« Quand est-ce que tu as fait la cour à quelqu'un et que tu as rencontré sa famille pour la dernière fois ? Les triplées avec qui tu as couché ne comptent pas comme un lien de famille sincère », fit remarquer Envie.

Luxure faillit s'étrangler en buvant.

« Vous êtes trop drôles », dis-je en ignorant la respiration sifflante de Luxure.

Envie frappa le dos de son frère, un peu plus fort que nécessaire, riant sombrement quand Luxure enfonça la dague de sa Maison dans la table, entre eux.

Les dagues des Maisons du péché ne pouvaient pas tuer les princes de l'Enfer, mais un coup bien placé pouvait nous renvoyer dans notre propre cercle, même contre notre volonté.

Plus Luxure bouillonnait, plus le sourire d'Envie le mettait au défi.

Ces imbéciles allaient se battre avant même que notre repas soit servi si je ne faisais rien pour les en empêcher.

« Je parie dix enfers du jeu de Cupidité qu'elle va venir frapper à ma porte, dis-je pour apaiser la tension. Elle me demandera pardon avant la fin de la semaine.

— Tu es carrément ridicule. »

Luxure détourna enfin les yeux d'Envie et posa son regard sur moi.

« Et tu es sur le point de perdre beaucoup d'argent.

— Je suis confiant. Et on dirait que tu as passé trop de temps avec lui », dis-je en désignant Envie d'un mouvement de tête.

Mes frères montrèrent les dents d'un air menaçant, mais je m'en fichais.

Mon euphorie s'intensifiait chaque fois que je me souvenais de l'horreur sur le visage de Miss Saint Lucent quand elle avait pris connaissance de sa nouvelle mission. En dépit des moqueries constantes de mes frères au fil des ans, qui disaient que j'allais finir avec cette perturbatrice, je n'avais aucun sentiment secret pour elle. Je voulais juste gagner cette guerre entre nous.

Adriana avait anéanti ma réputation publiquement pendant des années et je planifiais ce moment depuis une petite éternité. Maintenant que j'avais enfin vaincu ma rivale, j'avais l'intention d'en savourer chaque seconde.

Et cette victoire était particulièrement agréable, car elle était double.

Quand Jackson m'avait parlé de son horrible tentative de séduction et de sa fascination pour les dragons de glace, j'avais su exactement ce que je devais faire pour résoudre les deux problèmes d'un coup.

« Voir Miss Saint Lucent à genoux, avec toute cette haine brillant dans ses yeux alors qu'elle me suppliera…, soupirai-je. Rien ne sera jamais aussi agréable, je peux vous l'assurer.

— Sauf si elle était à genoux dans des circonstances tout à fait différentes et que c'était toi qui la suppliais, lança Luxure.

— Contrairement à ce que tu penses, le sexe basé sur la haine n'est pas ce qu'il y a de mieux, mon cher frère, et je ne la laisserai jamais s'approcher de ma queue.

— Tu peux être sûr qu'elle l'arracherait d'un coup de dent. »

Les yeux émeraude d'Envie suivirent le plateau de nourriture qui se dirigeait vers nous, accompagné de chopes de bière d'hiver. C'était une bière blonde épicée qu'on ne trouvait que dans cette taverne. Mes frères inventaient toutes sortes d'excuses pour se rendre au *Ox & Raven* presque chaque semaine pour en boire.

Même Colère, celui qui tolérait le moins nos bêtises, honorait le pub de sa présence chaque fois qu'il en avait l'occasion.

La propriétaire, qui était aussi la cuisinière, posa des assiettes fumantes et les bières blondes épicées devant nous.

« Il vous fallait autre chose, Axton ? demanda-t-elle en essuyant ses mains sur un torchon qu'elle venait de sortir de la ceinture de son tablier.

— Non, merci, Shirlee. »

Je lui donnai trois fois plus d'argent que nécessaire pour la nourriture et les boissons, sachant que ses enfants en avaient besoin depuis que son époux s'était cassé le pied une semaine plus tôt. Je leur aurais bien proposé de voir le guérisseur royal, mais ils refuseraient.

Shirlee grimaça en voyant toutes ces pièces, mais elle hocha la tête d'un air reconnaissant.

« Criez un coup s'il vous faut autre chose. J'vais dire à Barn de mettre tout ça sur votre ardoise. »

Je lui laisserai plus d'argent dès que nous commanderions d'autres bières d'hiver. Toutefois, je pris soin de prétendre le contraire, puis je tournai mon attention vers la nourriture et pris une profonde inspiration.

Si j'avais pu épouser ce plat, je l'aurais fait.

« Par les os des dieux. »

Envie saisit sa fourchette.

« Quel genre de magie est-ce qu'ils utilisent dans cette cuisine ?

— Ce n'est pas de la magie. Juste une recette du Nord qui a été transmise de génération en génération, dis-je. Emilia est passée il y a quelques semaines et elle a adoré. »

Envie ricana.

« Est-ce que notre belle-sœur a persuadé Shirlee de lui donner sa recette ?

— Pas du tout. Shirlee a ri jusqu'aux cuisines. »

Le sourire d'Envie s'élargit. Son affection pour notre belle-sœur brisait toujours le masque d'indifférence qu'il portait comme une armure.

« J'imagine qu'Emilia l'a bien pris. »

Effectivement. Elle s'était jetée sur la nourriture et avait immédiatement essayé de reconnaître les ingrédients pour recréer le plat une fois de retour à la Maison Colère. Je l'avais observée, presque aussi amusé que son mari, mais n'avais rien dit pour profiter du moment.

Ces tourtes savoureuses avec des croûtes dorées et friables étaient franchement ce qu'il y avait de meilleur au royaume. La nourriture était simple, sans chichis, et délicieuse. Juste du poulet, des oignons coupés en dés, des carottes, du céleri, de l'ail émincé, des branches de thym frais, du sel, du poivre et une goutte de vin blanc.

Il m'avait fallu des années passées à la persuader et à l'amadouer continuellement, mais Shirlee avait fini par m'autoriser à entrer dans les cuisines pour aider à préparer le service du soir. J'avais ainsi découvert son secret : des cuisses de poulet frites avec du beurre au romarin qu'elle utilisait à la place des blancs de poulet. Cette recette rendait la sauce plus riche et il n'y avait rien de meilleur.

Je préférais la nourriture du pub à n'importe quel repas extravagant servi dans mon château. Un jour, j'avais demandé à Shirlee si elle voulait travailler dans ma Maison du péché et elle avait éclaté de rire avant de me dire d'épouser sa fille aînée si je voulais qu'on en parle. Je savais qu'elle plaisantait, mais cela n'aurait pas été le pire destin possible.

D'une certaine manière, j'étais soulagé qu'elle ait refusé. J'aimais cette vieille taverne, et ce ne serait pas la même chose sans sa propriétaire et cuisinière haute en couleur.

Après avoir mangé la moitié de mon plat, je bus une longue gorgée de bière d'hiver. J'avais parlé de sujets légers, mais je soupçonnais mes frères d'être là pour autre chose que la bière et la nourriture. Nous avions tous posté des espions dans tout le royaume. Je voulais savoir ce que les leurs avaient entendu.

« Ça m'étonne que tu ne sois pas resté collé à Camilla, dis-je. Vous avez déjà des problèmes à la maison ? »

L'expression du visage d'Envie se ferma.

« Ma fiancée s'occupe de sa galerie à Waverly Green. »

Luxure afficha un sourire malicieux.

Il adorait faire courir des rumeurs, surtout quand cela provoquait l'un d'entre nous. Celle-ci devait donc être bonne.

« Il fait la gueule parce que Wolf l'a accompagnée.

— Ah. La jalousie, dis-je d'un air un peu moqueur. Elle est nécessaire pour provoquer ton péché, mais par le sang des dieux, tu as l'air d'être prêt à donner un coup de poing dans le mur. Camilla sait vraiment comment s'y prendre pour t'énerver. »

Envie resserra sa prise sur sa chope, mais ne montra aucun autre signe d'agacement.

Je le connaissais suffisamment bien pour savoir qu'il était sans doute en train d'imaginer tous les moyens d'assassiner le Faë, qui s'avérait aussi être le premier amant de Camilla.

D'après ce que mes espions avaient appris, Wolf avait passé le mois précédent à la Maison Envie. Le fait que mon frère ne l'ait pas tué dans son sommeil prouvait qu'il adorait sa future épouse. Mais Envie ne jouait gentiment qu'un certain temps. Même nous, nous savions qu'il ne fallait pas le pousser trop loin.

« Jouer le jeu, ce n'est amusant que quand c'est toi qui imposes les règles. Pas vrai, mon cher frère ? »

Luxure évita le coup d'Envie, riant plus fort que jamais.

« Mis à part ces conneries, dit Envie, on est là à cause d'une rumeur.

— Oh ? »

Je dessinai paresseusement une ligne de condensation sur ma chope. Si mes frères étaient venus m'annoncer la nouvelle en personne, ça ne promettait rien qui vaille.

« Non, je n'organise pas de compétition pour trouver une princesse. Au grand désarroi *constant* du royaume. »

Envie et Luxure échangèrent un regard grave.

« Il s'agit des dragons de glace. »

Mon sang rugit dans mes veines. Colère et moi avions pris soin de cacher ce qui s'était passé.

« Eh bien quoi, les dragons de glace ? »

C'était la deuxième fois ce soir que le masque d'indifférence d'Envie glissait.

« Ils se rassemblent en groupes plus nombreux.

— C'est vraiment inhabituel. »

Je me penchai en avant et ajoutai d'un ton sarcastique :

« Peut-être qu'ils préparent du thé et des petits gâteaux. Les températures sont devenues glaciales.

— Tu sais aussi bien que moi qu'ils ne sont pas en train de siroter du thé, bordel, dit sèchement Envie. On dit que l'alpha a récemment tué un de ses membres. »

Je n'arrêtai pas de suivre du doigt la ligne de condensation sur ma chope, mais intérieurement, j'étais paralysé.

« D'après les rumeurs, c'était une punition, dit Luxure en me regardant attentivement. Est-ce que les dragons ont rompu le traité ?

— Vous vous rabaissez vraiment à écouter des rumeurs, tous les deux ? demandai-je.

— Réponds à la question, Gabriellis. »

Le regard d'Envie était aussi sérieux que son ton.

« Vous êtes dans *mon* cercle, dis-je d'une voix calme. Je ne reçois d'ordres de personne. »

La tension s'installa entre nous tandis que je soutenais le regard de mon frère.

Je n'avais pas encore sorti la dague de ma Maison, mais je le ferais sans hésiter, et Envie le savait. J'avais accepté que mes frères viennent ici parce que cela m'était utile.

Cependant, mon sens de l'hospitalité était en train de partir en fumée. En particulier parce que les secrets de ma Maison étaient en jeu.

L'air autour de nous se refroidit à cause de notre mécontentement mutuel. Les autres clients de la taverne nous jetaient des regards en coin et leurs mains se glissaient vers leurs armes, au cas où une bagarre éclaterait.

Finalement, Envie s'appuya contre le dossier de son siège, ce qui atténua un peu la tension.

« Où avez-vous entendu ces rumeurs ? » demandai-je.

Je ne voulais pas alerter mes frères en mentant pour répondre à leur question. Un prince du péché ne pouvait pas vraiment mentir, mais nous trouvions des moyens d'omettre la vérité. Les rumeurs prétendaient qu'Envie avait trouvé un moyen de contourner cette règle, mais qu'il n'avait révélé son secret à personne.

Le visage de Luxure s'assombrit, ce qui ne lui ressemblait pas.

« Nos espions.

— Est-ce que vous avez des preuves ? exigeai-je.

— Pas encore. »

Envie se leva et jeta une pièce au centre de la table pour le personnel.

« Mais si tu ne veux pas nous dire la vérité, on la cherchera nous-mêmes.

— Et ? dis-je d'une voix dure. Une fois que vous serez partis pour mener à bien votre petite aventure, tu penses que je vous recevrai dans mon cercle à bras ouverts ? »

Envie et Luxure échangèrent un regard lourd de sens.

« Si la rumeur dit vrai et que le traité a été rompu, dit Envie, tu n'auras pas le choix. Même si c'est toi qui dois t'assurer que le pacte est respecté, nous l'avons tous signé. »

Je maudis la clause que j'avais incluse moi-même. Elle concédait à mes frères une réunion au moment de leur choix en cas de manquement ou de violation du traité, étant donné que cela indiquerait l'existence d'un problème qui concernait les Sept Cercles. Cette décision avait semblé sage il y a des années, mais quelque peu inutile. Après que les dragons avaient massacré notre peuple et que le traité avait été signé, nous pensions tous que la paix régnerait.

Désormais, je devrais me méfier encore plus des visites surprises.

Je finis ma bière d'hiver et me levai.

« Amusez-vous bien avec votre quête inutile, mes chers frères. J'ai des divertissements bien plus stimulants de prévus pour ce soir. »

Six
Adriana

« Courage, ma belle, dit Ryleigh plusieurs heures plus tard, à en juger par la lumière pâle qui cédait sa place à des ombres rampantes sur le sol poussiéreux du bureau. Tu as encore un travail. »

J'émis un son évasif et observai la page blanche devant moi. La feuille immaculée se moquait de moi dans toute sa gloire parfaite et impeccable.

J'avais beau essayer de poser ma plume sur le papier, aucun mot n'apparaissait comme par magie.

Techniquement, je devrais pouvoir imaginer au moins un conseil. Même s'il était inventé de toutes pièces. Pourtant, je n'arrêtais pas de me heurter à un mur infini chaque fois que j'essayais d'écrire quelque chose.

D'habitude, quand je souffrais du syndrome de la page blanche, j'écrivais les phrases les plus excentriques pour débloquer les mots qui étaient coincés en moi. Il était bien plus facile de corriger ce qui était écrit que de lutter contre un parchemin immaculé. Mais cette fois, l'astuce ne fonctionnait pas.

Tout ce que je voyais en observant la feuille, c'était l'air satisfait d'Axton. J'envisageai de poignarder le papier jusqu'à ce que mon envie croissante de hurler me passe. Ça ne m'aiderait pas à faire mon travail, mais au moins, je me sentirais mieux un instant.

« Si seulement j'avais cette fichue Plume maudite, marmonnai-je tout en fusillant le parchemin du regard. Je pourrais peut-être faire apparaître des conseils sentimentaux. Tu ne saurais pas où je peux la trouver, si ?

— Adriana. »

Ryleigh s'approcha de mon bureau jusqu'à m'obliger à détourner le regard de ma nouvelle ennemie mortelle : la page blanche. Elle avait essayé de trouver la Plume maudite dix ans plus tôt, obsédée par l'idée de réécrire un événement. Sans succès. Mais mon amie adorait apprendre des choses sur les objets maudits autant que j'aimais les mystères.

« Je ne te conseille pas d'utiliser un objet maudit. Tu as entendu les rumeurs qui courent sur le jeu du Prince Envie ? Et tu *peux* le faire. Tu n'as qu'à croire en toi.

— Pourquoi est-ce que tu es toujours aussi raisonnable ? lançai-je malicieusement tout en levant lentement les yeux pour la dévisager.

— Je ne suis raisonnable que pendant la journée, pour pouvoir me prêter à la débauche la nuit. Et tu devrais faire pareil.

— Je ne peux pas me permettre de m'amuser, et surtout pas avec cette nouvelle échéance.

— N'importe quoi. Si tu faisais une petite pause, tu écrirais deux fois plus vite. »

Ryleigh se planta devant moi avec son gros manteau d'hiver sur le bras. Elle m'adressa le genre de sourire éblouissant qui séduisait les hommes et les poussait à lui révéler tous leurs secrets.

Ryleigh était d'une beauté classique, avec une peau bronze chaud, des yeux d'ambre pâle et des cheveux bruns et épais qui étaient assez longs pour provoquer la jalousie des démons qui vivaient en dehors de la Maison Envie.

Mais c'était ce sourire qui causait la perte des âmes les plus insensibles. Elle avait essayé de m'enseigner ses techniques de charme, mais j'étais une très mauvaise élève, si bien qu'elle avait fini par abandonner.

Ryleigh avait débuté dans la même précarité que moi, mais elle avait amassé une petite fortune, car elle n'avait pas de belle-mère pour dépenser tout son argent. De plus, elle utilisait ses talents pour extorquer de manière exquise des rumeurs juteuses aux nobles.

« Tu as encore un travail, répéta-t-elle. Il faut voir le bon côté des choses.

— Pas pour longtemps. »

Je soupirai et étirai les muscles de mon cou qui s'étaient tendus au cours de l'après-midi. Plus tôt, mes collègues avaient envoyé des questions anonymement à Miss Match pour sa première rubrique, dans le but de me donner un point de départ.

Les questions étaient bonnes, voire excellentes. Le problème, c'était moi.

Je passais presque tout mon temps à écrire ma rubrique ou à effectuer des recherches, à parler avec des informateurs dans des endroits sordides, à m'assurer que ma sœur et ma belle-mère aient tout ce dont elles avaient besoin.

Le dix-neuvième anniversaire d'Eden approchait et elle était en âge de travailler aussi, mais ma belle-mère avait refusé que sa fille « trime comme une roturière ».

Elle s'accrochait à l'espoir de trouver un bon parti pour Eden, et elle disait que sa fille devait se comporter comme une demoiselle de bonne famille.

À dix-neuf ans, j'avais dû gagner assez d'argent pour subvenir aux besoins de trois personnes. Ma belle-mère disait que c'était parce que mon père était un marchand et qu'*elle* était née dans une famille noble. Par conséquent, c'était mon devoir de prendre la place de mon père.

Le fait qu'Eden ait aussi du sang de marchand n'avait aucune importance. Non pas que je lui en veuille pour les croyances de sa mère. J'aimais énormément ma sœur, et elle n'était âgée que de neuf ans à la mort de notre père.

Sophie aurait dû faire tout ce qui était en son pouvoir pour sa fille. Il ne m'avait fallu que quelques semaines pour voir que cela n'arriverait jamais. Notre garde-manger avait été vidé jusqu'à la dernière miette et était resté ainsi pendant plusieurs jours.

L'une d'entre nous avait dû subvenir aux besoins de la famille. J'avais donc envoyé ma candidature à toutes les revues et à tous les journaux à scandale jusqu'à trouver le poste que j'occupais désormais.

Enquêter sur les rumeurs ne me laissait pas beaucoup de temps pour les loisirs, comme les histoires d'amour, car je n'assistais aux événements que pour le travail. J'avais eu quelques conquêtes, mais il s'agissait toujours d'une distraction amusante, rien de plus sérieux qu'une nuit ou deux, et aucun d'eux n'avait attiré mon attention très longtemps. Pour être honnête, c'était en partie ma faute : je choisissais des hommes qui n'étaient pas aptes à entretenir des relations à long terme. C'était plus sûr ainsi ; j'évitais les chagrins d'amour.

Donner des conseils sur un sujet que je maîtrisais terriblement mal m'obligeait à me souvenir de la soirée que j'essayais d'oublier depuis des années.

Après ce désastre émotionnel, j'avais bâti un mur autour de mon cœur, une brique après l'autre ; je n'avais plus aucune envie d'être vulnérable un jour. À présent, je devais abattre cette barrière pour aider d'autres personnes, et cela me terrifiait plus que je n'aurais voulu l'admettre.

Rédiger des articles pour une revue à scandale était une chose, mais aider quelqu'un en pleine crise émotionnelle, c'était complètement différent. Un mauvais conseil pourrait détruire son bonheur.

C'était une pression énorme. Mis à part Axton, pour des raisons très personnelles, je ne souhaitais que le meilleur aux gens.

« Je ne sais rien sur l'amour. Je ne connais que la haine et le désir occasionnel. Regarde ça. »

Je tendis la feuille de papier à Ryleigh.

« "Comment passer à autre chose après mon dernier chagrin d'amour ?" lut-elle à voix haute. C'est facile.

— Si c'était si simple, l'article serait déjà écrit, et je serais déjà chez moi.

— Heureusement pour toi, j'ai un plan. »

Elle brandit une belle clé en argent et en forme de sept. Des runes étaient gravées sur toute sa surface et brillaient d'une lueur attrayante.

Je poussai un soupir. Cette journée allait de mal en pis.

« Je ne sais pas comment me rendre à ce club-*là* m'enseignera quoi que ce soit sur l'amour, Ry. »

Ce club-*là*, c'était le *Seven Sins*, un établissement où l'on ne pouvait se rendre que sur invitation. Il était dédié au vice et il n'y avait que deux règles : même si les clients étaient ensorcelés dès qu'ils entraient, ils devaient *toujours* porter un masque et personne ne pouvait donner son vrai nom ou parler des secrets du club une fois qu'il en sortait.

Personne ne savait à qui il appartenait et qui distribuait les clés magiques.

Le scandale n'était pas le sexe, car tout le royaume se nourrissait ouvertement de la passion, mais les sept péchés auxquels on pouvait s'offrir là-bas.

Chaque péché était normalement glorifié dans son propre cercle. La Maison Envie respirait la jalousie sous toutes ses formes. La Maison Colère suivait la rage, et ainsi de suite. Il était tabou de prendre plaisir ouvertement avec un péché qui appartenait à une Maison rivale.

Le *Seven Sins* était secret et légendaire, et pas juste parce que le club ensorcelait les invités qui y pénétraient pour déguiser les voix et les apparences physiques afin d'assurer leur anonymat. Seuls les plus chanceux étaient autorisés à passer ses portes. Les runes sur les clés changeaient chaque nuit pour que la liste reste exclusive.

Une même personne pouvait être sur la liste un soir et ne plus pouvoir entrer le suivant. Aucune explication n'était apportée.

Contrairement à d'autres clubs et enfers du jeu populaires, celui-ci n'était pas réservé aux riches. Tout le monde pouvait recevoir une clé et amener un invité, même si rien ne garantissait que le club autorise ce dernier à entrer, ce qui ne rendait les choses que plus excitantes.

La liste ne suivait aucune logique apparente, mais je soupçonnais qu'elle était rédigée en fonction de l'intrigue et des intérêts. Sans oublier, bien entendu, un désir torride de se donner du plaisir grâce à tous les péchés et à toutes les formes de débauche.

C'était un endroit terriblement parfait pour un cercle de pécheurs qui cédait au plaisir jusqu'à l'excès.

Je n'y étais jamais allée. Ryleigh, si. Elle avait été invitée à plusieurs occasions, mais à ma connaissance, c'était la première fois qu'elle recevait une clé elle-même.

« On va y aller, s'amuser et poser quelques questions. »

Elle saisit mon manteau sur le dossier de ma chaise et me le présenta comme un chevalier galant tout droit sorti d'un livre.

« On va se faire plaisir avec du sexe torride et passionné, on va boire des litres de vin de baies démoniaques et on va écrire le meilleur courrier du cœur que le royaume ait jamais lu.

— Ma famille…

— Je me suis déjà organisée avec ta voisine pour qu'elle leur donne un coup de main avec le dîner. Elle est en train de préparer un ragoût avec elles. »

Je devrais aller rendre visite à Lily cette semaine pour la remercier. Eden essaierait de l'aider et Sophie piquerait une crise. « Préparer un ragoût *avec* elles », ça voulait dire que Lily jouerait le rôle de cuisinière personnelle pour ma famille. Et je savais à quel point elle détestait que ma belle-mère lui donne des ordres et se plaigne ensuite de la nourriture.

« Alors ? demanda Ryleigh. Qu'est-ce que tu en dis ? »

C'était tentant, mais…

« Je dois vraiment me concentrer sur le travail, Ry.

— C'est carrément lié au travail. Tu dois faire des recherches. Et je peux te garantir que presque tout le monde là-bas pensera à l'amour. C'est l'endroit idéal pour ta rubrique, et tu le sais. Ne sois pas têtue et mets ton manteau. »

J'ignorais si je devais la serrer dans mes bras ou remplacer le sucre qu'elle mettait dans son thé le matin par du sel. Je devais effectivement faire des recherches. Et le club me donnerait de nombreuses occasions de parler d'amour. Étant donné que quelqu'un s'occupait du dîner, je pouvais travailler tard.

Je jetai un coup d'œil à mes bottes éraflées et à mes lourds jupons en laine. Tout était terne et morne, mais pratique.

Ce matin, j'avais choisi une tenue qui me tiendrait chaud dans les rues couvertes de neige fondue, et non pas des vêtements à la mode. Et même si passer la soirée au club pouvait être amusant et utile pour ma rubrique, je devais vraiment faire le point avec certains de mes informateurs et leur annoncer que j'avais changé de poste, mais que j'avais l'intention de continuer en secret.

Axton avait peut-être remporté une victoire temporaire, mais il faudrait plus qu'un courrier du cœur pour briser les ailes de la journaliste que j'étais. Je ne savais pas encore comment j'allais procéder, mais je le découvrirais sous peu. Si les rumeurs à propos des dragons de glace étaient vraies, je pourrais vendre mon article à un autre journal, et contourner le *Wicked Daily* s'il le fallait.

« Alors ? Tu viens avec moi ou pas ? Je suis en train de vieillir à vue d'œil. »

Je jetai un dernier regard à ma page blanche. Il faudrait que je remette ma rubrique pour être payée, ce qui signifiait que je n'avais pas d'argent pour rémunérer mes informateurs ce soir, quoi qu'il arrive. Et pourtant…

« Ma tenue n'est pas adaptée pour aller au *Seven Sins*. »

Ryleigh afficha un grand sourire. Elle savait qu'elle avait gagné.

« Pas encore. »

❄ ❄ ❄

« Debout, debout, debout ! »

Carlo ponctuait chaque ordre en tapant dans ses mains, le visage blême en me regardant de bas en haut.

« Il y a beaucoup à faire et nous avons peu de temps. »

Je poussai un profond soupir et me levai de la baignoire en cuivre, grimaçant légèrement en sentant l'air frais tandis que l'eau chaude ruisselait sur mon corps. Le brusque changement de température me donna la chair de poule.

Nous étions dans les coulisses du *Scene Stealer*, le théâtre le plus prisé du cercle. Heureusement, les répétitions de la soirée étaient terminées et tous les artistes étaient rentrés chez eux.

Je ne me donnai pas la peine de me cacher du regard de Carlo tandis qu'il m'essuyait avec une serviette en lin. Je venais d'être récurée de la tête aux pieds dans de l'eau brûlante jusqu'à ce que ma peau semble à vif.

Carlo me lança un fin peignoir et me fit signe de l'enfiler. Et vite.

J'obéis et resserrai la ceinture avant de me laisser tomber sur le banc qu'il avait placé devant un miroir éclairé.

La table était couverte de toutes sortes de produits de maquillage : un assortiment de poudres pastel de toutes les teintes de l'arc-en-ciel, avec des pinceaux de toutes les formes et de toutes les tailles, des faux cils, et d'autres accessoires que je n'avais jamais vus auparavant.

« Tu es sûre de vouloir porter une perruque ? » demanda Carlo d'un air dubitatif tout en brossant mes cheveux là où il coiffait chaque acteur et chanteur à la perfection.

Il avait été l'une des premières relations de Ryleigh après que nous étions devenues amies, et il adressa à son ancienne amante un regard qui la suppliait de me raisonner.

« Non, dit Ryleigh, qui leva les mains en reculant. Je n'ai aucune intention d'intervenir. »

Elle prit un morceau de fromage sur un plateau et s'assit confortablement tout en me regardant céder aux exigences de Carlo avec une lueur d'amusement sombre dans les yeux.

J'observai mon reflet dans le miroir. Des vagues de boucles bleu pâle tombaient sur mes épaules. Elles étaient presque de la même couleur que mes yeux.

« Ta couleur naturelle met tellement ta peau en valeur », dit Carlo.

Mon teint était pâle et on le comparait souvent à la couleur du clair de lune sur l'eau. Éthéré, mystique. Et il ne pouvait pas être plus différent de la vie sans intérêt et commune que je menais.

Ma belle-mère n'avait jamais manqué de me rappeler qu'il était peu flatteur. En particulier si on le comparait aux cheveux et à la peau dorés de ma sœur. Elle essayait de creuser un gouffre entre nous depuis des années, mais Eden et moi nous aimions férocement.

« Je ne veux pas qu'on me reconnaisse, lui rappelai-je. Un masque, c'est une chose, et je sais que le club ensorcelle les invités à l'entrée, mais je veux être sûre que mon identité reste secrète quoi qu'il arrive. Nous devons quand même marcher jusque là-bas et quelqu'un pourrait nous voir arriver ou repartir. »

Je n'étais pas la seule démone de notre cercle avec des cheveux bleu pâle, mais ce n'était pas aussi commun que les blond clair, les brun profond, les prune et les bleu foncé.

Carlo posa son pinceau, marmonna quelque chose à propos du potentiel gâché et alla chercher une malle remplie de perruques. Il fouilla un moment et en sortit soigneusement une d'un sac.

Elle était d'un cobalt sombre avec des mèches argentées et brillantes. Même s'il s'agissait des couleurs de la Maison du Prince Gourmandise, elle était magnifique.

« On va rester dans les mêmes tons que ta couleur naturelle, dit-il, et son visage m'indiquait clairement qu'il n'avait pas l'intention d'en débattre. On va créer un effet dramatique sur tes yeux avec du khôl et du rouge à lèvres vif, ce sera parfait. Avec peut-être un peu de paillettes argentées sur tes pommettes pour rappeler les reflets de la perruque.

— Je vais porter un masque.

— Tu vas aussi porter du maquillage en dessous, affirma Carlo. Le contouring et la mise en beauté aideront à déguiser tes traits. Ne serait-ce que pour ajuster la moue de tes lèvres. Étant donné que tu crains d'être reconnue sur le chemin, ça résoudra le problème. »

Il me regarda de bas en haut tout en appliquant de la poudre le long de mon arcade sourcilière et de mes joues.

« On recherche un effet "reine des glaces", ça t'ira bien. »

Je me mordis la langue, certaine qu'il venait de m'insulter. Ryleigh me décocha un regard plein de sympathie.

Je n'étais pas une reine des glaces. Au fond, je choisissais très soigneusement les gens à qui je m'ouvrais pour éviter d'avoir le cœur brisé. Ma prudence était souvent confondue avec de l'indifférence, ce qui m'isolait encore plus.

« Ne bouge plus. Ça va sans doute faire mal. »

Après avoir entortillé et épinglé mes cheveux naturels, Carlo mit enfin la perruque en place tout en m'observant d'un air critique.

« Bien. »

Il passa ses doigts dans les boucles, tirant délicatement sur mon cuir chevelu. Il fit claquer sa langue d'un air satisfait.

« Elle survivra à une nuit de débauche au *Seven Sins*. »

Je n'avais pas l'intention de coucher avec quelqu'un au club, même si cette distraction serait la bienvenue. Le seul but de cette soirée, c'étaient mes recherches personnelles.

Si je ne rendais pas une ébauche du premier article de Miss Match…

Je ne pouvais pas me permettre d'envisager un échec. Je n'avais pas complètement abandonné l'article sur les dragons de glace, mais en attendant de suivre de nouvelles pistes sur le sujet, je ne pouvais pas prendre le risque d'une nouvelle catastrophe financière. En particulier parce que ma belle-mère voulait une nouvelle robe et que les biens de mon père étaient en jeu.

« Maintenant, la robe. »

Carlo disparut derrière des portants à roulettes couverts de costumes splendides. Des robes à perles, de la dentelle à paillettes, du tulle duveteux, de la soie… Ils étaient tous plus luxueux les uns que les autres.

Il revint un moment plus tard en brandissant un vêtement qui ferait même rougir le pécheur le plus débauché. Je l'adorais, mais me demandais s'il m'aiderait ou entraverait ma mission, qui consistait à pousser les autres invités à me parler de leurs relations longues et de leurs histoires d'amour.

Cette robe inspirerait sans doute le désir.

Je jouai avec les chaînes en argent qui me rappelaient des écailles de dragon et qui reliaient les côtés de la robe blanche comme neige. Enfin, « robe » était une manière bien banale de qualifier ce magnifique costume. Si je décidais de le porter, ce serait de loin le vêtement le plus luxueux que j'aurais revêtu.

Le doux tissu était pailleté, inspirant des images de neige fraîche ou de glace illuminée par la lumière matinale à chaque mouvement.

Et elle était scandaleusement courte, s'arrêtant bien au-dessus du genou. Le corset était fait en maille couleur chair avec des paillettes et des gemmes cousues sur le buste.

Une reine des glaces, effectivement.

L'ironie était que, si je portais ça au *Seven Sins*, il n'y aurait pas de glace. Juste du feu dans mon sillage. C'était tentant, tellement tentant de jouer le rôle de quelqu'un d'autre, ne serait-ce qu'une nuit. Je devrais peut-être faire semblant d'être le personnage d'une histoire. Un personnage qui prenait des risques et avait des rêves.

Autrefois, dix ans plus tôt, j'avais bien pris un risque. J'étais sortie de ma zone de confort et j'étais entrée dans le monde, laissant l'espoir me servir de guide, de belle étoile.

Les choses avaient mal fini, mais j'avais survécu.

Je m'en étais sortie presque intacte, si la cicatrice invisible qui balafrait mon cœur ne comptait pas comme un dommage collatéral.

J'avais appris très tôt qu'au jeu de l'amour, la victoire n'était jamais garantie pour ceux assez téméraires pour jouer. Mais je suppose que le simple fait d'essayer était palpitant.

Mon père disait toujours que la plus grande tragédie dans la vie, c'était de laisser la peur nous retenir. *Et si ?* C'était la pire question qu'il pouvait imaginer se poser.

Un jour, je lui avais posé une question sur mes rêves.

« Et si je tombais ? Et si je trébuchais ?

— Tu dois apprendre à poser de meilleures questions, ma colombe. Et si tu t'envolais ? Et si tu faisais la course avec les étoiles elles-mêmes ? »

Si je fermais les yeux, je pouvais presque entendre sa voix retentissante.

L'échec, ça veut juste dire que tu essaies, et il n'y a pas de honte là-dedans. Ne laisse personne te dire qui tu es. Crois en toi. C'est ta vie et tu dois la mener comme tu l'entends. Le reste peut aller au diable.

Si mon père avait dû écrire une rubrique de conseils, il aurait excellé.

« Il est presque minuit, dit doucement Ryleigh en montrant l'horloge d'un geste du menton. On va être en retard. »

Sept
Prince Gourmandise

Vixie, une invitée extrêmement affectueuse, lécha ma gorge en grognant légèrement.

« Vous avez tellement bon goût, Votre Altesse », marmonna-t-elle.

Elle suça mon cou, sans doute motivée par le tableau décadent qui se dessinait dans le grand hall de ma Maison tandis que j'accueillais les convives à la fête. Ses dents éraflèrent ma jugulaire et je dissimulai une grimace. Si elle me mordait plus fort, elle se retrouverait dans la cour des vampires.

Des plateaux couverts de cocktails fumants passèrent devant nous. L'odeur vive de genièvre et d'autres ingrédients hivernaux flottait dans l'air.

Je saisis un verre glacé, satisfait par l'extravagance dramatique de la boisson. Des baies de genièvre gelées étaient utilisées en guise de glaçons et, grâce à une technique intéressante, de la fumée émanait des coupes, leur donnant une touche hivernale merveilleuse. Les aromates relevaient le goût du gin aux agrumes et je me délectai des petites bulles qui pétillèrent légèrement sur ma langue.

La vue, le goût et l'odorat avaient été éveillés à la perfection. Ce soir-là, les maîtres des cocktails s'étaient surpassés en créant le mélange emblématique de la soirée.

Même si certains invités trouvaient des manières plus intéressantes de goûter leurs boissons.

À la Maison Gourmandise, nous prenions les festins *très* au sérieux. En dépit de ce qu'un tas de rumeurs prétendait, tout avait commencé pour agacer Miss Saint Lucent, quand elle avait un jour écrit que je ne savais pas différencier le péché de la vertu et que je devrais renoncer à ma couronne de pécheur.

J'avais voulu lui faire ravaler ses mots. Littéralement. J'avais donc fait installer une grande table qui prenait presque toute la place dans le vestibule et obligé les invités à la contourner pour entrer dans ma Maison du péché.

Je me souvenais très clairement du moment où Adriana était entrée et s'était délectée de la vue le premier soir. Je m'étais assuré qu'elle reçoive une invitation à l'événement.

Le choc, et ce qui m'avait semblé très clairement être une étincelle de curiosité et de désir, avait déformé ses traits avant que son masque de mépris ne se remette en place. Mais ce moment avait été satisfaisant. J'avais compris que j'avais gagné cette manche, même si elle ne l'admettrait jamais. Depuis lors, j'avais laissé la table au même endroit, tel un emblème de ma Maison.

Nous n'y servions ni boissons ni nourriture. Les invités étaient autorisés à céder à leurs fantasmes, à se gaver de l'attention et de leurs partenaires devant tout le monde.

Une telle démonstration publique était en cours.

J'observai un trio dont les participants se déshabillèrent à tour de rôle, puis s'installèrent lentement sur la table. Un homme prit un glaçon de son verre et le glissa sur les seins de sa partenaire, faisant ainsi durcir ses tétons avant qu'il passe sa langue dessus. Quand elle se cambra, il leva ses jambes par-dessus ses propres épaules et la dévora comme s'il était affamé.

Elle se tortilla violemment sur la table, une expression béate sur le visage tandis qu'elle se caressait les seins.

Un autre homme se masturbait en regardant la scène. Puis il se pencha vers l'oreille de la femme, obtint un hochement de tête et enfonça sa queue dans sa gorge.

Je bus mon gin et posai le verre sur un plateau vide. Miss Saint Lucent n'était pas arrivée. Ce n'était pas surprenant, étant donné qu'elle n'écrivait plus la rubrique des potins. Mais mon regard semblait se tourner vers les portes plus souvent que je ne l'aurais voulu.

Un autre couple s'approcha de la table et le spectacle devint un enchevêtrement de membres impressionnant. Si Miss Saint Lucent avait été là, elle aurait eu horreur de cette orgie trop laxiste.

Quelqu'un se racla la gorge, me ramenant dans le moment présent.

Je n'étais pas seulement en train d'accueillir mes invités, j'étais aussi en plein milieu d'une interview.

Parler aux journaux à scandale relevait de mon devoir pour sauver les apparences et détourner l'attention tandis que ma Maison continuait en secret à essayer de découvrir la cause de l'attaque des dragons.

Pour le moment, plus les journalistes se concentreraient sur moi, moins ils enquêteraient sur une histoire plus juteuse. Je tournai la tête vers le reporter. Ses cheveux clairs étaient coiffés en arrière et son nez aquilin dominait ses traits délicats.

C'était peut-être ce qui lui donnait l'air si hautain et imbu de lui-même.

« Votre Altesse, est-il vrai que votre grande table de "festin" trouve son origine dans une querelle personnelle entre la Maison Luxure et vous ? »

Anders. Anderson. Quelque chose de pompeux. Il avait enchaîné les questions pendant une bonne heure et, même si c'était l'un de mes pécheurs, j'étais prêt à le faire passer en douce de l'autre côté de la Frontière impitoyable pour le donner en pâture aux dragons. Il était bien moins captivant que Miss Saint Lucent.

Je lui adressai un sourire nonchalant et attirai ma compagne plus près, ce qui la fit pousser un gloussement satisfait tandis qu'elle collait ses courbes généreuses contre moi. Elle commença à déboutonner ma chemise.

Anders observa attentivement tandis que les doigts de la femme passaient au bouton suivant, exposant lentement ma peau de bronze et la moitié supérieure de mon tatouage. Une autre femme, Rosaline, se mit à genoux et passa ses ongles le long de mes jambes. C'était bon, mais je n'étais toujours pas excité.

Cependant, si je fermais les paupières, si je laissais mon esprit plonger dans des pensées et des désirs interdits, je pourrais y remédier.

Mes yeux restèrent grands ouverts.

Anders secoua la tête, comme s'il venait de se souvenir qu'il travaillait et qu'il ne pouvait céder à une nuit de débauche.

« Alors ? La Maison Gourmandise mène-t-elle une guerre secrète contre la Maison Luxure ?

— Voyons, pensez-vous que je perdrais mon temps avec une cour de seconde zone ?

— Les rumeurs disent que vous visez tous les deux le titre de prince du plaisir. Avez-vous un commentaire sur le sujet ?

— Luxure règne sur le plaisir charnel, mais je suis sûr que ma Maison du péché prouve qu'il y a beaucoup de plaisir dans bien d'autres domaines. »

Anders ressemblait à un chien déterminé à s'acharner sur un os.

Mes frères et moi nous entendions plutôt bien en privé, mais nous entretenions tous une certaine image pour le royaume. Nous avions nos propres rivalités fraternelles, mais rien d'aussi grave qu'une guerre, contrairement à ce que certaines rumeurs laissaient entendre. Anders ouvrait la bouche pour poser une autre question bête quand Val entra à grands pas et inclina la tête.

Je n'avais jamais été aussi content de voir mon bras droit.

« Oui ?

— Un message vient d'arriver pour toi, Altesse. »

Je décochai un sourire carnassier aux femmes qui ne demandaient qu'à être conquises.

« Et si vous vous occupiez l'une de l'autre un moment ? »

Mes compagnes furent ravies d'obéir.

Je me libérai de Vixie et Rosaline alors qu'elles commençaient à s'embrasser, m'oubliant presque en s'enlaçant plus passionnément.

Je tournai le dos au journaliste le plus ennuyeux de notre génération et me concentrai sur le message. Le papier bleu cobalt était rigide et l'encre était argentée. Il venait de ma Maison du péché.

Les loups rôdent en cercles d'obscurité.

Je repliai la feuille. C'était un code. Soudain, une aventure passionnante se présentait à moi. Je contrôlai les traits de mon visage pour afficher un masque de débauché diabolique et pris une voix chargée de sous-entendus.

« Si vous voulez bien m'excuser, j'ai reçu une invitation que je serais bien bête de refuser. »

❄ ❄ ❄

Je me déplaçai aussi silencieusement qu'une ombre pour suivre mes frères, attentif à chaque pavé où je posais les pieds. La neige rendait les choses plus difficiles, mais la crainte d'être surpris pendant la poursuite me poussait à continuer. Mes proies flânaient le long du pâté de maisons, ignorant ma présence.

Luxure et Envie avaient beau être rusés, il était plutôt facile de suivre leurs traces dans les rues tortueuses du quartier nocturne. Cela me rendait méfiant : essayaient-ils vraiment d'être furtifs ou était-ce une simple diversion ? J'étais peut-être juste paranoïaque.

Mais le fait qu'ils traînent dans mon cercle sans ma permission, ce qui était une raison valable pour leur déclarer la guerre, était une tout autre chose. Je pourrais mettre fin à tout cela immédiatement en révélant ma présence, mais dans ce cas, je ne verrais pas ce qu'ils trafiquaient.

Il m'avait fallu moins de trente minutes pour les trouver. Maintenant, j'attendais, me frayant un chemin dans les ombres pour voir où ils allaient, curieux de découvrir quel démon de mon cercle vendait des renseignements à nos rivaux. Avec un peu de chance, je toucherais le gros lot et découvrirais aussi l'identité de l'informateur d'Adriana.

Je suivis mes frères à un pâté de maisons de distance pour ne pas être vu, comme s'ils étaient des dragons de glace ou des créatures du nord.

J'observai leurs capes en laine, impressionné par le fait qu'ils aient essayé de se déguiser.

Bien entendu, leurs belles bottes cirées et brillantes trahissaient leur richesse. Je ne fus pas surpris de voir que Luxure n'était pas concentré. Il préférait toujours rechercher le plaisir ou jouer avec. Cependant, j'en attendais plus d'Envie, le maître des détails.

Ils descendirent nonchalamment la rue pavée, l'air inoffensif, tels deux amis qui voulaient passer un bon moment. À l'intersection, ils tournèrent à droite.

J'attendis quelques instants avant de les suivre et les rattrapai alors qu'ils entraient dans l'un des nombreux restaurants du quartier. Des flammes rugissaient dans des braseros à l'avant pour réchauffer les invités qui avaient décidé de manger dehors en dépit de la neige qui n'arrêtait pas de tomber.

J'inspirai les arômes de viande grillée et de repas savoureux qui emplissaient l'air chaque fois que quelqu'un ouvrait la porte. Mon cercle était connu pour ses nombreux restaurants. Ce n'était pas étonnant, étant donné que tant de démons aimaient prendre plaisir à manger et à boire. Je reniflai une fois de plus, luttant contre mon propre désir de prendre part à quelque chose de gras et de délicieux. Non loin de là, dans un bistrot, un cuisinier coupait des pommes de terre en fines lamelles avant de les frire et de les saupoudrer de sel et de piment dès qu'elles sortaient de l'huile.

Je me retournai et observai la rue. Je devais trouver un endroit où attendre sans attirer l'attention. Une allée plongée dans la pénombre se trouvait juste en face du restaurant.

Je m'y dirigeai tout en regardant autour de moi une dernière fois, avant de me glisser dans le passage étroit et sombre. Au bout se trouvait une benne à ordures dont le couvercle se détachait à moitié. Je levai les yeux vers le toit du bâtiment. Il n'était pas trop loin du sol, mais assez haut pour que je ne puisse pas sauter.

Je pourrais utiliser mes ailes, mais je ne voulais pas prendre le risque que quelqu'un me voie, car cela alerterait mes frères de ma présence.

Je soupirai et de la buée sortit de ma bouche. Mon cœur battait deux fois plus vite tandis que j'approchais la benne à ordures de la fenêtre la plus proche. Le métal glissa bruyamment sur la pierre et je jurai. Puis je montai rapidement dessus. Le fin couvercle s'enfonça sous mon poids.

Je sautai assez haut pour m'agripper au rebord de la fenêtre. Mes doigts glissèrent sur la glace avant de s'agripper fermement, et je me hissai lentement.

Si je n'avais pas eu besoin d'être discret, tout ceci aurait été beaucoup plus rapide. Mais je pris mon temps. Un mauvais pas ferait tomber de la neige et de la glace dans la rue.

J'escaladai le bâtiment et trouvai des prises pour mes mains et mes pieds. Je me déplaçai aussi vite que possible jusqu'à atteindre le toit et roulai dessus. J'essuyai mes mains, puis me mis en position près du bord. J'avais une excellente vue du restaurant en contrebas.

Quelques démons passèrent dans la rue, ignorant que leur prince était tapi au-dessus d'eux.

Les ivrognes se tenaient bras dessus bras dessous et chantaient des chansons grivoises. Des démons riaient et criaient en se jetant des boules de neige, leur humeur légère et sereine. Personne ne levait les yeux vers le ciel, personne ne murmurait à propos des dragons de glace qui avaient attaqué des princes du péché. Tout semblait aller bien.

Ce serait une bonne nuit pour mon cercle.

Sauf que deux princes n'y étaient pas à leur place.

J'attendis, les yeux rivés vers le restaurant dans lequel Envie et Luxure étaient entrés.

Quelques moments plus tard, mes frères ressortirent avec une serveuse qui leur donna une table sur la terrasse. Ils en avaient intentionnellement choisi une qui était à moitié cachée derrière un brasero.

Celui-ci aurait dissimulé leurs visages si j'étais resté au niveau du sol.

La nourriture et les boissons furent servies rapidement et je me mis à l'aise pour ce qui ressemblait à la mission d'espionnage la plus barbante de mon existence. Ils grignotèrent leurs plats, rirent un peu et commandèrent une deuxième tournée de boissons. Je fermai les yeux, luttant contre l'envie de plonger sur eux et d'exiger une explication. La patience était le plus grand allié des chasseurs.

Si j'attendais assez longtemps, je finirais par découvrir quelque chose.

Presque un quart d'heure plus tard, je reçus ma récompense. Une silhouette cachée sous une cape s'approcha à grands pas de leur table. Des enveloppes furent échangées, comme dans un roman d'espionnage.

Envie jeta un coup d'œil dans la sienne, hocha sèchement la tête, puis la silhouette disparut dans la pénombre.

Pendant un moment terriblement long, rien ne se produisit.

Finalement, alors que j'étais sur le point de révéler ma présence et d'exiger qu'ils me disent ce qu'ils avaient prévu de faire, mes frères finirent leurs boissons et se levèrent.

À ma grande satisfaction, Envie sortit quelque chose de son enveloppe. Un petit objet étincela dans la lueur des flammes.

Une clé.

Des runes brillèrent quand mon frère passa ses doigts dessus.

Je savais exactement ce que cette clé déverrouillait. Un endroit sur lequel ils auraient dû me poser des questions avant de décider de s'y prendre.

Souriant, je me tournai vers le bâtiment voisin et sautai sur le toit. Je les laisserais vivre cette aventure pour voir exactement ce qu'ils recherchaient et qui leur donnerait ce renseignement. Une fois que je le saurais, j'enverrai un message demandant à mes frères de venir me voir dès qu'ils auraient fini leur petite escapade au *Seven Sins*.

S'ils croyaient pouvoir se promener dans mon cercle sans se faire remarquer et percer les mystères de ma Maison, ils étaient fous. Je devais leur rappeler que j'étais le meilleur chasseur d'entre nous et qu'ils ne pouvaient pas aller où que ce soit sur mon territoire sans que je les trouve.

Et certainement pas dans mon club du péché privé.

Huit
Adriana

Le *Seven Sins* n'avait rien d'un bâtiment quelconque, semblable aux autres établissements consacrés au plaisir et aux tavernes des rues animées du quartier nocturne. Le club était sans aucun doute le joyau du cercle. Il était indécent, laxiste, et l'édifice était certainement le plus beau après la Maison Gourmandise.

Les murs en albâtre, fraîchement poncés, brillaient d'un éclat aguicheur sous le clair de lune. Les bardeaux d'un bleu très pâle lui donnaient des airs de château enchanté tout droit sorti d'un conte de fées.

Le genre d'endroits où les rêves et les fantasmes devenaient réalité et où la vie banale disparaissait. Je ne pus m'empêcher d'être envoûtée par sa magie pendant quelques instants.

De la musique s'échappait des portes ouvertes d'autres établissements voisins où les clients se rassemblaient et l'odeur de nourriture flottait dans la rue pavée. J'en venais à regretter de ne pas avoir goûté le plateau froid couvert de légumes au vinaigre, de viande fumée et de fromage que Carlo nous avait proposé plus tôt.

Ryleigh me guida le long d'une étroite allée couverte de neige. Il n'y avait que nous, et nous nous arrêtâmes devant une porte métallique imposante.

Je frémis à cause de l'air nocturne froid et de la sensation étrange que cette soirée pourrait se passer très bien ou très mal, pour des raisons que je ne cernais pas encore.

« Regarde. »

Ryleigh tint la clé magique au centre de la porte et celle-ci scintilla immédiatement. Puis elle disparut pour révéler un couloir désert à l'intérieur.

Ryleigh me fit entrer au moment même où la porte apparaissait de nouveau derrière nous, nous enfermant dans le couloir.

En un instant, nous nous retrouvâmes à l'intérieur du *Seven Sins*.

Du moins, dans un corridor désert qui nous mènerait à la salle principale.

La magie grésilla sur ma peau ; le sortilège était déjà en train de me déguiser.

J'étais ravie d'avoir un moment d'intimité pour reprendre mes esprits. J'observai les chaussures que j'avais empruntées, des souliers à talons clairs comme de la glace.

Je déglutis pour faire passer le nœud qui venait de se former dans ma gorge. Mes nerfs vrombissaient. Je venais de franchir le premier obstacle ; le club m'avait autorisée à entrer. Maintenant, je devais faire de mon mieux afin d'obtenir des informations pour mon article tout en restant anonyme. Le sortilège cacherait mon identité, mais si je posais trop de questions directes, quelqu'un pourrait deviner ma profession.

« Prête ? murmura Ryleigh.

— Presque. »

Sur le court chemin qui séparait le *Scene Stealer* du *Seven Sins*, Ryleigh m'avait discrètement décrit les lieux : le rez-de-chaussée était composé de sept salles qui étaient connectées à un espace central. Chacune d'elles était dédiée à un péché différent.

À l'étage, des chambres étaient mises en location et pouvaient être utilisées pour tout ce que les clients désiraient : des jeux d'argent, des rendez-vous galants ou ce qu'ils voulaient faire en privé.

Au sous-sol, on trouvait un lagon intérieur, des salles de bains, une cave à vin et un espace où les invités pouvaient changer de masque ou de vêtements pour sortir de l'établissement sans être reconnus.

Il y avait aussi un jardin botanique sur le toit. Il était célèbre pour sa grande variété de fleurs et d'arbres nocturnes, mais d'après Ryleigh, presque personne ne l'utilisait. La plupart des gens aimaient les sept salles ou les étages inférieurs, et le toit restait désert chaque nuit.

Je ne savais plus où se trouvait la sortie et n'aimais pas l'idée d'être coincée là quand Ryleigh et moi nous séparerions.

« Comment on sort d'ici ? demandai-je en regardant l'endroit où la porte s'était trouvée un instant plus tôt. Oh ! »

Je posai une main sur mes lèvres. J'avais oublié que le sortilège modifiait aussi ma voix. Celle qui sortit de ma bouche était l'incarnation du péché. Elle était sensuelle et séduisante, presque comme un ronronnement grave et engageant qui fit durcir mes propres tétons.

Ryleigh me décocha un regard amusé. Je l'observai attentivement un instant plutôt que de me concentrer sur ce qui se trouvait autour de moi. Le sortilège l'avait rendue splendide. Ses cheveux bruns avaient pris une teinte châtain doré, son visage était un peu plus en forme de cœur, ses lèvres étaient pulpeuses et pleines de promesses immorales.

Je me demandai de quoi j'avais l'air, puis me souvins que je devais me concentrer sur mon travail et mon environnement. Ce soir n'avait rien à voir avec le plaisir. Du moins, pas pour moi.

Je regardai les alentours.

Une peinture murale recouvrait la paroi solide là où la porte s'était trouvée auparavant. Les nuances de bleu pâle et de blanc glacé du ciel dégagé avaient sans doute pour but d'être apaisantes.

Deux dragons de glace imposants volaient. Leurs écailles brillaient comme des diamants et leurs yeux irisés scintillaient.

C'étaient les créatures les plus majestueuses et effrayantes du royaume, et je ne pouvais pas m'empêcher d'admirer leurs corps gigantesques qui tournoyaient dans les nuages, libres et sans entraves. Je n'avais vu un dragon de glace qu'une fois à la Maison Gourmandise, et de loin. Qui que soit l'artiste, il avait merveilleusement bien capturé l'essence de ces bêtes insaisissables sur sa peinture.

Mais même cette belle œuvre du ciel du nord ne parvenait pas à faire ralentir mon pouls.

Je n'étais pas claustrophobe, mais je détestais être prise au piège. À ce moment précis, je n'aurais pas pu être plus différente des dragons de glace et de leur liberté. J'aurais tout aussi bien pu être coincée dans une grotte sombre et profonde.

« Comment on sort d'ici ? répétai-je, ignorant ma voix suave.

— Détends-toi, Ad. »

Ryleigh reprit ma main dans la sienne et descendit le vaste couloir.

« La sortie est de l'autre côté du club. Si tu as besoin d'aide, demande à un des serveurs, au bar. »

Elle marqua une pause devant une double porte richement sculptée et se tourna vers moi pour me dévisager.

« Tu es sûre que c'est un bon déguisement ? » demandai-je.

Je savais que je pouvais compter sur le sortilège, mais que se passerait-il s'il échouait ?

Je levai la main et effleurai le bord de mon masque.

Il était en dentelle rigide et bleu pâle. Je ne m'étais pas attendue à ce qu'il cache les traits de mon visage, étant donné qu'un seul morceau de dentelle plus serrée couvrait mes yeux, mais finalement, il faisait l'affaire. Si, par malchance, le sortilège ne fonctionnait pas, le masque remplirait ses fonctions.

Ryleigh avait le même et je l'avais trouvée méconnaissable sur le chemin jusqu'ici.

« Tu es parfaite. »

Ryleigh m'embrassa sur la joue.

« Amuse-toi, ce soir.

— Je suis uniquement là pour le travail.

— Tu peux faire les deux. »

Avant que je puisse ajouter quoi que ce soit, elle poussa les portes, révélant une salle sensuelle éclairée à la chandelle. Elle était belle, somptueuse, parfaitement envoûtante, comme un sombre conte de fées devenu réalité.

De la musique provenait d'un endroit que je ne discernais pas. Le son était lourd de notes et de tons graves, la basse cognait au rythme de mon cœur. Elle était bien différente des quatuors à cordes des fêtes et des bals organisés par les nobles. Les couples dansaient en balançant leurs hanches, leurs visages rapprochés.

Des mains audacieuses s'égaraient sur des silhouettes, lentes et séduisantes.

Dans le coin opposé, des éléments plus osés avaient été installés pour ceux qui souhaitaient laisser cours à des désirs plus sombres en public.

Des cages étaient suspendues au plafond et se balançaient quand les couples y pénétraient, claquant les portes derrière eux tout en s'adonnant à des jeux sensuels. J'observai une femme masquée portant un beau bustier en cuir qui enchaîna les mains de son partenaire derrière son dos, lui ordonna de s'agenouiller et le frappa avec une cravache.

Sans préliminaires, elle sortit sa queue dure et fit glisser le cuir dessus. J'étais impressionnée de le voir déjà excité. Peut-être aimait-il vraiment recevoir des ordres. Je me tendis lorsqu'elle frappa le dessous de son érection, et l'excitation de l'homme brilla au bout de son sexe. La douleur devait être son vice préféré, et elle était enchantée de lui donner ce qu'il désirait.

Je supposai que c'était une manière comme une autre de chercher des frissons.

Je balayai le reste de la pièce du regard, cherchant le meilleur endroit où m'asseoir et, avec un peu de chance, parler à Ryleigh jusqu'à ce que je sois habituée à l'atmosphère et que je cerne les meilleures cibles.

Des tables basses et des canapés en velours de plusieurs nuances de bleu foncé formaient des espaces intimes tout autour de la pièce. Des fleurs de givre argenté aux pétales bordés d'argent débordaient de vase en lapis-lazuli. Elles dégageaient une odeur fraîche et florale qui était à la fois apaisante et séduisante.

Tous les canapés étaient déjà occupés. Dommage. J'aurais préféré m'y asseoir avant de décider qui aborder en premier.

Tout à droite, un bar avait été sculpté dans du lapis-lazuli et brillait sous des boules de lumières faës irisées qui étaient accrochées au plafond.

Des bouteilles d'alcool recouvraient tout le mur, derrière le comptoir, et des prismes de couleur étaient projetés sur le bar étincelant lorsque les serveurs les prenaient sur les étagères, les faisaient tourner en réalisant de grands gestes et versaient leur contenu dans des coupes en cristal taillé et des verres droits.

La salle fourmillait d'invités déguisés. Leurs masques étaient semblables aux nôtres, mais certains étaient en métal et brillaient d'une lueur menaçante à la lumière. Soudain, la musique devint plus forte, et le rythme primitif et plus rapide invita les clients à bouger en rythme, s'ils osaient.

Les gonds des cages métalliques crissaient tandis que celles-ci se balançaient furieusement. Les amants étaient désormais complètement perdus dans leurs passions, ne prêtant plus la moindre importance au public.

Je déglutis difficilement et mon pouls accéléra.

Quelques visages masqués se tournèrent vers nous et mes nerfs s'enflammèrent rapidement face à toute cette attention.

J'avais l'habitude de me fondre dans le paysage, de rester de côté jusqu'à avoir observé toute la pièce dans laquelle je me trouvais. Ici, j'étais exhibée aux yeux de tous. Et ma robe délicieusement courte encourageait tout le monde à me regarder à volonté. Je ne cherchais pas ma cible, j'étais la proie. Ma bouche devint sèche.

« Et si on allait prendre un verre ? » demandai-je.

Je ne parvins pas à entendre Ryleigh avec cette musique.

Je me retournai, prête à me répéter, mais elle n'était plus là. Je crus voir l'arrière de sa tête disparaître dans une des chambres particulières.

Je soupirai et me retournai vers le bar, ravalant un cri quand un inconnu masqué se pencha en avant, me bloquant la vue.

« Tu veux danser ?

— Je... »

Il n'attendit pas ma réponse : son bras s'enroula brusquement autour de ma taille et m'attira contre lui. Je ne me sentais pas prise au piège, mais je n'aimais pas cette approche arrogante.

Il me fit tourner bien trop vite sur la piste de danse et je fermai les yeux. Sa chaleur, la pièce bondée, les bavardages à voix basse qui se transformaient en vrombissement... Tout me faisait tourner la tête plus vite que mon partenaire calamiteux tandis que nous tournoyions.

Mon estomac était déjà en train de se nouer et ma bouche se remplit peu à peu de salive. C'était trop, trop vite. Sortilège ou pas, si je vomissais sur la piste de danse, je ne recevrais plus jamais d'invitation à ce club.

Je le repoussai en tendant les bras et il cessa de nous faire tourner.

« Excusez-moi », marmonnai-je avant de me précipiter vers le fond de la salle en priant pour qu'il ne me suive pas.

Curieusement, même dans ce repaire du péché, un meurtre serait sans doute mal vu. Même si la victime était une misérable bête qui ne ressentait pas le besoin de chercher une partenaire consentante.

Se cacher n'était pas un terme très digne, mais si c'était comme ça qu'on appelait le fait de se faufiler dans l'ombre pour reprendre ses esprits, alors je pourrais bien être en train d'éviter le danseur. Principalement pour son propre bien-être. Je n'étais pas certaine de ne pas lui donner un coup de genou dans les parties intimes s'il recommençait.

Après quelques instants, ma respiration redevint stable et mon estomac se dénoua. Le danseur trouva une autre partenaire à qui ses bêtises semblaient plaire, je me dirigeai donc vers le bar pour commander un brandy.

Alors que je le sirotais, un autre client se fraya un chemin jusqu'à moi. Je repris espoir. Je pourrais peut-être glaner des informations sur les histoires d'amour.

Je lui jetai un coup d'œil et il me montra une clé. Il n'y avait pas de runes dessus, ce qui signifiait qu'elle devait ouvrir une des chambres privées.

Je n'étais pas certaine de savoir pourquoi il me la montrait comme un cochon de concours à une kermesse.

Voyant que je ne bondissais pas immédiatement pour applaudir sa proposition, il l'approcha davantage de moi. Comme si cela m'impressionnerait davantage.

Je louchai face à une telle séduction tandis qu'il agitait l'objet devant mon nez.

« Je nous ai pris une chambre. »

Je jetai un coup d'œil aux clients autour de nous.

« Je crois que vous me confondez avec quelqu'un d'autre, monsieur.

— Tu es là. Je suis là. Dans le repaire du vice. Je dirais que c'est toi qui te trompes sur la raison d'être de ce club. »

Je pris une profonde inspiration. Alors, comme ça, l'amour n'était pas son fort.

« La luxure n'est pas le seul péché dont on peut profiter ici. »

Il balaya mon corps du regard.

« Non, mais c'est le plus amusant. Alors, tu viens ou pas ? Je dois retrouver ma promise au théâtre dans une heure et ma queue ne va pas se sucer toute seule en attendant. »

Je commençais à douter sérieusement de ma décision consistant à venir dans ce repaire d'iniquité pour travailler sur mon article.

Même si le péché et le vice étaient au menu, les manières et la séduction ne pouvaient pas être des exigences obscènes, et le fait de vouloir un partenaire qui n'appartenait pas déjà à quelqu'un d'autre non plus.

« Je m'excuse, monsieur. Mais si votre langue est aussi fade au cours d'une simple conversation, j'imagine qu'elle est tout aussi décevante dans d'autres domaines. »

Il en resta bouche bée.

J'avalai le reste de ma boisson, posai brusquement mon verre vide sur le comptoir et me dirigeai vers les escaliers avant que ma mauvaise humeur ne l'emporte et ne me fasse chasser du club. Ce qui ne serait pas le pire scénario possible à ce stade.

Je me rendis compte, horrifiée, que cet homme n'était pas facilement découragé.

Il me suivit et se mit à crier : « Oh ! Toi, là ! Arrête-toi ! »

Je ne me retournai pas. Je ne m'intéresserais pas à lui, même dans ses rêves les plus fous. Je me heurtai à d'autres clients et m'excusai tout en essayant de mettre de la distance et d'autres corps entre nous.

« J'ai l'intention de te prouver que tu as tort à propos de ma langue ! »

Que les dieux me viennent en aide. Je n'avais aucune envie de le faire relever le défi.

Je renonçai à faire une autre scène et atteignis enfin les escaliers, que je montai à toute vitesse, haletante. J'avais besoin de respirer de l'air frais, de sentir la fraîcheur sur ma peau rougie, et d'échapper à ces invités ridicules qui ne savaient rien sur la séduction et l'amour.

Après avoir escaladé ces escaliers infinis pendant une éternité, j'arrivai enfin au bout et ouvris une porte tout en espérant qu'elle menait au toit.

Une rafale glacée me frappa et une sensation paisible enveloppa immédiatement mes os. Je pris quelques profondes inspirations d'air hivernal et ma nervosité se dissipa à chaque inhalation. La foule dérangeait plus ma sœur, mais parfois, je tombais dans le même piège.

J'attendis, le corps tendu, le dos collé à la porte, mais au bout de quelques instants, je compris que personne d'autre n'allait sortir sur le toit.

Je soupirai, ravie d'être parvenue à esquiver deux situations gênantes.

J'écartai cette expérience déplaisante de mon esprit et observai chaque détail du toit.

J'avais fui un cauchemar et pénétré directement dans un rêve.

Le jardin était splendide, une explosion de couleurs hivernales vives. Je balayai l'espace du regard et mon cœur s'accéléra pour une tout autre raison.

Des fleurs de toutes les nuances de bleu, du cobalt au marine en passant par le pervenche, et même des teintes complémentaires de blanc et d'argent, brillaient sous le clair de lune.

Près du bord, en face de moi, se trouvait un grand arbre noueux de baies givrées.

J'adorais les petites baies bleu pâle couvertes de glace qui étincelaient. Je me dirigeai vers l'arbre, souhaitant sentir le réconfort de ses fleurs nocturnes et m'appuyer contre son tronc solide.

Je m'arrêtai devant, me maudissant silencieusement pour avoir fui devant deux idiots. Il se faisait tard et je n'avais toujours rien écrit pour mon premier article en tant que Miss Match. Que je le veuille ou non, je devais redescendre et commencer à poser des questions.

« Première fois ? » demanda une voix grave dans l'ombre.

Je fis volte-face, mon cœur battant la chamade dans ma poitrine tandis que je scrutais l'obscurité. Finalement, j'aperçus une silhouette solitaire en face de moi.

Après ce que Ryleigh m'avait dit du toit, je ne m'étais pas attendue à y trouver qui que ce soit, et l'individu avait été tellement immobile que je ne l'avais pas vu en arrivant. Maintenant que je le distinguais, je ne comprenais pas comment j'avais pu le rater.

Il était appuyé contre la paroi d'un château d'eau. Son visage masqué était levé vers le ciel. Un grand verre vide se balançait entre ses doigts, scintillant dans le clair de lune.

« Désolée. Je ne vous avais pas vu.

— Hmm. »

J'attendis un moment, mais il n'ajouta rien. De toute évidence, cet inconnu ne voulait pas de compagnie et je connaissais très bien ce sentiment, alors je décidai de partir, mais il reprit la parole.

« Vous n'avez pas répondu à ma question. »

Je marquai une pause et me retournai vers lui. Quelle impertinence !

« Pourquoi êtes-vous seul sur le toit ?

— Je ne suis pas seul. »

Un homme insupportable. Je savais bien qu'il n'était pas seul *à ce moment précis*.

« Si vous vous comportez ainsi quand vous avez de la compagnie, je comprends pourquoi vous êtes ici, à bouder dans votre coin. »

Un petit rire monta de sa poitrine. Ce n'était pas un son déplaisant. Je m'attendais à ce qu'il me montre une clé, à ce qu'il me demande de céder au péché ou me force à danser. Il n'en fit rien. Son attention était rivée sur le ciel et il avait l'air ravi de prendre part à une conversation légère, sans exigences ni attentes. Juste pour parler de choses et d'autres. Il pourrait bien être parfait…

J'hésitai un long moment avant d'approcher, l'examinant dans l'obscurité.

Il devait bien avoir un défaut. Des doigts munis de griffes. Une mauvaise haleine.

De petites cornes de diable qui poussaient sur ses fesses.

Il était grand, musclé, mais pas corpulent, avec de larges épaules, et même sans voir son visage, je sentais qu'il n'avait aucun souci en ce qui concernait les histoires d'amour.

Je me demandai à quoi il ressemblait vraiment et quel était le son de sa voix sans le sortilège. Peut-être qu'il ne mesurait que cinq centimètres et qu'il avait un lien de parenté avec les lutins et les trolls. Mais j'en doutais. J'étais prête à parier mon salaire qu'il avait l'habitude d'être le centre de l'attention.

Je le voyais dans sa posture pleine d'assurance, comme si le monde se plierait à sa volonté, cherchant son attention tout en sachant qu'il ne l'accorderait que brièvement.

Son menton était couvert d'une fine barbe sombre qui lui donnait un air sauvage et séduisant plutôt que négligé. C'était un régal pour les sens et il le savait, étant donné le petit sourire malicieux sur ses lèvres. Il devait sentir que je l'observais.

Si quelqu'un pouvait se contenter de montrer une clé et s'attendre à ce que les femmes se jettent sur l'occasion de le suivre dans les recoins les plus profonds et les plus sombres de l'Enfer, c'était lui.

Mais il n'en profita pas.

Ses cheveux étaient sombres, mais je n'aurais su dire s'ils étaient brun clair ou noirs. Et cela n'avait aucune importance. Il était peut-être beau, mais il n'était pas aussi séduisant que la possibilité de terminer ma première chronique en tant que Miss Match et de recevoir ma paie.

Je l'observai de nouveau et, cette fois, j'avais l'intention d'accaparer son esprit pour le distraire de ses propres pensées. Cette soirée n'était pas encore une perte de temps. Mon salut se tenait juste devant moi.

« Avez-vous déjà été amoureux ? »

Il ricana et détourna enfin le regard du ciel et de ce qui avait attiré son attention. Je ne voyais pas ses yeux, mais je sentais leur chaleur le long de mon costume.

Lorsqu'il modifia sa position, son aura changea aussi. Soudain, son attention semblait dangereuse d'une manière des plus intrigantes. Comme si je me tenais trop près du bord d'une falaise et que le vent frappait mes membres, me poussant périlleusement vers le vide.

Ou peut-être que c'était ce que ressentait une souris quand un faucon la voyait et se rendait compte qu'il était affamé.

Je n'étais pas assez naïve pour me croire être le faucon, et encore moins quand la tension monta entre nous. Mais j'étais assez audacieuse pour camper sur mes positions, curieuse de voir ce qui allait se passer.

Ce qui ne me ressemblait pas du tout. *Au travail,* me réprimandai-je silencieusement. J'étais là uniquement pour travailler. Il ne sembla pas remarquer ma lutte interne et je remerciai les anciens dieux pour leur clémence.

« C'est une question plutôt profonde pour un club de plaisir, Dame Frost. »

Malin, étant donné mon costume. Je dissimulai ma fascination, curieuse de voir comment il allait réagir à ce que j'étais sur le point de dire.

« Pas vraiment. Vous sembliez en train de songer à quelque chose de vaste. L'amour, la perte… Ce sont généralement les grands coupables des désirs intenses. Soit ça, soit vous êtes constipé. »

Il rejeta la tête en arrière et éclata de rire. Le son riche et agréable brisa la tension entre nous. Mon cœur eut un sursaut. Si j'avais pu, je l'aurais fusillé du regard.

« Vos capacités de séduction sont abominables.

— C'est parce que je n'essaie pas de vous faire tomber amoureux de moi. J'ai simplement besoin de conseils pour me remettre de mon dernier chagrin d'amour.

— Et vous pensiez que le meilleur moyen de trouver une solution était de venir dans ce club ? »

Cette idée semblait beaucoup l'amuser. Et il avait raison. J'avais voulu le surprendre et, avec un peu de chance, attiser suffisamment sa curiosité pour qu'il réponde à mes questions.

Ryleigh serait sans doute impressionnée par ma tentative. Je *savais* flirter quand on m'y poussait. Ou peut-être que j'aimais juste flirter avec cet inconnu qui avait un rire profond et charmant.

Un rire qui ne devrait pas me fasciner. Je m'obligeai à penser aux trolls et aux lutins. J'étais sous le charme d'un sortilège, rien de plus.

Je haussai une épaule, espérant avoir l'air nonchalante.

« Pourquoi pas ? J'imagine que beaucoup de clients fuient quelque chose. D'où les masques et les secrets.

— Ou peut-être qu'ils veulent juste une nuit d'aventures pleine de péchés.

— Ils pourraient en trouver dans n'importe quelle maison close ou dans un pub du quartier.

— Pas vraiment. Ici, ils peuvent vraiment s'abandonner, faire tout ce qu'ils veulent sans que personne de leur vie quotidienne ne le sache. Ce club, c'est l'évasion ultime.

— Êtes-vous ici pour vous évader ?

— Pas vous ? »

Je m'appuyai contre le mur à côté de lui, songeuse.

C'était peut-être aussi simple que ça, et j'avais trop analysé la situation. Peut-être que ce club était populaire parce qu'il offrait un peu d'aventure et de danger.

La peur d'être surprise et reconnue, c'était aussi une sorte d'aphrodisiaque. Tous les clients ne recherchaient peut-être pas la distraction, mais c'était sans doute le cas de certains. Et c'était peut-être la manière dont ceux-là géraient leur chagrin d'amour.

Le meilleur conseil était-il de s'amuser un peu de manière inoffensive jusqu'à ce que la douleur passe ?

Cette révélation me fit tourner la tête. Il pourrait bien s'agir du conseil idéal pour commencer ma rubrique de Miss Match. Je n'avais pas besoin d'être une experte en relations de couple. Je devais juste trouver un moyen d'aider les lecteurs à gérer leurs émotions de manière plus générale.

Je savais ce que c'était que de perdre quelqu'un. Quand mon père était décédé, la routine de nos vies quotidiennes avait été bouleversée, et c'était ce qu'il y avait eu de plus difficile à surmonter après son absence. J'avais dû travailler très dur pour trouver des tâches qui rempliraient ce vide pour ma sœur et moi.

Sinon, les journées difficiles devenaient insupportables.

Faire quelque chose pour briser la routine pourrait aider quelqu'un à surmonter la perte, et pas juste celle d'une relation amoureuse.

Mon compagnon masqué se trompa sur la signification de ma réflexion silencieuse.

« Vous devriez peut-être passer un moment dans la salle de la Luxure. Je suis sûr que beaucoup de clients seraient ravis de vous aider à surmonter votre chagrin d'amour, Dame F.

— Peut-être, mais je doute qu'ils puissent m'aider en amour.

— Ah. Je comprends, maintenant.

— Quoi ? » demandai-je en remarquant la pointe de taquinerie dans sa voix.

Je ne me souvenais pas de la dernière fois où quelqu'un s'était montré joueur avec moi. C'était déroutant.

Et… *amusant*.

Comme s'il avait senti ma joie inattendue que provoquait notre conversation et qu'il savait que cela me rendrait folle et me captiverait encore plus, il planifia son coup avec une lenteur des plus atroces.

Il se pencha vers moi et sa bouche se retrouva terriblement près de mon oreille. Son souffle chatouilla les boucles lâches de mes cheveux. La sensation était enivrante et sensuelle pour un geste aussi innocent.

Il marqua une pause assez longue pour que mon pouls accélère d'impatience, tel un chasseur qui savait très bien comment achever sa proie. Grâce à mes recherches pour un article, je savais que les réactions de lutte ou de fuite provoquaient une excitation physique, ce qui créait généralement une attirance. Non seulement il semblait le savoir, mais il avait aussi l'air d'utiliser cette compétence avec une grande dextérité.

La chaleur monta dans mon bas-ventre au moment même où la chair de poule recouvrit ma peau. Je fus surprise par mon envie irrésistible de l'embrasser.

« Vous êtes cynique, Dame Frost. »

Un petit rire m'échappa.

« N'est-ce pas étrange qu'on accuse les gens d'être cyniques quand ils ont une once de bon sens ? La luxure et l'amour sont deux choses bien distinctes.

— Vous parlez comme une véritable pessimiste.

— Ce serait peut-être vrai si deux clients ne venaient pas de m'accoster en bas. Je peux vous assurer que ce n'est pas l'amour qui les a poussés à me poursuivre. »

Il se figea.

« Ils vous ont fait du mal ?

— Pas du tout. »

J'écartai ses inquiétudes d'un geste de la main. Mais, voyant qu'il n'avait pas envie de passer à autre chose, j'ajoutai :

« Ce n'était rien. Juste deux hommes qui n'avaient pas de manières. C'est tout. Je préférerais ne plus penser à eux, maintenant. »

Il garda le silence.

« J'ai horreur de vous laisser seule sur le toit, mais éviscérer les personnes qui enfreignent les règles du club est une tâche qui mérite qu'on s'y attelle. Que pensez-vous du sang ? »

Je ne pus m'empêcher de rire.

« Comme c'est romantique. Pas étonnant que vous soyez ici et non en train de profiter de votre foyer avec votre femme. »

La tension se brisa enfin lorsqu'il sourit.

« Si vous essayez d'obtenir des informations, je m'attends à ce que vous posiez directement la question. »

Désormais, il était assez près de moi pour que son corps me réchauffe. Et ce n'était pas pour me déplaire. Je me glissai un peu plus près, cherchant sa chaleur.

« Mais non, je n'ai pas de femme qui m'attend chez moi. Même si l'idée de partager mon lit est alléchante. »

Contre tout bon sens, un sourire se dessina sur mes lèvres. J'aimais les duels d'esprit, et il était un adversaire remarquable ce soir. Je n'avais pas parlé avec quelqu'un ayant une telle répartie depuis des années.

Nous étions dans un club dédié au plaisir et nous clarifions ses plans – à savoir, sans doute m'emmener au lit ce soir. Mais la poursuite était une diversion agréable que j'admirais beaucoup. Il apprenait ce que j'aimais et y cédait, m'offrant juste assez pour me donner envie d'en recevoir davantage.

C'était une séduction intellectuelle délicieuse. Et je n'aurais pas pu l'ignorer même si j'avais essayé.

Il n'avait rien à voir avec l'homme grossier qui m'avait volé une danse plus tôt et qui n'avait accordé aucune importance à mes désirs. Et il n'était pas non plus comme celui qui avait exigé que je le suive dans une chambre. Cet inconnu semblait prendre du plaisir à me séduire. Il voulait que je le choisisse.

C'était un dragueur invétéré.

« Que fuyez-vous ? demandai-je.

— En ce moment même, je ne fuis rien, Dame F. À moins que vous ne préfériez que je parte. »

Il était impossible de confondre le désir dans sa voix avec autre chose.

Mon pouls accéléra encore un peu. J'avais ce pour quoi j'étais venue : une direction claire pour ma rubrique. Je pourrais rentrer chez moi, saisir une plume et un encrier, et rédiger mon article. Puis je pourrais me glisser dans mon lit froid, seule, en frissonnant et en me demandant *et si ?* Et si j'étais restée, et si j'avais flirté un peu plus, et si je l'avais embrassé comme s'il était le dernier être vivant et m'étais amusée pour de vrai, cette fois ?

Il serait plus raisonnable de partir maintenant.

Mais je pouvais aussi rester un peu plus longtemps et céder à cette distraction.

En temps normal, la décision n'aurait pas été difficile à prendre. Je serais partie au moment même où j'avais découvert ce qu'il me fallait pour mon article. Mon inconnu n'insista pas et n'essaya pas de me persuader de rester. Il attendit simplement que je décide. Et c'était sa qualité la plus attirante.

Au même instant, ma sœur et ma belle-mère étaient en train de dormir à poings fermés et je *pouvais* passer une heure de plus ici sans prendre le risque de rater mon échéance.

Sa compagnie était agréable. Les émotions qu'il provoquait en moi l'étaient encore plus.

Je devrais faire le plein de bois de chauffage demain, après avoir reçu ma paie, je savais donc que ma chambre serait encore plus froide que d'habitude, ce soir.

Je pouvais inventer une centaine de raisons pour choisir de rester. Mais en réalité, la seule qu'il me fallait, c'était le désir de demeurer ici, maintenant. De profiter de l'instant.

J'avais si peu de moments comme celui-ci dans ma vie : des moments insouciants, amusants, faciles. La tentation était de plus en plus forte.

Je jetai un regard en coin à mon inconnu masqué. Il était beaucoup plus grand que moi, bien plus que je ne l'avais pensé au début. Il avait l'air d'être le genre d'homme qui savait se débrouiller au lit, qui prenait les choses en main tout en étant attentionné.

Un alpha poli. Dominant, mais sensible. Un homme qui prenait le contrôle de la situation, mais uniquement dans l'intimité. *Le rêve ultime*, pensai-je avec ironie.

« Votre sourire est bouleversant », dit-il en suivant le contour de ma lèvre du pouce.

Cette caresse provoqua une étincelle de chaleur en moi. Son contact n'avait été ni hésitant ni timide. Il m'avait observée, jaugeant mon intérêt. Puis il avait agi.

Contrairement à l'homme de la piste de danse, qui avait juste pris ce qu'il voulait.

Cet inconnu ne faisait pas des compliments habituels, et cela me plaisait. Cela signifiait qu'ils venaient de ses observations attentives. J'en étais certaine, même si je ne savais pas bien pourquoi.

J'aimais aussi le mystère de cette situation, l'exaltation de la poursuite, la tension du jeu du chat et de la souris qui m'attirait suffisamment pour que j'y prenne part.

Il avait fait le premier pas subtilement. Pour voir si ses avances étaient bienvenues.

Il était assez franc pour que ses intentions soient claires, mais il n'insisterait pas plus.

Cette caractéristique-là était attirante aussi. Elle me donnait envie de mettre ma nature responsable de côté pour une nuit et de faire des choses érotiques et indécentes avec lui.

« Qu'allez-vous faire à ce sujet ? demandai-je pour l'appâter.

— Me mettez-vous au défi, Dame F ?

— Vous me le demandez ?

— Je ne suis pas du genre à perdre. »

Il se plaça devant moi, une main appuyée contre le mur à côté de moi tandis que l'autre saisissait mon visage. Ses jambes effleurèrent les miennes, envoyant un frisson d'impatience en moi depuis chaque endroit où nous nous touchions.

Nous étions dans un club dédié au plaisir. Et nous avions fini de parler.

En contradiction avec mon costume de reine des glaces, je désirais la passion et les flammes, une nuit pour céder au fantasme et oublier la dure réalité un instant.

Cet inconnu était parfait. Il achèverait sa proie, puis passerait à la suivante, à la recherche d'aventure et d'exaltation. Pas d'émotions compliquées, pas de vrais noms. Pas de regrets.

« Moi non plus. »

Je me sentais assez audacieuse pour saisir ce que je voulais, et empoignai sa chemise pour l'attirer contre moi, ce qui me valut un halètement de surprise quand sa bouche s'écrasa sur la mienne. Le baiser était une revendication éprouvante et délicieuse qui enflamma mon sang.

Mon inconnu était exactement le genre d'homme que j'avais espéré rencontrer.

Mes lèvres s'entrouvrirent dans un soupir satisfait et sa langue pénétra dans ma bouche pour caresser habilement la mienne.

Il grogna, me rendant folle lorsqu'il me colla contre le mur et que ma jupe se souleva encore plus.

Je saisis son visage et la barbe dure sur ses joues me fit perdre la tête.

Je ne m'étais pas sentie désirée depuis trop longtemps. Et cet inconnu avait envie de moi à la folie, cela ne faisait aucun doute. Il recula un instant et posa son front sur le mien en haletant.

Le sortilège m'empêchait d'en être sûre, mais j'aurais juré qu'il était absolument stupéfait par sa propre réaction. Je n'eus pas le temps d'y penser : un instant plus tard, ses lèvres se posèrent sur les miennes et je me perdis de nouveau dans son étreinte.

Il souleva une de mes jambes et l'enroula autour de sa hanche. Le mouvement raffiné avait pour but de donner du plaisir et de provoquer. Je n'aurais su dire qui de nous deux était le plus affecté. Dans cette position, sa queue dure s'appuyait contre mon entrejambe, envoyant des étincelles à travers mon corps à chaque délicieux coup de hanches.

Je n'étais pas sûre qu'il les bouge consciemment. On aurait dit qu'il avait cédé aux exigences de nos corps. Et j'en étais très satisfaite.

Ce baiser… Je n'avais jamais senti quelque chose d'aussi passionné ou sauvage auparavant. Je fondis, me rendant entièrement à la sensation, à la séduction. Mes lèvres étaient gonflées, meurtries, et désiraient que les siennes continuent à les punir d'une manière aussi délicieuse. Et il leur rendit volontiers ce service. Il mordit délicatement ma lèvre, souriant contre ma bouche quand un éclair de chaleur me traversa et que je m'agrippai à lui.

Il était extrêmement doué avec sa bouche. Je devrais écrire une ode en l'honneur de celle-ci un jour.

Sa main se posa sur ma cuisse, m'épinglant contre le mur ; le contrôle qu'il avait déjà sur mon corps était le merveilleux prélude d'une nuit que je n'oublierais pas de sitôt.

Il écarta sa bouche de la mienne, m'embrassa dans le cou, saisit le lobe de mon oreille entre ses dents.

« À moins que vous ne me demandiez d'arrêter, je vais vénérer votre corps, madame. »

Rien qu'avec ce baiser, il pouvait déjà faire ce qu'il voulait de moi.

Et il le savait très bien.

« Que je sois maudite par tous les saints. Si vous arrêtez, je vous tuerai. »

Je pris une inspiration quand sa bouche longea ma gorge, me dévorant et me savourant en même temps. Ma peau douce se couvrit de chair de poule là où sa barbe me touchait ; j'avais envie de la sentir à d'autres endroits sensibles.

Ses doigts habiles s'enfoncèrent entre les chaînes qui retenaient ma robe et quand sa peau nue toucha la mienne, une nouvelle sensation enivrante fit accélérer le sang dans mes veines.

« Mais je ne suis pas noble, dis-je.

— Peut-être pas par votre titre. Mais ce soir, vous êtes à moi. »

Il ondula ses hanches de nouveau, intentionnellement cette fois, et toucha un endroit qui me ferait sans doute jouir s'il continuait, prouvant qu'il avait dit vrai tandis qu'il avalait mon gémissement dans un baiser.

Bon sang, j'avais tellement envie de lui. Mais une idée me frappa et la réalité s'abattit sur moi comme un seau d'eau glacée. Ce ne serait pas une nuit intense et rapide comme je l'avais imaginée. Cet homme prendrait son temps, me donnerait du plaisir pendant des heures.

Et même s'il semblait être l'aventure d'une nuit la plus merveilleuse que je puisse imaginer, je ne pouvais pas prendre le risque de ne pas rendre mon article à temps. Même si cet homme était très tentant.

Je rompis notre baiser, haletante. Mon corps protestait déjà en sentant l'absence du sien lorsqu'il recula juste assez pour observer mon visage.

Ce qu'il vit, en dépit du masque, fut suffisant pour qu'il comprenne que notre nuit venait de se terminer. Mon inconnu reposa lentement ma jambe, ajusta ma robe et mon corsage de sa grande main, puis en fit de même avec son pantalon.

« Je... »

Je me figeai en apercevant un mouvement derrière lui. Nous n'étions pas seuls.

« Je vous en prie, dit le nouvel inconnu d'une voix traînante. Ne vous arrêtez pas pour moi. Ça devenait intéressant. »

Mon compagnon se raidit, puis jeta un coup d'œil par-dessus son épaule en jurant.

« Tu étais censé envoyer un message quand tu aurais fini. Donne-nous une minute, merde. »

L'autre homme ricana, mais redescendit les marches.

« Est-ce que ça va ? demanda-t-il d'une voix plus douce. Si j'ai mal compris...

— Non, non, répondis-je en secouant la tête. Vous avez bien compris. C'est juste que... les choses sont compliquées, ce soir. Ce n'est pas le bon moment.

— En effet. »

Il se pencha vers moi et m'embrassa délicatement sur la joue.

« Le moment n'aurait pas pu être plus mal choisi. »

Je hochai la tête, mais ne dis rien. Qu'aurais-je pu ajouter ? Notre petite aventure avait pris fin avant même de commencer. Et c'était pour le mieux. Je devais partir aussi et je ne pourrais pas revenir le lendemain, car l'entrée au club n'était pas garantie une deuxième fois.

« Je m'excuse pour mon compagnon. »

Il désigna l'endroit où l'autre homme s'était trouvé. J'aurais juré qu'il essayait de gagner du temps, réticent à l'idée que nous nous séparions si tôt.

« Il a été élevé par des loups. »

J'esquissai un sourire. Je n'avais jamais été surprise pendant l'acte auparavant, mais il y avait quelque chose de légèrement sombre et exaltant dans le fait d'être observée qui ne me faisait pas vraiment me sentir scandalisée.

L'inconnu masqué fit un pas en arrière. Et une partie de moi regretta d'avoir rompu notre baiser si tôt. J'avais l'impression d'avoir perdu quelque chose de spécial avant d'en avoir compris la valeur.

« Je m'excuse, Dame F. Je dois partir. »

Il hésita, puis s'avança de nouveau et plaça quelque chose de froid dans ma paume.

Je baissai les yeux vers une clé en forme de sept et mon pouls s'emballa.

« Revenez demain à minuit, dit-il. Je vous attendrai ici. Juste pour parler, si c'est tout ce que vous désirez. Et si vous préférez fuir et trouver quelqu'un d'autre, cela me convient aussi. »

Mes doigts se refermèrent autour de la clé et mon regard resta rivé dessus. Ce qu'il venait de m'offrir…

J'allais le remercier, mais lorsque je levai les yeux, mon inconnu avait déjà disparu.

Chère Miss Match,

Comment puis-je surmonter mon dernier chagrin d'amour ?

Cordialement,
Une lectrice coincée en amour

Chère Lectrice coincée en amour,

Si l'objet de votre affection vous a brisé le cœur, rompez votre routine. (Ça met beaucoup moins le bazar que de lui casser les bras et les jambes, de passer par des audiences pénibles et de finir sur la potence.)

Trêve de plaisanterie, Miss Match vous conseille de faire chaque jour une chose qui vous rend heureuse. Que ce soit admirer un lever ou un coucher de soleil, observer les étoiles, vous promener dans la nature ou prendre un moment pour faire preuve de gentillesse envers quelqu'un d'autre.

Faites-vous la cour à vous-même. La bonne personne finira par se présenter et verra le joyau que vous êtes réellement.

Affectueusement,
Miss Match

Neuf
Prince Gourmandise

« Tu as *menti.* »

La dague d'Envie perça la peau de ma gorge. Sans me soucier de la lame, je fis un signe du menton à Luxure pour qu'il se place au bout de l'allée et vérifie qu'aucun témoin ne nous voie.

Mon frère serra les dents, mais obéit à mon ordre silencieux, sachant que le comportement d'Envie était risqué. Cette partie de la ville était remplie d'espions, et cette allée sombre était parfaite pour qu'ils s'y cachent.

La glace pénétrait ma cape, apaisant ma propre rage tandis qu'Envie appuyait sur son arme et me poussait plus fort contre le mur. Il commençait à mettre ma patience à l'épreuve.

« Je devrais te décapiter sur-le-champ.

— Tu peux essayer. »

Je montrai les dents quand un filet d'ichor doré coula de la blessure et sur mon col.

La violence bouillonnait entre nous, prête à exploser.

Une partie de moi avait envie de céder à l'envie croissante de me battre et de nourrir mon péché avec l'exaltation du combat.

C'était tentant, mais nous étions en public. Je pris une profonde inspiration et soufflai. Ma respiration forma un petit nuage de buée dans l'air glacial.

Nous n'étions pas sortis du quartier nocturne, et mis à part les espions et les informateurs qui rôdaient dans les rues, n'importe qui pourrait tourner par hasard dans l'allée et surprendre deux princes en train de se battre. Ce serait le genre de ragots qu'ils vendraient avec joie aux journaux à scandale pour une grosse bourse remplie de pièces.

Si des chroniqueurs à la recherche de potins le découvraient, ils commenceraient à creuser sur les raisons ayant pu provoquer ce combat, et ce que j'avais fait pour cacher l'attaque de notre groupe de chasse serait anéanti.

Je pouvais facilement expulser mes frères de mon cercle, mais si je les renvoyais sur leur territoire, j'obtiendrais les informations que je voulais d'eux bien plus tard.

C'était pourquoi je les avais autorisés à se rendre au *Seven Sins* ce soir-là. Mis à part les clients qui se laissaient aller à des rendez-vous galants et à la débauche, c'était un endroit où les secrets pouvaient être découverts lors de jeux de hasard. Luxure l'avait fait : il avait remporté des renseignements en gagnant une partie de cartes.

Après sa victoire, j'avais envoyé Val poursuivre l'informateur qui avait révélé des choses à mes frères ; je m'occuperais de lui personnellement plus tard. Mes coffres étaient presque infinis. Je lui paierais le double pour son silence à partir de maintenant, et même le triple pour découvrir à qui Adriana Saint Lucent parlait.

De manière générale, les choses s'étaient bien passées ce soir.

Pour éviter d'éventrer Envie avec la dague de ma Maison au milieu de l'allée, je me concentrai sur la soirée étonnamment plaisante que j'avais vécue en attendant qu'ils finissent leur petit jeu.

Je n'avais pas eu envie d'avoir quelqu'un dans mon lit depuis des années.

Même avec l'arme d'Envie pressée contre ma peau et la menace qu'un espion surprenne notre trio, je ne pouvais pas m'empêcher de repenser à cette rencontre torride.

Ce baiser… Il avait réveillé quelque chose en moi, quelque chose qui sommeillait depuis longtemps.

J'aurais dû tuer mes frères pour avoir interrompu ce qui s'annonçait comme une soirée exaltante. Je pensais être condamné à ne plus jamais avoir de partenaire, mais ce soir avait prouvé que cette théorie était fausse.

Dame Frost avait été sur le point d'être mienne, juste là, sur ce fichu toit.

Je devrais peut-être poignarder mon frère, puis retourner au club, et au diable les conséquences.

Si j'avais un autre moyen plus agréable de nourrir mon péché, je n'aurais pas à craindre de rater la prochaine partie de chasse et de ne pas satisfaire ma soif d'aventure.

Dame F était une agréable surprise pour de nombreuses raisons. Elle me *plaisait*.

Énormément.

La lame d'Envie s'enfonça un peu plus, me ramenant dans le moment présent. Une colère à peine réprimée brillait dans ses yeux. S'il ne se contrôlait pas, ce serait moi qui exploserais.

Luxure siffla tout bas pour nous signaler que quelqu'un approchait.

J'écartai brusquement la lame d'Envie.

« On parlera de ça dans ma salle du trône. Maintenant. »

Je ne lui donnai pas l'occasion de répondre. J'utilisai la magie pour me téléporter dans mon château, retirai la veste de mon costume et la jetai sur mon trône en attendant que mes frères arrivent.

Les dragons argentés qui étaient gravés sur mon siège de pouvoir semblaient avoir soif de sang autant que moi. Les saphirs qui leur servaient d'yeux capturaient la lumière du feu qui faisait rage dans l'énorme cheminée, de l'autre côté de la pièce.

J'avais envie de m'écrouler sur le coussin en velours pelucheux bleu cobalt et de me détendre.

Au lieu de cela, je me plaçai face aux doubles portes, la main sur la poignée de ma dague, et attendis.

Si Envie voulait un combat, je lui en donnerais un.

Quelques secondes plus tard, mes frères apparurent dans ma salle du trône, marchant à grands pas, leurs armes cachées. Le fait qu'ils aient attendu que nous soyons dans ma Maison du péché avant de frapper en disait long sur la gravité du problème. S'il n'avait pas été nécessaire de garder le secret pour le bien du royaume, ils auraient attaqué dans les rues, et le combat aurait attiré une attention indésirable.

Les princes de l'Enfer n'étaient pas connus pour leur retenue.

Envie s'arrêta devant moi, son torse effleurant presque le mien. Je lui souris. Je n'avais pas à me soucier qu'un témoin nous surprenne ici.

Je soutins son regard et la tension devint palpable. Je pourrais enfoncer ma dague dans sa poitrine en quelques secondes. Ma main en effleura la poignée. La diplomatie n'était pas mon fort et l'excitation de l'attaque remplissait mes veines de puissance.

Je sortis ma lame au moment même où Luxure avançait derrière Envie et faisait reculer notre frère de quelques pas pour tenter de désamorcer la situation.

« *Arrêtez,* tous les deux. »

Luxure nous fusilla du regard, attendant d'être sûr que nous nous contrôlions avant de tourner sa propre colère vers moi.

« Ça, c'est plus grave que les secrets habituels entre les Maisons, dit-il. Un traité rompu ne touche pas seulement ta satanée cour. Quand est-ce que Colère et toi alliez nous le dire ? »

Je serrai la mâchoire. C'était une réponse suffisante pour mon frère.

« Putain, Gabriel, marmonna-t-il en se dirigeant vers le chariot de bar où je gardais l'alcool près de mon trône. À quoi pensiez-vous, Colère et toi ? Si la rumeur se répand jusqu'aux habitants des autres cours…

— Ça n'arrivera pas, l'interrompis-je. Je m'en suis occupé. »

Envie secoua la tête.

« Tu n'as pas enterré la nouvelle assez profond, sinon nos espions n'auraient rien eu à nous rapporter. Comment est-ce que Colère et toi avez réussi à dissimuler sa blessure ?

— On partage les secrets des Maisons, maintenant ? demandai-je. Aurais-tu l'amabilité de nous expliquer la véritable raison qui t'a poussé à participer au jeu du roi des Unseelies ? Je suis sûr que ça, ça n'a rien à voir avec ta cour et les rumeurs qui circulent sur les raisons pour lesquelles tu as interdit l'entrée à tout le royaume. Tu as trouvé des objets maudits dernièrement, frérot ? Tu sais, vu que, techniquement, ça nous touche *tous*. »

Envie pinça les lèvres.

« C'est bien ce que je pensais. »

Je saisis une bouteille de vin de baies démoniaques.

« L'attaque que Colère a subie était fâcheuse, mais cela n'arrivera plus. Comme vous le savez, l'alpha s'est occupé du dragon qui a attaqué et personne n'a vraiment souffert.

— Il ne devrait pas y avoir la *moindre* attaque de dragons, même contre nous, qui sommes immortels, dit Luxure. Le pacte l'interdit. Tu es censé t'assurer que l'accord soit respecté. Peu importe que ce soit un fait exceptionnel. »

C'était une nouvelle bouleversante quand on l'entendait pour la première fois, je laissai donc un peu d'espace pour l'inquiétude de mes frères. Le dernier massacre mené par les dragons de glace avait tué des centaines de démons de tous les cercles, et un nombre tout aussi important de dragons.

Sous les ordres de leurs alphas, chacune des sept meutes était venue et avait choisi une Maison du péché à envahir pour en faire une extension de leur propre territoire.

Pour la première fois au cours de leurs longues vies, tous les alphas avaient mis leurs différends de côté et comploté ensemble. Cela avait été la plus grande attaque de dragons de notre histoire.

Après qu'ils avaient raté leur tentative de s'emparer des territoires au sud de la Frontière impitoyable, j'avais rarement vu ou entendu parler des six autres meutes. D'une part parce que celle que je soupçonnais d'être dirigée par Silvanus s'était emparée du territoire le plus proche de ma Maison du péché, et qu'elle était composée de certains des dragons les plus féroces. Ils n'avaient aucun scrupule à se battre contre les leurs pour établir leur domination. D'autre part, car les dragons avaient subi de grosses pertes et ne voulaient pas tenter le sort.

Personne ne souhaitait que ce massacre se répète, ni les dragons ni les démons.

« Ça n'arrivera plus.

— Tu ne peux pas le garantir, rétorqua Envie. Et si un autre dragon était contaminé par la même chose qui a provoqué la première attaque ?

— Rien n'est jamais sûr. »

À cause de la clause qui leur permettait d'organiser une réunion au moment de leur choix, j'étais obligé de leur faire part de *certaines* informations.

« Mes chasseurs surveillent la meute. S'ils voient le moindre signe de changement, je le saurai. »

Luxure faisait les cent pas.

« Ça ne me plaît pas. Qu'est-ce qui les a infectés, exactement ? Ça n'est jamais arrivé auparavant, pas vrai ? »

Je secouai la tête.

« J'ai sélectionné une équipe d'experts qui enquête sur le sujet en ce moment même.

— Les journalistes vont se jeter sur cette histoire, dit Envie. Ils vont semer le chaos dans tout le royaume.

— Par le sang des dieux..., dit Luxure d'un air sombre. Dis-moi que cette reporter n'est pas au courant.

— Suis un peu. Miss Saint Lucent se charge de la rubrique des conseils amoureux maintenant, leur rappelai-je en me versant un verre de vin. D'où ma victoire, plus tôt.

— Merveilleux, reprit Luxure, qui continuait d'arpenter la salle. Elle est au courant.

— Elle a des *soupçons,* corrigeai-je. Et quels qu'ils soient, maintenant, elle écrit des conseils sentimentaux. Ça devrait l'occuper. »

Mes frères gardèrent le silence un moment. Malheureusement, je ne pensais pas les avoir impressionnés suffisamment pour les laisser sans voix.

« Jouons cartes sur table, dit Envie. Tu t'es engagé dans une guerre *très* publique contre une chroniqueuse qui te déteste. D'une manière ou d'une autre, elle a obtenu des renseignements sur l'attaque des dragons, la première depuis plus d'un siècle, et pour toute solution, tu l'as obligée à écrire une rubrique de conseils sur un sujet dont elle a horreur. »

Dit comme ça, je comprenais pourquoi leurs inquiétudes étaient *en partie* fondées. Mais je savais qu'Adriana accordait trop d'importance à son travail pour prendre le risque d'être licenciée. J'en étais arrivé à cette conclusion après l'avoir vue lutter avec véhémence pour ne pas perdre sa rubrique, avant qu'elle ne remarque que j'étais dans son bureau.

« Et par une pure invention de ton esprit, poursuivit-il, tu crois qu'elle va simplement laisser tomber l'article sur les dragons juste parce qu'elle va décider de t'écouter, toi, l'homme qu'elle déteste, maintenant plus que jamais ? »

J'affichai ce masque arrogant que nous préférions tous porter et haussai les épaules comme si leur inquiétude m'ennuyait.

« Qu'est-ce que tu aurais voulu que je fasse d'autre ? Que j'organise un tournoi royal entre les sept Maisons du péché pour détourner l'attention des dragons ?

— Oui, répondit Luxure en s'arrêtant et en se retournant. Donne au peuple ce qu'il veut, Gabriel. »

Envie ricana, comprenant immédiatement.

« Brillant.

— Non, dis-je, irrité par ce qu'ils étaient, d'après moi, en train d'insinuer. N'y pensez même pas.

— C'est *toi* qui viens de proposer cette idée, mon cher frère. Et tu vas faire exactement ce que le royaume veut, dit Envie. Tu vas organiser un concours pour trouver ta partenaire.

— C'était sarcastique, dis-je d'un ton sec. Je sais que nous passons par une période éprouvante, mais gardez vos traits d'esprit pour vous.

— Non, c'est une excellente idée. Tu vas inviter Miss Saint-quelque chose à couvrir l'événement officiellement, elle sera la seule autorisée à écrire sur le sujet, ajouta Luxure.

— Oblige-la à emménager pendant la durée de la compétition, dit Envie. Tu la garderas près de toi et distraite. Elle n'aura pas le temps de poursuivre les rumeurs sur les dragons si tu l'occupes.

— Vous êtes devenus fous, tous les deux ? La dernière chose qu'il me faut, c'est avoir quelqu'un au château pendant que j'essaie de cacher l'incident des dragons au peuple et que je cherche des moyens d'éviter que ça se reproduise à l'avenir. Et sûrement pas une journaliste qui s'est mis en tête de me détruire pour je ne sais quelle maudite raison.

— Je suis sûr que ça n'a rien à voir avec ce qui s'est passé au bal », dit Envie.

Je fronçai les sourcils.

« Quel bal ?

— Le bal de Tous les Pécheurs. D'après ce dont je me souviens, la situation a dégénéré entre vous après ça.

— Tu te trompes, dis-je. Il n'y a jamais eu de sympathie entre nous, ni avant ni après cet événement.

— Luxure y a assisté. »

Envie se tourna vers notre autre frère, une lueur calculatrice dans les yeux.

« De quoi te souviens-tu ?

— Du bal de Tous les Pécheurs ? demanda Luxure en haussant une épaule. Pas grand-chose. Je me souviens du spectacle du vicomte qui l'a surpris avec la vicomtesse, cela dit. »

Envie resta silencieux un moment.

« Miss Saint Lucent...

— On pourrait en débattre toute la nuit, l'interrompis-je. C'était il y a dix ans et ça n'a plus d'importance. Fin de la discussion. »

Envie plissa les yeux. Je pouvais presque voir les engrenages tourner dans sa tête.

Il avait dû être complètement saoul ce soir-là pour croire qu'Adriana Saint Lucent, la perturbatrice à la langue bien pendue et aux cheveux bleus qui hantait mes cauchemars, avait ressenti autre chose que du mépris à mon égard depuis le début.

Tout le monde au royaume avait parlé du bal de Tous les Pécheurs, dix ans auparavant. C'était l'occasion pour le peuple et la noblesse de se mélanger, quel que soit leur rang, pour trouver un partenaire. Tous les pécheurs de toutes les Maisons du péché en âge de se marier avaient été invités, y compris Miss Saint Lucent.

C'était la première fois que je la rencontrais et cette image restait odieusement gravée dans ma mémoire. Elle avait été splendide dans sa robe argentée et brillante, attirant l'attention de tout le monde, même la mienne.

À mes yeux, elle avait été la démone la plus belle et terriblement intelligente que j'avais eu la chance de rencontrer. J'avais commencé à imaginer des manières de l'impressionner, de lui donner envie de moi tout comme j'avais soudain eu envie d'elle et de personne d'autre.

Puis elle avait ouvert sa maudite bouche pour me faire savoir exactement ce qu'elle pensait de moi, et tous mes fantasmes avaient été anéantis.

« Retournons au sujet qui nous intéresse. Je serais prêt à organiser le tournoi pour occuper les journaux à scandale, dis-je. Chaque Maison du péché pourrait lancer un défi...

— Ce ne sera pas aussi percutant qu'une compétition avec des enjeux plus élevés, m'interrompit Envie. Chaque prince du péché choisira une participante et elles rivaliseront pour ton trône.

— Sauf que je n'ai pas envie de trouver une princesse.

— Peut-être pas, mais tu respecteras les règles du pacte et tu feras ce qu'il y a de mieux pour le royaume », dit Envie.

Touché.

« Passe un marché avec une des participantes s'il le faut, dit-il en voyant ma détermination à jouer n'importe quel rôle pour protéger mon cercle. Donne-lui assez d'argent pour briser les fiançailles quand la presse laissera tomber ces histoires. Trouve quelqu'un qui tient plus à la célébrité qu'au véritable amour.

— Exactement. La relation n'a pas besoin de durer, ajouta Luxure. Mais une compétition pour remporter ton cœur créera une distraction dans tout le royaume, et c'est tout juste ce dont nous avons besoin pour découvrir si cette attaque de dragons était vraiment un événement exceptionnel ou s'il y a une plus grande menace qui nous guette. »

Il n'en dit pas plus, mais je le soupçonnais de craindre que les sorcières, nos pires ennemies, soient derrière tout cela. Ce qui signifierait qu'une guerre se préparait.

Sans fouiller dans ma bibliothèque à la recherche des causes de cette attaque, je ne pouvais pas écarter la possibilité que les sorcières aient jeté un sort ou lancé une malédiction sur les dragons.

Envie ne remarqua pas mon inquiétude silencieuse et hocha la tête.

« Si tu impliques Miss Saint Lucent, tu t'assureras qu'elle ne parle que de ce qu'on veut.

— Ça ne me plaît pas », dis-je en arpentant la pièce, sachant que c'était la bonne chose à faire.

Je ne pouvais pas promettre que la menace des dragons avait disparu. Et je devais m'assurer que l'attention du royaume serait portée ailleurs si quelque chose se produisait.

« Trop de choses pourraient mal tourner.

— Elles ont déjà mal tourné, dit Envie. Il est temps d'arranger ça avant que la situation n'empire pour nous tous. »

Il avança à grands pas et écrasa une main sur mon torse.

« Fais ce qu'il faut. Mais garde cette journaliste près de toi jusqu'à la fin de la compétition. »

Tous les bons dirigeants savaient que la première règle de bataille consistait à garder ses ennemis à proximité.

Apparemment, il était temps de traiter cela comme le plus grand conflit entre Miss Saint Lucent et moi jusque-là. J'irais jusqu'à mettre mes sentiments de côté et à lui faire la cour si nécessaire.

Je ferais n'importe quoi pour la maintenir là où je pourrais la surveiller de près.

❄ ❄ ❄

« Miss Saint Lucent est là, Votre Altesse. »

J'avais fait sortir tous les membres de ma cour de ma salle du trône, où certains avaient encore été allongés sur des coussins et des tables après la fête débridée que j'avais organisée la veille. Je ne voulais pas de témoins pour ce qui allait sans aucun doute être un bras de fer psychologique.

« Tu n'as qu'à la faire entrer, Jarvis. Finissons-en. »

Mon majordome inclina la tête, puis disparut pour aller chercher mon invitée de marque.

Je jetai un œil aux nouvelles bouteilles de vin de baies démoniaques alignées sur la table, près de mon trône. Une fois que j'en aurais fini avec cette tâche alléchante, je me récompenserais avec une caisse de vin et d'autres conquêtes.

Si on devait m'accuser de m'adonner au péché et à la débauche, je pouvais tout aussi bien m'approprier ce rôle maintenant que mon appétit semblait se reporter sur ce domaine. À moins que mes nouveaux désirs ne soient réservés à une mystérieuse démone…

Les portes s'ouvrirent brusquement, révélant la femme du moment. Et elle était d'*excellente* humeur.

Elle leva le menton en avançant à grands pas jusqu'à l'estrade, les yeux perçants comme des dagues.

Elle me fixa, soutenant mon regard comme si elle pouvait me fusiller du sien si elle se concentrait suffisamment.

Par le sang des dieux. Cette femme avait un regard impressionnant.

J'aurais dû l'affecter à la garde royale et non pas aux courriers du cœur. Miss Saint Lucent serait sans doute une adversaire de taille sur le champ de bataille.

Ou peut-être que les dragons de glace la trouveraient assez terrifiante pour se soumettre.

Si tout le reste échouait, je pourrais éventuellement l'engager dans la guilde de chasse royale.

Elle s'arrêta devant le trône, fit une révérence lamentable, puis leva ses yeux d'un bleu glacial vers moi. Une lueur dangereuse y brillait. Son esprit rusé était sûrement en train de murmurer silencieusement des milliers de malédictions.

Un frisson de... quelque chose qui n'était pas tout à fait déplaisant descendit le long de ma colonne vertébrale. Face à son attitude de défi, le monstre en moi se redressa et la remarqua. Je pris une profonde inspiration et soufflai.

Quand je me fus maîtrisé, je lui adressai un sourire fade.

« Miss Saint Lucent », dis-je en contrôlant ma voix.

Il valait mieux ne pas réveiller la vipère. Pas encore.

« Il est toujours intéressant de vous voir.

— Si seulement c'était vrai. »

Je haussai un sourcil. C'était vrai, sinon je n'aurais pas pu le dire. Mais il s'agissait de réflexions terminologiques à réserver pour une autre occasion. Pour le moment, je voulais en finir et me jeter d'une montagne pour oublier ma partenaire mystère.

« Je vous ai demandé de venir ici aujourd'hui... »

Elle renâcla. J'attendis, silencieux et attentif. Elle n'émit pas le moindre son, pas un seul mot. Pas par respect, mais pour me contrarier, d'après l'expression de son visage.

Je penchai la tête sur le côté en plissant les yeux.

« Un problème, Miss Saint Lucent ?

— Exiger ma présence "immédiatement", ce n'est pas vraiment *demander*, Votre Altesse.

— Est-il vraiment nécessaire que vous soyez toujours aussi désagréable ?

— Non, je suppose que je devrais flatter votre ego, comme tout le monde. »

Cette femme allait me rendre fou.

Je m'appuyai contre le dossier de mon trône, joignant les doigts, et la dévisageai d'un air calculateur. C'était peut-être aussi pour la provoquer. Je n'avais pas besoin d'utiliser la capacité surnaturelle me permettant de lire les émotions pour savoir qu'elle détestait que je l'observe ainsi.

Je ressentis un frisson semblable à celui qui parcourait mon corps lorsque je chassais des dragons. Personne ne s'en était jamais pris à moi comme la tornade debout devant moi. Je me surpris à être intrigué par le cauchemar délicieux qui était sur le point de sortir de sa bouche.

« De toute évidence, vous avez quelque chose à dire. Alors, allez-y, dis-je. Mis à part le fait de respirer, quelle grave offense ai-je commise à votre encontre, cette fois ?

— J'étais en train de travailler quand votre convocation est arrivée. Maintenant, je risque de perdre mon poste parce que je ne suis pas en train d'écrire la rubrique de conseils dont *vous* m'avez gracieusement nommée responsable. Tout cela pour vous entendre dire que je suis désagréable quand je ne minaude pas devant vous. Votre caprice, quel qu'il soit, va sans doute mettre ma famille à la rue. Alors, je m'excuse si je suis un peu *désagréable* face à votre abus de pouvoir, Votre Altesse. »

Je l'observai attentivement, mais pas dans le but de l'agacer, cette fois. Elle ne savait rien de mes caprices, et elle pouvait en être reconnaissante. Sa langue était peut-être tranchante comme l'acier, mais mes désirs étaient sombres comme les ténèbres. Des désirs qu'elle ne pourrait jamais supporter, même si elle prenait des airs pleins d'assurance.

« Vous n'avez plus besoin de ce travail. »

Elle haussa un sourcil d'une manière impressionnante.

« Ah, non ? Un bienfaiteur secret s'est-il présenté avec un héritage ? Vous a-t-il confié l'honneur de me faire part de cette information ? »

Quelle impertinence.

Je baissai les yeux vers ses maudites lèvres et m'y attardai un peu trop longtemps. Les moqueries de Luxure, la veille, me revinrent à l'esprit contre ma volonté. Tout comme le souvenir de ma beauté masquée au *Seven Sins*. Une étincelle de lucidité me frappa.

Je m'obligeai à lever les yeux.

Sa main plongea sous sa cape. On aurait dit qu'elle vérifiait si elle avait bien quelque chose. Avec un peu de chance, ce n'était pas une dague qu'elle avait l'intention de me lancer au visage.

Elle remarqua mon coup d'œil curieux et laissa retomber sa main, me jetant un autre regard noir au passage.

« Je vous offre un poste en tant que journaliste royale officielle. Votre famille et vous emménagerez à la Maison Gourmandise immédiatement. »

Le silence s'étira entre nous. D'habitude, j'aurais pu passer la journée assis là, à attendre qu'elle le rompe, ne serait-ce que pour la rendre folle. Mais ce jour-là n'était pas comme les autres. J'avais beaucoup à faire et peu de temps avant la tombée de la nuit. Je luttai contre l'envie de regarder l'heure.

Voyant qu'elle ne répondait pas au bout d'un moment, j'insistai. « Mon personnel ira chercher vos affaires et transportera votre famille en carrosse. Vous n'avez pas à vous inquiéter de quoi que ce soit. En dédommagement pour la gêne occasionnée, je paierai votre logeur de manière qu'il réserve votre domicile au cours des prochains mois. Prenez cela comme un bonus. »

Ses joues rougirent, une jolie teinte sur sa peau pâle. Ma queue traîtresse le remarqua, insensible à sa haine.

Une image d'elle me vint à l'esprit : attachée aux colonnes de mon lit, rougie à cause d'activités plus palpitantes, en train de se tortiller sur mes draps en soie.

J'avais besoin d'un bain glacé et d'un examen mental. Sur-le-champ.

De toute évidence, mon inconscient avait un côté déviant digne d'une ballade s'il prenait mon fantasme préféré et collait son visage sur celui de ma partenaire secrète. Mais peut-être était-ce une autre preuve que mon appétit faisait un retour en force.

Comme si elle venait d'arracher ce cauchemar lascif de mon esprit, elle me jeta un regard glacial, me rappelant qu'elle ne se soumettrait jamais.

« Eh bien ? dis-je d'une voix traînante. Ma générosité vous laisse-t-elle sans voix ?

— Pas du tout. Je suis juste sidérée de voir que vous pensez que je vais accepter votre offre. Je n'ai aucune envie de quitter le *Wicked Daily* et je n'ai absolument aucune intention de vivre ici. »

Je passai une main dans mes cheveux. C'était déjà fait. Elle devait forcément voir le mérite et les avantages de ma proposition. En fin de compte, nous y gagnerions tous les deux quelque chose.

« J'ai pris soin de ne pas laisser les rumeurs se répandre, dis-je. Vous aurez ainsi l'honneur d'annoncer la nouvelle en premier : je vais organiser une compétition dans tout le royaume pour trouver une épouse. »

Son visage se referma.

Ce n'était pas vraiment la réaction à laquelle je m'étais attendu. Je contins ma curiosité.

« Étant donné que vous êtes la seule chroniqueuse autorisée à couvrir ces événements, vous serez abordée par tous les principaux journaux une fois que tout sera terminé. Vous aurez un accès exclusif à toutes les prétendantes. Des interviews avec elles, et avec moi. Tout ce dont vous aurez besoin pour écrire des articles palpitants. Je veux que les Sept Cercles ne parlent que de cela pendant toute la durée de l'événement.

— Vous parlez comme si le marché était conclu. »

Son ton et son expression indiquaient qu'elle avait compris ce que j'avais fait.

Si elle pensait que j'allais me sentir coupable, elle se trompait complètement.

De l'extérieur, j'étais le prince du péché le plus affable, mais nous avions tous des démons à affronter.

Peu importait qu'elle ait l'impression d'avoir été piégée. J'étais prêt à faire pire pour le bien du royaume. Et ce n'était pas comme si elle n'allait pas tirer de gros bénéfices de toute cette histoire, finalement.

« Votre loyer a déjà été payé. »

Je me penchai en avant, plissant les yeux.

« Votre salaire sera d'un million de pièces. Par article. Êtes-vous certaine de vouloir rejeter cette opportunité, Miss Saint Lucent ? »

Elle me dévisagea, une lueur agacée dans les yeux. Il était remarquable que je l'impressionne aussi peu, étant donné ma réputation. Mais je comprenais ce regard, je l'avais vu chez les dragons de glace. Miss Saint Lucent n'aimait pas être manipulée ou maîtrisée.

Et j'avais fait les deux. Je réprimai un sourire.

Pour le meilleur ou pour le pire, ma rivale serait désormais liée à moi au cours des prochaines semaines.

« Oui. Je crois que je vais refuser. »

Elle fit une petite révérence et ce ne fut que sa tentative désastreuse de se montrer courtoise qui me donna un instant pour maîtriser mon choc et le masquer sous un air d'indifférence avant qu'elle ne se redresse.

Je ne m'étais pas attendu à ce qu'elle soit reconnaissante, mais je n'avais pas imaginé qu'elle refuserait mon offre.

Dire que le salaire était excessif était un euphémisme. Certains des nobles les plus riches ne gagnaient pas autant d'argent au cours de leurs longues existences. J'avais estimé qu'elle écrirait au moins sept articles, mais il y en aurait sans doute beaucoup plus avant la fin de la compétition.

J'ignorais si l'étrange émotion que je ressentais était de l'admiration ou de l'agacement. Ou un mélange tordu des deux. Adriana Saint Lucent me méprisait suffisamment pour refuser ce qui aurait été le contrat de sa vie. Elle n'était pas bête, ce qui signifiait que la raison était personnelle.

Et celles-là étaient les plus dangereuses.

Nous nous regardâmes dans les yeux pendant un moment intense. Une haine aussi profonde était un problème sur lequel je devais enquêter. Je savais que je lui déplaisais, mais cela semblait un peu excessif, même pour une pécheresse avec un faible pour la gourmandise.

Envie et Val avaient raison de s'inquiéter. Je devais surveiller Adriana de plus près. Une émotion aussi intense était une grande motivation. La dernière chose dont j'avais besoin, c'était d'une journaliste qui ne s'arrêterait devant rien pour découvrir mes secrets les plus sombres et les utiliser contre moi.

Tout ceci allait plus loin qu'une rivalité insignifiante, et j'avais l'intention de découvrir quand cela avait commencé.

Finalement, elle détourna le regard et commença à s'éloigner, ne marquant une pause que pour dire d'une voix posée :

« Je demanderai à mon logeur de vous rembourser.

— N'en faites rien. »

Elle semblait prête à discuter, mais changea d'avis et s'enfuit rapidement.

Je la regardai partir, lui laissant un peu de répit pour le moment, le temps de planifier ce que j'allais faire ensuite. Elle avait temporairement gagné cette manche, mais je n'étais pas un héros honorable qui acceptait gracieusement la défaite. J'utiliserais tous les moyens possibles pour remporter la victoire finale.

La chasse était ma raison de vivre, et elle venait de devenir la cible la plus attrayante à abattre.

Lorsque j'en découdrais de nouveau avec Adriana Saint Lucent, elle serait liée à moi d'une manière ou d'une autre. Même si cela signifiait que je devais l'enchaîner à mes côtés.

Un sombre frisson me traversa lorsque je me levai de mon trône, déterminé à suivre ma proie. Je n'étais peut-être pas en train de chasser un dragon de glace, mais l'excitation à l'idée de l'attraper était presque plus forte.

Dix
Adriana

« Qu'il soit autoritaire, arrogant ou pas, c'était vraiment une opportunité incroyable, Adriana. Je n'arrive pas à croire que tu l'aies refusée. »

Ryleigh n'avait pas tort, mais j'étais trop énervée pour l'avouer pour l'instant.

Son ton désapprobateur n'aidait pas non plus à calmer mes propres inquiétudes. De toutes les personnes que je connaissais, je pensais qu'elle serait toujours de mon côté et qu'elle ne me ferait pas tout remettre en cause.

Juste après avoir quitté la Maison Gourmandise, j'étais allée au *Wicked Daily* pour voir si mes soupçons étaient fondés, et j'avais découvert que mon bureau avait effectivement été vidé.

Axton avait jugé bon de me prendre mon travail et de m'en donner un autre sans accorder la moindre importance à ce que je désirais. Il m'avait fallu plusieurs heures pour clarifier la situation avec mon rédacteur en chef et pour récupérer mon poste, principalement parce que nous avions dû attendre qu'Axton confirme mes dires. Et le prince n'avait pas daigné répondre à mon courrier avant que l'envie ne lui en prenne.

Arrogant. Royal. Démon givré. J'espérais que ses testicules se feraient attaquer par des puces.

Il n'avait rien en commun avec l'inconnu du *Seven Sins*. L'homme masqué, à la fois stupide et merveilleux auquel je n'arrêtais pas de penser tandis que mon monde s'écroulait autour de moi dans la vie réelle.

Même dans la salle du trône d'Axton, j'avais été distraite, imaginant la manière dont mon inconnu m'avait appuyée contre le mur, enflammant ma passion autant qu'Axton embrasait mon agacement. J'avais saisi la clé secrète que je cachais sur moi une douzaine de fois pendant la journée.

J'arrêtai de faire les cent pas, obligeant mon esprit à se concentrer. Je ne pouvais pas m'empêcher de me demander si je venais de passer à côté d'une très bonne opportunité à cause de mes sentiments pour le prince. Même si « très bonne » était un euphémisme pour parler d'une telle rémunération.

Ma belle-mère et ma sœur étaient allées chez le modiste, ce que nous ne pouvions pas nous permettre, et Ryleigh était arrivée chez moi juste après le travail. Elle m'avait écoutée attentivement tandis que je fustigeais le prince pendant plus d'une heure. Mais maintenant, elle perdait patience. Nous ne sentions pas très fort les autres péchés, comme l'envie, alors je savais qu'elle n'était pas jalouse de cette offre. Cependant, j'aurais préféré m'expliquer d'une manière plus sensée.

« Il me serait impossible de travailler pour lui, surtout après la manière dont il s'y est pris, dis-je enfin.

— C'est un prince. À quoi t'attendais-tu ?

— De la convenance ? Des bonnes manières de base ?

— C'est un con arrogant, mais il est généreux avec son argent, Ad. Ce salaire aurait acheté n'importe qui. »

À nouveau, il y avait une intention étrange dans sa voix. J'étais peut-être trop sensible. J'écartai cette idée. C'était ma meilleure amie et elle avait toujours été de mon côté en ce qui concernait le prince.

« Si je l'autorise à me piétiner, je ne pourrai m'en prendre qu'à moi-même si je me sens comme une moins que rien. C'est une question de principe. Parfois, c'est plus important que l'argent. »

Cela dit, il n'était pas facile de rester fidèle à mes convictions quand ma famille souffrait. Je m'étais torturée pendant des heures, me demandant si j'avais commis une erreur. Un *million* de pièces par articles, c'était plus que ce que je pouvais imaginer. J'étais peut-être la pire des imbéciles. Une imbécile avec des principes.

Je soupirai avant de m'affaler sur mon matelas usé, serrant mon oreiller contre ma poitrine. Ce qui m'agaçait vraiment, c'était qu'il s'agissait bien d'une opportunité incroyable. Une chance inouïe d'écrire enfin les articles que je voulais et d'être bien payée pour le faire.

Et tout ce que j'aurais eu à faire avant, ça aurait été de vendre mon âme au fichu prince sombre et écrire son histoire d'amour épique.

Je n'avais peut-être pas un salaire indécent, mais une nouvelle idée commença à prendre forme. Il faudrait que je retrouve l'un de mes informateurs et que j'organise tout comme il fallait pour y parvenir… mais je pourrais bien avoir trouvé un moyen de contourner mes restrictions journalistiques actuelles. Et en bonus, je rendrais la monnaie de sa pièce au prince pour m'avoir fait attendre toute la journée avant de m'aider à récupérer mon poste.

Je touchai la clé magique de nouveau, agacée d'être aussi distraite par ce qu'elle représentait.

Curieusement, j'avais caché ce détail à ma meilleure amie. Ryleigh était déjà sur les nerfs et je ne voulais pas avoir une autre raison de me disputer avec elle.

La culpabilité me rongea quand elle s'assit à côté de moi et me massa le dos en dessinant de petits cercles.

Elle avait peut-être juste de la peine pour moi, car elle savait que cet argent me serait utile, et n'était pas fâchée contre moi.

J'aurais dû lui parler de l'invitation au *Seven Sins*. Mais ma bouche s'entêta à rester fermée. Je ne voulais pas qu'elle pense qu'un inconnu avait joué un rôle dans mon refus de l'offre d'Axton. Je savais que ce n'était pas vrai, mais elle aurait des étoiles dans les yeux et me pousserait à céder à cette idylle.

« Tout va s'arranger, Ad.

— Je sais. Au moins, je n'aurais pas à subir les jeux de la cour et les membres impitoyables de la famille royale qui rivalisent pour obtenir plus de pouvoir. Tout en écrivant des articles qui pousseront les Sept Cercles à tomber encore plus amoureux de l'homme que je déteste. Pour une bonne raison. »

Ryleigh resta silencieuse quelques instants. Elle savait très bien pourquoi je haïssais Axton, pourquoi il n'y aurait jamais que de l'animosité entre nous. Elle avait été là le soir où tout avait terriblement mal tourné, mais elle avait été avec son propre partenaire et avait raté le pire.

Ce n'était pas juste le chagrin d'amour et l'embarras, mais aussi la prise de conscience que je n'avais pas ma place dans son monde, et que je ne l'aurais jamais. Tout comme ma belle-mère l'avait affirmé.

Certains nobles avaient été horriblement cruels avec moi au bal, ce soir-là, mais j'avais fait de mon mieux pour garder la tête haute, essayant désespérément de ne pas pleurer avant d'être rentrée chez moi.

J'avais échoué, mais pas à cause de ce qu'ils avaient dit de moi. Parfois, ne pas dire un mot était ce qu'il y avait de plus blessant.

L'amour triomphe de tout. Du moins, c'était ce que les philosophes et les poètes prétendaient. L'amour avait le pouvoir de transgresser les royaumes, de traverser les mondes et de les relier.

Le véritable amour avait le pouvoir de vaincre les dragons les plus forts, ainsi que les pires maux. C'était ce que les contes de fées nous répétaient sans arrêt. Mais je m'étais rendu compte que ce n'étaient que des histoires, envoûtantes parce qu'il ne s'agissait que d'inventions écrites par des rêveurs.

D'après mon expérience, si vous commettiez l'erreur de tomber amoureuse d'un prince alors que vous étiez une indigente, la réalité vous ramenait très vite sur la terre ferme, meurtrie et abattue, avec une réputation encore plus difficile à porter. Mon prince n'était pas venu me sauver ce soir-là, alors je l'avais fait moi-même pour m'épargner un chagrin plus intense, et je n'avais jamais regardé en arrière.

« Est-ce que tu préférerais accepter son offre ? demanda Ryleigh. Il devait vraiment vouloir que tu prennes ce poste. Je suis sûre qu'il t'engagerait si tu le lui demandais. »

Je me détesterais encore plus que je le haïssais si je le laissais acheter mon avenir.

« Non. Si je devais le voir tomber amoureux et écrire un article là-dessus, ce serait pire que de me faire chier dessus par une volée d'oiseaux, qu'il me paie un million de pièces ou pas. »

Ryleigh afficha un sourire malicieux.

« Effectivement. Je ne peux pas imaginer quoi que ce soit de pire que de traverser vaillamment une tempête de crottes d'oiseaux tandis qu'un million de pièces te tombent dessus. »

Nous discutâmes un moment avant de prendre congé. Ryleigh devait assister à un événement pour le travail, et j'avais… J'avais cette clé, qui m'avait tentée toute la journée.

Je *devrais* me rendre au quartier nocturne pour retrouver un de mes informateurs.

Je voulais encore suivre toutes les pistes possibles sur les rumeurs concernant les dragons de glace. Mais malheureusement, le flirt m'attirait un peu plus. Cela devait être une curieuse anomalie. Si je voyais mon inconnu une fois de plus, ma curiosité serait satisfaite et je pourrais reprendre ma routine.

J'étais intriguée parce que nous avions été interrompus la veille.

Cela n'avait sans doute rien à voir avec l'inconnu lui-même. Ou avec mon envie d'être ivre de ses baisers grisants une fois de plus. Il était un désir insatiable. Une douceur dont je pouvais me délecter. Et une fois que j'aurais goûté à ce moment de débauche, je n'y penserais plus jamais.

Demain, je reprendrais ma vie consciencieuse de journaliste responsable. Je trouverais un moyen de me venger du prince et je gagnerais quelques pièces au passage.

Mais ce soir, je noierais mes pensées à propos du concours d'Axton et de ses tentatives de m'acheter avec quelqu'un auprès de qui je voulais passer du temps.

Quelqu'un qui avait conquis mon esprit bien avant de voler ce premier baiser.

Cette rencontre serait mon petit secret, et je n'avais pas envie de le partager avec qui que ce soit, pas même avec Ryleigh.

Pour le moment.

❄ ❄ ❄

Je pénétrai dans le jardin du toit du *Seven Sins*. Les fleurs nocturnes avaient déjà éclos, leurs pétales scintillant sous une fine couche de glace qui capturait le clair de lune. Je pris une profonde inspiration. La douce odeur des baies givrées se démarquait des autres notes florales. Je balayai l'espace désert du regard. L'inconnu impertinent ne m'attendait pas dans la pénombre. J'étais en avance, mais juste de quelques minutes.

J'essayai de ne pas me laisser submerger par le doute. J'avais appris que plus on s'enfonçait dedans, plus il vous tirait vers le fond.

Mais l'espoir était trop volage pour s'y agripper, comme des flocons de neige tournoyant dans les airs ; vous pouviez avoir la chance d'en attraper un, mais il disparaissait très vite.

Je ne savais pas trop ce que j'espérais ce soir, mais pour la première fois depuis une éternité, j'étais impatiente, nerveuse et surexcitée en même temps. Les pensées sur le travail, la responsabilité et mes inquiétudes sur le futur ou le moment tendu que j'avais passé avec Ryleigh s'évanouirent.

Ce soir, je me sentais comme la jeune fille de dix-neuf ans qui avait pris un risque et rêvé.

Je m'approchai du bord du toit, où une rambarde en pierre délimitait le périmètre. Je ne m'étais pas assez approchée pour bien la regarder la veille, et j'en admirai les détails.

Les poteaux avaient été sculptés pour ressembler à des dragons debout sur leur arrière-train, et leurs ailes étaient dépliées pour empêcher les clients de tomber par-dessus la rambarde par accident.

Ils étaient sombres et fantaisistes, transmettant une pointe de danger. Ils me rappelèrent le trône du prince. Les œuvres d'art représentant des dragons étaient présentes dans de nombreuses maisons et entreprises, étant donné qu'Axton avait un faible pour ces créatures et organisait régulièrement des parties de chasse.

La plupart des habitants de l'Enfer étaient influencés par les goûts des sept princes du péché, le penchant de notre cercle pour ces créatures légendaires n'était donc pas inhabituel.

Je passai un doigt sur l'aile du dragon, émerveillée par la majesté de la sculpture.

La pierre était froide, couverte de givre, un peu comme les dragons de glace qui leur avaient servi de modèles. Les vrais dragons n'avaient pas le droit de voler au-dessus de notre cercle sans l'autorisation du prince, mais leur territoire était assez proche pour que nous puissions parfois en apercevoir un au loin, comme une tache à l'horizon.

Je jetai un coup d'œil au-delà du toit, vers le monde qui brillait devant moi.

D'ici, le quartier nocturne était à couper le souffle. Les bâtiments en pierre avaient un charme désuet, blottis les uns contre les autres dans la neige qui tombait en bourrasques paresseuses. En réalité, on aurait dit que le ciel était tombé sur la terre. Les lumières des tavernes et des pubs clignotaient comme des étoiles dorées.

Je levai les yeux jusqu'à apercevoir la Maison Gourmandise, un grand château en roche calcaire qui s'élevait au loin comme une bête gigantesque, veillant sur nous tous depuis le sommet d'une montagne couverte de neige. Je souhaitais la détester, mais en étais incapable.

J'imaginai le prince en train d'organiser une autre fête extravagante, s'adonnant à toutes sortes de débauches. La réputation d'Axton était célèbre et bien méritée.

En dépit de mes efforts constants pour l'oublier, je me souvenais très clairement du moment exact où il avait endossé ce rôle et où il avait rapidement oublié tout le monde dans sa quête pour satisfaire son péché constamment assoiffé. Bien entendu, sa réputation avait été parfois un peu scandaleuse avant cela. Après tout, c'était un prince du péché. Mais ce qu'il était devenu ensuite, une personne qui brisait les cœurs sans précaution et sans remords, était complètement différent. Il était sans doute déjà au lit avec plusieurs conquêtes, prêt à boire jusqu'au lever du soleil, et la nouvelle du concours pour lui trouver une épouse avait dû se répandre.

Sous peu, les rues seraient remplies de visiteurs des autres cercles. Ils viendraient tous voir ce fichu prince trouver son âme sœur. Dix ans s'étaient écoulés depuis notre... désastre. Je savais qu'il finirait par épouser quelqu'un, mais je ne m'étais pas attendue à ce que ce soit aussi douloureux.

Je poussai un profond soupir et un petit nuage de buée apparut devant moi. L'air frais tempéré par le sortilège empêchait le toit de geler.

Plusieurs minutes s'écoulèrent. Les rires bruyants s'élevaient lentement de la rue, me rappelant que j'étais seule, une fois de plus, en train d'observer dans la pénombre.

L'inconnu masqué n'avait pas tenu sa promesse.

La déception s'installa lourdement dans mon cœur. Je n'avais pas découvert ce que j'attendais exactement de ce soir : un autre baiser volé, ou quelque chose de plus.

J'avais pris plaisir à avoir cette petite discussion avec l'inconnu et l'idée de trouver quelqu'un d'autre ce soir ne m'attirait pas beaucoup, même si je pourrais redescendre et trouver un partenaire consentant. Mais l'attirance n'avait pas été que physique, même si cette partie avait été spectaculaire. J'avais beaucoup apprécié sa compagnie.

Mon regard se posa de nouveau vers ce fichu château avant que je ne m'en détourne.

Je jetai un dernier coup d'œil au quartier animé, puis me tournai vers les escaliers et m'arrêtai net.

Là, sous l'arbre de baies givrées nocturne, se trouvait mon inconnu.

« Au nom des anciens dieux, que faites-vous ? »

Je posai une main sur ma poitrine.

« J'admire la vue. »

Il avança vers moi d'une démarche assurée. Il y avait quelque chose d'attirant dans ses pas lents et son regard était torride tandis que je l'imaginais en train d'observer mon masque, puis plus bas, se délectant avidement de mon costume et de mes courbes.

Son inspection était tout à fait indécente, et j'en avais le souffle coupé. Il admira chaque centimètre de mon corps avant de relever les yeux.

Il avait l'air prêt à me dévorer.

Je ne pus m'empêcher de rougir face à lui, même si j'étais enchantée par sa réponse. C'était bon de savoir que quelqu'un vous désirait comme un fou de temps en temps.

J'étais passée voir Carlo et portais la même tenue que la veille. Le sortilège n'avait d'effet que sur le physique. Les vêtements et les bijoux n'étaient pas touchés. J'avais souhaité que l'inconnu me reconnaisse, au cas où le sortilège changerait mon visage.

« Je pensais que vous n'alliez pas venir.

— Un véritable gentleman fait *toujours* en sorte de donner la priorité à une dame. »

Je souris. C'était un homme intelligent et ridicule.

« Cette phrase est ancienne et désuète.

— Heureusement, moi, je ne le suis pas. »

Il s'approcha de la balustrade, à côté de moi, et s'y appuya nonchalamment. À cause de son masque, j'ignorais où son regard s'était posé, mais je supposai qu'il observait les clients en train de danser dans les rues, en contrebas, tout en hurlant une chanson populaire d'une voix terriblement fausse, mais adorable.

« Vous sembliez perdue dans vos pensées, dit-il. Que regardiez-vous avec tant d'attention ? »

Je m'appuyai contre la balustrade et me tournai vers la ville.

« La Maison Gourmandise.

— Ah. »

Il n'avait pas l'air impressionné.

« Vous rêviez de dompter le cœur damné du prince en passant la nuit dans son lit, comme toutes les autres jeunes femmes du royaume ?

— Pas vraiment. »

Son regard se tourna vers moi et un sourire étira la commissure de ses lèvres.

« Intéressant.

— Quoi donc ?

— La plupart des femmes rêvent que le prince débauché tombe amoureux d'elles.

— Eh bien, je crois qu'il est déjà amoureux.

— Vraiment ? demanda-t-il alors que son sourire s'élargissait. Qui est la chanceuse qui a remporté le gros lot ?

— Vous ne le savez pas encore ? »

Je fis claquer ma langue.

« Il est évident qu'il est amoureux de lui-même. »

J'ajoutai une touche d'humour dans ma voix pour ne pas gâcher l'atmosphère. Il était hors de question que Gabriel Axton ternisse ma soirée.

« Et vous ? Que dit-on de votre réputation ?

— On dit que je suis un amant acharné, beaucoup plus excitant au lit que n'importe quel prince. Même un prince du péché.

— Par les dieux, dis-je en souriant. Vous devez nous rendre visite de la Maison Envie ou de la Maison Orgueil, n'est-ce pas ?

— Je ne peux pas vraiment vous révéler tous mes secrets, me taquina-t-il. À moins, bien sûr, que vous ne me révéliez les vôtres d'abord. Comme votre nom, par exemple ? »

Mon cœur accéléra lorsqu'il me balaya du regard. Il tentait sa chance, même s'il savait que c'était contre les règles. Si ma véritable identité piquait sa curiosité, ce serait un désastre.

« Ce club est censé garantir l'anonymat, lui rappelai-je. Vous être trop curieux pour notre bien. Je n'ai pas envie d'être chassée d'ici. »

Son sourire ne faiblit pas.

« Très bien. Alors, je suppose que vous préféreriez ne pas parler d'hier soir non plus.

— Je vous l'ai déjà dit. Je devais partir. Sinon, j'aurais été tentée de rester. »

Il garda le silence quelques instants et son regard se tourna à nouveau vers les clients, qui continuaient à passer dans l'allée en contrebas. La neige avait été déblayée et amassée en gros tas sur le côté, ce qui leur permettait d'accéder aux portes de sortie des bars et des pubs.

« Vous cherchiez un moyen de vous distraire de votre chagrin d'amour, dit-il. Une soirée amusante. »

Je ne me donnai pas la peine de le corriger ; mon cœur n'avait pas été brisé. Du moins, pas récemment. Si je voulais lui cacher mon identité, je ne pouvais pas lui dire que j'étais une journaliste qui devait effectuer des recherches. Il ne lui faudrait pas longtemps pour découvrir qui j'étais grâce à mes questions ; Miss Match était la seule responsable des courriers du cœur du royaume.

« La plupart des gens viennent ici pour s'amuser. Et il en va de même pour moi.

— Madame, la plupart des gens viennent ici pour s'adonner à d'autres péchés. »

Il n'avait pas tort.

« Quel péché cherchiez-vous à satisfaire ici ? »

Il fit courir ses doigts sur la rambarde, comme s'il réfléchissait à sa réponse.

Ma curiosité montait chaque seconde.

« Je préférerais vous le montrer, Dame F. Si vous êtes partante pour une aventure. »

Il y avait une pointe de défi dans sa voix. J'avais beau ne pas vouloir l'admettre, même pas à moi-même, mais mon péché préféré était la gourmandise, ne serait-ce que parce que l'un de mes plus grands désirs secrets consistait à rechercher les frissons.

J'étais venue dans ce club en sachant qu'il y avait une véritable possibilité de réaliser mon fantasme avec lui ce soir. Cette aventure, cette nuit de passion, me soutiendrait pendant les misérables semaines qui m'attendaient et au cours desquelles je devrais voir le « célibataire inaccessible » s'attacher enfin à quelqu'un.

Mais uniquement si je m'autorisais à accepter l'offre de cet inconnu mystérieux.

Mon pouls accéléra tandis que la soirée prenait enfin un tournant délicieusement tentant.

Je ne connaissais pas son nom. Je n'arrivais pas à deviner la couleur de ses yeux. Mais j'étais certaine qu'il rendrait cette nuit mémorable, à en juger par son dernier baiser.

« Quel genre d'aventure avez-vous en tête pour ce soir ? » demandai-je.

Il se tourna vers moi ; l'expression de son visage était indéchiffrable sous ce fichu masque.

« Vous considérez-vous comme une personne courageuse ? »

Je me mordillai la lèvre, ce qui attira son attention comme si je lui avais tendu un piège astucieux.

« Je me considère plutôt audacieuse. Je suppose que c'est une forme de courage. Pourquoi ? »

L'impatience devint presque tangible entre nous tandis qu'il m'admirait de nouveau.

« Penchez-vous au-dessus de la balustrade. »

J'eus le souffle coupé. Nous étions dans les Sept Cercles, un royaume qui se nourrissait du péché, alors je n'étais pas du genre à jouer les timides. Par conséquent, je ne m'étais pas attendue à ce qu'il me fasse la cour, pour l'amour des saints, mais son ordre grave, guttural, me choqua un instant.

Puis, une sensation de chaleur délicieuse se répandit en moi. L'idée de lui céder le contrôle, d'autoriser quelqu'un d'autre à prendre des décisions était… attrayante.

Non, pas quelqu'un. *Lui*. Cet inconnu qui me tentait et me distrayait beaucoup trop.

J'avais vraiment besoin d'aide. Je pris note d'aller chez l'apothicaire cette semaine. La sorcière qui gérait l'établissement devait certainement avoir une préparation pour guérir ce mal qui affligeait ma santé mentale.

« Pardon ? » demandai-je pour gagner du temps.

Son sourire était le péché incarné.

« Vous avez peur, Dame F ?

— Pas du tout.

— Bien. »

Il me prit la main et la leva pour l'effleurer d'un baiser.

« Ce soir, j'aimerais contrôler entièrement la situation. Cela vous pose-t-il un problème ? »

Dans d'autres circonstances, j'aurais détesté cela. Mais son pouce caressa lentement l'intérieur de mon poignet – son contact n'avait rien d'un péché, mais j'en voulais plus.

Je secouai la tête.

« Non, cela ne me pose pas de problème. »

Il se pencha vers moi, effleurant mes lèvres des siennes. Un éclair de chaleur me transperça pendant ce bref instant et je fermai les yeux. Son contact était si doux, taquin. J'en voulus immédiatement plus.

Il approcha sa bouche tentante de mon oreille. Sa voix était un murmure grave chargée d'intentions immorales.

« Penchez-vous au-dessus de la balustrade. »

Je pris une inspiration pour me stabiliser, puis obéis. La pierre était assez froide pour mordre mes paumes tandis que je m'y agrippais. Je m'y accrochai plus fort, oubliant le picotement tandis que mon regard se tournait vers le sol.

Je ne m'étais pas rendu compte que nous étions aussi haut. Un autre frisson me submergea à l'idée qu'il me rattrape avant que je ne puisse tomber. C'était une grande confiance à accorder à un inconnu.

Et c'était peut-être la seconde indication que je devais aller consulter un guérisseur royal.

Mais la peur… La peur faisait couler l'adrénaline dans mes veines et tous mes sens étaient en alerte comme jamais.

Mon corps vrombissait et palpitait presque, et il ne m'avait même pas encore embrassée ou touchée ailleurs que mon poignet.

« Prête ? » demanda-t-il d'une voix grave et profonde en passant une mèche de cheveux derrière mon oreille.

C'était une véritable contradiction : il était doux et attentionné, mais aussi terriblement diabolique. Je ne pouvais pas prédire ce qu'il allait faire, et ce défi me plaisait beaucoup.

Je déglutis difficilement, puis hochai la tête, et l'excitation me submergea. Soudain, la panique prit le dessus.

« Attendez. »

Il ne bougea pas.

« Si vous n'êtes pas à l'aise, vous n'avez qu'à le dire. »

Je jetai un autre coup d'œil par-dessus la balustrade. C'était exaltant, et je lui faisais confiance… autant que possible, étant donné que je ne le connaissais pas du tout. La logique l'emporta sur mon besoin d'aventure.

« Et si on réservait ce frisson en particulier pour une autre fois ? » proposa-t-il.

Son nez effleura le côté de ma mâchoire, provoquant une nouvelle vague d'excitation en moi tandis qu'il se penchait en avant.

« J'ai d'autres idées, si ça vous tente ?

— Par exemple ? »

Il me tendit la main, puis m'emmena dans le jardin.

« Placez-vous face à l'arbre de baies givrées et agrippez-vous au tronc. »

La même excitation me submergea tandis que je posais mes mains sur l'écorce sombre.

« Comme ça ?

— Parfait. Vous êtes à l'aise ?

— Oui

— Bien. »

Il écarta mes pieds et ses mains s'enroulèrent autour de mes poignets, les maintenant sur l'arbre.

« J'entends votre cœur battre, me murmura-t-il à l'oreille.

— Comme c'est curieux. On dirait presque que je suis dans un club du péché et qu'un inconnu masqué me donne des ordres dans un jardin sur le toit.

— Vous avez une langue malicieuse.

— C'est un attribut qui n'excite pas tout le monde. »

Il s'approcha, son corps fermement appuyé contre mon dos.

Je pris une profonde inspiration. Il sentait le cèdre et quelque chose d'épicé, comme de la cardamome.

J'avais envie de me cambrer contre lui, mais ne pouvais pas le faire. Il m'avait immobilisée avec une grande dextérité. Mais pas avant que je sente son érection. Par les dieux... Je l'avais sentie la veille, mais elle était impressionnante, c'était le moins qu'on puisse dire.

« Alors, ce sont des imbéciles qui doivent vous faire la cour. »

Ses mains libérèrent mes poignets et glissèrent lentement le long de mon corps. Son contact était respectueux tandis qu'il effleurait mes bras et mon cou, prenant le temps de caresser chaque couche de soie. Le doux bruissement du tissu était un aphrodisiaque à lui seul. Il poursuivit son exploration jusqu'à mes cheveux détachés et marqua une pause. Ses doigts glissèrent dans mes boucles lâches.

La perruque cachait ma couleur naturelle au cas où le sortilège échouerait, mais je craignis qu'il se soit arrêté parce qu'il avait senti qu'elle n'était pas réelle. Un moment plus tard, il rassembla mes cheveux d'un côté, les enroula délicatement autour de son poing, puis tira ma tête en arrière jusqu'à ce que je ne regarde plus que lui.

Je remerciai silencieusement Carlo de s'être assuré que la perruque reste en place même au cours de jeux un peu brusques. Quand mon inconnu me maintint fermement en place contre l'arbre avec mes cheveux dans son poing, me dévorant d'un regard torride, je compris que c'était exactement ce qu'il désirait.

Il me maintenait là où il le voulait : la balustrade, l'arbre, le mur, cela n'avait aucune importance. Il aimait le contrôle ou, plutôt, la domination.

Il se pencha en avant et approcha ses lèvres des miennes au point où je les sentis bouger quand il parla.

« Un jour, je baiserai votre belle bouche. »

Ses lèvres effleurèrent les miennes de nouveau dans un murmure doux et délicat. Quel contraste avec ses mots obscènes… Mon corps répondit à ce grognement sourd, sa promesse coquine. Une chaleur humide se répandit entre mes cuisses. J'avais envie qu'il fasse toutes sortes de choses avec ma bouche.

« Je jouirai sur votre langue parfaite. »

Sa main libre se posa sur ma gorge. Son contact était léger, mais possessif. Mon corps était tordu d'une manière qui lui donnait un contrôle absolu sur moi, mais au lieu de paniquer, j'écartai les lèvres et soupirai, et il m'embrassa enfin comme j'en avais envie. Sa langue réclama la mienne.

Il prit la situation en main avec joie, imposant le rythme jusqu'à ce que je me perde dans la sensation enivrante de ses lèvres qui bougeaient contre les miennes. Le baiser n'était ni dur ni doux, mais une aventure d'exploration qu'il semblait savourer. Il apprenait ce que j'aimais, me poussant à la limite de la folie.

Mes paumes glissèrent sur l'écorce de l'arbre, imitant la manière dont je voulais le toucher.

Mon esprit d'écrivaine commença à imaginer toutes les merveilleuses manières dont sa langue pourrait parcourir différentes parties de mon corps avec ce même mouvement langoureux. Il retirerait mon corsage, exposant chaque centimètre de ma peau pour goûter son festin personnel, me rendant folle et m'obligeant à attendre ma récompense jusqu'à ce que j'aie l'impression d'être sur le point de mourir. Il goûterait lentement ma peau jusqu'à la courbe de mon sein douloureux, s'approchant du téton dur qui désirait son attention.

Je l'imaginai en train de le toucher et de jouer avec, le prenant dans sa bouche en rythme avant de le lécher de nouveau, et mon entrejambe se contracta à cette idée. Je ne m'étais pas rendu compte que je me frottais à lui avant qu'il ne tire mes cheveux un peu plus fort. La légère douleur me fit palpiter de désir et me sortit de ma stupeur délicieuse.

Cet homme savait très bien comment embrasser quelqu'un jusqu'à la folie.

La moiteur baignait mes cuisses et sa langue lécha la mienne, se mélangeant à l'image que j'avais élaborée, provoquant un fantasme des plus érotiques.

Mon cœur battait au rythme des palpitations de mon corps, mon esprit toujours conscient qu'il me collait à l'arbre tout en me tenant par la gorge.

Je m'attendais à ce qu'il baisse encore les mains, à ce qu'il enroule ses doigts autour de l'ourlet de ma robe, qu'il soulève le tissu, apaisant le désir qui montait en moi.

Au lieu de me dévorer, il prit son temps, ravi de me conduire à la folie avec ce simple baiser.

Après ce qui aurait pu être une heure ou un instant, il recula enfin, relâchant sa prise sur mes cheveux. Son autre main caressa délicatement ma gorge, comme si elle était précieuse.

Nous n'avions rien fait de plus que nous embrasser, mais c'était l'expérience sensuelle la plus exaltante de ma vie. J'en voulais *plus*. Mon péché de prédilection s'était complètement éveillé, mon désir était total.

Il posa ses lèvres sur les miennes, doucement, puis retira sa main.

« J'aimerais avoir de nouveau le plaisir de votre compagnie, Dame F. Même heure demain soir ? »

J'avais dû me perdre dans ce baiser plus que je ne le pensais. Maintenant que son corps n'était plus contre le mien, je pouvais facilement me retourner pour être face à lui.

« Quoi ?

— Demain. Vous. Moi. Ce jardin sur le toit. Une bouteille de vin de baies démoniaques. »

Si je n'avais pas porté ce maudit masque, il aurait pu voir l'incrédulité qui, je le savais, brillait dans mes yeux.

« Monsieur, ceci est un club de plaisir. Je suis là pour une nuit de distraction. »

Un sourire amusé étira ses lèvres.

« D'après mes calculs, c'est déjà la deuxième soirée. »

J'agitai la main avec animation.

« Ne jouez pas sur les mots. Vous savez ce que je veux dire.

— Pourquoi se contenter d'une nuit ou deux alors que nous pouvons en avoir plus et prolonger le plaisir ? Je ne suis pas un jeune homme sans expérience qui ne peut pas se contenir face à une partenaire attirante.

— Comme c'est noble et égocentrique de votre part. »

Tous les hommes devraient être envoyés par magie sur une île pour vivre le reste de leurs jours d'imbécillité en paix.

Il recula.

« Le désir de vous revoir est égoïste ?

— Le fait de décider que vous souhaitez plus d'une nuit sans me consulter est grossier. Et pas d'une manière érotique, comme quand vous m'immobilisez et que vous me donnez des ordres au lit.

— Je m'excuse. »

Un sourire s'esquissa aux commissures de ses lèvres.

« Permettez-moi de rattraper cette bourde demain soir, Dame F. »

Il me tendit une clé argentée dont les runes brillaient légèrement.

« Nous établirons les règles du jeu ensemble, dit-il tout en m'offrant l'objet. Marché conclu ? »

Accepter une autre clé pour entrer dans ce club était une proposition dangereuse.

Plus nous passions de temps ensemble, plus nous risquions de découvrir l'identité de l'autre en dépit du sortilège.

Une partie cynique de moi se demandait si c'était son plan, puis j'écartai cette idée. J'étais paranoïaque.

Normalement, je n'accorderais pas d'importance au fait que quelqu'un découvre qui j'étais, mais je ne voulais pas que ma vie privée devienne le sujet des journaux à scandale.

C'était ironique, étant donné la manière dont je gagnais ma vie. Mais il y avait beaucoup de choses en jeu et je devais réussir.

Je réfléchis silencieusement aux options qui s'offraient à moi.

Si je n'acceptais pas de le retrouver demain, nos chemins ne se croiseraient peut-être plus jamais.

Et curieusement, le fait de ne pas passer la nuit avec mon inconnu semblait être une tragédie, en particulier à cause de ce que mon corps venait de ressentir après un simple baiser. Je voulais être plus courageuse demain et m'agripper à la balustrade.

Je voulais qu'il fasse des choses indécentes et merveilleuses tandis que mon cœur battait la chamade et que mon corps vibrait.

Le problème, quand on se laissait emporter une fois, c'était qu'on avait tendance à céder une deuxième fois, puis une troisième, et qu'on en voulait toujours plus. Et sans le savoir, on devenait accro.

Cet inconnu éveillait un désir en moi et je savais que je n'aurais pas de répit avant d'être satisfaite.

Je pris la clé de ses mains et la glissai dans mon corsage. Une nuit de plus.

Ensuite, nous ne nous reverrions plus.

Onze
Prince Gourmandise

La femme fascinante et vive d'esprit sortit du *Seven Sins*, et je m'obligeai à rester sur le toit et à ne pas la suivre jusque chez elle.

Découvrir l'identité d'un invité allait à l'encontre des règles du club, mais je prenais plaisir à rompre même les décrets les plus stricts. En particulier parce que c'était moi qui les avais établis à l'origine.

Le sortilège m'empêchait de reconnaître sa voix ou son apparence, mais j'avais *besoin* de savoir qui était la seule personne qui m'avait rappelé que mon péché désirait autre chose que l'aventure. Un léger soupçon s'immisça en moi, mais je n'arrêtais pas de l'écarter.

Cependant, l'envie de chercher la vérité et de découvrir ses secrets était presque aussi tentante que les parties de chasse royales que j'organisais chaque mois. Voire plus.

Elle me captivait à tel point que cela annonçait un désastre.

À un moment où je ne devrais me concentrer que sur le fait de protéger ma cour, de gagner la guerre contre Adriana et d'organiser le concours nuptial qui était sur le point de commencer, Dame Frost s'infiltrait dans ma peau et dans mes pensées. C'était sans aucun doute parce que je n'avais emmené personne dans mon lit depuis des années.

Je n'avais été consumé dès le début par une partenaire potentielle qu'une seule fois. Ses yeux d'un bleu cristallin avaient été des mares sans fond dans lesquels j'avais voulu plonger. Elles s'étaient transformées en glace quand la femme avait remarqué mon attention, et j'avais compris sur-le-champ que je ne survivrais jamais au plongeon.

Cependant, cette prise de conscience ne m'avait pas empêché de rêver.

Je passai une main dans mes cheveux en jurant. Si mon pressentiment s'avérait correct… *compliquée* serait le terme pour qualifier la situation, même si elle pourrait finir par régler un de mes problèmes. Et en causer tout un tas d'autres. Je *devais* me tromper. Adriana Saint Lucent ne pouvait pas être Dame F.

Le destin ne serait pas assez cruel pour me faire goûter tout ce que je désirais et ensuite me révéler que j'avais été empoisonné et que je m'étais conduit comme un imbécile.

Si je déployais mes ailes et que je m'envolais immédiatement, je pourrais résoudre ce mystère ce soir, puis parcourir la centaine de kilomètres qui me séparaient de la Frontière impitoyable pour prendre des nouvelles des dragons.

L'indécision me rongeait. Je cherchais sans doute à tirer des ficelles qui n'existaient pas.

Pour une terrible raison, j'*aimais* imaginer que c'était mon ennemie qui avait gémi contre ma bouche avant de se soumettre enfin à ma domination comme j'en avais envie. C'était sans doute pour cette raison que le sortilège du club avait décidé de teindre ses cheveux de la même couleur que ceux de ma rivale.

J'avais pensé à Adriana toute la journée, souhaitant établir un plan pour la garder près de moi. Il était logique que les pouvoirs magiques du club l'aient remarqué et l'aient dotée de boucles bleu pâle pour me torturer.

Ce que les clients ignoraient à propos de la magie qui dissimulait leurs identités, c'était qu'elle utilisait souvent leurs envies cachées. Ils ne pouvaient pas savoir ce que les autres voyaient, mais aux yeux de leurs partenaires de la soirée, ils représentaient des désirs trop scandaleux pour les exprimer avec des mots.

Le fait que ma partenaire ait des cheveux bleu pâle prouvait ma folie. Ou le fait que mon péché était impliqué.

Peu de gens de mon cercle connaissaient ma véritable nature. C'était un autre secret que je cachais et que je choisissais de ne partager qu'après mûre réflexion.

Mon plaisir favori consistait à infliger une punition délicieuse pendant les jeux consentis dans la chambre. J'avais un désir insatiable de dominer, de sentir ma partenaire se soumettre à tous mes caprices dépravés tout en me suppliant de lui en donner plus. Les chaînes, les cravaches, les fessées quand l'envie m'en prenait… Certains pensaient qu'il s'agissait d'un penchant de la Maison Colère, ce qui serait scandaleux pour un prince qui régnait sur un autre péché. Mais ce désir ne venait pas de là. C'était le plaisir sous sa forme la plus pure et la plus sombre.

Imaginer mon ennemie, la seule femme de tout le royaume qui refusait de se soumettre à mon charme, en train de s'effondrer dans mes bras, de se plier à ma volonté… C'était un fantasme qui m'excitait plus qu'il ne le devrait.

Céder aux fantasmes nourrissait mon pouvoir, et j'avais bien besoin d'être en pleine forme si une autre attaque avait lieu. Ce qui expliquait mon odieuse obsession.

J'observai la mystérieuse Dame F marcher avec assurance le long de la rue pavée, tirant sur sa cape bordée de fourrure pour se protéger de la neige qui tombait doucement.

Je détournai les yeux de sa silhouette alors même qu'elle bifurquait dans la rue transversale la plus proche, contenant mon envie de la suivre. Son identité ne devrait pas avoir d'importance pour l'instant.

Je devais rester concentré sur les dragons de glace et sur mon plan pour empêcher Adriana de découvrir la vérité.

Avec une retenue impressionnante pour un prince dominé par l'excès, je me détournai de la rambarde et me dirigeai vers la porte. J'avais l'intention de prendre un verre avant de partir.

Val fit irruption sur le toit, le regard fou. Le sortilège n'avait pas modifié son apparence et la terreur qui émanait d'elle aurait mis un démon mineur à genoux.

Un poids glacial s'abattit sur moi. Soit Adriana avait révélé le premier incident, soit les dragons venaient d'attaquer à nouveau. Aucune des deux possibilités n'était prometteuse.

Je rejoignis mon bras droit en deux grands pas.

« Tiens, dit-elle en me mettant une lettre dans les mains. Ça vient d'arriver de la Frontière impitoyable.

— Par messager ou…

— Ils ont utilisé la magie. »

Cela signifiait que la mauvaise nouvelle avait eu lieu quelques minutes auparavant, et non pas des heures, comme cela aurait été le cas si la missive avait été transportée par un cavalier.

J'ouvris brusquement l'enveloppe.

Combat en cours, Jackson capturé.
Amenez des secours.

« Envoie un message aux Maisons Colère, Luxure et Envie immédiatement. »

Mes ailes se déployèrent, battant l'air tandis que je m'élevais au-dessus du toit.

« Dis-leur d'utiliser la magie du *transvenio* pour se rendre à la Frontière impitoyable *sur-le-champ*. »

Je n'attendis pas la réponse de Val.

Je fonçai dans le ciel orageux, ignorant le givre qui recouvrait mon visage, espérant malgré tout que je n'étais pas sur le point d'assister à un nouveau massacre de dragons de glace.

❄ ❄ ❄

Je fus accueilli par le chaos à la seconde où j'atterris devant l'énorme herse relevée de la Frontière impitoyable. Je passai par la porte de la cour et par les doubles portes de la forteresse, qui étaient grandes ouvertes. Je balayai du regard le paysage apocalyptique devant moi.

Il ressemblait exactement à ce qu'il était : les conséquences d'une guerre.

Des corps étaient éparpillés sur le sol en pierre des deux côtés de l'énorme hall, tous blessés à divers degrés. Je leur jetai un rapide coup d'œil ; ils semblaient tous respirer. D'après ce que je pouvais voir pour l'instant, personne n'était mort, même si cela aurait été clément pour certains.

Les chasseurs se tortillaient par terre : certains avaient été brûlés par le feu glacial des dragons, d'autres perdaient leur sang. L'air sentait la pisse et d'autres odeurs dégoûtantes après le combat surprise.

Des cris d'agonie noyaient presque tous les autres sons. Le feu des dragons était comme un poison qui pénétrait lentement et continuait à provoquer une brûlure glaciale jusqu'à ce que la victime gèle de l'intérieur. Il était possible de guérir ces blessures uniquement si les remèdes étaient administrés très tôt.

Helga, la guérisseuse sur place, était au cœur de l'action, aboyant des ordres à son assistant tout en faisant des garrots et en étalant des cataplasmes aux plantes.

« Va chercher l'herbe tue-dragon ! Réchauffe la plaie ! »

Elle me jeta un coup d'œil avant de replonger dans son travail, soignant ceux qu'elle pouvait.

« Par les dieux, faites que ça cesse ! »

Une jeune chasseuse cria tandis que Helga posait une compresse froide sur son visage, essayant en vain de sauver son œil du feu brûlant du dragon qui s'immisçait sous sa peau.

De petites veines noires de feu empoisonné montaient plus haut, ralentissant légèrement tandis que Helga réalisait une incision et appliquait l'herbe tue-dragon sur la plaie en exerçant une pression.

Un autre chasseur agrippait son flanc en haletant. On aurait dit qu'il avait été griffé et ses vêtements en cuir étaient en lambeaux autour de son corps musclé.

Je retirai ma veste de costume et la déchirai.

« Tiens bon. »

En prenant soin de ne pas le blesser davantage, je le fis rouler délicatement et attachai une bande de ma veste autour de sa taille pour arrêter l'hémorragie du mieux possible.

Je continuai à avancer et fis tout ce qui était en mon pouvoir pour aider.

Les démons tendaient les bras vers moi, saisissaient mes mains, mon pantalon, me suppliant d'apaiser leur douleur.

Félix fit irruption dans la pièce et déposa un autre chasseur blessé sur une paillasse que quelqu'un venait d'apporter. Il me vit et se précipita vers moi pour me faire un rapport rapide.

« Une attaque soudaine de notre campement a commencé il y a presque une heure. Cinq dragons ont pris notre groupe d'entraînement en embuscade, à environ trois kilomètres d'ici. Nous étions en train de travailler le combat à mains nues et, soudain, nous nous sommes retrouvés au cœur d'une bataille. J'aurais envoyé un message plus tôt, mais il nous a fallu du temps pour mettre les blessés en sécurité. »

Son regard balaya le poste de triage improvisé.

« Pas de pertes sur le champ de bataille. Plusieurs blessés, comme vous pouvez le voir. »

Félix avait une cinquantaine d'années, ce qui était encore très jeune pour un démon, mais les rides autour de sa bouche s'étaient considérablement creusées, comme s'il avait vieilli de dix ans en une nuit.

« Jackson ? » dis-je pour en savoir plus.

Il sortit de ses pensées.

« Il a été capturé il y a trente minutes. Au nord du mur. On aurait dit que les dragons se dirigeaient vers les terres stériles. »

Ce territoire se trouvait au-delà des montagnes, une toundra glacée que les mortels pourraient comparer aux régions arctiques de leur monde. Il était plat, couvert de glace, et presque inhabitable, mis à part pour quelques créatures, comme les dragons, les loups de l'enfer, les ours des glaces et les rennes de la toundra.

« Il était encore en vie ? »

Félix essuya son front, ignorant le sang qui coulait de la blessure à sa tête.

« Il était encore en train de se battre.

— Verrouillez le bâtiment. Je veux que tout le monde reste à l'intérieur de la forteresse jusqu'à nouvel ordre. Compris ? »

L'avant-poste était bien fortifié avec des blocs de pierre trop épais pour que le feu des dragons y pénètre, et il était protégé par la magie, pour plus de précautions. Il n'avait qu'une faiblesse : les fenêtres. Mais elles avaient été placées de manière stratégique pour éviter tout danger.

L'ordre que j'avais donné avait aussi un objectif un peu moins noble que je devais envisager. En fonction de ce que nous allions découvrir, je devrais peut-être effacer la mémoire de mes chasseurs. Je n'en avais aucune envie, mais je ne pouvais pas prendre le risque d'une nouvelle fuite alors que tant de choses étaient en jeu.

« Pour le bien du royaume », c'était une devise que je commençais à détester.

Félix sembla deviner ce que je n'avais pas dit et l'expression de son visage devint dure, mais compréhensive.

Le devoir. La loyauté. L'honneur. C'était le serment que tous les chasseurs faisaient quand ils entraient dans la guilde. Et à cette idée, le chasseur frappa sa poitrine deux fois pour me prouver qu'il était de mon côté.

« Oui, Votre Altesse. »

La magie brûla l'atmosphère et me piqua la peau. *Merci, putain.* Je passai ma cape sur mes épaules et sortis par la porte. Quelques secondes plus tard, des cris résonnèrent dans la cour.

Mes frères apparurent dans la fumée et les flammes, les uns après les autres, arrivant de leurs propres cercles. Ils utilisaient un pouvoir de téléportation semblable à celui des Faës quand ils se déplaçaient d'un endroit à l'autre.

La même émotion était affichée sur leurs visages : la soif de vengeance.

Ils se dirigèrent vers moi, leurs capes sombres flottant derrière eux comme des ombres mortelles. Je les rejoignis et les menai à l'endroit où Félix avait dit que les dragons avaient fui.

« Par ici. »

Nous ne nous déplaçâmes pas comme des mortels dans le col. Nous utilisâmes la force et la vitesse qui faisaient de nous des *Autres*. Les qualités pour lesquelles nous étions craints dans tous les royaumes.

En quelques secondes, nous parcourûmes plusieurs kilomètres et trouvâmes une piste au pied de la montagne. Les mouvements dans la neige indiquaient que les dragons s'étaient séparés en deux groupes. Ou, dans le meilleur des cas, Jackson s'était enfui de son côté.

« Luxure, Envie. Allez à l'ouest. Colère et moi, nous continuerons à monter. »

Notre groupe prit des directions différentes et nous poursuivîmes les recherches.

Je rabattis ma capuche sur ma tête. La laine épaisse n'aidait pas vraiment contre les rafales et la neige qui tombait fort et vite autour de nous, obscurcissant la vue du ciel parsemé d'étoiles.

C'était la nuit idéale pour une attaque aérienne. En particulier pour des créatures dont les écailles givrées se fondaient dans les éléments de l'hiver.

Je fermai les yeux et pris une inspiration. L'odeur fraîche de pins se mélangeait aux légères pointes de musc. Et quelque chose de pire.

« Tu entends ça ? » demanda Colère d'une voix grave.

Je hochai la tête.

Je resserrai la main autour de la dague de ma Maison. Le son de notre ennemi se rapprochait. Du cuir claquait terriblement haut et un cri aigu rompit le silence paisible de la nuit. Au moins un dragon de glace volait en cercle au-dessus de nous. Peut-être deux.

Ils n'étaient pas très loin et l'espoir que nous ne soyons pas arrivés trop tard me propulsa en avant sur le terrain accidenté, avec mon frère sur les talons, tandis que nous cherchions la créature.

Je n'arrêtais pas de me demander quel dragon avait été infecté. Silvanus ? Symon ?

Il n'y avait pas de bonne réponse. Qui que ce soit, l'alpha les abattrait si nous ne les atteignions pas en premier. Mon estomac se noua à cette idée, même si je savais qu'il fallait le faire pour le bien du royaume. Des questions pour lesquelles je n'avais pas de réponses tournaient dans ma tête tandis que nous avancions. Comment ce dragon avait-il été infecté ? Avait-il été en contact avec Hectaurus ?

J'enterrai ces pensées et ces inquiétudes et ne me concentrai que sur la chasse.

Les bois traîtres au-delà de la Frontière impitoyable étaient généralement calmes et inquiétants la nuit. Mais celle-ci n'était pas comme les autres.

À présent, mes frères et moi foncions pour mener à bien notre mission de sauvetage. Aucun signe n'indiquait que Jackson s'était débattu.

Ce qui n'annonçait rien de bon pour lui ou pour notre royaume. Je me maudis de ne pas avoir parlé à Félix en privé plus tôt afin de lui ordonner d'entraîner les chasseurs débutants à la Maison Gourmandise avant qu'il ne se rende à la Frontière impitoyable.

Il était jeune, avait encore tant à apprendre et devait encore tellement évoluer.

Je n'avais pas prié depuis longtemps, mais je demandai aux anciens dieux d'être cléments.

Colère examinait les bois à notre droite. Son corps musclé était prêt à attaquer. De tous mes frères, c'était lui qui se nourrissait le plus de la discorde. Elle alimentait son péché et, par conséquent, son pouvoir. Les blessures qu'il avait reçues lors de l'attaque avaient guéri grâce à la magie provoquée par celle-ci.

Un petit présent dans ce cauchemar.

Nous montâmes péniblement la pente escarpée. La neige se mélangeait à la glace fondue à cette altitude, ce qui ajoutait une difficulté dont nous n'avions pas besoin.

La neige craquait sous nos pieds, alertant quiconque se trouvant aux alentours qu'ils devaient se cacher. Mis à part un battement d'ailes de dragon de temps à autre, je n'avais pas entendu d'autres créatures fuir notre passage depuis un moment.

Entre les princes du péché et les dragons agités, il valait mieux ne pas traîner dans les parages cette nuit. Même le Faë solitaire le plus féroce qui se sentait chez lui sur ces terres savait qu'il valait mieux fuir.

Je balayai la forêt du regard. Les ombres ressemblaient à des doigts osseux qui nous faisaient signe de pénétrer plus profondément dans les bois. Quelques rayons de lune passaient entre les branches couvertes de neige et de glace, illuminant d'une pâleur argentée la voûte formée par les conifères au-dessus de nous.

Ce soir-là, tout semblait hanté. Je me demandai si c'était l'esprit du chasseur que j'avais laissé tomber qui revenait nous tourmenter. J'écartai cette pensée. Je devais croire que Jackson était en vie.

Sur le bord ouest de la montagne, je sentais Luxure et Envie avancer. Leur violence battait comme un tambour de guerre dans ma propre poitrine, un appel aux armes.

Mon regard se posa sur une tache sombre quelques pas plus loin, par terre. Mon estomac se serra lorsque j'imaginai ce que je pourrais bien trouver. Ou plutôt, *qui* je pourrais bien trouver.

Je fis signe à Colère, puis me frayai prudemment un chemin jusqu'à l'endroit en question, craignant déjà d'avoir raison. Je sentis le sang avant d'être certain d'être près d'une dépouille.

Je m'agenouillai au pied de l'arbre noueux, époussetant une fine couche de neige des cuirs. Les armoiries de ma Maison étaient éclaboussées de sang et cinq grandes marques de griffes balafraient le plastron en cuir.

Celui-ci avait presque été réduit en lambeaux.

Je me déplaçai sur le côté pour que mon frère ait une vue dégagée. Un tas de viscères fumants et des lambeaux de cuir de combat, voilà tout ce qui restait. C'était un miracle que nous ayons trouvé au moins cela.

Je jurai. Étant donné que les vêtements étaient encore chauds, nous les avions sans doute ratés de peu. De quelques secondes, peut-être.

Ce qui signifiait que le dragon avait laissé tout cela ici intentionnellement, pour nous, et avait préparé son attaque dans le but d'infliger le plus de dommages émotionnels possible. Il avait su que nous comprendrions qu'il avait attendu notre arrivée pour achever sa proie.

Le péché de Colère échappa à son contrôle. Le sol vrombit sous nos pieds, faisant tomber la neige des lourdes branches. Il avait tiré la même conclusion et, s'il ne contrôlait pas sa rage légendaire, il provoquerait une avalanche.

De l'autre côté de la forêt, Luxure et Envie jurèrent à voix basse. Grâce à mes sens en alerte, je les entendis clairement lorsqu'ils changèrent de direction et qu'ils passèrent rapidement le sommet de la montagne pour nous retrouver.

Ma propre rage montait en moi, mais je repoussai l'émotion, m'obligeant à garder mon calme.

« La guilde de chasse. »

Il n'y avait qu'environ quatre-vingts membres officiels de la guilde et ils faisaient partie des meilleurs hommes et femmes de mon cercle. Chaque année, cinq ou six débutants pleins d'espoir étaient mis à l'épreuve, mais seuls les meilleurs pouvaient y obtenir une place. Il y avait des années où nous n'ajoutions pas de nouveau membre. Avec plus d'entraînement, Jackson aurait sans doute fini par prêter serment.

Je sortis de la neige ce qui restait des lambeaux de cuir, les retournant pour lire le nom gravé à l'intérieur du plastron, ce qui confirma ce que je savais déjà.

« C'est Jackson. »

Le visage de Colère resta impassible, mais la rage flamboya dans son regard. Cette fois, le dragon de glace n'avait pas seulement attaqué, il avait tué. Et il l'avait fait d'une manière des plus provocatrices. Il était évident qu'il avait intentionnellement cherché à nous déclarer la guerre. Ce n'était pas comme la première attaque. Il n'y avait pas eu de soif de sang ou de chaos. Les dragons avaient frappé la guilde et choisi le maillon faible, l'emmenant au nord et jouant avec lui jusqu'à ce que nous approchions. Cela prouvait qu'ils savaient ce qu'ils faisaient.

Les déclarations de l'alpha prétendant que l'attaque avait été due à la folie ressemblaient à un stratagème intelligent. Je n'avais pas détecté de mensonge, mais ce n'était pas la même chose de sentir ce genre de ruse chez un dragon et chez un autre démon, un Faë, un vampire, une sorcière ou un mortel.

Même les princes de l'Enfer avaient des limites.

Je poussai un profond soupir et m'obligeai à respirer lentement. Plus je contrôlerais mes actes, plus j'aurais les idées claires. Et je devais maîtriser mes émotions, sinon je serais écrasé par la dévastation. Mis à part le terrible décès d'un chasseur débutant, la perte potentielle de pouvoir et l'affaiblissement de ma cour pourraient être astronomiques.

Après ce meurtre, il était hors de question que nous participions à une autre partie de chasse le mois prochain. Ce qui signifiait que je devais encore tenir plusieurs semaines sans ma principale source de pouvoir.

Je tournai mon attention vers les empreintes gigantesques dans la neige.

« Trois dragons. »

Colère serra les poings et leva les yeux vers le ciel tandis qu'une ombre sombre passait au-dessus de nous. Une moquerie, et peut-être même un défi.

Nous étions en train d'observer le ciel quand un cri brisa soudain le calme.

« À ta gauche ! » hurla Envie.

Je me retournai tandis que le premier dragon semblait sortir de nulle part, émergeant des ombres de la forêt et se dressant à plus de trois mètres de haut. Ses yeux cramoisis étaient vitreux, comme couverts d'un voile que je n'avais jamais vu chez un dragon de glace.

Je me figeai.

Les yeux des dragons de glace étaient irisés. Leur couleur ne changeait jamais.

« Vous avez vu ça ? demandai-je.

— Tu sais ce que ça signifie ? » demanda Colère.

Je secouai la tête.

« Un sortilège ou une malédiction, peut-être. »

Notre conversation prit fin quand le dragon fit un autre pas menaçant vers nous.

Il me fallut un moment pour remarquer la cicatrice qui traversait son poitrail.

Silvanus.

J'en eus le souffle coupé. Ce qui me regardait à travers les yeux de Sil n'était pas familier. La haine et la folie y brûlaient. Il plissa les paupières pour m'observer et ses narines se dilatèrent.

Il ne semblait pas du tout me reconnaître. Il n'y avait qu'une fureur vorace qui me prenait directement pour cible.

Je déplorai la perte de mon vieil ami, le bébé dragon qui grognait tout en blottissant sa tête contre moi, réclamant silencieusement des caresses.

Du sang frais et brillant comme un rubis recouvrait son museau. Sa gueule mortelle s'ouvrit et son cri transperça la nuit. Silvanus appelait sa meute. Qu'ils soient infectés ou pas n'aurait pas d'importance, ils seraient tous emportés par la folie meurtrière.

L'adrénaline se propagea dans mes veines.

« Sil ? dis-je en dégainant ma dague tout en pivotant lentement tandis que le dragon tournait autour de nous. Tu es encore là, quelque part ? »

Le regard de Silvanus resta vide lorsqu'il secoua la tête. Ses écailles formèrent des prismes de lumière qui se reflétèrent dans la forêt.

Colère et moi échangeâmes un coup d'œil.

Le regard du dragon était perdu dans le néant, ce qui n'avait rien à voir avec la ruse dont il avait fait preuve quelques instants plus tôt, lorsqu'il avait tué Jackson. Mais nous n'avions pas le temps de réfléchir aux implications de ce changement ou à la couleur de ses yeux.

Trois autres silhouettes sombres apparurent dans le ciel nocturne, grondant, rugissant et crachant des flammes de glace blanches. Une lueur impie brillait dans leurs yeux lorsqu'ils s'abattirent sur nous.

Tout l'espoir que j'avais de voir cette histoire se terminer en versant le moins de sang possible s'envola.

Les dragons planèrent quelques instants. Leurs ailes battaient dans l'air, provoquant des rafales glaciales qui auraient tué un mortel.

Heureusement, cela me donna la motivation d'attaquer. Ma Maison était en jeu.

Mon démon avait été tué.

Peu importait que j'aie élevé ces dragons, que je les aie considérés comme mes amis… Je ferais ce qu'il fallait pour en finir avec tout ça, pour le bien de mon royaume.

Même si cela signifiait que je devais tous les détruire.

Je montrai les dents et un grognement féroce sortit de ma poitrine tandis que je fonçais vers la première bête. Car c'était exactement ce que Silvanus était, à présent : une créature féroce qui voulait nous anéantir, mes frères et moi.

La dague de ma Maison brilla comme une étoile déchue quand elle décrivit un arc dans la nuit, cherchant le cœur du dragon. Celui-ci se jeta en avant au dernier moment, déviant ma lame.

Je me retournai et donnai un coup. Ma danse de la mort était bien chorégraphiée et brutale.

Du coin de l'œil, je vis que mes frères prenaient part à leurs propres combats. L'expression impitoyable de leurs visages était illuminée par des éclairs de lumière qui se reflétaient sur leurs armes.

Ils avaient tiré la même conclusion que moi : ils savaient que notre seul moyen de nous en sortir, c'était de tuer. Et nous étions nés pour détruire tout ce qui osait se mettre sur notre chemin.

Du sang et du feu, des dents et des crocs, des lames de démons et une rage inexploitée blessèrent gravement un dragon, et les trois autres s'enfuirent dans le ciel avant que nous ne puissions nous en prendre à eux.

Les ailes de Colère se déployèrent dans un accès de rage. Mais j'avais besoin de lui ici.

« Halte ! »

Je regardai mes frères, leurs vêtements couverts de sang, leurs lames brillantes. Puis je désignai d'un geste de la tête le dragon qui était allongé à mes pieds, Silvanus.

« Aide-moi à le relever. »

Colère fit disparaître ses ailes, puis se pencha sur le dragon. L'inquiétude apparut sur son visage stoïque.

« Il va s'en sortir ? »

Le poitrail de Silvanus se levait et se baissait à cause de l'effort physique et de la blessure. Il essaya de se relever, puis s'effondra.

Il n'était pas mort, mais ce n'était qu'une question de temps si nous ne l'amenions pas à un guérisseur sous peu.

« Nous allons l'emmener à la Maison Gourmandise, le soigner et lui faire passer quelques tests. Je l'enfermerai jusqu'à ce que nous comprenions ce qui se passe. »

Envie essuya sa dague sur son pantalon, puis la remit dans son fourreau.

« Comment est-ce qu'on va faire passer en douce un dragon de glace blessé de près de six tonnes dans ton cercle, exactement ?

— On pourrait le laver, lui mettre un chapeau rigolo et dire à tout le monde qu'il a avalé un champ de baies démoniaques », proposa Luxure.

Colère le regarda d'un air agacé.

Je me baissai vers Sil, qui avait du mal à respirer. Mon cœur se serra en le voyant ainsi alors que je passai une main sur son flanc.

« J'enverrai un message à la sorcière. »

Luxure secoua la tête.

« Ça ne me plaît pas. »

Je comprenais pourquoi. Le comportement des dragons ce soir laissait envisager que les sorcières étaient impliquées. Ils avaient été imprévisibles et avaient agi de manière anormale. Cela empestait la sorcellerie.

« Vous avez d'autres idées ? » demandai-je.

Envie jeta un coup d'œil à Colère en haussant les sourcils. Le général de guerre soupira.

« Je vais demander à ma femme. »

J'acquiesçai. Emilia venait d'une famille de sorcières, elle connaissait donc des sorts et pouvait les utiliser mieux que n'importe quelle créature dotée de pouvoirs magiques de ma connaissance. Sans attendre, Colère retourna dans son cercle. Envie s'accroupit à côté de moi et Luxure se leva, les bras croisés, à quelques pas de nous, le regard rivé sur le dragon blessé.

« Si c'est à cause de la magie, dit Envie à voix basse, on doit le dire à Orgueil. »

Je passai une main dans mes cheveux et jurai.

« Nous allons organiser un sommet. »

De la fumée s'éleva au-dessus de la neige, crépitant comme un feu. Une fois qu'elle s'estompa, Colère et Emilia apparurent, main dans la main, vêtus de noir et d'or, comme à leur habitude.

Des fleurs ornaient les cheveux d'Emilia et ses boucles sombres tombaient le long de son dos. Sous sa cape, elle portait une longue robe vaporeuse qui n'était pas du tout adaptée aux températures glaciales du nord. Elle avait dû être en train de s'occuper des affaires de la Maison et était partie sur-le-champ. J'avais envie de serrer ma belle-sœur dans mes bras, de la faire tourner dans les airs et de rire avec elle. Mais je ne pouvais pas. Pas alors que la vie de Sil ne tenait qu'à un fil et qu'un chasseur débutant avait été tué.

Les traits d'Emilia s'affaissèrent lorsqu'elle vit les vêtements de cuir couverts de sang. Puis elle remarqua le dragon.

Elle lâcha la main de son mari et se précipita vers la créature, tombant à genoux devant la bête gigantesque, ne prêtant aucune attention à la neige qui imbibait sa robe.

Mon frère serra les poings, sûrement pour s'empêcher de la rattraper, même si Emilia n'était pas mortelle et qu'elle entrerait en guerre contre lui s'il essayait.

Elle leva ses yeux d'or rose vers moi.

« Tu l'as élevé, Gabe ? »

Je déglutis difficilement et hochai la tête.

« Je suis vraiment désolée. »

Elle se retourna vers le dragon. Son pouvoir fit briller ses yeux tandis qu'elle l'examinait de la tête à la queue.

« Je ne perçois pas de sortilèges, mais il me faut plus de temps pour bien travailler. »

Emilia se tourna de nouveau vers moi.

« Je peux l'emmener aux cachots, mais tu dois y aller d'abord. Utilise ça. »

Elle me tendit ce qui ressemblait à une petite pièce d'or.

« Elle me servira à te trouver quand je commencerai à lancer le sort. »

Je refermai ma main sur la pièce, jetai un dernier coup d'œil à Silvanus, puis me téléportai dans les cachots pour attendre.

Douze

Adriana

« Nyx ? »

J'agitai l'enveloppe vierge devant mon informatrice, attirant de nouveau son attention vers moi.

« Tu vas imprimer ça aujourd'hui, n'est-ce pas ? Il est primordial que la nouvelle soit rendue publique cet après-midi. »

Nous étions cachées dans l'ombre d'un pub qui ressemblait à une crypte, judicieusement nommé *Eternal Rest*, le *Repos éternel*, en périphérie de la ville. Il faisait sombre, froid et humide, et il y avait plus d'araignées que de clients.

Des toiles formaient des tas épais et collants dans les coins, une ode à toutes les histoires d'horreur qui avaient été écrites un jour. Les tables avaient été fabriquées avec des cercueils cassés trouvés çà et là. On ne pouvait qu'espérer qu'ils n'aient pas été occupés avant d'être transformés en meubles. Cela dit, d'après les rumeurs, le propriétaire avait un penchant pour le sang et avait perdu la faveur des vampires.

On aurait dit que la plupart des gens venaient là pour mourir d'une manière ou d'une autre, que ce soit en perdant leur réputation ou leur santé mentale. Ou peut-être par l'alcool.

Je n'en étais pas certaine, mais à en juger par le goût amer du thé que je sirotais poliment, je ne pouvais pas écarter la possibilité d'être empoisonnée. Je m'attendais presque à ce que ma gorge se gonfle, que mes yeux sortent de leurs orbites et que je m'écroule d'un moment à l'autre. Je n'avais pas pensé à écrire mes dernières volontés et mon testament avant la réunion, et je le regrettais légèrement maintenant.

J'aurais peut-être dû opter pour de l'alcool fort pour me tenir compagnie. Nyx enfilait les shots de whisky de fleurs glacées comme s'il n'était pas six heures du matin et que ce genre de choses n'était pas mal vu, même dans un royaume fondé sur le péché.

Cependant, vu que les clients de l'*Eternal Rest* avaient un faible pour les shots de sang, la plupart d'entre eux n'avaient pas vu leurs lits depuis plus d'une décennie, alors le temps était peut-être bien relatif.

Elle passa une main sur sa tête rasée et un frisson la traversa quand sa capuche retomba.

Je ne l'avais jamais vue aussi... agitée. Et c'était beaucoup dire, car c'était son mode opératoire habituel.

Nyx posa enfin son regard sur moi ; ses yeux lactés brillaient presque dans le noir.

« Tu voulais des infos sur le club aussi, c'est ça ? Le *Seven Sins* ? » demanda-t-elle.

Je hochai la tête, me contrôlant pour ne pas toucher la clé magique que je gardais sur moi.

« Des rumeurs. Rien de concret. »

Je haussai les sourcils.

« D'après les gens, qui en est propriétaire ?

— Peut-être tous les princes. Sauf le nôtre. »

Cela n'avait aucun sens. C'était la première fois que j'entendais cette rumeur.

« Pourquoi est-ce que Gourmandise accepterait que les princes du péché nourrissent leur pouvoir ici ? »

Elle haussa une épaule.

« Je ferai imprimer ton article, miss. Et je verrai ce que je peux apprendre sur le club, le réseau de l'ombre recherche son propriétaire depuis des années. Qui qu'elle soit, cette personne a bien caché ses traces. »

Nyx sursauta sur son siège quand la porte s'ouvrit brusquement. Je travaillais avec elle depuis des années et elle n'avait jamais été nerveuse à ce point.

Je plissai les yeux.

« Est-ce que tout va bien ?

— Il est peut-être temps que je rende visite à ma famille sur les Îles changeantes. »

Sa voix râpeuse me donna la chair de poule.

Ou peut-être était-ce à cause de son avertissement énigmatique. Nyx n'avait pas ouvert l'enveloppe, elle ne savait pas ce que je manigançais. Cependant, sa mise en garde signifiait que quelque chose d'autre lui faisait peur. Et ce qui effrayait Nyx terrifierait sans doute n'importe qui d'autre.

« Je n'ai pas de famille là-bas.

— Moi non plus. Mais je trouverais une raison de partir d'ici. C'est certain, bordel. »

De l'autre côté du pub, deux démons qui avaient été plongés dans un jeu de cartes féroce se levèrent et leurs chaises se renversèrent. Ils commencèrent à se battre, à se frapper avec des chopes, des verres et tout ce qu'ils pouvaient trouver.

Des morceaux de verre volèrent et atterrirent à quelques centimètres de notre table.

Mon attention était divisée entre le combat et mon informatrice.

« As-tu l'intention de fuir ? »

Nyx avala le reste de son whisky, tapota son verre vide contre la table et me dévisagea. Je jurai à voix basse et commandai une nouvelle boisson.

Lorsqu'elle en eut une autre à la main, elle s'appuya contre le dossier de son siège, promenant un regard rapide tout autour d'elle.

« Qu'ils soient des gloutons avides de frissons et d'aventure ou non, je pense que beaucoup de gens fuiront sous peu... après ce qui est arrivé à ce chasseur hier soir. »

Une sueur froide descendit le long de mon dos, et cela n'avait rien à voir avec la bourrasque glacée qui balaya le pub quand les deux bagarreurs furent mis à la porte.

« Arrête avec tes charades, ou plus de whisky. Que s'est-il passé ?

— Le nouveau chasseur débutant, Jackson Rose. Il est mort. Les rumeurs disent qu'il a été buté par un dragon. On dit qu'il a été complètement dévoré.

— Ça ne peut pas être vrai. Sa famille n'est pas de haut rang, mais il est noble. Il n'y a eu aucune déclaration officielle du château et personne n'a mentionné sa mort.

— Encore un truc bizarre, mais ça ne veut pas dire que mes infos sont fausses. »

Un bourdonnement aigu résonna dans mes oreilles. Il devait y avoir une erreur. J'avais vu Jackson un peu plus d'une semaine auparavant. Il était jeune et effronté, et sans doute le pire danseur du royaume, mais il n'était certainement pas *décédé*.

« Comment sais-tu qu'il est mort et que ce ne sont pas juste des ragots de démons ?

— Je suis passée par la maison de sa famille ce matin. Ils ont accroché ce qu'il restait de ses vêtements à la porte. »

Nyx se blottit dans sa cape. Elle semblait prête à déguerpir dès qu'elle en aurait l'occasion.

« Si tu ne me crois pas, va voir. »

Je luttai contre l'envie pressante de resserrer ma propre cape autour de moi. Jackson ne pouvait *pas* être mort. Il avait été un abruti et un ivrogne, certes, mais le fait qu'il soit éradiqué du royaume si jeune...

Je jetai un coup d'œil dans la pièce à moitié vide. Le tavernier balaya les morceaux de verre et forma un petit tas. Le balai érafla bruyamment le plancher. Le son me rappelait des ongles pointus.

L'*Eternal Rest* était plutôt… calme. Même avec la bagarre. D'habitude, quand je retrouvais Nyx ici, on pouvait compter sur au moins trois rixes en même temps.

Si Jackson avait été tué par un dragon de glace, si ces rumeurs se répandaient par le réseau d'espions de l'ombre… alors il serait presque impossible de trouver des renseignements.

Était-ce ce qui était arrivé au premier informateur qui m'avait parlé des dragons de glace ? Avait-il fui plutôt que de vendre ses renseignements au plus offrant ? Il était déjà assez terrifiant de savoir qu'un prince du péché avait pu être blessé, mais quand aucune autre information n'était communiquée, il était facile de considérer que c'était de la fiction. Maintenant, avec la rumeur d'une mort, les choses devenaient beaucoup plus inquiétantes.

Si un prince pouvait être attaqué et qu'un chasseur pouvait être tué, quelle chance avions-nous de survivre ?

Je me retournai vers Nyx pour lui poser une autre question.

Mais elle avait disparu.

❄ ❄ ❄

Je me blottis dans l'entrée du bâtiment en face de la maison de la famille de Jackson avec ma capuche de fourrure baissée sur mes yeux pour me protéger des hurlements de la tempête.

Nyx avait raison : Jackson était passé dans le Grand Au-Delà.

Je fixai ses vêtements du regard. Ils avaient été soigneusement accrochés sur la porte d'entrée, un symbole pour tous ceux qui venaient rendre visite à la famille ou qui passaient simplement par-là afin de présenter leurs hommages.

Toutes les pertes étaient déchirantes, mais un mauvais pressentiment général flottait dans l'air. C'était peut-être juste moi. Mis à part un ou deux espions qui avaient fui, personne ne semblait inquiet à propos des dragons.

Parce qu'ils n'étaient pas au courant.

Je consulterais le journal plus tard pour lire la déclaration officielle. Il y en aurait sûrement une, étant donné que Jackson était un chasseur débutant de la guilde, si précieuse aux yeux du prince.

Quelque chose dans cette armure me perturbait.

Mais je n'arrivais pas à mettre le doigt dessus. Ces vêtements semblaient… ne pas avoir été utilisés. Étant donné que Jackson venait d'entrer dans la guilde, ce n'était pas trop surprenant. En tant qu'initié, il n'avait été sur le terrain que depuis peu.

Des rafales les couvrirent légèrement de neige, m'empêchant de les examiner davantage.

Ce n'était sans doute rien. Et pourtant… Cette petite voix insistante appelée Intuition ne pouvait pas faire disparaître la sensation que *quelque chose* clochait.

Peut-être que le thé avait été empoisonné et que la paranoïa était un effet secondaire.

Ou peut-être que ce n'étaient pas son armure. Si Nyx disait vrai, si la deuxième attaque des dragons avait bien eu lieu, alors il était raisonnable de penser que les cuirs de Jackson auraient été déchirés et détruits.

Dans ce cas, il était très suspect qu'ils essaient de le cacher. Tout le monde au royaume devrait être au courant si une attaque de dragon de glace menant à la mort d'un habitant du cercle s'était produite.

Il n'était pas très courant que des chasseurs meurent au nord de la Frontière impitoyable, mais ce n'était pas du jamais-vu non plus. Généralement, les éléments étaient responsables : le froid glacial était le meilleur assassin de la nature et il tuait sans distinction.

Plus je réfléchissais à l'état des vêtements, plus j'étais mal à l'aise. Il n'y avait pas de bonne raison de changer son armure. Pour dissimuler une attaque, ils devraient comploter, planifier quelque chose.

Mais le Prince Gourmandise, l'homme qui se démenait pour montrer au cercle qu'il était un dépravé, était-il vraiment assez malin pour établir un plan permettant de nous maintenir dans l'ignorance ?

Plusieurs minutes plus tard, une femme accablée par le chagrin qui ne pouvait être que la mère de Jackson ouvrit la porte. Ses yeux étaient gonflés et injectés de sang, et elle essuya soigneusement la neige qui recouvrait l'armure. Elle semblait uniquement animée par sa force de volonté. Mais je soupçonnais que c'était en fait de l'amour.

L'amour inconditionnel faisait de nous tous des guerriers. Il nous donnait la force de continuer, d'être là pour la personne que nous avions perdue. Il mettait nos propres émotions de côté. J'avais connu ça avec mon père.

Même si cela avait été terriblement difficile, j'étais restée à ses côtés, lui offrant un peu d'eau pour humidifier ses lèvres sèches jusqu'à ce qu'il ne puisse plus avaler. Puis, au lieu de fuir, de me cacher de l'inévitable, j'avais tenu sa main dans la mienne, lui rappelant tous les bons moments que nous avions partagés, regardant sa poitrine tressaillir, puis reprendre un mouvement régulier, prenant moi-même une inspiration à chaque fois.

Cela avait duré quatre semaines. L'état d'alerte constant, l'inquiétude, le fait de savoir qu'à un moment, sa poitrine ne se lèverait plus.

L'appréhension.

Puis, le dernier soir, elle s'était immobilisée. Je l'avais observée pendant des heures, n'arrivant pas à y croire, même si cela n'avait pas été un choc. Son corps était devenu si froid. Si raide. Mais je n'avais pas pu le lâcher.

L'amour inconditionnel m'avait poussée à rester là, à ses côtés, tandis qu'il passait de l'autre côté. Même si je voulais fuir, hurler au visage du destin, me rouler en boule et dormir jusqu'à ce que la douleur disparaisse et ne jamais ressortir. Une partie de moi avait voulu mourir avec lui cette nuit-là. Mais la vie est comme le jour, parfois : elle continue même si on la force à s'arrêter.

Alors, tandis que la mère de Jackson s'occupait tendrement des vêtements de son fils, je compris que c'était parce qu'elle prenait encore soin de son bébé, même s'il n'était plus.

Un million de questions brûlaient en moi, mais je ne traversai pas la rue. Il serait répréhensible d'interroger une mère qui venait de perdre son enfant.

Je l'observai quelques minutes de plus avant de me rendre à l'allée des imprimeurs, deux rues plus loin, l'esprit agité. Si Jackson avait été tué par un dragon de glace... un frisson me secoua. Je n'arrivais pas à imaginer une autre explication logique à son trépas soudain. Aussi impossible que cela semble, j'aurais parié n'importe quoi que nous étions au bord de la catastrophe.

Si les dragons de glace ne respectaient plus le pacte qui protégeait les Sept Cercles, ce n'était qu'une question de temps avant qu'ils ne se tournent vers le sud.

Et notre cercle était le premier territoire dans lequel ils passeraient.

Un nouveau sentiment d'urgence fit battre mon pouls tandis que j'accélérai dans la rue.

Je devrais travailler deux fois plus, et deux fois plus vite, pour rendre ma chronique de Miss Match à temps tout en me concentrant sur ma première enquête. Mais même si c'était difficile, je trouverais un moyen de tout accomplir.

Je devais découvrir toutes les informations disponibles sur les dragons de glace, et aussi vite que possible. Il ne s'agissait plus de publier l'article du siècle. C'était la sécurité de ma famille qui était en jeu. Celle de mes amis. De tout le royaume. Découvrir un maximum de renseignements sur ce qui se passait vraiment devait devenir ma priorité, même si ce prince inquisiteur avait essayé de contrecarrer mes plans.

Si nous comprenions pourquoi les dragons de glace attaquaient – si c'était bien le cas – alors nous pourrions trouver un moyen de les arrêter.

Une ombre passa au-dessus de moi, attirant mon attention.

Cette fois, c'était un nuage d'orage, mais je ne pus m'empêcher de sentir une certaine inquiétude en le regardant avancer le long de la ligne d'horizon.

Je me demandai s'il nous prévenait qu'une autre sorte de tempête approchait.

Une tempête capable de tous nous détruire.

Treize

Prince Gourmandise

D'épaisses couches de paille craquèrent sous mes bottes quand j'entrai dans le cachot de Sil. J'avais demandé que plusieurs ballots soient apportés pour couvrir le sol en pierre où le dragon était allongé sur le flanc, enchaîné et inconscient.

Malgré… tout ce qui s'était passé… je voulais qu'il soit aussi à l'aise que possible.

« Tu as quelque chose ? » demandai-je.

Emilia, accroupie à côté de lui, leva les yeux et secoua la tête.

« Je ne sens toujours pas de sortilèges particuliers en lui. »

Je m'appuyai contre le mur et réfléchis aux autres possibilités.

« Est-ce que les dragons devraient être maudits individuellement ?

— Pas nécessairement. Mais d'habitude, il y a des traces de sorcellerie détectables. »

Emilia se releva et s'épousseta les mains.

« Les sortilèges et les malédictions ont des fils magiques. Si la sorcellerie a été impliquée, elle n'a pas été utilisée directement sur les dragons.

— Est-ce que tu peux dire si le sort a été jeté sur moi ou ma cour ?

— Si seulement… Mais je ne sens rien de tel. Quelqu'un aurait pu maudire ta capacité à protéger ta cour, et ce serait un sortilège indirect qui ne te serait pas directement lancé. Tu vois ce que je veux dire ? »

Cela signifiait que quelqu'un aurait pu me maudire de manière à couvrir ses traces. Et encore une fois, on ne pouvait pas écarter la théorie des sorcières. Mais cela ne prouvait pas non plus qu'elles étaient coupables.

La frustration s'enracina profondément en moi. Je n'avais pas plus de réponses que la veille.

Emilia regarda le dragon une dernière fois, puis se dirigea vers moi pour me prendre dans ses bras.

« Tu sais que tu as le soutien total de la Maison Colère. Nous allons trouver une solution. »

Je lui adressai un sourire crispé, mais ne dis rien avant qu'elle ne parte.

Je ne pouvais pas m'empêcher de me demander si cela faisait partie de la malédiction privée de mon cercle, si je devais gagner un jeu ou rembourser une dette pour arranger les choses.

Ricard et Wright étaient des démons qui faisaient partie de mon personnel et avaient juré de garder le secret dans le cadre de leur poste d'élite, et j'avais entièrement confiance en eux dans cette situation des plus délicates. Ils firent rouler un tonneau d'eau glacée, m'arrachant à mes pensées, leurs regards rivés sur le dragon endormi.

Je sentis leur peur lorsqu'ils se hâtèrent de décharger les provisions que j'avais demandées. Leurs mouvements raides démentaient l'expression d'indifférence sur leurs visages.

Wright plia quelques longueurs de tissu propre et les posa près de l'énorme baignoire avant de reculer rapidement vers la sortie. Il n'avait pas détourné les yeux du dragon.

« Ce sera tout, Votre Altesse ? » demanda Ricard en se frottant les mains pour se réchauffer.

— Pour le moment. Faites en sorte que personne n'entre dans les cachots sans mon autorisation explicite.

— Oui, Votre Altesse. »

Les deux démons s'inclinèrent, puis se précipitèrent hors de la chambre glaciale en claquant des dents jusqu'au bout du couloir. Les démons vivaient longtemps, mais n'étaient pas immortels comme les princes du péché, et j'avais oublié qu'il était très désagréable pour la plupart d'entre eux d'être si près d'un dragon de glace.

Quand les bruits de leurs pas s'évanouirent, je me mis au travail.

Je suspendis mon manteau au crochet près de la porte et me retroussai les manches avant de saisir le tissu et de le tremper dans l'eau. Elle était si froide que j'en eus mal aux os. C'était donc la température idéale pour un dragon cracheur de glace.

Je levai l'énorme menton de Sil, essuyant délicatement son museau d'un geste lent pour laver le sang séché de ses écailles.

J'ignorai la douleur qui montait dans ma poitrine. Jackson n'avait pas mérité ce destin, mais il était difficile d'en vouloir à la créature qui se trouvait devant moi. Ce qui arrivait à Sil n'était pas sa faute. Quelque chose l'influençait et le faisait littéralement voir rouge et attaquer.

Je trempai le linge dans le tonneau et l'essorai tout en regardant l'eau prendre une teinte rosée. Je voulais l'entendre me dire avec insolence que je ne faisais pas du bon travail, tout en émettant ce bruit qui ressemblait à un ronronnement.

Les mortels avaient des chiots et des chatons, et moi, j'avais aimé et élevé Sil avant de le rendre à la meute.

Le dragon gigantesque était allongé sur son flanc, qui s'élevait et se baissait aussi difficilement qu'après le combat. Quand il fut propre, je passai une main sur ses écailles glaciales. Le dragon ne bougea pas. Il était inconscient depuis qu'Emilia l'avait amené ici par la magie.

« Que t'est-il arrivé, Sil ? »

Le dragon ne s'éveilla pas.

Personne ne savait qu'en penser. Et nous n'avions plus le temps de parler. J'avais envoyé un message à toutes les Maisons du péché et avais convoqué un sommet plus tard dans la journée. Maintenant que le pacte avait été rompu, chaque prince devait venir pour recevoir un compte-rendu de la situation. Le problème ne concernait plus seulement la Maison Gourmandise.

Colère, Luxure et Envie y étaient partis se reposer et se laver pendant qu'Emilia essayait de détecter un sort pour moi. Le plan consistait à retrouver Cupidité, Paresse et Orgueil à la Frontière impitoyable après avoir parlé en privé du concours et des critères pour chaque prétendante.

Avec tout ce qui s'était passé au cours des dernières heures, j'avais presque oublié toute cette histoire, dans laquelle je devais faire semblant de trouver ma moitié.

Je caressai la zone plate entre les yeux fermés du dragon, observant ses paupières battre plusieurs fois, mais sans s'ouvrir.

« Sur ma couronne, je te jure que je trouverai un moyen de tous nous sauver, Sil. Mais tiens bon, pour moi.

— Altesse ? »

La voix douce de Val détourna mon attention de Silvanus.

« Si tu veux encore parler à Félix avant que les autres arrivent pour le sommet, tu dois partir maintenant. »

J'essorai le linge et le posai sur le bord du tonneau, puis me levai et m'essuyai les mains.

Il était temps de jouer à nouveau le rôle du prince.

Le visage de Val trahissait une douleur profonde alors qu'elle observait Sil respirer péniblement.

« Est-ce qu'il est revenu à lui ?

— Non. Mais ça ne saurait tarder. »

J'ajustai mes manches, enfilai mon manteau, puis Val me tendit ma couronne. Il était temps de retrouver mes frères et de prendre une décision en ce qui concernait les dragons et notre royaume.

❄ ❄ ❄

« On va donner deux minutes à Luxure, puis on commencera sans lui », dis-je à Colère et Envie.

Ce retard ne plaisait pas à mes frères. Je les laissai maugréer à voix basse et observai le ciel qui, d'habitude, grouillait de dragons appartenant à la meute de Silvanus.

Tout était sinistrement immobile. Paisible. Le calme avant la tempête, comme disait le proverbe. Je ne pouvais pas m'empêcher de craindre que les dragons aient battu en retraite pour mieux planifier leur stratégie.

J'observai le mur gigantesque qui s'étendait depuis la Frontière impitoyable, séparant les terres sauvages et brutales du territoire au sud.

Un moment plus tard, la porte derrière moi s'ouvrit dans un craquement et attira mon attention vers le sujet qui nous concernait.

« Tu es en retard. »

Ma voix était aussi froide que la bienvenue que j'avais reçue de Luxure.

Au lieu de se glisser discrètement dans la pièce, il claqua la porte assez fort pour faire trembler les soucoupes et les tasses de thé qui avaient été posées le long du buffet du petit déjeuner, dans ma salle de réunion privée à la Frontière impitoyable. Étant donné la nature sensible de ce dont nous allions parler aujourd'hui, il était logique d'utiliser cet avant-poste et ses murs protégés. Sans parler du fait qu'il était assez isolé pour que personne ne sache que les sept princes du péché s'y étaient réunis.

J'avais demandé à Félix d'emmener les chasseurs et les initiés pour qu'ils s'entraînent dans le camp le plus à l'est, alors seuls Helga et son assistant étaient restés sur place. Helga était dans sa chambre de guérisseuse, en train de préparer des teintures et des remèdes pour en avoir en stock, et elle ne sortirait pas avant que je ne lui en donne l'ordre. Et même si je le faisais, elle protesterait avec véhémence à moins que quelqu'un ne soit en train de se vider de son sang.

Colère, Envie, Luxure et moi voulions parler des détails du concours et l'annoncer avant qu'Orgueil, Cupidité et Paresse n'arrivent pour le sommet. J'avais la sensation qu'ils ne voudraient pas parler d'une fausse quête pour trouver une femme après avoir entendu l'histoire des dragons. Un journaliste royal officiel attendait à l'imprimerie, prêt à répandre la nouvelle.

Luxure m'adressa un sourire menaçant, ce qui m'alerta immédiatement.

« Mes excuses. Je ne me suis pas réveillé. »

Mes pouvoirs m'indiquèrent qu'il mentait. Nos frères devaient le sentir aussi. Luxure était sorti pour amuser ses conquêtes de nouveau. Je n'avais qu'une envie : le frapper au visage parce qu'il se comportait de manière aussi cavalière.

Mais, étant donné sa mauvaise humeur, sa nuit, ou plutôt sa matinée, n'avait pas dû se passer comme prévu.

Aucun de nous n'avait beaucoup dormi et la frustration de la veille mettait nos nerfs à vif. Après avoir enfermé Silvanus dans le cachot, nous avions amené la dépouille de Jackson à sa famille et étions restés pour l'accompagner dans l'au-delà.

Nous avions altéré leurs souvenirs, une décision qui avait été difficile à prendre et qui ne me plaisait pas beaucoup. Et à mes frères non plus. Nous étions des êtres damnés et maudits, mais nous avions notre propre sens moral. Il avait beau être ambigu et biaisé, il y avait certaines choses que même nous, les princes moralement corrompus, remettions en cause.

Mes frères avaient hâte d'en finir avec le sommet et de retourner dans leurs cercles, sur leurs trônes, pour protéger leurs cours, mais nous étions convenus qu'il valait mieux retarder leur départ de quelques heures.

Je voulais que ce concours soit réglé et annoncé. Plus que jamais, maintenant qu'il était impératif que l'attention de notre royaume soit tournée ailleurs.

Luxure se prépara une tasse de café et ajouta un gâteau aux baies givrées dans son assiette avant de nous faire l'honneur de sa présence.

Il s'assit à ma droite, m'ignorant complètement et léchant lentement le glaçage de sa pâtisserie.

« Miam. Ça me rappelle cette douce petite furie d'hier soir, dit-il. Putain, j'adore ce club. Il faut que je pense à en ouvrir un dans mon cercle.

— Le *Seven Sins* ?

— Je ne sais pas pourquoi il s'appelle comme ça alors que la plupart des clients n'ont d'intérêt que pour mon péché », lança Luxure.

Je redirigeai notre attention vers le sujet à régler.

« Paresse, Cupidité et Orgueil seront là dans une heure. Je veux que le plan pour le concours soit établi avant. Chaque Maison du péché nommera sa propre prétendante, dis-je. Cela donnera aux sept l'occasion de…

— Sept, ce n'est même pas une orgie convenable, m'interrompit Luxure. Nous en nommerons deux par Maison.

— Je n'organise pas une orgie. Je dois donner l'impression que je cherche une épouse.

— En fait, je suis plutôt d'accord avec Luxure, dit Envie. Si tu en choisis deux par cercle, il serait peut-être judicieux que tu prennes une prétendante d'une famille noble et bien établie, et une autre du peuple. »

Colère s'appuya contre le dossier de son siège, les bras croisés sur son large torse.

« Ce n'est pas une mauvaise idée, ça attirera l'attention de tout le monde.

— Exactement. Si tu nommes une personne du peuple, tu peux être sûr que ce sera le sujet de toutes les discussions au sein des Sept Cercles, car tout le monde sera impliqué, reprit Envie.

— Bien, alors, c'est décidé. Deux prétendantes par cercle. Voyons maintenant les critères de la compétition, dit Colère. Chaque semaine, une prétendante sera renvoyée chez elle. Des rondes éliminatoires hebdomadaires…

— Non, l'interrompis-je. Avec quatorze participantes, ça voudrait dire qu'il faudrait faire durer l'événement pendant trois *mois* et demi.

— Allez, Gabriel. Ce ne sera pas si gênant de divertir des femmes, à moins que tu ne craignes d'être comparé à la Maison Luxure. »

Luxure me lança un défi du regard.

Je plissai les yeux. Désormais, j'étais certain que ce qui s'était passé la veille n'avait pas joué en sa faveur : il était de mauvais poil et cherchait la bagarre.

« Ça ne me dérange pas de divertir des prétendantes pendant des mois, dis-je. Mais j'ai un cercle à faire marcher et je dois m'occuper de ma cour. Je ne peux pas passer tout mon temps à jouer au lit.

— Tu pourrais en éliminer plus au début, si c'est trop éprouvant pour toi.

— Je peux t'assurer que mon endurance ne sera pas un problème.

— Bien sûr que non, dit Luxure. Tu laisses tout le monde faire le plus dur. »

Envie s'étrangla et étouffa un rire. Sans doute parce que Colère lui avait donné un coup de pied sous la table. Ce dernier souffla, puis leva les yeux vers le plafond.

Luxure allait trop loin.

« C'est quoi, ton problème, ce matin ? demandai-je. Si tu veux organiser le concours, je t'en prie, prends-en la responsabilité. De toute évidence, tu succombes à l'envie ou à la colère, et je n'ai pas le temps de te divertir, toi.

— Doucement », murmura Luxure.

Un avertissement résonna dans sa voix grave.

« Ce n'est pas le genre d'accusation que tu devrais prendre à la légère, Gabriellis, et surtout pas quand tu désires quelqu'un que tu détestes depuis des années. »

Nos regards se croisèrent et se soutinrent, comme deux titans se dressant l'un contre l'autre. Le silence s'abattit telle une épaisse couverture de neige.

« Si tu parles de Miss Saint Lucent, aie au moins les tripes de le dire. »

Aucun de nos frères n'osa bouger. Il en fallait beaucoup pour me faire abandonner mon masque de débauché insouciant, et Envie et Colère sentaient que les ennuis arrivaient.

Luxure me provoquait, il devait donc penser que j'avais besoin d'une dispute, ou bien il lui en fallait une.

Je remarquai les cernes sous ses yeux, ses poings serrés autour de son café. Quel que soit son problème, Luxure ne m'en voulait pas vraiment.

Je me demandai alors si le prince du plaisir avait rencontré quelqu'un qui n'avait pas été impressionné par ses avances, ou qui les avait complètement ignorées.

Ce serait une première. Et cela expliquerait son envie de se battre. Luxure n'avait pas alimenté son pouvoir par le plaisir charnel et il avait sans doute besoin de trouver une autre source.

Au lieu d'attiser son besoin de se disputer, je reportai mon attention sur le concours.

« Toutes les Maisons du péché organiseront un tirage au sort pour une prétendante. Nous inclurons des gens du peuple et de la noblesse pour que les choses soient intéressantes tout en maintenant le nombre de prétendantes à sept. »

Je refusais de changer d'avis sur ce point.

« Ainsi, la compétition accomplira tout ce que vous avez exposé. »

Envie haussa les épaules.

« Ça fonctionne.

— Ravi que tu sois d'accord, dis-je en dissimulant mon sarcasme. Je vais annoncer le concours aujourd'hui : comment participer, qui peut y prendre part et quand le tirage au sort aura lieu. Cela coïncidera avec l'enquête privée que nous organisons dans chacune de nos Maisons du péché. »

Colère m'observa d'un air interrogateur. Quoi qu'il ait été sur le point de dire, il tint sa langue. Un coup à la porte m'indiqua que nous n'avions plus le temps de parler de cette partie de l'événement.

Orgueil, Cupidité et Paresse étaient là.

« Entrez. »

Val passa la première, l'air grave.

« Les princes Cupidité et Paresse. »

Nos deux frères entrèrent sans préambule et nous dévisagèrent en prenant place.

Ils n'auraient pas pu être plus différents. Cupidité avec des cheveux et des yeux couleur bronze, et Paresse avec des yeux glacials et des cheveux presque blancs. Mais ils étaient tous les deux capables de vous enfoncer une dague dans le ventre sans sourciller, comme tous les princes du péché.

Cupidité balaya la pièce de son regard métallique, parcourant rapidement la nourriture et les boissons à moitié consommées, s'arrêtant brièvement sur Colère avant de se tourner vers moi.

« Gabriellis. Je suppose que tu as une explication raisonnable pour nous avoir invités à nous joindre à vous après que la réunion a déjà commencé. »

Le regard bleu glacé de Paresse sembla me transpercer tandis qu'il examinait la pièce. Contrairement à Cupidité, il ne dit rien d'incendiaire, se contentant de hausser un sourcil pâle et d'attendre.

Je les ignorai et me tournai vers Val.

« Où est Orgueil ?

— Il te prie de l'excuser, Altesse. »

Le silence s'abattit. Je comptai jusqu'à ce que l'envie d'envahir le château doré de mon frère passe.

« Nous avons convoqué un sommet, nous ne l'avons pas invité à prendre le thé. Il est au courant, n'est-ce pas ? »

Val grimaça en remarquant que la température avait baissé brusquement, mais elle hocha la tête.

« Il a dit que les affaires de sa Maison passaient en priorité.

— Et d'après cet imbécile, qu'est-ce qui est plus important qu'une attaque de dragons de glace ? » lança Luxure.

Je poussai un soupir de frustration et congédiai Val d'un mouvement de tête.

« Sa femme disparue.

— Tu veux dire, la femme qui a *décidé* de le quitter ? »

Luxure croisa les bras sur sa poitrine.

« Il va falloir qu'il finisse par piger.

— Et nous, nous devons nous concentrer sur la guerre, pas l'amour, répliquai-je. Bon, Cupidité, Paresse, comme je l'ai dit dans ma lettre, nous avons subi une attaque qui a fait un mort la nuit dernière. »

Je fis un résumé de la situation à mes frères sans oublier le moindre détail. L'attaque de Colère, la mort de Jackson, l'embuscade de mes chasseurs. Au fur et à mesure, l'humeur de Cupidité s'assombrit et l'indifférence de Paresse se transforma en une émotion plus dure et fourbe.

Paresse était le plus cultivé d'entre nous. Il vivait pour résoudre des problèmes plutôt que pour la débauche, qu'il s'agisse de sortilèges, de malédictions ou de sujet médicaux. Je voyais son esprit envisager toutes les possibilités. Je ne serais pas surpris qu'il sache déjà quelle section de sa bibliothèque il devait fouiller en premier. L'atmosphère était chargée de mécontentement, mais je poursuivis.

Finalement, je leur fis part du plan d'organiser un concours nuptial dans l'espoir qu'il soit suffisant pour distraire les journalistes du problème lié aux dragons de glace jusqu'à ce qu'il soit réglé discrètement.

Je finis le rapport en leur indiquant qu'Emilia n'avait détecté aucun sortilège sur Silvanus, et Cupidité se pencha en avant, les yeux plissés.

« Mais elle n'est pas *certaine* que les sorcières ne sont pas impliquées », insista-t-il.

Je secouai la tête.

« Sursea n'est-elle pas toujours retenue prisonnière à la Maison Orgueil ?

— D'après ce que je sais, si. Est-ce que quelqu'un sait autre chose ? » demandai-je en regardant principalement Envie.

Il secoua la tête.

« Alors, il est temps de nous rendre à la Maison Orgueil et de parler à la sorcière. »

Cupidité nous regarda l'un après l'autre.

« Si les sorcières sont responsables, tu sais que c'est lié à elle d'une manière ou d'une autre. »

Aucun de nous ne pouvait le nier. Sursea était la source de toute notre animosité avec les sorcières.

Elle était connue comme la Première Sorcière dans tout le royaume, car elle était la première à être née du sang d'une déesse pour engendrer des êtres dotés de pouvoirs magiques. Contrairement aux enfants qu'elle mettait au monde, qui vivaient longtemps, elle était immortelle et n'aurait pas pu être plus sombre et tordue. Elle avait maudit plusieurs objets qui faisaient encore des ravages dans le but de nous détruire, nous, ses plus grands ennemis.

Les sorcières n'étaient pas des humaines qui pratiquaient la sorcellerie ; le pouvoir coulait dans leur sang et il était amplifié par des herbes et des sorts. Sursea détestait Orgueil, et nous tous, et quand notre cher frère avait décidé d'épouser sa fille en dépit de nos avertissements, l'enfer s'était déchaîné. Littéralement. Cela avait déclenché une suite d'événements qui avaient mené toutes les Maisons à être maudites.

« Je vais prendre des dispositions pour me rendre à la Maison Orgueil dès que possible. »

Je poussai un profond soupir.

« Quelqu'un est-il contre le fait d'utiliser le concours nuptial pour détourner l'attention ? »

Cupidité pinça les lèvres. Envie et Luxure gardèrent le silence.

Colère croisa mon regard.

« Le concours sera également une bonne couverture pour expliquer pourquoi nous n'arrêtons pas d'entrer et de sortir de nos cercles. Quand il aura commencé, toi et moi, nous pourrons nous relayer pour organiser des expéditions et suivre les traces de la meute agressive, dit-il en se redressant. Une nuit sur deux. On verra si quelqu'un au nord de l'avant-poste a eu des problèmes avec les dragons. Je doute que les attaques contre Jackson et moi soient des cas isolés. Il doit bien y avoir un Faë solitaire qui a vu quelque chose. Ne serait-ce qu'une sorcière en train de traîner dans les parages. »

J'acquiesçai.

« Luxure et Envie, renforcez vos équipes de recherches si nécessaire. Paresse, cherche toutes les causes potentielles. Des malédictions, de la magie noire, de la mauvaise nourriture à emporter… Nous n'écarterons aucune piste. Ta bibliothèque est la plus vaste, je suis sûr que tu trouveras quelque chose d'utile. »

Mes épaules se dénouèrent légèrement. J'avais l'impression d'avoir repris un peu le contrôle de la situation. Mais je ne m'arrêterais pas avant que la menace ne soit éradiquée.

« Comment va se dérouler le concours, exactement ? demanda Paresse. Je veux dire, combien de temps avons-nous pour les recherches avant que le royaume ne plonge dans le chaos ?

— Je vais l'annoncer aujourd'hui. Dans deux jours, je révélerai le nom des prétendantes. À la fin de la semaine, je les recevrai dans ma Maison du péché. Avec un peu de chance, les journaux… »

Quelqu'un frappa à la porte. Je comptai jusqu'à ce que l'envie me passe de tuer le démon qui avait été assez bête pour nous interrompre.

« Entrez. »

Le visage de Val était un mélange de fureur et de folie meurtrière. Colère le remarqua. Il devait sûrement puiser dans ses émotions pour alimenter son péché.

« Excuse-moi de t'interrompre, mais tu dois voir ça, Altesse. »

Je lui pris le journal des mains et le lus rapidement. Puis je maudis tous les saints craignant le diable dont je pouvais me souvenir, et le chiffonnai.

« Il y a eu une autre attaque ? » demanda Envie en se levant et en déployant ses ailes émeraude.

Pas exactement, mais c'était bien l'effet que la nouvelle m'avait fait. Je soufflai lentement et secouai la tête.

« Miss Match vient d'annoncer le concours. »

L'amour est-il la plus dangereuse des aventures ?

Chères pécheresses,

Aujourd'hui, vous remarquerez que la rubrique de Miss Match est un peu différente, mais pas moins romantique pour autant. C'est peut-être à cause de l'ancienne journaliste à scandale en moi, mais je ne peux pas garder un secret aussi *délicieux*...

J'ai appris que Son Altesse, le Prince Gourmandise, le célibataire inaccessible en personne, annoncera sous peu le début d'un concours destiné à trouver sa moitié.

Étant donné sa réputation de débauché, il sera sans aucun doute amusant de voir qui aura un penchant assez important pour le masochisme et choisira d'être liée à lui par les liens impies du mariage, et ce, pour l'éternité.

Le temps nous dira comment cette histoire d'amour digne d'un conte de fées se déroulera. Cependant, il est important de remarquer que la plupart des contes de fées sont, en réalité, des mises en garde.

Mon conseil ? À moins que vous ne visiez une vie entière de déception, à votre place, j'éviterais d'entrer dans cette arène de l'amour.

À la prochaine. Restez scandaleuses, mes douces pécheresses,

Miss Match

Quatorze

Adriana

« Tu as entendu ? »

Le cri suraigu qui suivit la déclaration détourna mon attention de la sélection limitée de lampes à huile. Un petit groupe de femmes sautilla sur place en tenant un journal.

Un sourire sardonique se dessina sur mes lèvres. Je n'en étais pas certaine, mais les vampires qui vivaient sur l'Île Malice avaient sans doute entendu leurs cris surexcités. Je repris mon observation des bocaux d'huile pour essayer de trouver quelque chose que je pouvais me permettre cette semaine. Tout le cercle était tombé dans le chaos après la publication de mon article spécial ce matin.

Chaque fois que je pensais à la fureur du prince, je ne pouvais m'empêcher de sourire. Il était temps que quelqu'un lui rende la monnaie de sa pièce pour son comportement despotique. Je n'avais pas imaginé que « Restez scandaleuses ! » deviendrait la phrase du jour et je savais qu'il aurait *horreur* de ça.

Un autre cri s'éleva, et celui-là était beaucoup plus fort que le premier.

Je jetai un coup d'œil à l'étal, m'attendant presque à ce que des créatures des bois aient répondu au bruit strident en hérissant les poils de leurs queues et en sortant leurs petites griffes, prêtes à libérer courageusement leur compagnon à tout prix.

Voyant que les écureuils ne chargeaient pas, je me retournai vers les trois femmes qui agitaient le journal, tendant l'oreille pour entendre les ragots dont elles parlaient avec enthousiasme. Apparemment, les vieilles habitudes avaient la vie dure. Je serais sans doute toujours prête à écrire un article sur un scandale succulent.

« Le prince a confirmé la rumeur de Miss Match ! Il cherche une femme. N'importe qui peut participer au concours, couina la première. Il faut juste ajouter son nom au tirage au sort.

— Tu imagines, devenir la femme du Prince Gourmandise ? dit la seconde d'un ton rêveur.

— Laisse-moi voir…, dit la troisième en lui arrachant le journal des mains. Comment on fait pour participer ? »

De toute évidence, le Prince Gourmandise avait essayé de reprendre la main sur la situation, et sa confirmation de l'annonce l'aidait. Sans surprise, personne ne tenait compte de mon conseil.

Je faillis lever les yeux au ciel. Pas à cause d'elles. Elles avaient bien le droit de rêver à leur fin heureuse. J'étais déjà passée à autre chose, et le concours ridicule du prince n'avait même pas encore commencé.

J'espérais juste entrer dans un état second jusqu'à la fin de celui-ci. Je pourrais peut-être me rendre dans un temple ou faire un sacrifice aux anciens dieux en rentrant chez moi.

Ou peut-être que je pourrais passer chez l'apothicaire pour prendre un tonique. Mais, plaisanterie mise à part, j'avais des choses plus sérieuses sur lesquelles me concentrer. J'avais cherché tout mon réseau d'informateurs en retournant au *Wicked Daily* ce matin et aucun d'eux n'était dans son repaire habituel.

Je devrais reprendre plus tard pour essayer de les localiser après la tombée de la nuit. Je ne pourrais pas glaner beaucoup plus d'informations au sujet des dragons de glace avant qu'ils sortent de leur cachette. Et je ne pouvais pas non plus savoir si d'autres rumeurs se répandaient sur la mort de Jackson. Aucun rapport officiel n'avait été imprimé. Tout le monde ne parlait que de ce concours ridicule.

Mon estomac se tordit. Je n'arrivais toujours pas à croire qu'il était mort.

Avec un peu de chance, mes informateurs auraient plus de choses à m'apprendre que les nouvelles du prince.

Au-delà des détails du concours, je me demandais qui avait pris le poste de journaliste royal. Si nous avions été à la Maison Envie, j'aurais été *légèrement* jalouse, sachant ce que j'avais fait du gros salaire qu'il m'avait proposé.

« Ce sera tout ? demanda Donovan, le vendeur, en désignant le petit pot d'huile.

— Ça vaut dix pièces de plus que la semaine dernière, fis-je remarquer. Et il est deux fois plus petit. »

Il haussa les épaules.

« C'est quand même moins cher que le reste. »

Je soupirai et lui tendis les pièces.

Il était inutile d'essayer de négocier avec Donovan. Je faisais affaire avec lui depuis des années et ses prix étaient fermes. Je devrais trouver un moyen créatif d'équilibrer notre budget cette semaine. J'espérais avoir plus de chance avec les légumes. Acheter de la viande était sans aucun doute hors de question, grâce à Sophie, qui avait exigé d'avoir une nouvelle robe, à la hausse du prix de l'huile et à ma réunion avec Nyx.

Donovan désigna du menton la foule croissante derrière nous. Les cris avaient attiré les curieux et ils se bousculaient pour entendre les nouvelles du prince.

L'enthousiasme s'embrasa comme si le marché avait été arrosé par l'émotion, puis enflammé. La nouvelle se répandait comme un feu de forêt parmi les habitants travailleurs du royaume.

Les murmures parlaient de ma chronique et des nouvelles royales, et mon rédacteur en chef en serait ravi en dépit de ma folie du matin.

Miss Match était désormais une référence pour toutes les nouvelles liées aux relations amoureuses. Je doutais sincèrement que le Prince Gourmandise ait eu l'intention que cela arrive.

Je souris discrètement. On sous-estimait souvent la célébration des petites victoires.

« Il choisira une femme parmi le peuple et les nobles ! » s'écria quelqu'un.

Mon sourire triomphant s'évanouit tandis que je jetais un coup d'œil à la paraffine sur la table.

Je me demandai s'il était plus dangereux de me mettre de la cire dans les oreilles que d'en entendre plus sur le *merveilleux* prince.

Donovan enveloppa mon achat dans du papier brun et me tendit le paquet.

Je mis le récipient en verre dans ma sacoche pour le protéger des coups de coude accidentels qui me visaient tandis que le passage étroit entre les étalages rapetissait. Si mes provisions étaient endommagées, ma famille serait dans une situation désespérée cette semaine.

« Tu vas participer au concours, Ad ? Tu pourrais remporter un prince. »

Donovan agita les sourcils d'un mouvement qui se voulait suggestif, mais qui, malheureusement, donnait l'impression qu'il était pris de spasmes. Je lui adressai un sourire poli. J'avais déjà un inconnu masqué qui représentait une distraction romantique suffisante sans ajouter le sadisme à ma liste.

« Je préférerais m'arracher les yeux avec une cuillère émoussée.

— Vraiment ? Juste une cuillère émoussée ? » dit une voix familière et agaçante d'un peu trop près.

Je me raidis quand la vedette du jour me contourna, ses traits cachés sous une cape sombre.

Axton ressemblait au genre d'homme contre lequel les mères mettaient leurs filles en garde. Les hommes mauvais et séduisants qui étaient terriblement exaltants pour toutes les mauvaises raisons.

« Après votre petite combine de ce matin, j'espérais quelque chose d'une peu plus créatif de la part de l'esprit raffiné de Miss Match. Ou peut-être que je m'attendais à ce que vous *restiez scandaleuse.* »

Il inclina son visage vers le mien et sa capuche bougea suffisamment pour que je puisse bien le voir. Oh, le prince était bel et bien furieux. Il se dressait devant moi, les yeux scintillants.

Axton était impressionnant quand il le voulait : sombre, dangereux, avec un regard pénétrant et assez profond pour transpercer l'âme. L'expression de son visage était plus froide que l'acier, et tout aussi dure. J'avais devant moi le démon qui se cachait souvent derrière le prince malicieux.

Pendant un instant, j'oubliai comment respirer.

Ce regard acéré comme une lame de couteau m'examina de bas en haut, s'assombrissant davantage en remontant jusqu'à mon visage. Quoi qu'il ait cherché, il ne l'avait pas trouvé.

Mais moi, j'avais enfin repris mes esprits.

Je dévisageai Axton, sachant qu'il détestait cela, et feignis de ne pas être impressionnée par sa mauvaise humeur.

« Pourquoi êtes-vous habillé comme une grand-mère en plein hiver ? »

Ses lèvres tressaillirent, sans vraiment former un sourire. Ce qui m'alerta de nouveau. J'avais l'impression qu'il m'avait cherchée et que cette rencontre au marché n'avait rien d'un hasard.

J'envisageai de foncer dans la foule et de courir aussi vite que possible. S'il avait fait autant d'efforts pour me trouver, le message qu'il était venu me remettre ne devait pas annoncer une bonne nouvelle.

Il sembla lire mes pensées avant même qu'elles ne se forment. Le prince fit un autre pas vers moi. Son corps était beaucoup, *beaucoup* trop près du mien, maintenant. Il n'avait pas besoin de prononcer le moindre mot ou de proférer la moindre menace. Je savais que, si je m'enfuyais, il me poursuivrait. Il y avait une vérité que je ne pouvais pas nier : Gabriel Axton était légendaire parce qu'il était un chasseur impitoyable. Je ne voulais pas devenir sa proie.

Un léger frisson me traversa en le voyant si près de moi. Il le remarqua, si j'en croyais le sourire narquois sur ses lèvres.

« J'aime savoir ce que les résidents de mon cercle pensent de moi. Y compris les rares habitants qui préféreraient être mutilés plutôt que de m'épouser. »

Même si j'aurais adoré répliquer quelque chose d'acerbe, les cris et les gloussements continus autour de moi prouvaient que j'étais seule à le haïr. Même les femmes mariées ou âgées se laissaient emporter par le fantasme d'attirer l'attention de Gabriel Axton.

Je pinçai les lèvres, incapable de répondre tandis que son fan-club se déchaînait. Une lueur d'amusement brilla dans ses yeux, m'indiquant qu'il savait aussi que j'étais en minorité.

« Bon. Je vois que vous êtes très occupé. Profitez de votre après-midi d'espionnage et de flatterie.

— Pas si vite, Miss Match. »

Il n'y avait plus la moindre trace d'amusement dans sa voix.

« Vous et moi, nous devons avoir une petite discussion.

— Je serais ravie de programmer ça dans mon emploi du temps. Demandez à votre personnel de communiquer avec le *Wicked Daily*. »

Il me lança un regard incrédule.

Je tournai les talons, prête à faire une sortie dramatique, et me heurtai immédiatement à un géant. Le verre se brisa dans ma sacoche, l'odeur de l'huile me piqua le nez et les yeux tandis que j'étais projetée en arrière et que ma chute était amortie par plusieurs corps serrés les uns contre les autres.

Je baissai les yeux vers le liquide qui tachait mon sac en toile et imprégnait ma plus belle robe de jour, me demandant pourquoi j'étais soudain prise de vertiges. Je n'avais jamais été sujette aux malaises, mais l'odeur mélangée à la foule fit flancher mes genoux.

En un instant, quelqu'un me souleva et m'emmena en sécurité, dans une allée déserte.

Je fermai les yeux, priant pour que mon héros ne soit pas mon ennemi juré.

« Vous sentez terriblement mauvais. »

Je maudis tous les anciens dieux. Apparemment, les prières étaient pour les saints, pas pour les pécheurs. Je pris plusieurs profondes inspirations, puis fusillai du regard l'ombre de mon sauveur, qui se dressait devant moi.

« Tout est votre faute.

— C'est vrai que c'était impoli de ma part de vous dire de foncer dans le passage. »

J'ignorai le sarcasme qui dégoulinait de ses mots. J'avais de pires problèmes à affronter.

Je me penchai et ouvris ma sacoche, puis grimaçai en écorchant mes doigts sur le verre cassé. Je poussai un soupir tremblant. Mon pire cauchemar s'était réalisé. Il y avait de l'huile *partout*.

Je regardai mes affaires un moment, essayant de me reprendre tandis que mon monde s'écroulait autour de moi, brusquement et violemment.

Mon parchemin et ma nouvelle plume étaient inutilisables, tout comme le ruban que j'avais acheté pour Eden. Je ne pouvais pas me permettre de remplacer ces articles et d'acheter assez de nourriture pour la semaine.

J'avais déjà utilisé ma part de papier au *Wicked Daily* et, même si mon article de Miss Match avait eu du succès, M. Gray ne m'en donnerait pas plus. Sans parchemin, je ne pourrais pas rédiger ma prochaine chronique.

Ce qui signifiait que nous aurions faim une semaine de plus. Et si je ne trouvais pas quelques pièces sous peu, je raterais une deuxième rubrique.

Des larmes me piquèrent les yeux.

Axton jura et s'agenouilla à côté de moi, me prenant le sac des mains.

« Êtes-vous blessée ? »

Juste émotionnellement. Je secouai la tête, incapable de parler sans trahir toute l'étendue de mon désespoir. Mes yeux restèrent rivés sur cette fichue sacoche.

« Adriana. »

La voix d'Axton était douce lorsqu'il regarda à l'intérieur du sac. Merveilleux. Maintenant, j'inspirais de la pitié au pire homme du royaume.

Je me redressai, ne souhaitant pas montrer la moindre faiblesse.

« Je dois vraiment y aller.

— Adriana, je… »

Je fis volte-face et m'enfuis, et tandis que je me frayais un chemin dans la foule, je me rendis compte que j'avais oublié la révérence et que j'avais laissé le reste de mes affaires sur place.

Mais, tandis que les larmes coulaient enfin, vite et fort, je ne fus pas capable de revenir sur mes pas et d'affronter le prince. Il m'avait déjà vu pleurer une fois et je ne voulais plus jamais que cela se reproduise.

❄ ❄ ❄

« Ad ! *Regarde !* »

L'excitation brillait sur le visage angélique d'Eden quand je passai la porte quelques heures plus tard, abattue et exténuée. J'avais essayé de faire du troc avec le commerçant qui vendait du parchemin, mais en vain. Je l'avais même supplié de me laisser travailler pour lui, ne serait-ce que pour une seule page.

« Tu peux y croire ? » dit Eden en tirant sur mon bras.

J'écartai mon désespoir, levai les yeux et m'arrêtai net.

Il y avait au moins une demi-douzaine de gens qui allaient et venaient dans notre petit salon. Des rouleaux de tissu aux couleurs somptueuses étaient posés sur le canapé.

Mon regard se détourna de la soie et du coton pour se poser sur des tas de parchemins qui étaient en train d'être livrés. Mes sens se mirent en alerte de nouveau.

« Que se passe-t-il ?

— Ça vous va, si je mets ça ici, miss ? »

Un jeune homme désigna la table usée, un gros tas de papier dans les bras.

Voyant que je perdais mes mots, ma sœur intervint : « C'est parfait, merci. »

Je clignai des yeux en voyant cette abondance, me demandant si j'hallucinais.

« Qu'est-ce que c'est que tout ça ? »

Ma sœur se précipita vers moi et me serra dans ses bras.

« Le prince ! Il a envoyé un message. Qu'est-ce que tu lui as fait ? »

J'avais dû tomber dans un état second, finalement. Ou peut-être qu'inhaler l'odeur de l'huile avait endommagé mon cerveau. J'avais du mal à échapper à la puanteur nocive, car elle avait même imprégné le corsage de ma robe. C'était la seule explication raisonnable à cet étalage excessif.

« Pardon ? Tu as dit le prince ? Tu veux dire, Axton ?

— Bien sûr que je veux parler du Prince Gabriel. Tiens ! »

Eden me montra un message bleu cobalt et argenté.

Il portait effectivement les armoiries de la Maison Gourmandise.

Mon cœur battait fort lorsque je brisai le sceau en forme de dragon et l'ouvris, soupçonnant ce qui avait bien pu motiver cette combine. De toute évidence, il avait une idée derrière la tête. J'écrivais sur lui depuis assez longtemps pour savoir qu'Axton ne faisait jamais rien par bonté de son cœur damné.

Il avait pris le temps de me retrouver au marché, et il avait eu une bonne raison de le faire. Il ne laisserait pas tomber juste parce que je m'étais enfuie.

Ma chère et insupportable Miss Saint Lucent,

Considérez que la robe est un cadeau pour ceux qui, sinon, devraient subir votre puanteur à cause de l'huile renversée. Ce ne sont absolument pas des excuses pour avoir abîmé vos parchemins ou pour avoir gâché votre journée.

Son Altesse Royale des plus charmantes, impénitentes, débauchées et véreuses, qui, je vous l'assure, n'a pas de mal à rester scandaleuse,

Gabriel Acton, Prince de la Gourmandise

« Oh ! s'exclama Eden en soupirant d'un air rêveur par-dessus mon épaule. Il est aussi généreux qu'il est charmant, tu ne trouves pas ? »

Je décochai un regard suspect à ma sœur tout en repliant la feuille.

« Oui, dis-je sèchement. Quand un homme vous dit que vous êtes insupportable, puis qu'il sauve les gens de la puanteur de vos vêtements, c'est sans doute une preuve de générosité et de charme. »

Rien ne pouvait effacer le sourire d'Eden tandis qu'elle passait un bras sous le mien, m'attirant vers la quantité indécente de tissus.

« Tu peux dire ce que tu veux, ma chère sœur, mais il est merveilleux. Il va même acheter de nouvelles robes pour Maman et moi ! »

Ma méfiance s'exacerba.

Le prince avait forcément quelque chose derrière la tête. Il avait été furieux quand il m'avait acculée plus tôt. Il était impossible qu'il me récompense après que j'avais publié la nouvelle de son concours avant lui.

Quel que soit son plan, je parierais l'argent que je n'avais pas que tout cela soutenait sa cause d'une manière ou d'une autre.

Je gardai mes pensées pour moi.

« Vraiment ?

— Eh oui. »

Eden m'emmena dans la chambre que ma belle-mère et elle partageaient. Sa voix était pleine de vénération pour son héros. Fantastique. Il y avait une fan d'Axton de plus chez nous, maintenant.

« Eh bien. Il ne sait pas forcément qu'elles sont pour nous personnellement. Il a demandé à la couturière de mesurer tout le monde à la maison pour nous confectionner de nouvelles tenues. Elle est en train de prendre les mesures de Maman. »

Le sourire de ma sœur sembla se figer sur place à ces mots. Ce qui signifiait que ma belle-mère utilisait son charme habituel sur la couturière.

Avant que je ne puisse prendre congé pour secourir la pauvre femme, quelqu'un d'autre frappa à la porte.

Eden battit des mains, puis fonça pour ouvrir. Je ne l'avais jamais vue aussi animée et, en dépit de l'alerte qui montait en moi face aux machinations évidentes du prince, je refusais de lui gâcher ce moment.

Toute une parade de serviteurs portant la livrée de la Maison Gourmandise posèrent des sacs de courses sur la table de la cuisine. Des fruits et des légumes frais, et du pain qui sentait incroyablement bon. De la viande fumée et du fromage à pâte dure. Nous n'avions pas eu autant de nourriture en même temps depuis plus de dix ans.

Et les surprises étaient loin d'être finies. Un autre coup à la porte, et un nouveau groupe de serviteurs entra avec des carafes d'huile et de nouvelles lanternes.

Je m'affalai sur le petit canapé, sans voix.

Axton croyait peut-être qu'il me provoquait simplement à cause de l'incident au marché, mais quelles que soient ses motivations, ce geste pourrait bien épargner de nouvelles difficultés à ma famille pendant des semaines.

Mes sentiments positifs envers Axton furent bien entendu éphémères : la couturière revint dans le petit salon et commença à se moquer de ma tenue, me demanda de me lever immédiatement et m'encouragea sans beaucoup de subtilité à brûler toute ma garde-robe. C'était peut-être elle, ma punition.

Plusieurs heures plus tard, ses assistants et elle s'en allèrent enfin avec beaucoup moins de rouleaux de tissu dans les bras. Je m'écroulai sur le canapé à côté d'Eden, épuisée après le marathon d'essayage qui avait duré tout l'après-midi. Axton avait sans doute quelque chose derrière la tête, mais il aurait été bête de refuser ces articles pour ma famille, en particulier parce que j'avais déjà refusé un salaire mirobolant.

Dans une semaine, j'aurais une nouvelle cape, des chaussures, des bottines, des sous-vêtements, et cinq nouvelles robes. Axton avait prouvé de nouveau qu'il faisait plaisir aux autres pour nourrir son propre péché. Je savais que ce n'était qu'une question de temps avant qu'il ne révèle son plan abominable. Mais pour l'instant, je voulais laisser ma sœur s'enthousiasmer avec des étoiles dans les yeux, s'extasiant devant la générosité du beau prince.

Ma belle-mère sortit de la chambre avec une lueur fourbe dans les yeux tout en agitant le journal du jour comme un drapeau de la victoire.

Je n'avais pas besoin de voir le gros titre pour savoir qu'il parlait de la plus grande nouvelle du royaume.

« Ta sœur va devenir une princesse, déclara-t-elle en posant son regard glacial sur moi. J'ai proposé le nom d'Eden cet après-midi. »

Sophie haussa un sourcil impertinent, me mettant au défi de protester.

Peu importe que je n'aie aucune intention d'épouser le prince, je fus blessée par le regard cruel qu'elle m'adressa, comme pour me rappeler que j'avais échoué de manière spectaculaire quand j'avais essayé de gagner son cœur. Comme si je pouvais oublier cette nuit, dix ans plus tôt, quand j'étais devenue la risée du cercle à cause du même prince qui venait de couvrir notre foyer de cadeaux.

Sophie avait été furieuse quand j'étais revenue du bal de Tous les Pécheurs. Elle m'avait dit que j'étais une tache sur l'honneur de la famille et avait refusé de me trouver un prétendant convenable après cela. Honnêtement, elle n'avait pas non plus fait beaucoup d'efforts avant.

Ma belle-mère leva le journal et le pointa du doigt.

« C'est l'occasion du siècle. Et notre famille *remportera* le trône. »

Comme j'avais été naïve de croire qu'il s'agissait plutôt de remporter son cœur.

Eden me regarda avec un mélange d'inquiétude et… d'espoir tandis qu'elle se mordait la lèvre.

Après l'étalage extravagant d'aujourd'hui, elle avait un faible pour le prince. Mes protestations moururent avant que j'ouvre la bouche.

Je n'avais aucune intention de présenter mon nom à ce concours ridicule, mais si Eden avait une chance d'être véritablement heureuse, loin de l'influence toxique de Sophie, je ravalerais mes propres sentiments pour le Prince Gourmandise.

Même s'ils étaient dégoûtants et qu'ils me restaient en travers de la gorge.

Quinze
Prince Gourmandise

Après mon escapade au marché pour mener à bien mon plan consistant à trouver Adriana *et* à peut-être découvrir l'identité de la femme mystère, je retournai à la Maison Gourmandise. Je me sentais un peu mieux en me dirigeant vers la bibliothèque royale. Même si la Maison du péché de mon frère était une bibliothèque gigantesque, je ne voulais pas laisser toutes les recherches à Paresse.

Pas par orgueil ou à cause d'un autre péché, mais tout simplement parce que j'avais une des meilleures collections de livres consacrés à l'histoire des dragons de glace.

Il devait forcément y avoir quelque chose d'utile dans l'un d'eux. Je refusais de penser le contraire.

J'avançai d'un pas déterminé, épluchant des théories sans interruption. À cette heure de l'après-midi, et tandis qu'une tempête approchait et que ma cour se remettait peu à peu des fêtes nocturnes passées, ma Maison était calme et les couloirs étaient merveilleusement silencieux.

Cela ne durerait pas longtemps.

Maintenant que la nouvelle du concours avait été révélée et que la date du tirage au sort des participantes avait été déterminée, il y aurait de nouvelles complications à affronter. Mais ces inquiétudes pouvaient attendre.

Je descendis le couloir tortueux de l'aile est. Le papier peint en soie d'un bleu glacé représentait des dragons de glace en train de voler ou de se battre. Chaque fois que je passais devant une belle œuvre d'art, j'avais l'impression qu'il s'agissait d'une pique plutôt que d'une ode à ces créatures que j'admirais tant.

Mon chasseur avait été tué, ce qui signifiait que mon cercle avait été attaqué. Rien n'aurait pu me motiver davantage à utiliser chaque instant pour découvrir quelque chose qui pourrait m'aider.

Je marquai une pause devant les portes finement sculptées de la bibliothèque, hanté par les créatures que j'avais passé des décennies à vénérer. Deux dragons étaient face à face, des images en miroir d'une beauté impitoyable qui semblaient prêtes à attaquer. Elles étaient en bouleau, et l'artisan s'était inspiré de mon tatouage. Les dragons prévenaient toutes les personnes qui entraient qu'ils surveillaient les vastes connaissances de mon royaume.

J'ouvris les portes, prenant un moment pour respirer l'odeur de cuir et d'encre tandis que je me dirigeais vers le fond de la pièce, où des siècles d'histoire des dragons étaient entreposés sur les étagères.

Je pris un livre après l'autre sur les rangées qui s'élevaient du sol au plafond, formant de grands tas sur une table, puis je retroussai mes manches. Je réussirais ; je ne pouvais pas accepter un échec.

Le premier livre était plutôt une observation des dragons depuis leur éclosion jusqu'à l'âge adulte, en passant par l'adolescence. Ce qu'ils mangeaient, comment ils se comportaient, les danses et les rituels d'accouplement, les tactiques de bataille, la nidification... Tout avait été observé de près et relaté. La deuxième histoire provenait des chasseurs de la Frontière impitoyable, qui donnaient des informations détaillées sur les escarmouches et ce qu'ils avaient appris en se battant contre ces bêtes imposantes.

Je demandai un dîner froid, m'arrêtant à peine de feuilleter les livres pour manger.

« Par le sang des dieux…, dis-je en me frottant les tempes. Il doit forcément y avoir quelque chose. »

Je réfléchis à notre sommet et repensai à ma conversation avec mes frères. Les soupçons de Cupidité sur les sorcières n'étaient pas loin de mes propres peurs. Il faudrait que je rende visite à Orgueil sous peu.

Il devait bien y avoir un moyen de faire parler Sursea. Je devrais pouvoir découvrir ce qu'elle désirait le plus et le lui proposer. Dans la limite du raisonnable. Je saisis le livre suivant. Au début, il n'y eut rien d'intéressant. Puis, alors que j'allais renoncer pour la soirée, un mot gribouillé dans la marge attira mon attention.

Je lus le passage, espérant qu'il soit vraiment aussi prometteur que je le pensais.

Pas de preuve scientifique à ce jour, mais un savant a posé une question intéressante. Un tonique créé à partir du venin de vampire royal pourrait-il obliger les dragons à communiquer par la pensée sans faire appel au sortilège d'une sorcière ? Quel que soit le résultat, cela pourrait en valoir la peine.

J'aurais pu embrasser l'érudit qui avait griffonné cette idée. Emilia n'avait pas détecté de sortilèges, mais Silvanus n'avait toujours pas repris ses esprits. J'ignorais ce qui pouvait endormir un dragon de telle sorte que rien ne pouvait le réveiller. Le venin de vampire royal pourrait bien être exactement ce dont j'avais besoin.

Pour la première fois depuis une éternité, une étincelle d'espoir s'alluma dans ma poitrine.

Je sonnai la cloche des serviteurs qui se trouvait dans la bibliothèque et Jarvis arriva un instant plus tard.

« Votre Altesse m'a appelé ?

— Envoie un message au nouveau prince vampire pour lui demander une audience dans l'heure. »

Jarvis se racla délicatement la gorge.

« Et s'il refuse ?

— Insiste. La cour de Blade est dans une situation précaire, il n'a pas besoin de se faire un nouvel ennemi. Mais il pourrait obtenir une faveur s'il faisait le bon choix. »

Jarvis s'inclina.

« J'envoie le message immédiatement, Votre Altesse. »

❄ ❄ ❄

Blade n'était pas un imbécile. Il m'avait permis de me rendre sur l'Île Malice peu après l'envoi du message et m'avait même autorisé à utiliser mes pouvoirs pour me téléporter directement dans son château.

De toute évidence, il avait l'intention de tourner cette réunion à son avantage et j'étais prêt à lui offrir le soutien de la Maison Gourmandise s'il en avait besoin. À condition qu'il joue bien ses cartes ce soir.

Il avait détrôné le prince vampire précédent dans un acte de violence d'une grande brutalité. D'après mes espions, Envie avait été présent et avait joué un rôle important dans le cadre de son jeu mystérieux. Après cela, la cour de Blade avait été de plus en plus divisée. Les vampires en guerre et leur soif de sang étaient des problèmes que personne ne voulait affronter, car ils étaient trop imprévisibles et guidés par l'instinct.

Une faction lui avait immédiatement prêté allégeance, même si ses yeux étaient d'un cramoisi profond et non pas bleus, comme chez la plupart des membres de la famille royale. La deuxième faction voulait mettre un héritier de sang noble sur le trône. Pendant cette période agitée, le nouveau prince avait besoin de tous les alliés possibles.

Les rumeurs qui couraient dans l'ombre prétendaient que Blade serait bientôt à la recherche d'une union politique et qu'il pourrait bien épouser quelqu'un en dehors du royaume des vampires.

Je me tenais dans l'antichambre gothique de sa salle du trône, tapotant du bout du pied le carrelage en pierre de sang, attendant que mon arrivée soit annoncée. Zarus, le prince précédent, avait eu un faible pour cette couleur, ce qui prouvait que les goûts étaient vraiment subjectifs. Je devais bien admettre que cette pierre était unique, mais si j'avais eu un penchant pour le sang, je n'aurais pas recouvert tout mon château de cette couleur. Il valait mieux que certaines choses restent discrètes.

La collection de chandeliers en fer en forme de doigts squelettiques ajoutait une touche de charme de la saison sombre, ce que les mortels appelaient Halloween ou l'automne.

Les flammes des bougies dansaient, projetant des ombres étranges dans la pièce. Val était sinistrement immobile à côté de moi, vêtue de la tenue de combat en cuir que tous les chasseurs portaient. Ses couteaux étaient en évidence et la ceinture autour de sa taille glissait sous le poids de son matériel.

« Pas très subtil, tu ne trouves pas ? » demandai-je pour tenter d'apaiser la tension.

Elle tourna son regard vers mes bottes, m'observant donner des coups de pied dans la pierre de sang.

« Tu t'attendais à autre chose de la part d'une sangsue ?

— Une collection de couteaux impressionnante, démone. »

Val se retourna en entendant la voix grave et rauque, empoignant un couteau dans chaque main. Elle aurait appuyé sa lame contre la gorge du nouveau prince s'il n'avait pas déjà posé son arme contre la sienne. Blade portait bien son nom.

Je souris. Peu étaient capables de s'approcher furtivement de Val ou moi. Encore moins y survivaient. Le prince vampire avait la réputation d'être aussi déchaîné que moi, et la sienne était bien méritée.

« Blade.

— Axton. »

Je désignai sa lame du menton.

« Tu accueilles tes invités avec ton homonyme, ce n'est pas très poli. »

Un mortel se serait pissé dessus en voyant le sourire qu'il m'adressa en réponse. Il me plaisait encore plus, à présent.

« Ton bras droit m'a traité de sangsue dans ma propre cour, c'est tout aussi grossier. »

Un croc brilla à la lueur des bougies.

Je me penchai en avant et plissai les yeux.

« Dis-moi, est-ce que tu aiguises tes crocs souvent pour obtenir cet éclat menaçant ? Une fois par semaine ? Deux ? »

Son rire tonitruant fit trembler les chandeliers. Il glissa sa dague dans son étui.

« Venez. »

Blade descendit le couloir, s'éloignant de la salle du trône, et me jeta un coup d'œil par-dessus son épaule en esquissant un sourire insolent.

« On va boire un verre. »

Val frémit.

Cette nuit promettait d'être intéressante.

❄ ❄ ❄

Blade ouvrit la porte de ce qui ressemblait à une cuisine de vampires. Il n'y avait pas de personnel en train de courir dans tous les sens, ce qui pouvait être très bon signe ou de mauvais augure. Des crochets géants étaient suspendus au plafond et on ne pouvait pas se tromper sur leur utilité.

« D'accord… »

Je passai la porte et regardai autour de moi.

« C'est extrêmement perturbant.

— Ne t'inquiète pas, dit Blade en souriant, tu n'es pas là pour que je te vide de ton sang et te serve à ma cour.

— Comme c'est réconfortant », marmonna Val.

Elle observa l'énorme bloc de glace qui avait été placé intelligemment sous les crochets et semblait garder au frais des jarres de sang pour l'empêcher d'épaissir.

La cuisine était froide et humide, avec une odeur métallique dans l'air, et il y avait tout un tas de fruits et de pichets de vin couleur prune à l'air très suspect.

Blade saisit trois verres dans un placard et les posa devant nous. Il sortit une flasque de la poche intérieure de son costume et versa ce que j'espérais être du whisky. Ou peut-être de l'arsenic.

Il trinqua d'abord avec Val et une lueur d'amusement brilla dans ses yeux quand elle recula.

« Alors ? »

Il avala sa boisson et écrasa le verre sur la table.

« Pour quoi est-ce qu'on marchande ce soir, Prince ? »

Je n'avais aucun intérêt à tourner autour du pot. À force d'interagir avec le vampire au fil des ans, j'avais appris que Blade était direct et aimait que l'on adopte la même approche.

« J'ai besoin de ton venin. Une fiole ou deux, si tu le veux bien. »

Il haussa les sourcils et m'examina attentivement.

« Est-ce une sorte de fétiche bizarre auquel ta cour veut goûter ? Tu sais, j'ai entendu des rumeurs intéressantes, même d'ici.

— Je serais soulagé si c'était le cas. Mais non. J'ai d'autres raisons. »

Ses yeux rouge sombre soutinrent mon regard quelques instants. Il savait que je ne pouvais pas mentir, alors ce que je disais devait être vrai, même si la requête était étrange. Il se demandait peut-être si j'étais devenu fou.

Blade croisa les bras sur son torse, appuya une hanche contre la table en bois qui lui servait d'îlot central qu'on aurait cru venu de l'Enfer. Les dieux seuls savaient ce qui était préparé sur cette surface épouvantable.

Je dus faire un effort conscient pour ne pas grimacer en y pensant.

« Tu ne peux pas créer un vampire sans un véritable vampire. »

Val ricana.

« Je peux vous assurer que vous n'avez pas à vous inquiéter à ce sujet. »

Son regard glissa vers elle. Il y avait quelque chose dans ses yeux qui me rappelait un lion se demandant s'il valait la peine de dépenser son énergie pour un combat.

L'étincelle qui s'y alluma indiqua que cela pourrait bien être le cas.

« Je suis prêt à offrir quelque chose de valeur en retour, dis-je en prenant un air de joyeux débauché qui collait à ma réputation. D'après les rumeurs, tu as désespérément besoin d'amis. »

Il ricana.

« Le désespoir, ce n'est pas un terme qui m'est familier, ni maintenant ni jamais. Il me faut une partenaire. Et un héritier. Tu connais quelqu'un qui ferait l'affaire ? »

Il ne détourna pas son regard amusé de Val, prenant bien trop de plaisir à la contrarier.

« Les ragots qui circulent au royaume suggèrent que tu es sur le point de devenir un expert pour trouver une femme.

— Hélas, c'est malheureusement vrai. Mais je suis sûr que beaucoup désireront le deuxième débauché le plus célèbre des Sept Cercles quand j'aurai cédé ma place. Ton avenir brillera plus vite que tes crocs d'un blanc éclatant. »

Il pencha la tête sur le côté, perdant un peu de son humour en m'observant.

Apparemment, les négociations étaient sur le point de commencer.

« Je veux une faveur de mon choix à n'importe quel moment à l'avenir. Les amis sont volages. Les relations changent. Je veux que tu prêtes serment, ici et maintenant. Sinon, tu peux rentrer chez toi sans venin. »

Val se raidit. Elle ne s'était pas attendue à sa requête, mais moi, oui. C'était le seul moyen pour qu'un prince en crise soit certain qu'un allié lui reste fidèle sans crainte et sans doute. Nous étions en Enfer et aucun de nous n'en arrivait là avec un sens moral irréprochable.

Contrairement à nous, les princes du péché, les vampires ne pouvaient pas détecter les mensonges.

Cependant, j'hésitai à accepter. Ce que Blade demandait n'avait rien d'anodin. Les démons étaient comme des Faës à cet égard : si nous prêtions un serment, nous devions le respecter à la lettre ou les pouvoirs magiques qui nous liaient feraient des ravages, ce qui provoquait souvent quelques désagréments, tels que la mort.

Les immortels avaient tendance à être un peu susceptibles sur ce genre de choses et passaient rarement des contrats officiels. Il en allait de même pour moi.

J'avais beau m'être préparé à cette demande, cela ne m'empêcha pas d'avoir une réaction viscérale. Le silence s'éternisa tandis que je réfléchissais à mes options.

En attendant que Blade accepte de me recevoir, j'avais essayé de trouver une monnaie d'échange tout aussi intéressante.

Je n'avais rien trouvé, et malheureusement, cela n'avait pas changé depuis.

Un demi-sourire se dessina sur ses lèvres tandis que mes doigts tapotaient la poignée de ma dague. Il savait qu'il avait l'avantage.

Je pensai à Jackson ; beaucoup d'autres pourraient connaître le même destin.

Je resserrai ma prise sur la dague et la dégainai.

« Heureusement, ça va être douloureux. Pour toi. »

Une lueur de triomphe brilla dans les yeux de Blade. Il n'avait pas été aussi sûr de lui qu'il l'avait laissé croire.

Il me tendit la main et ne grimaça même pas lorsque je fis glisser la lame sur sa peau, la coupant comme si elle n'était pas plus dure que du beurre.

J'en fis de même sur ma paume et attendis.

« Je lie le Prince de la Gourmandise à une faveur de mon choix, à une date de mon choix, et il n'hésitera pas à accéder à ma requête immédiatement. »

Je répétai ces mots tout en observant avec une certaine satisfaction le vampire stoïque trahir un peu de souffrance. Je le vis déglutir. D'après ce qu'on m'avait dit, la sensation était semblable à un feu de l'enfer qui montait dans chaque veine tandis qu'il liait un prince de l'Enfer à quelqu'un d'autre.

De mon côté, mon pouls battait plus fort et ma respiration était plus rapide, tandis que mes pouvoirs magiques étaient insufflés dans l'accord. Les pactes de sang étaient un peu différents du serment que je venais de prêter. Un pacte de sang n'était pas douloureux, mais il était généralement plus court qu'un serment.

Quand Blade se redressa, il saisit une fiole dans le même placard d'où il avait sorti les verres. Il le plaça près de son croc et j'observai avec une fascination horrifiée le venin éclatant remplir le récipient. Lorsqu'il fut plein, Blade retira sa dent et lécha sa lèvre. Val eut un haut-le-cœur et lui saisit la fiole.

« On a fini ? » demanda-t-elle en me la donnant.

Je hochai la tête. Le venin n'était pas vraiment glacial quand j'attrapai la fiole, mais il n'était pas tiède pour autant. Les vampires n'étaient pas des créatures à sang chaud.

Val adressa un regard impénétrable au prince.

« Dieux merci. Je vais dans le couloir.

— C'est toujours un plaisir, petite pécheresse », susurra Blade.

Il tourna son attention vers moi.

« Si tu cherches à faire tomber quelqu'un sous ton emprise, fais-le-lui boire à l'aube ou au crépuscule. C'est à ces moments-là que les effets seront les plus puissants. »

❄ ❄ ❄

Dès que je revins de la cour de Blade, j'envisageai brièvement de me rendre au *Seven Sins* pour voir si, par miracle, Dame F avait attendu mon arrivée pendant plusieurs heures. En dépit du chaos qui régnait dans ma vie dernièrement, je désirais sa compagnie avec de plus en plus de voracité au fil des jours.

Bien entendu, j'avais encore des soupçons obscurs sur son identité. Et cela me rendait plus fou que tout le reste.

Mais j'aurais la réponse à cette question sous peu.

Pendant que j'étais sur l'Île Malice, mes espions avaient observé la maison d'Adriana toute la soirée pour me faire un rapport sur ses allées et venues. Personne ne m'avait dit qu'elle était partie. Si j'allais au *Seven Sins* et que ma partenaire mystère était là, je pourrais exclure ma rivale une bonne fois pour toutes.

Au lieu de satisfaire mon désir de la retrouver, je volai jusqu'à la Frontière impitoyable, le tonique à la main, et me rendis directement à la salle de commandement.

« Des nouvelles ? »

Félix leva les yeux des cartes étalées sur la table.

« Nous n'avons pas vu d'autres dragons et il n'y a pas eu d'attaques. Les chasseurs sont restés près de l'avant-poste, comme vous l'avez ordonné, Votre Altesse.

— Colère a patrouillé cette nuit ?

— Oui. Vous l'avez raté de peu. Je l'ai accompagné, puis je suis venu ici pour voir si une zone en particulier attirait mon attention pour continuer les recherches. »

Je passai une main dans mes cheveux.

« Vous avez vérifié les nids ? »

Félix secoua la tête. L'expression de son visage était grave, sans doute comme la mienne.

« Je ne voulais pas prendre le risque d'envoyer un groupe de chasse si près, au cas où il y aurait des petits. Et le Prince Colère était occupé avec les terres stériles. Il veut s'assurer qu'aucun autre alpha n'a envoyé des éclaireurs pour voir ce que cette meute manigançait.

— Et ?

— Aucun signe d'une autre meute. »

J'en remerciai les dieux damnés. La fiole de venin de vampire pesait lourd contre ma poitrine. Je ne voulais pas lui donner de faux espoirs et la gardai donc cachée.

« Je vérifierai les nids pendant ma prochaine patrouille. »

Je donnai une tape sur l'épaule de Félix et me rendis à la Maison Gourmandise grâce à ma magie. Un certain malaise m'envahit quand je me dirigeai vers mes appartements, en essayant d'anticiper le prochain coup des dragons.

C'était un effort inutile et pas le meilleur moyen d'utiliser mon énergie.

Blade avait dit que le moment idéal pour administrer le venin était à l'aube ou au crépuscule, et le soleil ne se lèverait pas avant plusieurs heures. Même si je voulais progresser et donner le venin à Silvanus, je devais me reposer. Les prochaines semaines seraient terribles et je ne pouvais pas prendre le risque d'avoir l'air fatigué ou exténué alors que tout le royaume observerait mes moindres faits et gestes.

Je retirai mes vêtements et me mis au lit.

Je me retournai dans tous les sens : mon esprit était rempli d'yeux cramoisis, d'entrailles fumantes et par l'expression du visage de la mère de Jackson quand je lui avais annoncé que son fils avait été tué dans un accident. C'était l'histoire la plus proche de la vérité que j'avais pu lui raconter sans mentir. Si je ne découvrais pas ce qui se cachait derrière la folie des dragons, beaucoup d'autres familles seraient endeuillées.

Les rêves continuèrent à me tourmenter, mais cette fois, ils devinrent provocateurs.

Les cheveux bleu cobalt et argenté de Dame Frost étaient étalés sur mes oreillers, son visage ensorcelé était à moitié caché par un masque tandis que je déposais des baisers langoureux sur sa peau soyeuse. C'était la femme la plus incroyablement dévastatrice que j'avais jamais vue. Même dans mes rêves, elle était un régal pour les sens.

J'admirai sa silhouette nue, la caressant tendrement, explorant chaque centimètre tout en descendant le long de son corps, mon territoire inexploré préféré.

Je déposai un baiser chaste sur l'intérieur de sa cuisse, puis remontai, prenant plaisir à l'entendre jurer parce que je la faisais attendre. Je la dévorerais bien assez tôt. Mais d'abord…

Je pris sa bouche dans un baiser torride, la plaquant contre le matelas. Mon désir pour elle consuma toutes mes pensées et mes inquiétudes. J'avais envie de la retourner et de frapper ses petites fesses rebondies, de la regarder se tortiller quand ma main descendrait un peu plus, d'étaler sa moiteur tout en la fessant jusqu'à ce qu'elle ait un orgasme.

Mon sexe mourait d'envie de la faire sienne, mais je souhaitais encore plus la sentir sur ma langue.

À mi-chemin entre le sommeil et la conscience, je me caressai en rêvant et ma main se resserra tandis que j'effectuais des va-et-vient sur ma queue.

Dans ma vision, j'embrassai son corps svelte – cette fois, j'étais déterminé à réaliser tous ses désirs. Comme un pécheur voulant obtenir sa rédemption, je vénérai chaque partie de son corps avant de me placer entre ses jambes et d'en poser une sur chacune de mes épaules pour qu'elles soient bien écartées, tel un prince qui s'assiérait enfin pour festoyer.

Je levai les yeux vers son corps. Je voulais la regarder quand je poserais ma bouche sur cet endroit secret entre ses cuisses et…

J'eus un mouvement de recul quand ses cheveux sombres prirent une teinte bleu pâle glacée.

Mon pouls battit furieusement au moment où le sortilège et le masque tombèrent, révélant la vérité que j'avais essayé de ne pas voir.

Sa bouche s'étira en un sourire malicieux que je connaissais bien tandis qu'elle observait mon corps de haut en bas d'un mouvement magnifiquement lent, s'arrêtant enfin sur ma queue palpitante. Le bout de sa langue rose lécha sa lèvre avant qu'elle ne la morde.

Un désir brut se dessina sur ses traits, me rappelant que ce n'était qu'un rêve. Je donnai un coup de hanches involontaire, m'obligeant à continuer les va-et-vient avec ma main. Une perle de liquide pré-séminal coula au bout de ma queue. Elle ne détourna pas le regard, comme si elle était fascinée par mon désir.

Je l'observai, figé par l'horreur ou un profond envoûtement, tandis qu'elle passait ses doigts sur la courbe de son sein et ses côtes, chatouillant son bas-ventre avant de plonger plus bas…

Par le sang de ces putain de dieux.

Je me masturbai en la regardant se donner du plaisir avec ses doigts, qui dessinèrent de petits cercles sur son clitoris luisant avant de s'enfoncer plus profondément.

Un petit gémissement s'échappa de ses lèvres entrouvertes, me rendant incroyablement dur. Je n'avais jamais été en proie au péché de prédilection de mon frère auparavant, mais à ce moment-là, j'enviai les doigts de cette femme.

Elle les retira comme si elle savait exactement ce qui avait attiré mon attention, puis elle les fit tourner sur sa moiteur, se caressant avec une terrible lenteur.

Je n'aurais pas pu détourner le regard même si mon âme de damné en avait dépendu.

J'avais envie de la pousser en arrière et de plonger en elle à un rythme éprouvant, dur et rapide jusqu'à ce qu'elle se resserre autour de moi et que nous jouissions tous les deux en criant.

Apparemment, la haine était un aphrodisiaque puissant. Je n'avais jamais été aussi excité à l'idée de faire craquer une partenaire.

Ma douce ennemie posa une main sur son sein et le malaxa tout en continuant à se masturber pour mon plaisir et le sien. Mon monde se réduisit à nous deux.

Il n'y avait plus de partenaire mystère. Plus de *Seven Sins*. Plus de menace imminente des dragons. Juste la femme que je voulais mettre à genoux…

Nos mains travaillaient en tandem, maintenant le rythme comme si elles rivalisaient pour voir qui jouirait en premier.

Même dans ce moment d'intimité, nous étions rivaux.

Elle maintint ses yeux glacials rivés sur moi dans l'acte de défi le plus érotique que j'avais jamais vu tandis qu'elle se pénétrait avec ses doigts jusqu'à la jouissance, écartant les cuisses pour que je puisse profiter de la vue.

Mon orgasme explosa immédiatement et je jouis sur son ventre. Et mes draps.

Je me relevai brusquement dans mon lit, couvert de sueur, la queue à moitié dure.

Par le sang des démons. Je n'avais pas joui aussi fort depuis longtemps. Je retombai sur mon matelas, ma poitrine se soulevant au rythme saccadé de ma respiration haletante.

Même éveillé, je ne pouvais pas me débarrasser de ce fantasme tordu qui s'était joué dans ma tête. Peut-être que les sorcières étaient impliquées ; j'avais bien l'impression d'avoir été maudit.

Je me redressai, m'essuyai avec mes draps déjà souillés et descendis du lit. Je me dirigeai à pas feutrés vers la vasque et passai de l'eau glacée sur mon visage, puis me relevai et observai mon reflet dans le miroir, ne sachant pas quoi penser de cette… *punition*.

Voilà ce que c'était, et mon péché adorait cela. Le salaud sadique.

Étant donné que je ne pouvais pas, ou ne voulais pas, retourner au lit, je m'habillai à la hâte et me rendis dans les cachots.

Le soleil était sur le point de se lever, ce qui signifiait qu'il était temps de donner le venin de vampire à Silvanus.

Débauché un jour, vaurien toujours

Par Miss Ryleigh Hughes, pour le Wicked Daily

Chères pécheresses,

Le jour même de la grande annonce du concours visant à lui trouver une épouse, les serviteurs du Prince Gourmandise ont été vus en train d'entrer dans la résidence d'une certaine journaliste avec laquelle il entretient un conflit. Les rumeurs se déchaînent sur ce que ce geste pourrait bien signifier, si tant est qu'il signifie bien quelque chose.

La plupart des ragots suggèrent qu'il s'agissait juste d'une nouvelle provocation dans le cadre de leur guerre publique. Et je dois dire que je suis d'accord. Ce n'est pas un secret : ces deux-là ne peuvent pas se voir, même pas en rêve.

En dehors des cadeaux pratiques, comme des parchemins et des plumes, Miss Escoffier, la couturière de tout le gratin, a été vue en train de retirer plusieurs rouleaux de ses tissus prisés de sa boutique. Était-ce un autre coup calculé pour mettre en colère la journaliste qui le rend fou depuis des années ou un moyen de charmer son cercle ?

Tout est possible quand il s'agit de ce débauché de première catégorie, mais je ne pense pas que sa rivale apprécie beaucoup ce spectacle.

Quelle que soit sa motivation, ce geste audacieux a poussé une vague de nouvelles prétendantes à proposer leur candidature pour participer au concours ce matin. Des files de femmes pleines d'espoir sillonnaient les rues menant au palais. L'attente était longue et les serviteurs apportaient des tasses fumantes de chocolat chaud à celles qui attendaient dans le froid glacial.

Depuis le début, son objectif consistait peut-être à provoquer une frénésie. Dans ce cas : bravo, cher prince. On peut dire que vous vous êtes frayé un chemin dans d'autres cœurs, même si vous vous êtes fait une plus grande ennemie au passage…

Comme l'a dit la pétillante Miss Match : à la prochaine, mes pécheresses. Restez scandaleuses !

Seize

Adriana

Après avoir passé la matinée à essayer, sans succès, de retrouver un de mes informateurs afin de ne plus penser à l'article de Ryleigh qui m'avait tant agacée, j'entrai au *Wicked Daily* et jetai un coup d'œil à mon bureau couvert de courrier. Mon humeur houleuse s'assombrit encore.

Des tas d'enveloppes étaient tombées par terre. Elles contenaient sans aucun doute des questions pour Miss Match. Si l'une d'entre elles se terminait par « Restez scandaleuses ! », je partirais vivre dans la forêt pour passer le reste de mon existence en ermite. Comme ça, je n'aurais plus à penser au prince ou aux dragons de glace – je serais trop occupée à divertir mes amis imaginaires.

Il se passait quelque chose dans le cercle. Quelque chose d'assez terrifiant pour que même mes informateurs les plus endurcis se cachent.

Mis à part me faufiler dans le château et infiltrer le personnel du prince, mes prochaines occasions de rassembler des informations seraient au *Scene Stealer*, plus tard dans la semaine, ou pendant le concours ridicule du prince. Je notai la pièce de théâtre au crayon dans mon calendrier.

L'entracte était un moment idéal pour obtenir des renseignements : presque toutes les personnes qui assistaient à la représentation étaient là pour les ragots. Des chasseurs et des nobles proches du prince faisaient toujours une apparition, et le besoin de se vanter était inégalable, même pour les mères entremetteuses les plus sournoises.

Je resterais dans les parages, me fondant dans les ombres tandis qu'ils révéleraient librement leurs secrets dans une piètre tentative pour impressionner les autres.

Cependant, il y avait un autre endroit que je pourrais explorer avant : le *Seven Sins*. Ce serait bien évidemment pour découvrir de nouvelles pistes sur les rumeurs d'attaques de dragon et certainement pas en rapport avec l'inconnu qui hantait mes rêves.

Un soupçon troublant prenait forme et je devrais le vérifier sous peu. Mon inconnu avait apparemment une réserve infinie de clés à sa disposition. Soit il était le propriétaire du club, soit il faisait partie de l'équipe de gestion.

Et si je découvrais le propriétaire mystère, j'avais l'intuition que je trouverais exactement qui était mon inconnu. Il pourrait s'agir d'un marchand prospère ou d'un noble sournois.

À en croire les ragots, le club pourrait aussi appartenir à ceux qui avaient accès au château de chaque Prince. Mon inconnu pouvait-il faire partie de la cour d'Axton ?

L'idée m'avait effleuré l'esprit plus tôt, mais je l'avais écartée. Et s'il était un proche conseiller de la couronne ? Ou un voleur, ou un assassin ? L'idée la plus troublante était trop blasphématoire pour que je l'envisage.

Je saisis la clé dans la poche cachée de ma cape et la retournai. Je ne savais pas si elle me permettrait d'entrer au club si j'essayais de l'utiliser.

« Bonjour ! s'écria Ryleigh en faisant irruption dans mon bureau et en époussetant la neige de sa cape. Comment va la charmante Miss Match en ce beau matin ? »

Je remis la clé dans ma poche et adressai à mon amie un regard noir qu'elle ignora.

« Laisse-moi deviner. On a reçu un tuyau anonyme et tu as eu la chance d'obtenir l'article ? »

Elle m'adressa son sourire le plus victorieux en s'asseyant à son bureau, avant d'aligner soigneusement son parchemin, sa plume et son pot d'encre. C'était sa manière de calmer sa nervosité et de réfléchir à son approche du conflit.

« C'était soit moi soit Julian. »

C'était ce que j'avais supposé, même s'il était encore terriblement douloureux de savoir que mon amie avait répandu cette rumeur. Elle ne semblait pas du tout confuse. Nous ne nous étions jamais disputées auparavant et nous ne nous étions jamais caché des choses non plus. Je ne pouvais pas m'empêcher de me demander si ma culpabilité était en train de creuser un petit fossé entre nous. Je soupirai et laissai tomber.

Au moins, elle avait tourné l'article en ma faveur. Julian aurait fait bien pire.

« Sophie est furieuse. Elle m'a fait jurer d'arrondir les angles avec le prince, pour Eden. »

Je sortis un parchemin vierge de ma nouvelle sacoche et ne grimaçai que légèrement en voyant les fournitures qu'Axton avait achetées, ce que tout le royaume savait, désormais. Je me rappelai que Ryleigh était mon amie et qu'elle m'avait rendu un service. Si je me le répétais assez souvent dans ma tête, je finirais par le croire.

Même si j'avais aussi scandé sans relâche que le chanteur de la taverne aux yeux captivants me déclarerait son amour inconditionnel lors de son dernier concert, ce qui n'était pas arrivé.

« Pourquoi est-ce qu'elle s'inquiète autant pour Eden ? Le prince et elle ne se sont jamais rencontrés.

— Sophie ne veut pas que la réputation d'Eden soit ternie avant que les gagnantes ne soient choisies. »

Ryleigh leva les yeux au ciel.

« D'après ma source, il y a plusieurs *milliers* de candidatures. Je doute franchement que ta sœur soit sélectionnée. »

Elle nota quelques mots et se pencha dans le couloir.

« Qui a envoyé le tuyau, à ton avis ?

— Devine, murmurai-je, même s'il n'y avait que nous deux dans le bureau. Ça m'a tout l'air d'un coup d'Axton. Il manigance quelque chose. »

Ryleigh ricana.

« Si c'était une tentative pour séduire plus de prétendantes, j'ai bien peur que ça ait marché. Tu as vu les files d'attente qui menaient au château, ce matin ? »

J'aurais préféré ne pas les voir. Les rues étaient bondées de gens qui se bousculaient, cherchant désespérément à présenter leur candidature avant le tirage au sort, plus tard dans la journée. Me frayer un chemin dans les avenues jusqu'à la partie de la ville où se trouvait le réseau de l'ombre avait été un cauchemar.

Je n'avais pas trouvé Nyx en train de siroter un whisky à l'*Eternal Rest*, ni aucun de mes informateurs habituels, d'ailleurs. Encore une preuve que quelque chose s'éveillait dans les ténèbres. C'était impossible qu'ils aient été effrayés l'un après l'autre par la rumeur des dragons et par la mort de Jackson. Mais quoi, alors ?

Je jetai un coup d'œil à l'horloge sur le mur du fond ; soudain, la petite aiguille tournait beaucoup trop vite. C'était le grand jour : la prétendante pleine d'espoir de la Maison Gourmandise serait choisie.

Celles des autres Maisons du péché avaient déjà été sélectionnées par leurs princes et leurs noms avaient été révélés dans le journal la veille, mais Gourmandise, qui en faisait toujours trop, avait attendu le dernier moment pour en choisir une dans notre cercle.

Je ne serais pas surprise si tous les habitants se réunissaient devant la grande entrée de la Maison Gourmandise à midi.

D'après le rapport royal officiel publié ce matin, qui m'avait été lu avec *beaucoup* d'enthousiasme par ma sœur, réveillée avant l'aube pour s'emparer du journal, une urne géante était remplie à ras bord avec les noms des femmes éligibles et était surveillée en tout temps pour déjouer les complots malfaisants visant à faire annuler le concours.

Les rumeurs prétendaient qu'Axton choisirait un nom et l'annoncerait sur-le-champ. Il avait sans doute l'intention de mettre en scène un spectacle encore plus impressionnant de sa quête pour trouver une femme.

Je ne pouvais pas le nier, Gabriel Axton savait comment utiliser la presse.

Je lus une des nouvelles questions, puis la mis de côté.

Pensez-vous que le Prince Gourmandise sache bien embrasser ?

Si je comptais toutes les bottes qu'il avait léchées régulièrement pour obtenir des faveurs, alors, je n'en doutais pas.

Hélas, c'était une réponse pour la chronique des *opinions personnelles*, alors je ne pouvais pas donner ce conseil.

J'ouvris la lettre suivante. Quelqu'un voulait savoir si le sexe avec quelqu'un qu'on détestait était aussi incroyable que les gens le prétendaient souvent et si je pouvais dire ce que je savais de la langue diabolique du Prince Gourmandise.

Je chiffonnai la lettre et envisageai de l'utiliser pour allumer un feu. Finalement, je trouvai une question qui méritait mon attention.

Chère Miss Match,

J'ai fait de mauvais choix dans le passé, mais je viens de rencontrer quelqu'un. Comment puis-je avoir confiance en moi ?

Je ne pus m'empêcher de penser à mon inconnu du *Seven Sins*. J'avais ressenti la même chose dernièrement. Le soir, bien après que tout le monde était allé se coucher, quand les rues étaient sinistrement silencieuses et que j'avais fini d'écrire, je ne pouvais m'empêcher de me demander si mon inconnu était le meilleur des plaisirs, ou une nouvelle grosse erreur.

En réalité, il n'y avait qu'un moyen de le découvrir.

Entre les moments où je cherchais des renseignements fiables sur les dragons et ceux où j'écrivais ma chronique, je devais découvrir la vérité sur l'identité de cet inconnu. Tout en le cachant à ma meilleure amie. C'était précisément la raison pour laquelle j'évitais les imbroglios romantiques : ma vie était devenue bien trop chaotique au cours des deux dernières semaines.

Ryleigh nota quelques mots sur son propre parchemin, sans avoir connaissance de ma lutte intérieure.

« Tu penses que le Prince Gourmandise choisira une femme du peuple ou une de la noblesse ? »

Je mis la lettre dans la pile des « oui ». Ce serait l'article idéal pour continuer ma chronique.

« Je ne sais pas et je m'en fiche.

— Tu es sûre ? Et si les cadeaux n'étaient pas liés à un complot ou à une combine ? »

Je n'aimais pas le scepticisme dans sa voix.

J'accordai toute mon attention à mon amie. Nous tournions autour d'un sujet que je refusais d'affronter.

J'avais déjà emprunté cette voie avec Axton, et je n'avais aucune envie de recommencer. Il avait fallu que je passe des années à le provoquer dans le journal pour que les gens oublient peu à peu notre histoire.

De son côté, le Prince Gourmandise n'avait jamais fait mention de notre ancienne… collaboration.

J'ignorais si cela m'irritait davantage ou pas.

L'étincelle d'agacement que je ressentais à présent n'avait rien à voir avec le prince, pour une fois, mais avec cette fichue situation. Je savais qu'il était très envahissant de voir sa vie personnelle révélée aux yeux de tout le royaume, et cette fois, c'était pire. Ce simple fait fut à l'origine de ma réplique assassine.

« Si tu parles de l'étalage excessif d'Axton, tu devrais avoir plus de jugeote. Il ne l'a pas fait par gentillesse. Il l'a fait pour en tirer profit. Sans doute pour essayer de me charmer dans l'espoir que j'arrête d'écrire sur lui. Ou alors, c'était une tentative pitoyable pour me distraire.

— Ad...

— Cet homme ne pourra jamais *rien* faire pour me pousser à changer d'avis. C'est le même débauché égoïste et gâté qu'il a toujours été. J'ai hâte qu'il trouve une femme à tourmenter. Avec un peu de chance, elle sera aussi déloyale et mesquine que lui, et ils vivront une vie longue et misérable ensemble, et le sexe sera incroyablement insipide et ennuyeux. »

Je regrettai la méchanceté de mes mots dès que je les prononçai. Ryleigh déglutit difficilement, les yeux rivés vers quelque chose derrière moi. Je grognai intérieurement. Je devais être maudite par une fan malfaisante d'Axton.

Sa capacité troublante à s'approcher furtivement de moi *devait* avoir quelque chose de magique.

« Encore ? »

Je sus avant même de me retourner que le prince était là. Je pris mon courage à deux mains et pivotai sur ma chaise. Il était bien derrière moi.

Une rage silencieuse bouillonnait dans ses yeux noisette. Il avait donc entendu tout mon petit discours.

Je choisis de détendre l'atmosphère.

« Quelqu'un devrait vous munir d'une cloche, bon sang. »

Axton m'adressa un coup d'œil rempli d'une telle malveillance glaciale qu'un frisson parcourut ma colonne vertébrale.

Il m'observa un long moment en silence, puis fusilla Ryleigh de son regard impressionnant.

« Vous avez écrit cette chronique stupide sur nous, n'est-ce pas ? »

Ryleigh écarquilla les yeux et hocha la tête. Axton ricana et ses yeux se posèrent à nouveau sur moi.

« Vous avez des amies tellement loyales et *désintéressées*, Miss Saint Lucent. Des amies qui profitent de vous pour servir leurs propres intérêts. »

Je grimaçai. Sa pique me toucha, car c'était effectivement ce que j'avais ressenti.

« Elle n'a pas…

— En fait, si. »

Axton croisa les bras sur son torse, inclina la tête sur le côté et me mit au défi de le contredire. Je ne pouvais pas.

« Souhaitez-vous trouver une autre excuse ou avons-nous fini ? J'ai une femme à trouver et à tourmenter, après tout.

— Notre rédacteur en chef a reçu le tuyau d'une source anonyme. Peut-être que vous devriez vous plaindre auprès de votre propre cour infâme. Ou de vous-même. »

Le regard qu'il m'adressa aurait pu faire faner la fleur du nord la plus robuste.

« Rendez-moi un service, Miss Saint Lucent. N'assistez pas au tirage au sort aujourd'hui. Je ne veux pas que vous vous approchiez de l'événement. »

Il sortit sans ajouter un mot.

Le diable avait dû faire des heures supplémentaires avec sa magie noire. Je me levai brusquement et me précipitai derrière le prince, poussée par les avertissements de Sophie, qui m'avait prévenue que je devais penser à l'avenir de ma sœur.

Dehors, il venait de poser le pied sur la première marche quand je le rattrapai.

« Votre Altesse, arrêtez. »

Je n'avais pas voulu parler si fort, mais ma voix résonna presque dans le calme soudain des rues animées du matin.

Axton se raidit.

Il me fallut un instant pour comprendre mon erreur. J'avais donné un ordre au prince en public. Et, étant donné le spectacle mis en place pour son concours ce matin, les gens l'avaient remarqué.

Plusieurs passants s'arrêtèrent pour nous observer, bouche bée, leurs regards passant du prince à moi, attendant de voir comment il allait réagir à un tel outrage à la hiérarchie.

Au moins, j'avais mis fin à une rumeur : il n'y avait pas d'affection cachée entre nous. Axton se tourna lentement vers moi, un air aristocratique et glacial sur le visage.

Si les regards pouvaient tuer, j'aurais déjà rendu l'âme.

Il parcourut la distance qui nous séparait, saisissant mon bras tandis qu'il rentrait dans le bâtiment du *Wicked Daily*, me tirant derrière lui comme une créature des cavernes primitive avec sa partenaire.

Pour éviter d'alimenter d'autres ragots, je le suivis en silence, même si mon esprit envisageait toutes les manières de le punir.

« Vous êtes le fléau de ma santé mentale. »

Sa voix était un grognement sourd ; il claqua la porte derrière nous.

« Oubliez cette histoire de prétendantes. Je devrais vous pencher sur mon genou et vous punir devant tout ce satané cercle plus tard. Ça leur donnerait de quoi jaser. »

C'était absolument rustre et odieux, mais mon pouls commença à accélérer follement à cette idée. C'était vraiment un moment terriblement mal choisi pour penser à mon inconnu masqué.

Le regard d'Axton croisa le mien et ses narines se dilatèrent.

Par le sang des dieux. Je n'avais jamais souhaité que les anciens dieux me frappent d'un éclair violent auparavant. Mais me voilà, en train de lever les yeux vers le plafond, pleine d'espoir.

Sans surprise, aucune divinité clémente n'envoya la foudre me frapper pour abréger mes souffrances.

En tant que prince du péché, Axton pouvait sentir ce désir. Et il l'avait sans doute remarqué, à en croire l'intensité soudaine qui émanait de son visage. Il me balaya du regard et une émotion que je ne parvins pas à reconnaître brilla dans ses yeux. Pendant un instant, j'eus l'impression qu'il avait incendié toutes mes défenses et qu'il voyait tous mes désirs secrets.

Un instant plus tard, son expression se ferma.

« Vous avez de la fièvre ? demanda-t-il.

— Non.

— Un coup de froid ?

— Non, pourquoi ?

— De toute évidence, vous devez être malade si vous… »

Il pinça brusquement les lèvres et afficha ce sourire malicieux qui lui allait si bien.

« Je ne veux pas attraper le mal dont vous souffrez. »

Le regard diabolique qu'il m'adressa indiquait que ce n'était pas tout ce qui l'inquiétait, et nous le savions tous les deux. Ryleigh faisait de son mieux pour nous ignorer, mais il faudrait être dans le coma pour ne pas ressentir l'étrange tension qui montait dans le bureau.

Le regard d'Axton se baissa vers ma table et j'aurais juré voir les engrenages tourner dans sa tête tandis qu'il envisageait de me pencher dessus. Il était tenté de me donner la fessée juste là, dans la salle de rédaction, même s'il y avait une témoin.

À cause de son péché, laisser passer ce plaisir lui demandait un effort considérable.

Et mon corps, maudit soit-il, n'était pas complètement opposé à cette idée.

Je devrais plonger dans la lagune la plus froide du nord pour me débarrasser de la malédiction qui pesait sur moi. Il était absolument hors de question que je m'autorise à être excitée par *lui*.

Je lui adressai un doux sourire. « Ne vous inquiétez pas. Je méprise encore le sol impie que vous foulez. Je voulais juste m'excuser. »

Il plissa les yeux. Je ne savais pas si c'était à cause de mes excuses ou de ma tentative pour cacher ma réaction. Après un moment, il reprit son air de débauché nonchalant.

« Vous êtes vraiment une jeune femme honorable », ronronna-t-il, sachant très bien que je détestais qu'il utilise cette voix grave et séductrice avec moi.

Et, juste comme ça, nous nous retrouvions à la case départ.

« Oui, eh bien... L'honneur est un concept auquel vous devrez adhérer quand vous aurez une épouse. Même si ce sera difficile pour une crapule comme vous.

— La seule femme qui serait malheureuse si elle m'épousait, c'est vous. Alors, étant donné qu'il ne se passera jamais rien entre nous, ne trouvez-vous pas cela providentiel ? »

Je grimaçai. J'aurais trouvé moins douloureux qu'il me frappe avec la dague de sa Maison.

À une époque, j'avais pensé qu'il serait parfait pour moi. Il m'avait fait croire à ses manières de conte de fées, juste avant que je ne découvre qu'il était le méchant contre lequel les histoires nous mettaient en garde.

J'aurais dû savoir qu'il valait mieux ne pas me leurrer en pensant qu'un prince du péché pouvait être transformé en prince charmant.

« On dirait que nous sommes au moins d'accord sur un point. Je ne vous épouserai jamais, Votre Altesse.

— Bien. Je ne me souviens pas vous avoir demandé votre main, et je ne le ferai jamais. »

Et cela a toujours été le problème, pensai-je avec colère. Je me rassis derrière mon bureau, lui tournant immédiatement le dos. C'était parfaitement inconvenant, mais je m'en fichais.

Il venait de me rappeler froidement pourquoi je l'avais maudit jusqu'à la fin des temps.

Dix-sept
Prince Gourmandise

Je fis irruption dans le cachot et observai la silhouette avachie de Silvanus tandis que l'équipe de guérisseurs et Val me faisaient de la place. Leurs murmures s'évanouirent à mon arrivée.

L'humeur ambiante était aussi menaçante que l'état actuel du dragon. Mis à part moi, tout le monde portait d'épaisses capes d'hiver, leurs capuches baissées sur leurs yeux comme des assassins pour supporter les températures extrêmes.

Je pris la fiole de venin de la veste de mon costume et m'accroupis pour mieux voir Sil. Il respirait à peine quand je lui avais rendu visite à l'aube. Plutôt que de prendre le risque de lui faire du mal à cause des effets inconnus du venin, j'avais appelé les guérisseurs pour qu'ils stabilisent son état.

Le dragon de glace ne semblait aller que légèrement mieux, à présent.

Son flanc normalement luminescent était plus terne que d'habitude, plus proche de l'argent mat que de l'irisé étincelant. Une pointe d'inquiétude se glissa entre mes côtes comme une lame. Les guérisseurs avaient commencé à s'occuper de lui plusieurs heures auparavant. Je m'étais attendu à ce qu'ils fassent plus de progrès.

« Est-ce qu'il s'est réveillé ? demandai-je.

— Pas encore. »

Val s'éloigna du guérisseur avec qui elle était en train de discuter et jeta un coup d'œil au venin dans ma main comme s'il était maudit.

« Tu fais confiance à la sangsue ?

— Je n'ai pas besoin de lui faire confiance pour utiliser le venin. »

Je désignai la porte.

« Tout le monde dehors, sauf Val. Je ne veux pas prendre de risque, au cas où il se réveillerait en sursaut. »

Ce que je n'avais pas besoin de dire, c'était qu'il pourrait bien avoir envie d'un petit en-cas.

Les guérisseurs sortirent de la pièce dans un bruissement de capes, l'air soulagés d'avoir été congédiés.

« Tu crois qu'il est sage de tester le venin alors qu'il est aussi… immobile ? »

Je n'arrêtais pas de me poser exactement la même question.

Je commençai à faire les cent pas. Le tirage au sort aurait lieu dans une heure. Blade avait dit qu'il valait mieux lui administrer le venin à l'aube ou au crépuscule, mais pas que c'étaient les seuls moments pour le faire. Si je le donnais à Sil maintenant et que cela fonctionnait, j'aurais tout le temps de l'interroger. Et si ma tentative échouait, alors je devrais le laisser et faire comme si tout allait merveilleusement bien devant tout mon cercle.

C'était un exploit que je pouvais généralement accomplir, mais cette fois, je craignais que la tension ne commence à se voir.

Val m'attira sur le côté et baissa la voix, même s'il n'y avait personne pour nous entendre.

« Il y a autre chose que tu dois savoir. Des dragons ont été aperçus en train de voler au-dessus de la Frontière impitoyable.

On a tiré des traqueurs sur eux, mais ils n'ont pas pu percer leurs écailles.

— Par le sang des dieux. Il n'y a vraiment rien qui se passe bien. »

Je me frottai les tempes. Je n'aimais pas le fait que les dragons volent si près de l'avant-poste.

Surtout aujourd'hui. Les cent kilomètres de territoire qui le séparait de ma Maison du péché n'étaient pas grand-chose à parcourir par les airs.

La foule qui se rassemblait déjà devant mon château était immense ; ce serait la cible idéale pour les dragons assoiffés de sang. Les habitants de mon cercle ne pourraient pas s'échapper rapidement, ce qui les rendrait encore plus vulnérables.

S'ils frappaient aujourd'hui… ce serait inimaginable. Il était impossible d'annuler le tirage au sort sans provoquer un plus grand scandale ; je devais suivre le plan.

Je baissai les yeux vers Silvanus. Ce soir, quel que soit son état, je lui donnerais le venin. Pour l'instant, je devais me concentrer pour survivre aux prochaines heures.

Je me tournai vers Val.

« Je veux des chasseurs supplémentaires postés entre ici et la Frontière impitoyable. Cache-les pour éviter les rumeurs et l'agitation, dis-je. Envoie un message à la Maison Colère. J'aurai besoin de lui pour renforcer le périmètre aujourd'hui. Mais je ne veux pas que sa cour soit vue ici. Je m'envolerai dès que je le pourrai après le tirage au sort. »

Val hocha la tête.

« Comment s'est passée ta réunion avec la journaliste ?

— Elle sera là.

— En es-tu sûr ? »

Val semblait sceptique, mais je repensai à notre confrontation.

« C'est la seule chose sur laquelle je parierais aujourd'hui. »

Adriana avait été pleine de surprises, mais une vérité demeurait : quand notre petite réunion avait pris fin, sa haine pour moi avait été ravivée.

Ce qui signifiait qu'elle ne manquerait pas le tirage au sort pour tout l'or du royaume. Au moins, je n'aurais pas besoin de diviser mes forces pour que quelqu'un la surveille. À partir de maintenant, plus elle serait proche, plus il serait facile de suivre tous ses faits et gestes.

« La couturière a-t-elle envoyé des nouvelles ?

— Les vêtements seront livrés demain matin, Altesse. »

Je poussai un soupir. Enfin quelque chose qui se passait comme prévu.

« Quand Adriana arrivera, dis-je en sortant par la porte de la cellule d'un pas un peu plus assuré pour me préparer à mon grand événement, je veux qu'elle soit sous surveillance à tout moment. »

Dix-huit
Adriana

Eden empoigna fermement ma cape, à tel point que ses articulations étaient blanches. Sa peau habituellement dorée semblait pâle tandis qu'elle regardait autour d'elle, vers les autres prétendantes qui se plaçaient dans la zone réservée aux participantes. Je ne savais pas si c'était à cause de la foule, de sa nervosité, ou les deux.

Elle n'avait jamais aimé être coincée avec beaucoup de monde. Même l'idée d'une salle de bal bondée lui donnait de l'urticaire.

Je me tins avec elle près de l'entrée de l'allée circulaire, m'emmitouflant dans ma cape lorsqu'une rafale glaciale descendit des montagnes en hurlant.

Il faisait assez froid pour me faire penser que les dragons de glace décrivaient des cercles au-dessus de nous, leurs ailes provoquant un froid encore plus intense pour affaiblir leurs proies avant l'attaque.

Je levai les yeux et frissonnai à cette idée. Pour une fois, j'espérais que les rumeurs étaient fausses.

« Tu n'as pas à faire ça si tu n'en as pas envie, murmurai-je à voix basse pour que ma belle-mère ne m'entende pas.

— Ce n'est pas ça du tout. Je *veux* être choisie. »

Eden se tourna vers moi et me scruta. Je m'assurai d'avoir l'air impassible.

« C'est juste qu'il y a tant de monde.

— Tant que tu es sûre de toi.

— C'est le cas. Vraiment. »

Eden regarda autour d'elle et baissa la voix pour que personne ne l'entende.

« Ce ne serait pas le pire des destins que d'épouser un prince, Ad. En particulier s'il est aussi charmant et généreux que le Prince Gourmandise. »

Je ricanai, ce qui me valut un regard plein de reproches de ma petite sœur.

« Je ne sais pas pourquoi il te déplaît autant, dit-elle. J'espère que tu lui donneras une chance.

— Je n'ai pas déposé ma candidature. »

Et j'en remerciais tous les anciens dieux.

« Mais si tu es choisie, je tiendrai ma langue. »

Elle serra délicatement ma main dans la sienne, puis se dirigea vers la zone prévue pour les candidates.

Sophie et moi restâmes avec les autres familles, juste devant l'entrée du château, attendant que le prince sorte pour décider du destin d'une des femmes.

Je réfléchis silencieusement à ma conversation avec ma sœur. Je ne m'étais pas rendu compte qu'elle pouvait être nerveuse à l'idée de ne *pas* être choisie. Et c'était plutôt bête de ma part. Axton était un prince séduisant.

Puissant de bien des manières. *Bien sûr* que je savais qu'elle serait éprise de lui. Depuis qu'il avait couvert notre foyer de cadeaux, Eden n'avait que son nom à la bouche. D'après sa voix rêveuse, elle semblait penser que le soleil se levait et se couchait en fonction de sa volonté. Tous les matins de la semaine, elle s'était dépêchée d'aller chercher le rapport royal et me l'avait lu, déterminée à me montrer pourquoi il serait l'homme idéal pour elle.

Un sentiment de malaise me noua l'estomac.

Ma sœur était trop jeune pour savoir ce qui s'était passé entre Axton et moi au bal de Tous les Pécheurs, et je ne lui avais jamais révélé notre histoire.

Si Eden était vraiment choisie, alors je serais liée au prince pour toujours. Et je serais ravie pour elle, étant donné qu'elle semblait le désirer désespérément. Pas vrai ?

Je m'imaginai alors assise à table avec Axton tandis qu'il couvrait ma sœur d'attention. Serait-ce sincère ou un moyen de me provoquer ?

C'était une idée tellement déplaisante que je sursautai quand des flammes s'allumèrent dans plusieurs récipients installés à intervalles réguliers autour de l'allée et du château. Elles réchauffèrent l'air ambiant.

C'était dramatique, mais pratique. Gourmandise avait un don pour attirer l'attention, même si je prétendais le contraire dans mes articles. Je fermai les yeux. Si seulement j'étais restée au *Wicked Daily* et que j'avais raté l'événement. Connaissant le prince, il était sur le point d'agir.

Un coup de canon retentit, pile à l'heure, et des pétales bleus et blancs en forme de cœur commencèrent à tomber du ciel. C'était romantique et plus d'une femme dut s'éventer.

Plusieurs chroniqueurs prirent des notes, y compris Ryleigh, Julian, qui bavait d'admiration, et Anders, avec son air pompeux.

C'était étrange de ne pas être avec eux, agglutinés sur les escaliers du château, avec une plume à la main, attendant que le prince fasse sa grande entrée.

En réalité, je préférais être cachée dans la foule pour cet événement.

Finalement, le Prince Gourmandise sortit du château et descendit les marches à grands pas jusqu'à l'estrade qui avait été installée. Son sourire était carnassier et la lueur dans son regard était pleine de malice. Sa couronne était de travers sur sa tête, ce qui en rajoutait à son image de débauché fier de l'être.

Il avait l'air tout juste sorti du lit, et la foule en redemandait. Les spectateurs hurlaient et tapaient du pied, scandant son nom d'une manière qui me fit serrer les dents.

« Chers démons de mon royaume, bienvenue ! »

Sa voix résonna par-dessus le vacarme, réduisant les acclamations de joie au silence.

« C'est un grand honneur que de me tenir devant vous, ému par votre enthousiasme écrasant pour soutenir ma quête d'une princesse. »

De nouveaux applaudissements s'élevèrent, forçant le prince à marquer une pause.

« Sans plus attendre, voyons qui est notre prétendante, voulez-vous ? »

Soudain, ma bouche devint sèche et je me mis sur la pointe des pieds, essayant d'apercevoir la tête blonde d'Eden dans la foule d'optimistes. Il y avait des milliers de participantes. Ses chances d'être choisie au hasard étaient minces. Mais mon cœur battait la chamade et mes paumes étaient moites dans mes gants.

Je ne savais pas si je serais heureuse ou horrifiée si elle était sélectionnée.

« Pour représenter la Maison Gourmandise… »

Axton plongea son bras dans l'urne contenant les noms et l'agita de manière théâtrale à l'intérieur.

« Chères pécheresses nobles et travailleuses, qui aura la chance de remporter une histoire de conte de fées ? »

Je levai les yeux au ciel intérieurement. Comme c'était arrogant qu'il se considère lui-même comme un prince de conte !

La foule était en effervescence. L'idée qu'une femme du peuple connaisse une fin heureuse avec le prince séduisant et diabolique était comme un rêve devenu réalité.

Mon estomac se noua. Il n'allait pas choisir Eden. Je le savais. J'en étais presque certaine.

Mais mon cœur battant semblait indiquer le contraire.

Soudain, je remarquai que plusieurs paires d'yeux se tournaient vers moi et que les chroniqueurs jetaient des coups d'œil dans ma direction. Je m'obligeai à respirer, à avoir l'air aussi ennuyée que possible, complètement nonchalante face à l'événement en grande pompe qui avait lieu sur scène.

C'était un exploit impossible à réaliser quand je compris *pourquoi* tout le monde s'était retourné vers moi.

Axton m'avait aperçue dans la foule, l'air sombre. Pendant un terrible moment, je crus qu'il allait foncer vers moi et me coucher sur son genou comme il m'en avait menacé.

Honnêtement, ses yeux plissés me donnaient l'impression qu'il l'envisageait. Une sensation de chaleur inopportune me submergea. J'avais peut-être bien de la fièvre, finalement.

Au lieu de m'enfuir, j'inclinai légèrement la tête à son intention, refusant d'être intimidée par son mécontentement.

En dépit de l'interdiction autoritaire qu'il m'avait imposée plus tôt, je n'aurais jamais laissé ma sœur affronter cette foule toute seule.

Ma belle-mère m'adressa un regard plein de reproches. Elle pinçait tellement les lèvres qu'on aurait dit qu'elle avait sucé un citron couvert de sel.

Finalement, le prince détourna le regard de moi pour revenir au sujet qui le concernait, et je relâchai le souffle que j'avais retenu jusque-là. Encore quelques moments et nous retournerions à la maison.

Je gardai les yeux rivés sur la scène, l'observant tandis qu'il répétait le même geste avant de finalement saisir un morceau de papier dans la masse de jeunes filles pleines d'espoir. Il se redressa. L'expression de son visage était indéchiffrable.

Il commença à parler, mais un bourdonnement étrange résonna dans mes oreilles et noya ses paroles.

Ma belle-mère pinça mon coude avec force et je revins dans le moment présent.

« Félicitations, Miss Regina Trombley ! »

Je vacillai sous le poids du soulagement. Eden jeta un coup d'œil par-dessus son épaule ; son visage trahissait sa déception. Elle commença à avancer vers nous, les épaules voûtées.

Sophie fulminait presque à côté de moi, mais cela n'avait pas beaucoup d'importance. J'étais navrée que ma sœur semble aussi malheureuse. Eden s'approcha de nous et je serrai doucement sa main dans la mienne. Elle en avait assez de cette foule. Et tous ses rêves avaient été anéantis. En dépit de mes propres sentiments tumultueux à l'égard du prince, j'avais horreur de la voir aussi découragée.

« Miss Trombley est-elle là ? » demanda Axton.

Sa voix résonna par-dessus les bavardages.

Tout près, quelqu'un se fraya un chemin jusqu'à l'avant, mais je ne voyais pas de qui il s'agissait avec tous ces gens collés les uns aux autres.

« Votre Altesse ? »

La foule commença à glousser en lui ouvrant la voie, me donnant ainsi une bonne vue sur la nouvelle arrivante.

La personne qui s'était arrêtée devant l'estrade n'était pas une jeune demoiselle adorable, mais une vieille fille par choix.

Un effroi glacial s'abattit sur moi.

« Oui ? demanda Axton d'un air charmant.

— Miss Trombley ne fait plus partie de la compétition. Elle s'est enfuie avec son amant et ils sont allés aux Îles changeantes hier soir. »

S'il était déçu, il n'en montra rien. Axton ne perdit pas un instant.

« Eh bien, qui suis-je pour m'opposer au grand amour ? Les félicitations restent de mise pour Miss Trombley et l'élu de son cœur. »

Sophie poussa Eden dans la zone où les prétendantes étaient censées attendre. Je lui adressai un regard noir. Ne voyait-elle pas que sa fille était terriblement mal à l'aise dans cet espace restreint ?

J'étais tellement énervée que j'en ratai le tirage au sort.

« Et la prétendante est… Miss Eden Everhart ! »

Le monde s'arrêta net autour de moi. Le nom de famille de ma sœur était le même que le mien : Saint Lucent, et non pas le nom de jeune fille de Sophie.

J'adressai un regard horrifié à ma belle-mère.

« À quel jeu jouez-vous ? »

Sophie se contenta de sourire.

« Ce n'est pas un secret que le prince te méprise. Si tu avais été capable de le séduire, nous n'en serions pas là aujourd'hui. Alors, pourquoi ta sœur devrait-elle subir tes échecs ? Je t'ai dit qu'elle méritait d'être une princesse, et maintenant, elle y est presque. »

J'examinai ma belle-mère de près. Son sourire confiant. Son attitude calme. Le fait que le nom d'Eden soit choisi ne la surprenait pas. Un soupçon sombre prit forme.

Je me penchai en avant, baissant la voix pour que personne ne m'entende.

« Qu'avez-vous fait ?

— Ce que n'importe quelle mère ferait pour son enfant. »

Sa voix était pleine de venin.

« Un sort ? »

Sophie regarda tout autour d'elle, ce qui signifiait que j'avais vu juste. Elle avait utilisé la magie pour assurer la victoire d'Eden.

« Souris, ma chère. Le royaume nous regarde. Si tu gâches cette occasion pour notre famille, je te jure que je te le ferai regretter pour le restant de tes jours. »

Dix-neuf
Prince Gourmandise

« Votre Altesse ! Par ici, Anderson Anders, du *Sinners' Rumor*, nous avons discuté il y a quelques jours. Avez-vous un peu de temps pour quelques questions après la grande annonce ? »

Je lui décochai mon sourire le plus splendide, prenant soin de ne pas montrer les dents au journaliste qui se mit sur mon chemin pour essayer de m'empêcher de battre en retraite. Anders, le chroniqueur pompeux, me tapait vraiment sur les nerfs. Il me fallut faire appel à toute ma diplomatie pour ne pas utiliser ma carrure imposante et le bousculer.

« Pas de questions aujourd'hui, Anders. Je vous prie de diriger toutes vos demandes au journaliste royal officiel. »

Je fis signe à la foule qui était encore dans l'allée circulaire, puis me dirigeai vers les écuries pour seller mon cheval de l'enfer. Les palefreniers hochèrent la tête quand j'entrai dans le box de Magnus et le préparai pour le voyage. L'énorme étalon adorait se rendre à la Frontière impitoyable et sentir le vent glacial nous fouetter tandis qu'il galopait à une vitesse qui devait briser toutes les lois de la nature.

Les chevaux de l'enfer n'étaient pas comme les montures mortelles ; ils étaient plus rapides, plus puissants. Magnus pouvait parcourir les cent kilomètres en moins d'une heure et n'être toujours pas épuisé.

C'était généralement un trajet éprouvant et revigorant. Et c'était exactement ce dont j'avais besoin après le spectacle de cet après-midi. Je l'enfourchai et, quelques secondes plus tard, nous traversions les terres du château, nous dirigeant vers la Frontière impitoyable.

Je fermai les yeux, laissant la joie du trajet prendre le dessus. Les souvenirs d'une époque plus innocente me vinrent à l'esprit. Emilia n'avait pas pris son cheval, Tanzie, pour monter avec nous depuis longtemps. On aurait dit que nous avions tous affronté une crise après l'autre au cours des dernières années.

J'espérais rectifier cela sous peu.

Les sabots de Magnus heurtèrent la route en gravier qui menait en haut de la montagne et permettait de sortir de la ville. Sa crinière fouettait l'air tandis qu'il libérait toute sa puissance et me ramenait dans le moment présent.

Il me sembla que quelques instants seulement s'étaient écoulés, et non pas une heure, quand nous nous approchâmes du mur qui séparait le territoire inhabité au nord des Sept Cercles.

Un ombre passa au-dessus de nous et Magnus trépigna. On nous prenait en chasse.

Je l'éperonnai et nous nous précipitâmes en avant de nouveau, fonçant vers l'écurie, à l'intérieur de la forteresse. Une autre ombre nous suivit et le cri féroce des dragons déchira le calme de la journée. Magnus fonça entre les portes pour devancer le dragon et nous mettre à l'abri alors que le premier souffle enflammé s'abattait depuis le ciel.

Les chasseurs qui avaient été debout près de l'écurie se dispersèrent, courant en zigzag pour se mettre en sécurité entre les murs protégés de la Frontière impitoyable. Je ne les suivis pas.

Je jetai les rênes à un garçon d'écurie, descendis de cheval et m'envolai dans le ciel. Je localisai immédiatement les deux dragons. Une lueur cramoisie brillait dans leurs yeux et la couleur était terrifiante avec la neige et la glace en arrière-plan. Lorsqu'ils me virent, ils crachèrent encore plus de leurs horribles flammes, me ratant de peu tandis qu'ils me poursuivaient.

Avant que je ne fasse un kilomètre, Colère me rejoignit. Il avait sans doute été appelé par Félix quand ce dernier avait vu les premiers signes de l'assaut. Nous nous précipitâmes vers le nord en utilisant tous les avantages à notre portée pour attirer les dragons loin de l'avant-poste et de ce qui se trouvait au-delà.

Les cris perçants des dragons de glace résonnèrent derrière nous, confirmant que nous avions attiré leur attention et qu'ils nous pourchassaient. Mon pouls battait fortement dans mes veines et l'adrénaline coulait à flots.

Ce n'était vraiment pas passé loin. Mes chasseurs savaient dans quoi ils s'étaient embarqués quand ils s'étaient joints à la guilde, mais personne ne méritait de vivre dans la crainte constante d'être attaqué.

Je volai aussi vite que possible vers les montagnes, remarquant le moment où Colère s'éloigna de moi et se dirigea vers le dragon le plus proche. Ses ailes, qui avaient un jour émis des flammes d'un blanc éclatant, étaient désormais d'un noir profond et menaçant tandis qu'il le pourchassait.

Pour une fois, nous ressemblions à ce que nous étions vraiment : des anges vengeurs, déchus, destinés à lutter contre les pires créatures des royaumes. Ensemble, nous représentions une cible attrayante pour les dragons ; ils ne pouvaient pas résister à l'envie d'abattre deux prédateurs alpha. Les chasseurs qui auraient pu attirer leur attention de prime abord avaient été vite oubliés.

Colère se dirigea à nouveau vers moi, l'air sombre. Nous étions passés terriblement près du désastre. La Frontière impitoyable était protégée, mais pas les maisons et les villes qui se trouvaient au-delà, et si les dragons nous contournaient, ils les atteindraient. Je devrais chercher un moyen de défendre mes démons par la magie. Un moyen qui ne consumerait pas constamment une petite partie de mon pouvoir.

Une chaîne de montagnes familière s'éleva devant nous comme un dieu furieux, ses sommets dentelés montant vers le ciel pour le maudire.

Mon frère me jeta un coup d'œil et attendit. Je lui donnai le signal que nous avions utilisé un nombre incalculable de fois. Tandis que la montagne apparaissait devant nous, il vira à gauche et moi, à droite.

Nous séparerions les dragons et attendrions qu'ils abandonnent ou qu'ils retournent là où ils se cachaient pour les suivre. Le hurlement derrière nous nous indiqua qu'ils hésitaient, ce qui nous donna l'avantage que nous voulions. Cet instant nous permit d'avancer, de plonger sous la cime des arbres et de nous camoufler.

Je descendis à pic, resserrant mes ailes contre mon corps, obligeant mon torse à rester immobile. Les dragons passèrent au-dessus de moi en un éclair d'écailles irisées et d'ailes blanches, visant les plus hautes montagnes du nord. Je remontai dans le ciel, déterminé à les suivre, et jurai.

Ils avaient disparu.

Je volai dans la même direction qu'eux, observant le terrain en contrebas. C'était un exercice particulièrement frustrant. Les grottes et les conifères m'empêchaient de voir. Je pris une heure de plus pour passer la zone au peigne fin, tendant l'oreille pour entendre le plus infime des gémissements ou des grognements, ou un bruit d'ailes.

Rien. On aurait dit que les dragons s'étaient tout simplement volatilisés.

Je contournai la montagne une dernière fois, puis retournai à la Frontière impitoyable.

Colère était déjà là, affichant un air aussi sombre que le mien. Je lui adressai un geste du menton, indiquant qu'il devait venir avec moi. Je ne voulais pas que mes chasseurs nous entendent.

« As-tu réussi à fixer un traceur sur l'un d'eux ? » demandai-je.

Colère secoua la tête.

« Ils ont anticipé mon coup et l'ont paré. »

Je passai mes mains dans mes cheveux et jurai.

« Ils doivent être maudits. Je ne vois pas d'autre raison qui expliquerait qu'ils changent à ce point. Parfois, on dirait qu'ils savent exactement ce qu'ils font et d'autres fois, pas du tout. »

Le regard de Colère se perdit au loin et se posa sur les pics abîmés qui déchiraient l'horizon. De gros flocons de neige commencèrent à tomber. Une tempête frapperait sous peu. Les conditions idéales pour que les dragons de glace se fondent dans le paysage.

« Les sorcières n'ont pas fait de vagues depuis le dernier raid, dit-il, me tirant de mes pensées.

— Je sais. Mes espions ne m'ont rien rapporté d'elles depuis des mois. »

Colère et Emilia avaient eu des ennuis avec elles quelques mois plus tôt, à la Maison Cupidité, où les sorcières avaient lancé un assaut, le premier depuis longtemps. Et même si les démons avaient remporté la victoire, les sorcières ne se tenaient jamais tranquilles longtemps.

« Les dragons pourraient être une diversion, dis-je. Peut-être qu'elles veulent que nous nous concentrions sur ce qui se passe ici pendant qu'elles envahissent la Maison Orgueil. »

Colère croisa les bras sur sa poitrine.

« Est-ce qu'il a posé des questions sur le sommet ?

— Non. Tu crois qu'il manigance quelque chose de son côté ? »

Colère haussa les épaules.

« Il ne fait pas pousser des racines de sommeil pour se détendre dans le jardin après le travail. »

Une idée me vint à ces mots.

Les racines de sommeil étaient des fleurs suffisamment puissantes pour assommer un prince démon d'un coup, elles devraient donc avoir le même effet sur un dragon. Il était peut-être temps de cueillir quelques plantes pour mes guérisseurs. D'après les rumeurs qui circulaient depuis un moment, Orgueil avait planté un champ tout entier de racines de sommeil, et nous nous demandions tous ce qu'il trafiquait vraiment.

De toute la fratrie, c'était peut-être bien lui qui portait le plus de masques en public. Personne ne savait jamais vraiment ce qui motivait Orgueil, mis à part ses recherches pour trouver sa princesse. Même ses raisons derrière cette quête étaient constamment l'objet de débats. Lui manquait-elle vraiment ? Était-ce un coup porté à son maudit péché ? Ou y avait-il une autre raison pour laquelle il voulait désespérément retrouver sa trace ?

Si Orgueil anticipait une guerre contre les sorcières depuis longtemps, cela expliquait pourquoi il n'était pas inquiet à propos des dragons. Il devait s'attendre à des représailles ou à une attaque subtile. Si c'était vrai, ça aurait été gentil de sa part de nous prévenir.

J'observai les montagnes disparaître au loin tandis que la tempête redoublait de force.

On aurait dit que tout notre royaume était attaqué. L'Île Malice venait de destituer l'ancien prince vampire, obligeant Blade à trouver une épouse pour apaiser l'agitation.

La cour des Unseelies, à l'ouest, était en pleine confusion sous sa propre nouvelle direction.

Et si les sorcières étaient vraiment en train de manigancer quelque chose en utilisant les dragons ici, au nord, nous pourrions faire face à une guerre dans presque toutes les directions.

Je poussai un soupir.

« Espérons que nous avons tort et que les dragons ne sont pas maudits. »

Colère croisa mon regard, l'air aussi réservé que moi.

« Nous devons parler à Orgueil. Tu veux envoyer une demande de ta Maison, ou je le fais moi-même ? »

Un sourire lent et malicieux se dessina sur mes lèvres.

« Ni l'un ni l'autre. Moi, je dis qu'on devrait y aller maintenant, sans prévenir. Partant ? »

Le sourire de mon frère refléta le mien. Entrer dans un autre cercle sans y être invité pouvait être considéré comme une déclaration de guerre. Et cela faisait frémir d'impatience le péché de Colère. Littéralement. Le sol trembla assez fort pour que la couche de neige tombe du mur.

Je lui décochai un regard impassible.

« Garde le contrôle, espèce de sauvage. »

Une étincelle sombre brilla dans ses pupilles et il m'adressa un clin d'œil. Dans une explosion de fumée et d'ombres, il se téléporta à la Maison Orgueil.

« Merci de prévenir, marmonnai-je en me préparant à invoquer mes pouvoirs. Connard. »

Je venais de puiser dans mon énergie quand Colère réapparut dans une nouvelle déflagration.

Il se heurta à la muraille de la forteresse et enfonça la pierre. Lorsqu'il se redressa et s'épousseta, il était furieux. Je ne pensais pas que c'était dû à l'aspect débraillé de ses vêtements, même si Colère était *très* soigneux à ce sujet.

Je jurai.

« Il a protégé son cercle ? » devinai-je.

Colère hocha la tête.

« Et il ferait mieux d'avoir une sacrée bonne raison. »

Il s'en alla, furieux, sans doute pour se préparer à retourner à la Maison Colère. J'étais certain qu'il enverrait une lettre à notre frère mystérieux et qu'il ne s'agirait pas d'une menace légèrement voilée. Quand le péché de Colère s'embrasait, nous ne pouvions que nous faire tout petits ou nous préparer à la guerre.

Je n'avais vraiment pas besoin de me soucier de cela. Il était déjà très troublant qu'Orgueil ait fermé son cercle, et le moment n'était pas anodin. Je voulais savoir ce qu'il faisait exactement, et si cela avait des conséquences sur mon cercle, Colère ne serait pas le seul dont il devrait se protéger. La Maison Gourmandise s'en prendrait à lui avec toute sa puissance.

Je retournai à la forteresse et montai les marches menant à la salle de commandement.

« Val ? »

Ma seconde leva les yeux de la carte qu'elle étudiait.

« Oui, Altesse ?

— Fais venir Orgueil ici immédiatement. Dis-lui que la Maison Gourmandise lui déclarera la guerre s'il ne vient pas sur-le-champ avec des racines de sommeil.

— Ça, ça va attirer son attention, c'est sûr.

— C'est le but. »

Il était dans mon intérêt de l'agacer plutôt que de laisser Colère attaquer la Maison Orgueil.

Je ne pouvais pas éteindre autant d'incendies à la fois.

Val s'inclina et s'en alla pour envoyer un message.

Je sortis à grands pas sur le parapet. J'avais besoin de respirer l'air froid pour me calmer. Orgueil ne tarderait pas, surtout s'il voulait garder ses secrets au sein de sa cour. Moins de trente minutes plus tard, Félix se racla la gorge et monta sur le toit.

« Le Prince Orgueil est là. »

À peine avait-il terminé son annonce que la silhouette de mon frère se dessina dans l'encadrement de la porte.

Je le balayai du regard pour l'examiner. De l'extérieur, il était comme d'habitude.

Pas un cheveu décoiffé, pas une peluche sur ses vêtements. Son foulard était noué à la perfection autour de son cou et même la cicatrice qui traversait sa lèvre semblait renforcer son côté royal. Il y avait une certaine tension autour de sa bouche qui contredisait son attitude nonchalante.

Les yeux argentés d'Orgueil brillèrent comme des dagues tandis qu'il regardait mon chasseur retourner à la hâte à l'intérieur. La tempête n'était pas la seule raison pour laquelle la température avait baissé brusquement.

Quand nous fûmes seuls, il me jeta un sac de racines du sommeil.

« Une guerre, Gabe ? Pour des saloperies de mauvaises herbes ? »

Je n'étais pas d'humeur à supporter son attitude cavalière ce soir.

Je le poussai contre le mur, satisfait d'entendre ses dents claquer à l'impact.

« Si ce ne sont que des mauvaises herbes, alors pourquoi est-ce que les terres de la Maison Orgueil en sont couvertes ? J'ai entendu des rumeurs qui prétendent que ton cercle n'est plus si immaculé. C'est tellement étrange pour un péché comme le tien, où les apparences sont si importantes. »

Il plissa les yeux, mais ne répondit pas au coup porté à son pouvoir.

« On dirait que tu as raté la partie sur les attaques de dragons, Luc. Tu te souviens ? Le sommet auquel tu ne t'es pas donné la peine d'assister ? Essaie de te sortir la tête du cul et de prêter attention à quelque chose qui n'est pas en rapport avec tes désirs immédiats. »

Un muscle tressaillit dans sa mâchoire, mais il garda obstinément le silence. Je savais exactement pourquoi il ne disait pas un mot : il ne pouvait pas mentir et n'avait pas l'intention de dire la vérité.

Je saisis les racines de sommeil.

« Félix ? »

Le chasseur revint sur le parapet.

« Oui, Votre Altesse ?

— Demande à Helga de transformer les racines de sommeil en un liquide que nous pouvons tirer et injecter aux dragons. Ou une pâte pour couvrir des aiguilles, selon ce qui est le plus rapide à préparer. Il nous faut un moyen de l'administrer rapidement s'ils attaquent.

— Tout de suite, Votre Altesse. »

Félix prit la petite sacoche et obéit, me laissant seul avec mon frère de nouveau.

Orgueil leva les sourcils.

« La menace est vraiment aussi grave ?

— Un chasseur a été tué. Alors, d'après toi ? »

Il haussa les épaules, adoptant une attitude nonchalante.

« Un événement fâcheux, j'en suis sûr. Tu crois qu'ils vont attaquer ta Maison du péché sous peu ?

— Si on révèle des secrets de nos Maisons, toi d'abord. Tu peux commencer par le champ de racines du sommeil ou ce que tu manigances pour ta princesse. »

Mon frère serra les poings, puis les desserra.

Nous n'arriverions à rien si nous continuions à nous provoquer. Il était temps de laisser notre animosité de côté et de voir ce que mon frère savait sur les sorcières et leur éventuelle implication dans cette histoire.

« Je cherche quelque chose qui causerait la folie des dragons », dis-je.

Je le vis parfaitement tressaillir. Ce salaud avait bien des secrets.

« Tu ne connaîtrais pas un sort ou une malédiction de ce genre ?

— Pourquoi est-ce que j'en connaîtrais ?

— Ta belle-mère est dans ton donjon en ce moment même, n'est-ce pas ? demandai-je. Peut-être qu'elle a parlé de quelque chose y étant lié ou qu'elle s'est vantée d'avoir utilisé un sort sur un prince du péché.

— Sursea n'a pas dit un mot depuis presque un mois. »

Il regarda la cour en contrebas. Les chasseurs se dépêchaient de se mettre à l'abri tout en scrutant le ciel.

« Tu n'as pas besoin d'une sorcière pour rompre la malédiction.

— Je sais. Mais j'ai besoin de savoir quel sort a été utilisé et qui en est la cible.

— Je te laisse, alors.

— Pas si vite. »

Je me plaçai devant lui en un clin d'œil, ma dague posée contre sa jugulaire.

« Je veux parler à Sursea. Maintenant. »

Orgueil contrôla ses traits pour prendre un air faussement poli.

« D'accord. Tu as droit à cinq minutes de visite. Retrouve-moi dans ma cour sur-le-champ. »

Je retirai ma lame.

« Alors, après toi. »

Orgueil s'inclina d'un air moqueur et se téléporta dans son cercle.

J'invoquai mes propres pouvoirs magiques et, dans une explosion de feu et de fumée, je me matérialisai à côté de mon frère, juste devant son château.

Nous n'étions pas tout à fait seuls.

Les gardes casqués d'Orgueil se tenaient en cercle autour de nous, m'empêchant de voir le domaine. Le sourire de mon frère était tout sauf amical lorsque je haussai les sourcils, surpris par l'accueil de cette escouade de la mort.

« Dépêche-toi, mon cher frère. D'après mes calculs, il ne te reste que quatre minutes.

— Tu ne m'as même pas encore mené à Sursea. »

Son sourire était chargé de malice.

« Je ne t'ai autorisé qu'une visite de cinq minutes. Tu n'as pas précisé qu'elles devaient être exclusivement passées avec ma belle-mère. Il te reste trois minutes et quarante secondes à la Maison Orgueil. Je te suggère de les utiliser avec sagesse. »

Ce salaud ne valait pas mieux que les Faës.

« Emmène-moi voir Sursea immédiatement. »

Orgueil et moi montâmes les escaliers luisants de son château. Dès que nous entrâmes dans le vestibule couvert de feuilles d'or, il bifurqua dans la pièce située à droite. Des gardes étaient postés devant la porte et s'inclinèrent quand Orgueil leur fit signe de nous laisser passer.

J'étais sur le point de poignarder mon frère avec ma dague quand il poussa la porte, révélant quelque chose que je ne m'étais pas attendu à voir.

« Sursea. »

J'entrai dans la chambre joliment meublée. C'était loin de ressembler au donjon où on m'avait laissé croire qu'elle vivait. On aurait dit une suite tout droit sortie du Versailles des mortels.

Des murs couverts de soie, des moulures dorées, des fresques, des peintures et des petits salons dignes d'un roi.

Sursea était assise sur le bord d'un canapé en soie et me dévisagea d'un air hautain. Elle haussa un sourcil noir, mais ne répondit pas. Orgueil entra et ferma la porte, sortit une montre à gousset de son gilet tout en me décochant un sourire moqueur.

« Le temps presse, mon frère », me taquina-t-il.

Je me tournai vers la sorcière.

« Il me faut des réponses. »

L'expression de son visage était aussi sereine et inerte qu'un lac paisible. Si ce n'était la lueur fourbe dans ses yeux, j'aurais pu croire qu'elle était dans un état de stupeur dû à la magie.

« Vous êtes muette ? demandai-je en m'approchant. Ensorcelée ? »

Orgueil soupira.

« Elle proteste contre sa captivité. »

Je la scrutai.

« Alors, vous pouvez parler, mais vous choisissez de ne pas le faire ? »

Elle leva la main, trouvant soudain que ses ongles méritaient toute son attention. Une petite moue sur ses lèvres nous montrait qu'elle s'amusait. Elle prenait toujours plaisir à jouer avec les princes du péché.

Peu importe. Je devais juste lire ses réponses non verbales.

« Avez-vous maudit les dragons de glace ? »

Elle leva brusquement les yeux vers moi, puis se remit à examiner ses ongles.

« Ton temps est écoulé. »

Orgueil referma sa montre à gousset.

« Sors.

— Merci pour ta généreuse hospitalité. »

Je souris, puis me tournai vers Sursea et exécutai une révérence condescendante.

« Et merci d'avoir résolu ce mystère pour moi. »

Je me retournai et sortis de la pièce, soulagé d'avoir enfin écarté une théorie. Les sorcières n'étaient pas derrière ces attaques. Ou, si c'était le cas, ce n'était pas leur dirigeante qui les avait orchestrées. Sursea avait été surprise et sa réaction n'avait pas semblé feinte.

Même si elle avait été courte, cette visite avait été un succès. Maintenant, il était temps d'aller dans les cachots et de tester le venin. Les sorcières ne faisaient plus partie de l'équation, mais je devais encore régler la question des dragons de glace.

Avec un peu de chance, Sil parlerait plus facilement que Sursea.

Vingt
Adriana

Plusieurs heures plus tard, ma sœur et ma belle-mère revinrent enfin à la maison.

« Eden et moi allons emménager à la Maison Gourmandise pour toute la durée du concours », annonça Sophie en m'adressant un regard lourd de sens.

Peut-être que je n'avais pas caché ma nervosité aussi bien que je le pensais.

« J'attends de toi que tu te comportes correctement. Compris ? »

Je me mordis la langue si fort que je me fis presque saigner. Je n'étais pas entièrement responsable de ma guerre avec Axton.

Eden adressa un regard surpris à sa mère.

« Ad ne peut pas rester ici toute seule, maman. Les gens jaseront.

— Qui le saura ? demanda-t-elle.

— Eh bien, pour commencer, n'importe quel chroniqueur qui creusera sur les familles des prétendantes », répondit Eden.

Je tentai de dissimuler ma surprise. D'habitude, elle ne contredisait jamais sa mère.

« Il vaut mieux qu'elle soit près de moi. Si elle reste à la maison et que la vérité sur notre lien de parenté est révélée, les gens diront qu'on est en froid et cela provoquera un scandale encore plus grand que si on les devançait. »

Je haussai les sourcils. C'était un argument valide et ma belle-mère avait du mal à s'y opposer. Je ne voulais pas prendre le parti de Sophie, mais vivre avec le prince pendant le concours serait… une torture.

« C'est très gentil, Edie, mais ta mère a raison. Je devrais rester ici. Ma présence ne ferait que causer des problèmes. Tout le monde sait que nous ne nous apprécions pas. Et ce ne serait pas juste s'il t'en faisait payer le prix. Axton doit se concentrer sur les prétendantes, pas se disputer avec moi. »

Elle m'adressa un regard suppliant.

« S'il te plaît. Je ne peux pas imaginer ne pas partager chaque instant avec toi. C'est l'événement le plus palpitant du siècle ! Je t'en prie, dis-moi que tu vas venir. Je te promets que tu changeras d'avis sur lui quand tu verras comme il est charmant.

— Edie, la réprimanda ma belle-mère. Arrête d'être aussi dramatique. Tu dois penser uniquement au prince maintenant. Pas à papoter avec ta sœur. »

Les yeux d'Eden commencèrent à briller ; elle retenait ses larmes et sa lèvre tremblait.

« Et si vous aviez tort ? Et s'il pensait que nous lui avions joué un tour et que je perdais le concours ? »

Sophie m'adressa un regard agacé, comme si j'étais à l'origine de ce problème.

Je me sentais acculée. Je voulais éviter le concours à tout prix, mais l'enquêtrice en moi voyait une ouverture. Et je serais bête de l'écarter.

Emménager au château me donnerait une très bonne excuse pour fouiner un peu et voir quelles rumeurs je pouvais déterrer sans mon réseau. Mes informateurs n'étaient plus dans le coup tant que je n'arriverais pas à les recontacter, ce qui limitait mes recherches.

Si j'étais surprise en train de fouiller dans les affaires d'Axton... ma sœur en subirait les conséquences. Mais si je ne découvrais pas la vérité, c'était tout le royaume qui pourrait en souffrir.

« Je vais venir avec toi, dis-je d'une voix douce, espérant qu'elle pourrait me le pardonner si quoi que ce soit tournait mal. Quand sommes-nous attendues ? »

Sophie semblait sur le point de nous assassiner. À la place, elle leva une main pour vérifier que ses cheveux étaient toujours parfaitement tressés.

« Une calèche viendra nous chercher demain, à l'aube. »

Je pris congé pour aller dans ma chambre, sous prétexte de devoir faire mes bagages, me soulageant ainsi des regards hostiles de ma belle-mère et des discours candides de ma sœur sur la générosité d'Axton.

Il ne me fallut que trente minutes pour mettre mes vêtements dans une vieille malle et, pendant ce temps-là, la clé dans ma poche fredonnait presque avec insistance.

En dépit du chaos du monde, il y avait un endroit où j'étais déterminée à me rendre avant que tout le reste ne tourne terriblement mal.

❄ ❄ ❄

Si j'avais un jour eu besoin de m'échapper, c'était bien ce soir. Après avoir rendu visite à Carlo pour revêtir mon costume et lui avoir payé une poignée de pièces que je ne pouvais pas vraiment me permettre de dépenser pour qu'il n'en parle pas à Ryleigh, je me tins devant le *Seven Sins*, le cœur battant d'impatience.

Les flocons saupoudraient la capuche de ma cape tandis que je fixais du regard la porte ordinaire.

Je ne savais pas si la clé fonctionnerait ce soir, mais aux grands maux, les grands remèdes. J'aurais juré que j'étais impatiente uniquement parce que je souhaitais obtenir des renseignements pour ma rubrique et sur les dragons. Mais je savais que, si l'un des princes du péché était dans les alentours, il saurait que je mentais. Je voulais voir mon inconnu masqué. Contre ma volonté, je désirais sa compagnie.

En priant pour que quelqu'un veille sur moi, je présentai la clé devant la porte, attendant alors que quelques secondes tendues s'écoulaient. Alors même que je commençais à retirer ma main, la porte disparut pour me laisser passer. Je poussai un léger soupir et me précipitai à l'intérieur, me dirigeant droit vers le bar.

« C'est quoi, ton poison ? » demanda le barman masqué en agitant un cocktail violet avant de le verser dans un verre élégant.

Il le fit glisser sur le comptoir et la boisson s'arrêta juste devant la femme qui l'avait commandé. C'était impressionnant. Je remarquai ses longues oreilles qui dépassaient de ses cheveux blond doré et devinai qu'il avait dû utiliser un peu de magie des Faës. De la cour lumineuse, à en juger par la couleur de ses boucles.

« Qu'est-ce que vous me proposez ? »

Ma voix s'éleva au-dessus du raffut surexcité du club.

Je regardai autour de moi, cherchant un endroit où m'asseoir. La salle était aussi bondée que d'habitude et des couples étaient déjà en train de danser sur la piste ou de se prélasser sur les canapés.

Comme je n'étais pas certaine que mon inconnu masqué soit là et qu'il n'était pas encore minuit, je décidai de calmer ma nervosité en buvant un cocktail sur la terrasse du toit.

Le barman cessa de préparer la boisson du client suivant et m'observa. Je portais de nouveau la perruque bleu foncé et le costume de la « reine des glaces », comme Carlo l'avait surnommé, mais il était impossible de savoir ce que le sortilège montrait au Faë.

Il n'hésita pas à répondre :

« Bière d'hiver.

— Jamais entendu parler.

— On n'en a jamais eu avant, et on n'en aura sans doute plus jamais. On nous devait une faveur. »

Intriguée, je commandai la bière et saisis la chope pour siroter la couche de mousse. Elle était délicieuse. Comme des épices de vin chaud dans de la bière légère mélangée avec du brandy chaud. A priori, rien de tout cela n'allait ensemble, mais c'était un mélange exquis. On aurait dit que je sirotais un dessert frais.

Après avoir pris des forces pour affronter une soirée pleine de très mauvaises ou de très bonnes décisions, je montai jusqu'au jardin sur le toit, prenant mon temps tout en passant devant les rangées de fleurs nocturnes. Leur parfum était un festin pour les sens.

Au cas où mon inconnu serait là, je me demandais si je devais m'excuser de ne pas être venue à notre rendez-vous ou si je devais d'abord voir comment il réagissait.

Son identité enflammait encore ma curiosité, et je n'aurais pas dû avoir envie de l'assouvir.

Je marquai une pause en apercevant la silhouette penchée par-dessus la balustrade. De dos, elle semblait avoir la même carrure que mon inconnu. Mais je n'en serais pas certaine avant d'entendre sa voix.

J'avançai à pas silencieux et, curieusement, mon pouls accéléra.

C'était peut-être juste l'excitation qui coulait dans mes veines, l'impatience de ce qui était sur le point de se passer, le chemin que nous avions tracé toute la semaine. Ou peut-être qu'il me plaisait et que j'étais nerveuse parce que, sous peu, nous ne pourrions plus passer de temps ensemble. Et ce concept m'était inconnu.

« Nerveuse, Dame F ? » demanda-t-il quand j'approchai.

Son regard était toujours rivé vers la ville.

Je me plaçai à côté de lui et laissai échapper un soupir apaisé. Je ne m'étais pas rendu compte à quel point j'avais craint qu'il ne vienne pas ce soir.

Je ne le connaissais que depuis quelques jours, mais sa compagnie était un soulagement bienvenu. Surtout après ce qui s'était passé pendant la journée. Les attaques de dragon potentielles. Ma sœur devenue la prétendante. Mon réseau silencieux comme une tombe. Ma prise de bec avec le prince au bureau. L'emménagement au château le lendemain… Cette journée avait peut-être été encore pire que le bal de Tous les Pécheurs.

Au lieu de montrer que mes pensées avaient été submergées par le passé, je me concentrai sur mon compagnon. Ce soir, je voulais être entièrement dans le moment présent. C'était notre dernière soirée ensemble et rien ne pourrait la gâcher.

« Pas du tout. J'admirais la vue. »

Un sourire étira ses lèvres et il inclina légèrement la tête vers moi.

« Je croyais que cette phrase était ancienne et désuète.

— Heureusement, moi, je ne le suis pas. »

J'utilisai de nouveau les mots qu'il avait prononcés la dernière fois que nous nous étions parlé, ce qui me valut un petit rire de sa part. Je me laissai un moment pour me détendre et m'imprégner de ce badinage frivole.

Mon inconnu se tourna vers moi et, pendant un moment interminable, j'oubliai de respirer.

Il me balaya du regard et j'aurais juré que je sentais son désir devenir vorace sous les couches de magie et le masque qui m'empêchaient de distinguer son vrai visage.

Pour la première fois, j'aurais voulu le voir et lire toutes les lueurs dans son regard, déchiffrer exactement ce qu'il pensait et ressentait. Les graver de manière permanente dans ma mémoire.

Mais ce n'était pas ce dont je devrais avoir envie ce soir ni à un autre moment, d'ailleurs.

Il me regardait avec une telle intensité que je me demandais s'il avait découvert un moyen de voir à travers la magie qui me déguisait.

« Votre beauté est dangereuse.

— Dangereuse, dans quel sens ?

— Dans le sens où je n'arrête pas de penser à vous. »

Mes joues prirent une jolie teinte rose.

« Je ne sais pas si c'est une bonne chose ou pas. »

Il éclata d'un rire riche et sombre, addictif.

« Moi non plus. »

Je sirotai ma boisson, espérant rafraîchir la sensation de chaleur qui me submergeait. Je devrais être en train d'essayer de découvrir qui il était en demandant subtilement s'il savait quelque chose à propos des dragons ou du silence sur le réseau de l'ombre. Si quelqu'un savait quelque chose sur les secrets, je supposais que c'était lui.

Cependant, je voulais tenir ce moment dans ma main, le garder pour moi un peu plus longtemps.

« Disons que c'est une bonne chose, conclus-je. Qu'est-ce qui éveille le plus votre curiosité ? »

Il m'observa de nouveau et je ne pus m'empêcher de sentir qu'il mémorisait chaque détail.

« Je me demande pourquoi vous êtes ici avec moi.

— Où devrais-je être, si ce n'est ici ?

— Au lit avec quelqu'un qui vous adore, qui ne serait jamais assez bête pour vous laisser partir. Qui passerait ses journées à découvrir toutes les choses qui vous donnent du plaisir. »

Je sentis mes joues se réchauffer agréablement.

« Vous êtes vraiment un séducteur. »

Un sourire malicieux étira ses lèvres.

« J'ai aussi passé bien trop de temps à me demander à quoi vous ressembliez, comme la couleur de vos cheveux ou de vos yeux. Je veux savoir qui vous êtes, ce qui occupe vos journées. »

Il marqua une pause, comme s'il attendait de voir si j'allais lui donner ces renseignements.

C'était vraiment un homme très intelligent.

Je lui adressai un sourire faussement timide.

« Vous devrez faire beaucoup plus d'efforts pour percer mes secrets.

— Très bien, Dame F. »

Son sourire joueur devint franchement ravageur.

« Je dois avouer que je passe la plupart de mon temps à imaginer que je vous retire ce joli costume et que je vénère chaque centimètre de vous. Je rêve de la douceur de votre peau, des frissons de vos cuisses. Vous me tenez dans un étau et j'ai hâte de vous rendre la pareille. »

Mon cœur décida que c'était le moment idéal pour commencer à battre la chamade.

Je l'observai à mon tour. Son costume bleu foncé était parfaitement ajusté à sa carrure, comme s'il avait été moulé pour lui, mettant en valeur ses muscles fermes et tout le travail qu'il avait fourni pour ressembler à un dieu. Ses vêtements indiquaient qu'il était fortuné, mais je n'étais pas sûre qu'il soit noble. Étant donné que le sortilège ne changeait pas les habits, je savais seulement qu'il avait de l'argent.

Je me demandai ce qu'il faisait dans la vie, supposant que c'était un métier où son corps était une arme en soi. C'était peut-être un garde royal ou un membre de la guilde de chasse. Ou le propriétaire d'un club du vice secret…

J'avais senti la puissance de son corps quand il m'avait appuyée contre la rambarde et je ne pus m'empêcher d'imaginer de quoi il aurait l'air si je retirais chaque couche de ses vêtements.

« Si vous n'arrêtez pas de me regarder comme ça, nous n'atteindrons jamais une chambre, Dame F. »

Je le balayai à nouveau du regard pour le mettre au défi, mais aussi parce que je ne pouvais pas m'en empêcher.

« Peut-être que j'ai envie que vous me preniez ici. Contre la balustrade. »

J'ignorais quelle mouche m'avait piquée pour que je propose une chose pareille.

Je voulais peut-être accepter son offre de l'autre soir. Ou peut-être que je pensais encore à ce que le prince avait dit plus tôt, quand il avait parlé de me pencher sur son genou.

Même si j'avais horreur de l'admettre, je désirais cet étalage de désir sauvage. Il marqua une pause un moment avant qu'un demi-sourire se dessine sur ses lèvres.

« Vous êtes pleine de surprises. »

Il observa la rue en contrebas, où plusieurs clients sortaient des établissements à proximité. Leurs voix étaient fortes tandis qu'ils avalaient plus d'alcool et qu'ils faisaient la fête. Il semblait réfléchir à ma proposition.

Des cris scandaient le nom d'Axton, puis celui de ma sœur. Il était surprenant d'entendre des inconnus l'acclamer.

Non pas que je sois mécontente qu'ils la soutiennent. Seulement, la nouvelle à laquelle j'avais essayé d'échapper me revint brusquement à l'esprit. La légèreté que j'avais ressentie quand nous flirtions se dissipa. Où que j'aille, ce fichu prince rôdait.

« Je n'étais pas sûr que vous viendriez ce soir, admit mon inconnu. Étant donné les festivités. »

J'hésitai avant de répondre. Il n'avait pas mentionné le fait que je lui avais posé un lapin la veille, ce qui me poussait à me demander s'il n'était pas venu non plus.

S'il n'avait pas été là, qu'est-ce qui avait bien pu l'empêcher de venir ? Mon intuition me demandait d'être prudente, car je pourrais bien tomber dans un piège inconnu.

Une autre acclamation pour le prince s'éleva de la foule en contrebas, ce qui me permit de ne pas répondre directement.

« En fait, je pense que c'est plutôt triste, admis-je. Choisir une partenaire potentielle en piochant un nom dans un bol. »

Il ricana.

« Dit comme ça, ce n'est pas très romantique, n'est-ce pas ?

— Cela m'inspire de la solitude, je suppose. »

J'étais surprise par cette prise de conscience. Normalement, je me fichais du prince et de son manque de relations sérieuses. Mais maintenant que ma sœur était impliquée, cela me dérangeait.

« Mince alors. Nous sommes deux pécheurs bien tristes, ce soir. »

Je souris.

« C'est malheureux, mais c'est vrai. »

Notre conversation avait été prometteuse au début, puis la foule avait tout gâché en me rappelant que cette soirée n'était qu'une distraction. Le lendemain, j'emménagerais à la Maison Gourmandise avec ma sœur et ma belle-mère, ainsi que les autres prétendantes.

« Bon. On dirait qu'il n'y a qu'un moyen de sauver notre soirée, dit-il d'une voix taquine. Si vous voulez bien m'excuser, Dame F. Je reviens dans un instant. »

Il s'inclina au-dessus de ma main comme un preux chevalier, puis me laissa sur le toit, à me demander en quoi consistait son plan.

Quelques instants plus tard, il revint avec une couverture en fourrure sous le bras et un plateau en argent couvert de desserts en équilibre sur son autre main. Peut-être que le club lui appartenait vraiment. Cette idée me fit frissonner : les secrets auxquels il avait accès, les ragots... Il pourrait être un contact très intéressant. C'était bon pour le travail et le plaisir.

Je ne pus m'empêcher de rire quand il étala la fourrure d'un grand geste théâtral et qu'il me servit un petit four bleu après que je m'étais installée pour notre pique-nique improvisé.

Il posa le plateau couvert de desserts sur le sol, près de nous, puis tapota mon petit four avec le sien.

« Trinquons au fait de profiter de votre charmante compagnie ce soir, madame. »

Le plus étrange, c'était qu'il avait l'air vraiment ravi. Comme si s'asseoir avec moi sur une couverture en fourrure avec les acclamations du monde entier en contrebas dépassait ses attentes pour cette soirée.

« Je pensais que vous seriez déçu, dis-je. C'est un club de plaisir, après tout.

— Ah. Eh bien, c'est la partie de mon plan où je vous fais tomber follement amoureuse de moi et où vous partagez tous vos secrets. »

Lorsqu'il sourit, des papillons s'envolèrent dans mon ventre.

« Ma stratégie fonctionne, n'est-ce pas ? »

Je souris en baissant les yeux vers mon deuxième petit four, ravie qu'il n'y ait pas beaucoup de lumière.

« Avec une telle confiance en vous, je dirais que vous êtes vraiment de la Maison Orgueil. »

Nous parlâmes un peu plus longtemps, et la conversation était amusante et légère ; nous n'abordâmes pas de sujets trop sensibles.

Finalement, quand le dernier petit gâteau fut dévoré, il essuya ses mains et se leva.

« M'offrirez-vous le plaisir de votre compagnie demain ? » demanda-t-il en m'aidant à me relever.

Je me mordis la lèvre. Le lendemain, je vivrais à la Maison Gourmandise et il pourrait être difficile d'en sortir sans me faire remarquer, mais je trouverais un moyen. Je luttai contre l'envie de lui demander comment il avait accès à autant de clés du club, ne voulant pas qu'il change d'avis et qu'il retire son invitation.

J'aurais d'autres occasions de lui poser des questions subtiles sur sa vie demain.

Il n'avait pas hésité à creuser sur la mienne toute la soirée, et je voulais savoir s'il y avait une raison particulière derrière sa curiosité.

Je repensai à la question posée à Miss Match, celle sur la confiance en soi après avoir commis des erreurs. Peut-être que mon inconnu était simplement curieux parce que je lui plaisais, mais je devais connaître ses motivations avant de lui accorder ma confiance.

Découvrir qui il était en dehors de ce club m'aiderait à apaiser mes craintes d'admettre ce que je voulais vraiment. Il y avait un secret que je ne pouvais plus éviter : ce qui avait commencé comme une nuit amusante de passion se transformait peu à peu en autre chose. Je ne devrais pas vouloir profiter de ce petit plaisir alors qu'il fallait que je me concentre sur tant d'autres choses. Mais l'idée de le laisser de côté... Mon estomac se nouait en y pensant. Il y avait forcément un moyen de trouver un équilibre dans tout cela.

« Seulement si vous me promettez d'apporter d'autres desserts. »

Le sourire lent et malicieux qui se dessina sur ses lèvres m'indiqua que des choses bien plus intéressantes seraient au menu le lendemain.

Soudain, j'avais hâte de voir quels en-cas délicieux il nous réservait.

Mon bel inconnu avait peut-être quelque chose derrière la tête quand il cherchait à découvrir mon identité, mais il n'était pas le seul à vouloir enfreindre quelques règles pour atteindre ses objectifs.

D'une manière ou d'une autre, je résoudrais un des mystères qui me hantaient.

Il me prit la main et la leva pour l'effleurer d'un baiser.

« À demain, madame. »

C'était peut-être à cause du clair de lune ou du sortilège, mais j'aurais juré qu'une lueur venait de briller dans ses yeux, comme s'il avait remporté un combat secret. Je ne pouvais pas non plus m'empêcher de penser que son ton innocent avait caché une promesse.

J'ignorais ce que pouvait dissimuler son vœu silencieux, mais je serais sur mes gardes jusqu'à le découvrir.

Je retirai ma main et lui fis un petit signe, comme si je n'étais pas du tout méfiante.

« Faites de beaux rêves. »

Vingt et Un

Prince Gourmandise

Pour la deuxième fois, j'observai la mystérieuse Dame Frost se glisser dans la pénombre et m'obligeai à rester sur place. Une chose que j'avais apprise en maîtrisant l'art de la chasse, c'était que la patience finissait toujours par porter ses fruits.

Un mélange particulier de frustration et d'admiration s'empara de moi tandis qu'elle descendait la rue sans remarquer que mon regard était rivé sur elle. Au moins, de ce côté, j'avais l'avantage.

Notre petit jeu psychologique était équilibré : elle répondait à chacun de mes coups. Elle était incroyablement intelligente, une caractéristique que j'applaudirais si elle n'entravait pas directement mon enquête et mon besoin de savoir qui elle était. Si je n'avais pas eu à retrouver Val quelques minutes plus tard pour parler du concours et de l'arrivée des prétendantes, je me serais envolé sur-le-champ.

Toute ma vie, j'avais été le dragon qui suivait sa proie.

Maintenant, j'étais tombé sur un autre dragon qui n'avait pas peur de tourner autour de moi. C'était une stimulation attrayante et elle rendrait certainement les choses intéressantes au lit. Et en bonus, elle nourrissait mon péché. J'avais besoin de toutes les sources de pouvoir disponibles maintenant que les parties de chasse au dragon étaient annulées pour une durée indéfinie.

Faites de beaux rêves.

Pendant un instant, j'avais retenu ma respiration, convaincu qu'elle savait exactement ce que j'avais fait dans mes rêves la veille. Quand j'avais joui en l'imaginant allongée sur mes draps.

J'écartai ce souvenir de mes pensées avant qu'il ne m'attire plus d'ennuis et repensai à notre échange en imaginant comment l'aborder autrement.

Mes questions avaient été subtiles et non seulement elle les avait déjouées immédiatement, mais elle me l'avait fait remarquer. J'avais eu envie de lever ses bras au-dessus de sa tête et de punir ses belles lèvres d'un baiser.

Je devrais planifier mon prochain coup plus soigneusement.

Et je devrais reprendre le contrôle de mes propres désirs pour qu'ils ne gâchent pas tout. Le sortilège du club lui avait donné les mêmes cheveux bleu pâle qu'elle avait eus la dernière fois que je l'avais rencontrée.

Je ne savais pas encore si c'était une moquerie ou un indice prouvant que j'étais sur la bonne voie, mais je me rapprochais.

Je sentais l'excitation monter, comme un vrombissement constant dans mes veines insistant pour que je la prenne. Il était difficile d'apaiser cette pulsion innée, de ne pas agir alors que j'étais si proche de la victoire.

Quand l'instinct de chasseur prenait le dessus, j'étais sensible au plus infime détail, cataloguant tout ce que je percevais et l'analysant d'un œil critique.

Le fantasme de Dame F m'avait donné un excellent indice. Je ne pensais pas un instant que son désir d'être penchée sur la balustrade était une coïncidence. Et je ne pensais pas que c'était uniquement dû au fait que je lui avais demandé de s'y agripper la dernière fois que nous nous étions vus.

Il y avait une chose dont j'étais certain : si mon intuition s'avérait, je savais maintenant comment la garder près de moi et m'assurer que nos intérêts allaient de pair jusqu'à ce que le problème des dragons soit résolu.

Quand elle découvrirait la vérité, elle serait furieuse, bien évidemment, mais il serait trop tard. Adriana utilisait parfois un autre mot pour me décrire : un débauché impitoyable.

Pour une fois, elle avait vu juste, j'étais impitoyable. Je deviendrais le salaud le plus méprisable et sans pitié du royaume pour protéger mes démons.

Tandis que ma proie s'éloignait, je me rappelai que c'était temporaire. La couturière m'avait fait savoir que les articles seraient livrés à l'aube.

Avant demain, à minuit, j'aurais ma réponse.

Et peu après, avec un peu de chance, je piégerais ma rivale une bonne fois pour toutes.

Chère Miss Match,

J'ai fait de mauvais choix dans le passé, mais je viens de rencontrer quelqu'un.

Comment puis-je avoir confiance en moi ?

Scandaleusement vôtre, mais optimiste en amour,

Méfiante

Chère Méfiante,

J'avoue que c'est une situation plutôt délicate. Apprendre à avoir confiance en soi lorsque vous donnez une deuxième chance à l'amour, c'est un peu comme manger une pâtisserie qui vous a donné une indigestion.

Devriez-vous essayer de goûter quelque chose du bar à desserts de nouveau ? Ou craignez-vous que les douceurs vous indisposent pour le restant de vos jours et les éviterez-vous à tout prix ?

C'est peut-être une comparaison un peu bête, mais le but est de vous expliquer quelque chose. Vous ne pouvez pas éviter l'amour juste parce qu'une expérience vous a donné de la fièvre et la nausée. Une mauvaise pâtisserie ne prouve pas que tous les desserts sont pourris.

Vous n'avez qu'à regarder le Prince Gourmandise : si quelqu'un est bien légendaire pour prendre de mauvaises décisions en amour – décisions qui donnent plutôt envie à ses partenaires d'avoir une indigestion à la place –, c'est notre prince pas-charmant. Et pourtant, il fonce tête baissée en terre inconnue avec son concours pour trouver une femme et réforme ses manières de débauché. Enfin, c'est ce qu'il dit. S'il n'a pas peur de finir par enlacer ses toilettes royales, vous ne devriez pas le craindre non plus.

Restez scandaleuses, mes chères pécheresses,

Affectueusement,
Miss Match

Vingt-deux
Adriana

Le carrosse de location roulait bruyamment sur les rues pavées. Il était tellement secoué que mes dents claquaient et que mes fesses rebondissaient sur la banquette, s'élevant de plusieurs centimètres dans les airs.

Ma belle-mère était assise aussi convenablement qu'une reine, comme si la calèche était raffinée, même si le talon de sa chaussure, qui dépassait de sa robe, était fermement enfoncé pour éviter qu'elle ne soit projetée.

Après s'en être pris à moi pendant une bonne heure parce que j'avais comparé le prince à des problèmes intestinaux dans ma dernière chronique, elle avait fait de son mieux pour m'ignorer.

Ma sœur avait trouvé cela plus amusant et s'était mordu la lèvre pour ne pas rire. Au moins, quelqu'un appréciait mon dur labeur. Si on allait au-delà des références aux orifices à problèmes et aux toilettes royales, le conseil amoureux avait du sens.

Eden jouait avec ses nouveaux gants, tirant doucement sur la dentelle autour de ses poignets.

« Comment se passera le concours, d'après toi ? »

Elle se tourna vers moi, et l'expression de son visage oscillait entre l'espoir et l'inquiétude.

Je haussai une épaule.

« Je n'ai pas entendu beaucoup de rumeurs. J'imagine qu'il sera extravagant et excessif, compte tenu du péché du prince. »

C'était la chose la plus aimable que je pouvais dire, et j'espérais que cela suffirait à apaiser son malaise.

Eden acquiesça, mais n'avait pas l'air tout à fait rassurée.

« Je me demande à quoi ressemblent les autres prétendantes. »

Sophie agita une main avec dédain.

« Ne gaspille pas ton énergie pour elles. Concentre-toi sur le fait de plaire au prince. »

Mon regard se détourna vers la fenêtre. La haute clôture qui encerclait la demeure de la Maison Gourmandise apparut ; nous étions presque arrivées.

Une grande ombre passa au-dessus de notre carrosse, attirant mon regard vers le ciel.

« Vous avez vu ça ? »

Sophie et Eden secouèrent la tête.

« Qu'est-ce que tu as vu ? demanda Eden. Un dragon ? »

Elle semblait beaucoup trop surexcitée par cette possibilité. Comme si ces créatures n'étaient pas censées inspirer la crainte.

« Pourquoi diable penserais-tu que c'était un dragon ? » répliquai-je, me demandant si des rumeurs avaient circulé en dehors du réseau de l'ombre sans que je m'en aperçoive.

Eden me lança un regard qui suggérait que j'étais bien ennuyeuse.

« Parce que le prince les adore ? Ce serait tout de même palpitant d'en voir un voler au-dessus de son château à notre arrivée. »

Ma sœur avait marqué un point. Cela irait bien avec le goût de Gourmandise pour tout ce qui était spectaculaire.

Je collai mon nez à la vitre, tentant de scruter le ciel. Un petit auvent au-dessus de la fenêtre obstruait ma vue.

« Ce n'était sans doute qu'un nuage, dit Sophie en levant les yeux au ciel. Tu as toujours été trop fantaisiste. Cesse donc de chercher des mystères là où il n'y en a pas. »

Ce n'était pourtant pas moi qui avais suggéré l'idée d'un dragon de glace. Plutôt que de discuter, je passai le reste du trajet à observer le ciel, guettant un autre signe que quelque chose clochait. Mais l'ombre ne reparut pas. Et soudain, le carrosse s'immobilisa.

Nous étions arrivées à la Maison Gourmandise.

« N'oubliez pas, dit Sophie d'un ton sévère en nous observant, Eden et moi. Un trône est en jeu. Comportez-vous en conséquence. Toutes les *deux*. »

Un valet vêtu de la livrée bleu et argent de la Maison Gourmandise nous aida à descendre, puis s'occupa de nos malles. La couturière avait travaillé d'arrache-pied pour terminer toutes nos nouvelles tenues ; c'était incroyable de voir ce que le prince pouvait réaliser avec une poignée de pièces d'or bien placées.

Eden et moi emboîtâmes le pas à Sophie, qui montait les larges marches en pierre du château, la tête haute, affichant une arrogance de noble que je n'avais aucune envie d'imiter.

« Bonjour, Miss Everhart. Madame Everhart, et Miss… »

Le majordome écarquilla légèrement les yeux. J'avais assisté à quelques événements ici au fil des ans, alors nous nous connaissions.

« Miss Saint Lucent. Quelle surprise. »

Si Jarvis souhaitait m'interroger sur mon lien avec l'une des prétendantes, il était trop bien formé pour le faire. Son sourire ne vacilla pas une seconde tandis qu'il nous faisait entrer dans le vestibule.

« Vos appartements se trouvent dans l'aile sud. Si vous voulez bien me suivre, je vais vous y conduire immédiatement. »

Je balayai le vestibule du regard, remarquant aussitôt qu'une table qu'Axton plaçait habituellement là pour que les invités se régalent les uns des autres et s'adonnent à toutes sortes de conduites immorales avait disparu, remplacée par un immense vase en cristal débordant de fleurs.

Je m'étais laissée distraire par ce décor guindé et jurai intérieurement en constatant que ma sœur et ma belle-mère étaient déjà en train de monter les escaliers dorés à l'autre bout de la salle.

Ne voulant pas provoquer de scandale si tôt, je saisis mes jupons et me précipitai dans leur direction, espérant les rattraper sans que personne ne remarque mon absence. Cependant, je ne m'étais pas attendue à ce que la porte sur ma droite s'ouvre si brusquement ni à ce que le prince en sorte aussi vite. Nous nous heurtâmes l'un à l'autre de la manière la plus catastrophique qui soit.

Je rebondis contre son torse dur comme la pierre, tombai en arrière, et le maudit prince bascula avec moi, me tirant au dernier moment pour amortir ma chute avec son propre corps.

Je restai étendue là un instant, cherchant à me rappeler si j'avais récemment offensé l'un des anciens dieux dans mes articles pour mériter un tel châtiment. Mais non, c'était tout simplement une question de malchance épouvantable.

Je me redressai, mes paumes glissant involontairement sur les reliefs marqués de ses abdominaux, et ne pus m'empêcher de remarquer les muscles qui se contractaient sous mes doigts.

Je me demandai s'il était possible qu'un gouffre s'ouvre et m'engloutisse. Tout serait préférable au fait de devoir affronter Axton dans une telle posture. J'avais pratiquement caressé le prince.

Je tentai de me relever, mais ses mains s'élevèrent d'un coup et agrippèrent mes hanches, m'empêchant de bouger.

Je le fusillai du regard.

« Je vous demande pardon, Votre Altesse. Vous êtes en train de faire une scène. »

Il me lança un regard de défi.

« Je crois qu'il y a des moyens bien plus efficaces de provoquer un scandale. »

Avant que je puisse lui demander quelle substance illicite il avait bien pu ingérer, il donna un coup de hanches subtil sans me lâcher pour autant. S'il avait voulu me sidérer au point de me rendre muette, il avait réussi.

Je compris aussitôt quel était le problème. Il ne me retenait pas pour provoquer un scandale, mais pour en éviter un. Mes lèvres se refermèrent aussitôt.

Nous nous trouvions dans une position précaire à bien des égards, mais la seule chose qui m'inquiétait vraiment, c'était la réaction de ma sœur si elle apprenait que le prince qu'elle admirait tant était dur comme le granite sous moi. Je savais qu'il ne pourrait pas changer ses manières de débauché du jour au lendemain.

Plutôt que d'attirer davantage l'attention sur sa *situation*, je soutins son regard, lui promettant silencieusement que tout cela resterait entre nous, telle une trêve temporaire dans notre guerre. Mais cela lui coûterait cher.

Un instant tendu s'écoula avant qu'il ne prenne la parole.

« Par les sept Enfers, que faites-vous ici, Miss Saint Lucent ? »

Je lui lançai un regard hautain.

« Si vous voulez bien me lâcher, je me ferai une joie de vous l'expliquer. »

Une lueur sombre brilla dans ses prunelles.

« Je vous trouve bien plus plaisante dans cette position. »

À ce moment-là, nous avions attiré l'attention de ma belle-mère, de ma sœur, du majordome, et d'au moins un courtisan qui descendait les escaliers.

Tous restèrent figés, comme immobilisés par un sort. Je comprenais pourquoi. J'étais à califourchon sur le prince, au beau milieu de son vestibule, avec ses mains sur mes jupons.

De leur point de vue, on aurait dit que nous étions en pleine étreinte passionnée.

Mais de plus près, la tension de sa mâchoire indiquait qu'il était furieux. Il faisait sans doute en sorte d'avoir les mains occupées pour ne pas m'étrangler.

En matière d'entrée en scène, c'était un désastre pour ma sœur. Heureusement, la bosse sous son pantalon s'était estompée. Les dieux seuls savaient ce qui lui avait pris. Il ne nourrissait aucune affection envers moi. Peut-être s'était-il enfermé dans un bureau et s'était-il caressé en pensant à sa seule idée brillante, comme je l'avais imaginé des semaines plus tôt. Cette pensée m'arracha presque un sourire.

« Ma sœur est Eden Everhart. L'une de vos prétendantes. Maintenant, lâchez-moi, sauvage. »

Il me relâcha comme s'il s'était brûlé.

Je venais à peine de me remettre debout, lissant mes jupons, quand sa grande main s'enroula autour de mon bras.

Il adressa un sourire espiègle à l'attention de nos spectateurs, ce qui fit rougir presque tout le monde.

« Si vous voulez bien nous excuser un instant. Jarvis, veuillez accompagner Miss Everhart et sa mère jusqu'à leur suite. Miss Saint Lucent les rejoindra sous peu. »

Le prince ne laissa à personne le temps de répondre.

Je lançai à Eden un regard confus et fus surprise de la voir étouffer un sourire derrière une main gantée, avant qu'on ne me pousse dans la direction opposée. En quelques secondes, Axton nous avait enfermés dans son bureau et avait claqué la porte pour bien souligner que cette entrevue ne serait pas des plus agréables.

Je serrai la mâchoire, refusant de prononcer un mot. Cela ne ferait qu'empirer la situation.

Il désigna d'un geste du menton un fauteuil à dossier haut.

« Asseyez-vous.

— Voulez-vous que je rampe à vos pieds, ensuite ? »

Je posai une main sur ma bouche. Mais il était trop tard. J'avais réveillé le démon. Axton s'avança vers moi, une expression indéchiffrable sur le visage tandis qu'il m'observait de la tête aux pieds.

« Ne me tentez *pas*. Je serais prêt à faire des choses indicibles pour que vous obéissiez à tous mes ordres. »

En tant que prince du péché, il avait le pouvoir d'influencer le comportement d'autrui s'il le souhaitait. Je ne l'avais jamais vu l'utiliser, mais l'intensité qui brillait dans ses yeux me fit penser qu'il était peut-être plus sérieux que je ne l'avais imaginé.

Je reculai rapidement et m'assis dans le fauteuil en question.

Il s'approcha, posant ses bras de chaque côté du siège. Il était si près que je pouvais voir le cercle vert dans ses iris dorés.

J'humidifiai mes lèvres, la bouche soudain complètement sèche.

Ses pupilles se dilatèrent tandis qu'il observait mon geste, tel un chasseur traquant sa proie. Il se pencha en avant et, pendant un instant terrifiant, je crus qu'il allait m'embrasser.

Je déglutis difficilement, forçant ma respiration à rester régulière, commandant à mon cœur de ne pas s'emballer.

Axton était trop habile pour ne pas lire ces signaux traîtres. Il me balaya du regard, cataloguant tous mes gestes, son visage s'approchant lentement comme s'il désirait goûter mes lèvres, même en connaissant le prix à payer pour cela. Il se rapprocha jusqu'à ce que nos souffles se mêlent.

« Qu'est-ce que vous ne comprenez pas dans l'expression "restez loin de moi", Miss Saint Lucent ? »

La folie qui s'était emparée de moi disparut immédiatement.

Je serrai les dents, me rappelant qu'il était le fléau de mon existence. Ce qui s'était passé dans le vestibule n'était qu'une conséquence de la chute qui avait momentanément effacé notre bon sens.

« C'est exactement ce que je souhaite faire. »

Je le fusillai du regard.

« Puisque vous avez choisi ma sœur, mes options se trouvent limitées.

— Qui a bien pu soumettre son foutu nom au tirage au sort ? »

Ces mots me mirent en colère.

Je lui donnai un coup sec dans la poitrine et retins une grimace. J'aurais aussi bien pu frapper une statue en fer. Il me sourit en retour.

« Ne parlez pas de ma famille comme ça.

— J'essaie juste de déterminer si tout ceci n'est qu'un plan perfide de votre part pour infiltrer le château et m'espionner. Je vous assure que je ne ressens que la plus profonde sympathie pour votre famille. »

Le plan perfide pour infiltrer son château et l'espionner m'était venu à l'esprit *après* qu'elle avait été choisie. C'était précisément le genre d'information compromettante qu'il aurait adoré que je révèle.

Je baissai les yeux, remarquant que ses parties préférées se trouvaient à l'endroit idéal si jamais mon genou était soudain propulsé vers le haut. Après tout, les muscles se contractaient parfois de façon incontrôlée. J'avais un motif valable et pourrais sans doute m'en sortir si ma jambe était soudain prise d'un soubresaut.

Il se pencha davantage et m'adressa un regard de défi.

« Essayez et je vous promets que vous finirez penchée sur mon genou, Miss Saint Lucent. Cela dit, cette idée n'a pas semblé vous décourager hier, n'est-ce pas ? »

Je serrai les poings, ignorant cette provocation et la braise ardente qui s'allumait dans mon ventre.

« Ne punissez pas ma sœur parce qu'elle souhaite que je sois là pour la soutenir. »

Lorsqu'il se souvint qu'il était à la recherche d'une épouse, il se redressa enfin, sans pour autant reculer.

« Si vous me causez le moindre problème, je la disqualifierai. Ai-je été suffisamment clair ? »

Je hochai la tête.

« Je ne compte pas passer beaucoup de temps ici durant la journée ni la nuit si je peux l'éviter. J'ai du travail.

— Très bien. »

Il fit un pas en arrière.

« Moins je vous verrai, mieux ce sera. »

Vingt-trois
Prince Gourmandise

« Pourquoi tu fais cette tête ? » demanda Val en plissant les yeux lorsqu'elle entra dans la tour de commandement.

Je haussai les sourcils d'un air innocent.

« Quelle tête ?

— C'est la tête que tu fais quand tu es sur le point de remporter une chasse. Ou que tu manigances quelque chose. »

Je haussai les épaules.

« Je suis tout le temps en train de m'adonner à l'un de ces deux plaisirs.

— Hmm… »

Ce fut tout ce qu'elle ajouta avant de passer en revue les dossiers que mes savants avaient apportés. Je les avais déjà consultés : il n'y avait rien de nouveau pour nous aider à découvrir la cause sous-jacente de l'état des dragons. Je jetai un coup d'œil à l'horloge. La nuit était sur le point de tomber. Ce soir-là, si le dragon reprenait ses esprits, je donnerais le venin de vampire à Sil et espérerais au nom de tous les satanés pécheurs du royaume qu'il ferait effet.

Val fit la moue en jetant les dossiers sur la table.

Nous nous connaissions depuis bien trop longtemps pour qu'elle prenne ma réponse pour argent comptant. Avant que je ne lui demande de prendre son poste actuel, elle avait été une de mes meilleures chasseuses.

Elle avait grandi dans un petit village au sud du mur de la Frontière impitoyable et, pendant son enfance, elle avait passé presque tout son temps dans les bois à traquer des dragons. Val avait l'aventure dans le sang, tout autant que moi, mais son approche était beaucoup plus astucieuse.

Je n'avais pas encore parlé à ma seconde de mon plan pour lier Adriana à moi. Et même si elle m'avait conseillé plusieurs fois au fil des ans de mettre des limites à la journaliste, de la bannir ou d'arrêter de me disputer avec Adriana Saint Lucent en public, j'hésitais à lui faire part de mon projet.

Je repensai à ma dispute grandiose de ce matin avec cette perturbatrice.

J'avais appris plusieurs choses importantes grâce à cet *incident*. Mes espions avaient rapporté qu'Adriana avait quitté sa maison dans un carrosse de location et que celui-ci se dirigeait vers ma Maison du péché.

Intrigué, j'avais attendu dans le petit salon, observant dans l'ombre que le véhicule s'arrête. Tous les yeux avaient été rivés sur Adriana pour surveiller ses moindres faits et gestes, ils n'avaient donc pas prêté attention aux personnes qui l'accompagnaient.

Son arrivée avait été un plaisir inattendu, en particulier quand j'avais vu qui sortait du carrosse avec elle. Parfois, le destin était un salaud fourbe. Je lui devais un verre.

J'avais planifié notre collision, sachant qu'elle me donnerait l'occasion idéale de la jauger et de la comparer physiquement à la femme mystère du *Seven Sins*.

Le sortilège pouvait créer une excellente illusion, mais certaines caractéristiques basiques demeuraient les mêmes, comme la taille et la corpulence. Quand elle avait passé ses mains sur mon corps, incarnant la tentation, les paupières lourdes, j'avais été distrait de ma mission, frappé par le souvenir de mes rêves.

C'était la deuxième fois que la femme qui me détestait plus que tout avait été excitée. Et son animosité n'était pas feinte. J'avais senti ses émotions à plusieurs occasions. Mais cette excitation était présente aussi. Elle me désirait physiquement et avait horreur de cela.

Si nous n'avions pas eu de spectateurs, j'aurais doucement passé mes mains sur ses flancs, juste pour voir si elle aurait roulé ses hanches vers l'avant pour se frotter contre moi.

Ou si elle se serait penchée sur moi et aurait plutôt enroulé ses jolies mains autour de mon cou.

Il y avait un scénario dans lequel j'aurais accepté cette débauche délicieuse, et elle en faisait partie ; j'écartai cette image avant que les choses ne dégénèrent.

J'en avais conclu que je pouvais utiliser cette attirance en ma faveur.

Peut-être avais-je encore un espoir de la distraire grâce à mon charme. Curieusement, j'en doutais, c'était pourquoi j'avais eu une autre idée. J'avais hâte d'organiser tous les aspects du concours, de donner le venin à Sil et d'aller au *Seven Sins*. Ce soir, je sortirais vainqueur d'au moins une de ces situations.

« Tu dois être prudent, dit Val, me sortant de mes conspirations silencieuses.

— Par rapport à quoi ?

— À ce que tu vas faire avec la journaliste. J'ai entendu parler de votre collision.

— Les accidents arrivent, même aux princes. »

Elle secoua la tête.

« Sept prétendantes vivent ici, maintenant. Elles ne voudront pas que tu prêtes attention à quelqu'un d'autre, et encore moins à la journaliste que tu détestes.

— Tu as d'autres commentaires pleins de sagesse à faire sur mon comportement ?

— Il ne faut pas que le royaume soit contre toi maintenant. Si j'ai remarqué que tu lui prêtes beaucoup d'attention et que tu as été distrait, d'autres le remarqueront aussi. »

J'étais tellement agacé que la pièce se rafraîchit. Je n'étais pas venu ici pour recevoir des conseils sur ma réputation ou pour qu'on me dissuade de mettre mon plan en action.

« Ton travail, ma chère seconde, c'est de t'assurer que le concours se déroule sans heurt. Et le mien, c'est de jouer mon rôle pendant la journée et de résoudre notre petit problème pendant la nuit. Ce que j'ai l'intention de faire entre les deux, ça ne regarde personne. Dois-je te rappeler l'élément principal de la stratégie martiale ? »

Elle croisa les bras et adopta une posture qui trahissait son agacement.

« Garde tes ennemis près de toi, Val. Ne t'imagine pas une seule seconde que je ne sais pas exactement qui est Adriana pour moi. »

Je plissai les yeux et ma mâchoire se serra tandis que je ravalais ma propre exaspération.

« Cela n'a pas changé depuis une décennie. Pour l'instant, je veux qu'elle soit là où je peux la surveiller. Et je me fiche de l'impression que ça donne. Si tu vois quelqu'un qui devient méfiant, j'attends de toi que tu coupes court à ces rumeurs. Compris ?

— Oui, Altesse.

— Bien. »

Je balayai du regard le dernier rapport qu'elle avait apporté de la Frontière impitoyable et ma bonne humeur s'assombrit.

« Est-ce qu'il est vrai que les dragons sont peut-être en train de s'en prendre à leurs partenaires ? »

Elle poussa un profond soupir.

« Les chasseurs ont dit qu'il y avait du sang dans les nids, ce qui indique des bagarres entre les couples. Rien de concret à creuser pour l'instant, mais nous surveillons la situation de près. »

Je passai une main dans mes cheveux.

Chaque fois que je pensais que la situation ne pouvait pas empirer, elle devenait encore pire.

Val allait partir, mais elle s'arrêta dans l'encadrement de la porte.

« Altesse ? »

Je lui jetai un coup d'œil.

« Qu'est-ce qu'il y a ?

— Quand tu omets la vérité, tu plisses les yeux juste avant de serrer la mâchoire. Il vaudrait peut-être mieux que tu t'occupes de ça avant que quelqu'un d'autre ne le remarque.

— Je ne peux pas mentir. Tu le sais. »

Elle m'adressa un sourire triste.

« Tu en es sûr ? »

Avant que je puisse lui demander d'être plus claire, elle se retourna et sortit de la pièce, me laissant là, à me poser des questions sur notre étrange conversation.

Je décidai de rejeter la faute sur le stress de la situation et me rendis aux cachots.

❄ ❄ ❄

Silvanus bougea quand j'entrai dans sa cellule. C'était le premier signe d'alerte dont il avait fait preuve depuis des jours.

L'espoir brûlait dans ma poitrine tandis que j'approchai de l'endroit où il était allongé dans la paille. Il s'y était blotti, ce qui indiquait qu'il avait été assez actif ou conscient pour faire bouger son corps.

« Sil ? »

Son flanc se souleva lorsqu'il prit une inspiration ; sa respiration devint légèrement plus rapide lorsqu'il entendit ma voix.

Que tous les dieux damnés soient loués.

Je m'assis à côté de lui et sortis le venin de vampire de ma veste.

Je n'avais qu'une heure ou deux avant de devoir faire une apparition au dîner de bienvenue. C'était le meilleur moment pour enfin voir si je pouvais pousser le dragon à parler.

Je ne perdis pas un instant. Je relevai prudemment une de ses lèvres et vidai la petite fiole dans sa gueule, puis refermai celle-ci à deux mains tandis que le dragon reprenait soudain connaissance.

Silvanus se débattit contre moi et faillit me faire perdre l'équilibre en se mettant à genoux, puis debout. Je tins bon. Mes pieds pendaient à un mètre cinquante du sol, jusqu'à ce que je remarque qu'il avalait. Il avait bu toute la fiole.

Je bondis en arrière, me donnant assez d'espace pour le regarder directement dans les yeux.

Ils étaient aussi rouges et inexpressifs que la dernière fois que je l'avais vu éveillé. Je n'avais pas le temps de le déplorer.

« Silvanus. Dis-moi si tu as été en contact avec des sorcières au cours des trois dernières lunes. »

Ses pupilles se contractèrent et il ouvrit grand la gueule. Un jet de flammes glacées jaillit dans toute la pièce, couvrant la pierre d'épaisses couches de glace. Je me jetai par terre et roulai sur le côté pour l'éviter.

Soudain, j'entendis ses pensées.

Un frisson parcourut mon dos et je saisis ma dague.

Tuer, tuer, tuer, tuer, tuer.

Ennemi.

Tuer.

« Silvanus. Sais-tu où tu es ? »

Pour toute réponse, le dragon de glace poussa un cri de guerre perçant.

Tuer, tuer, tuer, tuer, tuer.

« Silvanus. *Arrête.* »

Cette fois, j'utilisai le pouvoir des princes de l'Enfer pour l'obliger à obéir. Le dragon cessa de scander ce refrain frénétique.

Je me penchai en avant, prêt à entendre ce qu'il avait à dire, le cœur battant la chamade.

Dans un rugissement qui secoua la pièce, le dragon de glace fit un bond en avant et s'écroula. Je me précipitai à ses côtés, retenant ma respiration.

J'attendis un instant de plus. Silvanus ne bougea pas. Il était inconscient de nouveau.

J'observai son flanc se soulever enfin tandis qu'il respirait difficilement. Il était en vie, dieux merci, mais j'avais utilisé tout le venin.

« Silvanus ? »

Je passai lentement une main le long de son corps glacial. Ses muscles ne se raidirent pas, aucun mouvement n'indiqua qu'il m'avait entendu.

Je me redressai et commençai à faire les cent pas. Le dragon demeura inconscient.

« Merde ! »

Je donnai un coup de pied dans le mur couvert de glace, ignorant la douleur qui monta dans ma jambe. Je n'avais pas du tout avancé pour découvrir ce qui affectait les dragons. Je ne savais pas si l'état de Sil avait empiré à cause de sa blessure ou parce qu'il était loin de sa meute. Il ne s'était jamais complètement remis de notre combat et je me demandais s'il y arriverait un jour.

Je passai mes mains dans mes cheveux, lançai un dernier coup d'œil au dragon que j'avais élevé et aimé férocement, puis me rendis à ce fichu dîner de bienvenue, priant tous les dieux pour que je puisse tenir jusqu'à la fin de cette soirée sans éveiller les soupçons.

Vingt-quatre
Adriana

Sophie bouillonnait quand je fus escortée jusqu'à nos appartements.

« Tu vois ? s'exclama-t-elle dès que le majordome ferma la porte. C'est un scandale ambulant ! Espérons que le prince ne tiendra pas compte de votre lien de parenté. Les choses n'auraient pas pu plus mal tourner. »

Si quelqu'un avait su qu'il avait été excité par une femme qui n'était pas en lice pour devenir son épouse alors que ses prétendantes arrivaient au château, la situation aurait pu être considérée comme pire.

Hélas, je gardai ce secret pour moi. Pas pour épargner le prince, mais pour ne pas anéantir les rêves de ma sœur, même s'ils incluaient une vie entière avec mon pire ennemi.

« Tu as de la chance que les journalistes ne soient pas encore là. »

Sophie poursuivit sa diatribe tout en faisant les cent pas.

« Tu imagines l'embarras pour Eden ? Elle aurait été connue comme la prétendante dont la sœur avait foncé dans le prince. À quoi pensais-tu ? »

Je me perchai sur le coin du fauteuil le plus proche, exténuée par ce bras de fer.

« Je n'avais pas prévu de heurter le prince de plein fouet, dis-je. C'était un accident. »

Eden s'assit à côté de moi.

« Je sais. Est-ce qu'il était terriblement en colère ? »

Je repensai à l'air choqué et horrifié sur ses traits. C'était peut-être juste à cause de sa réaction physique à notre collision.

« Pas trop. Je crois qu'il était plutôt surpris. »

Sophie se versa un verre au buffet de notre salon luxueux. Quand j'étais entrée, j'avais à peine remarqué les détails de nos appartements, et ils étaient exactement comme j'aurais pu l'imaginer de la part d'un prince qui pensait qu'il en fallait toujours plus, dans tous les sens du terme.

Des canapés, des chaises et des tables, des murs couverts de soie et des tapis tissés et pelucheux. Il y avait plus de coussins décoratifs que dans tout le reste du royaume et ils étaient empilés sur chaque siège au point de presque en tomber.

Des bibliothèques étaient remplies de livres et de bibelots, un buffet doré approvisionné avec tous les alcools imaginables. De plus, nous avions des chambres individuelles adjacentes et nos propres salles de bains. Jarvis me l'avait dit sur le trajet interminable pour monter jusque-là.

J'eus immédiatement envie de m'enfuir.

« À partir de maintenant, dit Sophie, tu vas éviter le prince à tout prix. Pas d'événements, pas de rencontres fortuites dans les couloirs. Nous ne voulons pas que sa haine contre toi compromette les chances d'Eden pour gagner sa main. Ce sera un miracle s'il ne la renvoie pas juste parce qu'elle a le malheur d'être associée à toi. Est-ce que c'est clair ?

— Comme de l'eau de roche », dis-je en jetant un coup d'œil à l'horloge.

Heureusement, alors même que Sophie ouvrait la bouche, quelqu'un frappa à la porte. Un valet remit à Eden une lettre ornée du sceau de la Maison Gourmandise et sortit. Ma sœur la lut et sautilla sur place en partageant la *merveilleuse nouvelle*.

« Chaque prétendante et sa famille ont été invitées à se joindre à Son Altesse ce soir. Il organise un dîner de bienvenue !

— J'ai bien peur de devoir rater ça, dis-je en posant une main sur ma tête. J'ai une migraine. »

Sophie m'adressa un regard satisfait, mais avant que je puisse entrer dans ma chambre, un coffret contenant une robe arriva avec mon nom dessus. Le paquet était accompagné d'un mot.

Je serrai les dents si fort que je craignis de les casser. On aurait dit que j'allais devoir assister au grand événement de la soirée, finalement. Son Altesse *insistait*.

Sophie m'arracha le mot des mains et le froissa. J'aurais juré que sa paupière était prise d'un mouvement convulsif.

En voyant le regard curieux d'Eden, elle expliqua : « Ta sœur va se joindre à nous. Par ordre du prince. »

Ma sœur poussa un petit cri, absolument ravie par la tournure que prenaient les événements. Sophie, elle, avait l'air d'être sur le point de me massacrer. Et j'aurais préféré avoir suivi le conseil de Nyx et être allée rendre visite à des cousins inexistants sur les Îles changeantes.

Heureusement, Eden ne semblait pas trop dérangée par mon entrée peu gracieuse, et si elle l'avait été, le prince avait rétabli sa bonne humeur grâce à sa *généreuse* invitation.

« Alors ? Va te préparer, dit sèchement Sophie. On dirait que nous allons devoir nous accommoder de cette situation. »

À travers la porte entrouverte de ma chambre, j'entendis Eden parler des nouvelles robes, de la dame d'honneur qui lui avait été assignée et de l'abondance de bijoux à sa disposition.

J'ignorais que ma sœur aimait le luxe, mais elle n'avait jamais vraiment eu l'occasion de me le montrer. Même si j'avais fait de mon mieux pour prendre soin de nous toutes, cela avait été tout juste suffisant pour subvenir à nos besoins. J'étais ravi qu'elle ait de quoi la rendre heureuse, maintenant.

Même si Axton était la source de ce bonheur.

Le souvenir de notre collision me fit serrer les dents.

Assister à un dîner de bienvenue était la dernière chose dont j'avais envie, mais plus vite je m'habillerais, plus vite je pourrais m'éclipser et retrouver mon inconnu au *Seven Sins*.

Je fermai bien ma porte et observai la chambre luxueuse.

Des murs couverts de soie, des tapis somptueux et des meubles couverts de dorures remplissaient une grande partie de la pièce. Il y avait aussi un miroir sur pied appuyé contre un mur et un portant à roulettes que quelqu'un avait rempli de vêtements.

Sur un canapé, plusieurs boîtes de la couturière étaient soigneusement empilées. Plus tôt, j'avais ouvert un paquet : la robe de voyage que je portais maintenant, parce que ma belle-mère avait insisté. Curieuse de voir ma nouvelle garde-robe, je déballai les autres, admirant le travail de l'experte.

Les tissus qu'elle avait choisis iraient très bien avec mon teint et mes couleurs, d'une manière dont je n'avais encore jamais fait l'expérience. Les motifs n'étaient pas du tout ostentatoires, et cette simplicité indiquait qu'elle avait la capacité de fabriquer des vêtements qui transformaient la personne qui les portait en un véritable joyau.

Je tins une robe devant le miroir, admirant la manière dont elle faisait briller mes yeux. La cape était peut-être la plus belle pièce : le tissu me rappelait la peau d'un dragon. Elle était d'un blanc pur, avec des éclats bleu pâle et argentés qui formaient des écailles.

Je n'avais jamais vu un tel tissu auparavant. Ce n'était pas exactement du cachemire, mais il faisait partie de la même famille. Il était doux, mais épais, et me donnait envie de m'enrouler dedans immédiatement.

Je serais au chaud même sous les températures les plus froides, et sa douceur me donnait envie de le caresser. Je mis la robe de côté et ouvris la boîte qui venait d'arriver, craignant ce qu'elle contenait.

Je sortis une toilette scintillante du paquet. Les jupons bleu glacé tombèrent en cascade par terre, les joyaux irisés cousus en bas saisirent la lumière.

Je cessai de respirer un instant.

J'avais eu tort. *Ça*, c'était la chose la plus incroyable que j'avais jamais vue. Je remarquai que la couleur était très proche de la nuance naturelle de mes cheveux et que les pierres précieuses irisées rappelaient mon costume de reine des glaces. La méfiance s'immisça en moi. Le prince avait-il découvert que j'étais allée au club du vice et me prévenait-il que je devais garder son secret, sans quoi il révélerait le mien ? Ou était-ce simplement une ode au paysage hivernal chatoyant de notre région ?

J'interprétais peut-être trop les choses. C'était juste une robe.

Un coup à la porte attira mon attention vers l'horloge. Je devais me dépêcher si je voulais arriver à l'heure. J'ouvris la porte, m'attendant à voir le visage furieux de Sophie, mais la personne qui se tenait devant ma chambre me prit par surprise.

« Qu'est-ce que tu fais là ? » demandai-je en serrant mon amie dans mes bras.

Ryleigh m'adressa un regard perplexe.

« Je te fais une surprise. Et ça marche. Le prince a invité un petit groupe de chroniqueurs à rencontrer les prétendantes. »

Une idée me vint petit à petit à l'esprit. Je dissimulai un sourire.

Cette soirée ne serait pas si terrible, finalement. Miss Match y assisterait, et je prendrais soin de révéler tous les détails salaces dans ma prochaine chronique.

Un homme que je connaissais se glissa derrière Ryleigh et son regard devint sérieux quand il me vit.

« J'ai aussi amené la cavalerie. »

Ryleigh désigna son ancien petit ami d'un signe de la tête.

« J'ai entendu dire que tu étais invitée ce soir et je me suis dit que tu aurais besoin d'aide. Pour lui faire regretter ses anciennes erreurs. »

J'adressai un petit sourire à mon amie. Je ne m'étais pas rendu compte que j'avais appréhendé ce dîner, où je devrais rester assise tranquillement pendant qu'Axton briserait le cœur de quelqu'un d'autre. Peut-être bien celui de ma sœur.

« Eh bien, dit Carlo en reniflant. Je vois qu'il y a du travail et que nous n'avons pas beaucoup de temps. Assieds-toi. »

Il désigna un petit tabouret capitonné en velours situé devant lui.

J'obéis et, en quelques secondes, Carlo libéra tout son talent. Des pinceaux caressèrent mon visage plusieurs fois pour colorer mes yeux, mes joues, mes lèvres.

Je me détendis et laissai son génie s'exprimer.

Seuls quelques moments semblaient s'être écoulés quand il claqua sa langue.

« Voilà. J'ai fait un miracle. Et nous avons enfin pu exploiter ta beauté naturelle. »

Il claqua des doigts et un assistant que je n'avais pas vu rangea son assortiment de maquillage et ses pinceaux, puis ils sortirent de la pièce aussi vite qu'ils étaient entrés.

Je ne savais pas si j'étais impressionnée ou terrifiée.

« Carlo est vraiment une force de la nature, dis-je en touchant délicatement mes cheveux. De quoi j'ai l'air ? »

J'allais me regarder dans le miroir, mais mon amie secoua la tête.

« Pas encore. Habille-toi d'abord. »

Ryleigh me regarda de haut en bas avec admiration, puis me tendit la robe.

« Je ne peux même pas imaginer le prix d'une chose pareille.

— Il vaut mieux ne pas être trop curieuse à ce sujet. »

Ryleigh haussa les sourcils, mais ne fit pas de commentaire. Un moment gênant s'immisça entre nous. Sans doute le premier de toute notre amitié. Je ne savais pas trop d'où venait cette tension, mais je savais qu'elle devait la sentir aussi.

Même si j'avais payé pour le silence de Carlo, il aurait pu lui dire que je lui avais rendu visite avant d'aller au *Seven Sins*. Elle se demandait peut-être pourquoi je ne lui en avais pas parlé et était blessée parce que je ne l'avais pas invitée à m'accompagner.

La culpabilité me rongea de nouveau, mais je n'arrivais toujours pas à parler de mon inconnu, et encore moins maintenant.

« Est-ce que le prince offre une garde-robe à tout le monde ce soir ? demanda-t-elle d'un ton que je n'arrivais pas à déchiffrer.

— Je crois qu'il n'en donne une qu'à Eden et moi, par défaut. Il veut que sa prétendante représente son péché. Tu sais qu'Axton adore frimer. Je suis sûre que ça, ce n'est rien comparé à la robe de ma sœur. »

Ryleigh observa le vêtement encore un moment et joua avec les joyaux.

« Si tu le dis. »

Les manches étaient composées de douzaines de diamants habilement cousus à intervalles réguliers, me rappelant des ailes de pierres précieuses. Le corsage était discret en comparaison : le même tissu écumeux que les jupons qui remontait juste en dessous des épaules et formait un col en V à l'avant et à l'arrière. Le décolleté n'était pas scandaleux, mais de bon goût et séduisant.

Le vêtement devait valoir des milliers de pièces. Bien plus que mon salaire annuel au *Wicked Daily*. J'espérais ne pas renverser quelque chose dessus par accident pendant le dîner.

J'étais déjà assez nerveuse sans craindre que la robe coûteuse soit endommagée. Je ne pouvais pas m'empêcher de penser que l'argent pourrait être mieux dépensé pour la communauté.

Debout, là, ornée de bijoux, je craignis d'avoir l'air aussi frivole que les nobles qui s'étaient moqués de moi des années auparavant. Je ne savais pas comment je pourrais tenir ma langue tout en étant près d'Axton pendant plusieurs heures et éviter d'anéantir les chances qu'avait ma sœur de trouver le bonheur.

Une domestique entra dans la pièce et m'aida à mettre ma robe, et après quelques moments à me pomponner et à ajuster les bretelles, je me regardai dans le miroir. Mes lèvres étaient un peu plus charnues, mes cils, un peu plus longs. Tous mes traits avaient été subtilement mis en valeur par le talent de Carlo.

Ryleigh émit un sifflement grave.

« Splendide. Il va regretter de ne pas t'avoir faite sienne, Ad.

— C'était il y a dix ans, et je suis sûre qu'il est aussi soulagé que moi que ça n'ait pas marché. »

Mais je me sentais bien mieux à l'idée d'assister à l'événement d'ouverture de ce soir. Axton avait beau être prêt à alimenter son péché et à faire la cour à sept femmes, au moins, je ne ferais pas tapisserie. J'avais du mal à me reconnaître.

Mes cheveux tombaient en longues vagues le long de mon dos, effleurant mes omoplates nues chaque fois que je bougeais. Un petit serre-tête incrusté de diamants les tirait en arrière, révélant mon cou svelte.

Je ressemblais à une princesse faë.

Soudain, mes paumes devinrent moites.

« Ce n'est pas un peu beaucoup pour un dîner ?

— Pas du tout. Je comprends tout à fait pourquoi Axton l'a choisie pour toi.

— Il l'a choisie pour l'image d'Eden, lui rappelai-je. Il espère qu'elle ressemblera à une princesse gâtée et que sa famille aura l'air de mériter un titre royal si elle gagne.

— Tu peux dire ce que tu veux, mais cette robe a été conçue pour toi, Ad. C'est tout toi : la couleur, la ressemblance avec ton costume du *Seven Sins*. »

Un éclair glacial inonda mes veines, gâchant ce moment.

« Je suis sûre que c'est une coïncidence. »

Ryleigh observa la robe de bas en haut.

« En fait, elle n'est pas comme ton costume du *Seven Sins*. Il t'a fait ressembler à une lame. Belle, mais mortelle. Les gens jaseront, c'est sûr. »

Avant que je puisse faire semblant d'avoir de la fièvre pour rester là jusqu'à ce qu'il soit l'heure de me rendre en cachette au club, Ryleigh me poussa vers la porte.

Une boule d'appréhension roula le long de ma colonne vertébrale tandis que je regardais mon reflet une dernière fois.

Si Axton voulait faire de moi une arme, alors il devait anticiper un combat. Mais il restait encore une question : s'agissait-il de la guerre entre nous ou une nouvelle escarmouche était-elle sur le point de commencer ?

« Prête à affronter les ragots ? » me demanda Ryleigh en affichant un sourire ironique.

D'habitude, c'était *nous*, les commères.

Je pris une profonde inspiration et hochai la tête.

« C'est ce qu'on va voir. »

❄ ❄ ❄

Le dîner n'était pas censé être extravagant. Juste un repas simple pour les sept prétendantes et leurs familles avant les festivités prévues pour la semaine à venir.

Axton ne reconnaîtrait pas la subtilité même si elle lui tapotait doucement l'épaule en lui murmurant à l'oreille. Ou, mieux encore, si elle le frappait dans l'entrejambe.

Alors que nous attendions devant la salle à manger royale, répartis en groupes hétéroclites composés de familles, de participantes et de quelques journalistes, des artistes servaient des amuse-bouche qui relevaient davantage du numéro de cirque que de la haute gastronomie. Ce qui, à bien y réfléchir, était judicieux compte tenu de l'absurde concours nuptial auquel nous étions soumis.

Je jetai un coup d'œil discret autour de la pièce, ravie de reconnaître chacune des prétendantes.

Toutes ces années à couvrir les ragots avaient fini par porter leurs fruits.

Érudite Monroe, de la Maison Paresse, s'était nichée dans un coin, le nez plongé dans un livre.

Ava Rice et Omen Seagrave, respectivement des Maisons Cupidité et Envie, se tenaient d'un côté et de l'autre de la salle et se lançaient des regards meurtriers. Ce n'était pas étonnant, puisque, d'après les rumeurs, leurs pères étaient en guerre à cause d'une mauvaise dette de jeu.

Allure Whitlock, de la Maison Luxure, tenait salon avec presque tous les journalistes, sauf Ryleigh. Quant à Cobra Pierce, la prétendante de la Maison Colère, elle descendait d'une lignée légendaire de combattants. Aucune preuve n'avait jamais été apportée, mais des murmures prétendaient que son ancien partenaire serait mort dans des circonstances mystérieuses lors d'une partie de chasse organisée par son père. Je pris mentalement note de ne surtout pas me la mettre à dos.

Ryleigh se tenait de l'autre côté de la pièce et discutait avec la prétendante de la Maison Orgueil, Miss Vanity Raven. Elle incarnait son péché de prédilection dans les moindres détails : avec son air hautain et ses boucles de cheveux pâles et scintillants, Vanity ne souffrait vraiment pas d'un manque de confiance en elle.

Si je devais évaluer les concurrentes, alors il fallait admettre qu'elle était probablement l'une des plus redoutables.

Quant au prince, il n'avait toujours pas fait sa grande entrée, et je songeai qu'il serait amusant de voir comment il comptait se présenter sans une femme suspendue à chaque bras.

Les conversations se turent lorsque le spectacle précédant le dîner prit une tournure intéressante. Un artiste brandissait des brochettes de viande marinée comme des épées, un second crachait des flammes pour les griller à la perfection, juste à point. Un autre faisait tournoyer des assiettes sur une longue tige avant de les lancer, une à une, aux jeunes femmes rassemblées autour de lui.

Un éclat triomphant brilla dans les yeux de Sophie lorsqu'Eden attrapa son assiette au vol avec grâce.

Je priai pour que la mienne me frappe assez fort pour me faire perdre connaissance jusqu'à la fin du repas.

Hélas, je rattrapai mon plat comme le phoque plein de fierté d'une des soirées à thème précédentes d'Axton, et je dus réprimer l'étrange envie de faire une révérence en réponse aux quelques faibles applaudissements polis.

Une fois les brochettes servies à tout le monde, les prétendantes, enchantées, applaudirent les artistes, qui s'inclinaient.

Je pris une bouchée de viande, agacée de constater que c'était sans doute la meilleure chose que j'avais jamais mangée. Elle était découpée si finement qu'elle fondait presque dans la bouche, et les flammes avaient ajouté une délicieuse saveur de roussi qui rehaussait parfaitement la marinade sucrée, épicée et collante.

Avant que je ne puisse prendre une deuxième bouchée, un autre artiste s'approcha et tint un ballon au-dessus de mon assiette. Il montra un bracelet qui ressemblait à un coussin à épingles – parce que c'en était un.

« Prenez une aiguille et faites éclater le ballon au-dessus de votre plat, miss. »

J'obéis, les sourcils froncés.

Le ballon éclata, libérant une pluie de tranches de piment rouge et de coriandre hachée qui vinrent se poser sur la brochette, ajoutant une explosion de couleur éclatante au plat. Un festin pour les yeux comme pour les papilles.

L'artiste afficha un large sourire avant de passer au groupe suivant avec un autre ballon à la main.

Je maudis silencieusement Axton. Ce spectacle extravagant n'avait pas seulement pour but d'éblouir : il rehaussait véritablement le goût des plats. S'il espérait impressionner ses futures épouses, il avait sacrément réussi.

Chaque journaliste griffonnait frénétiquement des notes avec sa plume, sans aucun doute pour vanter ses mérites dans les colonnes de ragots dès le lendemain matin.

Je subtilisai un verre de vin de baies démoniaques sur un plateau, repoussant d'un geste la proposition de le faire flamber ou infuser avec les larmes de mes ennemis.

« Chères prétendantes. Chères familles, lança Jarvis. Le dîner sera servi sous peu. Si vous le voulez bien, veuillez avancer par ici. Nous vous ferons entrer dans un instant. Mesdames et messieurs les journalistes, c'est ici que nous vous souhaitons une bonne soirée. »

Ryleigh me fit un petit signe des doigts avant de partir avec les autres reporters venus des quatre coins du royaume. Je la regardai s'éloigner, regrettant qu'elle n'ait pu me faire sortir discrètement en me cachant sous sa jupe.

Hélas, je redressai la tête tandis que nous avancions comme un gentil petit troupeau vers les portes de la salle à manger, attendant d'être appelés. Quelques instants plus tard, le premier groupe fut invité à entrer. Érudite Monroe referma enfin son livre et pénétra dans la salle sans un regard en arrière. Eden me lança un regard confus tandis qu'elle et Sophie étaient escortées à l'intérieur.

Cobra et Allure furent appelées ensuite, suivies des deux familles rivales des Maisons Cupidité et Envie, ne laissant plus que moi et la prétendante de la Maison Orgueil. Vanity, qui attendait déjà devant les portes de la salle à manger royale, me fixait du regard. Sa robe était entièrement faite de diamants. Son visage était impassible, mais je vis bien l'air glacial dans ses yeux lorsqu'ils glissèrent sur moi. Je retins mon souffle, attendant la remarque acerbe qui ne manquerait pas de suivre.

Ma robe était ridicule pour quelqu'un qui ne participait même pas à la compétition.

Mais elle détourna son attention tout aussi vite et m'ignora.

Je soufflai lentement. Je ne pouvais rien contre les pensées silencieuses des autres, mais au moins, elle ne s'était pas moquée de moi pour une robe que je n'avais même pas choisie. J'avais entendu dire que Vanity était plutôt gentille, mais mon propre passé me poussait à craindre le pire de la part de personnes aussi privilégiées.

Peut-être étais-je trop sensible, mais, autrefois, j'avais été cruellement méprisée pour avoir commis le crime de vouloir tomber amoureuse. On m'avait bien rappelé que je n'étais personne : je n'avais ni titre, ni fortune, ni connexions puissantes. J'étais juste une roturière qui essayait de toute évidence de s'élever au-dessus de sa condition.

Et voilà que je portais une robe qui valait plus que plusieurs années de mon salaire, sentant le même manque de confiance en moi que dix ans plus tôt.

« Miss Raven, Miss Saint Lucent. »

Un valet nous salua.

« Si vous voulez bien me suivre. »

Je relevai la tête et le suivis jusqu'à ma chaise.

Ce maudit Axton était déjà installé à la tête d'une immense table en forme de fer à cheval. Je détournai rapidement les yeux quand je croisai le regard réprobateur de Sophie, assise à sa droite, quelques sièges plus loin.

La salle à manger avait été transformée en une forêt enchantée, avec de véritables arbres à baies givrées dans d'énormes pots. Leurs branches étaient illuminées par des orbes faës scintillants, et des guirlandes de fleurs hivernales couraient le long de la gigantesque table.

Je m'arrêtai net. Ce n'était pas une forêt. C'était une imitation du jardin du toit du *Seven Sins*. Je me ressaisis mentalement et me hâtai de rejoindre ma place. Ce n'était que mon imagination.

Par bonheur, le prince ne sembla pas remarquer mon hésitation.

En réalité, il ne sembla pas remarquer mon arrivée du tout. Il riait de bon cœur à quelque chose que ma sœur venait de dire, et je refoulai ma gêne. D'autres invitées, elles, ne souffraient pas de l'inattention d'Axton. Elles m'observaient comme si j'allais subitement me mettre à chanter et à danser pour les divertir.

Je pris place à côté de ma belle-mère et bus une gorgée de vin, faisant de mon mieux pour ignorer les regards persistants. Enfin, après avoir presque terminé mon verre, Axton mit fin à sa conversation fascinante et se leva.

« Merci de me faire l'honneur de votre présence ce soir. »

Je sentis enfin son attention se poser sur moi, mais refusai de lever les yeux.

« Mon choix ne sera pas aisé, mais je vous promets à toutes une chance égale de découvrir si nous sommes compatibles. Maintenant, je vous en prie, profitez du repas. Je viendrai parler avec chacune d'entre vous sous peu. Y compris dix minutes de discussion avec les membres de votre famille. »

Absolument merveilleux. La soirée était devenue encore plus exaltante. Je priai pour que Sophie et moi soyons appelées sous peu pour que je puisse sortir de ce cauchemar juste après.

« Combien de temps allons-nous passer avec Votre Altesse, nous, les prétendantes ? Suffisamment pour nous promener dans le jardin ? » demanda Allure d'une voix sensuelle.

Le visage de Sophie s'assombrit tandis qu'elle jetait un coup d'œil discret au prince pour voir comment il allait répondre. De toute évidence, la Maison Luxure était la menace principale pour ses projets. L'expression d'Axton demeura neutre.

« Ce soir, nous allons juste parler, Miss Whitlock. J'essaierai de donner environ dix minutes à tout le monde. »

Je faillis ricaner, mais parvins tant bien que mal à me contrôler. Ma nervosité prenait le dessus, je demandai donc un autre verre. Je sirotai mon vin de baies démoniaques et observai les fruits argentés scintiller comme de petites étoiles dans l'alcool.

Le temps semblait s'écouler à une vitesse atrocement lente, et son passage était ponctué par chaque plat amené par les domestiques. Avant que le dernier n'arrive, Axton s'excusa et demanda à Eden de le rejoindre à l'extérieur. Sophie était presque rayonnante tandis qu'ils sortaient, bras dessus bras dessous.

J'aurais voulu sombrer sous la table et disparaître.

Le repas traînait en longueur et je demandai un autre verre de vin, puis un autre, souhaitant que la bière d'hiver soit aussi sur le menu des cocktails.

Je ne me souvenais pas de la dernière fois où je m'étais permis de boire plus d'un ou deux verres de vin, et l'attribuai à ce temps mort et à l'ennui absolu alors que je sirotais mon quatrième. Le dîner avait commencé deux heures plus tôt, alors ce n'était pas comme si j'étais une crétine ivre.

Mais je m'amusais *bien* plus en attendant. Une grande partie de mes craintes persistantes à l'idée de parler à ce débauché s'évaporèrent peu à peu.

Finalement, après ce qui semblait une éternité, Val me fit signe de la suivre à l'extérieur.

« Ça va être à vous. »

Sophie se raidit à côté de moi ; elle n'avait pas été appelée. Et pour une fois, j'aurais préféré qu'elle soit là.

« Et ma belle-mère ? »

Val se força à sourire.

« Il veut vous parler en privé.

— Pourquoi ?

— Je suppose que vous le découvrirez quand vous lui parlerez. »

Je jetai un coup d'œil au sourire crispé de Sophie et à l'horloge. Il se faisait tard.

« Savez-vous combien de temps cela va prendre ? »

Val ignora ma question et me fit traverser rapidement la salle à manger pour sortir.

Le prince n'était pas dans la véranda, comme je l'avais imaginé. Je suivis Val, qui descendait les escaliers en pierre, et pénétrai dans le Jardin de givre-argent, les jardins de plaisir privés du prince. Ma tête bourdonnait agréablement.

Je n'aurais peut-être pas dû toucher à ce dernier verre de vin.

Je me répétai silencieusement de me comporter du mieux possible pour le bien d'Eden. Je voulais arrondir les angles avec le prince, pas l'étrangler. Plus tôt je lui parlerais, plus tôt je pourrais aller au club et me perdre dans les bras de mon inconnu.

« Il est juste là, tout droit. »

Val s'arrêta au bout du chemin et me fit signe de continuer seule.

Le prince se détendait sur un beau banc sculpté, à moitié caché par un saule qui se balançait doucement. Je le balayai du regard et remarquai qu'il était débraillé.

Son col était déboutonné, ses cheveux ébouriffés. J'ignorais s'il était fatigué ou si les prétendantes l'avaient ravagé. Étant donné sa réputation, je miserais plutôt sur la deuxième option.

Une vague d'agacement monta en moi. Il ne semblait pas capable de se contrôler, et j'en avais assez. Le cœur de ma petite sœur était en jeu et je ne voulais pas qu'il le brise comme le mien.

« Axton.

— Adriana. »

Je me joignis à lui sur le banc, faisant de mon mieux pour m'asseoir aussi loin que possible. Mais ce n'était pas évident, car il était fait pour deux personnes. De plus, Axton s'était mis à l'aise et avait écarté les jambes, s'appuyant contre le dossier comme l'enquiquineur royal qu'il était.

Je sentis son regard sur moi, mais ne mordis pas à l'hameçon. D'après mes estimations, je n'aurais à subir cette situation que neuf minutes de plus avec cette fripouille.

« Vous êtes contrariée.

— Vous êtes bien plus futé que je ne l'aurais cru, Axton. »

Sa jambe effleura la mienne lorsqu'il se rapprocha.

« Pouvez-vous m'expliquer pourquoi ? »

Le vin avait dû me délier la langue plus encore qu'avant.

Je lui fis face ; je voulais voir sa réaction.

« Vous avez dit que, ce soir, vous vous contenteriez de parler. Et à en juger par l'état de vos cheveux, je dirais que ce n'est pas vrai. »

Il resta silencieux un instant et soutint mon regard.

« Êtes-vous jalouse ?

— Ne rêvez pas. J'en ai juste marre de me conduire convenablement avec vous. Ma sœur mérite quelqu'un qui prendra soin de son cœur, et non pas d'un homme qui le détruira sans réfléchir. Non seulement vous ne pouvez pas tenir parole, mais en plus, cette robe est ridicule. »

J'ignorais pourquoi j'avais dit cela. Mais j'étais restée assise dans cette fichue salle à manger pendant des heures alors qu'il amusait ses prétendantes, et je ne voulais pas participer à tout cela.

J'avais bien mieux à faire de mon temps qu'attendre qu'il ait fini d'embrasser tout le monde. Il était presque minuit et s'il m'empêchait d'aller voir Carlo pour enfiler mon costume avant que je retrouve mon inconnu, je commettrais un régicide.

« Hmm. »

Axton se pencha en avant.

« Je pense que la robe vous va à ravir. »

S'il pensait qu'il pouvait m'apaiser en flirtant, il se mettait le doigt dans l'œil.

« N'avez-vous jamais pensé que toute cette richesse pourrait être utile à vos citoyens ? »

Il haussa les sourcils.

« Dites-moi ce que vous feriez à ma place.

— Avec l'argent que vous avez dépensé pour la robe, vous auriez pu nourrir un quartier tout entier. Vous auriez pu faire quelque chose de bien dans notre cercle. Moi, j'en aurais fait don pour répartir les richesses. Au lieu de cela, vous alimentez vos désirs. Constamment. Vous ne pouvez même pas passer deux heures sans vous comporter comme un débauché. Je ne sais pas si c'est votre appétit que vous cherchez à satisfaire ou le besoin de faire plaisir à autrui.

— Et ?

— Et je me demande comment diable votre réputation peut être aussi merveilleuse. De toute évidence, la robe était une machination pour que vos prétendantes se moquent de moi. Elle n'est pas faite pour moi et vous le savez. »

Il garda le silence.

« Vous avez une opinion de moi bien arrêtée. Mais vous ne m'avez jamais demandé quelles étaient mes motivations. »

Je joignis les mains sur mes genoux.

« C'est évident.

— Ah oui ? » Il émit un son moqueur et secoua la tête. « Laissez-moi vous donner un autre point de vue. En extérieur, oui, on dirait que je suis terriblement extravagant, mais cette robe ? Elle a donné du travail à de nombreux membres de mon cercle. Des membres qui ont refusé mes dons auparavant. »

Je me redressai et plissai les yeux. Il semblait sincère.

« Je vous écoute. »

Il les cita un par un.

« Le bijoutier, la couturière, le cordonnier et même les nombreux rouleaux de tissu que la couturière a dû acheter. Chacun de ces établissements a eu du travail à faire, suffisamment pour engager plus d'employés qui avaient besoin de travail aussi. À vos yeux, ce que vous portez, c'est du gaspillage, et je comprends pourquoi vous le pensez. »

Il saisit les rangées de diamants et les laissa glisser entre ses doigts, prenant soin de ne pas toucher ma peau.

« Vous y voyez un petit plaisir. Ce que je vois, moi, ce sont les familles qui ont eu des revenus en faisant ce qu'ils *adorent*. La couturière a engagé deux assistants qui cherchaient du travail. Maintenant, non seulement ils ont un emploi, mais elle peut accepter plus de clients. Et avec cette vente, la famille du bijoutier a gagné plus qu'en une année. Si cela signifie que je les ai aidés à alléger leur fardeau, alors votre opinion peu flatteuse de moi ne me dérange pas tant que ça. »

Le léger vrombissement provoqué par le vin s'estompa. Je le dévisageai, cherchant une trace de supercherie. Il continua à me fixer d'un air sérieux. J'étais complètement perdue.

« Votre Altesse, je... »

Je ne savais pas quoi dire. Il soutint mon regard.

« Les membres de mon cercle m'ont sans cesse demandé de l'aide pour leurs entreprises. Les fêtes que j'organise, les robes, la nourriture... Tout ça n'a qu'un objectif : les aider. Ils peuvent refuser mes dons, mais ils acceptent le travail. Alors, je leur en donne aussi souvent que possible.

— Pour alimenter votre pouvoir.

— Pour prendre soin de ma cour. Un prince faible est un danger pour son peuple. »

Axton se leva et me tendit la main. Le temps était écoulé.

Je regardai sa main un long moment avant de la prendre pour qu'il m'aide à me lever. Ce qu'il avait dit... On aurait dit qu'il était sincère. Et c'était un problème.

Cela changeait ce que je pensais et me déséquilibrait dangereusement.

Je n'avais jamais pris en compte les commerçants et les entrepreneurs, ou ce qu'ils pensaient du prince.

Le personnel supplémentaire qu'il avait engagé, les cuisiniers. Même les artistes, ce soir. Ils avaient sans doute tous été grassement payés.

Mon père m'avait prévenue que nos intentions influençaient notre vision du monde. Si je cherchais quelque chose de négatif, je le découvrirais toujours. Et si je voulais voir quelque chose de positif, je le trouverais au centuple.

Mes sentiments avaient obscurci mon jugement. Je voyais des excès parce que c'était ce que je *voulais* voir.

Mais, en réalité, Axton fournissait des revenus à tout un tas de gens, et cela semblait lui tenir à cœur. Ce n'était pas juste un devoir auquel il devait se soumettre.

Je commençais à comprendre pourquoi le royaume l'appréciait autant. À contrecœur, je devais admettre qu'il irait bien avec ma sœur. Si seulement cette pensée ne me donnait pas mal au ventre.

Avec un peu de chance, c'était juste les effets du vin.

Il pressa légèrement ma main dans la sienne, puis la lâcha et recula.

« Lorsque vous retirerez la robe ce soir, j'espère que vous reconnaîtrez au moins le bien qui a été fait. Vous êtes libre d'en faire don et d'utiliser les pièces comme vous le souhaitez. »

Il commença à s'éloigner, puis s'arrêta.

Il serra les poings et, après une longue pause, se retourna enfin vers moi.

« Juste pour que ce soit bien clair, je n'ai pas embrassé la moindre de mes prétendantes ce soir. J'étais trop distrait par votre beauté dans cette satanée robe pour satisfaire les désirs de quelqu'un d'autre. »

On aurait dit qu'il avait eu beaucoup de mal à faire cet aveu.

Alors que je cherchais une réponse dans le maelström d'émotions qui se bousculait en moi, il s'inclina légèrement et s'en alla.

Vingt-cinq
Prince Gourmandise

Une petite branche craqua sur le chemin du jardin, quelques pas derrière moi. Je me retournai, sortis ma dague et plissai les yeux pour scruter la pénombre. Je soupirai.

« Madame Everhart. »

J'avais été distrait par ma conversation avec Miss Saint Lucent et n'avais pas fait attention à la sensation discrète qui m'indiquait que quelqu'un m'observait.

« Votre Altesse. »

La mère d'Eden glissa une longue plume dans ses cheveux bien coiffés, prenant un air innocent aussi crédible qu'une vipère qui prétendait ne pas être venimeuse, et s'écarta du buisson de givre-argent pour s'avancer sur le chemin.

« J'étais juste en train d'admirer les jardins. Je n'avais jamais vu de fleurs de givre-argent en pleine floraison. Elles sont aussi belles que le disent les journaux à scandale. »

Elle n'avait pas menti, mais il y avait quelque chose d'hypocrite dans ses mots. Je baissai les yeux vers ses mains. Ses doigts étaient tachés d'encre.

Comme c'était curieux… D'après mes premières impressions d'elle, elle n'avait pas l'air d'être quelqu'un qui daignerait se salir les mains. À moins que cela ne lui soit utile pour autre chose, comme garantir un mariage royal pour sa fille à tout prix.

Mon instinct entra en alerte.

Il semblerait qu'il y avait un serpent parmi nous.

« On dirait que vous vous êtes égarée. »

Je lui tendis le bras en faisant preuve de charme et de manières princiers. Mais rien ne déguisait le ton sec de ma voix.

« Puis-je vous escorter à la salle à manger ? »

Son regard s'attarda sur l'endroit où j'avais laissé Adriana.

Son hésitation me hérissa le poil.

Avec une moue pincée qui lui donnait l'air d'être constipée, Mme Everhart prit mon bras. Elle n'aurait pas pu être plus différente d'Eden ou d'Adriana, même si elle l'avait voulu.

« Vous faites preuve d'une gentillesse exceptionnelle en proposant de me raccompagner, Votre Altesse. J'avais besoin de prendre un peu l'air et je crains de m'être un peu trop éloignée. »

Un soupçon sombre monta en moi lorsque je jetai un coup d'œil à l'encre sur ses mains. Adriana nous avait accusés, ma cour et moi, de donner des renseignements à son rédacteur en chef, mais pour une fois, ce n'était pas vrai.

Il y avait deux autres témoins chez elle, et elles connaissaient tous les détails des cadeaux que je lui avais offerts.

Eden. Et Sophie Everhart.

Je compris d'un seul coup. Sophie avait espionné sa belle-fille, espérant vendre des renseignements aux journaux à ragots. Elle était absolument sans pitié. J'imaginais que révéler des commérages de l'intérieur lui permettait de gagner une belle somme.

Le silence s'étira entre nous et je refusai délibérément de le briser. J'avais remarqué que les gens coupables parlaient toujours beaucoup, espérant distraire les autres de leur comportement malfaisant. Peu après, Sophie céda.

« Mon aînée vous a-t-elle donné du fil à retordre, Votre Altesse ? demanda-t-elle. Adriana n'est pas du même sang, dieux merci. Elle est beaucoup trop nerveuse et a des idées trop arrêtées pour être une Everhart. »

Je continuai à marcher d'un pas lent, les muscles détendus. Mais en moi, l'agacement s'embrasait et je ne me donnai pas la peine de le ravaler.

« Renier quelqu'un selon son sang et en parler aussi librement à un inconnu est un péché que je trouve bien plus consternant qu'une femme qui dit ce qu'elle pense. »

Sophie ferma la bouche si brusquement que j'entendis ses dents claquer. Je dissimulai un sourire ; je n'avais pas encore tout à fait fini.

« En fait, je trouve cela plutôt odieux et ennuyeux, quand d'anciens nobles ont une trop haute opinion d'eux-mêmes. Cela empeste l'orgueil et, comme vous le savez, ce n'est pas mon péché. »

Nous nous dirigeâmes vers les escaliers de la terrasse et je m'arrêtai en bas, lâchant enfin son bras. Sophie serrait tellement les dents pour se mordre la langue que je ressentis un accès d'euphorie.

La seule personne à pouvoir agacer Adriana, c'était *moi*.

« Merci, Votre Altesse. Bonne…

— Un dernier conseil, madame Everhart. »

Cette fois, je ne dissimulai pas l'expression de mon visage. Je laissai le démon briller tout en la regardant dans les yeux.

« Il serait peu judicieux de votre part de vendre d'autres renseignements sur votre fille et moi à la presse. J'aurais horreur de disqualifier Eden à cause de vos interventions. Ai-je été suffisamment clair ? »

Elle déglutit difficilement, puis fit une petite révérence.

« Oui, Votre Altesse. »

— Merveilleux. Bonne nuit. »

Je l'observai monter le grand escalier à la hâte, puis disparaître dans la salle à manger. Avec un peu de chance, je n'aurais plus à faire face à cette femme.

Un problème de réglé. Je tournai les talons pour reprendre le chemin et sortir des jardins.

L'impatience rendait l'air presque palpable autour de moi.

Il serait bientôt minuit et la tension qui s'était accumulée toute la journée était en train d'atteindre son paroxysme. J'aurais pu choisir la solution facile et envoyer mes espions suivre Adriana, mais cela n'aurait pas été aussi exaltant, et n'aurait pas alimenté mon péché.

J'avais donc annulé leur mission pour profiter des sensations fortes moi-même tandis que la chasse prenait fin.

Dans moins d'une heure, je pourrais résoudre un mystère et le suspense devenait délicieusement insupportable ; c'était une torture des plus agréables et je m'autorisai à m'en délecter. Je ne savais pas si j'étais plus exalté à l'idée d'avoir raison en ce qui concernait l'identité de Dame F ou si j'avais simplement hâte de voir la femme qui m'avait permis de ressentir une émotion aussi profonde de nouveau.

Je me faufilai dans le jardin, m'éloignant autant que possible du mur de conifères qui le délimitait, puis je regardai autour de moi. Tout était calme, sauf les battements de mon cœur. Et il ne risquait pas de se calmer de sitôt.

Quand l'horloge sonnerait minuit, je saurais enfin si Dame F et ma rivale étaient une seule et même personne. Ce soir, d'une manière ou d'une autre, la chasse toucherait à sa fin.

Il était temps de découvrir si les dieux étaient cléments envers les pécheurs comme moi.

Une étincelle d'espoir s'alluma profondément dans ma poitrine et devint de plus en plus forte. Je ne savais pas si je serais capable d'éteindre ces flammes, même si j'en avais eu envie.

J'observai le jardin désert de nouveau et sortis ma montre à gousset. Je fronçai les sourcils. L'aiguille des secondes avait dû être maudite par des sorcières pour tourner aussi lentement.

Je refermai ma fichue montre et la jetai dans le buisson de baies givrées le plus proche.

J'arriverais en avance, car je ne pouvais pas supporter l'idée d'attendre plus longtemps.

Je déployai mes ailes et fonçai dans la nuit, me dirigeant directement vers le *Seven Sins* et ce qui me donnait l'impression d'être au bord d'un changement capable de bouleverser le royaume.

Vingt-six
Adriana

Je le vis dès que je posai un pied sur le toit.

En écoutant attentivement, j'étais certaine d'entendre un chœur d'anges en train de chanter dans le ciel, même si cette pensée pourrait bien causer ma perte, car j'avais des projets immoraux pour ce soir.

Après être passée rapidement chez Carlo pour enfiler mon costume de Dame Frost, je m'étais arrêtée au bar pour prendre une autre bière d'hiver, et j'étais ravie d'avoir une excuse pour la siroter et m'autoriser à admirer mon amant mystère.

Un frisson agréable traversa mon corps. Il sortait tout droit d'un fantasme : grand, sombre, mystérieux… Et ce soir, il serait à moi.

Plus d'hésitations. Plus de distractions.

Je voulais oblitérer toutes les pensées désagréables, je désirais qu'il prenne ma bouche dans un baiser torride, puis qu'il mette mon corps sens dessus dessous. J'avais envie d'oublier la conversation sérieuse que j'avais eue plus tôt avec Axton et ses motivations déroutantes qui justifiaient ses excès. Le fait qu'il m'ait dit que j'étais charmante et qu'il ait semblé avoir horreur que ce soit vrai. C'était mon ennemi.

Peut-être pas le genre d'ennemi qui prend les armes contre l'autre, mais dans le sens où il avait été assez infâme pour me briser le cœur et où je voulais désormais consacrer ma vie à le détruire dans le journal.

Mes sentiments pour Axton au cours des dix dernières années avaient été simples : gelés, givrés. Et maintenant, ils commençaient à fondre, et je n'étais pas sûre de savoir quoi faire avec cette mare d'émotions non désirées.

Entre le prince et mon inconnu, ma vie était devenue un véritable chaos. Je devais la remettre sur les rails, me concentrer sur le travail, sur les dragons de glace, sur tout sauf les histoires de cœur. Du moins, pas dans ma vie personnelle.

Ce soir, je céderais au désir physique, puis je quitterais mon inconnu et ce club pour de bon. À partir de demain, je me souviendrai de toutes les raisons pour lesquelles je détestais le prince, je passerais mes journées à écrire ma rubrique et j'oublierais mon inconnu et le fait que cette histoire secrète avait existé.

« Je vois que la foule d'admirateurs est de retour, dis-je. Je suis prête à les ignorer si vous l'êtes aussi.

— J'avais l'impression que vous aimeriez avoir des spectateurs, Dame F. »

Il se tourna lentement vers moi et j'aurais juré qu'il cessa de respirer en me voyant. Son regard s'attarda un peu trop longtemps sur ma silhouette.

Il se reprit rapidement et afficha un sourire en coin.

« Ou est-ce que la possibilité qu'on nous surprenne vous excite ? »

Bon… De toute évidence, nous avions tous les deux hâte d'aller droit au but.

Je me mordis la lèvre. Je n'avais jamais rien fait avec un partenaire en public auparavant, mais le désir brûlait en moi. Dans ma chambre, quand je me caressais, j'imaginais être prise sur le fait et ce fantasme me faisait jouir.

« Dites-moi. »

Il était intrigué, cela ne faisait aucun doute. C'était peut-être un fantasme que nous avions en commun. Ce n'était pas forcément l'idée d'être observée qui m'excitait.

« C'est la peur d'être surprise », admis-je.

Il me fit signe de continuer.

Je bus une gorgée de la bière épicée, essayant d'apaiser ma nervosité et de mettre de l'ordre dans mes pensées.

« Je ne sais pas quoi ajouter. L'idée que quelqu'un voie un acte aussi intime et d'être tellement perdue dans le moment que je me fiche d'être observée, c'est *ça*, le fantasme. Le frisson, le danger de tout ça me plaît.

— Vous voulez que d'autres personnes profitent du spectacle, déclara-t-il d'une voix grave et séduisante. Céder à vos désirs et tomber dans l'excès, cela fait partie de ce cercle. »

Je n'avais jamais parlé de mes fantasmes à voix haute et je ne savais pas si cet aveu était facile à faire parce que je me sentais à l'aise avec cet inconnu qui me donnait l'impression d'être libre, ou en raison du simple fait que nous ne nous connaissions pas.

Cependant, je me sentais beaucoup trop vulnérable en partageant tant de choses sans rien apprendre en retour.

Je bus une autre longue gorgée.

« C'est juste un fantasme. Je ne sais pas si je le ferais vraiment. Je crois que c'est le danger, l'idée que quelqu'un puisse nous surprendre, plus que le fait d'être observée, qui est séduisante. Quels sont vos désirs secrets ?

— Réaliser vos fantasmes. »

Je secouai la tête, incapable d'empêcher un sourire d'étirer mes lèvres. C'était un dragueur effronté. Et un menteur. Au moins, cela apaisait une de mes craintes : il ne pouvait pas être le prince. Ce dernier était incapable de mentir.

« Nous venons de nous rencontrer. Quels étaient vos désirs secrets avant ? »

Son regard se tourna de nouveau vers les lumières clignotantes de la ville tandis qu'il réfléchissait. Je me demandai si on ne lui avait jamais posé la question auparavant ou s'il ne voulait pas révéler quoi que ce soit de personnel.

La neige commença à tomber abondamment, mais les flocons ne nous touchèrent pas. Le toit du *Seven Sins* était protégé par un sort qui empêchait les éléments de déranger les clients.

« Vous voulez la vérité sans détour ? demanda-t-il.

— Oui. J'aimerais savoir ce qui vous intéresse. »

Il garda le silence un moment, comme s'il hésitait à répondre.

« Je veux vous déshabiller, vous pencher sur la balustrade et dévorer votre chatte jusqu'à ce que vous jouissiez sur mon visage. »

J'étais en train de boire une autre gorgée de ma bière d'hiver et faillis m'étrangler.

Il m'adressa un regard complice.

« Ce que je désire, c'est que vous criiez si fort que tous les clients courent sur le toit et me regardent passer vos jambes au-dessus de mes épaules pour vous dévorer. Je veux qu'ils sachent qu'ils ne vous feront jamais jouir comme moi. Qu'il n'y a que moi, et personne d'autre, qui peut donner du plaisir à votre corps. »

Il me sourit. J'avais dû rougir de la tête aux pieds.

« Je veux sentir vos doigts dans mes cheveux quand vous vous déhancherez sur mon visage, perdue dans l'extase. Une fois que vous aurez demandé grâce, et quand je serai certain que vous ne pourrez plus supporter un seul moment de plaisir, je veux que vous tombiez à genoux et que vous vous étrangliez avec ma queue dans la bouche quand je l'y enfoncerai sans pitié. »

J'arrivais à peine à respirer après cette description saisissante. Même avec un verre à la main, ma gorge était sèche.

Par le sang des dieux, cet homme avait vraiment une imagination débridée. Et il n'avait pas peur de le montrer.

Il attendit ma réponse, la tête inclinée sur le côté. D'après l'expression de son visage, il était amusé. Il devait penser que j'étais abasourdie, ou peut-être même qu'il m'avait effrayée.

« C'était…

— Cru ? Explicite ? Choquant ?

— Plutôt élaboré, en fait. »

Il rit et le son était délicieusement sombre et séduisant, tout comme ses désirs.

« La plupart des gens ne réagissent pas comme ça, Dame F.

— Alors, ce sont des imbéciles qui doivent vous faire la cour, dis-je, reprenant les mots qu'il avait prononcés à une autre occasion. N'importe quel homme qui prend le temps de penser à ses fantasmes avec autant de détails et qui les exprime avec autant d'assurance est intrigant.

— Comment ça ?

— Si vous réfléchissez autant à donner du plaisir à votre partenaire, cela signifie que vous n'êtes pas un amant égoïste. Vous aimez donner du plaisir autant que vous aimez en recevoir, si ce n'est plus.

— Vous déduisez tout cela parce que je veux vous pencher sur la balustrade ?

— Bien sûr. Votre fantasme commence par donner du plaisir à quelqu'un d'autre. Et ce n'est qu'une fois qu'elle est satisfaite, suffisamment de fois pour demander grâce, que vous désirez jouir.

— Et cela vous attire ?

— Votre esprit, oui.

— Si vous pensez à mon esprit alors que je décris mon fantasme, c'est que je ne suis pas très doué pour vous séduire.

— Je ne suis pas d'accord. Votre imagination est haute en couleur, ce qui indique que vous n'êtes pas un amant ennuyeux. Et votre bouche est obscène. Ce qui, dans les circonstances adéquates, peut être extrêmement excitant. »

J'avais toute son attention.

« Quoi d'autre vous a intriguée ? L'intimité physique ?

— Non, pas juste ça. Ajouter un élément de danger, comme pencher votre partenaire sur une balustrade, pendant que vous lui donnez du plaisir, cela rend les émotions et l'expérience physique de l'acte plus intenses. C'est incroyablement bien pensé.

— J'ai passé bien plus de temps à y réfléchir que je n'aimerais l'admettre. »

Cet aveu semblait sincère, mais nous ne nous connaissions pas depuis longtemps, il devait donc parler du fantasme en général.

Il s'appuya contre la rambarde, les bras croisés, en me regardant. Il avait essayé de me choquer, et apparemment, c'était moi qui l'avais fait.

Il soupira.

— Nous allons avoir un problème, Dame F.

— Lequel ?

— Vous cherchez une nuit de distraction, dit-il. Et c'est parfaitement acceptable.

— Mais...

— Je sais déjà qu'une seule nuit ne me suffira pas. »

Je sentis qu'il voulait ajouter quelque chose, je choisis donc ma réponse avec soin.

« Ce soir est la seule nuit que j'ai de libre avant longtemps. Je ne peux pas continuer à venir au club.

— Moi non plus. Vous êtes donc d'accord pour dire que nous avons un dilemme. »

Un piège était en train de se refermer, mais malgré mes efforts, je n'arrivais pas à comprendre ce qu'il mijotait.

Je pinçai les lèvres, analysant la situation sous tous les angles. Il ne pouvait quand même *pas* être en train de suggérer ce que je pensais.

« Je suppose que nous avons un dilemme uniquement si le fait que notre temps ensemble est limité à une seule nuit vous dérange.

— C'est peut-être parce que mon péché me pousse à l'excès, mais je n'aime pas les limites, c'est vrai. Vous semblez avoir un esprit très pragmatique, Dame F. Que suggérez-vous pour résoudre notre petit problème ?

— Nous pourrions simplement convenir qu'il est préférable de nous séparer dès maintenant. »

Alors même que je prononçais ces mots, je détestai l'idée qu'il puisse être d'accord. Quand on disait : « il est préférable », cela signifiait généralement que quelqu'un allait souffrir. Ce soir, en m'habillant pour le *Seven Sins*, je n'avais pas prévu de revêtir une armure émotionnelle.

« Ou alors, dit-il lentement, nous pourrions choisir de laisser les masques et les secrets derrière nous. Nous pourrions établir notre propre arrangement privé, en dehors du club. »

Je déglutis avec difficulté, puis tournai les yeux vers la ville. La neige continuait de tomber, la tempête cachant presque entièrement la Maison Gourmandise.

Je ne savais pas comment nous en étions arrivés là.

Nous étions censés être deux étrangers qui cédaient à leurs désirs pour une seule nuit de débauche, pour s'amuser. Sans attaches et sans sentiments.

Sans risque de cœur brisé. Juste une simple aventure.

Et pourtant, ce soir, ne voulais-je pas lui retirer son masque avant de partir pour de bon ? J'étais devenue dépendante de nos rencontres, alors qu'elles n'auraient dû être qu'un simple petit divertissement.

Depuis ma seule tentative pour trouver l'amour, je n'avais plus fréquenté personne. Et pas seulement par manque de temps. Même si, à présent, j'en aurais peut-être davantage puisque je vivais au château et que je n'avais pas à me soucier du travail *et* de l'entretien de notre maison. Du moins, pour les prochaines semaines.

Cela devrait être amplement suffisant pour me laisser tenter par une petite aventure. Je n'avais pas explicitement refusé sa proposition, alors, il continua.

« En réalité, si nous n'avions plus besoin du club ni de gagner des clés magiques, nous pourrions faire ce que nous voudrions, quand nous en ressentirions le désir ou le besoin. »

Je plissai les yeux.

« Vous n'avez jamais eu de mal à trouver des clés jusqu'ici.

— Un coup de chance. Et quelques faveurs. »

J'étais certaine qu'il y avait autre chose, mais il esquivait délibérément la question. Je changeai d'approche.

« Que proposez-vous exactement ? » demandai-je.

Cette fois, il hésita. Ses doigts tambourinèrent rapidement la balustrade.

« Un marché mutuellement bénéfique. Un marché que nous respecterions tous deux jusqu'à ce que nous soyons satisfaits. »

— Les conditions ? »

— Nous nous fréquentons en secret, à moins que nous ne souhaitions rendre la chose publique. Si cela venait à se savoir, nous convenons de ne jamais révéler la vérité sur le lieu ou les circonstances de notre rencontre, puis nous nous quitterons sans aucune attente, sans prétendre que cela durera plus de quelques semaines. Nous cédons à nos fantasmes, nous nous voyons aussi souvent ou aussi rarement que nous le souhaitons pendant cette période. Mais nous acceptons de garder notre relation privée. »

Je pensai à Axton, qui serait entouré de ses prétendantes pendant les semaines à venir. Il serait agréable d'avoir quelqu'un pour me distraire le soir, après avoir cherché des indices dans le château.

Si nous convenions tous deux d'un accord temporaire, cela devrait éviter les émotions non désirées. Même si, à vrai dire, nous avions déjà bien du mal à ne pas nous intéresser l'un à l'autre. C'était peut-être juste parce que nous n'étions pas encore rassasiés l'un de l'autre. Une fois que nous aurions cédé à la tentation, comme il l'avait dit, les choses seraient différentes. Je n'avais rencontré personne que j'avais vraiment envie de fréquenter.

C'était un caprice passager, rendu captivant par le secret, l'attirance réciproque et le mystère, le frisson de l'inconnu.

Pour le moment, nous étions plongés jusqu'au cou dans un jeu de rôles. Nous pouvions inventer des histoires et des passés sans que la réalité ne vienne gâcher notre fantasme.

Dans mon esprit, il était un chasseur royal féroce, un combattant impitoyable, le propriétaire d'un club nocturne sulfureux, et un amant délicieux. Alors qu'en vérité, sa vie quotidienne était peut-être aussi banale que la mienne.

« Disons six semaines », proposai-je.

Aucun article n'avait encore indiqué la durée exacte du concours, mais cela devrait en couvrir une grande partie, assez pour que je ne me sente pas seule. Et si je ne le voyais que la nuit, je ne risquais pas de me lasser de lui. Enfin, c'était ce que j'espérais.

Je priais pour qu'il ne m'attire pas uniquement à cause du mystère alléchant qu'il représentait.

« Une fois ce temps écoulé, nos chemins se sépareront, ajoutai-je. Pas de renégociation. Pas de cœurs brisés.

— Merveilleux. »

Son sourire était presque assez chaleureux pour faire fondre la neige.

« Nous passerons un serment de sang pour officialiser les choses. De cette manière, nos besoins seront mutuellement comblés. »

J'hésitai à cette idée, l'observant attentivement en réfléchissant à sa proposition.

« Un serment de sang, c'est un peu excessif pour de simples rendez-vous. »

C'était un lien magique impossible à rompre, mais cela garantissait qu'il respecterait la durée établie, ce qui m'arrangeait assez pour que j'envisage de le faire. Cela impliquait aussi que nous devrions coopérer pour satisfaire nos désirs mutuels, maintenant nos intérêts alignés tant que le lien serait actif.

« Peut-être. »

Il semblait prendre les choses avec beaucoup de désinvolture, comme s'il parlait d'une promenade dans un parc et non d'un enchantement qui le lierait à une inconnue.

« Mais cela instaure aussi un certain niveau de confiance entre les deux parties. Avec un serment de sang, aucun de nous ne peut trahir l'autre. Me faites-vous confiance, Dame F ? »

J'aurais aimé lui faire confiance, mais une partie cynique de mon esprit me soufflait qu'il y avait forcément un intérêt caché que je n'avais pas encore saisi. Je l'observai attentivement, mais les indices que j'aurais pu lire sur son visage étaient dissimulés par le sortilège. Peu importait mes efforts pour percer ses secrets, je me heurtais à un mur infranchissable. Le risque, le danger… tout cela me tenait sur le fil, prête à basculer.

Si je voulais découvrir qui il était réellement, il n'y avait qu'un moyen de le savoir.

J'avais de plus en plus le sentiment que ma première impression était juste : il était un rapace en train de fondre sur sa proie. Je le scrutai de nouveau, me demandant si j'avais vraiment envie de jouer le rôle de la souris ou s'il valait mieux m'éloigner avant qu'il ne soit trop tard.

Vingt-sept
Prince Gourmandise

Mon pouls battait violemment alors que la victoire était à portée de main.

Je maintins une posture nonchalante, ne voulant pas faire fuir ma proie. Quelque chose pourrait mal tourner au dernier moment. Je devais être extrêmement prudent, comme quand je me battais contre les meilleurs prédateurs alpha.

Adriana était intelligente, et elle avait l'air sur la réserve tandis qu'elle pesait le pour et le contre. Elle craignait un piège et tâtait le terrain pour essayer de le repérer.

Adriana.

J'avais dû faire appel à toute ma volonté pour ne pas trahir ma surprise quand je m'étais rendu compte que j'avais raison : ma rivale était ma maîtresse.

Je ne pouvais pas dire que j'étais déçu par cette découverte.

Dès qu'elle était montée sur le toit en portant la cape que j'avais fait coudre spécialement pour elle, une étrange sensation de chaleur s'était répandue en moi. Elle ne s'était pas encore dissipée. En fait, elle était plus forte maintenant. Je n'aurais pas dû être soulagé, mais ce serait un mensonge de prétendre le contraire.

Adriana m'agaçait depuis des années, et il semblait tout à fait adéquat qu'elle me touche aussi profondément et qu'elle me fasse ressentir un tel désir de nouveau. La haine et l'amour étaient très liés ; nous étions ridicules de penser que nous pouvions ignorer *cela* pour toujours.

De toute évidence, elle ne me faisait pas confiance. Et elle avait raison. J'avais des idées tordues en tête.

« Et cela brisera le sortilège du club, ajoutai-je, sentant que mon identité piquait sa curiosité. Nous ne nous cacherions plus derrière de la magie ou des masques. Si nous établissons ce lien, nous n'aurons pas de secrets l'un pour l'autre. »

Elle haussa légèrement les sourcils.

« Pas de secrets ? Je ne suis pas sûre que cela me plaise.

— Je parle de secrets concernant notre identité. Je ne connaîtrai pas soudain tous vos désirs les plus sombres. À moins que vous ne souhaitiez m'en faire part… »

Elle afficha un grand sourire qui illumina tout son visage.

Elle *aimait* que je flirte effrontément. C'était ironique, car c'était la qualité qu'elle m'avait reprochée dans les journaux.

Ma rivale était pleine de délicieuses surprises.

J'espérais juste qu'elle les aimait autant que moi, car elle était sur le point de faire une découverte choquante.

« D'accord, dit-elle enfin. Prêtons un serment de sang.

— Vous en êtes certaine ? » demandai-je, cherchant le moindre signe indiquant qu'elle était opposée à cet accord sans l'admettre.

Elle hocha la tête, mais ses mouvements ne me permettaient pas de détecter des mensonges.

« Je préférerais que vous donniez votre consentement à voix haute.

— Un véritable gentleman, me taquina-t-elle. Je suis d'accord pour prêter un serment de sang. »

J'en remerciai les dieux damnés.

Je sortis une épingle de la poche intérieure de mon costume et Adriana haussa les sourcils. Apparemment, elle était surprise de voir que je m'étais préparé pour cette soirée. Je me piquai le doigt avant de lui donner l'épingle pour qu'elle en fasse de même.

Elle l'enfonça dans le bout de son doigt, puis tendit celui-ci vers moi.

« Par le sang et par choix, je me lie à vous pendant six semaines à partir de maintenant. Mes souhaits sont vos souhaits, mes désirs, vos désirs. Je n'agirai pas contre vos intérêts et vous n'agirez pas contre les miens. Ainsi, nous sommes unis. Liés par l'honneur, et séparés par la mort. »

Elle répéta les mêmes mots et je sentis la magie crépiter entre nous quand le lien se mit en place pour nous unir.

Adriana jura et recula d'un pas chancelant, une main posée sur sa poitrine, comme si elle avait reçu un coup physique.

Je tendis la main pour la retenir et mes doigts effleurèrent sa peau nue.

Une étincelle s'embrasa entre nous, déclenchant une série d'émotions qui me firent haleter.

Puis, toute la tension, toute la tentation, explosa comme si elle avait été retenue pendant des années et non pas quelques jours, et qu'elle était enfin libérée.

Je la regardai, observai le désir vorace dans ses yeux tandis qu'elle me scrutait, et je fus perdu.

Vingt-huit
Adriana

Ce fut presque instantané. Une exaltation étrange coula dans mes veines quand la magie prit place, m'attirant plus près de l'homme masqué devant moi.

Soudain, j'avais envie de lui arracher ses vêtements.

Toute cette séduction, toute cette tension, devait être libérée. *Immédiatement.*

Je n'avais jamais été liée à qui que ce soit auparavant et j'ignorais si c'était son désir ou le mien, ou un mélange des deux qui m'envahissait comme un torrent puissant.

Mais quelque chose avait changé dès que notre lien s'était créé. Une phrase se rejouait dans ma tête :

Mes souhaits sont vos souhaits, mes désirs, vos désirs.

Nos désirs étaient bien alignés, pas besoin de magie de ce côté. En fait, je doutais que le serment ait quoi que ce soit à voir avec ce que nous ressentions.

Cette attirance n'avait pas été créée *par* la magie, elle semblait simplement *être magique*.

Apparemment, il ressentait la même chose, car il se pencha en avant et ses lèvres effleurèrent les miennes avant qu'il ne me serre contre lui pour approfondir notre baiser comme s'il était possédé.

Je passai mes mains dans ses cheveux aussi doux que le duvet tandis qu'il me soulevait contre la balustrade et collait ses hanches aux miennes. Son érection était déjà dure et épaisse entre nous.

Je me concentrai sur chaque endroit où nous nous touchions.

C'était peut-être parce que le lien magique était établi ou à cause de l'alchimie que nous avions perçue le premier soir et qui se libérait enfin, mais je n'avais jamais ressenti une telle euphorie juste parce qu'on me touchait.

On aurait dit que le monde fondait et qu'il n'y avait plus que nous, unis dans ce moment. Minuscules, mais infinis, et entièrement consumés l'un par l'autre.

Chaque contact, chaque effleurement innocent de sa peau contre la mienne était comme un rêve, et je voulais m'y perdre pour toujours.

Son baiser était magique ; ses lèvres étaient douces, mais fermes lorsqu'elles se posaient sur les miennes, encore et encore.

Chaque fois qu'il me mordillait ou me léchait, mon corps réagissait au quintuple et mon entrejambe devenait un peu plus moite. Nous semblions tous les deux perdus dans les sensations, cédant complètement à nos désirs les plus basiques, laissant nos corps réagir à chaque contact, à chaque caresse.

Il n'y avait plus de toit, plus de fêtards chahuteurs qui buvaient dans les rues en contrebas.

Axton et les années de chagrin d'amour étaient enfin un lointain souvenir.

Il n'y avait que mon inconnu et moi, et l'explosion de désir que nous ne pouvions pas éteindre. Je passai mes mains le long de sa chemise. J'avais besoin de le sentir sans rien entre nous. Il rompit notre baiser, ses mains glissèrent le long de mes bras d'un mouvement doux et tendre, et il me regarda défaire le premier bouton de sa chemise.

Puis le suivant.

Quand j'en arrivai au dernier et que je retirai lentement le vêtement, j'étais prête à ce qu'il me prenne sur-le-champ. C'était une sculpture en chair et en os. L'homme le plus splendide que j'avais jamais vu. J'avais d'abord été séduite par son esprit, son corps puissant n'était donc qu'un régal de plus dont je pouvais m'émerveiller.

Cet inconnu était beaucoup trop parfait pour être vrai. Et pourtant, il était là, réel, et tout aussi follement attiré par moi.

« Vous êtes beau », murmurai-je en suivant chaque ligne de ses abdominaux, captivée.

Tout son torse était une véritable œuvre d'art : un tatouage représentant deux dragons argentés entrelacés et face à face recouvrait presque toute sa peau. La position des dragons donnait l'impression qu'ils étaient les deux moitiés d'un cœur. Près du bas de leurs corps de reptile, une bannière les unissait, sur laquelle une phrase en latin était écrite.

Nitimur in vetitum. Nous recherchons l'interdit.

Un vague souvenir me revint à l'esprit, comme si je reconnaissais cette inscription, mais c'était impossible, car je ne l'avais jamais vue auparavant. Cette sensation étrange s'évapora immédiatement quand il retira complètement sa chemise, me donnant un moment pour l'admirer.

Je suivis du doigt chaque creux et chaque courbe du tatouage, prenant plaisir à l'entendre souffler entre ses dents tandis que je passais mes ongles sur lui, de plus en plus bas, m'arrêtant à sa ceinture avant de descendre encore un peu plus et de marquer une pause juste avant la bosse féroce qui déformait son pantalon.

Aucun homme ne devrait avoir le droit d'être aussi beau et séduisant.

Mais ce n'était pas juste son corps qui m'excitait ; c'était son esprit, sa langue indécente.

Il avait attiré mon attention bien avant de retirer sa chemise, révélant le sombre dieu du péché qu'il était vraiment.

Une fois que j'eus exploré chaque centimètre de sa peau tatouée, il me rendit la pareille. Le sortilège ne s'était pas encore dissipé, je ne savais donc pas vraiment qui il était, mais je n'y accordais pas d'importance. J'avais envie de lui. Immédiatement.

« Je pourrais vous toucher comme ça toute la nuit, Dame F.

— Je serais ravie de vous laisser faire. »

Mes yeux se fermèrent tandis que je me laissais submerger par la sensation.

Son contact était érotique ; le murmure de ses doigts glissait le long de mon cou, sur mes épaules, entre mes seins.

Chaque caresse était un serment, une déclaration. La promesse de plaisirs à venir.

« Je prendrai mon temps pour explorer. Pour m'aventurer sur la carte de votre corps. »

Il dessina de petits cercles sur mes côtes, puis continua à descendre, caressant et taquinant la zone sous mon nombril. Mon corps se perdit dans la sensation et essaya de le guider plus bas.

Ses maudites mains remontèrent et un petit rire s'échappa de ces lèvres merveilleuses.

Il passa ses doigts entre les miens et m'attira près de lui pour m'embrasser doucement. Comme un prince de conte de fées qui faisait la cour à une princesse. Son baiser était doux, et ses mains autour des miennes l'étaient encore plus.

Il y avait une telle différence entre ça et le fantasme obscène dont il avait parlé plus tôt. Et il le savait très bien.

J'avais horreur de l'admettre, mais j'adorais ces taquineries. Il me faisait anticiper et désirer chaque geste ; je souhaitais qu'il mette un terme à mon tourment et qu'il le prolonge jusqu'à ce que je ne puisse plus le supporter un seul instant de plus et que nous succombions tous les deux à ce besoin enivrant.

Il écarta sa main de la mienne et traça du doigt chaque ligne de mon corset, tirant petit à petit les ficelles, les dénouant juste assez pour remplacer ses doigts par sa bouche.

« Vous ne vous imaginez même pas depuis combien de temps j'ai envie de faire ça. »

Le ton de sa voix donnait l'impression qu'il le désirait depuis des années, et non pas des jours.

Il déposa des baisers le long de ma gorge, puis de mon décolleté, retirant d'un geste terriblement lent mon corsage pour prendre le dessus de mes seins dans sa bouche chaude.

La patience était peut-être une vertu, mais nous étions dans un club de plaisir.

Il remonta et chatouilla mon cou.

« Est-ce que vous avez envie de quelque chose, Dame F ?

— Vous. Et vous le savez très bien. »

Je sentis son sourire contre ma peau. Ce sauvage savait exactement ce qu'il était en train de faire.

Mes hanches ruèrent vers lui. J'avais besoin de lui entre mes cuisses, le désir de le sentir en moi devenait insupportable au fil du jeu.

Il céda à ma demande silencieuse et colla son corps contre le mien tout en frottant ses hanches à un rythme lent contre les miennes, touchant un endroit que me fit voir les étoiles.

« Comme ça ?

— Oui. »

Mes jambes s'écartèrent d'elles-mêmes, ma jupe courte se souleva au-dessus de mes cuisses, l'invitant à s'approcher pour qu'il me fasse enfin sienne. Ses mains se posèrent sur ma peau nue et son regard, sur l'endroit où nos corps étaient en contact. S'il ne me touchait pas sous peu, je deviendrais folle.

Finalement, dieux merci, il s'agenouilla devant moi, et ses mains saisirent mes jambes pour m'aider à garder l'équilibre, m'empêcher de tomber par-dessus la rambarde et écarter mes cuisses.

« Agrippez-vous à la balustrade. Nous allons donner un petit spectacle aux gens dans la rue. »

Un léger gémissement s'échappa de mes lèvres quand je m'accrochai à la barre, levant les yeux pour voir la neige tomber en continu autour de nous. J'étais complètement à sa merci. Un mauvais pas et je tomberais en arrière pour m'écraser plusieurs étages plus bas.

Si ce n'était pas une preuve de confiance, je ne savais pas ce qu'il lui faudrait.

Au-delà du sang qui accélérait dans mes veines, j'entendais les gens parler dans l'allée et ne pouvais qu'imaginer ce qu'ils verraient s'ils levaient les yeux. Ma jupe était assez courte pour qu'ils puissent déjà voir ce qu'elle était censée cacher.

Mon cœur s'emballa à cause de la peur et de l'excitation, et il se concentra sur mes cuisses, déposant des baisers de plus en plus haut.

Par tous les dieux… Il allait réaliser son fantasme et j'étais ravie de jouer le jeu.

Il retira lentement ma culotte et m'aida à m'en débarrasser avant de la jeter sur le côté. L'air frais souffla sur ma peau sensible et la sensation me libéra tandis que je me dénudais devant mon inconnu et tous ceux qui lèveraient les yeux vers nous ou sortiraient sur le toit.

Il saisit l'ourlet de ma jupe et le souleva pour m'exposer davantage.

« Vous êtes splendide. »

Il passa un doigt provocateur sur mon corps et son contact m'arracha un gémissement.

« Vous êtes déjà merveilleusement mouillée pour moi, Dame F. »

Je jurai, le souffle coupé, et il rit avant de recommencer.

Il dessina de petits cercles sur mon clitoris, puis enfonça le bout de son doigt en moi avant de le retirer.

« Ou est-ce que vous êtes trempée pour eux ? Parce que vous savez qu'ils peuvent voir tout ce que je vous fais ? »

Je baissai les yeux vers lui, la poitrine agitée par ma respiration.

Il ressemblait à un ange masqué qui n'avait eu qu'un objectif en tête quand il avait été déchu.

« Touchez-moi. »

Sans dire un mot de plus, il se pencha en avant et sa bouche remplaça ses doigts, provoquant une vague de sensations qui me poussa à me cambrer contre lui comme si j'avais été frappée par la foudre.

Son premier coup de langue m'arracha un gémissement et mon corps se resserra autour de lui. C'était comme s'il savourait la première bouchée de crème fouettée. Puis sa langue plongea en moi et je criai pour lui en demander plus, oubliant que d'autres gens pouvaient m'entendre.

Son baiser avait été magique, mais ce qu'il faisait maintenant avec sa langue était un don des anciens dieux.

« Vous êtes délicieuse, putain. »

Il me dévorait comme si j'étais son propre dessert et qu'il en avait été privé depuis trop longtemps. Il ne semblait pas se soucier d'être surpris non plus. Il écarta encore un peu mes cuisses et me fit l'amour avec sa langue ; son seul but était que je me sente merveilleusement bien.

À ce moment-là, je crus ce qu'il avait dit d'une voix si sérieuse plus tôt : qu'il avait passé des décennies à planifier ce coup et non pas des semaines, qu'il avait rêvé de toutes les manières dont il pourrait me faire crier son nom.

Je passai mes doigts dans ses cheveux, le maintenant contre moi tandis qu'il léchait mon corps habilement. J'étais sur le point d'avoir un orgasme et j'étais prête à l'emporter avec moi.

Le sortilège semblait s'estomper maintenant, ne laissant que son masque en place. Je ne l'avais pas remarqué auparavant, sans doute à cause du sort, mais dans cette position, je vis les ailes de dragon tatouées sur toute l'étendue de son dos, jusqu'en haut de ses épaules.

Il s'appuya sur ses talons et enfonça deux doigts en moi, effectuant des va-et-vient tout en me léchant. Par tous les saints… Cet homme savait ce qu'il faisait. Il grogna en signe d'approbation et la vibration, en plus de sa langue et de ses doigts, me secoua.

Je voulais voir son visage en jouissant.

« Retirez votre masque, lui ordonnai-je en lui tirant les cheveux. Maintenant.

— Seulement si vous retirez le vôtre. »

Sa voix était basse et je ne pouvais pas la reconnaître. Comme s'il savait ce que j'avais derrière la tête, il fit un autre va-et-vient avec ses doigts et son sourire devint malicieux lorsque je me cambrai contre lui en hochant la tête. Il m'avait complètement distraite.

« À trois ? »

Il retira ses doigts, puis les replongea en moi en les pliant légèrement, touchant un endroit qui propulsa une boule de chaleur en moi.

« Un. »

Je haletai tandis qu'il recommençait.

« Deux. »

J'étais au bord du précipice, prête à voler en éclats. Et il le savait très bien. Nous jouions à ce jeu depuis des jours et je tuerais n'importe qui nous interrompant maintenant.

Je levai la main, saisis mon masque, prête à le retirer. Il fit la même chose de sa main libre.

Il retira ses doigts, puis les replongea en moi. Mon corps palpita de désir tandis qu'il me remplissait et que sa langue caressait ma peau sensible.

« Trois. »

Nous arrachâmes nos masques au moment même où il enfonça ses doigts en moi, puis il fit un mouvement terriblement délicieux avec son pouce, l'appuyant contre mon clitoris gonflé, et l'orgasme dont j'avais été si proche me submergea enfin.

Je lâchai le masque et la dentelle tomba en un petit tas délicat à côté de lui, toujours agenouillé. Il ne le remarqua pas. Il concentrait toute son attention sur le fait de gâcher toutes les expériences que j'aurais avec d'autres partenaires à l'avenir, intentionnellement ou pas.

Il n'avait pas relevé son visage, je ne voyais donc que ses muscles qui se bandaient tandis qu'il se concentrait attentivement sur toutes les réactions de mon corps.

Il se pencha en avant comme s'il ne pouvait pas s'empêcher de me goûter alors que j'étais en train de jouir. Il passa sa langue sur moi tout en continuant de me pénétrer avec ses doigts – je n'avais jamais ressenti une telle euphorie de toute ma vie.

J'agrippai ses épaules, la tête penchée en arrière tandis que je chevauchais une vague de plaisir après l'autre. Maintenant, tous les clients en contrebas avaient dû nous entendre, mais je m'en fichais.

Bordel, il était incroyable.

Il continua à me dévorer jusqu'à ce que le dernier frisson me traverse et que je m'écroule en arrière, haletante. Il déposa un petit baiser à l'intérieur de ma cuisse, doux et tendre. Comme s'il voulait faire durer ce moment et le rejouer dans son esprit.

Quand j'eus repris ma respiration, je baissai enfin les yeux, souhaitant le voir sans son déguisement et savoir si ce qu'il était vraiment était à la hauteur de mon imagination.

Mais il n'avait pas encore tout à fait fini.

Une fois que vous aurez demandé grâce… Il s'assurait de tenir sa promesse. Ses doigts habiles se mirent à l'œuvre pour me faire jouir une deuxième fois. Je me cambrai contre lui tandis qu'il commençait à imiter la manière dont il s'enfoncerait entièrement en moi sous peu.

J'étais déjà sur le point d'avoir un orgasme, je vibrais après ce qu'il venait de me faire, et c'était presque trop intense pour que je puisse supporter ses va-et-vient. Quand son autre main se referma autour de son érection, la caressant de haut en bas à travers son pantalon comme s'il ne pouvait pas attendre d'être en moi, le peu de contrôle que je maintenais encore sur la situation s'évapora. J'avais encore plus envie de lui.

Je poussai un cri d'extase et il leva enfin les yeux, qui trahissaient un désir brut et puissant, tandis qu'il me regardait de nouveau voler en éclats à son contact.

C'était primitif. Possessif. Et...

Nos regards se croisèrent et se soutinrent, et mon gémissement haletant se transforma en un cri d'incrédulité quand je compris qui il était.

Mais c'était trop tard.

La vague de plaisir suivante s'écrasa sur moi et je n'eus pas d'autre choix que de me laisser emporter, incapable d'arrêter cet orgasme merveilleux, même si c'était *lui* qui me le donnait.

Ses doigts étaient enfoncés en moi, continuaient à me donner du plaisir tandis que je me resserrais autour de lui. Mon corps se fichait de sa véritable identité et il succomba à la vague d'extase la plus intense que j'aie jamais ressentie. Il me pénétrait avec ses doigts tout en se caressant, les paupières lourdes de désir.

Je soutins son regard, refusant de détourner les yeux tandis que chacun de ses mouvements faisait trembler mon corps et que je jouissais.

Mon attitude de défi semblait l'exciter encore plus, ce qui me fit jouir plus fort.

Enfin, mon orgasme passa et je cessai de chevaucher ses doigts. Sa main autour de son érection se desserra et son poing ralentit avant de s'arrêter complètement. Je ne pus m'empêcher de regarder. Il était encore dur et n'avait pas joui. Une partie de moi avait envie de déboutonner son pantalon et de voir ce qui se passerait.

Ma poitrine se soulevait violemment après un tel effort et la réalité me rattrapa peu à peu, brisant ce moment.

Ce satané Gabriel Axton était mon inconnu masqué.

Et le foutu prince venait de me donner deux des meilleurs orgasmes de ma vie.

Il n'y avait pas de justice dans ce monde.

Quand il fut certain que j'étais complètement remise, il se redressa et s'assit sur ses talons, les mains jointes nonchalamment devant lui comme pour s'empêcher de me toucher de nouveau.

J'ignorais pourquoi il avait pris soin d'attendre que je sois satisfaite alors qu'il avait su qui j'étais. C'était peut-être son péché qui l'y obligeait.

Ou peut-être qu'il prenait plaisir à savoir qu'il avait un tel contrôle sur mon corps. Mon attention se posa sur sa bouche ; j'avais besoin de me détourner de son regard, qui était rivé sur moi alors que je reprenais mes esprits. Ma moiteur brillait sur ses maudites lèvres, ce qui libéra une nouvelle vague de chaleur en moi.

Il remarqua ce qui attirait mon attention et se lécha lentement la lèvre. Ses pupilles se dilatèrent. Je criai intérieurement pour obliger mon pouls à ralentir. Je refusais catégoriquement d'être attirée par Axton.

Nous nous regardâmes en silence, comme deux rivaux qui se jaugeaient sans savoir quoi faire.

Ses yeux noisette se plissèrent quand il regarda ma perruque, puis mon visage. Je n'arrivais pas à deviner ce qu'il pensait. Mes propres pensées et émotions étaient trop emmêlées et tordues.

« Adriana.

— Axton.

— C'est une nuit plutôt intéressante. »

Son ton était léger, mais je savais qu'il devait être aussi abasourdi que moi.

Nous nous observâmes un moment de plus. Le prince tomba à genoux, une lueur sombre brillant dans ses prunelles tandis qu'il scrutait mon corps. Il devait remarquer mes muscles légèrement tremblants à cause du plaisir qui continuait de ricocher en moi.

Trop tard, je me rendis compte que ma jupe était encore relevée autour de mes hanches. Non pas que la pudeur ait de l'importance à ce stade. Le prince avait fait bien plus que *regarder* mon corps nu.

Et il était impossible que je minimise les effets qu'il avait eus sur moi. Il savait aussi bien que moi qu'il avait possédé mon corps. Cependant, mon esprit commençait enfin à comprendre la situation.

Il était niché entre mes jambes et son visage ne se trouvait qu'à quelques centimètres de l'endroit qui palpitait encore à cause de lui. Une partie de moi avait envie que nous remettions nos masques et que nous finissions ce que nous avions commencé.

Ce ne serait certainement pas la première fois que nous cédions au plaisir. Axton leva les yeux et m'observa.

La haine ne brillait pas dans ses prunelles. C'était bien pire. Quelque chose d'infiniment plus compliqué.

Je devais m'éloigner de lui et de ce maudit regard avant que nous ne fassions quoi que ce soit d'autre que nous pourrions regretter ce soir. De toute évidence, nos esprits étaient embrouillés parce qu'ils avaient besoin de céder au plaisir.

Il ne s'engagerait jamais à…

Par tous les dieux… Son concours nuptial. Ma sœur. J'avais oublié que ce maudit débauché organisait une compétition très en vue pour trouver une épouse. Tout en continuant sa petite aventure avec moi en cachette.

Il me fixait du regard tandis que j'analysais mes émotions et les faits. Il ne semblait pas être tiraillé par la vérité : sa respiration était calme, sa posture, détendue. Soudain, tout devint clair. J'avais eu tort. *Complètement tort*. Il n'avait pas été choqué par mon identité.

Il avait su. Dès que j'étais montée sur le toit avec la cape qu'il avait fait confectionner pour moi. Le fichu démon avait tendu ce piège plusieurs jours plus tôt. C'était pour cette raison qu'il avait envoyé la couturière. Pas parce que nous nous étions disputés au marché, mais pour prouver mon identité et accomplir ce qu'il avait eu l'intention de faire ensuite. Et, quoi que cela impliquerait, j'avais prêté un serment de sang avec lui, un serment que je ne pouvais pas rompre.

Je fus abasourdie par cette réalisation.

Je reculai pour m'éloigner de lui ; le mouvement fut trop brusque étant donné que j'étais perchée sur la balustrade. Tout mon sens de la gravité se retourna.

« Adriana, dit-il en tendant la main vers moi. Ne faites pas ça ! »

Je basculai en arrière en criant, tombant en chute libre vers le sol.

Et vers une mort certaine, toute nue.

Vingt-neuf
Prince Gourmandise

Je ne réfléchis pas. J'agis.

Je bondis par-dessus le bord du toit derrière Adriana, fonçant aussi vite que possible, obligeant mon corps à enfreindre toutes les lois de la nature qui osaient entraver ma route.

Les anciens dieux souriaient au pécheur que j'étais, pour une fois. Mes bras s'enroulèrent autour d'elle, la serrant contre mon corps quelques secondes avant qu'elle ne s'écrase par terre.

Puis mes ailes se libérèrent de leur lien magique, déchirant mon dos dans un battement tonitruant qui fendit l'air, faisant taire les réjouissances des clients qui buvaient dehors.

L'intensité soudaine de mes coups d'aile déplaça la neige, qui forma une terrible couverture frappant les malheureux qui se tenaient à proximité.

Tous les témoins sauraient que je m'étais rendu au *Seven Sins* ce soir ; mes ailes de dragon bleu cobalt et argent étaient facilement reconnaissables. Les journaux à scandale seraient en effervescence le lendemain matin, étant donné que mes prétendantes avaient emménagé au château ce soir.

Je m'occuperais de ce problème à un autre moment.

« Êtes-vous blessée ? » demandai-je, criant par-dessus le vent qui nous fouettait violemment.

Adriana enroula ses jambes autour de mes hanches et croisa les chevilles derrière mon dos, se collant à moi tandis que nous montions dans les airs pour quitter le quartier nocturne, qui n'était plus qu'une tache de lumières scintillantes beaucoup plus bas. Puis nous fûmes avalés par la tempête.

Ma queue était encore dure comme le granite, ce qui était tout à fait inopportun.

Adriana devait le sentir, car elle était serrée contre mon corps.

Je serrai les dents, essayant de faire le vide. Sa jupe était encore levée autour de ses hanches, mon pantalon était donc la seule barrière entre nous.

J'essayais d'être un foutu gentleman, mais chaque fois qu'elle bougeait, elle envoyait un éclair de sensations en moi qui me faisait palpiter entre ses jambes.

Comme si elle avait besoin d'une autre raison de se moquer de moi.

Je me concentrai sur la neige fondue et glaciale qui piquait mes ailes comme des milliers d'aiguilles, mais la douleur n'était pas une distraction suffisante quand elle bougea de nouveau.

J'aurais presque pu croire qu'elle me torturait pour le plaisir.

Les bras d'Adriana se resserrèrent autour de mon cou. Sa peau était assez froide pour me faire frissonner. Je volais aussi vite que possible, essayant, en vain, de sortir de la tempête, qui s'intensifiait.

Elle enfouit son visage dans le creux de mon épaule tandis que nous étions bombardés par la glace et la neige, et je revins dans le moment présent. Tout son corps était raide, et son cœur battait la chamade contre mon torse.

« Ça va aller, vous êtes en sécurité. »

J'approchai mes lèvres de son oreille, essayant de ne pas l'affoler davantage en ajoutant mon cri aux hurlements du vent. Je n'avais pas besoin d'utiliser mes sens surnaturels pour savoir qu'elle était terrifiée à l'idée de mourir. Et elle avait raison. Un moment de plus et je serais arrivé trop tard.

Mon propre cœur battait à toute vitesse et j'enfouis cette pensée pour me concentrer sur l'instant présent.

Je la serrais contre moi du mieux possible, lui prodiguant le peu de chaleur que je pouvais transmettre pour la protéger des températures glaciales, tout en essayant de calmer ma propre tornade d'émotions.

Je sentais encore la saveur délicieuse d'Adriana Saint Lucent sur mes lèvres, et elle me distrayait.

Je refusais de penser au plaisir incroyable de la sentir se tortiller sur mes doigts et ma langue. Quand le lien s'était mis en place, son excitation m'avait frappé et avait amplifié la mienne.

Je n'avais jamais ressenti un tel désir. Et maintenant qu'elle savait qui j'étais, je ne connaîtrais sans doute plus jamais cette sensation.

C'était ma faute. Elle avait voulu une nuit de distraction. Mais j'avais été obsédé par le besoin de découvrir son identité, sachant que, si elle était ma rivale, ce serait le moyen idéal de la maintenir près de moi pour qu'elle ne publie pas l'article sur les dragons. Mais c'était aussi le meilleur moyen d'alimenter mon pouvoir tant que je ne pouvais pas partir à l'aventure en chassant ces derniers.

Je n'avais pas anticipé que les limites entre le devoir et la passion deviendraient troubles. Ou qu'elle me plairait.

Je fermai brièvement les yeux ; tout le poids de mes décisions pesait sur moi.

Ma tête commença à me lancer.

Soudain, Adriana recula et plissa les yeux dans la tempête.

« Où allons-nous ?

— Au château. Vous devez…

— Non ! »

Elle faillit glisser de mes bras tandis que la neige s'abattait plus fortement.

« S'il vous plaît. Ramenez-moi chez moi. On ne peut pas être vus ensemble. »

Je clignai des yeux pour me débarrasser du givre sur mes cils et jetai un coup d'œil par-dessus mon épaule. La tempête empirait et il était impossible que je la ramène dans son quartier sans qu'elle succombe aux intempéries. Je jurai entre mes dents et changeai brusquement de trajectoire.

Je dépassai le château, nous donnant le temps de résoudre en privé ce pétrin dans lequel je nous avais fourrés et de la réchauffer avant qu'elle ne tombe malade, ou pire. Et elle avait raison : je ne pouvais pas la ramener là-bas maintenant, et surtout pas alors que le château était rempli de prétendantes.

Comme sa sœur. Au début, j'avais trouvé que c'était un merveilleux tour du destin, mais je n'en étais plus si sûr.

Je continuai à voler aussi vite que possible vers une caverne aux confins de la Maison Gourmandise, mes ailes battant dans la tempête.

La grotte était nichée profondément dans la forêt de conifères qui entourait le château, loin des regards indiscrets des membres de ma cour.

Ce n'était qu'une fissure dans le flanc de la montagne, à peine assez large pour la traverser en volant à moins que je ne rabatte mes ailes contre mon corps au maximum sans perdre mon élan. C'était l'endroit idéal pour un démon qui cherchait des sensations fortes ; on ne pouvait y accéder que par les airs.

Et si quelqu'un parvenait à atteindre cet endroit, ce qui était peu probable, j'avais protégé la caverne du reste du monde grâce à un sort, pour qu'elle reste secrète. Jusqu'à maintenant.

Adriana serait la seule âme en dehors de la mienne à entrer dans mon domaine personnel. C'était là que je m'évadais depuis un siècle, pour me détendre et me contenter d'exister, sans avoir le poids des fonctions d'un prince sur les épaules.

Je dormais à même le sol dur, allumais mes propres feux et vivais aussi simplement que possible. J'avais l'indispensable :

de la viande sèche, des haricots et des pichets d'eau et de brandy. Des silex et du bois de chauffe. Une couverture, quelques verres en étain et une poêle en fer. Une chemise ou deux de rechange.

Ma cour pourrait trouver cela surprenant, étant donné que mon péché était l'excès. Mais la caverne me fournissait ce que je désirais le plus.

Nous passâmes en volant à toute vitesse par l'ouverture jusqu'à atteindre l'endroit où le passage s'ouvrait sur une petite grotte. Adriana n'avait rien dit et n'avait pas non plus écarté son visage de mon cou, comme si elle pouvait obliger cette nuit à ne plus exister.

Je la posai par terre sur les épaisses peaux de bête que j'utilisais comme tapis, pris la seule couverture qui était accrochée à un crochet sur la paroi et l'enroulai autour de ses épaules.

Pour une fois, j'aurais souhaité avoir un matelas de paille ou une natte à lui offrir. Elle serra la couverture sous son menton. Elle claquait des dents.

J'allumai rapidement un feu dans le petit foyer, puis m'accroupis à côté d'elle tout en la balayant du regard pour vérifier qu'elle allait bien. Ses lèvres étaient un peu bleues et sa peau de porcelaine était plus pâle que d'habitude.

Sa robe ne l'avait pas beaucoup protégée des éléments déchaînés que nous avions traversés et elle était complètement trempée.

Elle devrait la retirer. Tout comme la perruque.

Encore un coup intelligent de sa part : elle avait porté un déguisement qui lui était utile même quand le sortilège disparaissait. Adriana avait fourni beaucoup d'efforts pour conserver l'anonymat quand elle entrait et sortait du club. Cela aurait été suffisant pour n'importe qui. Sauf moi.

Le destin était un salaud dérangé, mais je lui en devais bien une.

Si elle ne s'était jamais précipitée sur ce toit – et si je n'avais pas suivi mes frères et ne les avais pas attendus là le même soir –, elle ne se serait jamais retrouvée dans mon viseur. Je n'aimais pas la sensation déplaisante qui vint juste après, à l'idée qu'Adriana aurait pu rencontrer quelqu'un d'autre.

Un frisson la secoua.

Mes doigts tremblèrent, désirant frotter sa peau pour la réchauffer. Je les maintins serrés devant moi, conscient que son odeur envoûtante s'attardait encore sur ma peau.

Un moment de silence s'étira entre nous, presque aussi douloureux que la glace qui avait attaqué mes ailes. Ne sachant pas quoi faire maintenant qu'elle était là et que j'avais réussi à établir un lien magique, je décidai de briser la tension avec un trait d'humour.

« D'autres partenaires sont tombées sous mon charme rapidement, mais ça, c'était un peu fort. »

La lumière du feu illumina la courbe de sa joue, la ligne de sa mâchoire. Elle serrait les dents. Apparemment, elle n'était pas prête pour mes piètres tentatives visant à détendre l'atmosphère.

« Le feu réchauffera la caverne d'ici peu. Vous voulez boire un peu de brandy chaud ? »

La trahison brillait dans ses yeux bleu glacé quand elle les tourna enfin vers moi.

« Vous saviez que c'était moi. »

Ce n'était pas une question ; sa voix était dangereusement grave.

Je m'étais attendu à ce qu'elle assemble toutes les pièces du puzzle rapidement, mais étais impressionné par sa vitesse.

Je pris une profonde inspiration. Ce n'était pas exactement la première question que j'avais à l'esprit, mais je laisserais mes inquiétudes de côté. Elle allait assez bien pour me transpercer du regard accusateur auquel je m'attendais souvent de sa part, désormais, et cela me confirmait qu'elle n'était pas blessée physiquement.

« Vous ne saviez vraiment pas que c'était moi ? rétorquai-je, réticent à l'idée d'admettre la vérité.

— Vous étiez tellement… charmant. Mystérieux. Contrairement au misérable débauché que vous êtes. »

Le pouvoir de détecter les mensonges était très utile dans de telles situations.

Le fait qu'elle n'ait *pas* répondu directement à ma question indiquait qu'elle avait eu des soupçons à un moment, mais qu'elle refusait de l'admettre. Sinon, elle l'aurait nié catégoriquement.

« Je *suis* charmant. »

Je lui adressai un sourire carnassier.

« Et mon comportement de débauché ne semblait pas du tout vous déranger au club. En fait, je crois que vous avez pris beaucoup de plaisir avec ma bouche obscène. »

Elle m'adressa un regard tempétueux. Je me penchai vers elle.

« Après m'avoir reconnu, vous avez chevauché mes doigts si fort que toute ma main était trempée. Peut-être que la haine vous excite plus que l'idée d'être observée. »

Elle ne mordit pas à l'hameçon.

Contre toute attente, l'inquiétude me rongea profondément. Adriana Saint Lucent n'était pas du genre à tenir sa langue, surtout avec moi.

Je l'examinai de nouveau.

« Vous devriez retirer votre robe et la laisser sécher. »

Elle frémit sur place et les articulations de ses doigts devinrent blanches comme des os lorsqu'elle resserra la couverture autour d'elle.

« Ça va. »

Je sentis qu'elle mentait avant même qu'un nouveau frisson fasse presque convulser son corps.

« Vous allez souffrir d'hypothermie. »

Elle ne répondit pas.

« Vous rendez-vous compte que nous devrons nous déshabiller et nous serrer l'un contre l'autre pour nous réchauffer si vous entrez vraiment en hypothermie ? »

Elle claqua des dents.

« Le feu suffira. »

Encore un mensonge. Je me levai et me dressai devant elle. Je ne fis plus aucun effort pour lui parler d'une voix polie. Le prince démon prit le dessus.

« Retirez cette fichue robe, Adriana. À moins que vous ne veuillez secrètement vous blottir contre moi, toute nue. Alors, allez-y, gardez-la. Je serai ravi de m'occuper de vous jusqu'à ce que vous alliez mieux. Vous pouvez même remettre le masque, si vous voulez. »

Elle leva les yeux vers moi, me fusillant d'un regard incroyablement sombre.

« Je ne peux pas, espèce de brute autoritaire. »

Elle se retourna et laissa tomber la couverture, exposant le dos de la robe et les nœuds compliqués qui maintenaient le corset en place. J'avais réussi à baisser la partie qui couvrait sa poitrine plus tôt, mais elle ne pouvait pas s'en débarrasser aussi simplement.

Par le sang des dieux. Il nous faudrait la nuit pour dénouer cette saloperie.

« Levez-vous. »

Elle serra les dents, mais se leva et se retourna pour me présenter la robe tout en laissant tomber à contrecœur la couverture par terre.

Les frissons reprirent de plus belle maintenant qu'elle n'était plus enroulée dedans.

D'un mouvement d'une rapidité incroyable réalisé avec ma force et ma vitesse immortelles, je dégainai la dague de ma Maison et coupai proprement le dos de la robe. J'écartai les deux parties et les jetai par terre en un instant.

Voilà. Au moins, maintenant, elle se réchaufferait plus vite.

Adriana se tenait droite comme un i. Des ombres se dessinaient sur son corps nu tandis que les flammes vacillaient sauvagement dans la grotte. Elle portait des souliers à talons transparents qui reflétaient la lumière des flammes et mettaient ses jambes en valeur. Je détournai le regard de la courbe généreuse de ses fesses et ramassai la couverture, l'enroulant de nouveau autour de ses épaules avant de reculer.

« Avez-vous besoin d'aide pour retirer votre perruque ? »

Ses épaules se soulevèrent lorsqu'elle prit une inspiration.

« Oui. »

J'hésitai un instant.

« Si vous ne pouvez pas le faire, dit-elle d'une voix curieusement douce, le feu suffira.

— Je suis un prince, évidemment que je peux retirer une simple perruque. »

Je n'avais pas la moindre idée de ce que j'étais en train de faire, mais j'avais bien l'intention de remporter la victoire sur ce fichu machin. Je me concentrai sur ses cheveux et remarquai rapidement plusieurs épingles cachées.

Je la tournai délicatement, utilisant la lumière des flammes pour faire briller le métal. Puis je les retirai avec soin et les laissai tomber par terre, sur la robe en lambeaux.

Quand je fus certain qu'il n'en restait plus une seule, je tirai doucement sur la perruque, révélant ainsi ses cheveux bleu pâle. Ils tombèrent gracieusement le long de son dos. L'odeur de lavande et de miel m'enveloppa. C'était celle de son savon.

Je luttai contre l'envie pressante de passer mes doigts dans ses boucles. C'était inutile, surtout parce que je voyais bien que ses cheveux étaient restés au sec sous la perruque. Je sentais qu'Adriana m'autorisait uniquement à m'occuper de ses besoins basiques et que tout le reste serait accueilli avec mépris.

Je jetai la perruque sur ses affaires, puis saisis deux verres en étain sur le petit buffet que j'avais fabriqué en bois brut. Je versai quelques doigts de brandy dans chacun d'eux et les posai au-dessus du feu.

Pendant les quelques instants qu'il leur fallut pour chauffer, je tirai des fils de laine de la vieille botte dans laquelle je les rangeais pour les enrouler autour des verres et éviter ainsi qu'ils nous brûlent les mains.

Adriana retira ses chaussures et s'installa sur les fourrures, m'observant silencieusement tandis que je préparais sa boisson. Elle la prit avec précaution et sirota le liquide chaud.

Elle ferma les yeux et ses joues reprirent un peu de couleur.

« Merci. »

Je marquai une pause et les muscles de mon corps se tendirent. Le monde devait être sur le point de s'écrouler.

« D'accord. Je vous emmène voir la guérisseuse royale. Sur-le-champ. »

Elle leva les yeux et fronça les sourcils.

« Pourquoi ?

— Vous m'avez remercié. De toute évidence, vous avez perdu la raison. »

Elle me fit un geste obscène du doigt, confirmant ainsi qu'elle était bien sur la voie de la guérison.

Je soupirai discrètement et saisis mon propre verre pour boire la moitié du brandy chaud.

Je m'assis en face d'elle, l'observant tandis qu'elle commençait à frémir un peu moins. Mon esprit était tiraillé. C'était la première nuit où je ne patrouillais pas la frontière, où je ne me rendais pas au cachot de Sil, où je ne retrouvais pas Val dans la salle de commandement pour lire les rapports, et l'idée de laisser le royaume sans protection face aux dragons de glace me rendait encore plus agité que d'habitude.

Mais je ne pouvais pas expliquer mon absence à ma chère amie, car elle finirait par utiliser ces informations contre moi quand le serment de sang ne serait plus en vigueur.

Adriana était une chroniqueuse avant tout, et elle souhaitait me voir tomber. Elle essayait de m'anéantir depuis des années et je ne l'oublierais jamais, même si les limites devenaient troubles.

Et, de toute façon, dans cet état, je ne pouvais pas la laisser seule.

Elle m'observa, le visage indéchiffrable. Ce n'était pas exactement la réaction que mes anciennes partenaires avaient eue après que je leur avais donné du plaisir avec ma langue. Peu importait que je me sois abstenu pendant plusieurs années. Cela dit, je pensais pouvoir comprendre que ses sentiments pour moi ne s'adouciraient pas comme par magie juste parce que je l'avais fait jouir. Deux fois.

« Je pensais qu'en tant que prince du péché, vous aviez une capacité surnaturelle qui vous permettait de reconnaître les gens grâce à votre odorat. »

Je haussai un sourcil.

« Êtes-vous en train de me comparer à un chien ? »

Un sourire en coin se dessina sur ses lèvres.

« Faites attention. Vous tendez votre propre piège, Votre Altesse.

— À ce stade, nous n'avons plus besoin de titres, Adriana. Appelez-moi Gabriel ou Axton. »

Son regard se posa sur mes lèvres et s'y attarda. Il ne fallut pas beaucoup plus d'encouragement pour que mon corps réponde à son intérêt. Je bougeai et me concentrai sur la terre dure.

« Le lien va-t-il avoir une incidence sur le concours ? demanda-t-elle. Je sais qu'il implique une... partie physique.

— Elle n'y figure qu'à cause de l'attirance *mutuelle*, dis-je. La magie ne la crée pas. Elle ne fait qu'intensifier ce que les deux parties ressentent déjà. Si seul l'un d'entre nous ressent certaines... envies... l'autre ne sera pas affecté. Elle se base toujours sur les émotions consensuelles. Le lien s'est formé, ce qui signifie que nous le désirions tous les deux. Je n'aurais pas pu forcer la connexion, même si je l'avais voulu. »

Elle réfléchit en silence un instant.

En réalité, le lien allait rendre les choses très intéressantes au cours des prochaines semaines. Si l'un de nous s'éloignait trop de l'autre, il y aurait des conséquences physiques.

« Ce devrait être facile à éviter, dit-elle enfin. Maintenant que je sais qui vous êtes vraiment, il y a peu de chance pour que je ressente la moindre attirance de nouveau. »

Je lui adressai un sourire moqueur. Elle pouvait me détester mentalement autant qu'elle le voulait, mais cela ne l'empêchait pas de me désirer physiquement. Même maintenant. Et c'était la seule magie qui comptait à mes yeux.

« Enfin, dit-elle, une fois que les émotions fortes de ce soir se seront estompées, bien sûr. »

Je ricanai, ce qui me valut un regard agacé de sa part. Le feu avait bien réchauffé la grotte, je m'occupai donc de ma chemise humide, riant en pensant à son déni.

« Qu'est-ce qui vous amuse ?

— Vous ne vous mentez pas tout à fait à vous-même, mais vous n'admettez pas non plus un fait dont j'ai bien conscience, très chère. Et, par conséquent, vous ne reconnaissez pas ce que la magie sent déjà. L'attirance persistance de ce soir n'est pas juste due à notre petit rendez-vous sur le toit. Ou à l'intensité des *multiples* orgasmes que je vous ai donnés.

— Vous êtes arrogant et vous avez tort, encore une fois. »

Je haussai un sourcil.

« Vraiment ? Je crois me souvenir que vous étiez plutôt excitée quand je vous ai proposé de vous donner la fessée, et vous saviez très bien que c'était moi. Et pendant notre petite collision ? Ne vous imaginez pas que je n'ai pas remarqué que votre corps réagissait au mien. »

Une belle couleur rouge teinta sa peau douce comme un pétale.

« Si vous voulez tout savoir, j'imaginais que vous étiez mon inconnu. »

Son ton était tellement convenable. Si je n'avais pas connu ses désirs secrets, je n'aurais jamais deviné qu'être surprise pendant l'acte était l'un de ses fantasmes.

« Je m'excuse d'être porteur de mauvaises nouvelles… »

Je me penchai en avant, baissant tellement la voix que je ronronnai presque.

« Mais je *suis* votre inconnu. Et je vous plaisais bien quand j'étais à genoux et que je goûtais chaque centimètre de votre corps. »

Elle but une gorgée de brandy, puis une autre. Comme si l'alcool pouvait empêcher ce souvenir de refaire surface. Je sentais son excitation, à présent, sachant qu'elle se rappelait chaque coup de langue, et qu'elle y prenait plaisir. Même si elle aurait préféré que ce ne soit pas le cas.

Au moins, cela me fit me sentir un peu moins coupable quant à mon désir. Elle ne pourrait pas m'en vouloir si elle luttait contre sa propre excitation.

« Oui, eh bien... Le fantasme est complètement détruit, à présent.

— Hmm. C'est ce qu'on verra.

— Non, il n'y a rien à voir. Maintenant que je sais qui vous êtes, que je sois excitée ou pas, je n'agirai pas en fonction d'émotions... persistantes. »

C'était un vœu intéressant vu le serment que nous avions prêté.

Luxure avait peut-être raison : le sexe avec quelqu'un que l'on détestait était ce qu'il y avait de mieux. Je n'avais pas été certain que c'était elle jusqu'à ce soir, mais notre passion avait été digne d'entrer dans la légende. La haine et l'amour étaient des émotions fortes, et il n'y avait qu'un pas entre les deux. J'aurais pu rester à genoux et lui donner du plaisir pendant une éternité, et je ne me serais jamais lassé de son goût ou des sons qu'elle émettait.

Pas avant qu'elle ne comprenne qui j'étais et que le sortilège soit rompu.

Cela faisait peut-être de moi un salaud méprisable, mais je n'avais jamais prétendu que je n'étais pas le méchant de l'histoire. La morale, c'était pour les héros et les pieux. Moi, j'étais un pécheur jusqu'à la moelle.

« Il y a un autre sujet dont nous devrions parler, dis-je après avoir bu une autre longue gorgée de brandy. Le fait que votre sœur soit l'une de mes prétendantes. »

Elle plissa les yeux.

« Si cela risque de créer un conflit entre vous, vous pouvez prendre sa place. »

Son regard était rivé sur moi et un air horrifié se propagea lentement sur son visage. Encore une fois, mon ego en prit un coup.

Ou peut-être qu'elle était juste surprise.

Je décidai d'arracher complètement le pansement et de jouer cartes sur table.

« Nous allons bien ensemble physiquement. Et maintenant, nous sommes liés par un serment. Il serait sensé de découvrir comment cela va se finir. »

Je bus le reste de mon brandy, me délectant de la brûlure de l'alcool.

« Voulez-vous participer au concours et devenir l'une de mes prétendantes ? »

Trente

Adriana

« Vous ne pouvez pas être sérieux, Axton. Ma réponse est non. Absolument pas. »

Le prince eut l'air déconcerté en remplissant nos verres de brandy. Lorsqu'il se remit à l'aise sur les fourrures, il semblait bien trop détendu étant donné les circonstances.

Cela dit, il était peu probable qu'il soit aussi choqué que moi. Il avait fortement soupçonné que j'étais son inconnue.

Et même si j'avais peut-être bien eu quelques fantasmes éphémères et tordus dans lesquels Axton était mon homme mystère, sans doute pour répondre à un désir masochiste de punition émotionnelle qu'il me faudrait examiner de près, j'avais été surprise que ce soit vrai.

« Il est un peu tard pour avoir des regrets, très chère. Le serment ne peut pas être rompu.

— Mais cela ne veut pas dire que je dois être une prétendante. Et je n'ai pas l'intention de compromettre le bonheur de ma sœur.

— Dois-je vous rappeler que votre volonté sera liée à la mienne au cours des prochaines semaines ?

— Je ne me souviens pas d'avoir accepté d'être l'une de vos prétendantes.

— Ce n'était pas nécessaire. Et je cite : "Mes souhaits sont vos souhaits, mes désirs, vos désirs". »

Il souriait avec bien trop de satisfaction, étant donné la situation.

« Le diable se cache dans les détails.

— Ne jamais passer un marché avec un prince démon », marmonnai-je.

Je ne trouvais plus que cette devise familière était une fable ridicule que les mères récitaient à leurs enfants pour qu'ils ne s'attirent pas d'ennuis.

Maudit prince du péché.

Je soupirai, essayant de calmer le tourbillon de mes pensées. Il devait *forcément* y avoir un moyen de me sortir de ce pétrin. Je devais juste lui faire entendre raison.

« Je ne prendrai pas la place de ma sœur. »

Il haussa les sourcils.

« Vous préférez lui cacher ce qui s'est passé ce soir ? »

Non, je mourais d'envie de remonter le temps et de changer toutes les décisions que j'avais prises et qui m'avaient menée jusque-là.

« Ce ne serait pas la première fois », marmonnai-je.

Il me regarda d'un air perplexe.

« Vous fréquentez souvent les mêmes personnes ? »

Cette fois, ce fut moi qui eus l'air déconcertée.

« Je parlais de vous. »

Il ouvrit la bouche, puis la referma. Ma mauvaise humeur prit le dessus quand je compris.

« C'est parfaitement exaspérant. Vous passez si souvent d'une partenaire à l'autre que vous ne vous souvenez même pas du temps que nous avons passé ensemble, n'est-ce pas ? »

Il m'observa comme si j'étais vraiment tombée en hypothermie, finalement.

« Vous et moi n'avons jamais eu de... relations intimes avant ce soir. »

Il plissa les yeux.

« À moins que vous ne sachiez quelque chose que j'ignore.

— Vous ne vous souvenez pas du bal de Tous les Pécheurs ? »

Je l'observai, me demandant s'il était possible de l'incinérer sur place. Voyant qu'il restait odieusement impassible, j'abandonnai l'idée de l'embraser par la pensée et d'avoir cette conversation avec lui.

« Oubliez ça.

— Adriana...

— Je vous en prie. Cette nuit a déjà été suffisamment mouvementée. Je préférerais ne pas en parler. »

Il n'avait pas l'air d'avoir envie de lâcher l'affaire, mais mon ton ferme ou l'expression dure de mon visage le poussèrent à se détourner de moi et à jeter un coup d'œil à ma perruque, par terre.

« Où avez-vous trouvé cela ?

— Au *Scene Stealer*. »

Il sembla vaguement impressionné, mais ne dit rien d'autre.

Je bus le reste de mon brandy et lui tendis mon verre pour qu'il me resserve. Il n'y avait pas assez de brandy dans cette grotte pour que je tienne toute la nuit.

Je m'obligeai à penser à tout sauf au prince et à ce qu'il venait de faire tandis qu'il remplissait mon verre. Heureusement, ma rubrique et mon plan me vinrent à l'esprit.

« J'aimerais écrire un article spécial de Miss Match pour présenter les prétendantes. Avez-vous une objection à ce que je m'entretienne avec elles ? »

Axton m'observa un long moment.

« Si vous êtes en train de planifier une vengeance, alors je m'y oppose. »

J'affichai un petit sourire.

« Pas cette fois. »

Le silence s'étira entre nous, donnant l'occasion à des pensées plus pressantes de s'immiscer en moi. Maudites pensées. Elles étaient comme des fantômes qui devaient être bannis. Étant donné que nous étions coincés là dans l'immédiat, je pouvais en profiter pour demander ce que je voulais vraiment savoir.

« Pourquoi avez-vous continué à me voir alors que vous organisiez un concours pour trouver une femme ? Saviez-vous que c'était moi depuis le début ?

— Non. Et pourquoi ne peut-il pas simplement s'agir d'une question d'aventure ? J'aime me prêter au jeu d'un bon défi. »

Il n'avait pas *vraiment* répondu à ma première question, ce qui indiquait qu'il contournait la vérité. Mes doigts tapotèrent mon verre. S'il voulait un bras de fer, je lui en donnerais un.

« Si vous ignoriez que c'était moi le premier soir, il devait y avoir quelque chose que vous... »

Je souris. Il était peut-être plus intelligent que je ne l'avais pensé, mais après presque une décennie à l'observer pour trouver un moyen de l'anéantir, j'étais douée pour lire entre les lignes.

« Vous aviez besoin d'une distraction, dis-je en prêtant attention à l'expression de son visage. C'est pour cette raison que vous avez continué à me voir.

— Les bonnes distractions sont toujours les bienvenues.

— N'avez-vous pas assez de partenaires pour vous occuper toutes les nuits ?

— J'ai été épris de vous toute la semaine. Vous êtes plutôt charmante quand vous êtes Dame F. »

Pourtant, le plus débauché de tous les pécheurs n'avait pas *vraiment* essayé de coucher avec moi avant ce soir. Je ne savais pas si c'était parce qu'il avait voulu que je lui prête serment ou s'il avait eu envie de moi autant que je le désirais en dépit de ses soupçons.

« Je ne vous ai jamais vu passer autant de temps sans alimenter votre péché.

— Mes appétits sont nombreux et divers. Il y a bien des manières de satisfaire ma faim en dehors de la chambre.

— Alors, pourquoi passez-vous autant de temps à donner l'impression que vous papillonnez d'un lit à l'autre ? »

Il m'adressa un sourire nonchalant.

« Ce n'est pas parce que j'étais seul au lit cette semaine que je n'étais pas satisfait. J'ai pensé à vous. Souvent. Même sans le masque. »

Il essayait de détourner mon attention en faisant preuve d'une honnêteté choquante, mais sa stratégie ne fonctionnait pas. Quand mon esprit de journaliste s'éveillait, il était impossible d'apaiser ma soif de vérité. J'aimais les mystères, en particulier quand ils pouvaient provoquer la chute de mon rival.

Que faisait-il quand il me laissait au *Seven Sins*, seule et ardente ?

Il avait beau faire comme si de rien n'était, il avait été tout aussi excité. Je ne doutais pas qu'il se soit occupé de cela lui-même plus tard, mais qu'est-ce qui avait bien pu être plus important que son plaisir ?

Surtout quand tout le royaume avait les yeux rivés sur lui.

Il manigançait quelque chose, et il ne s'agissait pas juste de sa quête pour trouver une épouse.

Je repensai à notre première rencontre au *Seven Sins*, quand le deuxième homme nous avait interrompus. Était-ce l'un de ses frères ou un membre haut placé de sa cour ?

Il avait dû avoir besoin d'Axton pour quelque chose d'important. Assez important pour mettre leur débauche habituelle de côté. Jackson avait-il trouvé la mort ce soir-là ? Ou se passait-il autre chose ? Je n'arrivais pas à déterminer précisément la chronologie des événements. Mais je finirais par y parvenir.

Nous nous observâmes à la lueur vacillante des flammes, buvant silencieusement le brandy.

Il baissa les yeux vers mes lèvres et les scruta beaucoup trop longtemps pour notre bien. Je ne savais pas s'il espérait me distraire pour que je ne creuse pas davantage dans ses secrets.

Ou s'il se souvenait du début de notre soirée.

Je dus faire appel à toute ma volonté pour ne pas en faire de même.

Embrasser Axton quand je ne savais pas que c'était lui, c'était une chose, mais céder à mon désir en connaissant son identité, c'en était une tout autre.

Je n'avais pas encore découvert s'il plaisait vraiment à ma sœur ou si elle se laissait simplement emporter par l'extravagance de séduire un prince, mais au cas où elle en pinçait vraiment pour lui, ce qui s'était produit plus tôt… ne pouvait plus jamais arriver. Non pas que j'en aie envie.

Je resserrai un peu la couverture autour de moi et me rendis compte que je ne portais toujours rien en dessous.

Ma peau brûlait au souvenir des caresses d'Axton, de ses baisers langoureux, désirant qu'il me touche d'une manière que je n'accepterais plus jamais. Je voulais qu'il plonge en moi, qu'il mette fin à ma souffrance.

Il leva les yeux vers moi, le regard incandescent. Ses prunelles n'étaient pas juste noisette, mais un mélange incroyable d'or, de vert et de marron qui rivalisaient pour prendre le dessus. Elles avaient flamboyé quand il m'avait touchée, plus tôt, et ce souvenir me donnait envie de lui à nouveau.

Il le savait. Les princes du péché pouvaient percevoir l'excitation.

Je ne parvins pas à empêcher mon satané regard de se baisser vers son entrejambe et remarquai avec satisfaction que je n'étais pas la seule à être déstabilisée par l'erreur que nous avions commise plus tôt.

Il serait facile de se laisser emporter par notre lien, de rejeter la faute sur la magie pour tout ce qui se passerait d'autre entre nous. Nous pourrions prétendre avoir été submergés par les préliminaires qui avaient eu lieu plus tôt.

Je pourrais l'inviter à partager la couverture ou monter sur ses genoux.

Je ne pensais pas qu'il refuserait cette offre. Nous étions deux adultes avec des besoins. Nous pouvions les satisfaire, puis passer à autre chose. Et ne jamais en reparler. Il était doué pour ce genre de choses.

Il bougea, mal à l'aise, et jeta un coup d'œil à la bouteille de brandy. Pendant un bref instant, j'aurais presque voulu que nous soyons de nouveau au *Seven Sins* et que nous ne connaissions pas la vérité.

Si nous étions toujours masqués, je n'avais aucun doute sur ce que nous serions en train de faire maintenant.

Il soutint mon regard. On aurait dit qu'il imaginait toutes les manières dont il pourrait me faire crier son nom – puis il reprit un air complètement neutre.

Je ne savais pas s'il le faisait pour lui ou pour moi. Je bus une autre longue gorgée de brandy, écoutant le crépitement du feu, essayant désespérément de ne plus penser à la bouche indécente du prince.

« Allons-nous passer la nuit ici ? » demandai-je enfin, rompant le silence.

Pour une grotte, elle était plutôt confortable et chaleureuse. Même si je n'aimais généralement pas être coincée quelque part et que les circonstances qui nous avaient amenés là n'étaient pas idéales, cela ne me dérangeait pas. C'était une aventure nocturne que de me trouver piégée avec un prince damné dans une caverne tandis que la tempête faisait rage. Il s'agissait d'une bonne histoire, même si la compagnie aurait pu être plus agréable.

J'étais surprise qu'Axton ait choisi quelque chose d'aussi rustique alors que son château débordait de richesses.

D'une certaine manière, cela lui allait bien.

Il jeta un coup d'œil vers l'ouverture de la grotte.

« Nous allons attendre que la tempête passe. »

Je pris une profonde inspiration. Cela pourrait prendre des heures, mais je ne protestai pas. Je n'étais pas encore prête à affronter ma sœur ou ma belle-mère. Avec un peu de chance, à mon retour, elles seraient en train de dormir.

« Vous ne pouvez parler de cela à personne, dis-je. J'espère que vous savez que cela n'arrivera plus jamais. Et je pense qu'il vaut mieux que nous nous évitions à partir de maintenant.

— "Mes souhaits sont vos souhaits, mes désirs, vos désirs", cita-t-il. Si c'est ce que vous voulez, alors je n'ai pas d'autre choix que d'être d'accord. »

Son regard glissa sur moi de nouveau et, cette fois, je sentis qu'il m'évaluait silencieusement.

Il se leva et fouilla dans un petit coffre au fond de la grotte que je n'avais pas remarqué jusque-là. Puis il revint avec une chemise trop grande et une paire de chaussettes épaisses.

« Elles sont trop grandes, mais elles vous tiendront chaud. »

Je haussai les sourcils. Axton était... Je ne dirais pas qu'il était *aux petits soins*, mais il s'occupait de moi. J'ignorais que cette facette existait chez lui. Car il l'avait cachée.

Ou peut-être qu'il s'était juste assuré que moi, je ne la voie pas.

Ce prince était plein de secrets.

Il était une énigme, un mystère envoûtant qui me suppliait de le résoudre.

Et c'était dangereux. Ou peut-être désastreux pour lui. J'adorais plus que tout percer des secrets. Et découvrir la vérité à son sujet serait particulièrement agréable.

J'enfilai les chaussettes, ravie de voir qu'elles remontaient presque jusqu'à mes genoux. Elles étaient douces et chaudes, comme des nuages. Je sentis le regard d'Axton sur moi en me levant.

Je laissai tomber la couverture, dissimulant un sourire quand il jura et détourna rapidement le regard pour se plonger dans la contemplation de la bouteille de brandy, qu'il trouvait soudain incroyablement intrigante.

Sa chemise était tellement longue qu'elle m'arrivait à mi-cuisses. Je pris mon temps pour l'enfiler et la boutonner, bien plus que nécessaire. Torturer le prince pourrait bien devenir mon nouveau passe-temps favori. Il m'avait tendu un piège pour que je me lie à lui. Je pouvais bien le regarder souffrir un peu en représailles.

Je me rassis sur les fourrures et soupirai. C'était exquis d'être au chaud et au sec.

Il me balaya du regard, puis se tourna vers les flammes.

Sans avertissement, il retira son pantalon, ses muscles se contractant, ce qui donna l'impression que les tatouages sur ses épaules s'envolaient. Je ne me souvenais pas qu'il les avait eus par le passé et me demandai quand il les avait fait faire. Ou peut-être que je les avais juste oubliés au fil des ans parce que je m'étais plutôt concentrée sur l'horrible soirée que nous avions passée.

Il se redressa dans toute sa gloire et sa fierté.

Soudain, j'eus la bouche sèche. Il serait difficile de faire comme si notre moment de passion sur le toit n'était jamais arrivé. Mais c'était un problème pour le lendemain. Ce soir, je lui jetai un autre coup d'œil discret, évitant la partie inférieure de son corps et son érection impressionnante.

J'observai son torse musclé et eus horreur de constater qu'il ressemblait encore à un dieu du péché, sombre et séduisant.

Ses vraies ailes étaient un véritable plaisir pour les yeux. Il ne les montrait pas souvent et, d'après les rumeurs, il avait été incapable de les invoquer quand le royaume tout entier avait été la cible d'une malédiction que la Maison Colère avait brisée quelques mois auparavant. Je me demandai ce qu'il ressentait quand il les faisait disparaître.

Je me rendis compte que je le fixais et détournai le regard de ses tatouages, essayant d'ignorer mon pouls qui accélérait tout en reculant pour lui donner de la place pour faire… ce qu'il était en train de faire.

« Ne vous inquiétez pas, dit-il d'une voix traînante. Je ne vous mordrai pas avant que vous ne me le demandiez. »

Je lui décochai un regard impassible.

« Vous voulez dire, *à moins que* je ne vous le demande. »

Il tint son pantalon près du feu et un sourire arrogant et incroyablement frustrant se dessina sur ses lèvres quand il retourna le vêtement pour faire sécher l'autre côté. Il s'était déjà occupé de sa chemise, ce que je n'avais pas remarqué avant qu'il ne vérifie qu'elle n'était plus trempée.

« J'ai dit exactement ce que je pensais.

— Nous venons tout juste de décider que ce soir était une erreur.

— Peut-être. »

Il haussa les épaules.

« Certaines leçons sont plus difficiles à apprendre que d'autres, en particulier quand vous avez goûté à la tentation. »

Le ton langoureux qu'il avait utilisé pour dire « goûter » fit apparaître une avalanche d'images à laquelle je ne pus échapper. Et c'était exactement ce que ce salaud avait espéré.

Son petit rire se propagea dans la grotte lorsqu'il se leva, m'observant avec une lueur amusée et sombre dans le regard tandis qu'il remettait son pantalon et qu'il saisissait sa chemise.

Malheureusement pour moi, il ne l'enfila pas.

« Dois-je vous rappeler, espèce de débauché, que vous êtes en train de chercher le grand amour ? »

Il roula sa chemise en boule et s'accroupit devant moi. La lueur dans ses yeux noisette m'indiqua qu'il trouvait tout cela très drôle.

« Est-ce vraiment ce que je fais ?

— C'est l'impression que vous avez donnée, en tout cas. »

Il avait l'air de trouver la situation hilarante.

« Tenez. Vous pouvez dormir là-dessus. Je vous préviendrai quand la tempête sera passée. »

Je pris la chemise qu'il me tendait et m'allongeai sur le dos, le regard rivé sur l'homme mystérieux que j'avais pensé connaître.

Axton saisit la couverture dont je m'étais débarrassée et l'enroula autour de moi, presque comme pour me border, puis il se plaça à la limite de la lueur des flammes et son visage se retrouva plongé dans la pénombre.

Tandis que j'admirais le feu qui jouait sur sa peau de bronze, je me demandai qui il était vraiment. J'avais effectué des recherches sur lui et je l'avais observé pendant des années, écrivant toutes sortes d'articles à scandale à son sujet, mais j'étais surprise de voir qu'il n'était pas du tout comme je l'avais imaginé dans les moments calmes.

Je ne savais pas s'il était mieux ou pire. Mais il était sans aucun doute plus complexe.

Certainement un pécheur, jamais un saint. Antagoniste, anti-héros, rien ne semblait vraiment le décrire.

Il était malfaisant, gentil et réservé. Il était mystérieux et dangereux, mais s'inquiétait pour autrui, même pour quelqu'un comme moi, qu'il n'aimait pas beaucoup. Il était grossier, dominant et rustre, mais avait quand même une certaine douceur si besoin. Et il était déviant quand l'occasion se présentait. Un débauché impitoyable. J'avais oublié ce surnom.

Le gardien des secrets. Le prince de la débauche. L'amant tendre. L'homme arrogant.

Plus que jamais, je voulais percer le mystère de Gabriel Axton une bonne fois pour toutes.

Je me disais que c'était uniquement pour aider ma sœur à gagner le concours et pour voir si le secret d'Axton avait quelque chose à voir avec les rumeurs sur les dragons de glace, mais dans le fond, je soupçonnais mes raisons de ne pas être aussi altruistes que cela.

Je soupirai de nouveau. Six semaines. Tout ce que j'avais à faire, c'était rester loin de lui pendant six semaines. Même avec un lien magique, cela ne devrait pas être si difficile.

Du moins, je l'espérais.

Trente et Un
Prince Gourmandise

« Il y a quelque chose de différent chez toi. »

Luxure me regarda de bas en haut. La sueur perlait sur son front lorsqu'il se baissa sur le tapis et frappa avec sa jambe pour me faire un croche-pied.

Je bondis en arrière, évitant de peu son attaque.

Tout le monde supposait que Luxure était plus un amant qu'un combattant, mais personne ne commettait plus cette erreur après s'être battu contre lui. Il était aussi redoutable que nous quand l'envie lui prenait.

Nous nous affrontions dans ma salle d'entraînement depuis deux heures, tandis que la nouvelle journaliste royale travaillait sur les profils des prétendantes.

À ma grande surprise, après les avoir rencontrées au dîner de bienvenue, je devais bien admettre que quelques-unes feraient de très bonnes partenaires. Si jamais je cherchais vraiment une épouse.

Le dîner n'avait pas été la corvée que j'avais imaginée, surtout après ce qui s'était produit avec Silvanus. En fait, tout s'était si bien passé que j'en avais prévu un autre ce soir.

Je comptais flirter de manière éhontée, danser, puis filer rejoindre Félix à la Frontière impitoyable pour une nuit de chasse. En bonus, je pourrais éviter une certaine journaliste aux cheveux bleus. J'avais beau essayer de les en empêcher, mes pensées revenaient toujours à elle. Trop souvent à mon goût.

« Tu parles de ma définition divine ? »

Je haussai les sourcils.

« Je me suis entraîné un peu plus pour impressionner mes prétendantes. Ça me flatte que tu aies remarqué.

— Ce n'est pas du tout ça. »

Luxure bondit sur ses pieds, tournant autour de moi, les yeux plissés. Ses cheveux noirs étaient plaqués sur son front. Il avait besoin d'une coupe et d'un rasage, signe qu'il avait passé les derniers jours à alimenter son péché.

Un fait rendu douloureusement évident, littéralement, par les marques d'ongles sur son dos.

Nous guérissions presque instantanément, ce qui voulait dire que ses ébats avaient dû être très brutaux ou qu'il avait utilisé des pouvoirs magiques. Luxure était le prince du plaisir et ses appétits étaient plus sauvages que les miens.

Il simula un uppercut, puis balança son autre poing et me frappa au ventre.

J'encaissai le coup puis ripostai en lui en assénant un au menton. Il cracha du sang doré sur le sol, les yeux brillants.

« Tu es distrait, mon frère ? »

Je lui portai un autre coup rapide.

« Mes espions disent qu'Envie manigance quelque chose. Tu veux bien m'éclairer à ce sujet ?

— Qui sait vraiment pourquoi il fait ce qu'il fait ? »

Luxure rebondit sur la plante des pieds et lança un coup de poing qui m'aurait causé de sérieux dégâts si je ne l'avais pas évité de justesse.

« Colère a dit que tu n'as pas patrouillé la frontière hier soir.

— J'ai eu un imprévu.

— Dis-moi que c'était une piste sur les dragons et pas ta queue. Tu sais que tu n'es pas censé séduire qui que ce soit, non ? »

J'attaquai et le touchai à l'épaule alors qu'il reculait.

« Tu passes trop de temps à penser à ma vie amoureuse, c'est malsain. Trouve-toi quelqu'un à séduire ou lis un livre. Même si, à en juger par ton dos, tu as déjà trouvé quelqu'un.

— Tu étais avec cette déesse de glace au *Seven Sins*, c'est ça ? »

Il ferma les yeux.

« Par les dieux... Cette robe... Je pourrais damner tout le royaume pour elle aussi. Tu crois qu'elle y retournera ce soir ? Je me ferai un plaisir de lui tenir compagnie pendant que tu joueras le mari attentionné. »

Je le frappai en plein ventre, mais ne parvins pas à enchaîner un second coup, car il recula en riant.

Je tournai en rond autour de lui.

« Arrête de penser à elle.

— Ça n'avait pas l'air de la déranger, quand je vous ai surpris ensemble. »

Je le plaquai au sol et il me repoussa tout en affichant un grand sourire alors que nous tournions à nouveau l'un autour de l'autre. Je rebondis sur la plante des pieds, oubliant mon agacement.

Ce fichu serment de sang me rendait... territorial.

Je serrai les mâchoires, refusant de mordre à l'hameçon de mon frère. Ce qui ne fit que l'encourager à continuer ses provocations.

« Sans doute parce que tu te frottais à elle comme un taré, Gabriellis. Imagine si je déchaînais ma puissance sur elle. Elle ne chercherait plus de frissons ailleurs, je peux te le garantir. Elle serait à genoux et s'étranglerait avec ma... »

Je lui assénai un coup très puissant et Luxure recula en titubant. Une lueur d'amusement brilla dans ses yeux.

« Qu'est-ce que tu es susceptible

— Tu veux bien te concentrer ? »

Je feignis un mouvement à droite, puis attaquai de l'autre côté, le manquant de justesse. Il siffla doucement quand son regard se tourna vers la porte.

Je refusai de me retourner ; je ne lui faisais pas confiance et le soupçonnais d'essayer de me distraire. Adriana n'était *sûrement* pas déjà en train de faire ses rapports sournois et de se mêler de nos affaires. Surtout pas après qu'elle avait insisté pour que nous évitions de nous voir et que nous fassions comme si la nuit dernière n'avait jamais eu lieu.

Comme si c'était facile.

Je lançai un autre coup rapide à Luxure, décidé à chasser de mon esprit cette fichue terrasse sur le toit, comme elle me l'avait demandé.

Mon frère et moi échangeâmes des attaques pendant plusieurs minutes sans dire un mot. Luxure était curieusement sérieux alors que nous nous envoyions au sol à tour de rôle.

La séance d'entraînement devait nous défouler, mais elle avait viré à la bagarre.

Nous nous battions comme les salauds déloyaux que nous étions : donnant des coups de pied, balançant des coups de poing, utilisant nos ailes pour repousser l'autre, nous tailladant avec nos dagues.

Je déversai toute ma frustration refoulée dans une rafale de coups de poing et de pied. Je concentrai toutes mes émotions sombres dans un seul but : battre Luxure.

Je me transformai en démon, abandonnant tout faux-semblant de courtoisie princière pour me lâcher complètement.

Je pensai au dernier rapport de mes chasseurs : les dragons avaient attaqué un démon mineur la nuit précédente, le blessant suffisamment pour provoquer des problèmes avec les autres démons solitaires.

J'aurais dû traquer les dragons hier soir. J'aurais dû laisser Adriana seule une fois qu'elle s'était endormie à l'abri dans la grotte. Mais au lieu de cela, j'avais monté la garde jusqu'au matin. Je l'avais regardée dormir paisiblement. Comme si le royaume n'avait pas été en danger et que j'avais eu du temps à perdre.

Elle n'était pas une prétendante. Elle ne serait jamais ma femme.

Sa maudite *sœur* était en lice pour m'épouser. Alors pourquoi étais-je resté ? Le serment de sang ? Je priais les anciens dieux pour que ce soit le cas.

« Gabriel. Arrête. »

La voix de Luxure était empreinte de magie qui me sortit de la transe belliqueuse dans laquelle je m'étais perdu. Je clignai lentement des yeux, prenant conscience du sang, de la salle d'entraînement dévastée.

Nous nous étions battus comme des bêtes sauvages : les tapisseries avaient été arrachées des murs, les armes renversées et éparpillées sur le sol. Un bouclier gisait, déformé, près de mes pieds.

Je ne me souvenais pas l'avoir utilisé.

Je baissai les yeux vers mes poings ; mes articulations fendues se refermaient lentement. Je regardai mon frère, remarquant que les gonflements autour de ses yeux diminuaient.

« Tu commençais à lui faire peur. »

Luxure désigna quelque chose derrière moi d'un mouvement du menton, la voix à peine plus forte qu'un murmure.

« Et tu n'as pas besoin de lancer de nouvelles rumeurs. »

Un étrange frisson parcourut ma colonne vertébrale.

Je me retournai, sachant déjà qui j'allais trouver, et l'impatience fit battre mon cœur plus rapidement.

Mais ce n'était pas elle.

Je maîtrisai les traits de mon visage pour cacher mes sentiments contradictoires.

« Eden. »

Elle s'appuyait contre la table des rafraîchissements près de la porte, un livre serré contre sa poitrine comme un bouclier.

Je me demandai depuis combien de temps elle était là, à nous observer.

Je lui jetai un coup d'œil rapide, comprenant pourquoi Luxure s'était battu si vaillamment. Eden Everhart était la grâce et l'élégance incarnées. Elle était exactement le genre de défi auquel mon frère ne pouvait résister.

Le fait qu'elle fasse partie de la compétition pour gagner ma main ne le freinerait pas, que l'événement soit un simulacre ou non. Luxure n'en était pas à son premier scandale non plus.

Je traversai la pièce jusqu'à elle, saisis un pichet et versai un peu d'eau dans un verre pour essayer d'adopter l'attitude désinvolte que j'avais créée. Je me détendis et bus une gorgée.

« À quoi dois-je l'honneur de votre visite, Miss Everhart ? »

Elle me scruta en silence.

« Êtes-vous en colère, Votre Altesse ?

— Non. Pourquoi ?

— Vous vous battiez comme si vous souhaitiez mettre fin à une guerre ou en déclencher une.

— Oh, il voulait en déclencher une, aucun doute là-dessus. Ce gars est d'une humeur *massacrante*. »

Luxure se versa un verre et se plaça entre nous.

Je bus la moitié du mien, priant les anciens dieux pour qu'il la ferme.

Eden nous regarda tous les deux.

« Que s'est-il passé ? Si ce n'est pas trop présomptueux de poser la question. »

Je ne pus m'empêcher de me demander si elle tenait sa nature curieuse de sa sœur, puis réfléchis attentivement à ma réponse. Cependant, mon frère était du genre indiscret et ne perdit pas de temps pour en dire trop.

« Je lui ai proposé de divertir une partenaire mystérieuse qu'il voyait avant le début du concours. Et apparemment, j'ai touché une corde sensible. »

Luxure afficha un sourire en coin.

« On dirait qu'il n'a pas envie de partager, en ce moment. »

Elle m'examina de nouveau en haussant un sourcil. Eden ressemblait beaucoup trop à sa sœur quand elle prenait cet air-là.

« Vous restez vraiment scandaleux, Votre Altesse, dit-elle en faisant la moue. Je suis sûre que cela intéresserait beaucoup Miss Match. »

Luxure faillit cracher l'eau qu'il venait de boire.

« Attendez. C'était juste une plaisanterie. Vous n'allez pas vraiment demander à votre sœur d'écrire un article à ce sujet, n'est-ce pas ?

— Avez-vous besoin de quelque chose, Miss Everhart ?

— Je me demandais si je pourrais visiter les cuisines. »

Mon frère se pencha en avant, ne voulant pas rater un mot de notre conversation. Il devait vraiment se trouver un passe-temps qui ne consistait pas à jaser auprès de mes autres frères.

« Je vous y retrouverai dans trente minutes. »

Elle m'adressa un sourire timide.

« En fait... Accepteriez-vous que Vanity et moi y allions seules ? Nous préparons une surprise. »

Je ne savais pas si je devais être soulagé ou inquiet à l'idée que deux de mes prétendantes préfèrent ne pas passer de temps avec moi. Avant que je ne puisse me décider, un éclat bleu glacial attira mon attention.

« Je ne... »

Je laissai ma phrase en suspens et mon regard suivit Miss Saint Lucent qui passait devant la porte ouverte à toute vitesse. Un souvenir de la veille auquel j'aurais préféré ne pas penser me revint impitoyablement à l'esprit.

Moi, niché entre ses cuisses, la vénérant tandis qu'elle jouissait sur le toit, ses cris de plaisir résonnant dans le monde en contrebas.

Luxure me donna un coup de coude dans les côtes pour me ramener dans le moment présent.

Je secouai la tête comme pour m'éclaircir les idées. Eden était là. Elle m'avait posé une question sur les cuisines. Je lui adressai un sourire confus, espérant ne pas trop l'avoir insultée.

« Cela ne me dérange pas, Miss Everhart. En fait, j'ai hâte de voir ce que Vanity et vous concoctez. »

Une lueur amusée brillait dans les yeux d'Eden lorsqu'elle fit une révérence avant de s'en aller.

Je me frottai les tempes. Je devais sortir du château pendant quelques heures. Adriana hantait déjà mes pensées et l'envie de la suivre dans le couloir pour voir quel plan abominable elle avait derrière la tête devenait insupportable.

Mon frère bourdonnait presque d'impatience pour me dire ce qu'il avait à l'esprit.

J'attendis qu'il m'éblouisse par son pouvoir d'observation amoureuse. Il ne dit rien. Quel abruti obstiné.

« Vas-y. »

Je me plaçai face à lui, les bras croisés.

« Profère cette insulte que tu te répètes. »

Luxure me regarda de bas en haut en secouant la tête.

« Tu es un con.

— Pourquoi ?

— Merde, Gabriellis. Comment est-ce que tu peux ne pas coucher avec elle ?

— Miss Everhart est une prétendante.

— Je parle de sa sœur. Ne fais pas comme si tu ne l'avais pas vue passer. »

Il posa son verre et soupira.

« Je ne sais pas si elle serait la meilleure chose qui me soit jamais arrivée, ou la pire. »

J'entendis mes dents grincer.

Luxure me décocha un regard innocent.

« Un problème, Gabriel ? »

Je l'ignorai.

Le satané serment m'avait semblé être une excellente idée, mais j'avais maintenant l'impression que c'était une malédiction.

La rage territoriale qui me submergea en pensant à mon frère en train d'emmener Adriana dans son lit était presque dévorante. Au cours des cinq semaines et six jours à venir, je voulais user de mes poings pour faire passer ma frustration. Mais, comme ce n'était pas possible, je devais tenir bon.

Je parvins à adresser un sourire impertinent à mon frère plutôt que de le mettre au tapis. De nouveau.

« On se voit dans deux jours pour la cérémonie d'ouverture. »

Que les jeux commencent !
Édition spéciale : Découvrez les prétendantes !

Chères pécheresses,

Bienvenue à ce que le prince appelle l'événement du *siècle*. Pour la première fois dans toute l'histoire des Sept Cercles, l'un des sept princes qui nous dirigent a décidé de transformer l'amour en spectacle. Aujourd'hui, votre chère Miss Match a l'occasion de vous présenter les prétendantes du Prince Gourmandise. Toutes les Maisons du péché sont représentées, alors les choses devraient être *très* intéressantes par ici.

Maison Gourmandise : Eden Everhart, une fille du peuple à la beauté saisissante. Eden est la coqueluche du cercle, la prétendante que vous devez garder à l'œil.

Maison Luxure : Allure Whitlock, fille du duc de Whitlock. D'après les rumeurs, Allure enchante beaucoup de monde avec son regard torride.

Maison Paresse : Érudite Monroe, fille du marquis Monroe. Cette prétendante passe son temps dans l'aile de la Maison Paresse consacrée aux recherches. C'est une lectrice vorace et une passionnée d'histoire surnaturelle.

Maison Cupidité : Ava Rice, une fille du peuple. Les parents d'Ava possèdent plusieurs enfers du jeu dans leur cercle et, d'après les rumeurs, ils récupèrent leurs gains avec beaucoup de succès.

Maison Envie : Omen Seagrave. Le père d'Omen a perdu le titre de sa famille à cause d'un mauvais pari dans une salle de jeu… qui appartient à nulle autre que la famille d'Ava Rice. Les interactions entre elles pourraient bien être plus divertissantes que les tentatives du prince pour tomber amoureux.

Maison Colère : Cobra Pierce, une fille du peuple née dans une famille de combattants. Cobra est rusée sur le champ de bataille, et en dehors.

Maison Orgueil : Vanity Raven, née dans une famille noble. Vanity est une beauté aux cheveux noir de jais. Avec l'apparence dorée et scintillante dont la plupart des membres de son cercle sont bénis, elle est l'une des prétendantes les plus splendides. Si le prince pense avec son membre préféré, elle a sans doute pris une longueur d'avance.

À la prochaine, et restez scandaleuses !
Miss Match

Trente-deux
Adriana

Cobra, la prétendante de la Maison Colère, était dans la salle d'entraînement des invités située au premier étage et lançait des dagues sur un mannequin en paille.

Ses longs cheveux noirs étaient tressés en une couronne élaborée autour de sa tête et elle portait son pantalon en cuir noir bas sur les hanches. Son corset doré avait des manches très fines qui se finissaient par des cercles métalliques autour des poignets. Elle était l'incarnation de sa Maison du péché dans tous les sens du terme.

Ses yeux gris se tournèrent vers moi, alors que je me tenais dans l'embrasure de la porte. Une dague transperça l'air en tournant sur elle-même et frappa le mannequin dans un grand bruit.

Cobra poussa un soupir agacé. La tête du mannequin roula par terre.

Elle me jeta un autre coup d'œil, puis alla chercher les armes.

« Vous êtes la sœur d'Eden. Et Miss Match, n'est-ce pas ? Celle qui est connue pour sa phrase, "restez scandaleuses" ? Je n'ai pas eu l'occasion de vous parler au dîner de bienvenue. »

Avec tout ce qui s'était passé au cours des deux derniers jours, j'avais presque oublié que ce slogan était encore très populaire. J'espérais que mon sourire était plaisant et qu'il ne tournait pas à la grimace.

« Oui, répondis-je en pénétrant dans la pièce. Si vous avez quelques instants, j'ai des questions pour ma prochaine rubrique des courriers du cœur. Je travaille sur un article spécial qui présentera les prétendantes et qui, avec un peu de chance, donnera des conseils en amour inspirés par vos expériences passées dans ce domaine. »

Cobra haussa une épaule et tira sur ses dagues une à une.

« Que voulez-vous savoir ? Si vous faites allusion aux rumeurs concernant l'expédition de chasse de mon père, je crains de ne pas pouvoir en parler. »

Je tenais trop à la vie pour fouiner dans ce scandale-là.

« Tout ce qui m'intéresse, c'est votre passé avec le prince. Vos interactions. Vos premières impressions. Vos espoirs et vos objectifs en ce qui concerne la relation. Ce genre de choses. »

Elle lança la dague dans l'air et m'observa.

« En fait, j'ai rencontré le Prince Gourmandise au bal de Tous les Pécheurs il y a plusieurs années. Il était plutôt séducteur. »

Je haussai les sourcils. Je ne me souvenais pas de l'y avoir vue. Cela dit, j'avais été très occupée par mon propre drame émotionnel ce soir-là. Je ne savais pas pourquoi cette information me surprenait.

« Intéressant. »

Je griffonnai dans mon calepin en prenant grand soin de ne pas rompre ma plume.

« Êtes-vous allés un peu plus loin que la simple séduction ? »

Elle m'adressa un regard amusé.

« Rien qui pourrait me donner un avantage dans cette compétition, si c'est ce que vous voulez savoir. »

Ce n'était pas le cas, et elle avait évité ma question avec une grande adresse.

« Vous souvenez-vous de détails de cette soirée qui pourraient intéresser le public ? »

Et par « le public », je voulais dire « moi ». J'avais terriblement envie de connaître le point de vue de quelqu'un d'autre sur la nuit qui avait presque tout changé pour moi. La réaction d'Axton la veille avait été assez agaçante pour que j'envisage de creuser un peu plus.

« Voyons voir, dit-elle en inclinant la tête sur le côté. Je me souviens que le prince ne manquait pas de soupirantes. Mais je ne sais plus trop ce qu'il faisait. C'était il y a dix ans. »

Je décidai d'enjoliver un peu la vérité et dis d'un ton nonchalant : « L'une des prétendantes se souvient qu'il était épris d'une fille du peuple. À tel point qu'il avait été sur le point de lui demander sa main.

— Oh, c'est délicieusement scandaleux. »

Cobra recula ; sa surprise semblait sincère.

« Je ne me souviens pas de *ça*, mais j'étais moi-même occupée avec quelqu'un d'autre ce soir-là. Elle avait une plume très intéressante et nous en parlions. J'en ai un souvenir très net, car je trouvais qu'elle ressemblait aux plumes semblables à des rasoirs du Prince Envie. À l'époque, il avait une règle plutôt légendaire en ce qui concernait ses partenaires. »

Face à mon expression impassible, elle secoua une main.

« Il fallait être là. La fille du peuple est-elle l'une des prétendantes de Gourmandise, maintenant ?

— Je crains de ne pas avoir cette information », mentis-je.

Je lui posai quelques questions de plus sur le concours, ses espoirs, ce qu'elle voulait pour l'avenir, son rendez-vous idéal, des conseils amoureux pour les autres femmes, puis pris congé.

Mon intuition était en effervescence, mais je ne savais pas vraiment pourquoi.

❄ ❄ ❄

Après ma conversation avec Cobra, je décidai qu'une promenade dans le château me ferait le plus grand bien pour plusieurs raisons. Sophie m'avait appris que les prétendantes se préparaient pour le thé en compagnie du prince, je partirais donc plus tôt le lendemain pour m'entretenir avec les autres. Ce qui signifiait que j'avais du temps libre pour explorer le château pendant qu'ils étaient tous occupés par la compétition.

Le fait que je m'efforce d'éviter le prince était un détail sans importance.

Je n'arrivais pas à croire que j'avais failli le surprendre torse nu dans sa salle d'entraînement personnelle. Je pensais qu'il serait occupé à courtiser ses prétendantes, pas à se battre avec son frère.

Un seul coup d'œil à son torse couvert de sueur et tatoué, et j'avais tout de suite eu des idées mal placées. Je me jurai de ne plus jamais m'approcher de cette partie du château pendant mon séjour.

Je déambulai dans les couloirs de l'aile la plus éloignée. Je n'avais vu que l'étage principal, où étaient organisés les bals et réceptions, et la Maison Gourmandise était pratiquement aussi grande qu'une petite ville.

Je bifurquai vers les niveaux inférieurs. Je ne savais pas encore ce que j'espérais découvrir, mais les domestiques étaient souvent une mine d'informations. Peut-être entendrais-je quelque chose de scandaleux.

Le rez-de-chaussée était une véritable fourmilière : les serviteurs allaient et venaient dans le couloir principal, répondant à tous les besoins du château. Des femmes de chambre avec les bras chargés de linge fraîchement lavé se ruaient de tous les côtés tandis que d'autres astiquaient l'argenterie, ravivaient les feux et préparaient les festivités à venir.

La première phase de la compétition allait bientôt commencer ; la rumeur parlait de baisers. Je n'y assisterais pas, pour des raisons évidentes. La magie qui me liait au prince déclenchait en moi des pulsions primitives. Ce ne serait pas très digne de ma part de me jeter en hurlant sur ses prétendantes comme un singe enragé. Sophie serait horrifiée.

Cette idée me fit rire tandis que je poursuivais ma promenade.

Plusieurs cuisiniers s'activaient dans une immense cuisine. L'odeur d'un ragoût en train de mijoter s'échappait dans le couloir alors qu'ils coupaient des légumes et remuaient des marmites bouillonnantes sur le feu.

J'évitai de justesse une collision avec des valets de pied qui descendaient à la hâte les plats des chambres des invités pour les laver dans l'arrière-cuisine.

Les bavardages provenant de presque toutes les pièces emplissaient l'air d'un bourdonnement énergique, ponctué çà et là de rires ou d'exclamations de la part des domestiques qui vaquaient à leurs occupations. Malgré le chaos apparent, tout le monde travaillait dans une harmonie parfaite pour assurer le bon fonctionnement du château.

Si certaines prétendantes étaient odieuses, je n'avais pas moyen de le savoir. Je n'entendis pas un seul mot désagréable sortir de la bouche des membres du personnel, pas même ici, où ils pouvaient s'exprimer librement.

Je n'entendis aucune rumeur concernant les dragons de glace et ne ressentis rien d'étrange. Tous me souriaient avec politesse sur mon passage, me saluant d'un hochement de tête. Ils semblaient sincères, mais les apparences pouvaient être trompeuses. Peut-être que le prince avait modifié leurs souvenirs.

Je chassai aussitôt cette idée.

Je longeai le couloir, jetant un coup d'œil dans quelques pièces, curieuse de découvrir à quoi pouvait bien servir tant d'espace.

La Maison Gourmandise était vraiment comme une petite ville : il y avait un boucher, un marché tentaculaire de produits frais, une boulangerie, une cave à vin, un tailleur et plusieurs autres cuisines. Du personnel de service, des cuisiniers, des services pour les invités, des planificateurs d'événements… Et tout cela, rien que sur ce seul étage.

Quand j'atteignis le bout du couloir, là où deux escaliers divergeaient, j'étais prête à retourner dans ma chambre pour me changer. Je n'avais découvert aucun indice, alors je me tournerais vers le réseau de l'ombre pour voir si l'un de mes informateurs avait refait surface.

Il s'était écoulé suffisamment de temps pour que Sophie et Eden soient en train de boire le thé avec les autres prétendantes, tentant de conquérir le cœur damné du prince. Mais… ces escaliers si particuliers piquèrent ma curiosité.

Peut-être était-ce mon esprit de journaliste, mais mon imagination s'emballa tandis que je restais plantée au carrefour. Je ne voyais pas de mal à prolonger mon exploration de quelques instants.

Un côté de l'escalier était lumineux, accueillant, menant clairement à l'étage principal où se déroulaient habituellement les festivités, tandis que l'autre s'enfonçait dans l'abîme de désespoir le plus sombre et le plus profond, à en juger par les pierres ternes et les torches médiévales.

Je m'apprêtais à gravir le premier escalier, mais m'arrêtai de nouveau, et mon regard se tourna vers les marches sombres qui *devaient* mener à une sorte de repaire souterrain.

Ou probablement aux cachots. Ce qui n'était pas très éloigné de ma première impression d'une « chambre de torture mal éclairée ».

Sophie piquerait sans doute une crise si elle savait que j'envisageais sérieusement de visiter les cachots. Elle devait avoir une règle contre ce genre de choses, ce qui signifiait que j'étais sur le point d'entacher de nouveau la réputation de ma sœur. Et franchement, ce n'était que de vieux cachots ennuyeux. Il ne pouvait vraiment pas y avoir quoi que ce soit d'amusant là-dedans.

La lumière des torches semblait danser à cause d'un souffle venu d'en bas, portant avec lui une odeur de musc ou de moisissure.

Des cachots humides et sombres, donc. Merveilleux.

Des torches sur des supports en fer forgé étaient fixées assez loin les unes des autres pour que la majeure partie de l'escalier soit plongée dans l'ombre, ce qui ajoutait un peu de charme médiéval.

Je n'étais pas particulièrement superstitieuse, mais un frisson incontrôlable me parcourut l'échine. Ce serait une *très mauvaise* idée d'y descendre seule. Un frisson d'excitation me traversa tandis que je bifurquais et posais un pied sur la première marche vers l'abîme.

Ce serait le lieu le plus évident où Axton cacherait ses secrets s'il en avait.

Ce qui signifiait que c'était le dernier endroit où je trouverais un indice.

En toute logique, je savais qu'il n'y avait rien de vraiment dangereux là-dessous ; tout était à l'intérieur des murs du château. Mais c'était tellement plus amusant de laisser mon imagination élaborer des histoires tordues.

C'était beaucoup mieux que de ressasser ce qui s'était passé entre Axton et moi sur le toit du *Seven Sins* la veille. Le désir. Les frissons. L'horreur absolue.

Et cette maudite façon qu'avait mon cœur de s'emballer à l'idée que cela puisse se reproduire. Je me promis d'organiser la plus grande fête du siècle pour célébrer mon retour à la raison dès que le serment de sang serait rompu.

Je ne devais pas penser au prince à genoux. Je ne devais pas revivre chaque seconde palpitante, me languissant de sa prochaine caresse interdite. C'était de la folie. J'étais clairement en train d'y sombrer.

Ma main glissa le long du mur de pierre froide tandis que je descendais prudemment, l'oreille tendue, à l'affût du moindre bruit étrange. Des fantômes, des gobelins, des Faës malfaisants ou des vampires assoiffés de sang… N'importe quoi pouvait se cacher ici, planifiant son évasion et sa vengeance.

Peut-être que c'était là que toutes les prétendantes s'étaient donné rendez-vous. Je n'imaginais personne de plus assoiffé de sang que des mères ambitieuses quand leur progéniture convoitait le trône d'Axton.

Sophie serait furieuse si on me surprenait ici.

Mon imagination s'emballait, galvanisée par l'idée d'être prise en flagrant délit. Personne n'avait mentionné que certaines parties du château étaient interdites, alors je n'étais pas *trop* inquiète à l'idée d'avoir des ennuis à cause de ma petite exploration.

L'escalier descendait en continu et l'air devenait de plus en plus lourd, chargé de condensation au fur et à mesure que les couches de terre m'engloutissaient.

C'était sûrement absurde, mais mes oreilles se débouchèrent, mon pouls accéléra, et je dus me souvenir de respirer alors que l'espace entre la lumière et les ombres s'étirait et que le danger semblait se resserrer tout autour de moi.

Finalement, à mon grand bonheur, j'atteignis le sous-sol.

Hélas, aucun signe des prétendantes ou de la compétition. Mais, puisque j'étais déjà là, autant continuer à explorer un peu.

C'était exactement ce à quoi je m'étais attendue pour des cachots. Le sol était couvert de grandes dalles grises, les murs étaient taillés vulgairement dans la montagne sur laquelle la Maison Gourmandise reposait. Des chandeliers en fer étaient pendus dangereusement bas et la plupart des bougies avaient complètement fondu.

Il faisait très sombre, l'air était froid et humide et il y avait une odeur de moût et de paille pourrie. Des cellules étaient alignées sur la droite du grand couloir et de la magie émanait des barres. Ce n'était pas surprenant : le prince avait dû les protéger contre les personnes dotées de pouvoirs et les êtres surnaturels qui ne voulaient pas être emprisonnés.

À gauche, il y avait aussi des cellules, mais elles avaient des portes solides plutôt que des barreaux, ce qui poussait les esprits curieux à imaginer toutes sortes d'occupants déviants et leurs crimes.

Leur magie était tout aussi puissante. Je frémis involontairement en sentant le pouvoir qui alimentait les cachots fermés. Il me donnait la chair de poule.

Je continuai à descendre le couloir et m'arrêtai pour observer l'intérieur de chaque cellule. Elles étaient toutes vides et ne semblaient pas avoir été occupées depuis un moment.

À l'intérieur, d'épaisses couches de poussière recouvraient le sol, intactes comme de la neige qui venait de tomber.

Des araignées tissaient des toiles dans les coins, attrapant tout un tas d'insectes rampants. Mon imagination était plutôt déçue, mais toutes les possibilités et les questions avaient valu la peine de descendre ces escaliers interminables pour explorer. De tout ce que j'avais visité aujourd'hui, c'était l'endroit qui avait eu le plus de potentiel.

Hélas, je devais admettre que mon intuition avait peut-être eu tort. Peut-être qu'Axton ne cachait pas un sombre complot au reste du royaume.

Je me retournai pour revenir sur mes pas quand un grognement fit trembler le sol. Des petits cailloux tombèrent des murs à cause de la force du bruit et j'agrippai les barreaux les plus proches pour garder l'équilibre. Le son s'évanouit comme s'il avait été réduit au silence par la magie.

« Par les os des dieux… Qu'est-ce que c'était ? »

Je restai debout et respirai lentement en attendant que mes membres cessent de trembler.

La bouche sèche, je regardai de l'autre côté du couloir.

Le son était venu de la dernière porte à gauche. Une partie de moi se demandait si cela avait un lien avec le concours. Si c'était le cas, il vaudrait mieux que je fuie avant d'être prise la main dans le sac.

Mais… et si cela n'avait rien à voir avec le jeu ? Et si c'était l'indice dans l'affaire sur laquelle j'enquêtais ?

La misérable créature fourbe sur mon épaule m'attirait toujours des ennuis.

Elle me murmura de m'approcher, de découvrir quel était ce monstre.

Déterminée, j'avançai à pas feutrés jusqu'à la porte. Je m'occupais peut-être des courriers du cœur pour l'instant, et je n'avais pas envie d'attirer plus d'ennuis à ma sœur, mais je ne pouvais pas partir sans voir de quoi il s'agissait pour pouvoir écrire un article dessus un jour. Si c'était un dragon de glace, si Axton en avait enfermé un ici… alors peut-être que Jackson avait effectivement été tué par l'un d'eux.

Plus je m'approchais de la cellule d'où le bruit avait émané, plus l'air devenait froid. Je glissai sur une fine couche de glace, baissai les yeux et me frottai les bras.

Le gel semblait venir de sous la porte de la cellule.

Je l'examinai un moment et mes dents commencèrent à claquer. Je me demandai si quelqu'un avait laissé une fenêtre ouverte et si c'était pour cette raison que la créature avait rugi. L'air était glacial.

J'attendis qu'un geôlier ou un garde vienne voir ce qui se passait. Personne ne bougea. Je m'approchai de la cellule.

Une petite fenêtre circulaire se trouvait environ trente centimètres au-dessus du centre de la porte. L'endroit idéal pour espionner les créatures abominables qu'Axton cachait là.

Je songeai que je le faisais pour le bien d'Eden. Cette chose faisait peut-être partie de sa prochaine épreuve. Si je l'espionnais maintenant, je pourrais lui donner un avantage.

Je me mis sur la pointe des pieds, les mains posées sur la porte en métal froid, et un bruit m'échappa quand la glace me mordit les paumes tandis que je jetais un coup d'œil à l'intérieur.

Un énorme œil cramoisi s'ouvrit devant moi, de la taille de la lucarne – ce qui signifiait qu'il était plus grand que ma paume de main.

J'ouvris la bouche pour crier, mais fus interrompue par une main rêche qui se posa sur ma bouche. Un instant plus tard, un bras dur comme l'acier s'enroula autour de ma taille pour me piéger.

Je donnai des coups de pied dans le vide, mais ne parvins à prendre appui nulle part tandis qu'on me soulevait et m'emmenait.

Trente-trois
Prince Gourmandise

Ce thé n'était pas ce à quoi je m'étais attendu. Les prétendantes rendaient la compétition assez agréable. Plutôt que de passer une fin d'après-midi à être harcelé par des mamans obsédées par le mariage et leur progéniture qui ne pensaient qu'à la couronne, j'étais en train d'avoir une conversation très détaillée, et très enthousiaste, sur la manière de nettoyer une proie.

Tout cela avait été très distrayant jusqu'à ce que Val reçoive une lettre de l'un de mes espions et disparaisse, me laissant seul à me demander quelle nouvelle calamité venait de s'abattre sur mon cercle. C'était moi qui aurais dû partir en trombe pour voir quel désastre se produisait.

À la place, j'écoutai attentivement la prétendante de la Maison Colère continuer son histoire.

« …comme vous le voyez, je prends beaucoup de plaisir à étriper toutes les bêtes de l'enfer dans lesquelles je peux planter ma dague, conclut Cobra. Même si je me retrouve souvent couverte de sang et d'abats, j'éprouve de la satisfaction à l'idée de faire du bon travail. »

Je lui adressai un sourire poli. Non seulement il était amusant de lui parler, mais Cobra était aussi saisissante que le serpent dont elle tenait son nom, avec des cheveux noir de jais qui tombaient le long de son dos et une peau bronzée à la perfection. Elle avait des lèvres charnues qui ne demandaient qu'à être embrassées, et il était dommage que mon esprit soit distrait de cette bouche séduisante.

Et elle le remarqua.

Ses yeux gris profond étaient rivés sur mon visage et elle haussa les sourcils, comme si elle attendait quelque chose.

Soudain, j'eus l'impression d'être le pire des salauds, à mener ainsi en bateau ces jeunes femmes. À mes yeux, la compétition était un moyen de distraire le royaume. Pour elles, c'était bien plus.

Elles méritaient toutes quelqu'un qui leur offrirait son attention totale. Ce n'était pas la faute de Cobra si j'étais détaché de la conversation, mais je ne pouvais pas lui expliquer la cause de ma distraction.

À n'importe quel autre moment, j'aurais envisagé de lui demander de m'accompagner lors de l'une de mes expéditions de chasse légendaires. Cobra était intéressante et ferait une excellente partenaire.

Mais ce n'était pas n'importe quel moment et les circonstances n'avaient rien de normal.

Je ne pouvais m'empêcher de me demander si Val était allée s'occuper d'Adriana et me rendis compte que Cobra attendait encore patiemment que je dise quelque chose.

« Votre mère doit être incroyablement fière de vous.

— Personne ne sait dépouiller un renne de la toundra comme ma Cobra.

— En effet. »

Mon sourire était forcé. Je ne savais pas comment j'avais pu oublier que sa mère était assise avec nous. J'avais peut-être été distrait par l'énorme sabre qu'elle astiquait sur ses genoux.

« Je suis sûr que c'est une compétence très appréciée à la Maison Colère lorsque l'on planifie son avenir. »

Cobra posa sa tasse de thé à moitié vide sur le côté et fit une révérence polie que je ne méritais pas.

« Votre Altesse ? »

Je clignai des yeux quand la prétendante suivante s'assit devant moi tout en jetant un coup d'œil nerveux à sa mère. Elle avait des cheveux et une peau dorés, et de grands yeux innocents. Et familiers…

Ils étaient de la même couleur bleue que ceux de sa sœur.

« Miss Everhart, dis-je. C'est un plaisir de vous revoir. Passez-vous un bon moment ? »

Elle hocha la tête, puis baissa les yeux vers sa tasse de thé.

J'attendais qu'elle me fasse la cour, qu'elle me charme comme les autres avaient essayé de le faire. J'aurais dû savoir qu'elle serait comme sa sœur et qu'elle ferait tout le contraire de ce à quoi je m'attendais.

Je me penchai en avant, curieux. Elle avait été plutôt bavarde pendant le dîner, même si elle avait principalement parlé de la nourriture et du spectacle. Eden avait un faible pour les piments marinés et s'étendait longuement sur le vinaigre, un sujet des plus singuliers.

« Les cuisines vous ont-elles plu ? demandai-je.

— Elles étaient charmantes, merci. »

Elle se mordit la lèvre, puis se pencha en avant. Ce mouvement était tellement semblable à celui d'Adriana que j'oubliai un instant où nous étions.

« Je crois que votre demeure impressionne ma sœur. Elle adore lire et nos chambres sont remplies de livres. Même s'il manque un peu de romans d'amour à suspense. »

Je sirotai mon thé, essayant de découvrir où elle voulait en venir.

« J'avais l'impression que votre sœur détestait tout ce qui touchait à l'amour. »

Un sourire sincère se dessina sur ses lèvres.

« Et pourtant, vous avez demandé à son rédacteur en chef de l'assigner à la rubrique des courriers du cœur. »

Je sentis mes lèvres s'étirer en une moue amusée.

« Oui, eh bien… J'aime "rester scandaleux".

— Une caractéristique pour laquelle vous êtes célèbre, Votre Altesse. »

Elle m'adressa un regard soupçonneux.

« Je suppose que c'est pour cette raison que vous avez envoyé tous ces cadeaux chez nous. Pour faire parler le royaume. »

Une image du visage masqué d'Adriana sur le toit du *Seven Sins* me revint à l'esprit, avec sa nouvelle cape volant derrière elle, scellant son destin.

Il valait mieux ne pas révéler la vérité sur ces cadeaux, ou sur la manière dont je les avais déballés.

Je me raclai la gorge et eus envie de desserrer le foulard autour de mon cou.

Fait-il soudain plus chaud ? Il faudrait peut-être que j'ouvre une fenêtre. Sans se laisser perturber par mon manque de conversation, Eden poursuivit : « En fait, je lui ai dit que vous étiez plutôt charmant et généreux. En dépit de ses protestations, bien évidemment. »

Je plissai les yeux.

« Elle ne voulait pas des cadeaux ?

— Pas du tout. Au début. Il y a quelque chose dans le mot "insupportable" qui l'a rendue méfiante.

— Mais finalement, elle a changé d'avis ?

— Pas tout à fait, Votre Altesse. Mais à votre place, je ne m'inquiéterais pas. Elle n'a pas maudit votre nom depuis au moins une semaine. Et je suppose que c'est un progrès. Vous devriez peut-être essayer de lui envoyer plus de cadeaux. »

Eden sirota son thé. J'aurais juré que ce mouvement servait à cacher la lueur rusée dans ses yeux. Je m'obligeai à ne pas poser d'autres questions sur sa sœur.

Nous savions tous les deux qu'envoyer d'autres cadeaux à Adriana serait une très mauvaise idée.

« Et vous, Eden ? Quel genre de scandales vous intrigue ? »

Elle se pencha en avant et baissa la voix pour murmurer d'un air complice : « Les amours interdites. »

Avant que je ne puisse répondre, elle se redressa et son visage s'illumina.

« En ce qui concerne ma sœur, je crains que vous ne soyez tombé dans le piège qu'elle vous a tendu. Adriana refuse de l'admettre, mais je sais qu'elle désire secrètement une fin heureuse. »

Mais pas avec moi.

Cette pensée n'était pas la bienvenue, pour tout un tas de raisons.

« Est-ce que votre mère et vous aimez lire aussi ?

— D'une certaine manière. Maman aime les histoires d'amour avec beaucoup de scandales, mais j'aime les livres de cuisine, Votre Altesse. Après ce que je vous ai demandé plus tôt, vous ne devriez pas être surpris d'apprendre que passer du temps dans la cuisine est l'un de mes petits plaisirs préférés, même si Maman ne m'autorise pas souvent à le faire. Voire pas du tout. C'est pourquoi Vanity m'a proposé de m'accompagner. »

Mon regard se tourna vers sa mère.

J'avais demandé à mon personnel de rassembler des informations sur la famille de toutes mes prétendantes, et en particulier sur Sophie Everhart. Si je me souvenais bien de son dossier, elle avait été impitoyable lorsqu'elle avait cherché un mari. Elle n'avait pas donné d'importance aux titres, uniquement à la richesse.

Le père d'Adriana avait été un marchand futé qui avait eu assez d'argent pour rivaliser avec la couronne.

Je me posais des questions sur le changement évident de leur situation. Adriana avait fondu en larmes à cause d'un pot d'huile brisé et d'un parchemin rendu inutilisable.

« Si vous souhaitez vous rendre aux cuisines de nouveau, je n'y vois aucun inconvénient. Nous occuperons votre mère pour qu'elle ne puisse pas refuser.

— Je doute que ma mère vous refuse quoi que ce soit si elle pense que cela pourrait aider ma cause.

— C'est très franc de votre part.

— Ma sœur et moi avons le même sang.

— Oui, dis-je. Je commence à voir cela très clairement. »

Eden prit congé et la prétendante suivante s'assit : Vanity, la noble splendide de la Maison Orgueil. C'était un autre choix intrigant, et si j'avais vraiment cherché une femme, il n'aurait pas été difficile de l'imaginer dans ce rôle.

Je pensai à la rubrique de Miss Match qui avait frappé le royaume juste avant que nous organisions le thé. Adriana avait prétendu que je flirterais avec Vanity, et elle n'avait eu tort qu'en partie : je ne pensais pas du tout avec mon membre préféré. Je réfléchissais à l'aspect tactique. Et à sa beauté.

La discussion avec Vanity était fluide, comme la veille, et ses mains gantées effleuraient mon pantalon chaque fois qu'elle riait.

Il serait facile de tomber dans un jeu de séduction avec elle. Je pouvais nous imaginer nous aventurer dans la vie en riant et en nous découvrant des intérêts communs. Malheureusement, je comprenais à peine ce qu'elle disait, car j'étais distrait par ce qui avait fait sortir mon bras droit pendant le thé royal.

Quand Val revint dans la pièce, elle ne dit pas un mot. Quelque chose d'autre avait mal tourné.

Cependant, son visage ne trahit rien aux yeux de mes invités.

Je ne savais pas si Adriana avait quelque chose à voir là-dedans ou si les dragons avaient lancé une nouvelle attaque sur la Frontière impitoyable. La dernière heure sembla s'éterniser.

Je restai assis là, à sourire et à flirter, comme si rien d'autre ne m'inquiétait au royaume, jusqu'à ce que le temps que je devais passer avec la dernière prétendante se soit écoulé.

Puis je me levai, époussetai mon pantalon et pris congé.

Mon cœur battait la chamade tandis que je traversais le couloir, attendant d'entendre les pas de Val derrière moi.

« Qu'est-ce qu'il y a ? demandai-je. Que s'est-il passé, cette fois ? »

Trente-quatre
Adriana

Je me débattis contre mon ravisseur, essayant en vain de lui donner un coup de tête. Mes cris étaient étouffés par sa main.

« Vous mettez ma patience à l'épreuve, Miss Saint Lucent. Calmez-vous. »

Sa voix m'était familière, mais j'avais du mal à la reconnaître avec son bras d'acier autour de moi. Il me traîna jusqu'aux escaliers et mon cœur s'emballa pendant tout ce temps.

« Si je retire ma main, vous devez me promettre de ne pas crier. »

Il n'ajouta pas « ou je vous assommerai par la magie ou par tous les moyens nécessaires », mais la menace était très claire dans sa voix.

« Compris ? »

Je hochai la tête et, après un autre moment terriblement long, il me libéra enfin. Je me retournai, stupéfaite.

« Prince Envie. »

Il me scruta d'un air glacial. Ses yeux verts étaient calculateurs et durs.

« Que faites-vous là ? »

J'aurais pu lui poser la même question. Il n'était pas habituel pour un prince du péché de déambuler seul dans la Maison d'un autre.

Je repoussai cette idée, sachant que j'étais déjà sur le point de découvrir quelque chose de très, très mauvais.

Un autre grondement sourd me donna la chair de poule. Pendant un instant, j'aurais juré qu'Envie eut l'air secoué.

Je regardai derrière le prince, au bout du long couloir rempli de cellules que nous venions de traverser. Et en direction de cette créature aux yeux cramoisis, quelle qu'elle soit.

Si *Envie* était perturbé par cette bête, alors nous aurions tous des problèmes si elle sortait de là. Je frissonnai à cette idée.

« Qu'y a-t-il dans cette cellule ?

— Gourmandise sait-il que vous êtes ici ? »

Je remarquai qu'il avait répondu à ma question par une autre. C'était une tactique de diversion typique des princes du péché.

Mon intuition m'alerta. Je parierais n'importe quoi que la créature emprisonnée dans cette cellule était responsable de la mort de Jackson. J'avais lu le rapport royal tous les jours et ils n'avaient toujours pas parlé de lui. Ce n'était pas la procédure standard à la mort d'un noble, en particulier d'un noble qui avait essayé de se joindre à la guilde de chasse très prisée du prince.

« Il n'a jamais dit que je ne pouvais pas venir ici. »

Envie m'observa de nouveau et fronça les sourcils.

« Je vais vous escorter hors d'ici avant que les choses ne tournent mal. »

Je voulais lui demander s'il parlait d'un meurtre, mais me contins.

« Fait-il des expériences sur cette... créature ?

— Vous êtes beaucoup trop curieuse.

— Je suis journaliste, c'est mon métier. »

Il me décocha un sourire carnassier.

« Les créatures curieuses finissent généralement mortes. Je ferais preuve de beaucoup de prudence à votre place. »

C'était un conseil d'une cour rivale. Mon cœur accéléra.

« Pourquoi m'aidez-vous ?

— Je ne suis pas altruiste, Miss Saint Lucent. Je vous assure que mes motivations sont entièrement égoïstes. Enfin, presque entièrement. Votre association particulière avec mon frère m'intéresse. Vos sentiments à son égard semblent très forts. J'aimerais savoir pourquoi. »

Je scrutai son visage. Il portait bien le masque glacial d'un prince du péché. Mais il y avait autre chose sur son visage, quelque chose qui ne s'attarda qu'un bref instant et qui indiquait que la nature de ses questions n'était pas complètement intéressée. Si je n'avais pas été plus avisée, j'aurais pu croire qu'il voulait vraiment aider son frère.

Je pensai à la récente annonce de ses fiançailles. J'avais raté la fête, mais Ryleigh m'avait dit que l'événement avait été impressionnant. Envie était tombé très amoureux. D'après les rumeurs, sa fiancée et lui s'étaient rencontrés alors qu'il participait à un jeu des Faës, un jeu mortel qui impliquait un objet maudit.

Ryleigh avait enquêté sur le sujet, toujours curieuse quand il s'agissait d'objets maudits et de celui qui lui avait échappé il y a tant d'années. Cependant, elle n'avait pas découvert ce qu'Envie avait recherché. D'après ce que je savais, personne n'était au courant. Ses secrets étaient presque impossibles à percer.

Ainsi, je me demandais encore plus pourquoi il était là, en train de potentiellement aider son frère avec une journaliste qui n'arrêtait pas de le provoquer dans ses chroniques. Peut-être que j'interprétais trop notre rencontre et qu'il était juste gentil. Ou peut-être qu'il aidait son frère à cacher quelque chose qui ébranlerait tout le royaume.

Je lui adressai un sourire poli, mais fade.

« Je crains que le passé ne puisse plus être changé et qu'il vaille donc mieux le laisser tranquille. Bonne journée, Votre Altesse. »

Je jetai un dernier coup d'œil au Prince Envie, sans en savoir plus sur cette créature terrifiante aux yeux rouges, puis remontai les escaliers.

Trente-cinq
Prince Gourmandise

Pour éviter que ma cour ou mon personnel ne nous entende, j'avais attendu que nous soyons dans la tour de commandement pour que Val me dise tout.

L'expression fermée de son visage me prévint que les nouvelles n'étaient pas bonnes.

« C'est si mauvais que ça ?

— Tiens. »

Elle me tendit la lettre qu'elle avait reçue.

« Juge par toi-même. »

Les dragons attaquent leurs petits.
Les œufs sont cassés dans les nids.
D'autres ont été déchiquetés.
Nous demandons des ordres pour agir.

Je passai une main dans mes cheveux et jurai. Il était incompréhensible qu'ils s'attaquent à leur progéniture. Les dragons de glace vivaient pendant des milliers d'années, mais ils ne donnaient naissance à des petits qu'une fois par siècle environ. Ma cour serait en grand danger si la prochaine génération était perdue, car les expéditions de chasse étaient le meilleur moyen d'alimenter mon péché et mon pouvoir.

Un prince faible était une cible pour les sorcières, les Faës, les vampires et les métamorphes. Mes pécheurs pouvaient aussi s'aligner avec une autre cour, ce qui me ferait encore plus de mal.

Je m'obligeai à conserver mon calme pour réfléchir et comploter.

« Je ne prendrai pas le risque que quelqu'un d'autre soit attaqué. Dites aux chasseurs de battre en retraite. Envie est ici pour la compétition. Lui et moi allons sortir ce soir, quand les prétendantes seront allées se coucher. Nous rassemblerons tous les petits que nous pouvons trouver et nous les amènerons ici pour les élever nous-mêmes jusqu'à ce que ce bordel soit réglé. »

Plus de cent ans auparavant, j'avais fait construire une grotte pour imiter un nid de dragon non loin des écuries. J'avais élevé Sil et les autres là-bas jusqu'à ce qu'ils soient capables de chasser et de suivre des pistes par eux-mêmes. C'était ce que j'avais de plus ressemblant à leur habitat naturel. Et ce serait parfait pour le moment.

« En parlant de ton frère… »

Je haussai les sourcils.

« Quoi encore ?

— Il a surpris Miss Saint Lucent dans les cachots. »

Une appréhension accablante me submergea.

« Dis-moi qu'elle n'a pas vu la cellule de Silvanus.

— Je crains de ne pas pouvoir faire ça, Altesse. »

Je soupirai.

« Dis-lui de me retrouver dans mon bureau dans trente minutes. »

❄ ❄ ❄

« La voilà. La perturbatrice du jour. »

Adriana me fusilla du regard en entrant dans mon bureau et s'arrêta immédiatement en voyant que nous n'étions pas seuls. J'avais appelé des renforts pour notre réunion.

Luxure et Envie étaient appuyés de chaque côté de mon bureau, l'air parfaitement indifférents, même s'ils ne l'étaient pas du tout. Envie avait été tendu depuis qu'il l'avait fait fuir des cachots. Adriana avait été sur le point de découvrir notre secret.

Mes frères étaient censés arriver plus tard ce soir, pour la première partie du concours demain matin, mais j'avais voulu que Luxure et Envie soient là pour cette réunion, pour encourager Adriana à bien se comporter pendant toute la durée de la compétition.

Sa petite excursion dans les cachots était exactement la raison pour laquelle l'enchaîner à mon lit serait la solution idéale. Honnêtement, je n'avais pas complètement écarté cette idée. La seule chose qui m'empêchait de le faire, c'étaient mes prétendantes. Et la chaleur inattendue qui se propageait en moi en y pensant.

Maudit lien magique.

« J'ai entendu dire que vous exploriez au lieu de travailler assidûment sur votre rubrique, dis-je en l'observant attentivement. Avez-vous découvert quelque chose d'intéressant ? »

Elle pinça les lèvres.

Nous savions tous les deux qu'elle était tombée sur quelque chose de *très* intéressant. Ce n'était qu'une question de temps avant qu'elle ne continue à creuser le sujet que je souhaitais désespérément cacher.

Je la balayai du regard. Je pourrais effacer sa mémoire pour m'assurer que mes secrets restent cachés. Je *devrais* le faire, comme mes frères me l'avaient gentiment fait remarquer. C'était le plus sage pour le royaume. Et pourtant, je n'arrivais pas à me résoudre à toucher à son esprit.

Par conséquent, il était temps de la menacer.

« Permettez-moi de satisfaire votre imagination hyperactive, dis-je d'une voix traînante. Ce que vous avez vu est prévu pour une épreuve qui aura lieu au cours de la compétition. J'attends donc de vous que vous n'en révéliez rien. Je ne voudrais pas que votre sœur soit disqualifiée parce que vous êtes intervenue. »

Je désignai mes frères.

« Étant donné que leurs prétendantes participent au concours et qu'ils ont un intérêt à ce que celui-ci soit juste, ils vous surveilleront pour s'assurer que vous ne retombiez pas dans vos habitudes axées sur les ragots et régies par votre besoin de "rester scandaleuse".

— Si vous ne vouliez pas que je me promène dans le château, vous auriez peut-être dû exposer les règles.

— Comme si vous les auriez suivies.

— Je pense que nous savons tous les deux que je les suivrais au cours des... cinq semaines et cinq jours à venir. »

Luxure et Envie n'étaient pas au courant du serment de sang, et même si le commentaire d'Adriana semblait innocent, ils savaient bien comment ce genre d'engagement fonctionnait.

Leurs têtes se tournèrent brusquement vers moi, l'incrédulité brûlant dans leurs yeux. Un truc pareil, ils ne me laisseraient jamais l'oublier.

J'adressai un regard frustré à Adriana. De son côté, elle avait pâli. Elle n'avait pas voulu révéler ce secret, ce qui m'aida à apaiser ma colère.

Je fis signe à mes frères.

« Laissez-nous. »

Ils adressèrent des sourires sournois à Adriana, mais gardèrent leurs opinions pour eux-mêmes, sachant que c'était ma cour et que je procédais comme je le désirais.

Miss Saint Lucent se leva aussi, mais je secouai la tête et elle se rassit.

« Pas vous. Nous avons une affaire privée à régler.

— Je n'ai rien d'autre à vous dire, Votre Altesse.

— Vous semblez avoir beaucoup de choses à dire. Même quand vous feriez mieux de garder le silence. Pourquoi vous arrêter maintenant ? »

Je tirai sa chaise en arrière puis la contournai, remarquant qu'elle s'était redressée et qu'elle levait le menton. Rebelle. Et courageuse.

Je m'arrêtai devant elle, puis m'appuyai sur mon bureau, prenant plaisir à voir l'air agacé sur son visage alors qu'elle comprenait rapidement pourquoi j'avais reculé sa chaise.

Je m'étais donné juste assez de place pour m'asseoir devant elle, l'obligeant à lever les yeux vers moi.

« Vous devez être plus sage, Adriana. Tout le monde n'est pas au courant de notre petit lien. Je préférerais qu'il en soit ainsi à partir de maintenant.

— Ne m'appelez pas par mon prénom. Nous ne sommes pas proches. »

Je désignai le petit espace entre nous.

« Je dirais plutôt le contraire. Sans parler de notre nuit de débauche. »

Ses joues prirent une jolie teinte rosée. La connaissant, c'était de l'agacement.

« Je ne savais pas que se promener était offensant.

— Il est parfaitement acceptable de se promener et vous le savez. Fouiner, c'est tout le contraire.

— Incroyable. Je faisais de mon mieux pour *vous* éviter, vous et votre ridicule chasse nuptiale. Les cachots, c'était le dernier endroit où je pensais que vous vous trouveriez et où j'imaginais qu'il y aurait une épreuve. Ce n'est pas le comble du romantisme. »

Une moue amusée se dessina sur mes lèvres. Elle m'avait bien eu.

« Si vous voulez que je vous fasse des excuses… »

Je lui décochai un de mes sourires les plus charmants. Ce n'était pas le cas, mais maintenant qu'elle le proposait…

« À genoux. »

La tension crépita entre nous.

Elle m'observa de bas en haut, le regard aussi glacial que la toundra. Cette femme s'étoufferait avant de reculer devant quiconque à cause de son rang ou de son poste. Pas par fierté, mais par principe.

Une caractéristique admirable. Même si je n'aimais pas l'admettre.

« Non.

— Je suis votre prince. C'était un ordre.

— Vous ne pouvez pas abuser de moi. Quelles que soient mes... erreurs passées.

— Quelles idées dégoûtantes, répondis-je en souriant. Je veux que vous rampiez, Miss Saint Lucent. Maintenant, à genoux. »

Elle leva les yeux. Sa haine était évidente et palpable lorsqu'elle glissa de sa chaise et se mit lentement à genoux devant moi. Je l'observai tandis que la douleur la faisait grimacer.

Le sol de mon bureau était en roche calcaire dure et il n'y avait pas de tapis pour protéger son corps de la surface âpre et froide.

Je restai debout, les bras croisés, soutenant son regard plein de défi. L'expression de son visage était tellement différente de la passion et de la chaleur torride que j'avais vues la veille. Ma chère Dame Frost n'avait rien de froid dans la chambre. Dommage que cette version d'elle ait disparu.

Même si la femme devant moi était remarquable.

Beaucoup de chasseurs deux fois plus grands qu'elle et débordant de violence depuis qu'ils étaient venus au monde en hurlant auraient baissé les yeux devant moi.

La plupart d'entre eux ne pouvaient pas soutenir le regard d'un prince du péché bien longtemps ; leur instinct de survie inné prenait le dessus, les prévenant qu'un prédateur alpha les avait pris pour cible.

Les minutes passèrent lentement dans un silence tendu. Les prétendantes ou leurs mères autoritaires pourraient frapper à la porte, espérant obtenir mes faveurs, surtout après l'intimité que nous avions partagée pendant le thé. S'ils voyaient Adriana à genoux devant moi, cela provoquerait un scandale.

Mais j'aimais bien la voir là.

Elle ne s'excuserait pas d'avoir espionné à moins que je le lui ordonne. Et je n'avais aucun problème à lui donner des ordres. Si elle n'obéissait pas, elle serait punie.

En la voyant serrer légèrement les jambes alors qu'elle restait à genoux devant moi, j'eus la sensation qu'elle serait peut-être réceptive à certaines tactiques.

Eh bien, les miracles n'en finissent pas !

Je ne pensais pas que sa réaction était due à notre lien.

Je baissai la main, suivant délicatement le contour de sa mâchoire, levant légèrement son menton. Exactement ce que j'avais soupçonné.

Elle n'écarta pas violemment ma main et ne me lança pas de remarque acerbe. La haine brûlait encore dans ses yeux, mais, à présent, il y avait autre chose dans son regard.

Quelque chose que je reconnus immédiatement, même si ce n'était pas son cas.

La plupart des pécheurs de notre cercle étaient avides de punitions, et Miss Saint Lucent *aimait* ressentir un peu de douleur. Plus qu'elle ne voudrait l'admettre, en particulier à des gens comme moi. Quel que soit le plaisir que je lui avais donné sur le toit quand elle ignorait qui j'étais.

Je caressai sa mâchoire, prenant du plaisir dans la domination, dans le contrôle, dans la sensation de mes doigts calleux qui touchaient sa peau douce comme des pétales de fleur. Mon péché s'embrasa et le pouvoir coula dans mes veines avec une étincelle délicieuse. Elle ferma les paupières et ses longs cils noirs se posèrent délicatement sur ses joues. Je devinai sans problème l'objet de ses fantasmes.

Quand je lui avais dit de se mettre à genoux, elle avait accidentellement révélé la vérité. C'était peut-être quelque chose qu'elle s'était caché à elle-même, mais c'était un sale petit secret que nous partagions maintenant.

Je devrais craindre ce qu'elle avait vu dans les cachots. Je devrais flirter avec mes prétendantes. Ou passer au peigne fin les dossiers de mes experts sur les maladies de dragons, maintenant que j'étais certain que les sorcières n'avaient rien à voir avec les dangers qui menaçaient ma cour. Mais je restai là, captivé.

J'aurais pu dire que j'étais submergé par mon péché, mais cela aurait sonné faux.

« Ce doit être vraiment horrible, Miss Saint Lucent. »

Elle ouvrit brusquement les yeux et serra les poings.

Pendant un instant, elle avait oublié à quel point elle me méprisait. Je pouvais presque la voir lutter en secret pour contenir sa curiosité, pour anéantir son attirance. Je comprenais.

Même si je ne pouvais pas lui faire confiance, même si elle m'avait causé des tas d'ennuis au fil des ans, j'avais encore envie d'elle. Avant, ce fantasme avait été un secret que j'admettais à peine.

« Quoi ?

— Avoir envie d'enrouler vos lèvres parfaites autour de ma queue alors que vous me détestez à ce point. »

J'enfonçai un doigt dans sa bouche et ses lèvres s'entrouvrirent presque avec enthousiasme.

« Je voulais que vous vous mettiez à genoux pour vous excuser, rien de plus. »

Voyant qu'elle ne me mordait pas, j'effectuai des va-et-vient avec mon doigt et la regardai essayer de serrer les jambes de nouveau tout en restant à genoux. Que je sois maudit par tous les saints… Elle était vraiment spéciale.

« D'après mes souvenirs, vous m'aviez dit que vous ne seriez pas attirée par moi, que nous soyons unis par un lien ou pas. »

Elle passa sa langue sur le bout de mon pouce avant de sucer plus fort et je sentis un tiraillement tout au fond de moi. Ma queue durcit.

Effectivement, Miss Saint Lucent avait un vilain petit secret aussi. Un secret auquel je ne pouvais pas m'empêcher de céder, même si c'était une erreur alors que la compétition faisait rage dans la presse.

Si quelqu'un entrait à ce moment précis, alors qu'une bosse étirait mon pantalon et que mon pouce effectuait des va-et-vient dans sa bouche, je ne pourrais pas dire grand-chose pour m'innocenter.

Une partie de moi s'en fichait. Le temps que nous avions eu au *Seven Sins* était écoulé, mais cela ne voulait pas dire que le désir insupportable que nous partagions était assouvi.

Elle voulait me prendre jusqu'au fond de sa gorge et j'avais envie de céder à son désir.

Étant donné ma réputation, on pouvait s'attendre à une certaine déviance de ma part. Mais être surpris avec Adriana après notre guerre publique éclipserait sans doute la compétition dans les journaux à scandale.

Cependant, alors qu'elle continuait à prendre mon pouce dans sa bouche chaude, je mourais d'envie de défaire mon pantalon et de lui donner exactement ce que nous désirions, au diable les conséquences.

Je maîtrisai ma propre attirance, nous refusant cet interlude.

« Chaque fois que vous me défierez en public, je vous punirai en privé. »

Sa langue de velours s'aplatit pour prendre mon pouce plus profondément.

« Et je crois que cela vous plaira autant qu'à moi. »

Je n'étais pas assez bête pour croire qu'elle se soumettrait entièrement. Elle aussi voulait me mettre à genoux. M'exciter autant qu'elle. Mais je contrôlais la situation à cet instant. Et ce serait toujours le cas.

Je jouai un peu plus longtemps, puis me libérai tout en observant attentivement sa réaction. Il y avait encore un secret de ma rivale que je souhaitais percer.

Ce qu'elle choisirait me dirait tout ce que j'avais besoin de savoir pour la garder près de moi.

« Je vous laisse choisir la punition pour votre petite excursion d'aujourd'hui. Soit je vous donne la fessée, soit vous restez à genoux jusqu'à l'aube. »

Trente-six
Adriana

Les mots doux et immoraux du prince se répétèrent dans mon esprit et me laissèrent bouche bée.

Si je n'avais pas ressenti cette légère douleur dans les genoux qui m'ancrait dans l'instant présent, j'aurais juré que j'étais dans les affres d'un terrible cauchemar.

Je ne pouvais quand même pas être en train de réfléchir à sa *punition*.

Ou pire, être légèrement excitée à cette idée.

Quand je lui avais dit que je ne finirais plus jamais dans ses bras, j'avais été sérieuse. Cette crapule avait lancé cette idée comme un défi et j'avais bien eu l'intention de le gagner.

Et pourtant, dès le lendemain, j'étais là à genoux, complètement et terriblement excitée.

J'étais encore choquée de ne pas avoir mordu son pouce dès qu'il l'avait enfoncé délicatement dans ma bouche. Il m'avait prise par surprise et j'avais été emportée par la sensation et par la manière dont cela avait laissé libre cours à mon imagination. Le mordre avait été la dernière chose à me traverser l'esprit.

Quand j'avais fermé les yeux, j'avais imaginé sa main dans mes cheveux, tirant ma tête en arrière tandis que je le prenais plus profondément et que ma langue suivait sa queue dure. Avant que j'apprenne que mon inconnu était vraiment Axton, cela avait été mon fantasme.

Horrifiée par la réponse de mon corps, je me creusai la tête pour trouver une bonne raison pouvant expliquer ma fascination dépravée. Je n'entretenais pas de désir secret pour le prince. Au contraire, je ne pouvais pas le supporter.

C'était forcément à cause de ce stupide serment. Et, bien sûr, le fait que nous n'avions pas couché ensemble.

S'il m'avait penchée sur la balustrade et qu'il m'avait donné des orgasmes en plus, j'étais sûre que cette situation ne m'exciterait pas maintenant. Voilà tout. Une explication simple et raisonnable. Mon inconnu avait empoigné mes cheveux et c'était exactement ce que j'avais imaginé le prince en train de faire.

Le fait que mon inconnu *soit* le prince n'avait aucune importance.

Je poussai un léger soupir et le soulagement s'empara de moi. Ce n'était pas le grondement dangereusement grave ou les intentions indécentes d'Axton qui me donnaient envie d'obtempérer, mais la vision de mon inconnu masqué exigeant la même chose de moi. C'était l'idée d'être surprise dans son bureau, à genoux, en train de le prendre jusqu'au fond de ma gorge qui m'excitait. Le fait de remplacer Axton par mon inconnu me donnait la possibilité de me laisser entraîner par mon excitation et de plonger dans le fantasme sans entraves.

J'avais *aimé* qu'il écarte mes pieds le premier soir et qu'il prenne le contrôle de la situation.

J'aimais aussi la peur qui s'emparait de moi maintenant, le frisson à l'idée que quelqu'un entre et nous surprenne en train de mener un tout autre type de guerre. C'était peut-être moi qui étais à genoux, mais c'était exactement là où il serait quand j'en aurais fini avec lui. Si seulement l'identité d'Axton ne m'avait jamais été révélée. J'aurais donné n'importe quoi pour être avec mon inconnu à cet instant. Je fermai les yeux, imaginant que c'était lui qui s'enfonçait dans ma bouche et qui avait un goût de sel et de péché alors que je l'avalais.

Il serait tellement facile de faire semblant, de faire comme si je n'étais pas dans le bureau du prince, comme si son château n'était pas rempli de prétendantes pleines d'espoir tandis que je déboutonnais sa ceinture, baissais son pantalon et lui faisais regretter de ne pas m'avoir donné ce que je voulais.

« Adriana. »

Il y avait une certaine autorité dans la voix d'Axton. Et, si je ne me trompais pas, un certain désir.

A-t-il souffert de cette folie aussi, depuis que nous nous sommes séparés ?

L'envie constante. Les souvenirs. Le désir insatiable. Une partie de moi espérait que c'était le cas. Qu'il était aussi hanté, aussi perturbé et distrait que moi.

« Choisissez. »

Rester à genoux jusqu'à l'aube était hors de question. Je devais sortir de cette pièce et échapper à cette tentation avant de faire quelque chose que je regretterais. Mon corps vibrait d'un besoin si puissant qu'il en était douloureux. Et cela n'avait rien à voir avec le fait d'être à genoux sur un sol en pierre devant mon maudit prince.

« Vous êtes censé trouver une épouse, dis-je. Pas céder à votre péché.

— Vous retardez l'inévitable. Maintenant, choisissez. »

Je balayai la pièce du regard. Les murs étaient couverts de papier peint soyeux bleu cobalt, les chaises étaient en cuir souple, le bureau était solide et séduisant comme son propriétaire.

Je me sortis de ma propre idiotie. Axton était un fléau que je devais éradiquer de mon système. Sur-le-champ.

« Avec ou sans serment de sang, je ne me soumettrai pas à vos caprices dépravés, Votre Altesse.

— Alors, vous choisissez de rester à genoux ?

— Je choisis de poursuivre ma journée loin de vous et de votre débauche. Je me suis déjà excusée pour avoir exploré les cachots. Que voulez-vous de plus ? »

Le regard qu'il me lança fit accélérer mon pouls et me fit palpiter à tous les endroits les plus agréables. Il avait vraiment l'air de vouloir que je choisisse la première option et que je me penche sur son genou.

« C'est moi qui suis débauché ? »

Il afficha un petit sourire.

« Je n'ai jamais dit que ce serait un jeu charnel et immoral, Miss Saint Lucent. Quand je vous ai ordonné de vous mettre à genoux, c'est *vous* qui avez pensé à ma queue alors que je voulais juste des excuses. Et vous ne l'avez pas nié, par ailleurs. Vos pensées sont mal placées d'elles-mêmes, vous ne pouvez pas m'en vouloir parce que vous avez des penchants dépravés. Je veux juste vous faire plaisir. »

J'utilisai mon ton le plus hautain.

« Finissons-en. J'ai un article à écrire et des projets pour plus tard. »

Une lueur diabolique brilla dans ses yeux.

« Dites-le à voix haute, très chère.

— Je choisis le châtiment corporel. »

Je lui décochai un sourire mielleux.

« De toute évidence, je dois satisfaire mes penchants dépravés. Dois-je me pencher sur le bureau ou la chaise suffira-t-elle ? »

Comme je détestais cet homme…

Son regard entendu me fit remarquer que je ne considérais pas du tout cela comme une punition.

Axton retira sa veste de costume, la jeta sur la chaise à haut dossier derrière son bureau, puis retroussa lentement ses manches et m'observa attentivement en laissant apparaître sa peau bronzée.

Il avait beaucoup de partenaires qui pouvaient le complimenter sur sa beauté. J'étais particulièrement intriguée par la puissance derrière les muscles tendus de ses avant-bras, me demandant ce qu'il faisait pour qu'ils soient aussi définis. Il finit de relever ses manches, puis croisa les bras.

« N'importe qui pourrait nous surprendre », dit-il.

J'en eus le souffle coupé.

« Alors, je suppose que vous aurez des explications à donner si cela devait arriver. »

Il était l'incarnation de l'homme arrogant quand il baissa les yeux vers moi. Je fus horrifiée de me rendre compte que mon entrejambe était trempé. Et que le désir que je ressentais était presque douloureux.

J'avais *envie* de sentir ses mains sur moi. Et il le savait.

« Même si j'ai horreur de ne pas saisir la chance de vous pencher sur mon genou, dit-il sans avoir l'air désolé du tout, j'ai bien peur de devoir me préparer pour l'événement de ce soir. Faites en sorte d'être sage jusqu'alors, ou je ne serai pas aussi miséricordieux la prochaine fois. Vous pouvez vous lever. »

Je me mordis la joue si fort que je me fis presque saigner. Je me levai aussi gracieusement que possible, ne voulant pas lui donner la satisfaction de voir que j'étais en colère parce qu'il m'avait congédiée.

Il m'adressa un autre sourire carnassier, puis se dirigea vers la porte et marqua une pause sur le seuil.

« Je ferai envoyer quelques petites choses dans vos appartements pour m'assurer que vous ne vous ennuyiez pas et que vous ne causiez pas plus de problèmes avant le grand événement de demain. Vous pourrez vous punir aussi longtemps que vous le désirez, mais je vous préviens : j'ai servi de modèle pour le jouet que vous choisirez sans doute afin de subir le meilleur châtiment.

— Espèce de salaud dégoûtant et méprisable », marmonnai-je en époussetant ma robe pour éviter de l'étrangler.

Un rire sombre résonna dans le couloir quand il s'en alla, ce qui m'agaça encore plus. Avant qu'il ne s'évanouisse, j'aurais juré entendre Axton dire :

« Vous ne vous imaginez pas à quel point, très chère. »

❄ ❄ ❄

Pour éviter de recroiser Axton avant le premier événement public des prétendantes prévu le lendemain matin, je fis appeler une domestique et demandai que ma prochaine chronique de Miss Match soit livrée à la rédaction du *Wicked Daily*.

M. Gray avait envoyé un message ce matin, me menaçant de venir chercher l'article lui-même s'il n'était pas sur son bureau avant midi. Apparemment, le numéro spécial où je présentais les prétendantes avait été un nouveau succès retentissant pour notre journal. Ryleigh était noyée sous les rumeurs qui fusaient de toutes parts, mais avait tout de même réussi à m'envoyer un mot pour me tenir au courant des premiers ragots quant à la prétendante favorite. Jusqu'à présent, la plupart des gens semblaient miser sur Eden et Vanity, d'après ce que j'avais écrit.

Une étrange sensation noua mon estomac. Je *voulais* que ma sœur soit en tête de course, mais j'ignorais encore comment je réagirais si elle venait réellement à gagner. Surtout parce que mes rencontres secrètes avec le prince débauché devenaient de plus en plus… compliquées. Il faudrait que je redouble d'efforts pour l'éviter.

Ce qui ne devrait pas être trop difficile si je passais tout mon temps libre à effectuer des recherches sur les dragons.

Je promenai mon regard dans le salon partagé. La petite bibliothèque attira mon attention.

Plusieurs livres semblaient avoir été livrés dans la matinée, principalement des romances à suspense ou des romans d'aventures. Mais d'autres, situés tout en haut, me semblèrent prometteurs. J'atteignis les étagères supérieures en grimpant sur un canapé et plusieurs coussins.

Le livre que je choisis avait l'air ancien et était presque caché sur l'étagère du haut. Sa reliure en cuir craquelé tenait à peine, certaines pages menaçaient de se détacher du dos.

Il abordait le sujet des différentes créatures qui vivaient en Enfer et qui pourraient m'aider à découvrir à qui cet œil cramoisi et géant appartenait. Ce n'était pas un dragon – tout le monde savait que leurs yeux étaient irisés –, mais il pouvait s'agir d'une bête moins connue qui vivait au nord.

Je ne ferais rien pour compromettre la place de ma sœur dans la compétition tant que celle-ci était en cours, mais je devais satisfaire ma curiosité.

Un feu brûlait dans le foyer, rendant le salon confortable et chaleureux.

Quelques fauteuils luxueux étaient installés à différents endroits : certains servaient à recevoir des connaissances pour boire quelque chose, d'autres pour déguster des repas, et celui sur lequel j'étais assise maintenant était parfait pour s'y pelotonner et lire.

Et c'était ce que j'essayais désespérément de faire, mais mon esprit était sans cesse distrait par l'incident avec Axton, les cachots et mes propres sentiments confus. J'aurais juré que le Prince Envie avait eu l'air nerveux. Ce n'était pas une émotion que j'associais aux princes. Je n'étais que plus convaincue que quelque chose d'important se produisait, quelque chose qu'ils complotaient tous ensemble.

Cela aurait semblé légèrement délirant si Axton ne s'était pas efforcé de détourner mon attention dans son bureau juste après. Et même si j'avais horreur de l'admettre, il avait très bien joué ses cartes. Toute mon attention avait effectivement été concentrée sur lui, sur sa soi-disant punition, et j'avais cessé de me poser des questions sur la créature aux yeux rouges qu'il avait enfermée.

Mais qu'est-ce qui pouvait bien effrayer un prince du péché ? Et surtout… qu'est-ce qui pouvait en effrayer plus d'un ?

Je relisais le même paragraphe sur les sangliers ailés de l'enfer en boucle, mon esprit élaborant des théories à tout-va, quand quelqu'un frappa à la porte. Je mis finalement mon livre de côté.

Fidèle à sa parole, le maudit prince m'avait effectivement fait envoyer des jouets dans ma chambre, accompagnés de rubans et de chaînes. Il avait joint un manuel d'instructions avec des images qui illustrait comment je pouvais m'attacher et me donner du plaisir avec une cravache en même temps.

Un mot gribouillé de sa main me faisait quelques suggestions si j'avais besoin « d'inspiration » pour chevaucher la bête.

Je vidai la boîte dans la poubelle en bouillonnant.

Sale démon vaurien et arrogant ! Je devrais nouer les rubans autour du jouet comme un cadeau et renvoyer cette saloperie avec un message l'invitant respectueusement à l'utiliser sur lui-même.

Comment osait-il continuer à se comporter de manière aussi dévergondée alors qu'il faisait la cour à sept femmes pleines d'espoir ? Je devrais me réjouir d'avoir échappé à ce nœud coulant des années auparavant.

Gabriel Axton, le Prince de la Gourmandise, ne serait jamais monogame, ni dans ce monde ni dans un autre. Et c'était une raison de plus pour laquelle il ne convenait pas à ma sœur.

Je saisis mon ouvrage, déterminée à le lire, mais abandonnai cette idée après avoir relu la même phrase plusieurs fois sans la comprendre. J'étais trop nerveuse, trop prise au piège pour me mettre à l'aise et me perdre dans l'histoire des bêtes de l'enfer et leurs prétendues origines sous forme d'âmes maudites.

Je fis les cent pas dans la suite qu'on nous avait donnée, toujours d'une humeur meurtrière. Alors même que j'étais certaine de ne pas pouvoir mépriser davantage le prince, il m'avait prouvé que j'avais tort.

À genoux.

Sa voix avait été un ronronnement suave en dépit de l'ordre autoritaire. Je doutais vraiment d'être la seule à imaginer qu'il s'était attendu à plus que des excuses.

Un autre coup à la porte interrompit mes pensées déplacées.

Un valet me salua chaleureusement.

« Je suis là pour vous escorter à la salle à manger pour le dîner. »

Je dissimulai mon mécontentement. C'était une manière polie de me faire savoir que Son Altesse ne me laisserait plus sans surveillance. Avec un sourire qui promettait des représailles à l'encontre de mon ennemi, je suivis le valet de pied dans le couloir. Si je ne me rendais pas chez l'apothicaire sous peu pour acheter un sort qui…

Je m'arrêtai.

« Par tous les dieux. C'est ça ! »

Le valet de pied se retourna et fronça légèrement les sourcils.

« Pardon ? »

Mon cœur battait si fort que j'étais sur le point de partir en courant. J'avais vu juste sur les deux points.

« Miss ? »

Je sourcillai en regardant le domestique, essayant de me calmer et de ne pas lui donner de raisons de penser que je me comportais de manière suspicieuse.

Je m'éventai, sachant qu'il ne serait pas difficile de lui faire penser que j'avais de la fièvre.

« Je suis terriblement confuse, dis-je, haletante. Je crains de ne pas me sentir très bien. »

Avant qu'il ne puisse m'encourager à le suivre quand même, je me précipitai vers mes appartements, claquai la porte et m'y adossai. Un sourire rusé se dessina sur mes lèvres.

Les objets maudits. C'était la seule chose, mis à part les dragons de glace, qui impressionnait les princes. Quand j'étais tombée sur Envie dans les cachots, j'avais pensé au jeu auquel il avait participé récemment. À l'enquête de Ryleigh, qui n'avait mené nulle part.

Mon intuition avait remarqué cette subtilité et j'avais été trop distraite par cet œil cramoisi pour réfléchir à ce qui m'y avait fait penser.

J'aurais juré que ce qui se passait avec les dragons ou les ténèbres qui effrayaient tant les princes avait quelque chose à voir avec un objet maudit.

Mon nouvel objectif consistait à découvrir lequel des sept objets présumés était à l'origine de tout cela.

Ryleigh serait le point de départ idéal, car elle avait déjà fait beaucoup de recherches sur le sujet, mais elle pensait déjà que j'avais tort en ce qui concernait les attaques de dragon, et notre amitié traversait une période difficile.

Si j'allais la voir maintenant, elle me poserait des questions. Des questions auxquelles je ne voulais pas encore répondre. Mais elle n'était pas la seule source d'informations sur les objets maudits.

Je savais exactement où en trouver d'autres tout en gardant mes secrets.

Et cela signifiait que je devais sortir en douce du château le plus tôt possible.

Trente-sept
Prince Gourmandise

« Putain », jurai-je en chancelant en avant à cause de l'impact.

Une douleur atroce me lacéra le dos tandis que cinq serres s'enfonçaient dans ma chair jusqu'à l'os. Je serrai les dents pour ne pas hurler. J'avais reçu beaucoup de coups de griffes dans la poitrine et dans le dos, mais n'avais jamais ressenti une telle douleur.

Je me libérai des griffes du dragon ; ma dague m'échappa des mains et s'enfonça dans la neige à quelques pas de moi.

Je jurai et roulai sur le côté, évitant de peu un autre coup. Les blessures dans mon dos s'ouvrirent davantage à cause du mouvement et de la douleur.

Des mâchoires se refermèrent dangereusement près de moi et le dragon se jeta à ma gorge, ses grognements résonnant dans la nuit tandis que j'esquivais l'attaque suivante.

Il me fit tomber par terre de nouveau et ses quatre pattes me coupèrent le souffle tandis qu'il reculait et se préparait à cracher ses flammes de l'enfer.

Je ne mourrais pas, mais je n'aimais pas l'idée que ma peau soit carbonisée.

Il me faudrait énormément de temps pour me régénérer après une blessure d'une telle intensité et notre petite farce pour distraire le royaume avec la compétition ne servirait alors à rien.

Il serait difficile d'expliquer comment un prince avait été brûlé.

Je grognai et repoussai le dragon ; mes muscles tremblèrent sous son poids imposant.

Et ce fut moins une. Des flammes glaciales heurtèrent l'arbre le plus proche, et les branches couvertes de neige prirent feu. Par le sang des dieux. C'était passé bien trop près.

« Tu l'as ? » criai-je à Envie, les yeux rivés sur le dragon qui grognait en approchant.

Mes blessures ne s'étaient pas encore refermées. Et la bête semblait sentir que j'étais affaibli.

« À moins que tu ne te fasses bouffer, tu seras le premier à le savoir. »

Espèce de connard sarcastique.

Je bondis sur mes pieds, tournant autour du dragon tandis qu'il essayait de me mordre. Cette entreprise prenait trop de temps. Nous aurions dû entrer et sortir de la tanière des dragons en quelques secondes.

Notre plan était clair : je devais les distraire pendant qu'Envie prenait ce que nous étions venus chercher.

Je pris le risque de regarder mon frère. Envie avait penché la tête sur le côté pour observer son adversaire. Nous n'avions pas le temps d'établir un plan. Nous devions agir. Et vite.

Le dragon qui se battait contre moi se jeta sur mon torse et j'évitai ses serres de quelques centimètres à peine. Chaque mouvement brusque me coupait le souffle.

« C'est un putain de bébé ! criai-je. Prends-le par la peau du cou comme un chat et dégage de là !

— Ce machin féroce a essayé de m'arracher la main.

— Et moi, je vais t'arracher la tête si tu ne te dépêches pas ! »

Le dragon leva son énorme museau pour renifler l'air.

Étant donné que les dragons de glace étaient des prédateurs extraordinaires, il savait qu'il avait donné un coup qui pouvait lui permettre de remporter la victoire. Quoi qu'il arrive à ma blessure, elle était déjà en train de s'infecter.

Si je ne battais pas en retraite sous peu, j'aurais de très gros ennuis.

Mais je resterais là et lutterais aussi longtemps que possible. Nous avions déjà perdu deux petits. Je refusais de partir sans sauver le dernier.

Mes blessures palpitaient au rythme des battements de mon cœur, indiquant que les serres du dragon étaient peut-être couvertes de poison et d'autres toxines qui entravaient ma capacité de guérison.

N'ayant pas beaucoup de choix, je me plaçai face au dragon et chargeai la bête en montrant les dents.

Il se heurta à moi en grondant et ses griffes lacérèrent ma poitrine. Mais mes efforts n'avaient pas été vains : la bête immense recula après l'impact et marcha sur le piège que j'avais posé.

Dans un souffle, le dragon s'élança dans les airs et hurla quand le fer se resserra autour de sa patte arrière. Maintenant qu'il ne cherchait plus qu'à s'échapper, je me précipitai vers Envie, pris le foutu petit dragon par la peau du dos et le plaçai à l'intérieur de ma cape.

Il se blottit contre le cuir de ma tenue en gémissant légèrement.

« Allons-y. »

Je n'avais pas l'énergie d'invoquer mes ailes ou d'utiliser la magie du *transvenio*. J'avais été gravement affaibli par le serment de sang, la promesse faite à Blade et la toxine qui avait pénétré mon système. Par conséquent, nous descendîmes la montagne en courant, glissant sur le mélange de neige et de glace qui recouvrait le sol, les cris furieux du dragon de glace transperçant la nuit.

De temps en temps, Envie m'adressait un regard inquiet, les yeux rivés sur mes blessures sanglantes, mais je l'ignorai et avançai sur le terrain accidenté. L'entrave ne retiendrait pas le dragon très longtemps. Nous aurions de la chance si nous atteignions la Frontière impitoyable.

Mais nous n'étions plus très loin. Encore quelques mètres et la forteresse en pierre serait visible.

Je chancelai quelques fois, mais par la force de ma volonté, je parvins à mettre un pied devant l'autre. Ma vue n'arrêtait pas de se brouiller.

« On y est presque. »

Mon frère me traîna avec lui. Je ne me souvenais même pas qu'Envie m'avait pris le bras, mais pris conscience à travers le brouillard qui descendait sur moi qu'il soutenait presque tout mon poids.

Finalement, la forteresse apparut comme un poing qui frappait le ciel.

Nous avançâmes en titubant et le rugissement des dragons résonna sur les murs.

Les muscles d'Envie se tendirent quand il me souleva un peu plus et courut presque dans l'enceinte du château.

Des flammes blanches brûlèrent le mur à côté de nous au moment même où Envie me jetait à l'intérieur et fermait la porte d'un coup de pied.

Il tendit la main et saisit le petit dragon que je serrais encore contre ma poitrine, jurant qu'il s'en occuperait. La créature secoua ses ailes à plumes et ses yeux irisés me regardèrent.

« Tu es en sécurité », dis-je, et je me fichais de parler d'une voix douce à un dragon devant mon frère.

Le petit cligna des yeux et serra ses ailes contre son corps.

Puis il se tourna vers Envie et enfonça ses dents dans sa main.

Mon frère maudit les anciens dieux pour avoir créé les bébés dragons tyranniques, et ce fut la dernière chose que je vis avant que le monde ne devienne sombre.

❄ ❄ ❄

Un visage grave apparut devant moi. Helga. La guérisseuse royale secoua la tête et ses cheveux gris et courts se balancèrent au rythme de ses gestes. Je clignai des yeux tandis que le reste de la pièce devenait plus clair.

Des murs en pierre, un matelas de paille. Une tapisserie accrochée à un mur pour éviter les courants d'air.

J'étais dans ma chambre, à la Frontière impitoyable. Je n'avais pas dormi là depuis des années. Je reposai ma tête sur l'oreiller et fermai les yeux en attendant que ma nausée passe. Helga fit claquer sa langue.

« Prendre un bébé dans son nid n'est pas la meilleure idée que vous ayez eue, Votre Altesse. Vous avez eu de la chance de ne pas être blessé plus gravement.

— Pas le choix. »

Helga marmonna en enroulant un pansement autour de mon torse.

« Vous auriez pu le laisser. »

Je pensai aux petits dragons que nous n'avions pas sauvés. J'aurais accepté d'être blessé dix fois de plus pour leur permettre de survivre.

« On vous a déjà dit que vous étiez aussi méchante que douée pour les remèdes ? »

Son sourire était plus tranchant que le scalpel qu'elle utilisa pour couper le bandage.

Je me redressai sur les coudes, sifflant quand je sentis la douleur fulgurante. Je baissai les yeux vers mon corps, espérant voir la peau cicatrisée là où elle n'était pas recouverte par les bandages, mais la souffrance anéantit ce rêve.

Un pansement était serré autour de ma poitrine et cachait les entailles dans mon dos.

Je ne savais pas à quoi ressemblaient les blessures, mais le médicament dont le linge était imbibé empestait.

« Est-ce que Val a emmené le petit dans la grotte ?

— Oui. Elle y a emmené le lardon mordeur après votre arrivée. »

Elle referma un pot de médicament et le posa sur la table de chevet.

« Toxine ou poison ? »

Je grimaçai tandis que Helga m'aidait à m'asseoir et plaçait un autre oreiller duveteux derrière mon dos aussi délicatement que possible.

« D'après moi, des toxines. Des mauvaises. »

Elle désigna un bocal rempli d'un liquide marron suspect sur la table de chevet.

« Vous devrez panser la blessure deux fois par jour pendant quelque temps. Elle devrait bien guérir.

— Je ferai de mon mieux. Mais je ne peux rien vous promettre. »

Je posai ma tête contre le mur, déjà fatigué.

« J'ai une compétition à organiser. Je ne peux pas sentir comme un gros tas d'ordures. Les femmes ne voient pas ce genre de choses d'un bon œil.

— Comme vous voulez. Mais si votre peau pourrit, cela pourrait les dissuader encore plus.

— Si elles ne peuvent pas aimer ma chair fétide quand je suis au plus bas, elles ne me méritent pas quand je suis au meilleur de ma forme. Ce n'est pas ça que disent les mortels ? »

Helga rassembla ses affaires et se dirigea vers la porte, marmonnant tout du long.

Elle prenait soin de moi depuis des décennies et était ce qui s'approchait le plus d'une mère pour moi.

Envie se glissa dans la pièce quand elle sortit et jeta un coup d'œil plein de dégoût à mon bandage.

« Tu sens la chèvre crevée qui dore au soleil depuis des jours.

— C'est très spécifique. Désolé que tu sois tombé sur un truc pareil un jour. »

Je fermai les yeux pendant un instant béni avant de les rouvrir.

« Comment va le dragon ?

— Il est en sécurité. On dirait que son habitat près du palais lui plaît. Il court après sa queue et bondit sur des papillons de nuit. La petite terreur a mordu Val aussi. »

Je poussai un soupir. Au moins, le sauvetage en valait la peine.

« Tu as eu des nouvelles sur d'autres petits ? »

Envie secoua la tête.

« D'après ce que mes espions ont appris, c'étaient les seuls de la meute à être nés cette année. »

Cela n'avait rien de bizarre. Les dragons de glace vivaient très longtemps, mais ils ne donnaient naissance qu'à quelques petits chaque siècle. Perdre les deux tiers d'une nouvelle portée était incompréhensible. Je n'arrivais même pas à imaginer les conséquences que cela aurait sur mon pouvoir s'ils ne s'en remettaient pas.

J'espérais que les autres meutes s'en sortaient mieux. Pour le moment, nous n'avions rien trouvé pendant nos patrouilles qui pourraient indiquer qu'elles avaient succombé à la même folie.

« Au moins, nous en avons sauvé un », dit enfin Envie.

Je serrais tellement les dents que mes mâchoires me faisaient mal.

Quoi qu'il arrive aux dragons, le fait de n'en sauver qu'un ne faisait pas de nous des héros. Des heures s'étaient écoulées depuis que j'avais reçu l'avertissement que les dragons avaient pu s'en prendre à leurs petits, mais j'avais agi aussi vite que possible sans éveiller les soupçons.

À moins de vouloir que les journaux à scandale commencent à s'intéresser à ce que je faisais en dehors de la compétition, je n'aurais pas pu abandonner mes prétendantes pendant le thé sans leur parler pour aller chercher Val et lire la lettre. Ensuite, j'avais dû m'occuper du problème d'Adriana et des cachots.

« Les yeux du bébé sont irisés, dis-je. Ça veut dire que ce qui affecte les adultes ne lui a pas encore fait de mal. »

Mon frère semblait avoir envie d'en dire plus, mais tourna son attention vers la seule fenêtre, en haut du mur.

« C'est ton serment avec la journaliste, le problème. »

Je m'étais attendu à ce qu'il m'en parle. J'avais imaginé que ce salaud choisirait le moment idéal. Je ne pouvais pas me lever et partir, et il le savait très bien.

« Serment ou pas, ça fait des décennies que je dis qu'elle représente un problème. »

Ma piètre tentative pour faire preuve de légèreté ne fonctionna pas.

« Tu as été blessé parce que tu ne fonctionnes pas à pleine puissance quand tu es trop loin d'elle. »

Je serrai les dents. J'avais perçu une certaine… gêne. Je m'étais attendu à sentir une légère douleur, mais j'avais été surpris par son intensité. J'avais la vague impression qu'elle avait été pire que prévu parce que je ne m'étais pas battu contre les dragons pour alimenter mon pouvoir. Je devais trouver un autre moyen ou nous serions tous dans un sacré pétrin. Je n'avais jamais prêté un serment de sang auparavant, et même si j'avais posé des questions à mes frères, la résistance à la douleur était différente chez tout le monde.

Avec un peu de chance, Adriana était au lit et n'avait pas remarqué la sensation fantôme.

« Je peux gérer.

— Cette fois, peut-être, rétorqua-t-il en soupirant. Mais que se passera-t-il quand les dragons seront plus au nord ? Tu devras l'emmener à la Frontière impitoyable pour éviter de perdre ton pouvoir, la prochaine fois.

— Hors de question. »

Je n'emmènerais pas Adriana près des dragons avant que le problème ne soit réglé.

« Je ferais avec.

— Pour la protéger ou pour protéger ton secret ?

— Quelle importance ? »

Il m'adressa un regard appuyé avant de se tourner de nouveau vers la fenêtre.

« La fréquence des attaques a augmenté au cours des derniers jours. » Le ton d'Envie était beaucoup trop décontracté, ce qui indiquait que son commentaire n'avait rien de nonchalant.

« Où tu veux en venir ?

— La magie qui surpasse la magie, c'est le bordel.

— Qu'est-ce que ça peut bien vouloir dire, putain, Levi ?

— On le découvrira sous peu. »

Finalement, il posa son regard sur moi.

« Repose-toi. Lave-toi. Le premier événement est prévu dans quelques heures. Tu dois donner le spectacle de ta vie, aujourd'hui. Personne ne doit soupçonner que tu es blessé. Si les gens commencent à creuser, ils pourraient déterrer beaucoup de squelettes. »

Trente-huit
Adriana

Je tirai la capuche de ma cape sur ma tête et essuyai la neige qui s'était déposée sur mes cils. Mes gants étaient trempés et refroidirent mes joues.

Je serrai les dents et me hâtai. Mes bottes étaient déjà glacées et humides, les os de mes orteils étaient douloureux. Une autre tempête violente avait éclaté ce soir et trente centimètres de neige étaient tombés dans les rues. La marche depuis la Maison Gourmandise jusqu'en ville avait été un calvaire. Et un peu troublante.

À cette heure de la nuit, avec pour seul bruit les flocons qui grésillaient sur les lampadaires et le craquement de mes bottes, il était facile d'imaginer que quelqu'un me suivait.

On ne pouvait jamais savoir si on était chassé par des dragons de glace, des princes débauchés ou des dévoyés qui cherchaient à nous soustraire quelques pièces.

Je m'arrêtai pour traverser la rue, essayant de prendre mes repères. Les enseignes des bâtiments étaient presque complètement recouvertes et les rues étaient tellement enneigées que j'avais du mal à m'y retrouver. Mais ce n'était pas le seul obstacle qui me barrait la route.

Une sensation désagréable monta en moi, comme si quelqu'un avait ligoté mon cœur et tirait trop fort pour me traîner de son côté. Pour une satanée raison ou une autre, je voulais la suivre jusqu'à sa source. Je frottai ce nœud dans ma poitrine et attendis un moment pour reprendre mon souffle tout en jetant un coup d'œil au nom de la rue.

Roots & Remedies, Racines et Remèdes, le seul apothicaire appartenant à une véritable sorcière, se trouvait à plusieurs pâtés de maisons du château, presque à la limite du quartier nocturne. Heureusement, j'étais tout près. Que ce soit le blizzard ou cette étrange douleur, rien ne pourrait m'empêcher de suivre cette piste.

Je me précipitai dans la rue, ravie de voir la lueur chaude et chaleureuse de l'apothicaire. Sascha ne fermait jamais ; elle disait qu'elle ne dormait pas non plus, mais je n'avais trouvé aucune information pour le prouver.

Les sorcières, les vraies, n'étaient pas comme les humains qui utilisaient des sorts. C'étaient des êtres surnaturels qui descendaient des déesses et, en général, les ennemies jurées des démons.

J'ignorais pourquoi Sascha avait décidé de s'aligner avec la Maison Gourmandise, mais ce soir, j'étais ravie qu'elle ait pris cette décision étrange.

Je tapai des pieds pour ôter la neige de mes bottes avant d'ouvrir la porte de sa boutique ; le doux tintement de la clochette signala mon arrivée.

L'air était imprégné d'un parfum d'herbes, un mélange merveilleux d'effluves sucrés, épicés et terreux. Je balayai les étagères du regard. Au fond se trouvaient les toniques et les élixirs. Des bougies, de l'encens et des entrailles séchées, qui appartenaient à dieux seuls savaient quelles créatures, étaient posés sur les tables dispersées ici et là.

Mais, tout au fond du magasin, il y avait des étagères en bois couvertes de livres. Des grimoires de sorts, de malédictions, de remèdes, de potions, et les maladies et maléfices communs.

Sascha émergea de l'arrière-boutique et m'observa d'un air légèrement moins hostile que celui qu'elle réservait à la plupart des démons.

« Tu essaies encore de maudire le prince ? »

Malgré l'inconfort croissant que je ressentais dans la poitrine, mon visage s'illumina.

« Tu as quelque chose de nouveau qui marcherait sans son vrai nom ? »

Elle ricana.

« Contente de voir que tu es toujours aussi fougueuse. Qu'est-ce que tu cherches ?

— Des informations sur des objets maudits. »

Elle haussa les sourcils.

« Tu prévois de déclarer la guerre à Axton ?

— Pas exactement. »

Je continuai à sourire, ne voulant pas attirer son attention sur mes véritables motivations.

« Appelle ça de la curiosité.

— Première cause de mortalité chez les chats.

— Ils ont neuf vies, alors je vais prendre le risque.

— Touché, Miss Match. »

La sorcière parcourut du regard les rayons que j'avais observés, puis disparut de nouveau dans l'arrière-boutique. Je m'approchai du comptoir, examinant distraitement l'assortiment d'objets qu'elle venait d'étiqueter. Un registre était ouvert… Il attira mon attention. Ce n'était pas un registre.

C'était un grimoire. La journaliste indiscrète en moi voulait regarder cela de plus près. J'avais vu beaucoup de livres de sorts, mais un grimoire de sorcière, c'était spécial. C'était plutôt comme un journal intime de sortilèges personnels qui était souvent transmis de génération en génération.

Mon cœur tambourinait douloureusement alors que je me hissais sur la pointe des pieds pour lire rapidement les mots griffonnés en haut de la page.

Communico Dracones. Cela pouvait se traduire de deux façons, mais la signification était la même : c'était un sort pour communiquer avec les dragons.

Sascha ressortit de l'arrière-boutique avec un livre à l'air ancien coincé sous le bras.

« Ce livre n'est pas à vendre, mais tu peux l'emprunter moyennant une modique somme. »

Elle savait que je n'avais pas beaucoup d'argent, et même si elle ne l'avouerait jamais, la sorcière pouvait se montrer généreuse quand l'envie lui prenait.

« Merci. Quand dois-je te le rendre ? »

Elle m'observa attentivement.

« Je te le prête pour trois jours. Ça te va ?

— Oui, ça suffira. »

Il le faudrait. Je me frottai distraitement la poitrine tout en regardant la sorcière jeter un sort avant de prendre les pièces dans ma bourse. La magie crépita sur le livre.

« Qu'est-ce que c'était ?

— Le livre se téléportera chez moi dans exactement soixante-douze heures.

— Tu devrais partager cette astuce avec le Prince Paresse. Il paraît qu'il se met en colère quand quelqu'un lui emprunte un livre et ne le lui rend pas. »

Une lueur malicieuse passa dans ses yeux.

« D'après ce que j'ai entendu, il est encore plus furieux si quelqu'un plie une page. »

Je jetai un œil à son grimoire.

« Qui voulait parler aux dragons ? Est-ce vraiment possible ?

— Si tu ne veux pas que je révèle tes secrets, il vaut mieux que tu n'essaies pas de percer ceux des autres. »

Elle referma brusquement son grimoire et plissa les yeux.

« Tu n'arrêtes pas de te frotter la poitrine. Tu as mal ? »

Il était inutile de mentir.

« Oui. Mais je n'ai pas de quoi payer un tonique. »

Elle tapota la table du bout des doigts.

« Depuis quand est-ce que tu as cette sensation ?

— J'ai commencé à la sentir sur le chemin jusqu'ici. La journée a été stressante.

— Décris-la-moi. Douleur aiguë ? Vive ? Continue ? »

Je la regardai d'un air méfiant.

« Tu poses beaucoup de questions.

— Peut-être qu'on est toutes les deux un peu félines à notre manière. »

Un petit rire m'échappa.

« On dirait qu'un fil invisible s'enroule autour de mon cœur, comme si quelqu'un essayait de m'attirer à lui.

— Je vois. »

Toute trace d'humour s'effaça de son visage.

« Allez, file. Le temps que tu as pour lire ce livre s'écoule.

— Tu ne vas pas établir un diagnostic ?

— Ce dont tu souffres ne se soigne pas avec un tonique ou une infusion. »

Elle sembla choisir ses mots avec soin.

« Mais le prince pourrait bien avoir des réponses à te donner.

— Pourquoi aurait-il… »

Je jurai. Le serment. Il devait s'agir d'effets secondaires qu'il avait omis de mentionner.

« Je crois que je sais exactement ce qui ne va pas. Et c'est un mètre quatre-vingt-treize de démon pénible.

— On dirait bien, oui, dit Sascha avec un petit rire. Tu ne cesses jamais de m'étonner, Miss Saint Lucent. Je comprends pourquoi tu lui tapes sur les nerfs. »

Je lui adressai un sourire angélique.

« Avec un peu de chance, comme une migraine incurable. »

Je lui souhaitai une bonne nuit et ressortis dans la tempête, maudissant Gabriel Axton et son serment tout le long du chemin menant à sa maudite Maison du péché.

Trente-neuf
Prince Gourmandise

« Bonjour à toutes, chères prétendantes. Merci de m'avoir rejoint en cette magnifique journée d'hiver pour notre tout premier événement public. »

J'adressai mon sourire le plus charmant au groupe d'épouses potentielles rassemblées devant moi, emmitouflées dans leurs capes les plus épaisses. J'ignorai la douleur aiguë qui irradiait dans mon dos. Il ne s'était écoulé que quelques heures et les blessures causées par le dragon n'avaient toujours pas cicatrisé – non pas que je m'attendais à ce qu'elles le fassent, étant donné l'évaluation de Helga. Chaque respiration était plus pénible que je ne voulais l'admettre.

Mais une partie de ce malaise était apaisée par la proximité d'Adriana. Au moins, mon corps ne luttait plus contre la magie du serment de sang. Mon regard balaya la salle du trône. À ma demande, Val l'avait transformée en un véritable pays des merveilles hivernal inspiré des tempêtes de neige qui s'abattaient sur notre cercle en cette saison.

Des rubans couverts de neige formaient une arche au-dessus de l'allée menant au trône, de petits orbes faës y étaient suspendus et diffusaient une douce lumière vacillante. Des arbres sculptés dans d'épais blocs de glace s'élevaient vers le plafond peint, donnant l'illusion que nous étions sous un ciel nuageux.

J'avais même modifié la température ambiante pour que l'on ait l'impression de se tenir au cœur d'une forêt enchantée. Le résultat était parfaitement excessif, tout à fait dans le style de la Maison Gourmandise.

Des tasses de chocolat fondu avec des guimauves au brandy et des plateaux débordant de pâtisseries circulaient parmi la foule. Les invités avaient été priés de se présenter dans leurs plus belles tenues d'hiver.

Malgré cette mise en scène somptueuse et la promesse d'un événement plaisant, cette journée serait insupportable pour moi. Cela dit, au vu de la nature de l'événement, je ne serais pas le seul à souffrir. Ma rivale douce et rusée aurait sans doute envie de m'étrangler bien assez tôt.

Ce qui serait très amusant pour la presse. Jusqu'à présent, nous avions réussi à occuper les journaux à scandale et, paradoxalement, c'était en grande partie grâce à Miss Match, qui avait révélé l'affaire en premier. Mais cela pouvait changer aussi rapidement qu'une rafale de vent.

J'avais fait rassembler tout le monde dans ma salle du trône, y compris Miss Saint Lucent, et la pièce était désormais bondée de membres de chaque Maison du péché ayant reçu une invitation pour le grand événement.

Je voulais être fidèle à ma réputation et donner au royaume tout ce qu'il attendait de son débauché préféré.

Je me tins debout devant mon trône en forme de dragon, veillant à ce que ma voix couvre le bourdonnement excité de la foule.

« À partir de maintenant et jusqu'à la fin de la compétition, au moins une prétendante sera éliminée chaque semaine jusqu'à ce qu'il ne reste que la meilleure d'entre elles. »

Un léger applaudissement poli se fit entendre parmi les courtisans. Mes frères étaient postés près des membres de leurs

Maisons respectives et observaient le spectacle avec la nonchalance qu'ils avaient l'habitude d'adopter. Tous sauf Orgueil. Il avait décliné l'invitation à la dernière minute. Personne n'avait été surpris.

Mes frères semblaient aussi impatients que le reste de la foule de découvrir ce que nous réservait cette journée. Les rumeurs dans les journaux l'avaient déjà laissé entendre et j'étais enchanté de confirmer leurs soupçons.

Mon attention se tourna vers Adriana. Notre lien vibra à l'improviste quand je la regardai et je me demandai si elle ressentait la même chose. Je serrai la main, regrettant de ne pas tenir une arme et de ne pas être en train de chasser pour consumer ce désir qui montait en moi, quel qu'il soit.

Il ne mènerait à rien de bon.

Je détournai le regard d'elle et pivotai vers quelque chose de bien plus sûr : mes prétendantes. Vanity était resplendissante dans une robe et une cape assortie qui semblaient filées d'or. Eden se tenait à ses côtés, avec un sourire amusé sur les lèvres, ce qui m'inquiétait.

Comme sa sœur, elle était beaucoup trop observatrice.

Cobra jouait avec un poignard, le regard déterminé.

Érudite était cachée derrière les prétendantes des Maisons Cupidité et Envie, toujours hostiles. Elle était plongée dans un livre qu'elle avait apporté discrètement. Quant à Allure, de la Maison Luxure, elle me fixait comme si j'étais au menu du jour et qu'elle avait très faim.

J'avais choisi une petite épreuve charmante pour aujourd'hui, sachant parfaitement qu'Adriana la détesterait. Peut-être assez pour venir me trouver en privé et me dire à quel point j'étais un bon à rien de débauché.

Ce n'était pas une perspective qui devrait m'enchanter. Nous devions rester loin l'un de l'autre et non pas tenter le destin sans arrêt. J'avais déjà du mal à contrôler mon pouvoir quand je menais une bataille secrète la nuit.

« Mes frères voulaient que chaque Maison du péché soit représentée quand j'organisais les événements, mais comme la compétition consiste à trouver *ma* partenaire, j'ai décidé que chacune d'elles serait à l'image de la Maison Gourmandise. »

Je balayai les prétendantes du regard, puis m'attardai sur ma rivale.

J'étais curieux de voir comment elle réagirait à la nouvelle. Le serment *devait* avoir un effet tout aussi fort sur elle. Même si elle s'efforçait de prétendre le contraire, elle en aurait un bon aperçu.

« Notre premier test sera un baiser, en hommage aux doux désirs. Même si je sais que mon frère dira que c'est une ode secrète à la Maison Luxure. »

Des cris enthousiastes et des sifflements s'élevèrent du public venant de la Maison Luxure et l'acclamation de mon frère fut la plus forte. Au dernier moment, j'avais décidé que cette « épreuve » serait la plus facile à supporter tant que je guérissais. Mon regard était rivé sur Adriana.

« Mais ce n'est pas tout. L'épreuve commencera immédiatement. Chacun de vous aura l'occasion de voter pour votre prétendante préférée. »

Une rougeur charmante s'étira sur les joues et le cou d'Adriana.

En dépit de la douleur, je ne pus m'empêcher de sourire. J'aurais parié ma couronne que ce n'était pas l'enthousiasme qui la faisait rougir. Elle était sans doute furieuse au point d'envisager de rejoindre la Maison Colère.

« Pour que la compétition soit juste, mes yeux seront bandés. Celle qui enflammera le plus ma passion avec un seul baiser gagnera. Toutes les autres risqueront d'être éliminées. Val ? »

Je fis signe à mon bras droit, qui monta sur l'estrade à grands pas avec le bandeau à la main.

Une fois qu'il fut en place, j'affichai mon masque habituel. La foule rugit pour exprimer son approbation.

« D'accord. Val, envoie la première prétendante, s'il te plaît. »

Comme mes yeux étaient bandés, mes autres sens étaient plus vifs. J'entendis le léger bruit de talons tandis que la première prétendante montait lentement sur l'estrade.

Je sentis son enthousiasme et sa nervosité, mais aussi une étrange détermination, tandis qu'elle se mettait sur la pointe des pieds et… me donnait un baiser chaste sur la joue. Mes lèvres tressaillirent. Si j'avais dû parier dans une des tanières de jeu de Cupidité, j'aurais dit que c'était Eden Everhart.

La prétendante suivante monta sur l'estrade et ses pas résonnèrent comme des coups de feu sur le sol en pierre. Je ne parvins pas à deviner son identité lorsqu'elle mordilla ma lèvre.

Peut-être Érudite, de la Maison Paresse. L'étreinte avait été plutôt lente. Les rats de bibliothèque faisaient des partenaires indécentes au lit. Pas étonnant que la demeure de Paresse soit une bibliothèque.

La troisième prétendante se tenait devant moi et, comme mes yeux étaient encore bandés, mon esprit me joua un tour atroce. À sa place, j'imaginai que c'était Adriana qui faisait lentement glisser ses mains sur mon torse pour que mon cœur s'emballe.

Mon visage se baissa vers le sien, comme attiré par un magnétisme indéniable.

À l'instant même où nos lèvres s'effleurèrent, mes mains se posèrent sur sa taille. C'était un baiser lent et doux entre deux amants. J'avais eu du mal à respirer, mais soudain, tout semblait aller mieux maintenant que ma rivale était dans mes bras.

Dans les recoins les plus sombres de mon esprit, je savais que ce n'était pas vrai, qu'Adriana était de l'autre côté de la pièce et ne m'embrasserait jamais ainsi en public ni en privé d'ailleurs, mais je ne voulais pas encore sortir de ce fantasme. Un désir renouvelé bourdonnait dans mon corps tandis que ma main caressait distraitement son flanc.

Mon contact était si doux, si tendre, que je la sentis s'approcher et se perdre dans notre baiser. Je la serrai doucement contre moi ; j'avais besoin de sentir son cœur battre au même rythme que le mien.

Le baiser provoqua des cris et des acclamations dans le public tandis que nous nous perdions l'un dans l'autre.

J'ignorai les applaudissements de plus en plus forts et approfondis notre baiser.

En réalité, j'avais complètement oublié la compétition. Les autres prétendantes. La multitude d'yeux rivés sur nous. Je voulais m'asseoir sur mon trône, l'installer sur mes genoux et la prendre juste là.

Adriana était tout ce que je... Je reculai brusquement, rompant le baiser.

La réalité me rattrapa et me fit presque tomber en arrière. J'arrachai le bandeau et clignai des yeux en observant la femme devant moi, celle dont les yeux étaient marron chocolat et non pas bleu glacé.

Vanity mordit sa lèvre gonflée, puis passa ses longs cheveux dorés derrière son épaule et fit une petite révérence à l'intention de la foule en délire.

Je levai les yeux et croisai immédiatement le regard d'Adriana. Je m'attendais à voir son mépris, son dégoût. L'air agacé habituel qu'elle affichait quand je faisais l'imbécile en public. Mais il n'y avait rien de tout cela.

L'expression de son visage était indéchiffrable. Pas de fureur ou de déception ni rien d'autre. On aurait dit qu'elle s'était complètement refermée.

Une sensation froide et sombre s'abattit sur moi.

Je fis un pas dans sa direction, propulsé par notre lien magique, puis m'arrêtai quand Luxure poussa la prétendante suivante sur l'estrade, me bloquant le passage.

Quarante
Adriana

C'était décidé. J'allais finir au cachot pour avoir commis un régicide. Je n'arrivais pas à croire qu'Axton avait envoyé un mot, avec une écriture odieusement soignée, qui me *suggérait fortement* d'assister à ce grand événement public.

Il n'avait pas dit « sinon je disqualifierai votre sœur et brûlerai le monde entier, y compris vos sous-vêtements, et peut-être que je volerai votre chiot, si vous en avez un », mais j'étais sûre qu'il l'aurait fait s'il avait eu une capacité de concentration plus élevée que celle d'une mouche.

Je ne savais pas exactement ce qu'il essayait de prouver avec cette démonstration, mis à part que notre serment magique rendrait la situation… gênante.

Bien entendu, il y avait aussi son comportement dévergondé de la veille dans son bureau, quand il m'avait ordonné de me mettre à genoux. Et il se demandait vraiment pourquoi je le détestais ? Et moi, je n'étais pas mieux, à croire que les choses seraient différentes un jour, qu'il me choisirait en quelque qualité que ce soit.

Je jetai un coup d'œil à ma belle-mère. Elle était avec les parents des autres prétendantes, les yeux rivés sur la compétition. Elle m'avait à peine regardée quand je m'étais placée dans le fond, et j'en remerciais les anciens dieux.

Ainsi, je pouvais bouillonner tranquillement. Je n'avais jamais été territoriale auparavant. Les concours pour savoir qui pissait le plus loin étaient réservés aux chiens et aux princes ridicules. Cependant, une partie de moi voulait avancer jusqu'au trône et gifler ou embrasser Axton jusqu'à ce qu'il perde connaissance.

Le voir prendre Vanity dans ses bras et l'embrasser comme si elle était son petit plaisir préféré et qu'il mourrait s'il ne se rassasiait pas d'elle me donnait des envies de meurtre.

Bien entendu, c'était la preuve qu'il serait un mari épouvantable et que ma sœur devrait prendre ses jambes à son cou avant d'être emportée par sa débauche.

Je pinçai les lèvres tandis que Cobra, la prétendante de la Maison Colère, se dirigeait vers le prince, saisissait les revers de sa veste et écrasait sa bouche sur la sienne, prenant sa lèvre entre ses dents dans une démonstration d'affection éprouvante qui le fit grimacer.

Une partie mesquine de moi espérait qu'elle le ferait saigner, mais cet obsédé y prendrait sans doute plaisir.

Je détournai le regard, essayant de me concentrer sur le livre des objets maudits que j'avais passé toute la nuit à lire. Le grimoire de la sorcière avait été un excellent point de départ, mais n'était pas aussi direct que les textes écrits par des démons sur les objets. Je devrais donc me glisser dans la bibliothèque d'Axton pour voir ce qu'il avait à ce sujet. Je pourrais peut-être même demander subtilement à un autre prince si je pouvais visiter la sienne sous prétexte d'effectuer des recherches pour ma prochaine chronique.

Ryleigh était sans doute la plus à même de répondre à mes questions sur les objets maudits, mais je voulais éviter d'emprunter cette voie aussi longtemps que possible.

À un autre moment, s'il n'y avait pas eu cette tension étrange entre nous, j'aurais agi différemment. J'avais de la peine de ne plus lui faire confiance, et j'avais encore plus horreur de lui avoir caché tant de choses. Un jour, sous peu, je devrais avoir une petite discussion avec elle pour lui révéler tout ce qui s'était passé au cours des dernières semaines.

Y compris mes rendez-vous non intentionnels avec le prince que je détestais.

Je jetai un coup d'œil discret aux princes du péché. Ils étaient tous là, sauf le Prince Orgueil. Et ils semblaient tous investis dans la compétition ; le besoin de gagner brillait dans leurs yeux.

Même le Prince Paresse était tendu, appuyé contre une colonne. Mon regard se tourna vers Emilia, qui était debout à côté de son époux, Colère, puis vers la beauté aux cheveux d'argent près d'eux. Ce devait être Camilla Antonius, la femme qui avait battu le Prince Envie à son propre jeu.

Je regardai de nouveau le trône.

La prétendante suivante redressa les épaules et monta sur l'estrade, l'incarnation même de l'assurance dans sa robe émeraude fluide. La Maison Envie dans toute sa gloire visant à provoquer la jalousie. J'ignorai le baiser langoureux entre Omen et Axton et me concentrai sur ma propre stratégie pour m'en aller sans attirer l'attention afin d'enquêter.

Allure de la Maison Luxure passa ses longs cheveux blonds par-dessus son épaule, puis s'approcha du prince d'un pas nonchalant. Elle était enveloppée d'une aura séductrice lorsqu'elle tapa sur l'épaule d'Omen et congédia la prétendante de la Maison Envie d'un geste de la main.

Au lieu de l'attirer contre elle ou de se baisser pudiquement vers lui comme les autres, Allure tourna lentement autour de lui, passant ses doigts sur son torse, ses épaules, son dos.

Je ne savais pas pourquoi je continuais à regarder la scène ; je devrais…

Axton grimaça. Juste un instant, mais je l'observais attentivement. Et je ne pensais pas que sa réaction était due au plaisir.

Il avait *tressailli* quand elle avait touché son dos.

Là ! Il venait de le refaire. Cette fois, c'était une grimace de douleur. Sa réaction piqua ma curiosité.

Allure passa ses ongles le long de sa colonne vertébrale et l'attira plus près. Il se raidit et sa poitrine sembla à peine se soulever quand il inspira. J'aurais parié mon âme qu'il était blessé.

Gravement, à en juger par ses réactions. Normalement, les princes du péché guérissaient en quelques instants.

Allure ne le remarqua pas. Mais je ne pus m'empêcher d'observer Axton lorsqu'il prit une inspiration ; ce mouvement sembla le faire souffrir de nouveau.

Qu'a-t-il bien pu faire pour être blessé à ce point ? Mais plus important encore : pourquoi n'était-il pas encore guéri ?

Allure se mit sur la pointe des pieds et sa langue taquina les lèvres du prince. Axton n'approfondit pas le baiser. Je ne savais pas si c'était à cause de la douleur ou parce qu'il n'était tout simplement pas intéressé.

Sans se laisser décourager par son manque de participation, Allure se mit à déposer des baisers le long de sa gorge. Le sourire d'Axton semblait figé.

Luxure siffla dans la foule, encourageant le public à l'acclamer.

Une diversion d'une Maison du péché rivale. D'abord, Envie avait été dans les cachots où se trouvait la bête aux yeux rouges. Et maintenant, Luxure faisait une scène.

Vraiment très curieux... Au moins trois Maisons du péché étaient impliquées. Toute cette compétition était de plus en plus mystérieuse.

Je pensai aux journaux à scandale. La folle surexcitation qui balayait le royaume. Tout cela n'était-il qu'un moyen habile de détourner l'attention ? Si c'était le cas, il devait s'agir d'un complot entre les cours pour tous nous duper.

Je jetai un coup d'œil au Prince Luxure, qui continuait à crier et à applaudir, attirant l'attention de la foule. Si au moins deux autres princes étaient impliqués, ils devaient cacher quelque chose d'important. Quelque chose qui méritait qu'ils mettent de côté la rivalité entre leurs cours.

Ce qui signifiait qu'ils devaient avoir peur de quelque chose.

Tandis que la dernière prétendante revendiquait son droit sur Axton, je me posai la même question que la veille.

Que craignaient les princes du péché ?

Sans aucun doute les objets maudits et les attaques de dragons de glace. Mais peut-être que ce n'était pas tout.

❄ ❄ ❄

Personne ne me vit me faufiler hors de la salle du trône et me précipiter dans le couloir vide vers le premier étage. Enfin, pas avant que Val sorte de la pénombre comme une goule indiscrète du Grand Au-Delà. Si seulement j'avais un peu d'eau bénite pour la faire fuir.

Je tapotai discrètement mon corsage au cas où une fiole égarée y serait cachée.

« Êtes-vous perdue, Miss Saint Lucent ? »

Sa voix était polie, mais chaque fois que je la voyais, j'avais l'impression qu'elle me ligotait et me coupait en dés mentalement pour que je serve de déjeuner aux dragons.

Je ne le prenais pas trop personnellement. Val n'aimait pas la plupart des démons, des vampires, des sorcières, ni qui que ce soit d'ailleurs. Ce n'était pas comme si son aversion n'était dirigée qu'envers moi.

Quelque chose me disait qu'elle préférerait partir dans la forêt et vivre tranquillement dans une grotte loin de la débauche et de tout ce qui l'agaçait. Ce qui incluait le Prince Gourmandise. Dans d'autres circonstances, j'aurais bien aimé passer du temps avec cette grincheuse. J'étais certaine qu'elle avait de nombreuses histoires passionnantes à raconter et qu'elle voudrait vider son sac après avoir dû s'occuper du prince et de ses imbécillités pendant tant d'années. Elle méritait vraiment une médaille pour ses services.

« Je me rendais aux cuisines.

— Étant donné que votre sœur est l'une des prétendantes du Prince Gourmandise, vous n'avez pas besoin d'aller chercher vos repas vous-mêmes. Vous pouvez juste demander qu'ils soient apportés dans vos appartements.

— Je voulais juste une tasse de thé. Cela ne me dérange pas. »

Son sourire ne vacilla pas un seul instant.

« Je crains de devoir insister. Nous ne voulons pas que vous rapportiez à qui que ce soit que notre hospitalité n'était pas extravagante. N'est-ce pas ? »

J'examinai la femme qui se tenait entre la bibliothèque et moi, jurant silencieusement. À moins que je ne décide de foncer sur elle, ce qui provoquerait une scène et entacherait la réputation d'Eden, je devrais continuer à faire semblant de vouloir aller aux cuisines et sortir en cachette plus tard.

« Très bien. »

Je lui adressai un sourire rayonnant et maudis silencieusement son premier né pour qu'il hurle toutes les nuits pendant des mois tandis que je retournais dans la suite de ma famille.

J'aurais préféré m'asseoir sur un tas d'aiguilles plutôt que retourner dans la salle du trône et devoir observer Axton en train de se pâmer d'admiration devant toutes celles qui voulaient de lui, tout en proclamant qu'il le faisait pour trouver le grand amour. Aucun conte de fées ne disait que le prince devait embrasser toutes les célibataires qu'il voyait pour trouver sa princesse.

Je m'arrêtai et admirai chaque peinture sur le chemin jusqu'à mes appartements, perdant du temps au cas où quelqu'un serait là pour me ramener dans la salle du trône pour voter.

À moins que je ne puisse demander la destitution du prince, je ne voulais pas décider qui lui avait donné le meilleur baiser.

Quand j'arrivai dans la suite de ma famille, je regrettai de ne pas avoir tenté ma chance avec Val.

Je jetai un coup d'œil dans le couloir, me demandant si je devrais de nouveau sortir en douce ou pas. Un regard sombre de Sophie détermina mon destin. J'entrai et fermai la porte dans un léger déclic.

« Tu ne peux quand même pas croire qu'un bisou sur la joue était le baiser le plus passionné, Eden. Est-ce que tu te rends compte que tu étais sur le point d'être renvoyée chez nous ? »

Sophie se dressait devant ma sœur, qui était assise, raide, sur le bord du canapé. Eden se tourna immédiatement vers moi quand j'entrai dans la pièce, l'air suppliant. Même si vivre au château me donnait l'occasion de trouver des indices, et même si j'aurais adoré qu'Axton nous renvoie chez nous pour des raisons personnelles, je mis mes sentiments de côté et m'assis près de ma sœur.

Contrôler mes émotions était une tâche monumentale, étant donné l'exaspération qui brûlait encore en moi à cause de cet abominable concours de baisers.

Au lieu de montrer mon agacement, ce qui aurait engendré des questions, je fis semblant que tout allait bien.

« Tu crois que j'ai tout gâché ? demanda Eden.

— En fait, je crois que ton baiser l'a amusé. Il était unique en son genre, ce qui t'a rendue mémorable. »

L'air lugubre d'Eden devint un peu plus optimiste.

« Est-ce que tu dis ça uniquement pour me faire plaisir ?

— Bien sûr que oui, dit sèchement Sophie. C'est un prince du péché, pas de la vertu. Et si ta sœur savait comment mettre le grappin sur lui ou sur n'importe quel mari, nous... Enfin, bref, tu devras faire mieux que ça. »

Je jetai un regard noir à ma belle-mère. Elle avait presque avoué mon histoire secrète avec le prince.

« Est-ce que tu as vu les commissures de ses lèvres tressaillir après le baiser ? demandai-je. Ou est-ce que tu as remarqué que son corps se penchait vers elle quand elle est partie ?

Il était intrigué, cela ne fait aucun doute. Il n'a réagi ainsi avec personne d'autre. »

Eden haussa les sourcils.

« Je ne l'ai pas remarqué.

— C'était plutôt évident », dis-je.

Cependant, je n'aimais pas la lueur d'intérêt qui brilla dans son regard quand elle m'observa plus attentivement.

« Je l'observe depuis une décennie pour mes articles, ajoutai-je, un brin sur la défensive. J'ai l'habitude de le voir interagir avec ses… prétendantes. »

Avant que ma sœur puisse faire un commentaire, Sophie leva les bras au ciel.

« Et rien de tout cela n'a d'importance après le spectacle de Vanity. Tout le monde a vu que c'est avec elle qu'il a été le plus passionné. »

Je dus me forcer mentalement à ne pas serrer les poings. Satané serment de sang.

Ce devait être la raison de cet accès soudain… d'émotions déplaisantes. Mais je savais que le voir agir de manière aussi dévergondée que d'habitude après notre rendez-vous au *Seven Sins* rouvrait d'anciennes blessures. Il n'avait pas prêté la moindre attention à ma présence, se fichant que j'assiste à tout l'événement. En réalité, il ne semblait jamais se souvenir que les gens avaient des sentiments quand son péché avide de pouvoir s'embrasait. Je ferais n'importe quoi pour l'éviter à partir de maintenant. Pour de multiples raisons.

« Qui a-t-il choisi, finalement ? » demandai-je pour essayer de contrer la prochaine diatribe de Sophie sur Vanity Raven et ses baisers exceptionnels.

Je ne pourrais pas faire semblant indéfiniment.

« Il n'a pas pris de décision ; ils sont encore en train de compter les votes, répondit Sophie en croisant les bras. Mais il a renvoyé Allure Whitlock chez elle.

— La prétendante de la Maison Luxure ? » demandai-je, comme si je ne le savais pas.

Ma belle-mère me regarda comme si j'avais perdu quelques centaines de neurones en un instant.

« Mais cela n'a pas de sens.

— Pourquoi pas ? » demanda Eden, qui semblait vraiment curieuse.

Je n'avais pas voulu le dire à voix haute. Je haussai une épaule.

« Je trouve étonnant que la Maison Luxure perde le concours de baisers. »

Ma sœur fronça les sourcils. C'était la meilleure excuse que j'avais trouvée et elle était extrêmement plausible. Eden me connaissait bien et savait quand j'essayais de détourner l'attention. Elle m'observa un long moment avant de regarder ailleurs.

Je poussai un léger soupir, mais me mis à réfléchir.

Si la Maison Luxure couvrait une attaque de dragon ou en empêchait une d'avoir lieu, pourquoi Axton avait-il renvoyé sa prétendante ? J'aurais imaginé qu'il aurait voulu que Luxure reste dans les parages, et Allure lui donnait une excellente raison de le faire. Si c'était bien ce qui se passait en coulisses.

L'intrigue se compliquait et la passionnée de mystères en moi était plus déterminée que jamais à assembler les pièces de ce puzzle apparemment incohérent ce soir.

Des rumeurs assez effrayantes pour que le réseau de l'ombre se cache.

Des attaques de dragons de glace.

Des objets maudits.

La cause non confirmée de la mort de Jackson.

La quête dans tout le royaume pour que le Prince Gourmandise trouve une épouse.

D'une certaine manière, tout était lié. Et quand je découvrirai ce lien, j'aurai un article d'une envergure inimaginable.

Pour l'instant, le panorama n'était pas réjouissant : les dragons de glace avaient attaqué, quelqu'un était mort et nous étions bernés par nos propres journaux.

Tandis que Sophie et Eden se disputaient pour décider comment poursuivre la compétition, je pris congé sous prétexte que je devais écrire ma prochaine rubrique et me retirai dans ma chambre, attendant que tout le monde au château aille se coucher avant de mettre mon plan en œuvre.

Quarante et un
Prince Gourmandise

Je me plongeai dans la baignoire fumante et mes blessures hurlèrent de protestation. Le concours d'aujourd'hui avait été un désastre pour moi, mais le royaume avait adoré. Plusieurs articles avaient été publiés dans les journaux à scandale quelques heures après, proclamant avec enthousiasme que Vanity Raven remporterait la couronne.

Tout le monde, depuis Ryleigh Hughes à Anderson Anders, disait que la gloire reviendrait à la Maison Orgueil. Orgueil ne pourrait pas éviter l'événement bien longtemps : il devrait faire une apparition maintenant que sa prétendante avait pris la tête de la compétition. Ou alors, les commérages se centreraient sur lui, et il en subirait les conséquences. Ce serait un soulagement pour moi.

Heureusement, grâce au petit numéro avec Vanity, personne n'avait remarqué qu'Allure avait rouvert mes blessures, qui tardaient à guérir, et que j'avais failli m'évanouir.

Ils avaient été trop occupés à gribouiller des notes et à émettre des suppositions sur Vanity et moi.

Personne ne savait que j'avais été emporté dans un fantasme dont ma rivale était le personnage principal.

Il avait été si réel, si vif, que j'avais failli la prendre sur le trône. C'était la première fois qu'un de mes rêves me venait à l'esprit alors que j'étais éveillé. Je ne savais pas si cela indiquait que mon pouvoir s'affaiblissait parce que je l'utilisais trop ou si le serment de sang provoquait une autre complication invisible.

À cause de la gêne, mes muscles se contractèrent malgré le bain brûlant.

Une partie de moi avait encore envie de pourchasser Adriana. Je savais pourquoi Luxure était intervenu, et j'étais reconnaissant qu'il l'ait fait avant que je ne provoque un scandale. Peu importe qu'elle ne veuille pas de moi, je ne m'étais pas attendu à ce que le baiser soit aussi torride lors de la compétition aujourd'hui.

J'avais beau être un salaud impitoyable sur certains points, je n'étais pas cruel.

Adriana avait indiqué clairement qu'elle ne me ferait jamais la cour, même après notre petite escapade au *Seven Sins*, et j'avais plusieurs partenaires potentielles qui me plaisaient même si la compétition avait été trompeuse au début.

Peut-être que ce ne serait pas si terrible si je m'autorisais à tomber amoureux tout en résolvant le problème des dragons. Je pourrais me racheter un peu et oublier le désir constant que je ressentais pour la seule personne du royaume qui ne voudrait jamais de moi. Peut-être que le destin du dragon était lié à moi.

Si seulement je pouvais découvrir exactement de quoi il s'agissait…

Le visage d'Adriana apparut soudain dans mon esprit, toujours en train de me titiller.

La vérité que j'admettais rarement, pas même à moi, c'était qu'en dépit de ma réputation de débauché, j'avais passé des années à rejeter des femmes parce que je ne voulais pas leur donner du plaisir en pensant à quelqu'un d'autre.

Il n'était pas trop difficile de le cacher, grâce au besoin insatiable de ma cour de faire des excès. Il y avait régulièrement des orgies le soir et personne ne se rendait compte que je n'y participais pas vraiment.

C'était ma malédiction. Désirer ce que je ne pouvais pas avoir.

Et j'ignorais si j'étais incapable de la briser ou si je n'en avais tout simplement pas envie parce que, dans le fond, j'aimais souffrir.

Peut-être que la magie n'avait rien à voir là-dedans et que je choisissais inconsciemment de me soumettre à un cycle infini qui me faisait convoiter ce que je ne pourrais jamais posséder.

Je fermai les yeux, me glissai sous l'eau et retins ma respiration, laissant les herbes piquer mon corps jusqu'à ce qu'il se soumette. Nous ne savions toujours pas exactement de quoi les serres du dragon avaient été couvertes et pourquoi cette substance me faisait guérir plus lentement, mais au moins, le médicament commençait à refermer les entailles les plus graves.

Pour la première fois depuis ce qui semblait une éternité, je commençai à sommeiller. Mon esprit devint vide et sombre.

Un coup à la porte de la salle de bains anéantit cette sérénité.

« Altesse ? »

La voix de Val fut accompagnée par un autre coup. Je remontai à la surface de l'eau, passai mes mains dans mes cheveux pour les écarter de mon visage et envisageai de renoncer à mon foutu trône.

« Entre. »

Val grimaça en pénétrant dans la salle de bains.

« Alors ? Tu es venue ici pour me tresser les cheveux et qu'on resserre nos liens dans la baignoire, ou est-ce qu'il y a une crise dont je dois m'occuper ?

— Le petit s'est échappé de l'habitat. »

Je la fixai un long moment, essayant de découvrir si elle jouait avec moi. Voyant que l'expression de son visage ne changeait pas, je jurai.

« Il y a combien de temps ?

— Cinq minutes. On pense qu'il est dans les cachots.

— Comment diable est-ce qu'un bébé dragon a pu sortir de l'habitat près des écuries et se rendre dans les cachots en cinq minutes ? »

Val leva les yeux vers le plafond, comme si elle priait pour que quelqu'un d'autre intervienne.

« Il est rapide et déterminé.

— Et ?

— Et cette saloperie mord. Très fort. »

Je me levai dans la baignoire, vaguement amusé quand Val me jeta une serviette pour que je l'attache autour de la taille. Comme si quiconque dans ma cour se souciait de la pudeur.

Je me séchai rapidement et sortis de la pièce, attrapant un pantalon et une chemise au passage. En dépit du moment où Silvanus avait été conscient quand Adriana l'avait vu, il ne s'était pas réveillé de ce qui l'affligeait ; le bébé dragon devait donc être en sécurité.

Quelques moments plus tard, nous nous dirigeâmes vers les cachots, pourchassant un petit dragon menaçant.

D'une manière très princière, je me mis à genoux et rampai sur le sol sale pour regarder sous la paille dans les cellules. Je voulais chercher dans tous les recoins où la petite bête aurait pu se cacher.

Val avait rassemblé quelques chasseurs et ils étaient dans la même position, appelant le petit d'une voix douce et faisant claquer leurs langues pour l'attirer. Je secouai la tête en voyant la scène. Certains des membres les plus effrayants de ma cour étaient là, à genoux dans les cachots, poursuivant un bébé dragon.

C'était agréable de trouver un peu de légèreté dans une journée désastreuse.

J'étais sur le point de faire une plaisanterie quand un rugissement s'éleva dans la cellule de Silvanus, suivi d'un grognement paniqué.

Bien entendu, il fallait que ce foutu dragon se réveille maintenant.

Je bondis sur mes pieds, me précipitai vers le fond des cachots et m'arrêtai en dérapant devant la cellule du dragon, redoutant ce que j'allais découvrir.

J'ouvris brusquement la porte et me figeai sur place.

Silvanus avait resserré ses mâchoires autour du cou du petit, et une lueur de violence brillait dans ses yeux rouges comme le sang. Prudemment, j'entrai dans la pièce, puis m'immobilisai lorsqu'il secoua le bébé.

« Je ne suis pas armé, Sil. »

Je levai les mains et sentis Val entrer.

« Reste là, ordonnai-je. Personne d'autre ne s'approche de lui. »

Je ne voulais pas que le dragon ait l'impression d'être acculé et en position de faiblesse. Qui sait ce qu'il ferait dans ce cas… Je le fixai du regard, à l'affût de la moindre indication qu'il me reconnaissait. Rien ne laissait penser qu'il était conscient de quoi que ce soit, mis à part son prochain coup.

« Pose le petit. C'est avec moi que tu veux te battre. »

Je fis un autre pas vers lui, m'arrêtant quand un nouveau grognement fit trembler le sol.

Le bébé se débattait et rugissait dans sa gueule. Ses cris de panique me transpercèrent le cœur.

Si je n'agissais pas sous peu, il mourrait. Je ne pouvais pas le permettre, pas après avoir perdu les deux autres petits de cette année.

Sil recula et son regard se perdit dans le vide. J'utilisai le seul pouvoir magique qui pourrait fonctionner.

« Pose le petit immédiatement. »

Le pouvoir des princes de l'Enfer résonna dans ma voix.

Silvanus agita la tête d'avant en arrière et ses pupilles se dilatèrent tandis qu'il luttait contre l'ordre magique. Par un étrange tour de magie, je me retrouvai dans *sa* tête et je voyais par ses yeux. Dans son esprit.

Le rouge teintait tout autour lui et lorsque je me regardai moi-même à travers son regard, me sentant déséquilibré et désorienté, je me retrouvai soudain dans ses souvenirs. D'abord, je ne vis qu'une silhouette fantomatique.

Puis la couleur bleue.

On aurait dit les méandres décousus de la folie, mais ils me donnaient un excellent aperçu de la manière dont son esprit fonctionnait. C'était peut-être quelque chose que nous pouvions étudier.

J'étais sur le point de ressortir de sa tête quand le visage fantomatique apparut enfin nettement. Je me figeai. Adriana. Silvanus était obnubilé par elle comme s'il répondait à un ordre primitif visant à l'éliminer.

Soudain, il baissa la tête et chargea, me faisant brusquement sortir de son esprit.

Je plongeai en avant lorsqu'il bondit, protégeant mon corps en roulant par terre et en pivotant sans jamais lui tourner le dos.

Silvanus rugit – le son était assez fort pour réveiller tout le maudit château. Il fonça à travers la porte ouverte de la cellule et fit irruption dans le couloir, le petit toujours coincé dans la mâchoire, puis il descendit le couloir à toute vitesse.

Je me ruai derrière lui.

« Abattez-le ! Protégez le bébé ! »

Val lança ses poignards, visant son flanc et ses ailes. Elle le toucha, mais le coup ne fit pas beaucoup de mal à l'énorme dragon et à sa peau dure.

Les autres coururent derrière lui et jetèrent des chaînes à ses pieds. Il sauta au dernier moment et les évita. Les chaînes cliquetèrent sur la pierre et volèrent devant le dragon.

Je dégainai la dague de ma Maison et mes ailes s'ouvrirent brusquement.

Il se dirigea droit vers la fenêtre que j'avais fait peindre pour créer un effet d'optique. Elle était censée ressembler à des pierres, mais d'une manière ou d'une autre, le dragon avait détecté ce qu'il y avait vraiment là. Pas même le plus doué des magiciens n'avait senti ce que cachait cette illusion.

J'utilisai ma vitesse surnaturelle et l'atteignis alors même qu'il faisait voler en éclats le mur et le verre. Les pierres se rompirent facilement à l'impact.

Les ailes déployées, je sautai par la fenêtre et volai derrière lui sans quitter des yeux le bébé qui continuait à hurler pour appeler à l'aide. Notre vol ne fut pas silencieux.

J'espérais que mes prétendantes étaient occupées de l'autre côté du château.

Silvanus fonça vers le jardin, bifurqua vers les écuries, puis vers les montagnes au-delà de la Frontière impitoyable.

Je trouvais incroyable qu'il sache où aller en dépit de son regard vide.

Il agitait ses ailes majestueuses avec une grâce violente tout en montant dans les airs, profitant d'un vent arrière pour augmenter sa vitesse déjà impressionnante.

Je battis des ailes aussi fort que possible et utilisai la même rafale pour foncer vers la forteresse, ignorant les chasseurs qui couraient en dessous de nous.

Nous nous dirigions vers les terres stériles. Mais d'abord, nous devions passer la chaîne de montagnes qui nous en séparait. Mon cœur battait la chamade. Si Sil nous faisait voler au-dessus des terres stériles et trouvait sa meute, j'aurais du mal à récupérer le bébé dragon tout seul.

Trop tôt, le flanc rocheux et impitoyable de la première montagne s'éleva devant nous.

Je me précipitai derrière lui. J'étais sur le point de le rattraper, ma dague à la main.

Je…

Il secoua sa grande tête de bas en haut, jeta le bébé dragon vers le flanc de la montagne et fonça dans la direction opposée. Le petit était encore trop jeune pour voler tout seul.

Je jurai et plongeai derrière le bébé, laissant Sil m'échapper tandis que j'essayais d'aller plus vite que la gravité, priant pour sortir vainqueur. Au dernier moment, je saisis le bébé dans mes bras, le serrai contre mon corps et me préparai à l'impact. J'allais trop vite et j'étais trop près de la montagne pour ne pas la heurter.

Je me tournai au dernier moment et mon dos s'écrasa sur les rochers couverts de glace. J'eus le souffle coupé et vis trente-six chandelles. Je glissai le long de la montagne, le bébé toujours dans les bras alors que je me laissai tomber sur le sol, haletant.

Je restai assis dans cette position un moment, comprenant petit à petit les conséquences de la fuite de Sil.

Le minuscule dragon se blottit contre mon cou et son museau glacial me fit frissonner. Je penchai la tête en arrière, puis levai les yeux vers le ciel nocturne et froid tout en caressant le bébé.

« Bon, lui dis-je. Tu t'appelleras Vexus. Espèce de petit perturbateur vexant. »

Le petit sauvage poussa un cri enthousiaste après cette grande aventure. Aucun doute, il appartenait bien à la Maison Gourmandise.

J'admirai le ciel quelques instants de plus, espérant apercevoir des écailles iridescentes briller sous le clair de lune. Tout était calme.

Il était inutile d'essayer de suivre Sil ce soir. Il serait déjà loin quand j'aurais ramené Vex au château et que j'aurais monté un groupe de chasse.

Je me levai et m'étirai, ravi d'avoir la capacité de guérir rapidement.

Contrairement au problème que j'avais rencontré lorsque j'avais été attaqué au cours du sauvetage de Vex, mon corps était indemne maintenant. Mis à part les blessures de ce maudit dragon qui prenaient encore tout leur temps pour cicatriser.

Je serrai le petit contre moi et pris mon envol ; mes pensées fusaient dans tous les sens. Après avoir ramené Vex dans son nid temporaire, je passerais la nuit à chercher des informations sur les obsessions des dragons.

Le fait que Silvanus avait pensé sans arrêt à Adriana était une révélation troublante.

L'explication la plus simple, c'était qu'il l'avait vue dans les cachots et qu'elle l'avait marqué d'une manière ou d'une autre. Ou peut-être que c'était lié au serment de sang que nous avions prêté.

Il y avait une autre raison que je ne pouvais pas ignorer.

Je ne pouvais m'empêcher de me demander si, une fois de plus, tout cela n'était pas lié à ma malédiction.

S'il y en avait bien une… Je ne savais toujours pas ce que c'était, ou si je n'avais juste pas de chance.

Quarante-deux
Adriana

Quand tout fut calme, je me levai et enfilai une robe noire, puisque c'était apparemment la règle numéro un dans tout bon roman d'espionnage, puis je me glissai dans le couloir sur la pointe des pieds. Après avoir attendu quelques instants, je me précipitai vers la bibliothèque royale. Honnêtement, c'était un miracle que je ne me sois pas écrasée contre un mur ou que je n'aie pas attrapé un torticolis à force de me retourner sans cesse pour vérifier que je n'étais pas suivie.

Je me cachai dans les ombres, souhaitant pouvoir projeter un champ d'invisibilité autour de moi si j'y croyais assez fort, et poussai un petit cri de victoire silencieux quand j'atteignis enfin ma destination sans croiser âme qui vive.

En particulier Val et sa fichue capacité à toujours retrouver ma trace. Je refermai doucement la porte derrière moi et balayai la pièce du regard.

Dans la plus pure tradition de la Maison Gourmandise, c'était un véritable festin pour un amateur de livres.

Je pris un moment pour m'imprégner de l'endroit, et eus horreur de l'admirer à ce point.

Des étagères sombres et brillantes étaient garnies de livres reliés en cuir, aux dos gaufrés et dorés. Des tapis tissés recouvraient le sol et un nombre excessif de fauteuils et de canapés rembourrés étaient regroupés autour d'une cheminée imposante.

La pièce, grande comme une cathédrale, était plongée dans l'obscurité et déserte, à l'exception de la faible lumière d'une lanterne au fond. J'espérais de tout cœur qu'elle avait été oubliée par erreur. C'était l'endroit rêvé pour s'installer avec un roman policier et se perdre dans des pages qui craquaient comme des feuilles mortes chaque fois que vous les tourniez.

Hélas, la seule enquête que j'avais à résoudre ce soir concernait les dragons.

Je tendis l'oreille quelques instants, mais n'entendis rien du tout, ni des pages qu'on tourne, ni la respiration légère de quelqu'un, ni le craquement d'un fauteuil. Je priais pour que cela signifie que j'avais raison : la personne qui était passée par là plus tôt avait tout simplement oublié d'éteindre la lanterne. Un monstre inconscient.

Maintenant que cette question était réglée, je levai les yeux vers les plaques situées au bout de chaque étagère, reconnaissante de pouvoir distinguer les mots qui y étaient gravés grâce à la lueur dorée.

La bibliothèque était divisée en sections qui étaient plutôt faciles à trouver, je me dirigeai donc vers la partie consacrée aux sorcières, aux sortilèges et aux potions. Ma victoire fut de courte durée : je tournai à l'angle et tombai sur le prince penché sur un livre… Contre toute attente, il était en train de lire.

Je me figeai en le voyant. Il était la seule maudite personne du royaume que j'avais espéré ne jamais revoir. J'aurais juré qu'il le savait et qu'il s'était mis sur mon chemin juste pour m'agacer.

Je jetai un regard noir à ses larges épaules, à ses cheveux ébouriffés et à ses mèches noisette illuminées d'une lueur dorée et chaleureuse qui provenait de la lampe. On aurait dit que c'était lui qui avait passé ses mains dans ses cheveux jusqu'à les décoiffer, et non pas une femme.

Apparemment, il était inquiet, ou alors son cerveau minuscule avait une crampe à force de lire.

Dans son cas, on ne pouvait jamais être sûr.

Étant donné qu'il me tournait le dos, je l'observai un peu plus longtemps. J'espérais découvrir ce qu'il faisait, mais mon regard se posa sur la veste de son costume, dont le tissu s'étirait sur les muscles qui étaient cachés en dessous.

Il n'avait aucun droit d'être aussi séduisant, comme s'il était l'erreur la plus tentante de l'univers. Il était bâti de lignes et d'angles bien nets, sauf sa bouche, qui était courbe, douce et malicieuse. Et il savait très bien comment l'utiliser.

Je me sentis brûler en pensant à notre dernière nuit ensemble et souhaitai immédiatement qu'une fenêtre s'ouvre et laisse entrer une bourrasque arctique.

Il m'était complètement interdit, même en dehors de la compétition.

Je me souvins du baiser qu'il avait échangé avec Vanity et mon sang se glaça dans mes veines. *Un débauché impitoyable.* Et moi, je l'avais observé comme ses admiratrices aux yeux de biche.

J'allais revenir sur mes pas discrètement quand Axton regarda par-dessus son épaule. Il m'observa de haut en bas comme s'il savait depuis le début que j'étais debout derrière lui.

Ses yeux s'assombrirent tandis qu'il m'admirait et, sans vraiment savoir pourquoi, je retins ma respiration. J'ignorais si je voulais des excuses ou un signe montrant qu'il était conscient de m'avoir blessée plus tôt. J'hésitai à partir, même si je savais que c'était le plus sage pour protéger mon cœur et ma santé mentale. Peut-être allait-il me surprendre.

« Vous ne vous imaginez même pas à quel point je suis tenté de vous menotter à mon lit, Miss Saint Lucent. »

En un instant, je repris mes esprits.

« Êtes-vous vraiment incapable de prononcer une phrase dépourvue d'obscénités ? »

Il sourit en montrant brièvement les dents.

« Avez-vous de nouveau les idées mal placées ?

— Ce n'est pas moi qui rêve de vous attacher aux colonnes de lit.

— Et c'est bien dommage. Vous pourriez vous amuser en réalisant vos fantasmes les plus sombres. Je suis sûr que je serais superbe dans votre lit. »

Il soupira en voyant que je ne mordais pas à l'hameçon. « Je ne veux pas vous perdre de vue. Ce sera soit ma chambre, soit les cachots. Ma chambre serait bien plus pratique et il y a moins de courants d'air. »

Je lui adressai un sourire angélique.

« Est-ce que je partagerais ma suite avec la créature aux yeux rouges ou aurais-je mes propres appartements ? À moins, bien sûr, que ce soit ce qui vous a blessé dans le dos. Dans ce cas, j'aimerais avoir ma propre cellule sombre, froide et humide. »

Il s'immobilisa un instant, le corps raide. Il se détendit une seconde plus tard, me faisant douter de ce que j'avais vu.

« Comment savez-vous que je suis blessé ?

— La vraie question, c'est : comment est-ce que personne d'autre ne l'a remarqué ? Je vous ai vu embrasser des tas de gens et vous n'avez jamais grimacé.

— Je devrais peut-être bien vous envoyer aux cachots », marmonna-t-il.

Je m'approchai de la petite table devant laquelle il était assis pour essayer de voir ce qu'il lisait. J'avais remarqué qu'il était dans la section que je cherchais aussi.

Peut-être était-il en quête d'objets maudits et que mes théories étaient fondées.

Ce débauché ferma le livre et posa un coude dessus, cachant le titre, faisant exprès de m'empêcher de voir d'un geste nonchalant. Il sourit ; il savait que j'avais compris ce qu'il venait de faire, tout comme il avait deviné mes intentions. Maudit soit-il. Nous étions deux rivaux et nous nous tournions autour de nouveau.

Je me laissai tomber sur la chaise à côté du prince, ce qui me valut un regard surpris.

« Quoi ? Je n'ai pas le droit de m'asseoir avec Votre Altesse Royale et Spectaculaire ?

— Vous et moi, nous savons tous les deux que vous manigancez quelque chose.

— Et nous savons tous les deux que vous adorez contrecarrer mes plans, alors nous allons bien ensemble. »

Il haussa les sourcils et j'ajoutai rapidement : « Pour jouer au plus malin, évidemment. Nous n'irons jamais ensemble autrement. Non pas que je pense à vous dans ce sens. Je n'y pense jamais. »

Je m'étranglai intérieurement.

Axton observa mon visage et prit un air grave qui ne lui ressemblait pas. « Pourquoi me détestez-vous à ce point ? »

Personne ne pourrait jamais l'accuser de ne pas être direct.

« Je préférerais ne pas en parler.

— Je crains que cette excuse ne fonctionne plus. »

Il m'observa si attentivement que je commençai à me demander s'il utilisait ses pouvoirs magiques pour voir à travers ma barrière émotionnelle. Ou, après réflexion, peut-être qu'il voulait le savoir pour une autre raison. Mais pourquoi ?

« L'autre soir, vous avez parlé du bal de Tous les Pécheurs, dit-il. Apparemment, nous avions des souvenirs très différents de cet événement.

— Je ne souhaite pas revisiter le passé. »

Il passa une main dans ses cheveux, la mâchoire contractée. « Je crains de devoir insister. »

Son ton indiquait que j'avais raison : il ne s'agissait pas juste de la différence entre ses souvenirs et les miens.

« Je vais commencer. Quand vous êtes arrivée au bal ce soir-là, je me souviens exactement de l'endroit où j'étais. En bas des escaliers, prêt à demander à quelqu'un de se faufiler dans le jardin avec moi.

— Comme c'est romantique.

— Puis vous vous êtes arrêtée près de la porte et j'ai perdu la notion du temps et de l'espace. J'avais *besoin* de vous connaître. »

Je lui jetai un regard perçant.

« Pourquoi me racontez-vous tout cela ?

— Parce que…, commença-t-il en soutenant mon regard. Je trouvais que vous étiez la femme la plus dévastatrice que j'avais jamais vue. Une comète qui fonçait droit vers moi. Et j'étais tellement perdu dans votre splendeur que je me fichais que vous me fassiez disparaître de la surface du royaume, tant que j'avais l'occasion de vous admirer, même de loin. »

Mon cœur stupide battit rapidement, même si mon cerveau me hurlait que je devais faire attention. Axton était connu pour charmer toutes les personnes qu'il rencontrait. Je le savais mieux que quiconque. Il manigançait sans doute quelque chose.

« Je ne vois pas où vous voulez en venir et pourquoi cela a de l'importance.

— Vous portiez une robe bleu et argent magnifique. Je me souviens très bien du reflet de la lueur des bougies sur vos bijoux, des boucles d'oreilles et un bracelet assorti. Ce n'était ni excessif ni extravagant. Et pourtant, je voulais céder à tout ce que vous aviez à offrir. Une conversation. Des baisers volés. Ou juste vous écouter parler pendant que nous dansions. »

Mes yeux me brûlaient. Il ne pouvait pas mentir, alors je le croyais, mais rien de tout cela n'était arrivé ce soir-là. Sauf que j'avais effectivement porté des boucles d'oreilles et un bracelet assorti. C'était la nuit où j'avais perdu le bracelet de ma mère, et cette perte m'avait chagrinée encore plus que le rejet glacial d'Axton.

« Axton, s'il vous plaît…

— Je vous ai observée discrètement un long moment et j'ai essayé de découvrir des indices sur ce que vous aimiez. Je voulais trouver des intérêts communs entre nous pour vous impressionner. Vous étiez entourée de prétendants et je cherchais des manières intelligentes de vous emmener dans le jardin. Quand je me suis approché de vous, tous mes plans sont partis en fumée. Le regard que vous m'avez adressé… On aurait dit que j'avais noyé votre animal de compagnie. »

Sa voix devint douce, calme.

« Vous me détestiez déjà à l'époque, avant même que je puisse vous séduire. Alors oui, Adriana, je pense que nous devons parler de cette nuit. Parce que, dans ma version des faits, j'espérais que notre histoire se finirait autrement. Je voulais vous donner ma marque royale. »

Une marque royale, ce n'était pas rien.

Les princes les donnaient rarement à qui que ce soit ; c'était un signe de grand honneur, de rang. Elles étaient un peu comme des tatouages, mais très petites et facilement cachées. Une marque royale permettait au prince de sentir où se trouvait la personne qui la portait, et cette dernière pouvait aussi appeler le prince à volonté.

Les rumeurs suggéraient aussi qu'elle offrait l'immortalité après une petite cérémonie ou avec un sort. Cette partie-là était encore plus rare, alors je n'étais pas sûre que ce soit vrai.

Comment Axton pouvait-il honnêtement croire qu'il avait ressenti quelque chose d'aussi fort alors que ses souvenirs étaient complètement faux ?

« Je… »

La frustration monta dans ma poitrine et je m'approchai de lui, comme si la proximité du prince pouvait raviver mes souvenirs.

« Ce n'est pas ainsi que la soirée s'est déroulée. Vous et moi… Nous sommes bien allés dans le jardin. Vous m'avez dit tout ce qu'une jeune romantique pleine d'espoir voudrait bien entendre. Vous m'avez fait toutes sortes de déclarations et de promesses. Vous m'avez charmée à tel point que nous avons fait l'amour juste là, et tout était incroyable. Jusqu'à ce que vous m'abandonniez juste après pour coucher avec la vicomtesse. La même qui m'avait traitée d'arriviste toute la soirée et qui avait essayé de me chasser du bal parce que j'étais une *ordure ordinaire*. J'étais humiliée. Vous m'avez rejetée comme si je n'étais *rien*. »

Je soupirai, le souffle un peu court.

« C'était la première fois que je comprenais comment vous utilisiez votre charme pour obtenir tout ce que vous désiriez. Puis, quand vous avez été satisfait, vous êtes passé à autre chose qui vous faisait envie. »

Il plissa les yeux. Il s'appuya sur ses coudes, le visage dangereusement proche du mien, tandis qu'il me scrutait.

« Tout cela n'est jamais arrivé. Mais je ne détecte pas de mensonge. »

Je ne pouvais pas répondre à la question que je voyais en train de brûler en lui. Sa frustration était tout aussi forte que la mienne. Comment pouvions-nous avoir des souvenirs aussi différents de cette soirée ?

Soit le prince avait été dans un état de stupeur délirante complète, soit il se passait quelque chose qui valait la peine qu'on s'y attarde. Les souvenirs n'étaient pas altérés de manière aussi drastique juste comme ça.

Mes émotions bouillonnaient comme une mer houleuse tandis que les théories se formaient dans mon esprit. La magie ? La stupidité ? Une bonne vieille ivresse ? Quelqu'un pouvait-il être responsable de notre animosité ?

Cela semblait tiré par les cheveux, mais des choses bien plus étranges avaient déjà eu lieu en Enfer.

Une mèche de cheveux tomba sur mon visage, mais avant que je puisse bouger, le prince tendit la main et l'écarta délicatement. Ses doigts s'attardèrent sur mon visage et le levèrent légèrement vers lui.

Je devrais le rejeter. Reculer. Tout faire pour éviter son contact. Nous ne devrions pas être là ensemble. Je devrais considérer que ma mission consistant à trouver des indices sur les objets maudits avait échoué et réessayer demain. Loin de ses manières bien trop séduisantes. J'avais passé une décennie sans succomber à son charme et je rejetais la faute sur notre serment pour avoir brouillé les limites, même si je savais que c'était faux et que rien de tout cela n'était lié à mes émotions.

Son pouce caressa ma mâchoire d'un geste apaisant et tellement tentant.

« J'ai un autre aveu à faire, murmura-t-il. Pendant le concours, j'étais convaincu que vous étiez Vanity. Quand j'ai compris mon erreur, j'ai voulu m'excuser. Juste là. Devant tout le monde. »

Mon cœur tambourinait dans ma poitrine.

« Mais vous ne l'avez pas fait. »

Axton leva mon menton, m'observant tandis qu'il approchait lentement sa bouche de la mienne.

« Pardonnez-moi, Adriana. »

Ses lèvres restèrent à un soupir des miennes ; il attendait ma réaction. Voyant que je ne reculais pas et que je n'exigeais pas qu'il me lâche, il s'approcha davantage et déposa un baiser doux et chaste sur ma bouche.

Il était plein de désir, d'excuses… c'était une prière silencieuse pour que je lui pardonne. Je pouvais briser son étreinte, les refuser, lui et ses avances.

Je ne pouvais plus faire comme s'il était mon inconnu, maintenant ; je savais exactement qui j'embrassais, et cela ne me dérangeait pas.

C'était peut-être à cause de ses aveux sur ce qui s'était passé ce soir-là, dix ans auparavant, ou des émotions que cette conversation avait ravivées, mais je l'embrassai avec tout autant de douceur. Mes doigts glissèrent avec hésitation le long de ses bras, me faisant revenir dans le moment présent.

Cette tendresse était tellement contraire à l'homme qui avait voulu me pencher sur son genou et m'avait promis une punition immorale si j'y avais consenti.

L'homme qui s'était aussi mis à genoux sur le toit et m'avait fait monter au septième ciel.

Cette version d'Axton était vraiment dangereuse.

Il était le genre de prince dont les gens rêvaient. Sombre, charmant, complètement épris.

Quelqu'un qui méritait qu'on tombe amoureuse de lui.

Il m'embrassa un peu plus fort, comme s'il ne pouvait s'empêcher de goûter mes lèvres.

Pendant un instant, j'oubliai qui nous étions vraiment l'un pour l'autre. Les années de va-et-vient, d'animosité. Il n'y avait plus que cet instant. Et ce baiser qui abattait tous mes murs. Ses lèvres s'entrouvrirent dans un grognement et sa langue lécha la mienne.

Il avait le goût de mon erreur préférée.

Un instant plus tard, il m'attira sur ses genoux et je fus ravie de céder à cette envie, même si je savais qu'elle était interdite.

Mes mains se posèrent sur son visage et notre baiser passa de la douce tendresse à un désir vorace. Notre besoin d'être proches, de tout sentir, prit le dessus.

Il se pencha en arrière et la douleur que j'avais vue plus tôt fut la dernière émotion que je distinguai sur ses traits tandis qu'il passait ses mains sur mon corps.

« Vous allez m'achever. »

Il me fit glisser contre sa queue et j'oubliai comment respirer.

« Et j'accepte mon trépas à bras ouverts.

— Gabriel, attendez. »

Je prononçai son nom avec trop de douceur.

« Votre dos. »

Il m'embrassa fermement, ses lèvres réclamant les miennes sans s'arrêter.

C'était maintenant l'homme du *Seven Sins* qui aimait la domination dans le plaisir.

Celui qui m'avait poussée à la limite et m'avait ramenée à lui, me torturant avec douceur jusqu'à ce que je rampe vers lui en le suppliant.

Je haletai et reculai. Ses paupières étaient lourdes et ses yeux trahissaient le même désir que j'avais senti quand il m'avait observée en train de jouir devant lui.

Je me fichais de sa compétition, de notre histoire et de toutes les autres complications.

J'avais envie de lui. À ce moment précis.

Ses yeux s'assombrirent, son pouvoir lui permettant de connaître toutes mes émotions.

Il jura, me souleva et défit habilement les boutons de son pantalon.

« Êtes-vous sûre ? » demanda-t-il en frottant ses hanches contre moi.

Je n'étais peut-être pas la seule qui me mettrait à genoux pour le supplier. Son regard intense soutint le mien ; ses émotions étaient tout aussi vives. Il arrêterait si je le lui demandais.

Même s'il avait envie de me prendre juste là, il partirait immédiatement si je le lui ordonnais. Entre cela et ses souvenirs complètement différents du bal de Tous les Pécheurs, ma décision n'était pas difficile à prendre. Il était peut-être temps de réessayer.

« Je suis sûre. Et vous ?

— Y a-t-il le moindre doute ? »

Il me fit glisser à nouveau contre son érection.

« Votre blessure…

— Je ne me suis jamais senti aussi bien.

— Menteur. »

Il saisit ma bouche avec la sienne, me souleva et tripota mes jupons.

Avant que je puisse comprendre ce qui se passait, nous nous retrouvâmes de l'autre côté de la pièce. J'étais face aux étagères dans une alcôve sombre, en partie cachée par une fougère, et le prince était complètement collé à mon dos.

« Qu'est-ce que vous… »

Il posa délicatement une main sur ma bouche et approcha ses lèvres de mon oreille.

« Quand je retirerai ma main, vous resterez aussi silencieuse que possible. Quelqu'un vient d'entrer dans la bibliothèque. »

Il n'avait pas besoin d'ajouter quoi que ce soit. La peur s'empara de moi. Nous étions sur le point d'être surpris. Dans une position *très* précaire. Il me tenait contre le mur, et son excitation était évidente.

Si quelqu'un nous voyait ensemble… ce serait un désastre. Pour lui, pour moi, pour ma sœur… Je n'osais même pas imaginer la réaction de Sophie si elle avait vent de notre indiscrétion.

Un moment tendu passa avant que j'entende ce que ses sens accrus avaient perçu.

Des voix portèrent jusqu'à nous, des murmures qui firent accélérer mon cœur. Je m'immobilisai, priant pour que ces personnes soient entrées pour prendre des livres et ressortent juste après. Un autre moment passa et me sembla durer une décennie.

Puis j'entendis le son caractéristique du tissu qui bruit. Un son qui ne correspondait pas à quelqu'un qui était venu chercher un livre à lire au lit. Il fut suivi par des gloussements.

Un autre couple avait décidé d'utiliser cette pièce pour un rendez-vous nocturne en secret.

Je fermai les yeux, essayant de ne pas penser aux bruits de baisers alors que je sentais l'érection du prince dans mon dos. Axton s'approcha de moi, comme pour me protéger à l'aide de son propre corps, et j'écoutai, impuissante, les amants avancer dans l'allée à côté de la nôtre.

« Attends, et si quelqu'un entrait ? » demanda l'une des deux personnes.

Je me figeai.

Ce n'était qu'un léger chuchotement, mais je reconnus immédiatement cette voix.

Je regardai le prince par-dessus mon épaule. Il m'observait attentivement et n'avait pas du tout réagi. Ce qui signifiait qu'il ne savait pas qui étaient les amants secrets. Ou qu'il était trop occupé pour l'instant pour y prêter attention.

Je n'entendais pas la deuxième personne, elle parlait trop bas, mais je savais qui était la première. Ma sœur.

Je pensais qu'elle avait un faible pour le Prince Gourmandise et elle n'avait montré d'intérêt pour personne d'autre avant d'être sélectionnée pour la compétition.

Les questions fusaient dans mon esprit et j'essayai d'en saisir une pour me concentrer dessus. Qui était son amant ? Quand cette histoire avait-elle commencé ?

Était-ce juste une passade ou quelque chose de plus sérieux ? Et pourquoi diable ne s'était-elle pas confiée à moi ?

Je supposais que c'était parce que j'avais été très occupée. J'avais beaucoup travaillé et cherché des pistes dans le réseau de l'ombre. Nous n'avions pas passé énormément de temps ensemble.

Mais j'étais blessée qu'elle ait une vie secrète dont je ne faisais pas partie.

Je devrais ravaler toutes mes questions et les laisser partir pour une très bonne raison. Je ne pouvais pas parler à Eden de son rendez-vous nocturne sans avouer mon propre secret. Axton et moi avions déjà eu notre moment dans les journaux à scandale et je refusais d'y apparaître de nouveau avec lui, avec ou sans interlude intrigant en pleine nuit.

Axton se pencha en avant et ses doigts tâtonnèrent l'étagère au-dessus de ma tête. Pendant un moment intense, je pensai qu'il allait finir ce que nous avions commencé, même si nous avions de la compagnie.

Un instant plus tard, un loquet cliqueta. Mon cœur battit la chamade quand j'entendis le bruit, mais personne d'autre ne sembla le remarquer. Ils avaient recommencé à s'embrasser et n'avaient pas pris conscience qu'il y avait quelqu'un dans la pièce.

Axton fit un signe de la tête en direction de la sortie cachée, m'indiquant que je devais y passer pour sortir de la bibliothèque. Je ne savais pas s'il avait l'intention de me suivre ou s'il allait surprendre les amants. Je ne pouvais pas le laisser découvrir qu'Eden était là.

Pour empêcher le prince de se demander qui ils étaient, je l'attirai avec moi et priai pour ne pas tomber sous son charme de nouveau.

Quarante-trois

Prince Gourmandise

Il n'était pas courant que des amants se retrouvent en pleine nuit dans ma bibliothèque. La Maison Gourmandise était connue pour se donner en spectacle, pour laisser un public admirer les passions.

C'était pourquoi je n'avais pas craint d'être surpris avec ma chère rivale.

À présent, mon cœur battait, ma queue était douloureuse et le démon en moi voulait tout envoyer au diable et finir ce qu'Adriana et moi avions commencé.

Il serait tellement simple de soulever ses jupons, de caresser la peau douce de ses cuisses au-dessus de ses bas en dentelle, de prendre le lobe de son oreille entre mes dents tandis que mes doigts se plongeaient dans ce havre secret pour s'assurer qu'elle était prête avant que je la pénètre profondément.

Je refermerais ma main sur ces lèvres charnues et parfaites pour étouffer ses gémissements, même si je savais que personne ne pouvait nous entendre. Juste pour alimenter son fantasme d'être surprise.

Le lien magique entre nous crépitait, enchanté de nourrir les flammes de notre désir.

Quand je m'étais souvenu de ma sortie cachée, j'avais remercié tous les pouvoirs du monde qu'elle ne soit pas loin de l'endroit où nous étions assis. Je la suivis dans le petit couloir, refermant les étagères derrière nous. Aucune lumière ne passait sous la porte. Il n'y avait aucun son, aucune interruption.

La magie que j'avais utilisée pour protéger le passage des intrus le rendait aussi silencieux qu'une crypte.

Nous étions enfin seuls à nouveau. Je posai une main dans le creux de son dos, la guidant plus profondément dans le passage. Nous n'avions fait que quelques pas quand elle s'arrêta.

Je sentis son attention se tourner vers moi alors qu'elle se plaquait un peu plus contre le mur. Quand elle parla, sa voix était presque inaudible.

« Peuvent-ils nous entendre ?

— La magie empêche tout son d'entrer ou de sortir. »

Que je sois maudit par tous les saints... Je sentis ses émotions changer à nouveau et le désir revenir maintenant qu'elle savait que nous étions seuls et que personne ne pouvait nous entendre. Elle fit un pas en arrière, s'agrippant au mur, et la courbe de ses lèvres me confirma que c'était délibéré.

Adriana avait envie de *moi*. Il n'y avait plus de sortilège cette fois, plus de masques, plus d'excuses derrière lesquelles se cacher. Cela m'électrisa au point d'embraser mon pouvoir.

Je m'approchai jusqu'à me tenir juste devant elle, puis me penchai légèrement. Si près, je ne pouvais plus dissimuler mon désir pour elle non plus.

Doucement, silencieusement, j'attirai ses hanches contre moi, m'assurant de toucher tous les bons endroits, même ceux qui étaient cachés par ses vêtements. Son halètement silencieux m'encouragea à répéter le mouvement.

« Voulez-vous que j'arrête ? » demandai-je.

Elle hésita, puis secoua la tête.

« Non. »

Le même frisson sombre m'envahit à nouveau, alimentant ma magie. J'avais encore du mal à croire qu'elle se trouvait volontairement dans mes bras, aussi attirée et désireuse que moi.

Dix ans. Je rêvais de ce moment depuis une décennie.

Je fis glisser ma main sur le devant de son corsage, effleurant son ventre avant de descendre plus bas. Je voulais prendre mon temps, m'imprégner de chaque sensation, les savourer. De la texture soyeuse de sa robe à son souffle rauque, c'était exquis, et je voulais tout graver dans ma mémoire.

Je remontai lentement, effleurant ses côtes, jusqu'à caresser le dessous de son sein. Sa poitrine se soulevait et s'abaissait contre la mienne. Pour une fois, Adriana Saint Lucent n'avait rien à redire.

Le moment était fragile. Tendre. Comme si le moindre faux pas pouvait tout briser.

Nos confessions contradictoires à propos du bal de Tous les Pécheurs avaient éveillé tout un tas d'émotions en moi.

Mon pouce effleura son téton, déjà durci par le désir.

Je ne devrais pas la toucher, encore moins la désirer, alors que j'avais des recherches à faire. Mais je ne parvenais pas me résoudre à m'arrêter. Elle était un festin que je ne pouvais m'empêcher de goûter… son esprit, son corps, la manière dont elle me faisait ressentir cent émotions à la fois.

Je saisis son sein, remarquant la façon dont elle se cramponna à moi, le souffle court.

Je glissai enfin une main sous ses jupes, les remontai lentement et traçai de petites formes du bout des doigts à mesure que je progressais.

Sa peau était douce et chaude, et j'avais envie de nous déshabiller tous les deux et de passer des heures à goûter chaque centimètre de son corps. Je compris alors qu'elle ne portait pas de sous-vêtements.

Je déglutis péniblement, mon attention entièrement tournée vers ce détail merveilleux.

Si je n'avais pas cette maudite compétition, si deux pécheurs n'étaient pas déjà en train d'occuper ma bibliothèque, je l'aurais ramenée là-bas pour la prendre contre les étagères. Elle était là. Elle était en sécurité. Et je voulais qu'elle reste là où je pouvais m'assurer que Silvanus ne la trouverait pas.

Adriana avait été si catégorique au sujet du bal de Tous les Pécheurs ; elle avait été convaincue que nous avions couché ensemble dans le jardin. Elle ne savait pas que j'en avais rêvé, que je l'avais désiré depuis notre toute première rencontre, qu'aucune partenaire ne m'avait jamais satisfait, même si elles avaient été merveilleuses.

Que j'avais fini par renoncer à faire l'amour avec qui que ce soit, m'abstenant pendant des années, parce que la seule que je voulais dans mon lit, c'était *elle*.

Je n'aurais jamais pu oublier que je l'avais faite mienne ce soir-là.

Pas quand ce désir m'avait hanté. Et maintenant qu'elle était dans mes bras, se cambrant contre moi, consentante et excitée dans notre chambre secrète… c'était la pire des punitions que de devoir mettre fin prématurément à notre soirée.

« Gabriel. »

Ce nom était assez semblable à mon nom véritable pour embraser mon péché. Je voulais satisfaire tous ses désirs.

« S'il vous plaît. Touchez-moi. »

Je cessai enfin de la faire languir et glissai deux doigts en elle. Elle relâcha son souffle tandis que je les retirais lentement avant de les enfoncer à nouveau, la pénétrant doucement.

Adriana se cambra contre moi, me laissant jouer avec son sein de l'autre main pour attiser toutes ses passions. Tandis que je lui donnais du plaisir, elle ondulait contre ma main, cherchant à intensifier la friction.

C'était tellement bon, tellement parfait, que je ne m'en lasserais jamais. Je pourrais passer des décennies à explorer son corps, à découvrir ce qui la faisait vibrer, ce qui la rendait folle.

Je décidai de lui offrir tout ce que je pouvais maintenant, de lui donner autant de désir que possible.

« Ne vous arrêtez pas. »

Elle rejeta la tête en arrière, haletante, tandis que je continuais à la caresser d'un geste lent et provocateur. À ce moment précis, dans notre cachette, je n'avais pas l'impression qu'elle me haïssait.

Elle semblait désirer mon contact autant que je convoitais le sien.

Je capturai sa bouche dans un baiser possessif, mes doigts allant plus vite, plus fort, jusqu'à ce qu'elle s'écroule dans mes bras, son corps se livrant entièrement à moi.

Je fermai les yeux, savourant l'instant.

Je voulais l'emmener dans ma chambre, attacher ses poignets aux montants de mon lit et prétendre que le chaos ne régnait pas sur le monde tandis que nous nous perdions l'un dans l'autre.

J'étais en train d'envisager cette possibilité lorsqu'elle se redressa et se décolla du mur.

« Oh, par les dieux.

— C'est un peu tard pour prier, très chère. Mais j'accepte vos louanges.

— Pas vous, vaurien. »

Elle me donna une tape espiègle sur le torse.

« Je crois que je sais exactement ce qui se passe. »

Je me figeai.

« À quel sujet ? »

Adriana réajusta sa robe et recula, mordillant sa lèvre inférieure comme pour s'empêcher de répondre avant d'avoir pesé ses mots.

Elle avait mis plus qu'une simple distance physique entre nous. Je sentis ce mur invisible se dresser brusquement, m'empêchant d'accéder à ses pensées et à ses émotions les plus profondes.

« Rien, dit-elle en s'éloignant encore un peu. Je ne sais pas pourquoi j'ai dit ça. Il est tard et je dors mal ces derniers temps. Je devrais vraiment retourner dans mes appartements avant que quelqu'un ne remarque mon absence.

— Vous savez que je sens quand vous mentez, n'est-ce pas ? »

Elle me regarda de bas en haut, les sourcils froncés.

« Vous m'avez fait jouir, Axton. Ai-je raté le moment où cela signifiait que j'étais dans l'obligation de vous révéler mes pensées les plus intimes en retour ?

— J'ose espérer que nous avons fait un pas en avant ce soir. Vous étiez clairement en colère à cause du bal de Tous les Pécheurs, et nous avons conclu que vous n'aviez pas de raison de l'être. Nous pourrions repartir sur de nouvelles bases, conclure une trêve.

— Une conversation ne suffit pas à effacer les dix dernières années.

— Et l'intimité que nous venons de partager ? Elle ne vaut pas un peu d'honnêteté entre nous ? »

Elle me regarda comme si j'étais une créature étrange venue d'un royaume lointain.

« Dites-moi ce qui est arrivé à Jackson. »

De toutes les maudites questions qu'elle aurait pu poser, celle-là était bien la dernière à laquelle je m'attendais.

« Vous voulez vraiment parler de ça après ce qui vient de se passer entre nous ? »

Elle secoua la tête.

« Si vous refusez de me révéler vos secrets, comment pouvez-vous attendre de moi que je m'ouvre à vous ?

— Cela fait dix ans que vous vous acharnez à détruire ma cour dans la presse. Il serait idiot de ma part de vous confier des informations confidentielles.

— Vous venez de me donner raison à la perfection, dit-elle sans méchanceté. On ne peut pas oublier le passé juste parce qu'on déclare que c'est ce qu'il faut faire. »

Je serrai les poings. Quoi qu'il se passe entre nous, Adriana et moi semblions condamnés à ne jamais vraiment nous faire confiance.

Je lui tendis mon bras en me demandant comment diable nous pourrions trouver la paix si aucun de nous deux n'osait faire le premier pas vulnérable vers l'inconnu.

❄ ❄ ❄

L'aube arriva bien trop rapidement, accompagnée de maux de tête.

Après avoir ramené Adriana à ses appartements et secrètement posté des gardes au rez-de-chaussée, sous sa chambre, pour qu'ils ne soient pas repérés, j'étais retourné dans la bibliothèque. Heureusement, elle était vide. Malheureusement, c'était là que ma chance s'était arrêtée.

Je n'avais trouvé aucune information utile sur ce qui pourrait briser l'obsession d'un dragon envers quelqu'un. J'avais envoyé un message à la Maison Colère au petit matin pour solliciter son aide.

Adriana et moi avions partagé un moment d'intimité, mais tout comme elle n'avait pas pu me confier ce qu'elle avait compris la nuit dernière, je ne pouvais pas lui parler des dragons. Du moins, pas tant que ce n'était pas absolument nécessaire. Pour l'instant, je devais compter sur mes gardes pour assurer sa sécurité.

La tension émanait de moi tandis que je gravissais les marches et entrais dans la salle de commandement.

Val m'attendait avec Colère. Ils n'avaient pas touché à leurs tasses de café fumant et les plateaux du petit déjeuner étaient encore couverts.

« Aucune trace de Silvanus, je suppose ? »

Colère secoua la tête.

« On a repéré des traces de leur passage, principalement des os et des viscères. J'ai aussi parlé à quelques démons solitaires qui affirment avoir vu la meute se déchirer avant de fuir un massacre. »

Je faisais les cent pas devant la grande fenêtre cintrée, observant les montagnes au loin. J'avais envie d'enfiler ma tenue de combat et de m'élancer dans le ciel à la poursuite des dragons. Mais le devoir m'appelait.

« Les prétendantes devaient participer à un duel à l'épée dans une heure, mais à la place, elles montreront leurs talents culinaires aujourd'hui, dis-je. Je ne veux pas que quiconque traîne à l'extérieur du château, dans la mesure du possible. On dira à la presse qu'elles partageront leur petit plaisir préféré en hommage à la Maison Gourmandise et à mon péché. Je veux des chasseurs supplémentaires autour du domaine. Faites venir Luxure et Envie, mais qu'ils restent cachés. Je veux qu'ils prennent leur envol au moindre signe de présence d'un dragon. »

Je me tournai vers mon bras droit et mon frère.

« Je veux aussi que quelqu'un surveille Adriana. Il se peut que Sil soit obsédé par elle. »

Et elle mijotait certainement quelque chose d'autre. Je ne le fis pas remarquer ; je ne voulais pas attiser la tension entre Val et moi sur la façon de gérer Adriana.

Colère plissa les yeux.

« Comment ça, “obsédé par elle” ? »

Je le mis rapidement au courant des étranges images que j'avais vues, des émotions ressenties venant du dragon lui-même. Je lui fis part de ma nouvelle théorie : cette obsession pourrait être liée au serment de sang que nous avions prêté. Sil l'avait peut-être perçu.

Colère jura.

« Il est peut-être temps d'annuler la compétition, dit-il. De verrouiller nos cercles. De créer une stratégie avec les autres cours pour traquer les dragons. »

Il voulait les pourchasser pour les tuer. Ce serait mon dernier recours, pour plusieurs raisons.

Je jetai un coup d'œil à l'horloge.

« Les journalistes ne vont pas tarder à arriver pour le prochain événement. On continue comme prévu, jusqu'à ce que ça ne soit plus possible. »

❄ ❄ ❄

Les cuisines avaient été réorganisées en six postes distincts pour les prétendantes restantes. Eden trépignait presque d'excitation en regardant le contenu de son panier d'ingrédients. La table de Vanity se trouvait juste à côté de la sienne et elle lui lança un regard amusé.

C'était agréable de voir que les prétendantes s'entendaient bien.

J'avançai jusqu'au centre de la pièce, offrant mon sourire le plus charmeur à chacune d'elles ainsi qu'aux journalistes alignés contre le mur.

Mais en moi, les émotions tourbillonnaient. Je voulais être sur le terrain avec mes chasseurs ou dans le ciel avec Colère, à traquer Silvanus. Toutefois, en apparence, je ne trahissais pas le moindre signe de ce bouleversement.

« Bienvenue à cette nouvelle épreuve : votre péché mignon. »

Je jetai un coup d'œil à la porte. Adriana était absente, ce que j'avais immédiatement remarqué. Et c'était sans doute mieux ainsi.

« Aujourd'hui, je goûterai à *votre* plat préféré. Il peut être salé, sucré, acide, un mélange de tout cela, ou il peut même s'agir d'une boisson que vous appréciez. »

Érudite posa son journal. Elle y avait soigneusement pris des notes.

« Et si notre péché mignon comprend à la fois nourriture et boisson ?

— Dans ce cas, n'hésitez pas. Si vous avez l'ambition de préparer les deux, allez-y. Il n'y a pas de règles pour cette épreuve. Mais je tiens à connaître l'histoire qui se cache derrière vos plats. Quelque chose qui me permettra de mieux comprendre qui vous êtes.

— Combien de temps avons-nous pour le préparer ? demanda Ava de la Maison Cupidité.

— Trente minutes. Un chronomètre affichera le temps qu'il vous reste. »

Omen, de la Maison Envie, lança un regard noir à Ava.

« Si quelqu'un ne prépare qu'une boisson, ça ne semble pas très juste. »

J'avais de plus en plus de mal à rester souriant. J'étais sur le point de vivre les trente minutes les plus longues de mon existence. Je soufflai et m'obligeai à penser au royaume. Et aux journalistes, sur les côtés, qui observaient chacune de mes réactions bien trop attentivement.

Anderson Anders et Julian Wren étaient penchés sur leurs carnets et leurs plumes couraient sur le papier. Peu importe ce que je ressentais, je devais encore offrir un spectacle extraordinaire. Heureusement, Ryleigh Hughes n'était pas présente. C'était l'amie d'Adriana et elle semblait nourrir une certaine rancune à mon égard.

Je tapai dans les mains, puis hochai la tête à l'intention de Jarvis, qui lança le chronomètre.

« Le temps commence à s'écouler dès maintenant. J'ai *tellement* hâte de goûter à vos… offrandes. »

Au fond de moi, une sensation désagréable pesait sur ma poitrine. Un prince du péché ne pouvait pas mentir, mais nous savions comment trouver des moyens intelligents d'omettre la vérité.

On attendait de moi que je flirte, mais j'avais de plus en plus de mal à faire semblant.

Je n'avais pas pensé à mes prétendantes. Et si je l'avais fait, je n'aurais jamais pu prononcer ces taquineries, même si je l'avais souhaité désespérément.

Ma place est-elle à la Maison Envie
ou suis-je juste tombée sur un débauché ?

Édition spéciale de Miss Match
avec les prétendantes royales

Chère Miss Match,

J'ai commencé à fréquenter quelqu'un dont la réputation rivalise avec celle de notre cher prince. Au début, tout était terriblement excitant. Il avait une nouvelle partenaire tous les jours. Dans un premier temps, je trouvais que c'était un défi palpitant, surtout parce que j'avais réussi à attirer une grande partie de son attention. Mais maintenant, mes sentiments ont pris le dessus et, quand il n'est pas dans mon lit, je me demande avec qui il est à la place. Je ne suis pas de nature jalouse, alors je suis déconcertée quand je fais l'expérience de ce péché.

Que feriez-vous si la personne que vous aimiez désirait une autre personne (ou plusieurs) ?

Scandaleusement vôtre,
Une jalouse gênée

Chère Jalouse,

Sortir avec un débauché, ça a du mérite. Mais personnellement, je préfère trouver un séducteur repenti, si une créature aussi rare existe vraiment. Pour répondre complètement à votre question, j'ai rassemblé quelques citations de nos prétendantes restantes les plus célèbres.

Miss Vanity Raven, Maison Orgueil : ayez confiance en vous. Vous êtes la plus belle, la plus intéressante et la plus intelligente de ses prétendantes. Personne d'autre ne peut se comparer à vous, et s'il l'oublie ? Sortez avec un débauché plus intelligent.

Miss Omen Seagrave, Maison Envie : pourquoi ne sortez-vous pas avec tous les amants que vous voulez devant tout le monde ? Essayez d'ignorer le vôtre au cours du prochain événement et couvrez quelqu'un d'autre d'attention. Inspirer un peu de jalousie chez un partenaire potentiel, c'est permis.

Miss Eden Everhart, Maison Gourmandise : je pense que le grand amour trouve toujours un moyen de vaincre. Cela peut prendre du temps, vous pourriez avoir peur de le perdre, mais si c'est votre destin, tout s'arrangera.

Alors voilà : la jalousie est parfaitement normale, et le meilleur conseil, c'est de vous concentrer sur vous et sur vos besoins avant tout. Si votre partenaire ne vous convient plus, trouvez un nouveau prétendant qui vous satisfasse.

À la prochaine, et restez scandaleuses, mes douces pécheresses,

Miss Match

Quarante-quatre
Adriana

Pendant qu'Eden et ma belle-mère assistaient à la nouvelle épreuve, je pris une calèche pour retourner à notre petite maison, mon grimoire emprunté chez *Roots & Remedies* à la main. J'avais passé la matinée à éviter ma sœur autant que possible, car je ne voulais pas qu'elle se doute que j'étais au courant de son secret.

Les rares fois où nous avions échangé, elle m'avait demandé si je me sentais bien. J'avais beaucoup de talents, mais malheureusement, je n'étais pas une bonne actrice. Je n'arrivais toujours pas à croire qu'Eden ne s'était pas confiée à moi. Ce qui, je pouvais l'admettre, était un brin hypocrite, puisque je lui avais moi-même caché mon passé avec le prince.

Mais je l'avais fait uniquement pour la protéger du scandale que cette relation avait entraîné.

Après avoir passé autant de temps au château, notre maison me semblait incroyablement exiguë, mais aussi familière et accueillante.

Et surtout, elle m'offrait de l'espace. Loin d'Axton. Loin du secret de ma sœur. Loin de mes propres sentiments compliqués. Et, plus que tout, loin de toutes les pistes flottant librement dans le mystère croissant qui entourait la compétition du prince et les dragons.

Si je pouvais seulement échapper à ce que je ressentais pour Axton, je pourrais peut-être démêler l'affaire. Il ne s'agissait plus d'anéantir la réputation du prince, mais de notre sécurité à tous.

Mon instinct bourdonnait sans cesse. J'étais sur le point de résoudre le mystère qui reliait vaguement tous ces éléments. J'avais entendu parler de la torpeur post-coïtale, mais après l'orgasme d'hier soir, j'avais eu une révélation dont je n'arrivais pas à me débarrasser. Les souvenirs ne s'effaçaient pas juste comme ça. Pas même après dix ans.

Je tournai la clé dans la serrure et poussai un cri quand une silhouette encapuchonnée hurla à son tour à l'intérieur de notre minuscule foyer avant de s'effondrer sur notre canapé.

« Ad ? s'écria une voix familière. Tu ne peux pas prévenir ? »

Je me rendis compte que j'avais levé le grimoire comme une batte et l'abaissai aussitôt.

« Ryleigh ? Mais qu'est-ce que… ? »

Ma collègue retira sa capuche et posa une main sur son cœur tout en reprenant son souffle.

« Tu m'as fichu la trouille de ma vie !

— Oui, j'imagine que ça doit être assez surprenant de s'introduire chez *moi* et de m'y trouver. »

Je fixai mon amie en refermant la porte derrière moi. Je ne l'avais pas vue depuis plusieurs jours. J'envoyais mes articles par coursier et n'avais pas mis les pieds au bureau. L'époque où nous pouvions simplement parler de tout et de rien sans cette… tension me manquait.

« Qu'est-ce que tu fais là ? »

Elle m'adressa un regard penaud.

« Ta sœur m'a demandé de récupérer certaines de ses recettes cachées. Apparemment, un concours de cuisine est prévu demain. Son Altesse veut goûter à leur plat le plus plantureux.

— En fait, cette épreuve a lieu en ce moment même.

— C'est un duel à l'épée qui est prévu aujourd'hui.

— Axton a sans doute changé d'avis sur un coup de tête. »

Je haussai les épaules. Ce n'était pas la nouvelle la plus inquiétante de la journée.

« Quand as-tu vu Eden ? »

Ryleigh hésita.

« Ce matin. »

Je n'étais pas sûre que ma sœur soit sortie de notre suite en douce, mais *moi*, j'avais fait de mon mieux pour l'éviter, alors je laissai passer.

J'avais été enfermée dans ma chambre presque toute la matinée, tentant de donner un sens à tout ce que le prince m'avait révélé la veille. Le fait qu'Axton ne puisse pas mentir rendait l'histoire de sa version du bal de Tous les Pécheurs plus compliquée.

J'avais essayé de me concentrer uniquement sur cette confession. Mais j'avais lamentablement échoué à chaque fois que mes pensées m'avaient ramenée à la façon dont cette conversation s'était terminée.

Quand ses mains avaient entamé cette lente et exquise descente sur mon corps, j'avais cédé à mon cœur traître.

Il m'avait fallu attendre le matin pour réaliser qu'il n'avait même pas cherché à m'emmener dans son lit. Il m'avait donné du plaisir, puis s'était arrêté.

Je ne savais pas s'il utilisait simplement son charme légendaire, comme il l'avait fait au sein de son cercle et avec ses prétendantes, ou si l'attirance était réelle.

Étant donné que les secrets étaient d'une importance capitale dans sa cour et que je l'avais surpris en train d'effectuer des recherches dans la bibliothèque, je parierais plutôt sur le fait que tout cela n'avait rien à voir avec la passion et était lié à une machination.

J'étais tombée dans le piège de sa séduction et ne savais pas ce qui me révoltait le plus : le fait de m'être laissé prendre ou le fait que ses doigts avaient été tellement doués que je referais la même fichue erreur sans hésiter.

Même après sa confession sur le bal de Tous les Pécheurs.

Je pensai à raconter les événements étranges de la veille à mon amie, mais ne trouvai pas les mots. Ryleigh avait passé des années à me conseiller de ne pas m'approcher du prince, à me rappeler les raisons pour lesquelles je le haïssais à ce point. Elle m'avait aidée à affronter les larmes et le chagrin.

Si elle découvrait que je l'avais retrouvé en secret et que j'avais cédé à la tentation… cela pourrait bien marquer la fin de notre amitié.

Je mis cette idée de côté et me concentrai sur le moment présent. Ryleigh avait le livre de comptes de mon père à la main et remit une des plumes de Sophie dedans pour marquer sa page.

Une sensation de malaise me parcourut l'échine.

« Les recettes d'Eden sont sous une planche du parquet, sous son lit. »

Elle regarda le livre de comptes de mon père en fronçant les sourcils.

« Ce n'est pas ça ? »

Je secouai la tête et son front se rida encore plus. Elle le posa à côté d'elle, l'air perplexe.

« Qu'est-ce qui ne va pas ?

— Ta sœur m'a dit qu'elles étaient dans le registre. Elle n'a jamais parlé du parquet. C'est bizarre, non ? »

C'était curieux, mais Eden avait peut-être été distraite par son grand secret.

L'expression de mon visage resta neutre. J'adorais Ryleigh, elle était comme une deuxième sœur pour moi, mais comme notre relation était tendue dernièrement, je n'étais pas sûre qu'elle garderait cette information entre nous. C'était une journaliste spécialisée dans les scandales et elle avait pour mission de couvrir la compétition romantique du siècle.

Si elle apprenait le moindre détail sur l'aventure nocturne d'Eden, cela couperait court à la compétition pour ma sœur et sa réputation serait entachée. Personne ne laisserait passer l'argent et la célébrité qui accompagneraient la publication d'un tel article. Pas même une amie.

Même si Eden fréquentait quelqu'un en secret, je ne pouvais pas écarter la possibilité qu'elle puisse gagner.

« Elle les a sans doute écrites en code à l'arrière, dis-je en souriant. Tu sais bien que Sophie a horreur que sa fille "tue le temps comme une roturière". Je vais le prendre, au cas où. »

Ryleigh sourit de nouveau à ces mots, même si elle semblait un peu nerveuse.

« Ta belle-mère a un sacré caractère, étant donné qu'elle a renoncé à son titre quand elle a épousé ton père.

— Les pièces peuvent acheter bien des choses, mais pas le bon sens. »

Ryleigh désigna d'un geste de la tête le livre que je tenais.

« Une petite lecture facile pour l'après-midi ? demanda-t-elle en plissant les yeux. Est-ce que c'est un livre sur les malédictions ? Ad. Je t'en prie, dis-moi que tu n'essaies pas de t'immiscer dans la compétition du Prince Gourmandise. Je te soutiens, que tu aies tort ou raison, mais là, je crois que tu dépasses les limites. »

Je posai le livre sur la petite table dans notre cuisine.

« Ce n'est pas pour le prince. Je creuse une intuition. »

Ryleigh se leva et s'approcha du livre pour l'ouvrir.

« Tu es encore convaincue que les dragons de glace attaquent en secret ? Je croyais que tu avais laissé tomber cette histoire il y a des semaines.

— Je te l'ai dit, ce n'est sans doute rien du tout. Tu n'as pas des articles à écrire ? »

Elle soupira.

« Malheureusement, on dirait que je suis en retard pour l'événement. M. Gray voulait que j'assiste au combat à l'épée. Il est persuadé qu'un scandale aura lieu quand les prétendantes impitoyables auront des armes à la main. Maintenant, il faut que j'essaie d'assister à la fin de l'épreuve de cuisine. »

Au cas où, par miracle, elle n'avait pas raté l'événement, je la laissai partir avec quelques-unes des recettes cachées d'Eden, puis réfléchis à notre conversation.

Eden avait *forcément* envoyé Ryleigh, sinon, cette dernière n'aurait pas été au courant pour les recettes. Et pourtant, toute cette situation était bizarre. Même si c'était une amie proche de la famille, il était étrange que Ryleigh vienne chercher les recettes à la place de Sophie ou d'une des domestiques qui avaient été assignées à ma sœur.

Avait-elle menti ?

Je feuilletai le livre de comptes de mon père et eus mal au cœur en voyant ses gribouillis familiers.

Plume.
Dague.
Trône.
Ailes.
Pinceau.
Bijoux.
Couronne.

C'étaient les articles qu'il avait vendus avant sa mort. Je refermai le livret, me sentant perdue de nouveau. C'était presque suffisant pour… Je saisis le registre et relus les dernières entrées.

Comment diable avait-il vendu des ailes ?

Les battements de mon cœur accélérèrent tandis que je relisais chaque ligne. Puis encore une fois.

Un schéma commença à apparaître. Sept éléments. Je savais que certains d'entre eux représentaient des objets maudits. Je relus la liste ; mon esprit bouillonnait. Après sa mort, j'avais entendu des rumeurs qui prétendaient qu'il avait négocié sur le marché noir. Ce n'était pas inhabituel qu'un marchand avec ce genre de relations fasse du commerce avec de tels objets. Je savais qu'il avait amassé sa fortune en vendant des biens sur lesquels les démons ne mettaient pas facilement la main.

L'un des articles qu'il avait vendus pouvait-il être la réponse que je cherchais ?

Plus je lisais la liste, plus mon attention se portait sur un détail. La plume.

Tout mon corps s'immobilisa tandis que les pièces du puzzle s'emboîtaient. J'étais désormais presque complètement sûre de comprendre pourquoi Axton et moi avions des souvenirs tout à fait différents. Avant que je ne lui fasse part de mes découvertes, il me fallait de meilleures réponses. Je ne pouvais pas en parler à Ryleigh, surtout après aujourd'hui.

Mais soudain, j'eus une très bonne idée pour obtenir des réponses de la part dc quelqu'un d'autre. Je devais juste convaincre Axton de m'aider dans mon enquête.

Je saisis un parchemin et ma plume, et envoyai un message au château.

Avec un peu de chance, le prince me retrouverait dès la fin de l'épreuve. Mais, compte tenu de la gentille petite menace à la fin de ma lettre, j'imaginais qu'il serait pile à l'heure.

❄ ❄ ❄

Le Prince Gourmandise me jeta un coup d'œil que je fis semblant de ne pas remarquer. Je ne pouvais pas prendre le risque d'être distraite par ses tactiques de séduction implacables. Et surtout pas alors que nous étions dans une Maison du péché rivale.

La Maison Envie était tout ce qu'on pouvait attendre d'un grand domaine dirigé par le péché de la jalousie.

Les jardins hivernaux étaient immaculés, la maison était une œuvre d'art tellement splendide qu'elle vous faisait mourir d'envie.

Et c'était à l'intérieur que la magie opérait vraiment. Le Prince Envie était connu pour aimer l'art et sa fiancée était une artiste au talent rare. Ils allaient bien ensemble.

En cet instant, ils nous observaient poliment, Axton et moi, tandis que nous entrions dans une chambre dans les tréfonds du château d'Envie. J'avais demandé que notre réunion reste secrète, étant donné la nature délicate de ce que j'étais sur le point de révéler à ces princes du péché rusés.

Ma nervosité faillit prendre le dessus et j'envisageai un instant de tourner les talons et de chercher des réponses toute seule. Mais si mon intuition disait vrai, fuir n'aiderait pas le royaume.

C'était la première fois que je mettais de côté mes différends avec Axton et que je faisais appel à lui au cours d'une enquête. Mais cet article était plus important que notre rivalité. Et, d'une certaine manière, les deux étaient liés.

Je promenai mon regard dans la salle de réunion. Des œuvres aux cadres dorés étaient accrochées avec goût aux murs lambrissés. Des sculptures étaient royalement exposées sur des colonnes conçues pour les présenter sous leur meilleur jour. Et, assis en tête à tête autour d'une table couverte de nourriture et de boissons, se trouvaient le prince et la dame de la Maison.

Miss Camilla Antonius, qui serait bientôt la Princesse de l'Envie, m'adressa un sourire chaleureux.

Ses cheveux argentés étaient détachés et les boucles lâches semblaient sauvages et indomptées.

« Vous devez être Miss Saint Lucent, dit-elle en se levant pour me serrer dans ses bras. C'est un plaisir de faire votre connaissance. Mon fiancé m'a beaucoup parlé de votre beauté. Je vois qu'il n'exagérait pas. »

La main d'Axton se posa dans le creux de mon dos et y demeura. Je dissimulai un sourire. J'étais certaine qu'Envie n'avait dit cela que pour la taquiner au cours de leurs jeux diaboliques empreints de jalousie.

« Merci, madame. Vous êtes trop aimable. »

Une lueur diabolique brilla dans les yeux argentés de Camilla lorsqu'elle se tourna vers le prince qui se dressait derrière moi. La main d'Axton se borna à rester au même endroit. Il alimentait le péché de son frère et ne semblait pas capable de se contrôler.

« Alors ? »

Envie fit tourner son vin dans son verre avant de le siroter. « Écoutons cette grande révélation. »

S'il essayait de me mettre mal à l'aise en se montrant impertinent et direct, il allait être déçu. Je dévorais ce genre de caractère royal et odieux avec une cuillère à dessert.

Je jetai un coup d'œil à Axton, puis à Envie. Je ne m'étais pas trompée en venant là d'abord. Le Prince de l'Envie jouissait d'une sacrée réputation en ce qui concernait les objets maudits.

« L'un de vous a-t-il déjà entendu parler d'une Plume maudite ? » demandai-je.

La tension s'abattit sur nous comme une armée non sollicitée. C'était comme si l'air avait été aspiré de la pièce quand j'avais posé la question.

Les lèvres de Camilla tressaillirent ; elle comprenait ma manœuvre et l'appréciait. Je décidai qu'elle me plaisait beaucoup. Je pressentais que nous étions faites de la même étoffe.

Envie s'appuya contre le dossier de son siège, les yeux plissés. « Bien sûr. On raconte que c'est l'un des premiers objets de ce genre à avoir été créé. Il est donc extrêmement puissant. »

D'après les rumeurs, sept objets maudits étaient éparpillés dans le royaume, mais personne ne savait si le chiffre était exact. Il pourrait y en avoir des douzaines, pour ce qu'on en savait.

Dans l'espoir de détruire les princes démons, la Première Sorcière, un être immortel qui descendait d'une déesse, avait maudit plusieurs objets en y insufflant la plus noire des magies qui, au fil des années, les avaient dotés d'une forme de conscience.

Leurs pouvoirs étaient souvent tordus : ce qui avait un jour été un trône pouvait devenir une dague. Ou ce qui avait été une plume pouvait désormais prendre le contrôle de l'esprit de n'importe quelle créature. Du moins, c'était ce qu'on racontait. Certaines histoires allaient même jusqu'à affirmer que ces objets maudits prenaient possession de la vie d'un mortel avant de se débarrasser de son corps.

Je n'avais encore jamais vu un tel objet, il était donc difficile de distinguer la vérité des fables. Une énorme partie de notre histoire reposait sur des mythes qui remontaient à des millénaires et étaient souvent perdus au fil du temps ou des souvenirs erronés. Mais Envie avait récemment participé à un jeu qui impliquait des objets maudits. S'il y avait bien une personne, en dehors de Ryleigh, qui pouvait en savoir plus à leur sujet, c'était lui.

« Il y a quelques années, une source digne de confiance m'a appris que la Plume maudite pouvait réécrire l'histoire », déclarai-je en observant Axton.

Il avait saisi une bouteille de vin de baies démoniaques, feignant un intérêt désinvolte. Mais je vis bien ses jointures blanchir autour de sa coupe.

« Mais seulement à petite échelle. »

Envie joignit le bout de ses doigts.

« C'est exact, pour autant que je sache. »

J'étais soulagée qu'il le confirme. Grâce aux recherches de Ryleigh sur la Plume, je connaissais les bases de son fonctionnement. Et maintenant, je savais qu'Envie était prêt à me transmettre des informations correctes.

« Pourriez-vous me donner quelques détails ? demandai-je, l'enthousiasme faisant tambouriner mon cœur. Par exemple, disons qu'une personne ait assisté à un événement. Comme le bal de Tous les Pécheurs. Est-ce que la Plume maudite pourrait modifier l'issue de cette nuit-là ? »

Axton reposa son verre de vin ; son masque de nonchalance s'était volatilisé.

« Quel est le rapport entre la Plume maudite et le bal de Tous les Pécheurs ? » demanda-t-il d'une voix légèrement nerveuse. Il était décidément très sensible à propos de cette soirée. Mais sa voix contenait peut-être aussi une infime lueur d'espoir.

« Si la plume peut réécrire les événements, c'est ce que j'essaie de découvrir. Cependant, comme tout pouvoir magique, elle a ses limites. Et elle a aussi un prix. »

Je me tournai vers Envie.

« C'est bien cela, n'est-ce pas ? »

Rien n'était plus sinistre que de la magie noire exigeant un tribut.

Envie hocha la tête.

« Tous les pouvoirs magiques ont des limites, sans quoi ils submergeaient les royaumes. »

Je frissonnai en y pensant, mon imagination partant dans une centaine de directions malgré mes efforts pour ne pas me disperser.

« Vous pensez que la Plume maudite a été utilisée pendant le bal de Tous les Pécheurs ? demanda Axton. Pourquoi ? »

L'intensité dans son regard me fit hésiter. Il était temps d'agir avec précaution si je ne voulais pas qu'il mette un terme à cette entrevue et nous ramène sur-le-champ à la Maison Gourmandise. J'avais l'impression que son secret était sur le point d'être révélé. Et ce secret était lié à la nuit où notre monde avait basculé.

« D'après ce que j'ai observé de nos souvenirs qui ne concordent pas, je crois qu'elle a pu être utilisée. Quoi d'autre pourrait influencer notre mémoire de la sorte ? Vous êtes convaincu de votre version tout comme je le suis de la mienne. Soit nous avons tous deux oublié, soit l'un de nous ment. Vous n'avez pas détecté de supercherie de ma part, et à moins que vous n'ayez trouvé un moyen de mentir, vous ne pouvez pas me dire quelque chose de faux. »

L'expression du visage d'Axton était indéchiffrable. Mais j'aurais juré y avoir vu un éclat d'enthousiasme.

« Si aucun de nous ne ment, insistai-je, alors comment expliquez-vous cette différence ?

— Développez, ordonna Envie. Et n'omettez aucun détail.

— Très bien. »

Je racontai tout ce dont je me souvenais du bal de Tous les Pécheurs, puis Axton exposa sa version des faits.

Lorsque nous eûmes terminé, Envie échangea un long regard avec Camilla.

« Je n'ai pas détecté de mensonge de votre part à tous les deux », admit-il.

Son visage s'assombrit. J'eus la sensation que le prince du péché n'aimait pas que ses pouvoirs soient contrecarrés.

« Je n'étais pas présente au bal, dit Camilla, mais les souvenirs peuvent facilement être manipulés et il s'agit d'un des signes indiquant qu'un objet maudit pourrait bien être utilisé. »

C'était aussi ce que je pensais. *Enfin*, une de mes théories semblait plus probable.

« Si de tels pouvoirs étaient utilisés, quel pourrait en être le prix ? » demandai-je.

Envie sembla réfléchir soigneusement à sa réponse. Il devait donc y avoir des détails qu'il préférait ne pas divulguer.

J'essayai d'empêcher l'expression de mon visage et mes émotions de trahir mon impatience ; j'avais hâte d'entendre sa réponse. C'était ça. Je le *savais*. Nous étions sur le point de franchir la limite de ce que les princes cachaient au royaume. J'étais certaine que mon cœur battait assez fort pour que tout le monde l'entende.

« La magie de la mémoire provoque une… fissure… quelque part, dit enfin Envie. Elle peut mettre des années à se manifester. Mais elle finit toujours par arriver. »

Axton passa une main sur son visage.

« Pourquoi quelqu'un aurait-il utilisé la Plume maudite sur moi cette nuit-là ? Pour anéantir ma relation, mais dans quel but ?

— Adriana et toi n'avez jamais été mariés et ne vous êtes jamais fréquentés. C'était peut-être ça, l'objectif. Le coupable était peut-être jaloux, ou avide. Ou n'importe quel autre péché. Ils étaient tous représentés ce soir-là, dit Envie. Ou peut-être que cela n'avait rien à voir avec elle et toi, et que ce résultat n'avait pas été prévu. »

Une fissure… Je n'étais pas sûre d'en connaître les implications, mais cela semblait assez puissant pour obliger les princes à travailler ensemble. J'étais presque certaine que la compétition nuptiale était une mascarade.

« Admettons que ce soit vrai, dit Axton. Quelle importance, maintenant ? C'est fait.

— Pas vraiment. »

Envie se tourna vers moi.

« À moins que le passé ne soit rétabli, la magie de la malédiction continuera à se nourrir de l'être le plus fort après vous dans votre cercle pour alimenter son pouvoir. »

Axton devint incroyablement immobile.

« L'être le plus fort du cercle, ne serait-ce pas Axton ? » demandai-je.

Personne n'était plus puissant qu'un prince du péché dans ce royaume.

Envie secoua la tête.

« Étant donné que la magie opère sur lui, elle se nourrit de la créature la plus puissante après lui. »

Je cessai de respirer.

Oh, gloire aux damnés. J'étais sur la bonne voie ! Les dragons de glace étaient les secondes créatures les plus puissantes après lui dans notre cercle. Les rumeurs des attaques, la mort prématurée de Jackson, la blessure au dos d'Axton qui ne guérissait pas, quelques jours auparavant…

Je sentis ma gorge se nouer et déglutis. J'avais trouvé le lien entre tout cela.

« Alors, les pouvoirs magiques qui ont été utilisés sont encore actifs, n'est-ce pas ? demandai-je.

— Oui. En ce moment, un peu de magie doit être à l'œuvre de manière continue pour modifier les souvenirs de tout le monde : vous, Gourmandise, les autres princes et tous les autres invités présents au cours de cette période, dit Envie. C'est un grand pouvoir à maintenir tous les jours, pendant au moins une décennie. »

Je cherchai une trace de vérité dans mes émotions afin de déterminer si de la magie avait été utilisée sur moi, mais me heurtai à un mur impénétrable que je ne pus ébranler. Était-ce de la magie noire ?

J'avais toujours cru que c'était le mur de protection que j'avais bâti moi-même.

Si c'était de la magie... ce serait une violation trop considérable pour que je puisse la comprendre. Quelqu'un aurait modifié la trajectoire de ma vie d'un simple coup de crayon magique.

Je me frottai les tempes ; un mal de tête venait de m'assaillir. J'avais été tellement déterminée à suivre la piste que je n'avais pas pensé à ce que je ressentirais en découvrant la vérité.

Je me tournai enfin vers Axton ; il semblait aussi sceptique que moi. C'était beaucoup à digérer.

« En supposant que Miss Saint Lucent ait raison, j'imagine qu'il nous faut la Plume pour réécrire notre histoire, dit Axton. Vous savez où on peut la trouver ?

— Pas la Plume, en fait, dis-je. D'après les recherches de ma source, nous devons trouver le journal ou l'article où la nouvelle fin du bal a été écrite. Ensuite, nous devrons le brûler pour libérer la magie noire. Nous ne pourrons pas remonter dans le temps, mais nos souvenirs seront rétablis. »

Axton croisa mon regard. Il y avait une tempête d'émotions dans ses yeux, mais je ne parvenais pas à déterminer ce qu'il ressentait par-dessus tout.

Je ne pensais pas que c'était de l'espoir. Peut-être de l'incrédulité. Ou de la colère.

« Qui est votre source ? demanda-t-il. Elle a peut-être la Plume et le parchemin ou le journal, ou ce qui a été utilisé pour réécrire l'événement. »

Je voulais bien lui faire part de ma théorie, mais je n'avais pas l'intention de lui donner le nom de Ryleigh. Je savais qu'elle n'avait jamais trouvé la Plume ; j'avais été à ses côtés quand elle avait affronté ce qu'elle considérait comme un échec.

Cette histoire avait été le travail de sa vie et je comprenais ce que l'on ressentait lorsqu'on était obligée de laisser tomber quand la piste disparaissait.

« Je crains que ce ne soit confidentiel. Mais je suis certaine que ma source n'a jamais localisé la Plume, elle n'a donc pas pu réécrire le bal de Tous les Pécheurs. »

Les princes échangèrent un regard et leur mécontentement refroidit l'air autour de nous.

« Eh bien, cette conversation a été des plus éclairante, dis-je en me levant de la table. Merci de m'avoir accordé votre temps, Prince Envie. »

Je me tournai vers Camilla.

« Et merci pour vos idées. »

Axton se leva, mais je l'arrêtai en posant une main sur son bras.

« J'aimerais repartir seule, si cela ne vous dérange pas.

— En calèche, il vous faudra des heures », répondit-il.

Comme si je n'étais pas au courant.

« Cela m'est égal, je préférerais être seule avec mes pensées.

— Très bien. »

Il se tourna vers son frère.

« Fais venir ta calèche. »

Je sentis son regard sur moi tandis que je sortais de la pièce avec un valet de pied, mais ne me retournai pas.

Mon esprit tournait à toute vitesse et mon cœur battait la chamade alors que je pensais aux conséquences de tout ce que je venais de confirmer. À présent, je ne savais pas quoi faire.

La Plume maudite avait semblé provoquer les attaques de dragons.

En théorie, cela signifiait qu'il était impératif de trouver l'objet maudit original et de le détruire. Mais qui avait un mobile ? Pour percer ce mystère, je devrais mettre à l'épreuve toutes mes capacités d'enquêtrice.

Il était temps de passer en revue les détails du bal de Tous les Pécheurs.

J'écumerais les listes d'invités et suivrais toutes les pistes, puis je prierais les anciens dieux pour résoudre l'affaire avant que le chaos provoqué par la Plume maudite ne nous détruise tous.

Quarante-cinq
Prince Gourmandise

Des heures après le départ d'Adriana de la Maison Envie – et après avoir été informé qu'elle était arrivée au château saine et sauve –, je me tenais sur le toit de ma Maison du péché.

Envie m'avait accompagné pour informer Luxure, Cupidité et Paresse des détails de notre réunion avec Adriana. Avec les nouveaux renseignements que nous avions reçus, nous devions établir une stratégie.

Orgueil était de nouveau absorbé par ses propres problèmes et Colère patrouillait dans le territoire du Nord. Je le mettrais au courant demain.

« Tu crois qu'elle a découvert le lien avec les dragons de glace aussi ? » demanda Luxure, accoudé à la rambarde du balcon.

Pour un œil non averti, il semblait détendu, mais la tension dans son regard prouvait le contraire.

Je me laissai tomber sur l'un des fauteuils du toit de la Maison Gourmandise.

« Très certainement. »

Cupidité poussa un soupir.

« Est-ce que tu lui as proposé de l'argent pour acheter son silence ?

— Bien sûr que non. »

Je me pinçai l'arête du nez. Cupidité pensait toujours que tout le monde souffrait des mêmes vices que lui.

« Elle a un sens de la moralité. »

Paresse lui lança un regard qui le traitait clairement d'incompétent, puis alla s'installer de l'autre côté du balcon, comme si la stupidité était contagieuse.

Il y avait une chose dont je ne doutais pas un instant : Adriana Saint Lucent était brillante et il ne lui aurait pas fallu longtemps pour comprendre que la magie cherchait à atteindre l'être le plus puissant après moi.

Elle savait que les dragons étaient agités. Elle savait qu'un prince avait été attaqué. Et elle avait désormais une raison de suivre une piste.

Pour tout ce que j'en savais, elle était peut-être assise dans sa chambre en ce moment, en train de rédiger l'article qui signerait ma perte.

Envie nous servit à chacun une généreuse dose du bourbon à la mûre qu'il avait apporté, puis reporta son attention vers l'horizon. Une autre tempête approchait ; la visibilité déclinait rapidement.

Bientôt, nous ne verrions plus la chaîne de montagnes où les dragons vivaient. Nous étions montés là pour discuter des prochaines étapes pendant que mes savants allaient chercher les anciens registres des invités. Je voulais m'assurer qu'aucun dragon ne s'aventurerait trop loin de son territoire.

Avec ce que nous savions à présent, une attaque ne semblait pas seulement certaine, mais inévitable.

« Ne pas effacer sa mémoire va poser un problème, Gabriellis. »

Envie se tourna vers moi.

« Elle finira par écrire un article, même en sachant que de la magie est impliquée.

— C'est toi qui as décidé de lui révéler plus d'informations. »

Je bus la moitié de mon verre. La brûlure me fit du bien.

« Je ne sais pas ce que tu avais en tête.

— Elle avait déjà découvert plus de choses que nous. Tu crois que ça aurait changé quoi si je n'avais pas confirmé ses théories ? Autant lui donner quelques réponses, plutôt que de la laisser fouiner là où on ne peut pas la surveiller. »

Il n'avait pas tort. J'étais juste trop à cran pour le remarquer, et j'avais envie de me battre.

Ce n'était pas le fait qu'Adriana ait trouvé la réponse à notre problème qui me dérangeait. En fait, cela me la rendait encore plus admirable. Ce qui me perturbait, c'était le fait que mes rêves récurrents... avaient été réels. Et que j'avais ignoré que de la magie était en jeu.

Envie m'observait par-dessus le bord de sa coupe.

« Tu lui as dit que tu l'aimais, au bal de Tous les Pécheurs ? » demanda-t-il, me prenant de court.

Je crus d'abord qu'il plaisantait. Mais aucun de nos frères ne rit. Le fait que quelqu'un ait utilisé de la magie contre nous représentait une menace considérable. Et comme je ne l'avais pas détectée, ils étaient tous obligés de faire face à leur propre vulnérabilité.

« Je n'en ai aucun souvenir. Pourquoi ? »

J'attendis qu'il poursuive. Apparemment, il n'en voyait pas la nécessité.

« Merde, va droit au but, Levi. Quelle importance ? »

Envie grimaça en entendant son surnom.

« Là où je veux en venir, c'est que la magie ne t'a pas poussé à la détester. Alors, je me demande si ses souvenirs sont vraiment intacts. D'après ce qu'elle m'a laissé entendre ce soir, elle se souvient d'avoir couché avec toi. Et c'est une blessure qui s'est envenimée chaque fois que tu as tenté d'attirer son attention au cours des dix dernières années avec tes lamentables tentatives de séduction.

— Ce n'est pas comme si j'avais cherché à lui faire du mal, soupirai-je. Si j'avais su qu'elle était à moi, j'aurais agi autrement. Je ne suis pas un putain de monstre. »

Cupidité afficha un sourire amusé.

« Non, tu es juste un connard. »

Luxure s'esclaffa.

« Cela dit, la voir te démonter après chacune de tes tentatives ratées pour l'impressionner, c'était franchement marrant. »

J'ouvris la bouche pour rétorquer que je n'avais jamais cherché à l'impressionner, puis me ravisai.

Ils se mirent à se moquer de mon déni au fil des années, prétendant soudain qu'ils savaient, magie noire ou pas, que nous nous aimions en secret. Je les ignorai jusqu'à ce que Paresse me lance une pique.

« N'importe qui doté d'un minimum de bon sens voyait bien que tu la désirais.

— Est-ce que tu viens de me traiter d'idiot tout en vantant ta propre intelligence avec ce ton supérieur d'intellectuel ? demandai-je, feignant d'être vexé. Tu es vraiment un sale rat de bibliothèque. »

Mais cette légèreté entre nous fut de courte durée. Je pris enfin le temps de réfléchir à ce qu'ils disaient.

Si je me mettais à la place d'Adriana en sachant ce que je savais maintenant, je ne trouverais pas du tout cette situation amusante. Elle m'avait vu satisfaire mon péché avec d'innombrables conquêtes.

Ma réputation de débauché était bien méritée… du moins, c'est ce que j'avais laissé croire à tout le monde. Elle ignorait que ce n'était qu'une comédie, une manière d'alimenter mon péché sans réellement céder à mes désirs charnels. À chaque fois, ça avait dû retourner le couteau dans la plaie et lui rappeler cette première nuit.

Elle m'avait accusé de l'avoir rejetée. Rien ne pouvait être plus éloigné de la vérité.

« Je n'ai aucun souvenir d'avoir emmené Adriana dans mes jardins, avouai-je une fois qu'ils eurent fini de ressasser les erreurs que j'avais commises et qui les amusaient le plus. Je me souviens seulement d'avoir essayé de lui parler. »

Et ces tentatives s'étaient mal passées. Un mensonge, apparemment.

Ma mâchoire se contracta tandis que je mesurais l'ampleur de la supercherie. Non seulement le coupable avait mis ma cour en danger, mais il avait aussi gâché ma vie. Était-ce le but ou s'agissait-il juste d'un dommage collatéral dans cette guerre secrète ?

— Une preuve de plus que la Plume a été utilisée, dit Envie. On dirait bien que votre relation était la cible.

— *Si* c'est vraiment la raison, alors quelqu'un s'est donné beaucoup de mal pour s'assurer qu'elle ne garde pas un souvenir agréable de toi, ajouta Luxure. Qui est-ce que tu as énervé ?

— Tu as flirté avec quelqu'un d'autre ? demanda Paresse.

— Qui pose des questions débiles, maintenant ? » lança Luxure.

Je passai les mains dans mes cheveux, levant à nouveau les yeux vers le ciel.

« Peut-être qu'ils espéraient affaiblir ma cour. »

Les inquiétudes de Val ne semblaient plus si invraisemblables, désormais.

Les articles cinglants d'Adriana auraient pu faire basculer mes pécheurs. S'ils s'alignaient avec d'autres péchés, ma cour finirait par s'effondrer.

La personne qui avait utilisé la Plume s'était assurée qu'Adriana me haïsse et que je n'aie aucun souvenir de l'avoir faite mienne un jour. Ce détail contenait sans doute la réponse à toutes nos questions.

Je me mis à réfléchir. J'essayai de me concentrer sur les moindres détails de cette nuit-là, mais rien ne me vint à l'esprit.

« Même si je me souvenais de quelque chose, je ne suis pas certain que mes souvenirs seraient fiables. »

J'avais l'impression que c'était la pire des violations : quelqu'un avait manipulé mon esprit. Ma vie. Et quand je découvrirais qui avait osé gâcher mon bonheur, et celui d'Adriana, je le livrerais aux dragons.

Je terminai mon verre d'une traite et fis signe à mon frère de me resservir. Toutes les informations que je venais d'apprendre fusaient dans ma tête.

Envie grimaça face à cet ordre, mais s'exécuta et me versa un doigt d'alcool.

Je faisais suffisamment confiance à mes frères pour savoir que s'ils croyaient Adriana et pensaient que la Plume maudite avait été utilisée contre nous, alors, c'était vrai.

Il y avait une certaine logique là-dedans. Mais cette idée était encore difficile à accepter.

J'avalai le deuxième verre et la brûlure de l'alcool m'ancra dans le présent.

« Même si ma mémoire revient, les dégâts sont faits.

— Comme tu es défaitiste. »

Envie sirota son bourbon, les yeux brillants.

« Avec ta soif d'aventure, je t'aurais cru prêt à te battre pour elle. »

J'avais une fichue Maison du péché remplie de prétendantes et un objet maudit toujours dans la nature. Si le royaume découvrait la vérité sur Adriana et moi… « scandale » était un mot trop doux pour décrire les conséquences que cela engendrerait.

Je ne pouvais pas prendre ce risque pour l'instant.

Mais peut-être pouvais-je commencer à reconstruire ce que nous avions perdu. Une idée se forma lentement dans mon esprit…

Un bal pourrait non seulement être le moyen idéal de distraire le royaume, mais aussi de danser avec elle. De rattraper quelques erreurs. Je levai les yeux vers le ciel. Aucun dragon en vue.

« Inutile de vous dire de garder toutes ces informations entre nous. La dernière chose dont j'ai besoin, c'est que ces journaux à scandale le découvrent. »

Je jetai un coup d'œil à mes frères.

« As-tu transmis mon message à Wolf ?

— Bien sûr. »

Envie s'approcha de la rambarde, les yeux rivés vers les nuages de plus en plus sombres.

« S'il y a bien quelqu'un capable de retrouver un objet maudit, c'est un chasseur unseelie. Il se renseigne auprès de son réseau. »

Un soupçon me troubla, un soupçon trop absurde pour être vrai. Mais je ne pouvais pas l'écarter si facilement.

« Vous ne pensez pas qu'Adriana ait pu utiliser la Plume, si ? »

Envie, qui avait été appuyé sur la rambarde, se redressa en haussant les sourcils. Il me regarda, puis se tourna vers Paresse.

« Eh bien, c'est vrai que c'est une journaliste. »

Paresse resta silencieux quelques instants, plongé dans ses pensées. Le fait qu'il ne nous traite pas immédiatement d'imbéciles me mit encore plus mal à l'aise.

Finalement, il haussa les épaules.

« C'est possible. Peut-être que tu as fait quelque chose qui lui a donné envie d'oublier. Si elle a utilisé la Plume, elle n'en a peut-être pas conscience.

— Ne le saurait-elle pas, si elle avait la Plume ? demanda Cupidité. Ou le journal ou le parchemin ?

— Pas nécessairement, répondit Envie d'un air sombre. Elle a peut-être caché ces objets, puis les a oubliés. Ou bien elle les a jetés après avoir quitté le bal. Tout est possible.

— Peut-être qu'on l'a forcée à écrire quelque chose sans qu'elle sache ce que c'était, ajouta Paresse. Il serait raisonnable de penser que cela n'avait rien à voir avec toi ; c'était peut-être quelqu'un qui la désirait, *elle*. Peut-être qu'elle a ignoré les avances de quelqu'un qui ne l'a pas bien pris. »

Nous restâmes silencieux un moment, perdus dans nos pensées et nos soupçons. J'avais été assez arrogant pour croire que j'étais la cible et le prix à gagner. Mais cette magie qui nous liait… elle n'aimait pas l'idée que quelqu'un me prenne Adriana.

Cependant, si je mettais de côté cette pulsion territoriale, il était vrai qu'elle avait attiré l'attention de nombreux prétendants ce soir-là. Peut-être que quelqu'un avait été jaloux et avait voulu détruire ce que nous avions pour mieux la voler plus tard. Cette théorie ouvrait la porte à une nouvelle vague de suspects, et me donnait envie de les traquer et de commettre des actes d'une noirceur indicible. Si un pécheur d'une autre Maison avait osé saper mon autorité dans mon propre cercle, je lui déclarerais la guerre.

Je passai une main dans mes cheveux et poussai un profond soupir.

« Retournez dans vos cercles et voyez ce que vous pouvez apprendre sur les invités du bal de Tous les Pécheurs. Je vais essayer de trouver d'autres indices sur la Plume. Il doit bien y avoir une piste à suivre sur ses propriétaires. Demain, j'essaierai de débusquer le coupable.

— Et comment comptes-tu t'y prendre ? » demanda Paresse.

Je me dirigeai vers la porte.

« Je vais organiser un autre bal. »

❄ ❄ ❄

Après avoir passé le reste de la nuit à planifier l'événement et à envoyer les invitations, j'avais hâte de retrouver mon ennemie aux écuries, le lendemain après-midi. L'expression du visage d'Adriana se referma net dès qu'elle vit le cheval de l'enfer. Et aucune autre monture en vue.

Nous étions sur le point de nous mettre très à l'aise. Compte tenu de sa découverte sur la Plume maudite, et aussi de ce qui s'était passé entre nous dans la bibliothèque, il avait fallu batailler pour qu'elle accepte cette promenade aujourd'hui. Elle prétendait que nous devions nous tenir à distance le temps d'éclaircir la situation, surtout quand je lui avais demandé de danser avec moi ce soir, au bal. J'avais poliment exprimé mon désaccord.

La compétition était encore en cours, mes prétendantes et ma cour étaient surexcitées depuis l'annonce soudaine de ce bal, mais résoudre ce mystère passait avant tout.

D'une façon ou d'une autre, je découvrirais si Adriana avait utilisé cette plume. Mon instinct me disait que ce n'était pas le cas. Et il y avait une autre raison, plus personnelle, derrière cette petite excursion de début d'après-midi.

J'ajustai mes gants en cuir.

« Un problème, Miss Saint Lucent ? »

Je caressai l'encolure de Magnus, l'étalon noir gigantesque qui piaffait d'impatience. Cela faisait presque une semaine que je ne l'avais pas sorti. Il était prêt à galoper.

Heureusement, après plusieurs jours, les blessures provoquées par le dragon avaient enfin guéri. La chevauchée ne serait pas trop douloureuse. Du moins, pas pour moi.

Adriana, elle, avait l'air de plonger dans un nouveau cauchemar.

« Où est mon cheval ? demanda-t-elle.

— Vous savez monter ? »

Son regard passa de moi à l'animal.

« Non.

— Bon, alors, je vais vous aider à grimper. »

Un palefrenier attrapa les rênes tandis que je hissais Adriana sur le cheval. Elle retint sa respiration en s'installant à l'avant. Je montai aussi, prenant place confortablement derrière elle.

Elle se raidit aussitôt, faisant de son mieux pour se pencher en avant et éviter tout contact superflu.

Comme si nous n'avions pas été à deux doigts d'arracher nos vêtements deux nuits plus tôt et que je ne l'avais pas fait jouir dans le couloir secret.

Je souris dans son dos, puis donnai un coup de talons pour lancer Magnus au petit trot. Nous sortîmes de l'écurie et avançâmes dans la neige qui tombait doucement.

Adriana tira la capuche de sa cape bleu marine sur sa tête et un frisson parcourut son dos tandis que nous accélérions un peu. Elle agrippa fermement le pommeau alors que nous rebondissions sur notre monture et que son corps se soulevait de la selle à chaque pas.

« Arrêtez de serrer les cuisses. Vous devez garder vos mollets collés au cheval. Talons vers le bas. Accompagnez le mouvement, dis-je. Vous tiendrez mieux en selle. »

Je tirai légèrement sur les rênes pour faire ralentir Magnus, car un sentiment protecteur montait en moi. Je ne voulais pas qu'Adriana tombe du cheval.

« Tenez. »

Je lui tendis les rênes. « Posez-les sur le pommeau. Appuyez-vous contre moi. »

Je plaçai mes mains de chaque côté de son corps, tirant doucement ses hanches contre les miennes. Une certaine tension émanait d'elle et Magnus hennit en agitant la tête d'un côté, puis de l'autre.

« Il faut que vous vous détendiez, sinon Magnus va ruer. Un cheval sent quand son cavalier est nerveux.

— Je ne suis pas sûre d'être capable de me détendre dans cette situation.

— Fermez les yeux. Oubliez à quel point il est bon de me sentir contre vous. Pensez au cheval. Laissez vos cuisses épouser ses flancs légèrement, mais accrochez-vous un peu plus avec vos mollets. En poussant vos talons vers le bas, vous garderez l'équilibre plus facilement.

Elle inspira profondément, puis ajusta lentement sa posture et ses jambes s'enroulèrent enfin autour du corps de l'animal.

« Bien. Quand on repartira, bougez vos hanches au rythme des pas du cheval. Vous serez moins secouée et vous tiendrez mieux en place. Tout est une question de rythme. »

Je repris les rênes, les tenant légèrement d'une main, et passai l'autre autour de sa hanche pour qu'elle ne glisse pas de la selle. Il n'était peut-être pas nécessaire que je la serre si fort, mais, après tout, j'étais un débauché. Du moins, en ce qui la concernait.

« Nous allons commencer doucement. Prête ? »

Elle souffla et un nuage de buée s'échappa de ses lèvres.

« Je crois, oui.

— Si vous sentez que vous vous raidissez, serrez-vous contre moi et bougez avec mon corps. Je ne vous laisserai pas tomber. »

Je claquai la langue et relançai Magnus au petit trot, m'assurant de suivre un sentier fréquenté qui contournait les terres de la Maison Gourmandise.

Le corps d'Adriana était encore un peu trop tendu, mais elle commençait à trouver son rythme à cheval. Peu à peu, elle se détendit contre moi et son dos suivit les mouvements de mon torse lorsque nous passâmes au trot rapide.

Magnus hennit, rongeant son mors avec impatience ; il voulait accélérer. Galoper sous les tempêtes était son activité favorite. Et je ne refusais rien à mon cheval.

Une fois certain qu'Adriana ne risquait plus de glisser de la selle, je donnai un coup de talons contre les flancs de l'animal, le signal qu'il attendait pour s'élancer. Magnus n'avait pas besoin d'autre encouragement.

L'étalon fila sur le sentier ; les arbres sur les côtés se fondaient en une masse vert sombre et floue.

Adriana poussa un cri et je passai aussitôt un bras autour de sa taille, la serrant fermement contre moi alors que nous foncions sur le chemin avant de plonger dans les bois. Son corps bougeait avec le mien.

Il était bon de la tenir dans mes bras. C'était parfait.

J'essayai de me concentrer sur ma mission et de trouver un moyen de l'interroger au sujet de la Plume sans creuser davantage le fossé entre nous, mais plus elle rebondissait contre moi, plus cette tâche devenait dure.

Presque au sens propre du terme.

Je grinçai des dents. Peut-être que ce n'était pas le meilleur plan.

Les anciens dieux avaient un sens de la justice abominable ; c'était moi qu'ils torturaient, maintenant.

Et j'aurais juré que la furie devant moi le sentait. Soudain, Adriana se mit à bouger avec un peu trop d'enthousiasme. Ses fesses ondulaient presque contre moi et ses seins rebondissaient sur mon bras.

Lorsque Magnus s'arrêta enfin près des chutes, j'étais sur le point d'exploser.

Je mis pied à terre et aidai Adriana à descendre, remarquant la lueur dans ses yeux lorsqu'elle promena son regard sur moi et vit la preuve de ma réaction à ses provocations. Puis elle détourna les yeux.

Elle savait exactement ce qu'elle avait fait. Et si je n'avais pas été aussi perturbé, j'aurais été impressionné par sa victoire. On pouvait dire qu'elle avait retourné la situation en sa faveur. Sans un regard, elle avança, suivant les centaines de bougies qui éclairaient le sentier serpentant derrière la cascade.

Je la suivis de près, remarquant avec plaisir que tout avait été mis en place selon mes directives.

Une petite table et des chaises étaient installées juste derrière la chute d'eau rugissante, dont le grondement était atténué dans cet endroit. L'eau se jetait dans un bassin d'un bleu glacial à la surface blanche et écumeuse.

J'avais envoyé mon personnel en avance pour installer ce pique-nique romantique dans l'un de mes endroits préférés sur le domaine. Derrière ce rideau liquide se trouvait une grotte naturelle et sculptée dans d'épaisses plaques de glace. L'eau glacée teintait les parois d'un beau bleu pâle.

Dans la caverne suivante se trouvait un lagon d'eaux thermales que j'avais ouvert au public, ce qui en faisait un endroit populaire pour ma cour et les membres de mon cercle qui voulaient profiter de la nature.

C'était un paysage hivernal de rêve. Même une cynique comme Adriana était émerveillée. Elle tourna sur elle-même, admirant chaque détail de ce qui nous entourait, l'air ébahie.

Je ne l'avais jamais vue ainsi et dus m'empêcher de faire quelque chose de stupide, comme suivre du doigt la courbe de sa joue et graver cette expression de joie dans ma mémoire.

Je me raclai la gorge et tirai sa chaise.

« Je vous en prie. Asseyez-vous. »

Elle s'installa, rejetant sa capuche en arrière, les yeux encore rivés sur le paysage. Elle se méfiait de mes intentions.

Je sortis l'un des paniers de denrées laissés par le personnel et fis sauter le bouchon de la bouteille de mousseux. Je remplis nos verres à ras bord et posai les plateaux de fromages, de fruits et de viandes séchées sur la petite table en prenant soin de tout bien mettre en place.

Adriana me regardait comme on observerait un chien qui se serait soudain mis à parler couramment la langue de son maître.

Je haussai un sourcil.

« Difficile de dire si vous êtes impressionnée ou horrifiée.

— Je ne m'attendais pas à ce que vous vous serviez vous-même.

— En réalité, je vous sers en premier. Et, pour éviter que vous tombiez en pâmoison, j'ai aussi écrasé la lavande et le citron, puis mis le vin en bouteille. »

Elle me lança un regard impassible et porta son verre à ses lèvres avant de croiser mon regard de nouveau.

« Vous êtes sérieux.

— Vous semblez oublier que je suis incapable de mentir.

— Vos frères et vous êtes passés maîtres dans l'art du mensonge par omission et jeux de mots. »

Je lui souris poliment.

« C'est vrai. Mais vous, vous êtes libre de mentir autant que vous voulez.

— Et vous le sentiriez si je le faisais, je ne vois donc pas l'intérêt de me mordre la langue. »

C'était l'occasion parfaite d'enchaîner avec la raison pour laquelle je l'avais amenée ici. Enfin, l'une des raisons.

Je jouai avec le pied de mon verre de vin et observai attentivement Adriana.

« À votre avis, qui a utilisé la Plume maudite ? »

Elle m'examina attentivement.

« Je n'en suis pas sûre. J'ai essayé de découvrir qui aurait pu avoir les moyens d'y parvenir. Ou une raison de le faire. Pourquoi viser votre cour ? »

Si elle tentait de me faire parler des dragons de glace, j'étais sur le point de la décevoir.

« Je me demande pourquoi votre mémoire n'a pas été affectée comme la mienne. »

Elle scruta mon visage.

« Insinuez-vous quelque chose, Axton ?

— Vous écrivez. »

Un long moment de silence tendu s'installa entre nous avant qu'elle ne réagisse.

« Incroyable. »

Elle pinça fermement les lèvres.

« Vous croyez que j'ai utilisé la Plume. Pour détruire ma propre vie ?

— Il est possible que vous ne vous souveniez pas de l'avoir utilisée. »

Je pensai à son amie, l'autre journaliste.

« Ou peut-être que c'était quelqu'un de votre entourage. La chroniqueuse qui a écrit sur nous. Certaines rumeurs disaient qu'elle voulait votre poste de journaliste en chef, n'est-ce pas ? »

Si les regards pouvaient tuer, je serais dans le Grand Au-Delà.

« Je n'étais rien d'important à cette époque, et surtout pas après que notre scandale avait éclaté dans la presse. Et Ryleigh est comme une sœur pour moi. *Jamais* elle ne me trahirait. »

Je fus agacé en la voyant défendre son amie aussi férocement, surtout à cause du regard plein de mépris qu'elle me lança.

« Tout comme elle ne vous a pas utilisée pour vendre plus de journaux à scandale.

— Comment pouvez-vous être certain de ne pas avoir regretté votre choix et de ne pas avoir réécrit l'histoire ? Peut-être que c'est pour cette raison que vous ne vous souvenez pas que nous avons couché ensemble, mais moi, oui.

— Je ne le regrette *pas*.

— Bien sûr que non, dit-elle en m'adressant un regard impassible. Vous ne vous en souvenez même pas. »

L'air dans la grotte devint soudain trop chaud ; mon cœur battait trop vite.

La tension crépitait entre nous, électrique, et je révélai enfin mon plus grand secret.

« Je vous *désire* plus que vous ne pouvez l'imaginer. J'ai envie de vous plus que je ne désire mon péché. Vous me hantez, Adriana. »

Je tremblais presque sous le poids de cet aveu.

« Mes rêves sont les seuls moments où je peux vous adorer. Savez-vous combien de mensonges soigneusement tournés j'ai dû inventer au fil des années ? Avez-vous conscience du rôle que j'ai joué au cours de cette dernière décennie ? Tout ça pour cacher à quel point je suis profondément, irrémédiablement fou de vous ? »

Elle vida son verre d'un trait impressionnant, puis se leva.

« Si cette réunion est terminée, j'aimerais rentrer. J'ai encore une chronique à écrire et à envoyer. »

Je me levai à mon tour, notant avec satisfaction que ce n'était pas de la peur que je sentais émaner d'elle tandis que je me penchais au-dessus de la table dans une attitude dominatrice.

« Non. »

Ses jolis yeux lançaient des éclairs.

« Ce n'était pas une invitation à débattre, espèce de mufle.

— Vous avez raison. Ça ne l'était pas. Maintenant, asseyez-vous. »

Je cachai un sourire quand son excitation me frappa de plein fouet.

Elle avait envie de détester mon ordre arrogant, mais son corps ressentait tout autre chose.

Je savais que, si je baissais les yeux, je verrais ses tétons durcir contre la soie de son corsage, suppliant ma bouche malicieuse de les embrasser.

Adriana aimait que je la domine, mais uniquement de cette manière. C'était une bataille sur laquelle nous tombions facilement d'accord.

Nous nous fixâmes, nos visages à quelques centimètres à peine l'un de l'autre, jusqu'à ce qu'elle se laisse retomber sur sa chaise en me fusillant du regard.

« Alors, quoi ? lança-t-elle d'une voix sèche. Quelle malhonnêteté voulez-vous avouer maintenant ?

— La vérité, ma douce ennemie… »

Je baissai les lèvres jusqu'à son oreille.

« La vérité, c'est que je n'ai couché avec personne depuis le bal de Tous les Pécheurs. Mais je vous ai fait l'amour mille fois dans mes rêves. Et je n'ai pas désiré une seule fois avoir une autre femme dans mon lit. »

Je reculai juste assez pour la voir digérer ma confession.

Elle scruta mon visage tout en retenant ses larmes.

« Que voulez-vous de moi, maintenant ? »

Vous faire des choses obscènes que nous n'oserions jamais nommer à voix haute et que nous désirons tous les deux.

« La même chose que je désire depuis bien plus longtemps que je ne veux l'admettre. »

Je ne me souvenais peut-être pas d'avoir couché avec Adriana, mais la magie noire n'était pas la seule chose qui nous séparait depuis dix ans. J'étais tout aussi coupable.

Après la publication de son premier article incendiaire, je m'étais déchaîné en public pour céder à mon péché ; plus Adriana me mettait en pièces dans les journaux à scandale, plus je cherchais à prouver qu'elle avait tort.

C'était devenu un cercle vicieux et, finalement, j'avais juste réussi à lui donner raison.

Plus nous alimentions cette guerre entre nous, moins nous avions de chances de gagner.

Je tentai de me souvenir du bal de Tous les Pécheurs en détail, mais au mieux, les souvenirs étaient flous. Cependant, j'avais conservé une image claire et nette d'un moment : celui où je l'avais vue franchir les portes de la salle de bal.

Je ne me souvenais peut-être pas bien de cette nuit-là, mais je garderais en mémoire chaque instant à partir de maintenant. Mon péché s'embrasa ; mon envie d'elle me consumait.

Mon regard glissa de ses yeux glacials jusqu'à ses orteils avant de remonter ; l'objet de mon désir ne faisait aucun doute. C'était la Maison Gourmandise, et j'étais prêt à céder à la tentation. Son corsage tendu trahissait sa respiration rapide.

Ma douce ennemie était sur le point de céder à son avenir ; elle ne l'avait juste pas encore compris.

Quelqu'un me l'avait prise une fois. Et, sauf si elle m'en empêchait, elle serait à moi.

Ce soir.

Je me penchai un peu plus en avant, mes lèvres effleurant la courbe de son oreille, et je fus satisfait de voir un frisson de plaisir l'ébranler à ce simple geste.

Son halètement serait le premier d'une longue série. Et celle-ci commencerait maintenant.

« Je veux vous donner ma marque royale. Puis écarter vos cuisses et festoyer. »

Quarante-six

Adriana

La chaleur me submergea tandis que le regard d'Axton glissait sur chaque courbe de mon corps, l'expression de son visage laissant entrevoir toutes les pensées vicieuses qu'il avait.

Quoique… *entrevoir* n'était pas vraiment le bon mot. Il avait l'air prêt à me dévorer tout entière.

Et malgré tous mes efforts, je ne pouvais pas dire que je détestais cela.

S'il m'avait agacée un peu plus tôt, je ne savais plus pourquoi.

Il s'était juste penché au-dessus de la table avec une attitude de mâle dominant, et mes genoux avaient failli céder.

Traîtres de genoux. Apparemment, ils se fichaient de mes années de friction avec le prince. À ce moment précis, tout ce qu'ils semblaient percevoir, c'était la présence d'un prédateur alpha en train de chasser, et ils avaient très envie d'être pris au piège de ses griffes indécentes.

Ou peut-être étais-je simplement en train de me rappeler la sensation de mon inconnu à genoux devant moi, plus tôt cette semaine. Ou du moment où Axton m'avait plaquée au mur dans sa chambre secrète dans la bibliothèque. Par tous les diables… C'était sa maudite confession. Et je savais qu'il n'était plus possible de revenir en arrière, surtout si j'acceptais sa marque royale.

Je n'arrivais pas encore à saisir tout ce qu'il venait de m'avouer. Mais je savais exactement ce que je ressentais.

Son regard torride consuma mes dernières craintes. Le débauché impitoyable me désirait, assez pour vouloir me marquer à jamais comme quelqu'un qu'il tenait en haute estime.

À ma connaissance, une marque royale ne pouvait pas être effacée.

Il semblait impossible qu'il ressente une chose pareille, jusqu'à ce que son regard intense croise le mien.

Mon cœur s'emballa d'impatience ; il aurait pu faire fondre un glacier avec ce regard.

Je jetai un coup d'œil discret autour de la caverne de glace pour m'assurer que les parois n'avaient pas commencé à se liquéfier.

« D'abord, je déposerai la marque juste là. »

Il tendit la main et toucha doucement la peau nue le long de mon corsage, à droite de mon cœur. Ma poitrine se souleva sous cette simple caresse.

« Ensuite, je lierai vos poignets avec ma ceinture, vous attacherai à cette chaise et embrasserai chaque centimètre de votre peau. »

Je levai brusquement les yeux vers lui et soutins son regard. Il attendit ma réaction en haussant un sourcil. Mais je n'avais aucune répartie. Aucun argument. Juste un battement régulier de plus en plus insistant.

Il afficha un petit sourire. Il savait qu'il avait capté toute mon attention. Ou peut-être savait-il simplement que je n'avais aucune envie de le repousser. Il était bien mon étranger du *Seven Sins*. Il connaissait les désirs inavoués de mon cœur.

Et moi, je connaissais les siens.

Ce prince était vraiment, vraiment obscène.

« Et puis, quand vous me supplierez de vous donner ma queue, je vous pencherai sur cette table. »

Il traça une ligne sur la petite table devant nous, écartant lentement la nourriture du bout des doigts.

« Et je baiserai votre chatte si fort que vous vous ficherez de savoir si je suis le diable en personne, tant que je vous ferai jouir à nouveau. »

Je fermai les yeux, tentant d'étouffer le terrible manque qui grandissait entre mes jambes à ses mots.

Il était inutile de nier qu'il m'avait excitée. S'il ne me touchait pas sous peu, je satisferais moi-même ce besoin, même s'il restait là à me regarder.

En fait, quelque chose me disait que le spectacle lui plairait, sachant qu'il lui était réservé.

Je chassai ces pensées de mon esprit.

« On ne peut pas.

— Pourquoi pas ? »

Je poussai un soupir de frustration.

« Oh, je ne sais pas… Peut-être à cause de votre compétition pour trouver une épouse ? Ou parce que ma sœur fait partie de vos prétendantes ? »

Il plissa les yeux.

« Votre sœur est charmante, c'est certain. Mais je crois que nous savons très bien, vous et moi, que je ne la choisirai jamais. »

Et sachant qu'Eden avait un amant secret, je doutais fort qu'elle aussi ait envie de le choisir. Mais quand même. « Même si vous ne choisissez pas Eden, vous devrez penser aux autres prétendantes.

— Un argument valable. Alors, faisons exactement ce que nous avons juré de faire : nous fréquenter en secret jusqu'à ce que la presse trouve une autre histoire sur laquelle se concentrer. »

Je ris doucement en secouant la tête.

« Vous êtes le favori royal. Je doute que quiconque attire davantage l'attention des journaux. »

Il afficha un petit sourire.

« Avec les motivations nécessaires, je suis certain que Luxure pourra leur fournir quelques scandales à se mettre sous la dent. Peut-être pourrait-il même prendre ma place dans la compétition. »

Je n'arrivais pas à croire que nous étions là, assis l'un en face de l'autre, en train d'élaborer un plan pour avoir une liaison secrète. J'aurais aimé rejeter la faute sur ce fichu lien magique entre nous, mais je savais que cela allait plus loin.

Beaucoup plus loin.

Je n'arrêtais pas de me répéter son aveu, comme si je risquais d'en oublier un seul mot un jour. Tout cela ressemblait trop à un fantasme : Gabriel Axton qui me désirait en secret, tout comme j'avais envie de lui.

Une partie de moi craignait encore que tout cela ne soit trop beau pour être vrai, que je sois en train de retomber dans le même piège que dix ans plus tôt. Que tout s'effondre à nouveau.

Je ne savais pas comment je pourrais survivre à un autre scandale ou à un nouveau chagrin d'amour. Mais l'amour n'était-il pas un mélange de confiance et de foi ? Peut-être était-il temps d'oublier le passé et de vivre dans le présent.

« Si nous avons un accord, personne ne peut le découvrir, dis-je. Je dois trouver un moyen de l'annoncer à ma sœur.

— Vos secrets sont les miens, très chère. Je ne vous trahirai jamais. »

Il se pencha de nouveau vers moi.

« Êtes-vous prête pour ce que j'ai prévu pour nous, maintenant ? »

Par tous les dieux, je ne devrais pas l'être… mais je l'étais.

« Oui.

— Merveilleux. Mais d'abord… La marque royale. »

Le prince contourna la petite table pour me rejoindre et tendit la paume de sa main vers moi. Je pris une inspiration pour me donner du courage, puis la saisis. Son autre bras se glissa autour de ma taille, m'attirant lentement contre lui. Je pris une vive inspiration. Je voulais sa marque, la confirmation qu'il ressentait la même chose que moi, mais tout allait si vite. On aurait dit un rêve fiévreux.

Même si, au fond, tout avait *vraiment* commencé dix ans plus tôt. Notre fin heureuse nous avait été volée et nous étions enfin sur le point de la réclamer.

« Nerveuse ? »

Il me sourit tout en plaçant ma main sur son épaule, puis écarta doucement mes cheveux pour dévoiler ma peau.

« Est-ce douloureux ? demandai-je en m'agrippant à lui un peu plus fermement.

— Pas du tout, répondit-il avec un sourire malicieux. C'est comme un baiser. Prête ?

— À établir un lien indissoluble avec un prince du péché et à vendre mon âme ? Qui ne serait pas prête ? »

Son rire, grave et sombre, me fit frissonner de la tête aux pieds.

« Ma douce ennemie… À vous entendre, on dirait que votre âme ne m'appartient pas déjà depuis le début.

— Démon arrogant.

— Prince confiant. »

Soudain, il baissa les yeux et l'adoration dans son regard m'indiqua que la plaisanterie était terminée. Tout cela ne le faisait plus rire.

Je fermai les yeux tandis que ses phalanges effleuraient ma mâchoire, descendant lentement le long de mon cou, jusqu'à mes épaules. Il glissa les doigts à l'intérieur de mon corsage, tirant doucement sur la soie pour dénuder ma poitrine.

Son geste était si intime, si tendre… Si mon cœur n'avait pas déjà été en péril, cela aurait été le cas à cet instant précis.

Lorsque ma robe glissa de mon épaule, il se pencha pour déposer un baiser chaste là où mon pouls battait, puis continua à descendre, ses lèvres glissant doucement sur ma peau. Quand il atteignit enfin l'endroit qu'il comptait marquer, sa langue traça un petit motif sur ma chair.

D'abord, elle me chatouilla, puis il recommença, traça le même dessin, et une sensation de chaleur me donna l'impression que tout mon corps s'enflammait.

Axton avait raison : cela ressemblait à un baiser, et j'en voulais plus. Il recula légèrement pour admirer son œuvre.

« Est-ce que cela vous plaît ? »

Je baissai les yeux, tentant de distinguer la marque minuscule dans la pénombre. Elle était si pâle contre ma peau qu'on la remarquait à peine. Un léger scintillement bleu pastel en forme de dragon. Personne ne la remarquerait vraiment à moins de savoir où regarder, mais je sentais la vibration magique sous ma peau, presque comme un ronronnement de plaisir.

« Elle est magnifique, soufflai-je en levant les yeux vers lui.

— Je suis tout à fait d'accord. »

Axton commença à détacher sa ceinture tout en me fixant du regard. Ses gestes étaient lents, un véritable supplice, tandis qu'il la faisait glisser autour de ses hanches. Il avait promis de me marquer, puis de m'attacher pour m'embrasser *partout*, et ce démon tenait toujours parole.

Mon cœur commença à tambouriner dans ma poitrine lorsque je repris place sur la chaise.

Il enroula chaque extrémité de la ceinture autour de ses poings, maintenant le cuir tendu entre nous, tout comme la tension qui montait. Une tension qui n'avait rien à voir avec la magie qui nous liait désormais, mais tout avec nos émotions.

Soudain, le prince tira d'un coup sec sur le cuir, le faisant claquer dans la caverne de glace.

Mes genoux se serrèrent. L'impatience me rendait folle de désir.

« Vous voulez que j'arrête ? »

Je lui aurais adressé un regard incrédule si je n'avais pas été complètement hypnotisée par ses doigts qui caressaient le cuir.

Je compris qu'il attendait toujours une réponse.

« Non, je ne veux pas que vous arrêtiez, Axton. »

Il fit le tour de la table, son regard toujours ancré au mien.

« Placez vos mains derrière la chaise et croisez les doigts comme si vous priiez. »

Un petit rire moqueur m'échappa.

« C'est vraiment une comparaison des plus déplacées. »

Une lueur diabolique brilla dans son regard.

« Ce n'est pas ce que vous direz quand vous serez assise sur mon visage et que vous appellerez tous les dieux au secours. »

J'aurais pu le traiter d'arrogant, mais je savais d'expérience que c'était exactement ce que je ferais dès que sa langue lécherait mon corps.

Il tourna autour de ma chaise et m'attacha rapidement.

Le cuir était froid et un peu rugueux sur ma peau. La sangle se serra autour de mes poignets lorsqu'il l'enroula et qu'il noua le reste solidement pour que je ne puisse pas me libérer.

Mon cœur battait à tout rompre quand je testai la résistance de mes liens. J'étais véritablement à la merci du prince.

Comme s'il avait senti la légère vague de panique qui me traversait, il s'agenouilla devant moi, affichant un air grave sur son beau visage.

« Un mot, et j'arrête. Tout ça, c'est pour le plaisir, pas la douleur. Si vous voulez arrêter à n'importe quel moment, il n'y a aucun problème. Je vais contrôler votre plaisir, mais en fin de compte, c'est vous qui *me* contrôlez. Compris ? »

Je lui décochai un sourire insolent.

« Croyez-vous vraiment que je vais tenir ma langue ?

— Votre langue malicieuse n'est qu'une des nombreuses raisons pour lesquelles je vous aime. »

Un frisson dévala ma colonne vertébrale et je frémis sous le poids de l'émotion. Qu'il me dise qu'il me désirait, c'était une chose, mais l'entendre avouer qu'il m'aimait, c'en était une tout autre. Nous semblâmes tous les deux perdre pied à cet aveu, dévorés par notre désir.

Il se pencha vers moi et captura ma bouche dans un baiser qui me coupa le souffle ; sa férocité nous fit presque basculer en arrière.

Je me débattis contre mes liens ; je mourais d'envie de glisser mes mains dans ses cheveux.

Axton recula, un sourire coquin aux lèvres.

« La caverne juste à côté abrite l'un des lagons les plus prisés de mon cercle. Et aujourd'hui, je l'ouvre au public. N'importe qui pourrait tomber sur nous. »

Ma poitrine se souleva contre mon corsage ; ma respiration devint trop superficielle, trop rapide.

Axton nous avait amenés là où nous pouvions être surpris. Et tout cela pour réaliser mon fantasme.

« Nous venons à peine de jurer de garder notre relation secrète. Avez-vous perdu la tête ? »

Il m'adressa un sourire carnassier en s'approchant de moi.

« Faites-moi confiance. »

C'était une tâche monumentale, surtout lorsqu'il commença à remonter lentement mes jupons jusqu'à mes hanches, m'exposant peu à peu à quiconque pourrait venir ici pour se baigner.

Je serrai les genoux, même si je sentais la chaleur monter en moi.

« Écartez les jambes. »

Je désirais ses caresses, mais je n'étais pas certaine de pouvoir franchir le pas qui séparait le fantasme de la réalité quand tant de choses étaient en jeu. Si on nous surprenait...

Axton fit le tour de la chaise et se pencha par-dessus mon épaule, la bouche collée à mon oreille au moment même où sa main se posa entre mes cuisses.

Je pris une inspiration, choquée par ce contact inattendu. Je dus faire appel à toutes mes forces pour ne pas me frotter à lui, cherchant à soulager mon excitation montante.

« Axton, je ne sais pas si…

— Nous allons devoir nous dépêcher. Sinon, les gens qui arriveront auront un sacré spectacle. Parce que je n'ai pas l'intention d'arrêter avant que vous me suppliiez d'avoir pitié de vous. »

Il mordilla le lobe de mon oreille, puis glissa un doigt entre mes lèvres humides. Je gémis de plaisir.

« Ceci est à *moi*. »

Il retira son doigt, puis frappa mon clitoris et la sensation envoya un éclair grisant à travers mon être tandis qu'il m'agrippait de nouveau. Ce geste était possessif et n'aurait pas dû être aussi séduisant, mais mon corps n'était pas d'accord. J'étais si humide, si gonflée de désir à cause de ses manières sauvages pour me faire sienne, que c'en était presque douloureux.

« Et je ne vous partagerai avec personne.

— Gabriel, je vous en prie… »

Je tirai sur mes liens, désirant le toucher aussi.

Il enfouit son visage dans mon cou et descendit jusqu'à la marque royale, ses doigts m'explorant sans relâche.

Un caillou dégringola dans la caverne, me figeant sur place d'une manière des plus délicieuses.

Ce n'était qu'une pierre, pas une personne. Cette fois…

« À partir de maintenant, je réaliserai vos fantasmes, mais n'inviterai jamais quiconque dans notre lit. »

Il caressa mon corps avec des mouvements lents et exquis, étalant ma moiteur, avant de plonger deux doigts en moi. Il me pénétra plusieurs fois, puis se redressa brusquement – mon corps se sentait vide sans lui.

« Quand la compétition sera terminée, vous emménagerez dans mes appartements.

— Vous voulez que je me roule par terre et que je vous rapporte un bâton, aussi ? »

Axton se dressait face à moi. Il ôta sa veste, puis déboutonna lentement sa chemise, son regard s'attardant sur chaque centimètre de mon corps exposé.

« Votre bouche me fascine au plus haut point. N'arrêtez jamais de me défier, très chère. »

Je ne pouvais détacher mes yeux de lui tandis qu'il retirait ses vêtements, ne gardant que son pantalon, bas sur ses hanches.

C'était un véritable dieu ténébreux. Son torse était sculpté de muscles fermes et dessinés, sa peau douce était tendue sur un corps de guerrier. Et son tatouage... il me donnait envie de passer ma langue sur tout son corps.

« Gardez les cuisses écartées. »

Une menace délicieuse se cachait sous ses mots, et une partie de moi brûlait d'envie de désobéir, juste pour voir ce qu'il ferait pour me punir. J'avais l'impression que cela me plairait.

Mais j'aimais aussi qu'il soit à genoux devant moi, alors j'obéis à son ordre.

Quand je me fus ouverte à lui, il se laissa tomber devant moi et ses grandes mains caressèrent l'arrière de mes jambes avant de s'enrouler autour d'elles. Il me tira vers lui jusqu'à ce que mes fesses soient sur le bord du siège.

Avec une lueur sombre dans le regard, il passa lentement mes jambes par-dessus ses épaules. Ma robe allait être toute froissée, mais je m'en fichais éperdument.

La position était étrange : mes mains étaient liées dans mon dos, mes fesses nues suspendues au bord de la chaise, mais toute l'attention d'Axton était rivée sur la moiteur entre mes cuisses.

« Vous êtes mon péché préféré, Adriana Saint Lucent. »

Il se pencha en avant et lécha lentement mon sexe. Je me cambrai autant que possible, mais Axton contrôlait chaque mouvement de mon corps. Ses larges épaules forçaient mes jambes à s'ouvrir encore plus pour lui, et il en profita pleinement. Sa langue s'aplatit sur moi pour me goûter tout entière.

Je laissai échapper un cri. Mes liens étaient parfaits et horribles. Je voulais enfoncer mes doigts dans ses cheveux, l'attirer contre moi, chevaucher son visage comme il l'avait dit si crûment plus tôt.

Mais je ne pouvais que rester là à me tortiller pendant qu'il me dévorait, choisissant comment me torturer. Le prince n'était pas pressé. Il alternait, plongeant sa langue en moi, la faisant tournoyer autour de mon clitoris, me mordillant, me suçant, me poussant au bord de l'orgasme avant de reculer un peu pour souffler doucement sur ma chair gonflée.

Il avait dit que nous devions faire vite, que quelqu'un pouvait surgir à tout moment. Je ne me souvenais plus pourquoi cela avait de l'importance. Tout ce que je voulais, désormais, c'était qu'il mette fin à cette délicieuse agonie.

« Axton, je vous en supplie, soufflai-je. Arrêtez de jouer. »

Ce maudit prince n'en fit rien. Sa langue indécente suivit ma fente avant de s'enfoncer profondément en moi, me faisant appeler les dieux eux-mêmes.

Son rire vibra dans mon corps et, alors même que je pensais être sur le point de dégringoler de cette falaise glorieuse, il déposa un baiser chaste sur l'intérieur de ma cuisse.

« Oubliez le bal de ce soir. Je compte rester ici toute la nuit. »

Je me débattis contre mes liens. Je les adorais et les haïssais. Je voulais reprendre le contrôle tout en savourant secrètement cette torture.

Axton continua à me goûter langoureusement, me portant au bord de l'orgasme sans répit, jusqu'à ce que je sois certaine d'avoir perdu l'esprit. Il prit l'un de mes seins dans sa main, joua avec mon téton, et mon corps se cambra contre lui, attendant un autre coup de langue délicieux. Je basculai la tête en arrière, priant à voix haute pour qu'il ait pitié de moi, pour qu'il me laisse jouir, pour que les dieux foudroient ce prince malfaisant.

« Regardez-moi. Sinon, j'arrête. »

J'étais tellement frustrée que j'aurais pu hurler, mais je le fixai du regard. Quand il reposa sa bouche sur moi, je faillis crier de soulagement, sentant que ses préliminaires atroces étaient finis. Ses doigts s'enfoncèrent dans mes cuisses, qu'il soulevait, et sa langue accéléra son mouvement sur mon clitoris. Je voulais le regarder, mais mes yeux se tournèrent vers le lagon.

Imaginer que quelqu'un puisse tomber sur nous maintenant était grisant. Mes jambes s'écartèrent encore plus, car je savais que personne n'était vraiment là pour voir le prince me donner du plaisir.

Je ne m'étais pas rendu compte que je balançais mon bassin contre son visage, pas avant qu'il grogne de satisfaction.

J'étais si proche, si prête... Il suça mon clitoris avec force, puis enfonça deux doigts en moi.

Je hurlai et mon orgasme me libéra enfin. Axton en lécha chaque goutte.

À peine avais-je eu le temps de redescendre, mes os liquéfiés par l'extase, qu'Axton me souleva de la chaise et me posa doucement à genoux.

Je me léchai les lèvres alors qu'il baissait son pantalon, libérant son sexe énorme et épais.

Il avait l'air absolument succulent, debout devant moi, nu et fier, et j'étais plus que prête à céder à la tentation.

Quarante-sept

Prince Gourmandise

« Vous n'allez pas me détacher ? »

Ma douce, si douce ennemie ne pouvait cacher le désir affiché sur son visage.

Adriana *voulait* passer ses mains sur mon corps. Et la tourmenter n'en était que plus amusant.

« Non. Je vais baiser cette jolie bouche tout seul. »

Je suivis lentement le contour de ses lèvres du doigt.

« J'ai besoin que vous me preniez. Tout *entier,* très chère. »

Son excitation me frappa si fort que je faillis jouir avant même qu'elle ne me touche.

Je trouvai que le premier coup de langue sur le bout de ma queue fut une expérience spirituelle.

Mais quand sa bouche indécente se referma autour de moi, le pécheur que j'étais ne s'approcha jamais autant du paradis. Encore un coup de langue, et je faillis tomber à genoux. La lueur vive dans ses yeux me révéla qu'elle le savait.

« Putain. »

J'empoignai ses cheveux et la guidai plus profondément. Elle ne me quittait pas des yeux ; ses prunelles étaient comme des lacs bleus et insondables dans lesquels je me noyais.

Adriana était à genoux, les mains toujours liées dans le dos, me prenant entièrement, et voir qu'elle était tout aussi excitée que moi était la chose la plus érotique que j'aie jamais vue. Un besoin primaire de la posséder m'envahit.

J'effectuai des va-et-vient dans sa bouche plusieurs fois, mais ce n'était pas suffisant. Je voulais être en elle.

J'avais l'intention de la retourner sur la table et de nous donner à tous les deux ce que nous désirions, mais je voulais plus d'intimité. Elle se souvenait peut-être de notre première fois, mais pas moi, et je voulais la voir s'écrouler de plaisir. Peut-être étais-je sentimental.

Du moins, avec elle.

Je détachai ses poignets, puis la soulevai dans mes bras avant de l'allonger sur une pile de fourrures. Je voulais éveiller tous ses sens tandis qu'elle se tortillait sur ce doux lit.

Je l'embrassai tendrement avant que notre désir ne prenne le dessus.

Je tirai sur son corset sans prêter attention à la dentelle et à la soie fragiles. J'avais besoin de poser ma bouche sur elle. Dans un geste que je trouvai impressionnant, je retirai sa robe sans l'abîmer, la jetai sur le côté, puis reportai mon attention sur ma splendide rivale.

Ma marque royale scintillait, me submergeant d'un sentiment de satisfaction que je n'avais jamais connu auparavant. Je n'avais jamais ressenti un tel plaisir qu'en sachant qu'elle m'avait choisi aussi.

Adriana se cambra contre moi tandis que je couvrais ses seins de baisers. Ma queue effleura l'entrée de son vagin ; c'était la sensation la plus prodigieuse de l'univers.

D'un seul coup de reins, je m'enfonçai en elle.

Je m'immobilisai un instant pour embrasser sa mâchoire, suivant le tracé de la marque royale avant de capturer ses tétons dans ma bouche, les suçant jusqu'à ce que ses hanches se soulèvent contre moi. Elle était trop parfaite pour être réelle, surtout quand ses mains se mirent à explorer mon corps.

« Y a-t-il quelque chose que vous souhaiteriez que je fasse, Miss Saint Lucent ? »

Je n'avais jamais rien vu d'aussi délicieux que son regard noir.

« Si vous ne l'avez pas encore compris, peut-être que mes doutes sur votre intelligence étaient fondés. »

Je ris doucement, puis fis rouler mes hanches, comme une récompense pour sa répartie. Si j'avais cru qu'elle me laisserait mener la danse, j'avais eu tort.

Chaque fois que je ralentissais, elle répondait avec ses propres coups de reins dans une rivalité glorieuse pour savoir qui infligerait le plus de plaisir à l'autre.

Sous peu, nous haletions tous les deux. Ses jambes étaient enroulées autour de mes hanches tandis que nous foncions vers l'extase.

« J'y suis presque. »

Sa voix était douce et séduisante.

Je glissai une main entre nous et appuyai sur son clitoris. Elle cria, emportée par l'orgasme, se brisant sous moi alors que je jouissais aussi.

Je l'embrassai langoureusement, profondément, ma queue toujours en elle. Je n'avais pas vraiment plaisanté, plus tôt : je pourrais passer le reste de la journée et de la nuit ici, avec elle, et être satisfait. Je reculai et repoussai une mèche trempée de sueur de son front.

« Je vous adore d'une manière obscène. »

Son sourire était doux, presque timide.

« Moi aussi. »

J'entrelaçai nos doigts, bloquant ses mains au-dessus de sa tête. J'étais prêt à recommencer, et elle aussi. Je me retirai lentement, puis fis rouler mes hanches et l'embrassai avec ferveur en me glissant à nouveau en elle.

Je m'arrêtai pour me concentrer uniquement sur sa bouche, ma langue caressant la sienne jusqu'à ce que je la sente se resserrer autour de moi. Alors, seulement, je me retirai pour mieux replonger. J'adorais la voir réagir à chaque mouvement.

Je maintenais ses mains au-dessus de sa tête, ramenant mon attention vers ses seins.

Adriana se cambra contre moi, imposant le rythme de son propre plaisir. Je reposai ma bouche sur la sienne, ravi qu'elle me baise un moment.

« Gabriel.

— Presque, soufflai-je en mordillant doucement le lobe de son oreille. Mon vrai nom est Gabriellis. »

Elle eut le souffle coupé un instant, puis m'embrassa comme si j'étais la seule chose réelle au monde.

« Plus fort. »

Il ne m'en fallut pas plus. Je la pénétrai avec force jusqu'à ce que ses doux gémissements résonnent dans toute la grotte, m'emportant avec elle vers un nouvel orgasme.

Elle murmura mon véritable nom comme une malédiction ; c'était peut-être bien la seule fois où j'en accepterais une. Je posai ma tête contre sa poitrine et embrassai son cœur.

« Altesse ! »

Le corps d'Adriana se raidit sous moi et il me fallut un instant pour comprendre ce qui se passait. Ce n'était pas elle qui avait crié. L'effroi s'empara de moi lorsque j'entendis des bruits de pas qui approchaient.

Je n'eus pas le temps d'agir ou de me cacher.

Nous avions été pris la main dans le sac. Mon regard se tourna vers l'entrée de la caverne, où Val fit irruption.

Pendant un instant terriblement tendu, personne ne bougea.

Val se figea, l'expression choquée tandis qu'elle observait la scène et essayait d'y donner un sens. Adriana se tourna vers moi, mais notre invitée surprise voyait très bien ses cheveux d'un bleu glacial. Ce fantasme d'être surprise n'avait été qu'un rêve. L'horreur qu'elle ressentit me frappa si fort que je fus sur le point de la prendre dans mes bras et d'essayer de nous mettre à couvert.

Je ne pouvais pas cacher qui elle était. Et vu notre bataille très publique, il était très surprenant de nous voir ainsi. Val cligna des yeux rapidement, comme si ses yeux lui jouaient des tours.

Son regard se posa sur Adriana, mais il était impossible de deviner ce qu'elle pensait.

« Val, lâchai-je d'un ton sec en faisant de mon mieux pour cacher Adriana. Donne-nous un instant. Maintenant. »

Val me lança un regard plein de regrets.

« Je ne peux pas. Nous avons localisé la cachette de Silvanus.

— Merde. »

Je fermai les yeux, puis les rouvris, mon cœur tambourinant contre ma poitrine, tandis que je passais en revue dix plans d'action différents en quelques secondes.

« Ramène Magnus aux écuries. Je te rejoins au château sous peu. »

Val jeta un long regard à Adriana.

« Nous aurons peut-être besoin de son aide à elle. »

Je baissai les yeux vers la jeune femme dans mes bras et l'indécision fit rage en moi comme deux grands ennemis. Ce que Val me demandait réellement, c'était si je faisais assez confiance à Adriana pour lui confier les secrets de ma cour. Mon cœur battait la chamade. Si Silvanus manigançait quelque chose, il ne resterait pas longtemps dans un camp. Un jour, peut-être moins. Je devais le retrouver immédiatement, l'empêcher d'agir avec des racines de sommeil.

Si je devais un jour accorder ma confiance à Adriana, c'était le moment.

Je lui avais déjà donné mon vrai nom et ma marque royale ; il n'y avait pas de raison de lui cacher autre chose. Elle détenait le pouvoir de me détruire de bien des façons si elle le souhaitait. Et, après notre réunion avec Envie, elle savait forcément que les dragons étaient visés par la malédiction.

« À quoi penses-tu ? » demandai-je à Val, lui donnant la permission de parler librement.

Si elle fut surprise, elle n'en montra rien.

« Ramène Miss Saint Lucent au château. Provoque un scandale qui attirera l'attention de tous les journaux. Nous aurons besoin d'une diversion si les choses tournent… mal. »

Adriana leva les yeux vers moi ; son regard était difficile à déchiffrer.

« Est-ce que Silvanus est le dragon que vous traquez ? »

Je pris une profonde inspiration.

« Oui.

— Et la Plume maudite a eu des effets sur eux, au point de les pousser à attaquer ? »

Val nous observait avec une curiosité. Je compris pourquoi : je protégeais encore Adriana de mon corps, oubliant complètement que nous étions dans une position des plus compromettantes.

« Allez. Ramène Magnus aux écuries, nous t'y rejoindrons vite.

— Dois-je me préparer à quelque chose avant que nous nous retrouvions ? »

Un plan se forma rapidement dans mon esprit.

« Tu entreras en trombe et me tireras du château de force, attirant l'attention sur notre arrivée si elle passe inaperçue. »

Val s'inclina et s'en alla sans ajouter un seul mot.

« Vous n'avez pas à participer à cette diversion si vous ne le souhaitez pas, dis-je en fixant Adriana du regard. Je trouverai un autre moyen qui n'aura rien à voir avec vous. »

Ses doigts s'enfoncèrent dans mes bras.

Je ne savais pas si elle me tenait si fort pour me garder contre elle, ou pour ne pas m'étrangler parce que j'avais suggéré qu'elle prenne part à un scandale public.

Une lueur de détermination passa dans son regard.

« Quel est le plan complet ?

— Si on nous surprend ensemble, tous les regards se braqueront sur vous, et ils voudront les moindres détails que vous voudrez bien leur donner. Il vous suffira de jouer le jeu à notre arrivée et de leur donner une raison de croire que nous sommes des amants secrets.

— Parce que c'est le cas.

— Pour le moment seulement, dis-je en l'embrassant doucement. Pendant qu'ils essaieront d'obtenir des informations sur notre liaison, je pourchasserai Silvanus et l'arrêterai avant qu'il ne puisse rallier le reste de la meute à sa cause ou trouver d'autres alliés ailleurs. Avec un peu de chance, tout se passera bien. Je reviendrai à temps pour le bal, j'annulerai la compétition et me déclarerai à vous pour mettre fin au scandale dès que possible. »

Un petit sourire étira ses lèvres.

« Alors, allons provoquer un scandale. »

À cause de notre serment de sang, si je la laissais ici et m'éloignais trop, nous en souffririons. Tous les deux. Mais je ne m'inquiétais pas pour moi.

« Il y a un dernier point à considérer. »

Elle pressa sa main contre mon torse.

« La gêne due au serment de sang ? J'en suis bien consciente. Vous me cassez les pieds depuis une décennie. J'y survivrai. »

J'eus envie de sourire, mais n'en fus pas capable.

« Êtes-vous prête ? » demandai-je plutôt.

Elle hocha la tête.

Je me redressai brusquement et enfilai mon pantalon en un éclair, utilisant tout mon pouvoir pour faire plier le temps. Adriana passa rapidement sa robe par-dessus sa tête, maudissant le tissu froissé et la dentelle déchirée. Il était impossible de dissimuler ce que j'avais fait. Non pas que nous le souhaitions.

Je posai ma veste sur ses épaules pour tenter de cacher un peu l'état de ses vêtements, sachant que cela ne ferait qu'attirer davantage l'attention.

Je lui pris la main et nous nous précipitâmes vers la sortie de la caverne. Une fois dehors, je soulevai Adriana dans mes bras et pris mon envol. Quelques instants plus tard, nous nous posions devant ma Maison.

Je posai une main possessive dans le creux de son dos ; j'avais besoin de la sentir entière, saine et en vie, et pas seulement pour provoquer des rumeurs, alors que nous montions les grands escaliers menant à la Maison Gourmandise. Nous venions à peine d'entrer dans le vestibule quand quelqu'un poussa un cri de surprise.

Je levai les yeux. Le destin faisait bien les choses et je supposai que c'était le meilleur démon sur qui tomber en premier.

Ryleigh Hughes nous fixait sans ciller.

J'aurais dû être soulagé que notre plan se mette déjà en place.

Mais ce n'était pas le cas. Il me fallut puiser dans toute ma force pour continuer à avancer sans déclarer qu'Adriana était mienne sur-le-champ, quelles que soient les conséquences.

« Mais qu'est-ce qui est arrivé à ta robe ? demanda Ryleigh.

— Je ne peux pas parler maintenant. »

Je n'avais jamais entendu la voix d'Adriana aussi douce. Elle jouait son rôle à merveille. C'était à mon tour d'en faire autant.

Je passai ma main autour de celle d'Adriana, attirant encore davantage l'attention sur notre lien. Elle la serra en retour, un signal silencieux pour m'assurer qu'elle jouerait son rôle, que tout allait bien.

Un mouvement attira mon regard, et je levai les yeux. Des courtisans et les prétendantes des Maisons Cupidité et Envie se tenaient dans l'escalier et chuchotaient. C'était un désastre sur le point d'éclater.

Ryleigh nous regardait tour à tour et je vis qu'elle assemblait les pièces du puzzle.

« Tu as perdu la tête ? demanda-t-elle en reculant. *Le prince ?* »

Il fut difficile de ne pas me vexer en entendant le ton de sa voix. Au lieu de m'emporter face à cette réaction peu flatteuse, je me penchai vers Adriana et déposai un baiser chaste sur ses lèvres, scellant notre sort.

« Altesse ! »

Val fit irruption dans la pièce, juste à temps.

« On te demande. »

Je lançai un regard hautain à la journaliste.

« Mademoiselle Hughes. Veuillez vous retirer. Le château ne reçoit pas de journalistes avant ce soir. »

J'attirai doucement Adriana contre moi. Ce geste-là ne faisait pas partie du numéro.

« Je vais vous escorter jusqu'aux jardins.

— Partez, je vous en prie. Je dois rejoindre mes appartements avant que quelqu'un d'autre nous voie. »

Quelle menteuse astucieuse. J'étais peut-être irrémédiablement amoureux.

« Vous en êtes certaine ?

— Absolument. »

Je jetai un dernier regard par-dessus mon épaule avant de suivre Val hors du château.

« Vous avez obtenu le sort de téléportation de Sascha ? » demandai-je.

Elle hocha la tête.

« Bien. On se retrouve à la Frontière impitoyable, on forme une équipe de sauvetage, puis on part. »

Je pris mon envol en un instant, fonçant vers la forteresse. Quelques moments plus tard, je me posai dans la cour de la Frontière impitoyable.

Val apparut derrière moi quelques secondes après. Nous nous dirigeâmes vers le bâtiment, prêts pour la traque, quand nous nous arrêtâmes net devant le spectacle qui s'offrait à nous.

Deux dragons tournaient près des tours de la forteresse, projetant des jets de feu glacial contre les murs et les recouvrant d'une couche de givre. Les vitres éclataient à cause du brusque changement de température et les dragons frappaient les murailles de leurs queues, cherchant à les abattre.

La forteresse était protégée par une magie qui empêchait les dragons d'entrer et préservait les pierres. Les fenêtres représentaient un point faible, c'était pourquoi elles étaient placées stratégiquement, principalement à des endroits d'où nous pouvions tirer des flèches et des carreaux.

À l'intérieur, des cris résonnaient derrière les vitres déjà explosées. Les chasseurs étaient en train de fortifier les brèches. Ma guilde était bien entraînée pour répondre à n'importe quelle attaque.

Je scrutai le ciel, cherchant les écailles familières de Silvanus. Il brillait par son absence. Je pénétrai dans la forteresse et rejoignis Félix, qui hurlait des ordres à des chasseurs.

« La racine de sommeil est-elle prête à être utilisée ?

— Oui, Votre Altesse.

— Bien. Enduisez-en les flèches et les armes. La moindre entaille dans leurs écailles suffira. »

J'observai les dragons dans le ciel, qui frôlaient de peu la tour la plus haute, où les archers patrouillaient généralement.

« Tout le monde est à l'intérieur de la forteresse ? demandai-je à Félix.

— Oui, Votre Altesse. »

Alors que j'observais les bêtes, je remarquai qu'elles décrivaient des cercles amples.

Il y avait quelque chose dans leur formation qui me semblait anormal. Félix me faisait son rapport sur les dégâts, mais je l'écoutais à peine, concentré sur ces deux dragons.

Ils n'attaquaient pas… c'était presque comme s'ils…

« C'est une diversion. »

Mon cœur battait à tout rompre.

« Quelqu'un a-t-il un visuel sur Sil ? »

Je jetai un coup d'œil à Félix, Val, et les chasseurs qui s'étaient rassemblés autour de moi.

« Est-il toujours au cœur des terres stériles ?

— Nous l'avons perdu juste avant votre arrivée, dit Félix. Il se dirigeait vers l'ouest. Ensuite, ces deux-là sont apparus et nous avons dû protéger la guilde. »

Je jurai.

« Qu'y a-t-il à l'ouest ? Le Couloir des péchés ?

— Il pourrait s'agir d'une autre meute, répondit Félix en dépliant une carte usée. Silvanus était notre contact avec sa propre meute. Il est raisonnable de penser que son alpha l'a envoyé en voir d'autres. »

Par tous les dieux. Si Sil cherchait une autre meute, c'était qu'il cherchait des alliés. Comment diable un dragon devenu fou pouvait-il planifier une bataille alors qu'il ne pensait qu'à tuer ?

J'avais de plus en plus l'impression que nous étions sur le point de découvrir ce que les dragons manigançaient et, malgré mes efforts, ces bêtes rusées avaient toujours une longueur d'avance sur nous.

Une attaque était imminente. Mais allaient-ils frapper les Sept Cercles simultanément, comme la dernière fois, dans un assaut coordonné ? Ou allaient-ils nous surprendre en ciblant une Maison après l'autre ?

Mon instinct me criait qu'ils s'en prendraient d'abord à la mienne à cause de la magie maudite.

« Je veux des chasseurs et des archers en position à la Maison Gourmandise immédiatement. »

Silvanus ignorait peut-être où se trouvait Adriana, mais vu son obsession meurtrière, je ne voulais pas qu'il s'approche de la Maison et qu'il capte son odeur.

« Est-ce que Shayde a donné des nouvelles ? demandai-je.

— Oui, dit Félix, qui sembla soulagé d'avoir enfin une bonne nouvelle à m'annoncer. Il ne va pas tarder. »

Dieux merci. Je me rendis sur le parapet, les bras croisés. Cette journée avait été un désastre glorieux.

Glorieuse avec Adriana dans la grotte. Désastreuse à cause de tout ce qui avait suivi.

Silvanus nous avait échappé, et tout ce que j'avais tenté de dissimuler s'apprêtait à exploser dans le plus grand scandale ayant jamais secoué les Sept Cercles. Et j'avais participé à sa création.

J'étais certain que personne ne raterait le bal. Avec un peu de chance, Shayde détiendrait les renseignements nécessaires pour mettre un terme à tout cela.

Quelques minutes plus tard, Val monta sur le chemin de ronde étroit, frissonnant à cause du froid. Elle ne dit rien, sans doute était-elle en train de réfléchir à la meilleure façon d'aborder un sujet délicat. Et il ne fallait pas être devin pour comprendre de quoi il s'agissait.

« Si tu es sur le point de me donner des conseils au sujet d'Adriana, je te suggère de choisir un autre moment.

— Cette histoire sera dans tous les journaux, se contenta-t-elle de dire, comme si je n'étais pas au courant de notre propre plan. Nous pouvons devancer les articles pour limiter les dégâts sur ta réputation. Laisse Adriana porter le chapeau.

— Hors de question, dis-je, agacé par la suggestion. J'annulerai la compétition et révélerai la vérité au bal ce soir. Comme je l'ai prévu avec Adriana.

— Parfois, les plans changent, Altesse. »

Val gardait les yeux rivés sur le ciel.

« Si tu admets la vérité et avoues que la compétition n'était qu'une diversion, tout le royaume se retournera contre toi. »

Je ne répondis pas. Elle avait raison.

« Ce n'est pas le moment de perdre des pécheurs et d'affaiblir ta cour parce que tu as fait une promesse à Miss Saint Lucent, insista-t-elle. Fais ce que tu as à faire, toi, le débauché impitoyable. »

Elle s'inclina légèrement avant de retourner à l'intérieur, me laissant seul.

Revenir sur notre plan et choisir le royaume plutôt qu'Adriana, ce serait la perdre à jamais. J'avais senti son appréhension ce soir, sa peur que ma confession n'ait pas été sincère. Elle ne m'avait pas tout à fait cru, pas même après que je l'avais marquée.

Si je ne tenais pas ma promesse de lui faire une déclaration en public, je ne pourrais pas rejeter la faute sur la Plume maudite. Adriana me haïrait d'elle-même.

Je serais le monstre qu'elle pensait déjà que j'étais, et je le mériterais.

Les héros devaient faire des sacrifices. Et cela faisait bien longtemps que plus personne ne me confondait avec un homme à la moralité exemplaire.

Val avait lancé cela comme un défi.

Mes doigts se resserrèrent sur la rambarde tandis que j'observais les dragons s'éloigner.

Un bon dirigeant ferait n'importe quoi pour sa cour et son peuple.

J'étais encore perdu dans mes pensées quand Félix vint me chercher.

« Ils sont là. »

Quarante-huit
Adriana

Je me précipitai dans le couloir principal, m'agrippant à la veste d'Axton pour m'assurer que tout le monde la remarquerait, ainsi que mes cheveux ébouriffés. J'avais peut-être aussi passé mes mains dans mes boucles détachées pour qu'elles soient un peu plus folles que d'habitude. Il me fallait plus que quelques témoins.

Si j'allais provoquer un scandale, la nouvelle devait se répandre rapidement.

Des pas tournèrent à l'angle que je venais de passer, claquant à toute vitesse sur le marbre. Je sus que c'était Ryleigh avant même qu'elle m'appelle.

« Est-ce que tu vas m'expliquer l'état de ta robe, Adriana ? »

Quelque chose fourmilla en moi en entendant le ton de sa voix. Je n'étais pas la seule à avoir des secrets. Je marquai une pause et regardai autour de nous, dans le couloir. Pas de domestiques, de membres du personnel ou de courtisans.

Mais cela pourrait changer d'un moment à l'autre. Je me retournai.

« Tu veux bien me dire pourquoi tu as utilisé la Plume maudite ? demandai-je à voix basse. Qu'espérais-tu exactement en l'utilisant sur moi ? »

Le visage de Ryleigh était presque aussi glacial que les parois de la caverne où j'avais été avec Axton.

Elle m'observa comme si elle ne me reconnaissait pas.

« Tu penses que j'ai utilisé la Plume maudite pour t'aider à commettre la même erreur avec le prince ?

— Non, je pense que tu l'as utilisée au bal de Tous les Pécheurs et que tu as détruit ma vie. Puis tu as continué la tienne comme si de rien n'était. Je mérite de savoir pourquoi.

— Est-ce que le prince et toi avez couché ensemble pendant tout ce temps ? » rétorqua-t-elle d'une voix assez forte pour qu'elle résonne dans le couloir.

Je la fixai du regard un moment. Elle avait pris soin de ne pas répondre à mes questions.

Une douleur cuisante me bouleversa. Mon amie savait depuis le début, elle avait brandi l'arme qui m'avait arraché le cœur. Et elle s'en fichait complètement.

« C'est la seule question que tu as à poser ? Pas d'excuses parce que tu m'as fait du mal ? Tu ne vas pas admettre que tu es coupable ?

— Est-ce que le prince t'a planté cette idée ridicule dans la tête ? »

Son ton était si virulent que je reculai.

« J'ai besoin de t'entendre dire que ce n'est pas vrai. »

Elle croisa les bras avec une expression de dégoût sur le visage.

« Non. Je n'ai pas l'intention d'entretenir quelque chose d'aussi insultant. Tu devrais savoir que je ne te ferais jamais de mal. Est-ce que tu l'as vraiment détesté un jour, ou est-ce que tout cela n'était qu'un mensonge ?

— Pourquoi tu ne me réponds pas ? C'est une question simple. As-tu utilisé la Plume maudite ou pas ? »

Ryleigh pouvait se montrer terriblement entêtée quand elle le voulait. Et l'expression de son visage m'indiquait qu'elle ne me répondrait pas avant que je lui avoue quelque chose d'abord. Si c'était le prix à payer, qu'il en soit ainsi.

« Tout n'était pas un mensonge, dis-je. Contrairement aux secrets que tu me caches depuis dix ans. »

Ryleigh plissa les yeux.

« Tu crois vraiment que je pourrais te regarder dans les yeux tous les jours, sachant ce que j'ai fait ? Est-ce que c'est là ce que tu penses de moi ? Quelle motivation je pourrais bien avoir ? »

Elle semblait tellement catégorique, tellement blessée. Je n'avais pas l'impression que c'était faux. Soudain, je n'étais plus sûre de ce que je croyais. Soit Ryleigh était la meilleure comédienne que le royaume ait jamais connu, soit elle disait la vérité. Et ce dont j'étais sûre, c'était qu'elle n'aimait pas le théâtre.

Cependant, les preuves l'accusaient.

« Tu es la seule personne que je connaisse qui a cherché la Plume. De plus, tu la cherchais déjà avant le bal, puis tu as arrêté du jour au lendemain. »

Je scrutai son visage. Son expression était neutre.

« Que penserais-tu, à ma place ? Les preuves sont accablantes, Ry. »

Des larmes brillèrent dans ses yeux.

« J'aurais foi en notre amitié. Même avec des preuves accablantes. En fait, je serais allée te voir dès que j'aurais entendu la rumeur. Je n'ai pas de secrets, mais on dirait que ce n'est pas réciproque. »

Je soupirai et mon envie de me disputer se dissipa. Tout comme la sensation d'avoir été trahie.

À moins qu'elle n'ait utilisé la Plume maudite sur elle-même et qu'elle ait réécrit ses propres souvenirs, je ne pensais pas qu'elle était coupable. Je me calmai un peu.

Mon amie avait raison : je lui avais caché beaucoup de choses et si nous voulions nous remettre de cet imbroglio, il était temps de répondre à l'une de ses questions.

« Axton était mon inconnu du *Seven Sins*. Nous n'avons découvert la vérité que récemment. Je ne te l'ai pas dit parce qu'avant ce soir, je ne savais pas ce que je ressentais et ce que je voulais faire. »

Le visage de Ryleigh s'assombrit et il me fallut un moment pour comprendre pourquoi mes explications empiraient la situation. Je ne lui avais pas vraiment dit que j'avais rendu visite à mon inconnu à plusieurs occasions. En réalité, j'avais dissimulé cette information et n'avais pas voulu la partager.

J'avais imaginé que ce serait terrible si le royaume découvrait la vérité, mais ça, c'était encore pire.

On aurait dit qu'une traînée de pétrole avait été enflammée et que de petites explosions se produisaient les unes après les autres.

« Et quelle magie noire est impliquée ici pour te faire douter d'une amie ? demanda-t-elle en désignant l'espace entre nous. Ou est-ce un défaut de caractère dont j'ignorais l'existence ? Quelle que soit mon opinion sur le sujet, j'aurais été là pour toi. Comme toujours. »

Je pris une profonde inspiration.

J'avais horreur qu'elle soit blessée à ce point, et que cette douleur ait été causée par mes actes et mes secrets. Tout était chaotique et j'avais l'impression que les choses allaient empirer avant de s'arranger. Et j'en étais responsable. C'était ma faute. J'avais commis une erreur et j'espérais qu'elle me pardonnerait un jour.

« Je ne t'ai pas dit que je voyais mon inconnu parce que je ne voulais pas admettre qu'il avait de l'importance à mes yeux. Tout était déjà tellement compliqué. Je ne te l'ai pas caché parce que je ne te faisais pas confiance. Je le jure.

— Je n'arrêtais pas de me demander pourquoi tu étais plus distante. »

Elle semblait sur le point de me poignarder ou de pleurer. Je ne savais pas ce qui était le pire.

« Et ça n'avait rien à voir avec moi du tout. C'était toi qui commettais à nouveau la même erreur que tu essaies de surmonter depuis une décennie. Est-ce que tu as soudain oublié à quel point tu le détestes ? Magie ou pas. Tu avais le cœur brisé. C'était réel.

— Ryleigh…

— J'étais là. Tous les jours, Ad. Tous les jours, je te regardais essayer de te reconstruire émotionnellement, et j'avais horreur de voir que tu étais aussi profondément blessée. Je t'ai toujours soutenue. Et après des années d'amitié, tu as jeté tout cela par la fenêtre, et pour quoi ? Le frisson d'une idylle secrète ? Ou est-ce que tu avais trop honte de coucher avec quelqu'un qui mène une quête publique pour trouver une femme ? »

J'eus l'impression de recevoir un coup de poing dans le ventre. Je pris une inspiration lente et soufflai.

« C'est différent, cette fois. Il est différent. Ce n'était pas sa faute. La Plume maudite… »

Je grimaçai. Je savais bien de quoi cela avait l'air. Je savais ce qu'une personne qui observait la situation de l'extérieur pouvait penser en m'entendant.

Mais c'était vraiment différent. Il m'avait fait confiance en me donnant sa marque royale et son véritable nom.

Je n'arrivais toujours pas à croire qu'il m'avait révélé l'un des plus grands secrets d'un prince, d'une manière aussi nonchalante. Rien que pour cela, j'avais confiance en lui, à présent.

« Bien sûr. La Plume maudite. On peut lui en vouloir pour tout et ton prince est acquitté de tous les torts. Tu crois vraiment que les choses sont différentes, maintenant ? »

Désormais, elle était presque en train de crier. Je n'avais jamais vu mon amie dans cet état.

« Est-ce que la Plume est responsable de la manière dont il t'a traitée au cours des dix dernières années ? La manière dont il te regardait à peine ou dont il se moquait de toi à tous les événements ? Où est-il, maintenant, Ad ? Tu es revenue au château après ce qui, de toute évidence, était un rendez-vous, il t'embrasse devant toutes ses prétendantes et s'en va. Le cercle va te mettre en pièces et te sucer le sang jusqu'à la dernière goutte. »

Je n'avais rien à répondre. Tout était vrai.

Ryleigh leva les mains d'agacement et secoua la tête.

« Je ne peux pas rester les bras croisés pendant que tu commets la même erreur de nouveau. Il n'a pas changé, Ad. Et cette fois, quand il te brisera le cœur, tu ne pourras pas dire que je ne t'aurais pas prévenue.

— Je suis vraiment désolée », dis-je.

J'avais horreur d'en être arrivée là.

« Du fond du cœur.

— Moi aussi. Tu ne sortiras pas indemne de ce scandale. Tout ce pour quoi tu as travaillé, tous tes sacrifices, tout ça sera détruit. J'espère que ta petite aventure secrète en valait la peine. »

Sans un mot de plus, Ryleigh tourna les talons et descendit le couloir. Elle en avait fini avec moi et notre conversation.

Je clignai des yeux pour retenir mes larmes, refusant de les laisser couler en public.

« Comme c'est pathétique. »

Omen tourna à l'angle et apparut dans mon champ de vision.

« Tu ne pensais quand même pas qu'il te choisirait, n'est-ce pas ? Le prince chasse. Tu n'étais qu'une proie qu'il ne pouvait pas laisser filer. »

Je sentis ma gorge se nouer et déglutis.

Je n'aurais à supporter leurs railleries que quelques heures. Puis Axton ferait son annonce, tout ce que nous avions subi au cours de la dernière décennie disparaîtrait et les choses reviendraient dans l'ordre.

Mes émotions se livraient bataille : je croyais Axton quand il disait qu'il n'était plus le même et que nous affronterions la situation ensemble. Mais je l'avais cru à l'époque aussi. Il ne m'avait pas donné son vrai nom et sa marque royale la première fois, mais il était devenu plus doué pour jouer le rôle du débauché charmeur.

Étais-je vraiment le dindon de la farce ? Ryleigh avait peut-être raison : la Plume ne serait que le catalyseur, et toute la souffrance qui était venue ensuite n'était pas la conséquence d'une malédiction.

Je commençai à m'éloigner ; j'avais besoin d'air et d'un moment pour respirer. Je refusais de parler à Omen et d'empirer la situation.

« Ah, tu es là. »

Je m'arrêtai net en entendant la voix de Sophie.

Je me tournai lentement vers elle. Le visage de ma belle-mère était un masque d'indifférence forcée tandis qu'elle me regardait de bas en haut. Mes cheveux ébouriffés, ma robe chiffonnée. La veste du prince sur mes épaules comme un drapeau annonçant ma victoire. J'avais envie de me cacher dans un trou. De tous les démons du royaume, je ne voulais pas que ce soit ma belle-mère qui me voie dans cet état.

« Monte dans notre suite. Immédiatement. »

Elle commença à marcher en direction de nos appartements à une vitesse éprouvante. Je la suivis rapidement, laissant Omen derrière moi avec les rumeurs qu'elle répandrait à mon sujet.

« Est-ce qu'Eden va bien ? »

Sophie me jeta un coup d'œil par-dessus son épaule qui réduisit toutes mes questions au silence. Nous avançâmes à la hâte dans des couloirs somptueux jusqu'à atteindre notre suite extravagante. Je suivis ma belle-mère à l'intérieur et elle se retourna brusquement vers moi, libérant enfin la fureur que j'avais sentie.

« Comment oses-tu me demander si ta sœur va bien alors que tu complotais en secret ! »

Mon sang se figea dans mes veines.

« De quoi parlez-vous ?

— De quoi je parle ? »

Les narines de Sophie se dilatèrent.

« Ce dont je parle, c'est qu'en dépit du bal qu'il organise pour ses prétendantes ce soir, tous les domestiques pourront chuchoter que le prince a été surpris dans une position très intéressante avec sa rivale bien connue. »

Je me laissai tomber sur un canapé dans notre salon et me pris le visage dans les mains.

Si les domestiques colportaient déjà la nouvelle, cela signifiait que les journaux à scandale ne tarderaient pas à s'emparer de l'histoire. Notre ruse avait fonctionné à la perfection.

Nous avions planifié tout cela, et pourtant… faire face aux conséquences seule devenait une réalité de plus en plus lourde à porter, surtout quand ma belle-mère faisait les cent pas devant moi.

C'était pour la sécurité du royaume, de la cour. Je le savais, mais ma famille l'ignorait.

Je pris une profonde inspiration pour me donner du courage, puis levai les yeux vers Sophie.

« Est-ce qu'Eden est au courant ?

— Pas encore. Elle est partie avec Vanity pour faire ajuster sa robe ; elle a échappé à tous les commérages. Mais tu ferais bien de prier tous les anciens dieux possibles pour que cette histoire reste secrète jusqu'à ce que le bal soit passé. As-tu la moindre idée de ce qu'un scandale de cette nature fera à notre famille ?

— On vit dans un royaume du péché. Ce n'est pas vraiment…

— Le péché est une chose. Forniquer avec le prince de notre cercle pendant qu'il organise une compétition dans tout le royaume pour trouver une princesse, une compétition à laquelle ton propre sang participe pour obtenir cette couronne convoitée, c'est un comportement répréhensible. N'as-tu ni honneur ni loyauté envers ta famille ? Que penserait ton père ? »

Mes yeux se mirent à brûler.

« Vous avez dépassé les bornes, belle-mère.

— Tu crois ? Parce que j'aurais plutôt dit que c'était toi qui les avais franchies en écartant *à nouveau* les cuisses pour un homme qui n'a clairement pas l'intention de faire de toi sa femme. »

Je tressaillis comme si elle m'avait frappée.

Sophie me scrutait attentivement, sa bouche cruelle se tordant en un rictus méprisant

« Petite idiote. Tu frôles la trentaine et tu n'es toujours pas capable de voir la vérité en face. Le prince ne tient pas à toi. Sinon, il aurait annulé la compétition sur-le-champ, aurait fait une déclaration publique et évité que les rumeurs ne se répandent. »

Si seulement elle savait que c'était justement ce que nous avions prévu.

Je gardai le silence, refusant de révéler la vérité. D'ici quelques heures, tout le monde saurait.

Sophie observa le salon vide.

« Tu le vois ici ? À te chercher pour s'assurer que tu vas bien ? À faire en sorte que personne ne dise du mal de sa bien-aimée ? »

Elle secoua la tête.

« Ne sois pas surprise quand tout éclatera au grand jour et qu'il ne fera rien. Encore une fois. »

Malgré mes efforts pour retenir mes larmes, quelques-unes coulèrent le long de mes joues et sur ma robe en soie. À cet instant, je haïssais ma belle-mère. Pas parce qu'elle était cruelle ou aussi blessante que d'habitude, mais parce que je savais qu'elle essayait de me protéger à sa manière tordue.

Elle avait été là quand Axton était parti avec une autre au bal de Tous les Pécheurs.

Nous avions été surpris dans le jardin et il m'avait quittée juste après pour alimenter son péché. Les journaux s'étaient déchaînés, se moquant de ma naïveté parce que j'avais cru pouvoir rivaliser avec une noble.

Peut-être qu'il n'était jamais vraiment parti avec une autre, peut-être que rien de tout cela ne s'était produit avant que la magie n'entre en jeu, peut-être que la Plume maudite nous avait fait croire toute cette histoire, mais les rumeurs vicieuses et les ragots qui avaient été publiés pour que le royaume entier se moque de moi avaient été bien réels.

Les conséquences de cette nuit nous avaient marquées, ma famille et moi. Eden avait été jeune à l'époque, et nous l'avions protégée autant que possible. Mais Sophie et moi avions encaissé la plus grosse partie du scandale.

Aujourd'hui, ma belle-mère croyait que j'étais sur le point de commettre la même erreur. Si seulement je pouvais me confier à elle, peut-être qu'elle comprendrait. Mais j'avais promis à Axton de jouer mon rôle.

« Ce ne sera pas seulement ta vie qui sera anéantie, cette fois, poursuivit Sophie. Eden ne sortira pas indemne de cette affaire. Qui voudra encore de l'une de vous, pour employée ou pour femme ? As-tu seulement réfléchi aux conséquences que cela aura pour nous toutes ? »

J'avais eu du mal à trouver un journal qui voulait bien m'engager. Et maintenant, même si j'avais horreur de l'admettre, Sophie avait raison. Une fois que la presse à scandale rapporteraient qu'Axton et moi avions couché ensemble de nouveau pendant que la compétition battait son plein, ce ne serait pas lui que le royaume mépriserait.

Je le savais. Et pourtant, s'il le fallait, je referais la même chose.

Il y avait bien plus en jeu. Si le royaume apprenait la vérité sur les dragons, ou sur la Plume maudite… il sombrerait dans le chaos. Et si les dragons attaquaient pour de bon ? Des centaines de vies seraient perdues.

« Il agira correctement, cette fois », dis-je, espérant que ce souhait se réalise, même si le doute s'insinuait en moi.

Sophie me lança un regard plein de pitié.

« Nous le découvrirons bien assez tôt. »

Secrets et scandales
Le plus débauché de tous les pécheurs
est toujours infâme

***Par Julian Wren,* The Wicked Daily**

Mes très chers pécheurs,

Aujourd'hui, le *Wicked Daily* a une histoire succulente à vous raconter. Le prince des débauchés a choqué tout le royaume avec sa dernière indiscrétion. Dans les Sept Cercles, les rumeurs fusent à propos d'un scandale croustillant qui aurait eu lieu à la Maison Gourmandise avec nulle autre que notre propre Miss Match. On peut dire qu'elle est restée scandaleuse !

Pour ceux qui ne connaissent pas sa véritable identité, permettez-moi de la révéler ici en exclusivité : le prince a été surpris avec son ennemie jurée, Miss Adriana Saint Lucent. Les deux amants secrets ont été vus en train d'essayer de se faufiler dans le château après leur rendez-vous galant. Des témoins nous ont rapporté qu'il l'a embrassée avant de filer.

Nous avons contacté le Prince Gourmandise pour qu'il fasse un commentaire, mais il refuse de parler à la presse pour le moment. Adriana Saint Lucent garde elle aussi le silence, contrairement à ses habitudes. Si elle espérait remporter son cœur, ses espoirs doivent désormais être anéantis. Le Prince Gourmandise a clairement indiqué par son silence qu'il préférera s'unir à quelqu'un d'autre.

Lorsque nous l'avons interrogée sur le scandale, sa sœur, Eden Everhart, qui est aussi la prétendante favorite du prince, a simplement déclaré que le bal devrait être le centre de toute l'attention aujourd'hui. Nous ne sommes pas d'accord. Il y a bien une chose sur laquelle les journaux à scandale et les prétendantes s'entendent : il est impressionnant de voir que Miss Match nous a tous bernés avec ses conseils amoureux tandis qu'elle essayait de s'emparer du prince.

Un rapport du palais a suggéré que la gagnante de la compétition sera couronnée à minuit, ce qui indique que sa combine n'a pas fonctionné. Une chose est certaine : le bal sera un événement palpitant.

À la prochaine.
Signé : Julian Wren

Quarante-neuf
Prince Gourmandise

Je descendis rapidement le couloir supérieur du fort de la Frontière impitoyable et m'arrêtai devant la pièce où mon meilleur espion m'attendait. Si la chance me souriait enfin, il serait accompagné d'un invité d'honneur. J'ouvris la porte et remerciai les puissances maléfiques. Shayde avait fait exactement ce que je lui avais demandé. Il avait travaillé avec Envie pour faire venir des renforts.

Debout à côté de mon espion se trouvait le célèbre chasseur des Unseelies, connu simplement sous le nom de Wolf.

Ses cheveux étaient blancs comme la neige et ses yeux étaient dorés, comme ceux des créatures dont il tenait son nom. Il avait toujours l'air de fomenter un mauvais coup.

« Wolf. C'est un plaisir de vous revoir. »

Le Faë esquissa un sourire en coin.

« C'est plutôt amusant qu'un démon me doive une faveur.

— Shayde, dis à Val de tripler ta récompense. »

Il s'inclina.

« C'est très généreux. »

J'observai le chasseur unseelie, assis nonchalamment sur sa chaise. On disait qu'il couchait à droite et à gauche dans tout le royaume, et sa réputation était encore pire que celle de mes frères.

Le Faë avait l'air aussi dangereux qu'il l'était : c'était un homme capable de rendre un amant fou au point qu'il en redemande.

Je comprenais pourquoi il irritait tant Envie. Si jamais il posait ce regard aux paupières lourdes sur Adriana, je pourrais bien lui arracher la gorge.

Wolf saisit une enveloppe dans la poche intérieure de sa veste et me la tendit.

« Ça n'a pas été facile à trouver, mais c'est une piste solide. »

J'en sortis le contenu et le lus attentivement.

Le testament et les dernières volontés d'un noble auquel j'avais rarement eu affaire, puisqu'il avait passé le plus clair de son temps dans son domaine de campagne et non au château : le duc d'Oleander.

Son avis de décès.

Et une lettre des plus curieuses adressée à une journaliste.

Je parcourus attentivement les documents. Apparemment, le duc avait possédé la Plume maudite et entretenu une relation secrète avec nulle autre que Miss Ryleigh Hughes.

La collègue et amie d'Adriana.

« Le duc d'Oleander est mort quelques jours avant le bal de Tous les Pécheurs. Et il a légué quelque chose avec les initiales PM à Ryleigh. »

Je levai les yeux.

« Où avez-vous trouvé ça ? »

Wolf afficha un grand sourire.

« J'ai fouillé tous les testaments de la dernière décennie, comme vous l'avez demandé. Je suis entré par effraction chez tous les notaires en activité à l'époque. J'ai commencé par la noblesse ; le duc m'a intéressé parce que les rumeurs disent qu'il avait un penchant pour le commerce d'objets sur le marché noir. Je suis allé à Waverly Green et plusieurs marchands m'ont confirmé qu'il était un client régulier. »

Je marquai une pause face à cette avancée prometteuse dans l'enquête. Le notaire avait indiqué que Ryleigh avait récupéré l'objet le jour du bal. C'était exactement l'information qu'il me fallait.

Je n'avais plus besoin de retrouver Sil. Je pouvais simplement détruire la feuille sur laquelle la Plume maudite avait été utilisée et mettre fin à cette folie une bonne fois pour toutes. Ryleigh possédait la Plume. Ce qui signifiait que le parchemin, ou le journal, ou quoi qu'elle ait utilisé pour changer notre destinée ce jour-là, était forcément tout près aussi. Je voulais envoyer une équipe chez elle immédiatement.

Le soulagement m'envahit.

« Bien joué. »

Je repliai le testament et le glissai dans ma veste, puis me tournai vers Shayde.

« Je veux que cette journaliste soit sous surveillance. Envoie une équipe récupérer la Plume et trouver l'objet sur lequel le sort a été écrit. Ramène tout à la Maison Gourmandise sans les endommager.

— Bien entendu, Votre Altesse. »

Shayde fit une grande révérence.

« Je reviendrai très vite.

— Ce soir, dis-je. Je veux les avoir entre mes mains avant minuit. »

Shayde inclina la tête, puis disparut dans l'obscurité qui avait inspiré son nom. Je jetai un coup d'œil à l'horloge ; j'avais envie de retrouver moi-même la Plume maudite, mais je me retins.

Je devais encore jouer un rôle en public un peu plus longtemps. Il fallait que je prépare le bal et que je répare une terrible erreur.

Ce serait la fin parfaite pour ce conte tordu : mettre le feu au passé et le regarder brûler pour que nous puissions renaître de ses cendres.

D'une manière ou d'une autre, ce soir, la malédiction des dragons serait levée, l'avenir de ma cour serait assuré et ma vie reprendrait le cours qu'elle aurait dû suivre avant que Ryleigh n'intervienne.

La tension irradiait de moi. Nous étions sur le point de mettre un terme à tout cela, mais je n'arrivais pas à faire taire mon système d'alerte inné. C'était presque trop beau pour être vrai.

Je n'avais plus besoin de retrouver Silvanus, mais j'aurais préféré savoir où il se trouvait, juste pour être sûr qu'il restait loin du château. Il ne me faudrait que quelques heures. Si je brûlais la malédiction, alors ma cour et mon cercle n'auraient jamais à apprendre que nous avions frôlé la catastrophe.

Wolf s'approcha du buffet où se trouvait une carafe de bourbon. Il se servit dans un verre en cristal taillé et fit tournoyer le liquide avant de le boire d'un trait.

Ses yeux pétillèrent.

« À quelle heure commence le bal ? »

❄ ❄ ❄

« Tout est prêt ? » demandai-je en inspectant la salle de bal.

Le sol en marbre était immaculé, sans la moindre imperfection. Il n'y avait ni poussière ni tache. Il brillerait sous la douce lueur des bougies que j'avais suspendues au plafond, à différents intervalles.

Val cochait les éléments sur sa liste.

« La robe est arrivée il y a une heure. »

Je soufflai, puis continuai mon inspection de la salle, m'assurant que chaque recoin était aussi merveilleux que possible. J'avais fait amener des fleurs et des haies, ainsi qu'une fontaine en pierre énorme pour recréer les jardins où j'étais censé avoir fait l'amour à Adriana pour la première fois.

Je voulais montrer à mon ancienne rivale que, même si je ne me souvenais pas de cette nuit-là, dans le fond, je ne l'avais jamais vraiment oubliée, elle.

« Tu es sûr de ne pas vouloir faire une déclaration publique ? » demanda Val.

Je m'arrêtai devant la fontaine en marbre en forme de dragon qui crachait de l'eau glacée plutôt que des flammes. C'était un pari risqué que d'organiser le bal ce soir, avant d'avoir l'objet maudit en ma possession pour le détruire, mais je devais éteindre un incendie symbolique, et je faisais confiance à mes espions pour m'apporter ce dont j'avais besoin rapidement. Tout le monde ne parlait que du fait que j'avais été surpris avec Adriana.

Les prétendantes n'avaient pas été découragées par cette liaison secrète. Au contraire, ce scandale renforçait ma réputation et attirait davantage l'attention sur elles.

Il n'y avait aucun perdant dans cette histoire.

Sauf Adriana, même si cela ne durerait pas longtemps. Je lançai un regard à Val.

« Est-elle ici ? »

Elle n'eut pas besoin que je précise de qui je parlais.

« Bien sûr. Elle est dans sa suite. »

Si je n'avais pas eu à parler en personne avec les prétendantes restantes avant le début du bal pour leur annoncer la fin de la compétition, je serais allé la retrouver immédiatement. Mais elles méritaient d'entendre de ma propre bouche ce qui s'était passé et je devais m'excuser pour avoir continué cette mascarade en sachant que mon cœur appartenait déjà à une autre.

Val m'avait fait part de ses inquiétudes concernant les répercussions sur ma cour, mais je savais ce que je voulais. Plume maudite ou pas, il y avait au moins une chose que j'avais encore le pouvoir d'arranger.

« Je veux que ce soit l'événement ultime. »

Je marchai en direction de mes appartements.

« Ce soir, le royaume aura une nouvelle histoire à se mettre sous la dent. »

Et tout dépendait d'une seule chose : qu'elle dise oui à la plus palpitante des aventures.

Cinquante
Adriana

La calèche suivante s'arrêta dans la cour et les trompettes retentirent pour souhaiter la bienvenue. Elle était noir et or, ce qui indiquait que la Maison Colère était arrivée.

« Bon sang, est-ce qu'ils vont faire ça à chaque fois ? » murmurai-je entre mes dents, m'écartant du rebord de la fenêtre contre lequel j'étais appuyée.

Ma nervosité prenait le dessus.

Tout comme le flot constant de remontrances de Sophie.

Elle traversait notre suite à grands pas toutes les heures pour me rappeler que j'étais une imbécile. Ce serait un véritable miracle si je ne m'arrachais pas les cheveux d'ici la fin de la soirée.

Grâce à ses vociférations sans fin, j'avais appris que sa femme de chambre lui avait confié qu'Axton était rentré depuis des heures et qu'il n'avait toujours pas daigné venir me voir ou même m'envoyer un mot.

C'était le plus douloureux. Je ne savais pas s'il avait réussi à maîtriser Silvanus et les dragons, ni ce qui s'était passé au nord.

Une heure plus tôt, il m'avait simplement fait parvenir une invitation royale à l'événement de ce soir, avec celle d'Eden. Rien d'autre.

Nous étions censés être une équipe, et j'avais l'impression d'être mise de côté à nouveau et de le regarder fixer les règles du jeu au fur et à mesure. J'avais fait ma part pour garder le château et les commérages focalisés sur moi, et il ne s'était même pas donné la peine de vérifier si j'allais bien.

Je *détestais* les surprises. Et sans nouvelles directes du prince, je n'avais aucune idée du rôle que je devais jouer en arrivant au bal. À ma connaissance, la compétition était toujours en cours.

Sophie m'en aurait informée si elle avait appris autre chose.

Après tout ce que nous avions traversé, je ne comprenais pas comment il pouvait penser que me laisser dans le flou alors que le danger rôdait *et* que je gardais ses secrets était une bonne idée.

Il devait vraiment ne pas me voir comme une partenaire ou comme son égale.

Et ça, c'était un aspect que je ne pouvais pas tolérer chez un partenaire.

Mon opinion avait de la valeur, et j'avais au moins le droit de savoir qu'il me confierait ses plans avant de les appliquer de manière autoritaire de son côté, en supposant que j'accepterais simplement tout ce qu'il aurait décidé.

De toute évidence, il n'avait rien appris de son erreur précédente, lorsqu'il m'avait fait renvoyer du *Wicked Daily* parce qu'il avait jugé bon de m'offrir un salaire mirobolant et qu'il avait tenté de me forcer à devenir sa journaliste personnelle. Comme si c'était lui, le maître de mon destin, et non moi.

Je n'arrivais pas à croire que j'avais gobé sa déclaration.

Je vous désire *plus que vous ne pouvez l'imaginer.*

Apparemment pas. Néanmoins, il avait raison sur un point : je ne pouvais pas comprendre comment il pouvait dire quelque chose d'aussi passionné, me supplier de rejoindre sa cause, puis m'oublier juste après, une fois que j'avais fait ce qu'il attendait de moi. Maintenant, Eden était au courant de notre liaison et faisait comme si de rien n'était.

Même si je l'avais à peine vue ou que je ne lui avais presque pas parlé depuis qu'elle avait découvert la vérité.

Je ne savais pas si c'était intentionnel ou une simple coïncidence.

Elle avait ses propres secrets et, quoi qu'il arrive, je ne révélerais jamais qu'elle fréquentait quelqu'un dans l'ombre aussi.

« Tu dois finir de t'habiller. Tu es attendue en bas avec ta sœur sous peu », dit Sophie à la porte.

Je sursautai.

« Un valet de pied viendra bientôt te chercher.

— Je descends dans un instant. »

Elle me regarda de haut en bas d'un air critique.

« Ne sois pas en retard. La dernière chose dont nous avons besoin, c'est de provoquer un nouveau scandale ce soir. »

Sur ce charmant discours, elle s'en alla.

Je regardai la robe scintillante suspendue à son cintre en velours. Les jupons argentés traînaient par terre, les diamants et les aigues-marines cousus le long de l'ourlet brillaient comme de la neige fraîchement tombée.

La robe semblait tout droit sortie d'un roman d'amour indécent.

Malheureusement, j'avais l'impression que j'allais la porter pour mes propres funérailles sociales. Ou peut-être pour la mort de ma dignité, puisque j'étais contrainte de me présenter seule et d'affronter les ricanements de la cour du prince.

Les journaux à scandale guetteraient chacune de mes réactions, espérant pouvoir rapporter quelque chose de dramatique. Peut-être pourrais-je arracher quelques pierres précieuses de la robe pour acheter leur silence.

Mais je prenais mes désirs pour des réalités.

Que ce soit à cause de la peur ou de lait tourné, mon estomac se noua quand l'horloge sonna onze heures. Il était presque temps d'affronter le monde après le scandale. Je le ferais la tête haute, même si j'avais envie de vomir dans un seau.

Je ne pouvais plus fuir les rumeurs à propos du prince et moi. Ce soir, je serais exposée devant tout le royaume, et soit Axton tiendrait parole, soit il ne le ferait pas. Il n'y avait qu'un seul moyen de le découvrir.

J'avais espéré voir Carlo une dernière fois ; ses talents de maquilleur et son sens du style me donnaient toujours l'impression de porter une armure. Mais une gentille domestique entra, m'aida à enfiler la robe, coiffa mes cheveux et peignit mes lèvres d'un joli rose pâle. J'enfilai mes chaussures en verre.

Je me regardai une dernière fois dans le miroir. C'était incroyable de voir à quel point j'avais l'air sereine alors que j'étais tourmentée. Je pris un moment pour respirer.

« Oh, nous avons oublié le plus important, miss. »

Ma domestique se précipita vers une petite boîte et l'ouvrit. Une tiare en aigues-marines et en diamants fut posée sur ma tête ; les pierres précieuses bleu pâle étaient splendides dans mes cheveux.

Je fixai mon reflet. Personne ne devinerait que mes entrailles se tordaient d'inquiétude. À cause des dragons, du prince, de ma réputation en lambeaux. J'avais l'air prête pour le combat à la cour.

Quand le coup retentit à la porte, j'étais résolue à affronter ce qui allait se passer.

Je sortis dans le couloir à grands pas, souriant au valet de pied.

« Ouvrez la marche. »

❄ ❄ ❄

Mon cœur menaçait de sortir de ma poitrine alors que je me tenais en haut de l'escalier qui surplombait la salle de bal. Axton avait encore une fois cédé à son péché en se montrant excessif. Ou peut-être était-il secrètement romantique. La pièce avait été transformée en jardin, une réplique de celui qui se trouvait dans la Maison Gourmandise, en fait. C'était l'endroit où notre histoire avait commencé, avant que tout ne tourne au désastre.

Je balayai la foule du regard ; certaines personnes dansaient déjà sur la piste. D'autres bavardaient près des tours de nourriture et de pâtisseries. Une cascade de flûtes de champagne brillait tandis que le vin de baies démoniaques coulait à flots dans des verres vides. C'était magnifique.

Sur une estrade, Eden et Vanity trinquaient avec le prince, riant à ce qu'il venait de leur murmurer. Je m'arrêtai net. Je ne m'étais pas attendue à voir ses prétendantes regroupées autour de lui.

C'était tellement... familier. Il flirtait de manière éhontée avec quiconque lui prêtait attention et moi, j'étais tapie dans l'ombre. Et tout le monde avalait goulûment le charme royal et mièvre qu'il servait sur un plateau sans jamais voir qui il était vraiment. Ma belle-mère et Ryleigh avaient raison : Axton ne changerait jamais. Une douleur me serra la poitrine.

Soudain, je n'étais plus sûre de pouvoir aller jusqu'au bout. Quoi qu'il ait prévu, cela ne semblait pas m'inclure. Avant que quiconque ne remarque mon arrivée, je me retournai pour partir.

Ma fuite fut interrompue quand l'huissier tapa du bâton sur le sol en marbre, attirant tous les regards en annonçant mon nom :

« Miss Adriana Saint Lucent. »

Je fis volte-face, avalant la boule qui me nouait la gorge.

Un silence s'abattit sur la foule. On aurait dit qu'une sorcière avait lancé un sort, pétrifiant tout le monde sur place. Sauf le prince. Il me dévorait des yeux comme si nous étions seuls au monde.

Une étincelle familière s'alluma au plus profond de moi, avant que je ne l'écrase.

Maudit débauché. J'avais besoin de quelques instants pour remettre de l'ordre dans mes pensées loin de son charme envoûtant. Ce n'était sûrement pas une bonne idée de parler maintenant, devant autant de témoins, mais, une fois encore, il ne me laissa pas choisir. Si je partais maintenant, les commérages s'emballeraient.

Je serrai les mâchoires et commençai à descendre vers cet enfer mondain, serrant mes jupons comme s'il s'agissait du cou d'Axton.

Je priai tous les dieux pour ne pas me prendre les pieds dans ma robe et m'étaler de tout mon long. Je ne voyais pas comment je pourrais survivre à une telle humiliation.

Par miracle, j'atteignis le bas de l'escalier sans incident.

Soudain, Axton fut là, à m'attendre, le bras tendu dans ma direction, incarnant à la perfection les manières royales. Il n'avait pas la moindre idée que j'étais fâchée. Dans son monde, tout allait merveilleusement bien.

Avec tous les regards encore braqués sur moi, je fis une révérence polie.

« Votre Altesse. »

Je me redressai et commençai à passer devant lui, ravie de ne pas avoir causé de scandale. Le meurtre d'un monarque en public serait plutôt difficile à justifier, surtout avec autant de témoins.

Axton avait dû tâter de la bouteille avant mon arrivée. Il imita mon mouvement et me barra la route. Je pris une inspiration pour me calmer.

Ce n'était vraiment pas le moment de discuter.

Je ne vais pas commettre de régicide. Je ne vais pas, par accident, donner un coup de genou et le rendre incapable de se reproduire.

J'avais bien l'intention de faire une offrande aux anciens dieux si je parvenais à résister à ces pulsions.

Du coin de l'œil, je vis les nobles se pencher les uns vers les autres pour chuchoter.

Merveilleux. Grâce au prince, je n'avais même pas tenu deux minutes sans m'attirer leur mépris.

« Puis-je savoir ce que vous faites ? demandai-je avec un sourire poli sur les lèvres. Vous faites une scène. Et j'aimerais avoir quelques minutes pour me ressaisir. »

Il me décocha le genre de sourire ravageur capable d'abattre même le plus redoutable des adversaires. Malheureusement pour lui, j'étais totalement immunisée contre son charme. Je le fixai froidement jusqu'à ce que son sourire s'efface.

« Est-ce que vous allez bien ? » demanda-t-il en m'observant plus attentivement.

Si survivre à un scandale, à un cœur brisé et au mépris de tous signifiait que j'allais bien, alors oui, j'étais en pleine forme.

« Vous voulez bien me laisser passer ? J'ai vraiment besoin d'un peu d'air. »

Une étincelle de défi s'alluma dans son regard.

« J'en serais fortement contrarié. Car je viens vous demander de danser avec moi.

— Je suis sûre que vos prétendantes occuperont tout votre temps. »

Il s'avança, ignorant ou se moquant du fait que la foule semblait avoir fait un pas vers nous aussi.

« Nous avions un plan, vous vous souvenez ?

— Vraiment ? Je ne me rappelle pas les détails de ce que nous devions faire ce soir. Oh ! »

Je lui adressai une sorte de sourire qui n'avait rien d'amical.

« Peut-être parce que vous n'avez pas jugé utile de me consulter.

— Vous êtes furieuse.

— Énervée. »

Il releva doucement mon menton, et, pendant un bref instant, je crus qu'il allait m'embrasser là, devant toute sa cour. Il fit glisser son pouce sur ma lèvre, puis plongea son regard multicolore dans le mien tandis que je m'éloignais de lui.

« J'aurais voulu vous retrouver plus tôt, mais j'ai été retardé.

— J'ai pris tout le poids du scandale pendant que vous partiez jouer les héros. Je crois que je mérite de savoir si vous avez réussi. »

Il comprit parfaitement ce que je lui demandais.

« J'ai réussi, dans un sens. Nous avons découvert un lien intéressant en ce qui concerne un message écrit il y a longtemps. »

La Plume maudite. Il avait trouvé une piste. Et il ne s'était pas donné la peine de m'informer d'une avancée aussi importante dans l'enquête. Un instant plus tôt, j'avais été en colère, mais à présent, j'étais furieuse.

« Si vous n'aviez pas cinq minutes pour m'écrire vous-même, vous auriez pu dicter une lettre et me l'envoyer. »

— Vous avez raison, dit-il simplement. J'aurais pu, et j'aurais dû le faire. J'avais beaucoup de choses en tête, et des prétendantes à renvoyer chez elles. »

Je jetai un regard vers l'estrade où se trouvaient Eden et Vanity.

« Apparemment, pas toutes les prétendantes. »

Il afficha un sourire en coin.

« Évitez Envie ce soir, ou il essaiera de vous persuader de rejoindre sa Maison du péché. »

— Je ne suis pas jalouse, imbécile. Je suis agacée. Vous ne vous êtes même pas excusé.

— Je m'excuse. »

Il s'inclina sur ma main, puis y déposa un baiser chaste.

« Réservez-moi une danse avant minuit. Je vous promets que vous ne serez pas déçue. »

Cinquante et Un
Prince Gourmandise

« À ta tête, on dirait que ça te brûle quand tu pisses. » Luxure me donna une tape sur l'épaule et afficha un grand sourire.

« Pas étonnant qu'elle n'accepte pas de danser avec toi. »

— Elle n'a pas dit non. »

Et c'était une chance. Involontairement ou pas, je m'étais vraiment comporté comme un con royal. J'espérais qu'Adriana me permettrait de me rattraper ce soir, quand nous serions enfin seuls.

J'étais debout sur la terrasse qui donnait sur la salle de bal, pianotant sur la balustrade en marbre froid. Les prétendantes qui avaient été renvoyées chez elles se laissaient emporter par une danse folklorique ; elles étaient devenues célèbres et ne manquaient pas de soupirants.

Je jetai un coup d'œil à l'horloge. Il était presque minuit.

Après ce morceau, je pourrais enfin mettre un terme à la compétition devant tout le monde. Plus tôt je ferais mon annonce, plus tôt les invités rentreraient chez eux. J'avais discrètement fait protéger leurs chambres et leurs maisons, m'affaiblissant encore un peu plus, car leur sécurité était suffisamment importante pour que j'épuise mon pouvoir. Mes frères étaient là, alors je pouvais compter sur leur aide si nécessaire.

Je priai les anciens dieux pour ne pas avoir besoin de faire appel à eux.

Je balayai la piste de danse du regard, puis scrutai les ombres et les recoins.

Shayde et Wolf n'étaient toujours pas revenus avec ce que nous devions brûler pour anéantir la magie de l'objet maudit, et personne n'avait retrouvé la trace de Silvanus non plus. Plus tôt, quand j'avais quitté la Frontière impitoyable, la fin avait semblé imminente. À présent, j'avais l'impression qu'elle m'échappait.

« Pourquoi tu n'es pas en train de danser et de t'attirer les foudres de quelques maris et femmes ? »

Luxure grogna, mais ne répondit pas.

« Des nouvelles des dragons ? »

Mon frère ne m'aidait pas à apaiser la tension croissante.

« J'ai envoyé une équipe chercher Silvanus. Il se dirigeait vers l'ouest, mais ils ne l'ont toujours pas aperçu. »

Je détournai le regard de la piste de danse.

« Cela dit, j'ai trouvé une piste prometteuse sur la Plume maudite. »

Le sourire de Luxure s'envola et il se redressa.

« Qui ?

— La journaliste. Ryleigh Hughes. Elle était présente au bal de Tous les Pécheurs. »

L'enthousiasme de mon frère s'évapora.

« Et alors ? Avec cette logique, on pourrait tous être coupables. »

Je souris.

« Il faut toujours suivre les traces écrites, mon cher frère. Il y a dix ans, elle effectuait des recherches pour un article sur les objets maudits et elle a interviewé un certain duc. D'après les rumeurs, la Plume faisait partie de sa collection privée.

L'article posait une question : si une journaliste utilisait la Plume maudite, ses articles auraient-ils plus de succès ?

— Merde, Gabriel, dit Luxure, l'air impressionné. Ça, c'est vraiment prometteur.

— Mais la piste ne s'arrête pas là. Toujours d'après les rumeurs, elle a eu une liaison avec le duc, ce qui est prouvé par une lettre qu'il lui a écrite et que j'ai récupérée. Le duc lui a fait don de plusieurs éléments de sa collection privée. Cela a fait enrager sa femme. Une querelle publique a éclaté entre la duchesse d'Oleander et Ryleigh, mais elle a été éclipsée par un scandale plus considérable. »

Celui qui impliquait Adriana et moi. Apparemment, c'était une motivation suffisante pour Ryleigh.

Elle avait détourné l'attention et le mépris d'elle pour les focaliser ailleurs.

Je baissai les yeux vers la salle de bal. Il y avait tant de pierres précieuses que je dus presque plisser les yeux pour voir les danseurs à travers les reflets de la lumière des bougies.

« Comment sais-tu que la duchesse n'a pas utilisé la Plume pour se venger de lui ?

— Le duc est décédé quelques jours avant le bal de Tous les Pécheurs, et il y avait une petite annotation dans son testament. Ryleigh était mentionnée et les initiales *PM* étaient inscrites pour elle en plus d'autres objets moins intéressants. Les documents prouvent qu'elle a reçu la Plume avant le bal, ce qui signifie que la duchesse n'y a pas eu accès.

— Tu parles d'une supercherie. »

Luxure émit un léger sifflement.

« C'est l'amie d'Adriana. Il faut être impitoyable pour anéantir le bonheur de sa meilleure amie.

— Peut-être qu'elle testait la Plume et qu'elle n'avait pas pensé aux conséquences. Ou alors, elle espérait provoquer un petit scandale pour éclipser sa querelle publique avec la duchesse. Tant qu'on ne l'aura pas interrogée, nous ne pouvons faire que des spéculations. »

Et aucune de ces théories ne pourrait excuser la douleur et le danger auquel le royaume avait été exposé. Mais les mortels avaient un dicton qui était sinistrement proche de la vérité : l'enfer était pavé de bonnes intentions. Beaucoup de gens le disaient sans se rendre compte de ce que ces mots signifiaient.

J'observai Adriana se déplacer furtivement dans les ombres de la pièce, essayant de se cacher des journalistes qui affluaient en masse, juste à temps. Elle ignorait que je les avais appelés. Je voulais que tous les reporters de journaux à scandale des Sept Cercles soient présents pour mon annonce.

Un moment plus tard, Shayde entra avec Wolf.

Je retins ma respiration, essayant de déchiffrer l'expression stoïque de leurs visages.

Je ne savais pas s'ils avaient l'air victorieux ou si leur quête avait été vaine.

Je soufflai. Cela n'avait aucune importance. J'avais assez d'informations pour confronter Ryleigh et pour l'obliger à me remettre les objets.

Sa trahison serait particulièrement difficile à digérer pour Adriana en plus des derniers ragots, mais je ne pouvais pas remettre cela à plus tard. Surtout pas maintenant que les dragons devenaient plus téméraires.

Mais d'abord, je devais m'occuper de ce que j'aurais dû faire il y a si longtemps. Je jetai un coup d'œil à l'horloge sur le mur du fond. Le moment était venu.

« Souhaite-moi bonne chance. »

Luxure attrapa un verre de vin de baies démoniaques sur un plateau qui passait par là et me salua d'un geste.

« À une éternité de sexe délicieux fondé sur la haine. »

Eden et Vanity croisèrent mon regard tandis que je descendais les escaliers et me frayais un chemin jusqu'à l'estrade. Elles échangèrent un sourire complice, sachant déjà ce que j'étais sur le point de faire.

Je montai d'un pas assuré sur la petite plateforme et fis signe au quatuor d'arrêter de jouer.

L'assemblée se tourna vers moi ; les journalistes avaient leurs plumes en main, prêts à écrire. Ryleigh Hughes se trouvait dans la foule.

Ils s'attendaient à ce que le nom d'une gagnante soit annoncé. Et je n'étais pas du genre à décevoir.

« Merci de vous être joints à moi ce soir, alors que je renonce pour de bon à ma couronne de célibataire. »

Des rires discrets parcoururent la salle de bal, mais mon regard resta fixé sur un coin de la pièce.

« Avant que je révèle qui a conquis mon cœur, il me reste une affaire à régler. »

Val apparut derrière les nobles et se fraya discrètement un chemin jusqu'à Ryleigh. Elle s'assurerait que la journaliste ne prenne pas la fuite. Une fois qu'elle fut en place, je poursuivis.

« Je n'ai pas été entièrement honnête quant aux raisons qui m'ont poussé à organiser cette compétition. »

Je marquai une pause tandis que des murmures s'élevaient dans la salle.

« Une menace secrète pèse sur notre royaume, et c'était le véritable déclencheur de cette supercherie. J'espère que vous me pardonnerez. Ce soir, j'ai parlé à chaque prétendante individuellement pour les prévenir avant que la nouvelle ne tombe entre les pages des journaux à scandale. Mon objectif a toujours été de protéger mon cercle, ma cour et mon peuple.

— Quelle menace, Votre Altesse ? lança Anderson Anders depuis le fond de la pièce. Est-ce à cause des rumeurs sur les vampires qui viennent de l'île Malice ?

— Étant donné que l'enquête est encore en cours, cette information reste confidentielle. Ce que je peux révéler, c'est la cause. Mes frères et moi avons chacun mobilisé des équipes privées jour et nuit pour enquêter. Au cours des dernières heures, nous avons enfin trouvé le lien que nous cherchions. »

Mon regard parcourut la foule jusqu'à s'arrêter sur Ryleigh.

« Il y a dix ans, lors du bal de Tous les Pécheurs, Miss Ryleigh Hughes a utilisé un objet maudit contre ma cour. En ce moment même, une équipe de chasseurs fouille sa maison à la recherche des preuves nécessaires pour détruire la magie noire à l'œuvre. »

Le visage de Ryleigh devint pâle.

« Je n'ai pas d'objet maudit. Je le jure sur la Couronne. »

Elle recula, prête à s'enfuir dans l'ombre, mais Val s'y attendait.

Mon bras droit tendit brusquement la main et retint fermement la journaliste à ses côtés.

Le sourire que je lui adressai n'avait rien d'amical. Il fit frémir les plumes des journalistes. J'étais charmant jusqu'à un certain point, et cela semblait ravir les amateurs de scandales.

« Miss Hughes, la Couronne tiendra compte de votre coopération quand viendra le moment de fixer la sentence. Luxure. Envie. »

Je fis signe à mes frères, qui se placèrent à côté de la journaliste et de Val.

« Ils vont commencer l'interrogatoire pendant que je m'occupe d'une autre affaire ce soir. Je vous suggère de leur dire où se trouve la Plume maudite et l'endroit où vous avez réécrit le dénouement du bal. Ils sentiront vos mensonges. »

Adriana fit un pas en avant, tendant la main comme pour défendre son amie. Elle semblait tiraillée, mais la foule s'était resserrée autour de Ryleigh, l'empêchant d'approcher.

Mes frères ressemblaient aux gardes les plus courtois lorsqu'ils escortèrent Ryleigh vers les cachots.

Eden semblait avoir arrêté de respirer. Vanity, en revanche, était très intriguée par ce retournement de situation.

Je tapai dans les mains pour attirer de nouveau l'attention de tous.

« Maintenant, j'espère que vous êtes prêts pour une autre annonce, ce soir. »

Je balayai la salle du regard et retrouvai Adriana, toujours près du mur. Je ne quittai plus ses yeux, ne parlant qu'à elle.

« Cette compétition pour trouver la partenaire idéale ne s'est peut-être pas déroulée comme prévu. Mais j'ai trouvé l'amour. Et cela a été l'une des aventures les plus frustrantes et exaltantes de ma vie. »

L'expression d'Adriana était indéchiffrable.

J'aurais voulu être près d'elle pour ressentir ses émotions.

« Miss Saint Lucent, voulez-vous monter sur l'estrade, je vous prie ? »

Elle secoua lentement la tête.

« Non, Votre Altesse. Je crains de ne pas pouvoir le faire. »

Des exclamations choquées s'élevèrent de la foule. Je les fis taire d'un regard furieux.

Les membres de ma cour étaient peut-être découragés, mais pas moi. Si Adriana voulait que nous soyons sur un pied d'égalité, je la rejoindrais, en rampant s'il le fallait.

« Très bien. »

Je sautai de l'estrade et me frayai un chemin à travers la foule. Les murmures s'élevèrent dans mon sillage, mais j'ignorai les ragots et les ricanements. Une seule opinion comptait à mes yeux.

Quand je fus près d'Adriana, je mis lentement un genou à terre.

Un silence s'abattit sur la pièce, chargé de la double signification de mon geste. Personne n'osait plus se moquer d'elle, désormais. Pas quand leur prince s'agenouillait devant elle.

« Je vous choisis, Adriana Saint Lucent. Depuis le premier instant où je vous ai vue, il y a dix ans, vous hantez mes rêves. Ça a toujours été vous. »

Je restai là, à genoux, prêt à arracher mon cœur de ma poitrine et à le lui donner si elle me le demandait. Adriana avait l'air… horrifiée.

« Je suis, et j'ai toujours été irrévocablement amoureux de vous. Par conséquent, je ne peux plus faire semblant de courtiser qui que ce soit d'autre. La compétition est terminée. Et pour être honnête, elle n'a jamais commencé, car personne ne me correspond mieux que vous. »

Je pris une profonde inspiration.

« Adriana Saint Lucent, ma douce ennemie, voulez-vous m'épouser ? »

Le silence qui s'étendit dans la salle était dévorant, à présent. Personne ne semblait respirer, de peur de rater un mot.

Adriana continuait à me fixer comme si une deuxième ou une troisième tête venait soudain de me pousser. Elle savait indéniablement comment empêcher mon ego de gonfler. Elle détourna lentement les yeux de moi pour balayer la salle du regard. Les journalistes se rapprochaient, tels des requins sentant l'odeur du sang dans l'eau.

Je jurai intérieurement. Je les avais invités pour annoncer que je l'avais choisie et pour qu'ils répandent la nouvelle. Pour que tous les royaumes sachent qu'elle était mienne, si elle acceptait ma demande.

Mais maintenant que j'étais près d'elle, je ressentais ses émotions très clairement. Elle était blessée et se méfiait.

Je n'avais pas envisagé qu'elle pourrait percevoir ce geste comme une manœuvre stratégique, même si je faisais exactement ce que j'avais promis. Elle pensait que je ne l'avais pas traitée en égale. Que j'avais écarté son opinion dès mon retour de la Frontière impitoyable.

Je devais agir vite. Lui prouver que je…

« Votre Altesse ! »

Je regardai autour de moi. La foule se retourna, cherchant qui avait crié. Des pas précipités résonnèrent dans le couloir menant à la salle de bal, attirant mon attention vers la porte. Une seconde plus tard, elle s'ouvrit brusquement et un messager se rua dans la salle, plié en deux, haletant. On aurait dit qu'il courait depuis des heures.

Quand il reprit enfin son souffle et qu'il se redressa, je remarquai ce que j'avais manqué au début.

Sa tunique était éclaboussée de sang.

Un frisson glacial me parcourut l'échine et mes sens se mirent en alerte.

Ils étaient proches.

« Des dragons se dirigent… »

Les portes vitrées donnant sur les jardins explosèrent, projetant des éclats de verre sur la foule, tranchant la peau et la soie sans distinction. Les nobles se figèrent tandis que le sang imprégnait leurs plus beaux habits, l'air ahuri, comme s'ils ne comprenaient pas ce qui venait de se passer.

Je me redressai d'un bond pour protéger Adriana de mon corps quand le premier dragon passa la tête par l'ouverture qu'il venait de créer. Une rage féroce et protectrice m'envahit, si ancienne et primaire que je n'aurais pas pu la repousser même si je l'avais voulu.

Je ferais brûler le monde entier et danserais sur ses cendres s'il arrivait quoi que ce soit à Adriana.

« Colère ! Envole-toi ! Nous devons déplacer le combat à… »

Plusieurs dragons de glace cognèrent aux portes du jardin, crachant leurs flammes glacées. Leurs yeux cramoisis scrutèrent la pièce ; ils écoutèrent les cris terrifiés, qui les rendirent encore plus furieux.

« Tout le monde, dehors ! criai-je en maintenant Adriana derrière moi. Descendez au sous-sol ! »

Personne ne semblait respirer quand Silvanus apparut, abattant violemment sa queue contre la porte. Celle-ci vola hors de ses gonds, laissant un large trou béant dans le mur.

Tout à coup, les nobles semblèrent prendre conscience du danger. La salle de bal sombra dans le chaos total ; tout le monde essayait d'atteindre la sortie.

Je tirai Adriana par la main vers la porte, me frayant un chemin entre les corps qui se heurtaient les uns aux autres.

Je sacrifierais ma cour pour elle et ne regretterais pas ma décision une seule seconde. J'avais fait la paix avec la morale depuis longtemps. Si je devais choisir entre elle et le royaume, ce serait elle. Toujours elle.

« Éloignez-vous d'ici autant que possible ! lui criai-je pardessus les hurlements et les cris perçants des dragons. J'irai vous chercher dès que ce sera sûr.

— Attendez. »

Elle tira sur ma main et s'arrêta net.

« Ma famille. »

S'il fallait la transporter jusqu'à la région la plus désolée pour la maintenir en sécurité, je le ferais. Silvanus était là et il allait s'en prendre à elle, ne serait-ce que pour satisfaire son obsession.

« Je vais envoyer des gardes les chercher. »

J'étais prêt à libérer toute ma puissance quand le cri de Colère résonna par-dessus tout.

« Ils vont vers toi ! »

Je me retournai, dague à la main, tandis que les dragons approchaient. Ils avaient l'embarras du choix s'ils voulaient chasser, mais ils ignorèrent les proies plus faciles pour foncer vers moi. Ou vers Adriana.

Mon frère avait raison. Je déglutis difficilement, puis écrasai ma bouche sur celle d'Adriana avant de la pousser à travers les portes. S'ils ne la voyaient pas, peut-être se concentreraient-ils uniquement sur moi.

« Partez ! »

Je n'attendis pas de savoir si elle m'obéissait. J'offris aux dragons une cible tentante, me retournant pour foncer vers eux, prêt à en finir une bonne fois pour toutes.

Cinquante-deux
Adriana

L'histoire d'amour entre Axton et moi était vouée à ne jamais être écrite. Ce qui avait commencé comme le plus somptueux jardin d'hiver pour une demande en mariage inattendue s'était transformé en une scène tout droit sortie de l'enfer.

Ironique, puisque c'était précisément là que nous étions.

Je me frayai un chemin pour retourner dans la salle de bal, regardant Axton se déchaîner contre les dragons, la dague de sa Maison brillant tandis qu'elle s'abreuvait de leur sang.

Mon cœur manqua un battement lorsque des mâchoires claquèrent dangereusement près de sa gorge. Il s'était jeté devant eux sans hésitation, les forçant à se concentrer sur lui plutôt que sur les membres de sa cour. C'était courageux et téméraire. Et j'avais envie de le gifler pour cette imprudence.

Il était immortel, me rappelai-je, et ce n'était pas sa première bataille contre des dragons.

Il survivrait. Mais ma famille, peut-être pas.

Je jetai un dernier regard à Axton avant de me jeter à travers la foule en panique, sautant par moments pour tenter de voir au-dessus des têtes.

Les tables étaient renversées, les verres de champagnes brisés, et partout, des démons se battaient pour sortir de la pièce.

Eden et ma belle-mère étaient introuvables.

Luxure fit irruption dans la salle et sa dague frappa un dragon si fort qu'il recula. La nouvelle de l'attaque s'était sûrement déjà répandue dans tout le château. J'espérais que tout le monde s'était mis en sécurité. Les cris de ceux qui essayaient encore de se sauver hanteraient mes cauchemars, si je survivais à la bataille. Chaque fois que je faisais un pas en avant, j'étais repoussée en arrière. La foule fonçait et me repoussait malgré moi. Je faillis perdre l'équilibre.

Si je tombais maintenant, je serais piétinée à mort.

La peur constante me força à avancer et je tentai de voir quelque chose par-dessus les têtes et les épaules, me faufilant comme si je flottais dans la foule. Je devrais me placer sur le côté et attendre.

Mais c'était impossible.

Soudain, la foule s'immobilisa un instant, me donnant un peu de temps pour me pencher et me glisser à travers une ouverture. Je me retournai pour voir ce qui les avait distraits : Paresse et Cupidité venaient d'arriver dans une explosion de flammes et de fumée, se jetant aussitôt dans la mêlée.

Pendant un instant, je restai figée comme le reste de la cour, observant le combat qui faisait rage.

Voir cinq des sept princes se battre de toutes leurs forces était une vision terrifiante. Je ne pouvais pas m'imaginer en train d'affronter un dragon.

Et je n'aimerais pas non plus me retrouver du mauvais côté de la lame d'un démon.

Les princes étaient des débauchés malicieux… jusqu'à ce que quelqu'un les mette au défi. Alors, ils révélaient ce qu'ils étaient vraiment sous le charme de la cour et l'apparence raffinée.

La température chuta brusquement. Le sol se couvrit petit à petit de glace. Sous peu, il serait impossible de courir sans tomber. Lorsque les courtisans s'en rendirent compte, ils paniquèrent encore plus. Je tentai de me ressaisir, cherchant la chevelure blonde d'Eden. Une lueur argentée attira mon regard.

« Camilla ! »

Nous nous vîmes en même temps et luttâmes pour nous rejoindre malgré le chaos de plus en plus intense.

Les dragons hurlaient en s'abattant sur la salle de bal, écrasant les fleurs et les haies. Leurs flammes s'engouffrèrent dans la pièce, recouvrant tout de glace sur leur passage.

Des cris d'agonie suivirent un souffle de feu glacé. Quelqu'un ne s'était pas écarté à temps.

Je frissonnai de froid et de peur. J'avais toujours trouvé les dragons de glace magnifiques, mais ils étaient tout aussi malfaisants et impitoyables.

J'eus du mal à croire qu'Anderson Anders continuait à écrire frénétiquement avec sa plume, caché près d'une colonne à moitié détruite. Cet idiot était dangereusement près d'un dragon.

Je perdis Camilla de vue et priai pour qu'Envie revienne des cachots et la trouve. Son absence me fit craindre que d'autres dragons ne chassent dans les couloirs. Cela signifiait que ma sœur et ma belle-mère n'étaient peut-être toujours pas en sécurité, même si elles avaient réussi à sortir de la salle.

« Adriana ! »

Le cri d'Eden attira mon attention vers elle. Et vers la menace. À quelques pas de là, un énorme dragon planta ses yeux dans les miens. Un avertissement inné vibra en moi tandis que je faisais un pas incertain en arrière. C'était un mauvais réflexe. Je venais de me comporter comme une proie.

Le dragon aux yeux cramoisis rugit en me chargeant pour me donner la mort. Le sol trembla si fort que je faillis perdre l'équilibre en me retournant pour fuir.

Je poussai Anderson Anders hors de danger et courus derrière le reste de la foule, espérant attirer la créature aussi loin que possible de ma sœur.

Je venais à peine de passer par le mur détruit et d'atterrir dans la véranda, glissant sur une épaisse couche de glace, quand le prince apparut. Son costume était taché de sang, son visage sombre et impitoyable.

Son foulard avait disparu, emportant avec lui toute trace de civilité. Il semblait sauvage, indompté. C'était le chasseur légendaire qui courait tête baissée vers le danger et l'aventure.

Il me balaya du regard avant de fixer quelque chose juste au-dessus de ma tête.

Je n'eus pas besoin de me retourner pour savoir que le dragon m'avait suivie.

Le rugissement qui retentit *beaucoup* trop près de moi fit vibrer le sol, me déséquilibrant tandis que l'air de ses poumons gelait des mèches de mes cheveux. La glace qui recouvrait la pierre m'empêchait de me tenir debout avec mes maudits souliers à talons ; j'étais aussi maladroite qu'un faon qui essayait de faire ses premiers pas. Je tombai en avant alors que les mâchoires du dragon claquaient dans mon dos.

« Axton ! »

Les ailes du prince jaillirent dans un éclat de rage pure et démesurée lorsqu'il se jeta entre la créature assoiffée de sang et moi. Son corps reçut le coup qui m'était destiné.

Il pivota et donna un coup de pied, repoussant le dragon de plusieurs mètres.

Du sang dégoulinait sur son bras, là où les crocs de la bête avaient déchiré sa chair. Le dragon tenta de le contourner, ses yeux rouges et brillants rivés sur moi.

Je regardai au-delà du prince, fixant le monstre qui avançait, et mon cœur sembla s'arrêter. Il n'était plus seul. Tous les dragons prenaient la terrasse d'assaut et venaient droit sur nous.

La glace et les températures polaires les précédaient, leurs flammes blanches s'écrasant à nos pieds.

Des frissons qui n'avaient rien à voir avec les créatures puissantes descendirent le long de ma colonne vertébrale.

Tous leurs regards assoiffés de sang étaient fixés sur moi.

Par les dieux impies de l'Enfer… Toute la meute se dirigeait vers moi.

Je n'avais pas besoin d'avoir déjà combattu ces créatures pour savoir qu'elles allaient mettre en pièces le prince et tout ce qui se dressait sur leur chemin.

« Axton ! » criai-je alors qu'un plan se formait dans mon esprit.

Il évita de justesse une nouvelle attaque, pivotant vers moi sans détourner le regard du dragon.

« Emmenez-moi vers le nord pour les éloigner d'ici. Une fois à la Frontière impitoyable, vous pourrez continuer le combat plus loin sur leur territoire. »

Il me lança un regard admiratif.

« Vous ai-je déjà dit à quel point j'ai envie de vous ? »

Je ne pus retenir un rire choqué. On pouvait toujours compter sur ce débauché pour trouver le moyen de flirter alors que plusieurs dragons fondaient sur nous. Axton asséna un nouveau coup de pied puissant dans la poitrine du dragon, le projetant en arrière contre les autres.

« Vite ! »

Je me jetai dans ses bras et il nous fit décoller en quelques secondes. Les dragons hurlèrent et mordirent à l'hameçon : ils nous poursuivirent. Leurs ailes claquaient dans la nuit, et c'était le son le plus terrifiant que j'avais jamais entendu. Ils gagnaient peu à peu du terrain.

Le cœur d'Axton battait furieusement contre le mien et je me cramponnai à lui.

Une tempête de neige faisait rage autour de nous, provoquée à la fois par la nature glaciale des dragons et par l'hiver. Sous peu, je ne fus plus capable de voir ma propre main devant mon visage et, si Axton n'avait pas eu de pouvoirs surnaturels, j'aurais craint qu'il ne puisse pas nous mener à l'avant-poste.

Il passa une main dans mon dos pour essayer de me réchauffer.

« Nous sommes presque arrivés. Si je n'avais pas besoin qu'ils nous suivent, je nous y aurais téléportés.

— Je sais. »

Je me blottis contre lui en claquant des dents.

Mon prince se souciait plus de mon confort que d'une horde de dragons furieux qui nous poursuivait. Il était complètement ridicule et je n'aurais pas pu l'aimer davantage.

Quelques instants plus tard, les cils couverts de neige, je clignai des yeux en apercevant le mur imposant qui longeait toute la frontière nord. La neige en recouvrait le sommet, formant une couche glacée qui scintillait dangereusement sous le clair de lune. Un grand bâtiment de pierre se dressait derrière et semblait défier quiconque de venir y livrer bataille.

Axton se dirigea vers la forteresse ; son vol était animé d'un élan implacable qui défiait toutes les lois de la nature. Il était une force à lui seul. Je ne pouvais que m'accrocher à lui tandis qu'il repliait ses ailes et plongeait vers une étroite ouverture à l'étage supérieur.

Nous atterrîmes dans un bruit sourd et Axton me posa par terre.

« Vous allez bien ? demanda-t-il en me scrutant comme si des dragons n'étaient pas en train d'assaillir la forteresse.

— Oui, répondis-je en déglutissant difficilement. Et vous ?

— J'irais beaucoup mieux si vous acceptiez de m'épouser. »

Il m'adressa un sourire carnassier.

« Mais oui, je vais bien. »

La légèreté disparut en un instant. Un dragon gronda devant l'ouverture par laquelle nous étions entrés. Axton me prit la main et me guida plus profondément dans la pièce, loin de cette ouverture trop grande pour être une fenêtre, mais trop étroite pour être une porte. Peut-être était-elle destinée à un prince démon en vol.

« Ne les laissez pas vous voir. »

Il sortit une dague cachée contre sa cheville et la mit entre mes mains.

« Visez les yeux si nécessaire. La forteresse est protégée par des enchantements ; vous serez en sécurité si vous restez à l'intérieur. »

Il s'éloigna, puis jura et revint sur ses pas à la hâte.

« Je jure par les anciens dieux que, si vous vous mettez en danger, je vous attacherai à mon lit et vous ferai regretter de m'avoir effrayé pendant des heures. »

Je le tirai contre moi.

« Faites en sorte de revenir me punir sous peu. Sinon, c'est moi qui vous traquerai. »

Il rit doucement et, sans un mot de plus, repartit au combat qui faisait déjà rage et était deux fois plus brutal que celui que nous venions de fuir.

Mon cœur battait à tout rompre tandis que je restais près du mur intérieur. Entendre les sons du combat sans voir ce qu'il se passait était encore pire. Mon imagination avait toujours été un peu trop tordue.

Les dragons avaient-ils trouvé un moyen de tuer un immortel ? Axton était-il blessé ?

Je me glissai plus près de l'ouverture par laquelle nous étions arrivés et aperçus une porte dans la pièce voisine qui donnait sur un parapet. Prudemment, silencieusement, je me glissai dans l'embrasure, observant les chasseurs, les dragons et les princes se battre avec une grâce brutale. Je n'avais jamais vu une chose pareille.

Le décor en arrière-plan était majestueux : les montagnes s'élevaient au loin, les écuries et les bâtiments étaient couverts de glace… c'était un endroit splendide et macabre.

Sans la guerre qui s'y déroulait, je comprendrais pourquoi tant de gens voulaient rejoindre la guilde. Ici, la nature régnait en maître, loin des règles de la cour et de la société.

Et la nature était une souveraine impitoyable. Les dragons lacéraient les corps sur leur passage sans jamais se retourner pour voir qui ils avaient abattu, et ils fonçaient vers Axton. Le sang éclaboussait la neige et cette vision était aussi épouvantable et troublante que les cris stridents des bêtes.

C'était une bataille qui n'aurait jamais dû avoir lieu ; les dragons n'avaient rien fait pour mériter cette folie. Ils n'étaient que des pions dans un jeu et aucun de nous n'avait su que quelqu'un y jouait.

Si la Plume maudite n'avait pas été utilisée, ils auraient continué à vivre comme ils le faisaient depuis cent ans : en paix sur leur territoire, au nord. Mes sens avaient du mal à assembler les pièces du puzzle, le mystère ne semblait pas résolu. Il manquait quelque chose.

Quelque chose qui pourrait vraiment mettre fin à tout cela. Mais quoi… ?

Ryleigh. Malgré notre amitié tendue, mon intuition avait du mal à accepter les preuves présentées par le prince pour la condamner. Surtout après notre confrontation, plus tôt dans la journée.

Quelque chose clochait. Ryleigh n'avait pas vraiment de raison pour vouloir détruire mon bonheur. Ou de réécrire cette nuit-là. Mais beaucoup de questions restaient sans réponse.

Si elle avait réellement la Plume, ne l'aurait-elle pas utilisée pour empêcher la duchesse d'Oleander de la détester ? Ou pour que ses chroniques soient lues par plus de monde ?

Pourquoi aurait-elle traqué la Plume avec autant d'acharnement pour ne jamais s'en servir à son avantage ?

Le Prince Colère passa devant l'avant-poste en volant, et son visage était un masque de fureur pure et indomptée.

Pour me distraire du vacarme du combat et pour assouvir cette envie grandissante de percer le mystère, je continuai à réfléchir à tout ce qu'Axton m'avait révélé.

C'était une piste solide, mais Ryleigh avait nié l'accusation. Et devant toute la cour.

Encore des secrets et des mensonges ? Je ne le pensais pas.

Un chasseur cria juste en dessous de l'endroit où j'étais cachée, dans le champ d'action du sortilège de protection.

Axton surgit presque de nulle part, se plaçant entre le dragon et l'homme.

Je hurlai en voyant la créature folle se jeter sur sa gorge et courus pour regarder par-dessus le mur en pierre. J'avais franchi la limite de la barrière magique, m'exposant au dragon qui tournoyait au-dessus de moi.

Un instant plus tard, je fus tirée en arrière et un mur de muscles inébranlable m'immobilisa tandis que je me débattais.

« Lâchez-moi ! Il est blessé !

— Il guérira. Vous, non. »

Luxure me ramena de force au sein de la barrière protectrice.

« Et il me tuera si vous mourez. Alors, rendez service au royaume et restez *ici*. »

Il avait raison, je le savais, mais mon cœur… mon maudit cœur battait si fort que j'avais l'impression qu'il allait sortir de ma poitrine.

Je voulais me jeter par-dessus le mur pour m'assurer que ce débauché ridicule et idiot respirait encore. Ainsi, je pourrais l'étrangler moi-même une fois que tout serait fini.

Luxure me lança un sourire entendu.

« Vous pensez à le frapper ? Ne vous inquiétez pas, on en a tous envie. »

Je commençai à faire les cent pas dans la pièce, comme une bête en cage. Les bruits du combat faisaient rage, me poussant au bord de la folie. Je ne pouvais pas rester là à ne rien faire.

« Vous l'empêchez de souffrir, dit Luxure, qui avait lu dans mes pensées. Il ne l'admettra pas, mais c'est en partie pour ça qu'il a mis autant de temps à guérir la dernière fois. »

Je repensai au concours de baisers. À la douleur qui s'était peinte sur son visage. Un jour, je lui plongerais la tête sous l'eau.

« Est-ce que quelqu'un a trouvé le fichu papier sur lequel Ryleigh a écrit ? » demandai-je, car j'avais quand même besoin de faire quelque chose.

Rester plantée là pour que le prince et moi ne souffrions pas, ce n'était pas idéal.

Luxure secoua la tête.

« Ils retournent son appartement et fouillent tous les lieux qu'elle fréquente. Ce n'est qu'une question de temps avant qu'ils ne le trouvent. »

Du temps que ni notre cercle ni le royaume n'avaient. Ni même les dragons. Un cri perçant fendit l'air, suivi par le son le plus lugubre que j'avais jamais entendu. Mon sang se figea dans mes veines.

« Est-ce que ça signifie que… »

Je n'arrivais pas à mettre des mots sur mes craintes. Luxure prit un air sombre.

« Un dragon a été tué.

— C'est un cauchemar. »

Et il devait prendre fin. Immédiatement.

Je recommençai à faire les cent pas, l'esprit en ébullition. S'ils n'avaient toujours pas trouvé le journal ou le parchemin utilisé par Ryleigh pour réécrire le bal de Tous les Pécheurs, nous pouvions supposer qu'elle n'était pas coupable.

Mon intuition semblait vibrer de plus en plus fort, ce qui me laissait penser que j'avais raison.

Si ce n'était pas Ryleigh, alors qui ? Qui aurait eu un intérêt et l'intention de… Je m'arrêtai net tandis qu'une série d'indices et de commentaires se mettaient en place comme les pièces d'un puzzle.

« Par les dieux… Axton s'est trompé. »

Le registre de mon père mentionnait une plume.

Je lançai un regard au prince, mais il ne m'écoutait pas.

Luxure était sur la terrasse, les muscles tendus. Il devait protéger l'avant-poste et semblait prêt à agir.

Je me dépêchai de réfléchir avant de planifier mon coup. Je devais être absolument certaine avant d'oser une accusation aussi grave.

Mais peu importait comment je retournais la situation, je croyais savoir qui avait gâché nos vies.

Sophie Everhart. La démone obsédée par la richesse matérielle. Et la femme qui détestait plus que tout perdre face à une roturière.

Les indices avaient été juste devant mon nez, mais je n'avais pas voulu les voir.

Et maintenant, je ne pouvais plus m'empêcher de les assembler comme un puzzle.

Le sourire en coin de ma belle-mère quand Eden avait été choisie comme prétendante. J'avais deviné qu'elle avait utilisé un sort, mais elle n'avait jamais confirmé mes soupçons.

Ma belle-mère avait été présente au bal de Tous les Pécheurs ce soir-là. Elle n'avait pas été ravie de l'issue de la soirée… mais en y repensant, ce n'était pas tout à fait vrai.

Plus je m'obligeais à me souvenir des détails, plus la chronologie des événements me semblait confuse. Sophie n'avait-elle pas été curieusement ravie en quittant le bal de Tous les Pécheurs ?

Même si je n'avais pas trouvé de bon parti et que, d'après elle, je n'étais bonne qu'à ça ?

Eden n'avait été qu'une enfant à l'époque, mais des souvenirs flous refirent surface.

Même à ce moment-là, Sophie avait dit que sa fille était digne de devenir princesse, qu'elle serait en âge d'avoir des prétendants moins de dix ans plus tard. Que mon échec serait malgré tout une bonne chose pour notre famille – elle l'avait dit tel quel. Et ce soir-là, elle avait porté une plume ridicule dans les cheveux.

Une plume que j'avais récemment vue avec le livre de comptes de mon père. Ryleigh l'avait replacée dans le livret le jour où elle était allée chez nous pour prendre des recettes. Ce devait être la Plume maudite.

Le monde autour de moi s'arrêta brusquement de tourner. C'était ça. Le registre de mon père. Elle ne cessait de me menacer de le vendre, mais ne l'avait jamais vraiment fait.

C'était forcément sur ces pages qu'elle avait réécrit notre destin, nous condamnant tous, volontairement ou pas.

« Prince Luxure ! criai-je en courant vers la terrasse fortifiée. Je sais où est la... »

Luxure se battait avec un dragon dans le ciel et toute son attention était focalisée sur la bête qui avait été sur le point de prendre d'assaut notre refuge. Je déglutis, balayant du regard la scène en contrebas.

Le chaos se déchaînait. Et personne ne pouvait m'escorter jusque chez moi sans affaiblir nos défenses. Colère et Gourmandise, Envie et Luxure... Tous les princes étaient une force sur le champ de bataille, et notre royaume avait besoin qu'ils tiennent leurs positions.

Je ne pouvais pas rester là, à attendre que la bataille se calme un peu, ce qui pourrait bien ne pas arriver. Je devais agir.

Je fis une prière silencieuse pour qu'Axton ne soit pas blessé, puis je dévalai les escaliers. Je passai devant les blessés, sautant au-dessus des corps effondrés dans le couloir, chassant les images et la peur de mon esprit. Je franchis la porte et tombai sur un cheval de l'enfer et son cavalier qui le fit passer au pas.

C'était mon moyen de transport.

Je courus jusqu'au chasseur, qui venait de descendre en titubant, attrapai sa monture et me hissai sur la selle.

Je m'excusai à la hâte et talonnai le cheval, qui partit à toute vitesse. Je remerciai silencieusement Axton pour la leçon d'équitation. Au lieu d'être morte de peur, je montais avec assurance.

Le cheval de l'enfer galopait comme si sa vie en dépendait, ce qui était le cas. Tout reposait sur cet instant, et je priai pour que mon intuition ne m'ait pas trahie.

Nous foncions à toute allure, le cheval engloutissant le paysage du nord comme s'il était poussé par la magie. Sous peu, nous atteignîmes les rues pavées et sinistrement silencieuses de notre cercle.

Les bâtiments étaient fermés et l'agitation habituelle avait disparu. Tout le monde se cachait des dragons. Une douleur monta dans ma poitrine, s'enroulant autour de mon cœur jusqu'à le comprimer.

Tout en moi voulait faire demi-tour pour qu'elle disparaisse. J'espérais qu'Axton ne la ressentait pas aussi fort. Il n'avait pas besoin de distraction en ce moment.

Mais au lieu de céder à l'agonie, je ne laissai pas le cheval ralentir avant que nous nous arrêtions brusquement devant ma maison. Je faillis tomber de la selle et, dès que mes pieds touchèrent le sol, je montai les escaliers en courant. Chaque respiration était douloureuse ; le lien magique m'incitait à retourner sur mes pas.

La porte d'entrée n'était pas fermée à clé, mais je n'eus pas le temps de trouver une explication.

Je me précipitai vers les affaires de mon père, fouillant frénétiquement dans son livre de comptes.

Il me glissa des mains, et je dus me forcer à marquer une pause pour respirer. Je tremblais bien plus que je ne l'aurais cru.

Je me repris, puis ramassai le livret et parcourus chaque page des yeux. Je n'avais jamais réalisé qu'il avait noté autant de choses. J'avais l'impression que le temps accélérait, que le destin de notre cercle dépendait de ces instants. Et que, si j'échouais, je nous condamnerais tous.

Mon cœur n'avait jamais battu aussi frénétiquement, mes poumons travaillaient si vite que je me sentis défaillir. Et la douleur continuait d'augmenter, sans jamais renoncer au pouvoir qu'elle avait sur moi. Je priai pour qu'Axton ne tombe pas au combat. Nous y étions presque. Si seulement je pouvais trouver ce que je cherchais !

« Allez. Allez ! »

Je lus plus vite que jamais, mon corps se crispant un peu plus chaque seconde. Il n'y avait aucune note. Aucun événement réécrit. J'avais été tellement sûre… Si je m'étais trompée, tout ce que j'avais accompli en quittant la Frontière impitoyable pour venir ici, c'était affaiblir Axton au moment où il avait le plus besoin de ses forces.

Je tournai la page suivante, et elle faillit tomber.

Je m'arrêtai, les yeux rivés sur cette feuille qui avait été collée à la hâte dans le livret.

« Ce n'est pas possible. »

Je lus la note ; ce n'était pas l'écriture de mon père, qui m'était familière. Des larmes brûlantes coulèrent le long de mes joues. Je ne m'étais pas trompée : c'était bien la preuve que je cherchais.

Sophie avait...

« Par tous les dieux. Non. »

Une vague d'effroi glacial me submergea lorsque l'euphorie initiale s'estompa. La note n'avait pas été écrite par Sophie. Ni par Ryleigh. Et ce n'était certainement pas l'œuvre de mon père. Le gribouillage était celui d'un enfant.

« Eden. Qu'as-tu fait ? »

Comme si ma prière chuchotée l'avait invoquée, ma sœur entra dans la pièce, une bougie dans ses mains tremblantes. La flamme dansait follement et le visage baigné de larmes de ma sœur apparut.

« Je ne voulais pas que tout cela arrive, Ad. Tu dois le savoir. Je te jure que je ne savais pas... »

Sa voix se brisa lorsqu'elle fondit en larmes.

Je tendis la main et pris le ton ferme de l'aînée.

« Donne-moi la bougie, Edie. Il faut détruire ça immédiatement. »

Nous aurions tout le temps de nous occuper de ses confessions larmoyantes plus tard.

Pendant un instant tendu qui s'éternisa, je crus que ma sœur allait éteindre la bougie, nous condamnant tous. Mais elle avança prudemment vers moi, protégeant la flamme de sa main, et me la tendit.

Je n'hésitai pas à enflammer le parchemin et le regardai brûler lentement.

En théorie, la malédiction devait se briser dès qu'il serait réduit en cendres. Si seulement ce fichu papier voulait bien brûler.

« Saloperie ! Dépêche-toi ! »

Je n'avais jamais connu la patience comme à cet instant précis, alors que j'observais le feu lécher lentement le parchemin avant de se décider à le consumer. Seuls quelques instants s'écoulèrent, mais j'eus l'impression qu'il s'agissait d'une éternité. Chaque seconde pouvait représenter une nouvelle mort.

Quand les flammes atteignirent mes doigts, je lâchai le fragment en feu dans un petit bol qu'Eden avait apporté, le regard fixé dessus jusqu'à ce qu'il ne reste plus que des cendres.

Les braises passèrent du rouge à l'orange, puis s'éteignirent.

Nous découvririons sous peu si tout était terminé ou si nous avions échoué. Comme si cette inquiétude avait invoqué mes peurs les plus sombres, j'entendis le cri perçant de dragons en approche.

Je jurai et me précipitai vers la fenêtre, tirant brusquement le rideau. Au loin, je vis les silhouettes facilement reconnaissables des bêtes qui fendaient les nuages.

Les dragons s'étaient échappés de la Frontière impitoyable.

Leurs cris portés par la tempête annonçaient que la bataille descendait vers le sud, vers le cœur du cercle de Gourmandise. Le sort avait été brûlé, mais tant que la magie ne s'était pas dissipée, nous étions toujours en grand danger. Le vacarme de l'attaque approchait.

Par les dieux impies de l'Enfer… Ils venaient droit sur nous.

« Eden ! »

Je saisis ma sœur et fonçai de l'autre côté de la pièce, la serrant contre moi alors qu'une ombre immense venue du ciel plongeait soudain la rue dans l'obscurité.

Cinquante-trois
Prince Gourmandise

Une explosion de flammes d'un blanc pur me fit voler en arrière et je faillis heurter Colère de plein fouet. Mon frère n'y fit pas attention.

Il s'élança de nouveau au combat, l'air féroce, et attaqua son dragon avec toute la puissance d'un démon de la guerre.

Je tournai en plein vol, fonçant à toute vitesse vers le mien pour l'obliger à se replier. Une douleur vive me déchira soudain la poitrine. Je baissai les yeux. Il n'y avait pas de sang.

Je jurai. Adriana avait dû quitter la forteresse. D'autres flammes me frôlèrent.

Je grinçai des dents et ignorai la douleur.

Paresse et Cupidité s'étaient joints à nous et nous étions maintenant six princes du péché contre sept dragons, mais nous avions à peine réussi à les mener au nord de la Frontière impitoyable.

Plus mes frères et moi les repoussions, plus ils luttaient avec férocité pour regagner du terrain, déterminés à ne pas battre en retraite.

Je me plaçai devant le dragon de nouveau et ma lame fendit la tempête.

La glace et le sang rendaient la poignée glissante.

La bête obstinée campa sur ses positions et plana en battant des ailes. Lorsque je m'approchai de nouveau pour le blesser plus profondément, ses serres frappèrent mon torse et déchirèrent ma chemise. Je n'avais pas eu le temps d'enfiler ma tenue de combat, et cela n'aurait de toute façon rien changé.

Silvanus ne se retenait pas comme lors de nos parties de chasse.

Il voulait faire couler le sang et obtenir la gloire.

Je tournai autour de lui, feintai sur la gauche et frappai son flanc sur la droite. Il montra les dents et fonça vers ma gorge.

J'étais plus lent que d'habitude à cause de ce foutu serment de sang et de la douleur incessante, mais je parvins à dévier avec ma lame ce qui aurait été un coup fatal. Le dragon entailla ma peau, mais ne m'arracha pas complètement la gorge. Et j'en remerciai tous les anciens dieux.

Soudain, quelque chose changea chez les dragons. Comme si un instinct primaire avait tiré sur un lien magique et les avait arrêtés net. Mes frères le remarquèrent aussi.

Même l'atmosphère sembla prendre une profonde inspiration et retenir sa respiration.

Mes épaules étaient douloureuses tandis que mes ailes battaient furieusement. Cela n'annonçait rien de bon.

Je fonçai sur Sil et utilisai ce moment de distraction pour lui donner un coup puissant. La tête du dragon de glace s'agita d'un côté et de l'autre, puis ses narines se dilatèrent lorsqu'il renifla l'air.

Il évita mon coup suivant et s'éleva dans les nuages noirs d'un battement d'ailes puissant.

Silvanus chassait, et il était sur le point d'aller capturer sa proie. Je savais exactement ce qu'il avait senti : Adriana.

Je visai son flanc tandis qu'il me dépassait en faisant onduler son corps reptilien. Mes doigts l'effleurèrent, mais ne parvinrent pas à s'agripper à ses écailles recouvertes de glace protectrice. Le salaud était trop lisse.

« Arrêtez-les !

— C'est le but depuis le début », dit sèchement Luxure en évitant de peu des serres visant sa poitrine.

Ça ne pouvait pas faire de mal à ce connard impertinent.

« Ou bien on était censés les draguer ?

— Ils foncent vers la ville ! hurlai-je à mes frères. Abattez-les ! »

Les plumes d'Envie, semblables à des dagues, frappèrent comme les lames secrètes qu'elles étaient lorsqu'il attaqua un dragon. La satanée créature encaissa le coup, puis replia ses ailes et s'éloigna à toute vitesse.

Un son semblable à deux montagnes monumentales qui se percutaient secoua l'air et la terre.

Il était difficile de dire s'il s'agissait d'un coup de tonnerre de la tempête ou la fureur de Colère tandis qu'il pourchassait le dragon qui avait percé sa ligne de défense.

Chaque fois que nous semblions gagner quelques centimètres de terrain, ces fichues créatures nous battaient.

C'étaient vraiment les combattants les plus féroces que nous avions jamais affrontés. D'habitude, la chasse était exaltante et une bonne manière d'alimenter mon péché. Maintenant, j'avais l'impression qu'il s'agissait d'une malédiction. Nous devions les abattre. Sur-le-champ.

Je me tournai vers la meute en fuite et volai aussi vite que possible pour la rattraper. J'étais presque certain de savoir où elle se dirigeait. Les dragons se déplaçaient avec détermination et volaient incroyablement vite dans le ciel orageux.

Je refusai de me retirer et les poursuivis de toutes mes forces, mes frères à mes côtés. Sous peu, je vis les toits en tuiles et les rues pavées familières. Un autre type de douleur me frappa la poitrine, et elle n'avait rien à voir avec le serment qui m'unissait à Adriana.

Les dragons s'étaient dirigés sans hésiter vers l'allée des imprimeurs. La maison d'Adriana n'était pas loin de là. Quelques rues à peine.

À en juger par la douleur qui faiblissait dans mon torse, elle était à proximité. Et le cri de guerre de Silvanus m'indiqua qu'il la sentait aussi.

Lorsque je le rattrapai, le monde entier s'immobilisa autour de moi. Il planait au-dessus du bâtiment voisin à celui d'Adriana. S'il le souhaitait, il pourrait cracher ses flammes meurtrières sur sa maison et toutes les personnes qui se trouvaient à l'intérieur.

La dague de ma Maison brilla sauvagement, assoiffée de sang. Je le tuerais plutôt que de le laisser s'approcher d'elle.

« Je me suis dit que tu aurais besoin d'aide, Prince ! »

Le cri venait de la rue en dessous de moi.

Je baissai les yeux, pris par surprise. Un rang de vampires dirigés par nul autre que Blade remontait la rue et se divisa en petits groupes, répondant à un ordre silencieux.

Il ne me fallut qu'un instant pour comprendre ce qu'il avait fait. Il avait placé ses combattants devant des commerces pour protéger les démons à l'intérieur. Leurs crocs brillaient à la vue de tous.

Ils avaient toujours voulu les enfoncer dans les dragons de glace. C'était aussi une manière intelligente de me rappeler qu'il aurait besoin de mon aide un jour. Comme si je pouvais oublier ma promesse.

« Protège ma cour, Blade !

— Avec plaisir. »

Le prince vampire fit un signe de la tête et le reste de son équipe se dispersa.

Je les observai et mon attention se posa sur Sascha. La sorcière était debout au milieu de la rue, les yeux brillants tandis que sa bouche prononçait un chant silencieux. Elle lançait un sortilège de protection sur le quartier. Je *savais* que l'aider avait été une bonne idée.

Si les vampires et elle protégeaient les rues, je pouvais concentrer mes efforts sur le ciel.

Je me retournai vers Sil. Il avait reniflé l'air et dessiné des cercles dans les airs. À présent, il volait avec une détermination renouvelée. Il passa au-dessus de la maison d'Adriana, puis fit demi-tour. Son cri strident résonna dans les rues. Il appelait sa meute.

Ravi de compter sur cette aide inattendue au sol, je repris ma poursuite, ma lame prête à frapper. Je m'approchai de Sil en quelques secondes et ma dague visa directement son cœur.

Avec tout le pouvoir que je possédais, je me jetai sur le dragon que j'avais élevé. Il était beaucoup trop près de la femme que j'aimais et mon instinct était plus vif que jamais. Il menaçait Adriana et je l'empêcherais de lui faire du mal par tous les moyens.

Un profond sentiment de victoire me poussa à voler plus vite que je ne le pensais possible. J'avais la sombre certitude que je l'abattrais, cette fois. Je visais juste et il était distrait.

Silvanus avait enfin dû sentir le danger, car il détourna son attention de la maison en contrebas et me fixa du regard. Mais il était trop tard pour avoir pitié de lui.

Il cligna lentement des yeux, comme s'il émergeait d'un rêve. Une lueur irisée et non pas rouge brillait dans ses yeux. Ils se posèrent sur ma lame scintillante et j'aurais juré y voir une lueur de chagrin et d'acceptation.

J'étais trop près et il était trop grand pour éviter l'attaque.

Je jurai. Il était impossible de dévier le coup ; j'avais eu l'intention de le tuer. Dans quelques secondes, ce serait fini. Mon dragon mourrait de ma main.

La même main qui l'avait nourri au biberon, qui lui avait appris à battre des ailes quand ses plumes avaient enfin poussé. Et j'avais ri en le voyant sautiller comme le petit reptile impertinent et couvert de plumes qu'il était.

À moins que…

Au dernier moment, je retournai la lame contre moi, encaissant le coup qui aurait dû tuer mon dragon. Le choc me coupa le souffle : je n'avais jamais ressenti une douleur comme celle de ma dague qui me transperçait le cœur. Je crus entendre Silvanus hurler, mais le son se perdit dans le rugissement qui venait d'en bas.

Des acclamations résonnèrent dans l'air et au sol. La victoire.

La malédiction était levée. Adriana était en sécurité. Ma cour et notre royaume étaient indemnes.

Je planai dans les airs, profitant de ce moment aussi longtemps que possible.

Sil cligna des yeux et observa la dague qui sortait de ma poitrine. L'ichor coulait le long du manche, de plus en plus vite et abondamment. Mes ailes ralentirent, puis s'arrêtèrent.

Les héros étaient des abrutis. Mais, curieusement, je me sentais en paix.

Le dragon de glace poussa un cri capable de réveiller les morts et plongea vers moi. Puis tout devint sombre.

Cinquante-quatre
Adriana

Le son de la victoire résonnait à travers les murs fins de notre maison. Je lâchai ma sœur et allai vérifier de mes propres yeux que la malédiction était véritablement levée. Les princes survolaient le quartier nocturne et la joie était palpable tandis qu'ils descendaient aider les citoyens qui avaient été surpris à l'extérieur pendant l'attaque.

Je plissai les yeux pour mieux voir la foule : des vampires aidaient des démons, et Sascha était appuyée contre Val. Elle avait l'air d'avoir jeté des sorts pendant des heures.

Mon regard balaya la rue en face ; seuls quelques bâtiments semblaient avoir été endommagés. Nous avions échappé à ce qui aurait pu, ou aurait dû, être un désastre absolu, probablement grâce aux sortilèges de protection que la sorcière avait lancés.

Une sensation de chaleur se répandit en moi. C'était vraiment fini. Notre cercle était peut-être peuplé de pécheurs amateurs d'excès, notre royaume rempli d'âmes moralement corrompues, mais nous nous unissions quand il le fallait.

« Est-ce que la malédiction est rompue ? demanda Eden, une note d'espoir dans la voix.

— On dirait bien. »

Pendant quelques instants, j'observai la foule faire la fête dans la rue, cherchant une silhouette familière. Je ne vis pas Axton, mais il était probablement déjà retourné au château pour vérifier que sa cour allait bien. J'aurais dû m'y attendre, mais un certain malaise me serra tout de même le cœur.

C'était un prince. Il était logique qu'il s'occupe de sa cour en premier, surtout après une attaque.

Et moi, j'avais mes propres affaires à régler.

Le sort était levé, mais il restait des questions sans réponses. Je n'arrivais pas à comprendre comment ma sœur avait pu me trahir.

Je soupirai et m'assis. J'avais besoin de comprendre *pourquoi*. Eden se laissa tomber à côté de moi sur le canapé et garda le silence.

Je ne savais pas comment aborder le sujet avec délicatesse, mais il valait mieux pour nous deux que nous ne nous cachions rien. Nous devions affronter la situation. Puis guérir. Ensemble.

« Comment est-ce que tu t'es retrouvée en possession de la Plume maudite ? »

Eden renifla, puis leva les yeux.

« Ryleigh l'a apportée le soir du bal de Tous les Pécheurs et nous a raconté des histoires de magie impossible. Quand tu es rentrée à la maison tout excitée, et que Maman a dit que tu allais devenir princesse, je… j'ai paniqué. Je n'étais pas prête à te perdre, alors j'ai écrit une autre histoire. J'ai fait en sorte que Ryleigh ne s'en souvienne pas. Pour garder le secret, j'ai réécrit sa mémoire aussi. »

Pauvre Ryleigh… Elle avait été condamnée devant tout le monde pour un crime qu'elle n'avait pas commis. Et moi, j'avais perdu foi en notre amitié. J'avais de la peine pour elle ; je savais ce que c'était d'être la cible des ragots et des scandales. Il fallait que j'arrange la situation avec mon amie au plus vite.

Axton devrait lui présenter des excuses au nom de la Couronne. Peut-être pourrait-il même lui proposer le poste de journaliste royale. Mais ces solutions devraient attendre, car j'avais encore d'autres questions.

« Tu étais si jeune. Comment est-ce que tu as inventé une histoire aussi précise ? »

Eden rougit.

« Je m'ennuyais, alors j'ai chipé un des romans de Maman pendant que vous étiez au bal. Le scandale dedans m'a marquée. Un prince avait été surpris avec une vicomtesse juste après s'être déclaré à une autre femme... Mais dans ce cas, il s'était trompé sur son identité. »

Je pris quelques instants pour me ressaisir, ne voulant pas parler sous le coup de la douleur ou de la colère. Mon cœur se serra en entendant la vérité. Ma sœur. La seule personne que je n'aurais jamais blessée intentionnellement avait causé le plus grand chagrin d'amour de ma vie. Tout cela parce qu'elle avait lu un scandale dans un livre. C'était tellement innocent, l'erreur d'une enfant. Et pourtant, ses actes avaient causé tant de souffrance.

« Je ne t'aurais jamais abandonnée, Edie. Tu le sais, n'est-ce pas ? Je vous aurais fait venir au château avec moi, Sophie et toi. Pourquoi tu ne me l'as jamais dit ?

— J'avais peur. Au début, tu semblais plus heureuse, alors je me suis dit que ce que j'avais fait avec la Plume était une bonne idée. Tu as caché tes sentiments pendant si longtemps que je ne savais pas que tu souffrais à ce point.

— Cacher mes sentiments ? ricanai-je. J'ai passé les dix dernières années à essayer d'anéantir la réputation d'Axton dans le journal. Tu n'as jamais pensé à te confier à moi ? »

Elle baissa les yeux et hocha lentement la tête.

« Quand la compétition a commencé, j'ai voulu tout avouer. Surtout après qu'Axton avait envoyé tous ces cadeaux. Tu peux dire ce que tu veux sur ses motivations, mais c'était évident qu'il tenait profondément à toi. »

Je soupirai.

« Tu es beaucoup trop douce et innocente. S'il l'a fait, c'était parce qu'il voulait découvrir mon identité.

— Ad. Je t'adore, mais tu ne peux pas vraiment croire que tous ces cadeaux étaient nécessaires. Est-ce qu'il avait besoin d'envoyer de la nourriture, des parchemins ou des lampes à huile pour nos lanternes afin d'y parvenir ? »

Elle afficha un doux sourire et je pinçai les lèvres.

Curieusement, ma sœur avait réussi à assembler les vérités que j'avais omises.

« C'était évident que tu lui plaisais et je voulais que tu le voies aussi. Mais je n'en ai pas eu le temps. Quand j'ai été choisie comme prétendante, j'ai cru que c'était le meilleur moyen de te rapprocher du prince. J'espérais pouvoir trouver un moyen pour que vous retombiez amoureux, comme avant. Je suis horriblement mauvaise pour établir des plans et faire des combines. Mais je te jure que cette compétition a toujours eu pour but de vous réunir, le Prince Gourmandise et toi.

— Ta mère t'aurait écorchée vive si elle avait découvert ce que tu faisais. »

Un sourire hésitant se dessina sur ses lèvres.

« Je crois qu'elle le savait. Au fond. C'est sans doute pour ça qu'elle était aussi déterminée à vous empêcher de passer du temps ensemble, le prince et toi.

— Où est Sophie ?

— Elle était dans notre suite privée avec des gardes quand je suis partie en cachette pour revenir ici. Axton a protégé les pièces avec des enchantements pour que les dragons ne puissent pas y pénétrer. »

J'en remerciai les dieux. Sophie n'était pas la démone la plus aimable du royaume, mais cela ne signifiait pas que je voulais qu'il lui arrive malheur. Elle vivrait encore assez longtemps pour manigancer autre chose. Au moins, elle nous obligerait à rester sur le qui-vive : nous nous demanderions tout le temps quelle machination elle préparerait.

Je regardai ma sœur de haut en bas et réalisai pour la première fois qu'elle était devenue une jeune femme.

Eden avait dû marcher sur des œufs entre Sophie et moi, et même si nous avions toujours voulu assurer son bonheur, nous ne lui avions jamais vraiment laissé la place de tomber et de se relever d'elle-même.

« Est-ce que tu souhaites devenir plus douée dans l'art de la manigance ? »

Elle rit.

« Certainement pas. Je veux une vie simple, sans les jeux politiques de la cour. Cuisiner et m'occuper d'un foyer, ça me va très bien. Peut-être que je pourrai ouvrir ma propre boulangerie un jour.

— Et ton amant secret ? demandai-je pour qu'il n'y ait plus que la vérité entre nous. Tu envisages un avenir avec cette personne ? »

Son visage vira au rouge écarlate.

« Comment est-ce que tu es au courant pour Vanity ? »

Je haussai les sourcils. Je n'avais pas su de qui il s'agissait.

« Tu fréquentes la prétendante de la Maison Orgueil ? »

Eden mordilla sa lèvre inférieure et rougit.

« On a passé beaucoup de temps ensemble pendant que le prince était occupé ailleurs. On s'est attachées l'une à l'autre. »

Je pris doucement ses mains et les serrai dans les miennes.

« Je suis heureuse pour toi. Tu mérites tout l'amour et l'affection du monde, dis-je en souriant. Le prince ne manquera pas de s'attribuer tout le mérite pour vous avoir présentées. »

Elle me prit dans ses bras, puis recula.

« Il t'aime, Ad. J'espère que tu lui donneras une chance de se racheter. Ce n'est pas sa faute si j'ai utilisé la Plume. »

Je m'appuyai contre un coussin usé.

« Je ne lui en veux pas pour la Plume, mais je crains que les choses ne soient devenues un peu plus compliquées.

— "Compliqué", c'est un euphémisme pour décrire ce qui s'est passé ce soir. Il t'a demandé en mariage, Adriana. Et tu as refusé devant toute sa cour.

— Je n'ai pas *refusé*. Nous avons été interrompus. Au cas où tu l'aurais oublié, nous avons subi une petite attaque de dragons. »

Eden secoua la tête.

« Tout le monde a bien vu que tu allais refuser. Tu n'as pas besoin de me dire pourquoi. Mais tu dois y réfléchir avant de lui parler. Quoi que tu décides, tu ne veux pas vivre avec des regrets.

— Je sais. »

Ce n'était plus la faute d'une malédiction ou de la magie noire. Maintenant, je devais réfléchir à ce qu'il y avait entre Axton et moi, et me demander si nous étions réellement compatibles à plusieurs niveaux.

Je n'aimais pas qu'il me mette à l'écart de ses plans ou qu'il pense être trop royal pour comprendre qu'il dépassait parfois les limites. La vérité, c'était que nous venions de mondes très différents.

J'ignorais si nous serions un jour égaux.

Cela ne signifiait pas qu'il était quelqu'un de mauvais ou que je lui en voulais, mais c'était un élément à prendre en compte pour entamer une relation. Le simple fait que nous soyons compatibles physiquement ne voulait pas dire que nous l'étions sur tous les autres plans. Si Axton et moi voulions vraiment nous accepter, il fallait que nous prenions en compte tous les aspects.

Eden se pencha vers moi et m'embrassa sur la joue.

« Cela dit, quand est-ce que l'amour n'a pas été compliqué ? »

Effectivement. Je la regardai.

« Depuis quand es-tu aussi sage ?

— Depuis que j'ai commis une terrible erreur. »

Elle se redressa.

« Promettons-nous de ne plus jamais nous cacher quoi que ce soit. Même si nous pensons que nos secrets sont horribles.

— Je pense que c'est sage, sœurette. Et jurons-nous aussi de ne plus jamais jouer avec un objet maudit. D'ailleurs, où est la Plume ? »

Toute marque de légèreté disparut du visage d'Eden.

« Je… Je ne m'en souviens pas. »

Je n'avais pas besoin de la capacité du prince du péché pour sentir les mensonges pour savoir qu'elle était sincère.

« Qu'est-ce que tu veux dire ? »

Elle fronça les sourcils en réfléchissant.

« Parfois, je pense qu'un prince est venu et a pris la Plume pour réécrire mes souvenirs. D'autres fois, je pense que je l'ai peut-être donnée à un commerçant du marché noir. »

Mon intuition s'éveilla à ces mots. C'était une enquête qui semblait valoir la peine d'être menée à bien… un objet maudit entre les mains des princes qu'il était censé contrôler.

Je secouai la tête pour écarter cette idée. Une aventure avec un prince ténébreux était suffisante pour le moment.

« Je suis vraiment désolée, Ad. Si j'avais su que les choses finiraient ainsi, je ne serais jamais intervenue. J'ai agi par peur.

— Je sais. »

Je lui adressai un sourire crispé et décidai de laisser le passé derrière nous. Dans le passé.

« S'il y a bien une chose que j'ai apprise, c'est que les décisions prises à cause de la peur, de l'anxiété ou de l'inquiétude reviennent toujours nous hanter. Mais l'amour, c'est ce qui nous rend tous plus forts. L'amour de la famille, des amis, l'amour romantique ou platonique. Promets-moi qu'à partir de maintenant, tu agiras par amour et non pas par peur.

— Je le jure.

— Bien. Alors, je pense que des excuses en bonne et due forme et une acceptation de ces excuses devraient être accompagnées de pâtisseries aux baies givrées fraîchement sorties du four. Et les tiennes sont les meilleures. »

Eden eut les larmes aux yeux en bondissant sur ses pieds pour se rendre à la cuisine.

« Dans ce cas, je vais me mettre au travail. J'ai encore des ingrédients que le prince a envoyés avec ses horribles cadeaux pour faire avancer son plan. »

Ses yeux brillèrent.

« Tu penses le revoir bientôt ?

— Axton est comme une éruption cutanée persistante, dis-je en plaisantant. Tu peux t'en débarrasser un moment, mais elle finit par revenir en force.

— Hum hum. »

Eden m'adressa un sourire complice et alla préparer la pâte sucrée du dessert.

J'avais envie d'accepter la demande d'Axton, mais même s'il n'y avait plus de magie pour nous déchirer, nous ne pouvions pas nier qu'il fallait régler beaucoup de choses avant que je dise oui.

Si nous avions un avenir ensemble, je voulais réfléchir à ce que cela signifiait vraiment, à ce qu'il impliquait. Est-ce que je conserverais mon poste en tant que Miss Match ? Serais-je une princesse sans le sou ? Je n'avais aucun intérêt pour les jeux de la cour et je ne savais pas exactement ce que je pensais de ma nouvelle rubrique, mais elle avait commencé à me plaire.

Cependant, ce n'était pas le moment de m'inquiéter pour tout cela.

Pour l'instant, je devais brûler le passé et me tourner vers un nouvel horizon. C'était suffisant.

Cinquante-cinq
Prince Gourmandise

Adriana me jeta un coup d'œil, puis se tourna de nouveau vers l'enseigne du *Ox & Raven*. Elle fronçait légèrement les sourcils.

« Votre endroit préféré pour aller dîner, c'est une taverne ?

— Ne parlez pas sur ce ton devant Shirlee ou elle crachera dans votre tourte. »

Je lui ouvris l'épaisse porte en bois et Adriana m'adressa un signe de la main obscène avant de se glisser à l'intérieur. Un sourire se dessina sur mes lèvres. C'était la première fois que je voyais ma douce ennemie depuis l'attaque, plusieurs jours auparavant, et je luttai contre l'envie de la serrer dans mes bras.

Après qu'on avait retiré la dague de ma poitrine, j'étais resté inconscient pendant plusieurs heures. Faire repousser un cœur, ce n'était pas du gâteau, et encore moins quand on était épuisé.

Pendant que je guérissais, Val ne s'était pas donné la peine d'envoyer un message à Adriana pour lui expliquer que j'étais souffrant, pas parce qu'elle ne voyait pas notre relation d'un bon œil, mais parce qu'elle avait été occupée par sa nouvelle relation. Sascha et elle étaient devenues proches après l'attaque.

Les sorcières et les démons *pouvaient* créer des liens sans bain de sang. J'étais ravi pour ma seconde.

Dès que j'avais repris mes esprits, j'avais envoyé une lettre à Adriana pour lui demander une audience sur-le-champ. Nous avions un sujet très important à régler et, si elle voulait négocier, j'étais prêt à accepter ses conditions. Elle avait répondu dans l'heure pour me remercier, mais avait décliné mon invitation. Elle avait dit qu'elle était ravie que je sois guéri, mais qu'elle avait besoin de temps pour réfléchir sans que mon *charme insupportable ne la dérange.*

J'aurais juré que cette femme allait me rendre fou, et j'aurais été enchanté de lui donner les rênes. Je lui avais répondu immédiatement, peu disposé à accepter ma défaite.

J'avais dû insister sans cesse pendant des jours, mais elle avait fini par accepter de me voir pour discuter.

J'utiliserais chaque instant pour lui montrer ce que j'étais vraiment derrière tous les secrets et les masques. En commençant par mon plat préféré.

L'odeur des délices de la taverne nous frappa en même temps que la chaleur de l'établissement.

Les clients étaient déjà en train de boire des chopes de bière d'hiver et firent à peine attention à nous. Je posai ma main dans le creux du dos d'Adriana et la guidai vers mon box préféré, dans un coin.

Adriana glissa sur le banc, n'accordant aucune importance au fait que la table était encore couverte des bols et des chopes vides des clients qui avaient été assis là avant nous.

Un serveur s'approcha et la nettoya rapidement.

« Comme d'habitude pour votre rancard et vous, Axton ?

— Oui. Dis à Shirlee d'ajouter un peu plus de beurre au romarin et à l'ail dans la croûte, s'il te plaît.

— Pas de problème ! »

Adriana observa cet échange avec intérêt. Quand notre première tournée de bière d'hiver fut posée devant nous et qu'elle eut bu quelques gorgées, elle s'appuya contre le dossier de son siège et m'observa.

« Vous semblez plus détendu ici. »

Je lui adressai un sourire espiègle.

« Je suis détendu dans la plupart des situations, très chère. Mais je prends du plaisir dans la simplicité de manger un bon repas dans un environnement décontracté.

— Ce n'est pas très gourmand de votre part, Prince Gourmandise.

— Au contraire. Je mange comme un roi ici. Je prends plaisir à votre compagnie et je ne pourrais pas être plus satisfait. Mon péché ne concerne pas que ce qu'il y a de plus luxueux ou de plus riche, mais consiste à céder à des choses qui me prodiguent du plaisir. C'est dans les choses simples que j'en trouve le plus. La bonne nourriture, les bonnes boissons, une bonne conversation. Une bonne compagne. Ce sont les choses qui forment une belle vie. Alors, oui, je me sens plein de pouvoir en ce moment même.

— Hum. »

Elle sirota sa bière.

« C'est tellement délicieux. Je crois que c'est ma boisson préférée.

— C'est la mienne également. »

C'était un détail insignifiant, mais le plaisir m'ébranla. J'étais ravi qu'elle l'apprécie autant que moi.

« Comment se porte votre amitié avec Ryleigh ? »

Un sourire plein d'espoir se dessina sur ses lèvres.

« Nous allons prendre le thé ensemble demain. Nous sommes amies depuis bien trop longtemps pour laisser les secrets et les malentendus nous séparer.

— Je suis ravi de l'entendre. »

Je voulais que tout dans sa vie la rende heureuse. J'étais vraiment en train de devenir un imbécile amoureux, comme mes frères. J'avais prié les anciens dieux pour que Luxure soit le prochain à tomber ; ce salaud indiscret le méritait.

« J'ai réfléchi à votre demande. »

Elle leva les yeux.

« Ryleigh sera la nouvelle journaliste royale. Elle a accepté mon offre ce matin. »

Shirlee sortit de l'arrière-salle avec un plateau garni de nos plats et d'une nouvelle tournée de bière qu'elle leva bien au-dessus des tables tout en se dirigeant vers nous.

« Avez-vous d'autres requêtes concernant ma cuisine, espèce d'emmerdeur royal ? » dit-elle pour me saluer.

Adriana s'étrangla et posa une main sur sa bouche.

Elle la dévisagea, luttant pour ne pas rire.

« C'était le son le moins digne que j'aie jamais entendu. Recommencez et je tomberai encore plus amoureux. »

Shirlee regarda ma compagne et un sourire s'esquissa sur son visage austère.

« On dirait que vous avez enfin trouvé quelqu'un qui ne vénère pas le sol que vous foulez. Elle me plaît. »

Adriana cessa de rire assez longtemps pour se redresser.

« Je m'appelle Adriana Saint Lucent. On m'a dit des merveilles de votre cuisine.

— Adriana Saint Lucent, la vraie, l'unique ? »

Shirlee me surprit en essuyant ses mains sur son tablier avant de serrer la journaliste dans ses bras.

« J'ai entendu dire que c'est vous qui avez brisé la malédiction. Vous êtes toujours la bienvenue ici. Et vous pouvez amener cet emmerdeur avec vous.

— Tes compliments me flattent, Shirlee, dis-je d'une voix traînante. Ne les laisse pas me monter à la tête. »

Elle leva les yeux au ciel et serra délicatement Adriana contre elle de nouveau.

« Je vais vous envoyer ma mousse spéciale au chocolat et aux baies givrées. »

Quand Shirlee s'en alla, je sortis l'objet que j'avais conservé pendant dix ans et le posai sur la table, devant Adriana.

« Ouvrez-la », dis-je en désignant la petite pochette en velours du menton.

Mon cœur battait la chamade, comme si je participais à une partie de chasse intense. J'avais espéré que ce serait une bonne surprise. Un moyen de prouver que je voulais être plus que le débauché que j'avais été jusque-là. Du moins, en ce qui la concernait. Adriana plissa les yeux d'un air méfiant et je fis un effort pour mieux contrôler mes traits.

Elle délia la ficelle avec précaution et fit tomber le contenu de la pochette dans sa paume. Le bracelet scintilla sous la lumière tamisée de la taverne.

J'observai le mouvement de sa gorge quand elle ravala ses émotions.

« Vous saviez que c'était à moi. »

Ce n'était pas une question, je ne l'abordai donc pas comme telle.

Je hochai la tête et la laissai mettre de l'ordre dans ses sentiments sur le sujet. Elle scruta mon visage et je vis une myriade d'émotions passer sur ses traits.

« Pourquoi ? »

Je bus une longue gorgée de bière.

« Parce que je vous aime », dis-je simplement.

Je vis l'espoir et l'incrédulité se livrer bataille sur son visage.

J'avais déjà prononcé ces mots, mais c'était différent, cette fois. Aucune menace ne planait sur nous, aucune malédiction n'était à l'œuvre. Nous n'étions pas perdus dans la passion. Et nous ne jouions pas la comédie pour une foule de courtisans et de journalistes. Même son esprit follement créatif ne pouvait imaginer une excuse pour expliquer ce que je venais de dire. Il n'y avait que moi, assis devant elle, avouant la vérité de mon cœur.

Cette fois, je n'étais pas son prince, juste l'homme qui l'aimait férocement.

« Je vous adore depuis la première fois que je vous ai vue ou presque. Je vous aimais quand vous ne me plaisiez pas. Je vous aimais quand vous me vainquiez. Et quand c'était moi qui vous vainquais. J'aime votre franc-parler, votre esprit intelligent, vos fantasmes les plus obscurs. Vos plus grandes joies. J'aime le fait que vous ne me laissiez jamais gagner, et le fait que toutes mes victoires sont brèves, mais durement gagnées. Et je passerai le reste de l'éternité à vous aimer. »

Elle baissa les yeux. Et j'aurais payé une somme démesurée pour savoir ce qu'elle pensait. J'attendis et l'observai tandis qu'elle digérait mon aveu.

« Je croyais que j'avais perdu le bracelet de ma mère à jamais. »

Elle le saisit avec précaution ; des larmes brillaient dans ses yeux.

« Comment ça se fait que vous l'ayez ?

— Je le garde depuis le bal de Tous les Pécheurs. Je ne savais pas vraiment comment il était arrivé entre mes mains, mais maintenant que nos souvenirs ont été restaurés, je me souviens très clairement qu'il s'était brisé quand nous étions dans le jardin. »

Je lui adressai un sourire timide.

« Je l'avais mis dans ma poche pour le faire réparer. »

Mais ensuite, l'événement avait été réécrit et j'avais trouvé un bracelet mystère.

« Pour être tout à fait franc, il me faisait penser à vous. Vos yeux, vos cheveux. Je ne pouvais pas me résoudre à m'en séparer.

— Je ne pensais pas le revoir un jour. Merci. Vous ne vous imaginez même pas à quel point il compte pour moi.

— Si vous me le permettez. »

Je retournai délicatement son poignet, enroulai le bracelet autour et le refermai. Adriana était tellement obnubilée par le bijou de sa mère qu'elle n'avait pas remarqué la petite boîte en velours que j'avais posée devant elle. Je me raclai la gorge.

« Il y a autre chose. »

J'ouvris la boîte et révélai une bague incroyablement extravagante. Un diamant niché entre un saphir et une aigue-marine.

Adriana se figea.

« Épousez-moi, Adriana Marianna Saint Lucent. Battez-vous avec moi, agacez-moi, aimez-moi pour le restant de nos jours. Comme je vous promets de le faire. »

Mon cœur battait douloureusement tandis qu'elle secouait lentement la tête.

Alors même que je croyais qu'elle allait me rejeter une fois de plus, elle m'adressa un sourire hésitant.

« Vos déclarations d'amour sont vraiment épouvantables, Axton. Mais oui. Je veux bien vous épouser et vous agacer pour toujours. Car je vous aime tout aussi bêtement et sauvagement. »

Je bondis par-dessus la table et la pris dans mes bras, lui donnant un baiser éprouvant, qui promettait tous les délices indécents qui nous attendaient.

Les clients posèrent brusquement leurs chopes de bière hivernale sur leurs tables en poussant des cris de joie.

Et je l'embrassai plus fort, plus profondément, jusqu'à ce que je n'entende plus que ses doux soupirs.

❄ ❄ ❄

« Je n'ai encore jamais caressé un dragon. »

Je baissai les yeux vers ma fiancée, souriant d'un air suffisant en la menant vers les écuries de la Maison Gourmandise, où Silvanus nous attendait.

« C'est faux. Tu sais bien que c'est comme ça que j'appelle ma queue.

— Sauvage. »

Adriana me donna un petit coup de poing dans le bras et je l'attirai près de moi.

Silvanus sortit des bois en reniflant l'air et j'aurais juré qu'il avait levé les yeux au ciel. Une sensation de chaleur se répandit dans ma poitrine lorsque je vis que mon dragon préféré allait mieux.

Ses yeux brillaient d'une lueur irisée et familière quand ils se posèrent sur Adriana.

J'avais demandé à Sascha de nous jeter un sort pour que nous puissions communiquer, et quand Sil laissa libre cours à ses pensées, je regrettai d'avoir demandé ce service à la sorcière.

Elle est beaucoup trop bien pour toi.

Adriana rit, le meilleur son du monde, et se dirigea vers le dragon.

« Je l'adore ! De toute évidence, il est plein de sagesse. »

Et beau.

« N'oublions pas que j'ai reçu un coup de dague pour toi », l'interrompis-je.

Sil souffla, mais je vis un petit éclat dans ses yeux. Si je ne le connaissais pas, j'aurais presque cru que ce salaud impertinent s'émouvait de ma blessure.

Adriana tendit une main gantée.

« Puis-je ? »

Le dragon hocha la tête, puis s'accroupit pour qu'elle puisse atteindre sa tête gigantesque. Adriana caressa délicatement ses écailles, puis retira sa main.

« Vous êtes vraiment glacial. »

Je peux réchauffer mes écailles si vous souhaitez voler sur mon dos, madame.

Je ricanai.

« Tu es sérieux ? Moi, tu ne m'as jamais proposé de voler sur ton dos, et pourtant, c'est moi qui ai élevé tes fesses écaillées. Et dois-je te rappeler encore une fois que j'ai pris une dague dans le cœur pour toi ? »

Si tu tenais ta langue, Prince, peut-être… Mais je suppose que tu devrais t'assurer que ta princesse ne tombe pas.

« Les miracles n'en finissent pas. Le grand Silvanus joue le rôle de destrier royal. »

Sil me jeta un regard noir de la seule façon dont un dragon de glace pouvait le faire, en grognant et en crachant des flammes sur mes bottes préférées. Je lui fis un doigt d'honneur, puis aidai Adriana à monter.

J'étais sur le point de sauter derrière elle quand un rugissement fou attira mon attention derrière nous.

Vex, le bébé dragon, sauta dans mes bras. Apparemment, il allait venir avec nous.

Adriana tendit les mains.

« N'est-il pas absolument adorable ? Comment il s'appelle ? »

Sil et moi soupirâmes en l'entendant parler ainsi du bébé.

« Il s'appelle Vex. Parce qu'il me vexe presque autant que toi, ma douce ennemie. »

Je le mis doucement dans ses bras et vérifiai qu'elle ne tremblait pas trop. Je le mis en garde : « Si tu mords ma promise, je te mordrai plus fort, Vex. Compris ? »

Le petit dragon me poussa de la tête. Charmeur.

Est-ce que la belle dame est bien installée ?

Adriana hocha la tête, puis se blottit contre mon torse. Le petit dragon ronronna sur ses genoux. Val et Envie n'en croiraient pas leurs oreilles quand je leur dirais que la créature diabolique n'avait pas mordu Adriana.

Je la tins fermement contre moi.

« Je la tiens. »

Bien, essaie de ne pas la lâcher.

« Ça, mon cher dragon, c'est une promesse que je compte tenir pour toujours. »

Tu utilises enfin ta tête. La meute n'était pas sûre qu'elle fonctionnait.

Connard.

Dans une démonstration de sa puissance, Silvanus décolla. Le cri enthousiaste d'Adriana résonna dans les airs, tout comme le rugissement du bébé tandis que nous foncions vers les montagnes, sentant le vent nous fouetter et la neige commencer à tomber.

Le prochain voyage serait sans aucun doute l'aventure la plus palpitante de mon existence.

Et je ferais en sorte que tous les chroniqueurs de journaux à scandale du royaume sachent que ce débauché était effectivement repenti et que mon cœur n'appartenait qu'à ma rivale, mon amour, ma moitié.

Même si j'étais certain que nous trouverions maintes manières de *rester scandaleux*.

Quand Silvanus bifurqua et se dirigea à toute vitesse vers la ville, volant dangereusement bas, juste au-dessus des toits du quartier nocturne, je sentis le moment précis où Adriana comprit où nous allions.

Elle tourna la tête pour me regarder par-dessus son épaule et un sourire se dessina sur les commissures de ses lèvres.

« Le *Seven Sins* ? »

— En tant que propriétaire secret de cet établissement distingué, j'ai bien l'intention de t'y amener aussi souvent que tu le désires. »

Je mordillai malicieusement son oreille.

« Je pense me souvenir de quelques fantasmes que nous aimerions réaliser. Si tu es assez audacieuse pour jouer, Dame Frost.

— Je te mettrai peut-être à genoux ce soir, Altesse. »

Je n'avais jamais entendu une menace aussi séduisante et accueillis mon sort à bras ouverts.

« Tu peux essayer, mais ne t'imagine pas que je vais te faciliter la tâche juste parce que tu vas devenir ma femme. »

Le regard d'Adriana s'assombrit face à ce défi, et je sus que je me souviendrais de cette nuit pendant longtemps.

« Que le plus sauvage gagne, très cher. »

Chère Miss Match,

Comment savez-vous quand il est temps d'arrêter d'être scandaleuse et de profiter de sa fin heureuse ?

Bien à vous,
Une scandaleuse secrète.

Chère Secrète,

Lorsque vous trouvez la personne qui vous rend folle et met votre patience à l'épreuve (et qui vous donne des envies de meurtre sanglant et vengeur), alors vous savez qu'il est temps de vous poser et de profiter du bonheur éternel.

Mais trêve de plaisanteries. Quand votre cœur bat la chamade chaque fois que vous voyez cette personne, quand elle vous aime et vous respecte sans limites et sans règles, quand vous trouvez ce que vous considérez comme la moitié idéale pour vous, alors vous savez que votre fin heureuse est arrivée. Même si cette personne est un débauché repenti.

À la prochaine, douces pécheresses, et restez scandaleuses.
Miss Match

Remerciements

Au début, écrire un livre est une aventure solitaire, mais elle devient vite un travail d'équipe merveilleux. Je suis infiniment reconnaissante à mon agente, Barbara Poelle, qui est la meilleure défenseuse et amie de ce côté des Sept Cercles. Un grand merci à mon équipe de Word One Literary, Heather Baror-Shapiro à Baror Intl et Sean Berarad à Grand View.

Helen O'Hare, je ne sais pas comment te remercier pour ton œil de lynx et ta volonté de remonter tes manches de réviseuse ou de m'appeler pour t'assurer que nous ayons l'histoire de nos rêves.

À mon équipe de Little, Brown, merci pour tout votre travail et pour la magie que vous insufflez dans ces livres. Votre enthousiasme dès le début est l'une de mes parties préférées de ce voyage. Merci de m'avoir encouragée et d'avoir aimé ces princes démons immoraux : Ben Allen, Linda Arends, Katie Blatt, Eileen Chetti, Danielle Finnegan, Elece Green, Sally Kim, Gregg Kulick, Gabrielle Leporati, Allison Merchant, Taylor Navis, Bruce Nichols, Gianella Rojas, Liv Ryan, Stacy Schuck, Mary Tondorf-Dick, et merci du fond du cœur à Shane East et Marisa Calin pour leurs interprétations vocales remarquables.

Virginia Allyn, merci beaucoup pour les cartes incroyables des Sept Cercles, je les adore toutes !

À ma brillante équipe de Hooderscape, au Royaume-Uni. Je vous suis très reconnaissante pour tout ce que vous avez fait pour ces livres terriblement beaux. Molly Powell, ma réviseuse incroyable, merci pour tes petits mots follement malins. Kate Keehan, Natasha Qureshi, Sophie Judge, Laura Bartholomew et toute l'équipe, je ne sais vraiment pas comment vous remercier.

Maman, Papa, Kelli et Ben, je vous aime plus que les mots mortels ne peuvent l'exprimer.

À tous les libraires, les bibliothécaires, et les lecteurs et lectrices qui parlent de mes romans sur les réseaux sociaux, j'espère que vous savez que vous êtes merveilleux et que je suis reconnaissante de vous avoir à mes côtés. On se voit dans la prochaine Maison du péché !